Ο ερευνητής

ΜΕΤΑΙΧΜΙΩ

Αστυνομικό

Πρώτη έκδοση Νοέμβριος 2023

Τίτλος πρωτοτύπου Tana French, *The Searcher*, Viking 2020

Επιμέλεια-διόρθωση Ηρακλής Καρελίδης
Σχεδιασμός εξωφύλλου Ρεντουάν Αμζλάν

© 2020, Tana French
© 2021, Εκδόσεις ΜΕΤΑΙΧΜΙΟ (για την ελληνική γλώσσα)

ISBN 978-618-03-2848-6
ΒΟΗΘ. ΚΩΔ. ΜΗΧ/ΣΗΣ 82848
Κ.Ε.Π. 5281, κ.π. 19054

Εκδόσεις ΜΕΤΑΙΧΜΙΟ
Ιπποκράτους 118, 114 72 Αθήνα
τηλ.: 211 3003500, fax: 211 3003562
metaixmio.gr · metaixmio@metaixmio.gr

Κεντρική διάθεση
Ασκληπιού 18, 106 80 Αθήνα
τηλ.: 210 3647433, fax: 211 3003562

Βιβλιοπωλεία ΜΕΤΑΙΧΜΙΟ
● Ασκληπιού 18, 106 80 Αθήνα
τηλ.: 210 3647433, fax: 211 3003562
● Πολυχώρος, Ιπποκράτους 118, 114 72 Αθήνα
τηλ.: 211 3003580, fax: 211 3003581

Tana French
Ο ερευνητής

Μετάφραση
Δέσποινα Δρακάκη

ΜΕΤΑΙΧΜΙΟ

Για την Ανν-Μαρί

1

Όταν ο Καλ βγαίνει από το σπίτι, τα κοράκια έχουν αρπάξει κάτι. Έξι είναι μαζεμένα στην πίσω αυλή, ανάμεσα στα ψηλά, μουσκεμένα χορτάρια και τα κίτρινα μπουμπουκιασμένα αγριολούλουδα, ραμφίζοντας και χοροπηδώντας. Ό,τι κι αν είναι αυτό, πρόκειται για κάτι μικρό που ακόμη κινείται. Ο Καλ αφήνει κάτω τη σακούλα απορριμμάτων με την ταπετσαρία. Σκέφτεται να φέρει το κυνηγετικό του μαχαίρι και να απαλλάξει το πλάσμα από την αγωνία του, τα κοράκια όμως ζουν εδώ πολύ περισσότερο από τον ίδιο. Θα ήταν αναίδεια από μεριάς του να εισβάλει στη ζωή τους και ν' αρχίσει να χώνεται στις συνήθειές τους. Αντί γι' αυτό λοιπόν, κάθεται στο γεμάτο βρύα σκαλοπάτι δίπλα στη σακούλα.

Τα συμπαθεί τα κοράκια. Διάβασε κάπου ότι είναι τρομερά έξυπνα· μπορούν να σε γνωρίσουν, μέχρι και δώρα να σου φέρνουν. Εδώ και τρεις μήνες προσπαθεί να τα καλοπιάσει αφήνοντας αποφάγια πάνω στο μεγάλο κούτσουρο στο τέρμα του κήπου. Τον παρακολουθούν από την πνιγμένη στους κισσούς βελανιδιά, όπου έχουν την αποικία τους, να πασχίζει να διασχίσει τα χορτάρια πάνω κάτω, και με το που θα βρεθεί σε ασφαλή απόσταση βουτάνε για να καβγαδίσουν και να σχολιάσουν κρώζοντας πάνω από τα αποφάγια. Παρ' όλα αυτά, συνεχίζουν να τον κοιτάζουν με μισό μάτι, και αν προσπαθήσει να πλησιάσει, φεύγουν, επιστρέφουν στη βελανιδιά τους για να τον χλευάσουν και να του πετάξουν κλαράκια στο κεφάλι. Χτες το απόγευμα που βρισκόταν στο σαλόνι και ξεκολλούσε τη μουχλιασμένη ταπετσαρία, ένα στιλπνό κοράκι μεσαίου μεγέθους κάθισε στο περβάζι του ανοιχτού παραθύρου, φώναξε κάτι προφανέστατα προσβλητικό κι ύστερα πέταξε μακριά χαχανίζοντας. Το πλάσμα στην αυλή πασχίζει άγρια, κάνοντας τα μακριά χόρτα να κουνιούνται. Ένα μεγάλο κοράκι πηδάει πιο κοντά, του καταφέρνει ένα καθαρό, δριμύ λόγχισμα με το ράμφος του, και το πλάσμα μένει ακίνητο. Κουνέλι, μάλλον. Ο Καλ τα είδε έξω νωρίς το πρωί να τσιμπολογάνε και να τρέχουν σαν τρελά μες στην πάχνη. Οι τρύπες τους βρίσκονται κάπου στο πίσω μέρος, πέρα στο απλωμένο δασάκι με τις φουντουκιές και τις σουρβιές. Μόλις παραλάβει την άδεια οπλοφορίας, έχει σκοπό να δει αν θυμάται όσα του έμαθε ο παππούς του για το γδάρσιμο, και αν η γαϊδουρινή υπομονή του με το ίντερνετ θα τον βοηθήσει να βρει καμιά συνταγή για κουνέλι στιφάδο. Τα κοράκια μαζεύονται, τσιμπώντας δυνατά και βάζοντας κόντρα στα πόδια τους για να ξεκολλήσουν κομμάτια από τη σάρκα του ζώου· κατεβαίνουν ολοένα και περισσότερα από το δέντρο και στριμώχνονται αναλαμβάνοντας δράση.

Ο Καλ τα παρακολουθεί για λίγο, τεντώνοντας τα πόδια και περιστρέφοντας τον ένα του ώμο. Με τις δουλειές στο σπίτι χρησιμοποιεί μυς που είχε ξεχάσει ότι υπήρχαν. Κάθε πρωί νιώθει πιασμένος σε καινούργιο σημείο, αν και υποθέτει ότι σε μεγάλο ποσοστό αυτό οφείλεται στον ύπνο που κάνει στο φτηνό στρώμα κατάχαμα. Είναι σίγουρα πολύ μεγάλος και σε ηλικία και σε όγκο για κάτι τέτοιο, ωστόσο δεν έχει νόημα να φέρει ένα καλό έπιπλο μες στη σκόνη, την υγρασία και τη μούχλα. Θα αγοράσει μερικά μόλις συνεφέρει το σπίτι, και μόλις μάθει από πού μπορεί να τα αγοράσει· όλα αυτά ήταν ο τομέας της Ντόνα. Στο μεταξύ, δεν τον νοιάζουν οι πόνοι από τα πιασίματα. Ίσα ίσα, του προσφέρουν ικανοποίηση· το ίδιο κι οι φουσκάλες και οι κάλοι στα χέρια του, που αποτελούν τρανή απόδειξη για το πώς είναι τώρα η ζωή του.

Κοντεύει να πέσει το μακρύ, δροσερό βράδυ του Σεπτέμβρη, τα σύννεφα όμως είναι αρκετά πυκνά και δεν διαφαίνεται ούτε ίχνος από το ηλιοβασίλεμα. Ο ουρανός, διάσπαρτος με λεπτές διαβαθμίσεις του γκρι, απλώνεται απέραντος. Το ίδιο και τα λιβάδια, κωδικοποιημένα στις αποχρώσεις του πρασίνου από τις διαφορετικές χρήσεις, χωρισμένα από απέραντους φράχτες, ξερολιθιές και τον ακανόνιστο, στενό επαρχιακό δρόμο. Πέρα μακριά στον βορρά, μια γραμμή από χαμηλά βουνά ξεδιπλώνεται παράλληλα με τον ορίζοντα. Τα μάτια του Καλ ακόμη να συνηθίσουν να βλέπουν τόσο μακριά ύστερα από τόσα χρόνια στα οικοδομικά τετράγωνα της πόλης. Το τοπίο είναι από τα λίγα πράγματα που ξέρει πως η πραγματικότητα δεν θα τον απογοητεύσει. Στο ίντερνετ, το δυτικό κομμάτι της Ιρλανδίας έδειχνε όμορφο· από κοντά, δείχνει ακόμα καλύτερο. Ο αέρας είναι πλούσιος σαν κέικ φρούτων, λες και δεν πρέπει μόνο να τον αναπνέεις, αλλά να τον κόβεις μεγάλες δαγκωματιές ή να τον ρίχνεις με τις χούφτες στο πρόσωπό σου.

Λίγο μετά, τα κοράκια κατεβάζουν ταχύτητα, καθώς φτάνουν στο τέλος του γεύματός τους. Ο Καλ σηκώνεται και μαζεύει και πάλι τη σακούλα με τα σκουπίδια. Τα κοράκια τεντώνουν τον λαιμό τους και τον καρφώνουν με το βλέμμα, και όταν αρχίζει να κατεβαίνει τον κήπο, απογειώνονται φτεροκοπώντας και επιστρέφουν χορτάτα στο δέντρο τους. Σέρνει τη σακούλα πέρα σε μια γωνιά, δίπλα από τη σκεπασμένη με αναρριχητικά, ετοιμόρροπη πέτρινη αποθήκη, σταματώντας στη διαδρομή για να τσεκάρει το δείπνο των πουλιών. Κουνέλι, πράγματι – και μάλιστα νεαρό, αν και πλέον μετά βίας αναγνωρίσιμο.

Αφήνει τη σακούλα δίπλα στις υπόλοιπες και γυρίζει προς το σπίτι. Έχει πλησιάσει, όταν τα κοράκια πετάγονται, τινάζοντας φύλλα και φωνάζοντας παλιοκουβέντες σε κάτι. Ο Καλ δεν γυρίζει, ούτε κόβει το βήμα του. Καθώς κλείνει την πίσω πόρτα, λέει μέσα από τα δόντια του: «Μαλακισμένο». Κάποιος τον παρακολουθεί την τελευταία μιάμιση βδομάδα. Ίσως και περισσότερο, αλλά είχε τον νου του στραμμένο στις δουλειές του και, όπως θα έκανε ο καθένας σε μια τέτοια ερημιά, θεωρούσε δεδομένο πως ήταν μόνος του. Τα συστήματα συναγερμού του μυαλού του είχαν κλείσει, όπως ακριβώς επιθυμούσε. Ύστερα όμως, ένα βράδυ που μαγείρευε το βραδινό του –τηγάνιζε μπέργκερ στο σκουριασμένο μάτι της κουζίνας, το μοναδικό που λειτουργούσε, με τον Στιβ Ερλ* να παίζει στη διαπασών από το ηχείο του iPod και τον ίδιο να προσθέτει πού και πού ένα χτύπημα στα αόρατα πιάτα των ντραμς–, ο σβέρκος του φλογίστηκε.

Ο σβέρκος του είχε είκοσι πέντε χρόνια εκπαίδευσης στην αστυνομία του Σικάγο, και ο Καλ τον παίρνει πολύ στα σοβαρά. Περπάτησε χαλαρά κατά μήκος της κουζίνας κουνώντας το κεφάλι στον ρυθμό της μουσικής και κοιτάζοντας τα ντουλάπια σαν να του είχε ξεφύγει κάτι, κι ύστερα έκανε ένα ξαφνικό σάλτο προς το παράθυρο: κανείς δεν ήταν έξω. Έσβησε το μάτι και κατευθύνθηκε γρήγορα προς την πόρτα, ο κήπος όμως ήταν άδειος. Έλεγξε την περίμετρο, κάτω από ένα εκατομμύριο άγρια αστέρια και ένα απόκοσμο φεγγάρι, με τα λιβάδια να απλώνονται λευκά γύρω του και τις κουκουβάγιες να σκούζουν: τίποτα.

Ο Καλ, από τη μουσική, σκέφτηκε συνεπαρμένος πως μάλλον ήταν ο θόρυβος από κάποιο ζώο. Το σκοτάδι τριγύρω δεν τεμπελιάζει. Μερικές φορές κάθεται έξω στα σκαλοπάτια του μέχρι περασμένα μεσάνυχτα, πίνει δυο τρεις μπίρες και αφουγκράζεται τη ζωή της νύχτας. Έχει δει σκαντζόχοιρους να

---

* Αμερικάνος τραγουδιστής και τραγουδοποιός της ροκ, κάντρι και φολκ μουσικής, συγγραφέας και ηθοποιός. (Σ.τ.Μ.)

πηγαινοέρχονται στον κήπο, μια γυαλιστερή αλεπού να κοντοστέκεται και να του ρίχνει ένα προκλητικό βλέμμα. Μια φορά ένας ασβός, πιο μεγάλος απ' ό,τι θα περίμενε ο Καλ, σουλατσάριζε παράλληλα με τον φράχτη και εξαφανίστηκε στους θάμνους μπροστά· λίγο αργότερα ακούστηκε μια ψιλή κραυγή και το σύρσιμο του ασβού να απομακρύνεται. Οτιδήποτε θα μπορούσε να συνεχίσει να κάνει τη δουλειά του εκεί έξω.

Προτού ο Καλ πέσει για ύπνο εκείνο το βράδυ, τοποθέτησε τις δυο κούπες του και δυο πιάτα στο περβάζι της κρεβατοκάμαρας και έσυρε ένα παλιό γραφείο μπροστά στην πόρτα της. Στη συνέχεια ένιωσε ανόητος και τα απέσυρε όλα.

Δυο μέρες αργότερα, ενώ ξήλωνε την ταπετσαρία το πρωί, με το παράθυρο ανοιχτό για να φεύγει η σκόνη, τα κοράκια πετάχτηκαν ξαφνικά από το δέντρο τους, φωνάζοντας σε κάτι αποκάτω. Τα βιαστικά βήματα που απομακρύνονταν πίσω από τον φράχτη με τους θάμνους ήταν από κάτι μεγάλο και θορυβώδες για σκαντζόχοιρο ή αλεπού, πόσο μάλλον για ασβό. Όταν πλέον βγήκε έξω ο Καλ, ήταν και πάλι αργά.

Ίσως τίποτα παιδιά που βαριούνται και κατασκοπεύουν τον νεοφερμένο. Άλλωστε, δεν υπάρχουν και πολλά να κάνει κάποιος εδώ γύρω, με ένα χωριουδάκι στη μέση του πουθενά και την κοντινότερη κωμόπολη είκοσι πέντε χιλιόμετρα μακριά. Ο Καλ νιώθει χαζός και μόνο που σκέφτηκε οτιδήποτε άλλο. Ο Μαρτ, ο πιο κοντινός γείτονας λίγο πιο πάνω στον δρόμο, ούτε που κλειδώνει την πόρτα του το βράδυ. Όταν ο Καλ σήκωσε το φρύδι ακούγοντας κάτι τέτοιο, το πρόσωπο του γείτονα με τα ψηλά ζυγωματικά πήρε μια εύθυμη έκφραση, και ο Μαρτ άρχισε να γελάει ώσπου λαχάνιασε. «Στην κατάσταση που βρίσκεται» είπε, δείχνοντας προς το σπίτι του Καλ, «τι να σου κλέψουν; Και ποιος; Λες νά 'ρθω κάνα πρωί να ψαχουλέψω την μπουγάδα σου μπας και μου γυαλίσει τίποτα μοδάτο;»

Ο Καλ γέλασε κι αυτός και του είπε πως θα μπορούσε, και ο Μαρτ τον ενημέρωσε πως η δική του γκαρνταρόμπα ήταν μια χαρά, αφού δεν σχεδίαζε να πάει για γκόμενες, κι ύστερα άρχισε να του εξηγεί τον λόγο.

Είναι όμως διάφορα. Όχι τίποτα σπουδαίο, μικροπράγματα που ξυπνούν το ένστικτο του μπάτσου στον Καλ: κινητήρες που μαρσάρουν στις τρεις το πρωί πέρα στους επαρχιακούς δρόμους, βαριά βουητά· ένα τσούρμο τύποι στην πέρα γωνία κάποια βράδια στην παμπ, υπερβολικά νέοι και εντελώς λάθος ντυμένοι, που μιλάνε πολύ δυνατά και γρήγορα με μια προφορά που δεν κολλάει· ο απότομος τρόπος που γυρίζουν το κεφάλι προς την πόρτα όταν μπαίνει ο Καλ, οι ματιές που διαρκούν ελάχιστα παραπάνω. Έχει προσέξει να μην πει σε κανέναν τι δουλειά έκανε, αλλά και το να είσαι ξένος μπορεί, αναλόγως, να είναι αρκετό.

Βλάκα, μονολογεί ο Καλ, ανάβοντας το μάτι κάτω από το τηγάνι και κοιτάζοντας έξω από το παράθυρο της κουζίνας το σούρουπο που έχει αρχίσει να πέφτει στα πράσινα λιβάδια, το σκυλί του Μαρτ που πηλαλάει γύρω από τα πρόβατα που βαδίζουν αργά προς το μαντρί τους. Ύστερα από τόσα χρόνια περιπολίας σε κακόφημες γειτονιές, μέχρι κι οι αγρεργάτες μοιάζουν με συμμορίτες.

Βαριεστημένα παιδιά, είναι σίγουρος. Όπως και να 'χει, ο Καλ έχει αρχίσει να βάζει τη μουσική του πιο χαμηλά για να μην του ξεφύγει τίποτα, μέχρι και ένα σύστημα συναγερμού σκέφτεται να εγκαταστήσει, κι αυτό τον τσαντίζει. Τόσα χρόνια η Ντόνα του έβαζε τις φωνές για την ένταση του ήχου – *Καλ, το μωρό δίπλα προσπαθεί να κοιμηθεί! Καλ, η κυρία Σκαπάνσκι μόλις έκανε εγχείρηση, πιστεύεις πως είναι λογικό να της σπάσουμε τα τύμπανα; Καλ, τι θα πουν οι γείτονες, ότι είμαστε τίποτα πρωτόγονοι;* Ήθελε εξοχή εν μέρει για να μπορεί να βάζει τον Στιβ Ερλ τόσο δυνατά, που να πέφτουν τα ντουβάρια, και να είναι τέρμα Θεού εν μέρει για να μη χρειάζεται πια να εγκαταστήσει συστήματα συναγερμού. Αυτή τη στιγμή νιώθει ότι δεν μπορεί να ξύσει ούτε καν τ' αρχίδια του, που λέει ο λόγος, χωρίς να κοιτάξει πάνω από τον ώμο του, και αυτό θα έπρεπε να είναι κάτι που να μπορεί να κάνει κάποιος στην κουζίνα του σπιτιού του. Παιδιά ή όχι, πρέπει να το λήξει.

Στην πατρίδα, το θέμα θα είχε λυθεί με δυο τρεις καλές, διακριτικές κάμερες που θα ανέβαζαν τις καταγραφές κατευθείαν στο cloud. Εδώ, ακόμα κι αν το Wi-Fi το σηκώνει, πράγμα για το οποίο αμφιβάλλει, η ιδέα να στέλνει υλικό στο κοντινότερο τμήμα δεν του κάθεται καλά. Δεν ξέρει τι μπορεί να πυροδοτήσει κάτι τέτοιο: γειτονικές έριδες, ή ο ματάκιας να είναι ξάδερφος του αστυνομικού, ή ποιος ξέρει τι άλλο. Σκέφτεται καλώδια με ανιχνευτή κίνησης. Υποτίθεται πως είναι παράνομα, αλλά ο Καλ είναι σίγουρος πως αυτό δεν θα ήταν μεγάλο πρόβλημα. Ο Μαρτ έχει ήδη προσφερθεί δυο φορές να του πουλήσει ένα αδήλωτο όπλο που θα έβρισκε στη γύρα, και όλοι οδηγούν στην επιστροφή από την παμπ. Το πρόβλημα, και πάλι, είναι πως ο Καλ δεν γνωρίζει τι μπορεί να πυροδοτήσει όλο αυτό.

Ή τι μπορεί να έχει ήδη πυροδοτήσει. Ακούγοντας τον Μαρτ, ο Καλ άρχισε να παίρνει πρέφα πόσο μπερδεμένα είναι τα πράγματα εδώ γύρω, και πόσο πρέπει να προσέχει πού κινείται κανείς. Η Νορίν –έχει το μαγαζί στη σύντομη διπλή σειρά κτισμάτων που λογίζεται ως χωριό ονόματι Αρντνακέλτι– δεν παραγγέλνει τα μπισκότα που αρέσουν στον Μαρτ, εξαιτίας ενός πολυσύνθετου έπους που έλαβε χώρα τη δεκαετία του '80 και στο οποίο εμπλέκονται οι θείοι της, ο πατέρας του Μαρτ και κάτι δικαιώματα βοσκής· ο Μαρτ δεν μιλάει πια με έναν αγρότη με δυσπρόφερτο όνομα από την άλλη πλευρά του βουνού, επειδή ο τύπος αγόρασε ένα κουτάβι που έσπειρε το σκυλί του Μαρτ, κάτι που για κάποιο λόγο δεν θα έπρεπε να έχει συμβεί. Υπάρχουν κι άλλες ιστορίες σαν αυτές, αν και ο Καλ δεν τις έχει όλες ξεκάθαρα στο μυαλό του επειδή ο Μαρτ μιλάει κάνοντας διαρκώς παρεκβάσεις και επειδή ακόμη δεν έχει εξοικειωθεί πλήρως με την τοπική προφορά. Του αρέσει –είναι πλούσια σαν τον αέρα, με μια λεπτή αιχμή σαν καρφίτσα που του φέρνει στον νου νερό παγωμένου ποταμού ή βουνίσιο άνεμο–, ωστόσο κομμάτια της κουβέντας τού ξεφεύγουν, και αποσπάται προσέχοντας περισσότερο τον ρυθμό και τις παύσεις. Παρ' όλα αυτά, έχει συγκρατήσει αρκετές ώστε να ξέρει ότι ίσως κάθισε στη θέση κάποιου άλλου στην παμπ, ή σε έναν περίπατό του έκοψε δρόμο από λάθος χωράφι, και αυτό θα μπορούσε να σημαίνει κάτι.

Όταν έφτασε εδώ, ήταν προετοιμασμένος να αντιμετωπίσει τη συσπείρωση εναντίον του ξένου. Ήταν εντάξει μ' αυτό, από τη στιγμή βέβαια που κανείς δεν θα έβαζε φωτιά στο σπίτι του· δεν έψαχνε φιλαράκια για γκολφ και προσκλήσεις για βραδινό φαγητό. Αποδείχτηκε όμως πως δεν ήταν έτσι. Ο κόσμος εδώ ήταν φιλικός. Τη μέρα που έφτασε ο Καλ και άρχισε να μεταφέρει πράγματα μέσα κι έξω από το σπίτι, ο Μαρτ, που στάθηκε στην αυλόπορτα για να ψαρέψει πληροφορίες, κατέληξε να του φέρει ένα μικρό ψυγειάκι και να του συστήνει ένα καλό μαγαζί με οικοδομικά υλικά. Η Νορίν του εξήγησε ποιος ήταν ξάδερφος με ποιον και τι είδους, και πώς θα έβγαζε άκρη με το τοπικό δίκτυο νερού, και αργότερα –αφού ο Καλ την έκανε να γελάσει μερικές φορές– προσφέρθηκε μεταξύ σοβαρού και αστείου να του τα φτιάξει με την αδερφή της τη χήρα. Οι γέροι που κατά τα φαινόμενα ζουν στην παμπ έχουν περάσει από τα νεύματα στα σχόλια για τον καιρό και σε παθιασμένες αναλύσεις ενός αθλήματος που ονομάζεται χέρλινγκ*,

_____

* Hurling: Ομαδικό άθλημα, αρχαίας γαελικής και ιρλανδικής καταγω-

το οποίο στα μάτια του Καλ μοιάζει με χόκεϊ αν κρατήσεις την ταχύτητα, την επιδεξιότητα και την αγριότητα αλλά αφαιρέσεις τον πάγο και το μεγαλύτερο μέρος του εξοπλισμού προστασίας. Μέχρι την προηγούμενη εβδομάδα ένιωθε αν όχι καλοδεχούμενος με ανοιχτές αγκάλες, τουλάχιστον αποδεκτός ως ένα ήπια ενδιαφέρον φυσικό φαινόμενο, ας πούμε σαν μια φώκια που είχε στήσει τη φωλιά της στο ποτάμι. Προφανώς πάντα θα ήταν ξένος, ωστόσο είχε αποκομίσει την αίσθηση πως αυτό δεν ήταν μεγάλο θέμα. Πλέον, δεν είναι και τόσο σίγουρος. Έτσι, πριν από τέσσερις μέρες, ο Καλ οδήγησε μέχρι την πόλη και αγόρασε ένα μεγάλο σακί φυτόχωμα. Τι ειρωνεία να αγοράζεις περισσότερο χώμα όταν έχεις μόλις ξοδέψει το μεγαλύτερο μέρος από τις οικονομίες σου για δέκα εκτάρια γης, αλλά το δικό σου χώμα είναι τραχύ και όλο σβόλους, γεμάτο με ρίζες από αγριόχορτα και μικρές κοφτερές πέτρες. Γι' αυτό που είχε κατά νου χρειαζόταν λεπτό, νωπό, στρωτό χώμα. Την επόμενη μέρα σηκώθηκε αξημέρωτα και άπλωσε ένα στρώμα από αυτό δίπλα στον εξωτερικό τοίχο του σπιτιού του, κάτω από κάθε παράθυρο. Αναγκάστηκε να απομακρύνει τα αγριόχορτα και τους κισσούς και να σβαρνίσει τα πετραδάκια για να δημιουργήσει μια κατάλληλη επιφάνεια. Ο αέρας κατέβαινε παγωμένος ως κάτω τα πνευμόνια του. Τα χωράφια γύρω του άρχισαν σιγά σιγά να διακρίνονται· τα κοράκια ξύπνησαν και άρχισαν να τσακώνονται. Όταν ο ουρανός φώτισε και ακούστηκε το μακρινό επιτακτικό σφύριγμα του Μαρτ στο τσοπανόσκυλό του, ο Καλ τσαλάκωσε το σακί από το φυτόχω-

γής, με προϊστορική προέλευση, που θεωρείται το ταχύτερο άθλημα σε γήπεδο στον κόσμο. Στόχος του παιχνιδιού είναι ο παίκτης, με τη χρήση ενός ξύλινου ραβδιού, να στείλει μια μικρή μπάλα μεταξύ των κάθετων δοκαριών των αντιπάλων, είτε πάνω είτε κάτω από την οριζόντια δοκό. (Σ.τ.Μ.)

μα, το έχωσε στον πάτο των σκουπιδιών και μπήκε μέσα να ετοιμάσει πρωινό. Το επόμενο πρωί, τίποτα· το μεθεπόμενο, τίποτα. Ίσως την τελευταία φορά το πλησίασε περισσότερο απ' ό,τι νόμιζε και το τρόμαξε. Συνέχισε να κάνει τις δουλειές του κρατώντας το βλέμμα του στα παράθυρα και τους φράχτες. Σήμερα το πρωί, πατημασιές, στο χώμα κάτω από το παράθυρο του σαλονιού. Αθλητικά, κρίνοντας από τα σχέδια της σόλας, ωστόσο τα ίχνη ήταν πολύ μπερδεμένα και το ένα πάνω στο άλλο για να μπορεί να ξεχωρίσει πόσο μεγάλα ή πόσο πολλά ήταν. Το τηγάνι έχει ζεσταθεί. Ο Καλ πετάει μέσα τέσσερις φέτες μπέικον, πιο κρεατένιο και πιο γευστικό από αυτό που είχε συνηθίσει, και μόλις το λίπος αρχίζει να τσιτσιρίζει, σπάει πάνω του δυο αυγά. Ψάχνει στο ipod, που βρίσκεται στο ξύλινο τραπέζι –παρατημένο από κάποιους προηγούμενους ιδιοκτήτες– όπου τρώει και τα γεύματά του, και βάζει κάτι από Τζόνι Κας, όχι πολύ δυνατά. Αυτή τη στιγμή η συλλογή επίπλων του Καλ περιλαμβάνει αυτό το τραπέζι, ένα παρατημένο ξύλινο γραφείο, δύο ετοιμόρροπες καρέκλες από φορμάικα και μια χοντρή πράσινη πολυθρόνα που ήταν έτοιμος να την πετάξει ο ξάδερφος του Μαρτ.

Αν έχει κάνει κάτι που τσάντισε κάποιον, αυτό μάλλον είναι η αγορά αυτού του σπιτιού. Το διάλεξε από μια ιστοσελίδα, με κριτήριο ότι συνοδευόταν από ένα κομμάτι γης, είχε κοντά καλό ψαρότοπο, η στέγη φαινόταν γερή, και ήθελε να ελέγξει τα χαρτιά που ξεμύτιζαν από το παλιό γραφείο. Είχε περάσει πολύς καιρός από την τελευταία φορά που ο Καλ είχε επιθυμήσει και είχε επιδιώξει κάτι απερίσκεπτο, επομένως αυτός ήταν ένας ακόμα λόγος για να το κάνει πράξη. Το μεσιτικό γραφείο ζητούσε τριανταπέντε χιλιάρικα, ο Καλ πρόσφερε τριάντα, μετρητά. Μόνο που δεν του φίλησαν το χέρι.

Δεν του είχε περάσει από το μυαλό πως ίσως ήθελε και κάποιος άλλος αυτό το μέρος. Ήταν ένα χαμηλό, γκρίζο σπίτι, χωρίς κάτι το ιδιαίτερο, χτισμένο κάπου τη δεκαετία του '30, καμιά πενηνταριά τετραγωνικά, με στέγη από σχιστόλιθο και παράθυρα με ξύλινα πλαίσια· μόνο οι μεγάλοι ακρογωνιαίοι λίθοι και το φαρδύ πετρόχτιστο τζάκι πρόσθεταν μια χαριτωμένη πινελιά.

Κρίνοντας από τις φωτογραφίες στην ιστοσελίδα, έχει εγκαταλειφθεί χρόνια, δεκαετίες ίσως: μεγάλες λωρίδες και κηλίδες από ξεφλουδισμένη μπογιά, δωμάτια γεμάτα με αναποδογυρισμένα σκούρα καφέ έπιπλα και τρύπιες κλαρωτές κουρτίνες, δεντράκια που είχαν φυτρώσει μπροστά από την πόρτα και κισσοί που έμπαιναν από κάποιο σπασμένο παράθυρο. Βέβαια, έχει μάθει πλέον αρκετά ώστε να αντιλαμβάνεται ότι ίσως πράγματι ήθελε και κάποιος άλλος αυτό το μέρος, έστω κι αν οι λόγοι δεν είναι προφανείς, και ότι οποιοσδήποτε ένιωθε ότι είχε αξιώσεις σε αυτό, πρέπει να το είχε λάβει σοβαρά υπόψη.

Ο Καλ βάζει το φαγητό του μέσα σε δυο χοντρές φέτες ψωμί, προσθέτει κέτσαπ, βγάζει μια μπίρα από το ψυγειάκι και παίρνει το γεύμα του στο τραπέζι. Η Ντόνα θα του έκανε κήρυγμα για τον τρόπο διατροφής του, που δεν περιλαμβάνει φυτικές ίνες και φρέσκα λαχανικά, η αλήθεια όμως είναι ότι, παρόλο που ζει με ένα τηγάνι και έναν φούρνο μικροκυμάτων, έχει χάσει μερικά κιλά, ίσως και περισσότερα από μερικά. Το καταλαβαίνει όχι μόνο στη ζώνη του αλλά και στις κινήσεις του· σε ό,τι κάνει, έχει μια καινούργια ελαφράδα που τον ξαφνιάζει. Στην αρχή τού προκαλούσε αναστάτωση, σαν να υπήρχε έλλειψη βαρύτητας, σταδιακά όμως άρχισε να το καταλαβαίνει καλύτερα. Ήταν η άσκηση. Κάθε μέρα ο Καλ πηγαίνει για ένα δίωρο περπάτημα, όχι κάπου συγκεκριμένα, απλώς ακολουθεί το ένστικτό του και εξοικειώνεται με τη νέα του χώρα. Πολλές φορές βρέχει, όμως δεν τον πειράζει· έχει ένα μεγάλο αδιάβροχο μπουφάν, κι η βροχή δεν έχει καμιά σχέση με ό,τι είχε συνηθίσει, ένα απαλό ψιλόβροχο που μοιάζει να αιωρείται ακίνητο στην ατμόσφαιρα. Τις περισσότερες φορές δεν φοράει καν την κουκούλα του, για να το αισθάνεται στο πρόσωπό του. Επίσης, βλέπει και ακούει καλύτερα απ' ό,τι είχε συνηθίσει: το περιστασιακό βέλασμα κάποιου προβάτου ή το μουγκανητό μιας αγελάδας ή κάποιος αγρότης που φωνάζει, είναι σαν να έρχεται από χιλιόμετρα μακριά, πιο αδύναμο και μαλακωμένο από την απόσταση. Πού και πού βλέπει κάποιον αγρότη να κάνει τις δουλειές του πέρα στα χωράφια ή να προχωράει αγκομαχώντας με το τρακτέρ του στο στενό μονοπάτι, έτσι που, όταν περνάει, ο Καλ αναγκάζεται να στριμωχτεί πάνω στον ακανόνιστο φράχτη υψώνοντας το χέρι σε χαιρετισμό. Έχει προσπεράσει χειροδύναμες γυναίκες που σέρνουν διάφορα βαριά πράγματα σε ακατάστατους στάβλους, ροδομάγουλα νήπια που τον κοιτάζουν επίμονα μέσα από πύλες γλείφοντας τα κάγκελα και αμολητά σκυλιά που τον γαβγίζουν ασταμάτητα. Υπάρχουν φορές που κάποιο πουλί περνάει με ορμή πάνω από το κεφάλι του ή κάποιος φασιανός πετάγεται από τη χαμηλή βλάστηση καθώς εκείνος πλησιάζει. Κάθε φορά επιστρέφει σπίτι νιώθοντας πως έκανε τη σωστή επιλογή που τα παράτησε όλα και ήρθε εδώ.

Μεταξύ των περιπάτων του, καθώς δεν υπάρχει τίποτα που να τραβάει την προσοχή του, ο Καλ κάνει επισκευές στο σπίτι από το πρωί ως το βράδυ. Το πρώτο πράγμα που έκανε με το που έφτασε ήταν να απομακρύνει το παχύ στρώμα από ιστούς αράχνης, σκόνη και νεκρά ζουζούνια που δούλευαν υπομονετικά προκειμένου να γεμίσουν κάθε εκατοστό του σπιτιού. Στη συνέχεια έβαλε καινούργια τζάμια στα παράθυρα, αντικατέστησε τη λεκάνη της τουαλέτας και την μπανιέρα —και τα δύο ήταν σπασμένα σαν κάποιος να τους είχε επιτεθεί με βαριοπούλα νιώθοντας βαθύτατο μίσος για τα υδραυλικά—, ώστε να σταματήσει να χέζει σε μια τρύπα στο χώμα και να πλένεται με τον κουβά. Υδραυλικός δεν είναι, αλλά πάντα έπιαναν τα χέρια του και, όποτε το ίντερνετ δεν αγκομαχούσε, έβλεπε στο YouTube βιντεάκια φτιάξ' το μόνος σου· μια χαρά τα κατάφερε.

Μετά, χωρίς να βιάζεται, ξόδεψε κάμποσο χρόνο ξεσκαρτάροντας τα εγκαταλειμμένα πράγματα που βρόμιζαν τα δωμάτια, αφιερώνοντας στο καθένα αμέριστη προσοχή. Όποιος είχε μείνει στο σπίτι τελευταίος, είχε σοβαρό θέμα με τη θρησκεία: υπήρχαν εικόνες της Αγίας Μπερναντέτ, μια Παναγία με απογοητευμένο ύφος, και κάποιος ονόματι Άγιος Πίος –όλες σε φτηνές κορνίζες– παρατημένες από λιγότερο πιστούς κληρονόμους να κιτρινίζουν. Επίσης, πρέπει να τους άρεσε το συμπυκνωμένο γάλα: πέντε κονσέρβες είχαν ξεμείνει στο ντουλάπι της κουζίνας –είχαν λήξει καμιά δεκαπενταριά χρόνια πριν. Υπήρχαν επίσης ροζ πορσελάνινες κούπες, σκουριασμένα τηγάνια, πλαστικά τραπεζομάντιλα τυλιγμένα ρολό, ένα παιδάκι μπιμπελό με κόκκινο φόρεμα και κορόνα και το κεφάλι κολλημένο, και ένα κουτί μ' ένα ζευγάρι παλιομοδίτικα αντρικά παπούτσια κάπως ταλαιπωρημένα αλλά και με λούστρο που δεν είχε χαλάσει. Ο Καλ διαπίστωσε με έκπληξη πως δεν είχαν κάνει κατάληψη τίποτα έφηβοι· δεν βρήκε ούτε άδεια κουτάκια μπίρας, ούτε γόπες, ούτε χρησιμοποιημένα προφυλακτικά, καθόλου γκράφιτι. Μάλλον το μέρος παραήταν απομακρυσμένο γι' αυτούς. Τότε του είχε φανεί καλό αυτό. Τώρα δεν είναι και τόσο σίγουρος. Η εκδοχή να είναι έφηβοι που έρχονται για να τσεκάρουν το παλιό τους λημέρι είναι μάλλον η προτιμότερη γι' αυτόν.

Όπως αποδείχτηκε, τα χαρτιά στο γραφείο δεν ήταν τίποτα σπουδαίο: άρθρα κομμένα από εφημερίδες και περιοδικά, διπλωμένα τακτικά σε ορθογώνια. Ο Καλ προσπάθησε να βρει κάποιο νήμα που να τα συνδέει, αλλά απέτυχε. Περιλάμβαναν μεταξύ άλλων: την ιστορία των προσκόπων, πώς να καλλιεργήσει κανείς μπιζέλια, μελωδίες για ιρλανδική φλογέρα, τις αποστολές ιρλανδικών ειρηνευτικών δυνάμεων στον Λίβανο, και μια συνταγή για κάτι που λέγεται λαγός Ουαλίας*. Τα κράτησε, καθώς ήταν κατά κάποιον τρόπο αυτά που τον είχαν φέρει εδώ. Πέταξε τα περισσότερα από τα υπόλοιπα πράγματα, μεταξύ αυτών και τις κουρτίνες, κάτι που έχει αποδειχτεί λάθος απόφαση τώρα. Σκέφτηκε να τις ξεθάψει από τον σωρό με τις σακούλες που δημιουργούνταν πίσω από την αποθήκη, πιθανότατα όμως κάποιο ζώο θα τις είχε μασουλήσει ή θα τις είχε κατουρήσει.

Αντικατέστησε τις υδρορροές και τις κάθετες εξωτερικές σωληνώσεις, σκαρφάλωσε στη στέγη για να ξεριζώσει από την καμινάδα του μια καλή σοδειά κιτρινολούλουδα αγριόχορτα, έτριψε με γυαλόχαρτο τα παλιά δρύινα σανίδια του πατώματος και τα γυάλισε, και αυτές τις μέρες έχει καταπιαστεί με τους τοίχους. Ο τελευταίος ένοικος ή είχε εντυπωσιακά αντισυμβατικά γούστα στη διακόσμηση ή κάμποσους κουβάδες φτηνή μπογιά. Το υπνοδωμάτιο του Καλ ήταν βαμμένο μ' ένα βαθύ, πλούσιο λουλακί, μέχρι που γέμισε κηλίδες και λωρίδες μούχλας και ωχρά γύψινα μπαλώματα από την υγρασία. Το μικρότερο υπνοδωμάτιο ήταν ανοιχτό πράσινο στο χρώμα της μέντας. Το μέρος του σαλονιού στο μπροστινό δωμάτιο είχε το καφεκόκκινο της σκουριάς, περασμένο πάνω από στρώματα ξεφλουδισμένης ταπετσαρίας. Δεν είναι σίγουρο τι ακριβώς

---

* Το Welsh rarebit ή Welsh rabbit αποτελείται από μια ζεστή σάλτσα τυριού σερβιρισμένη πάνω σε φέτες από φρυγανισμένο ψωμί. Αρχικά ονομαζόταν περιπαικτικά Welsh rabbit (λαγός Ουαλίας), στη συνέχεια όμως έγινε «rarebit», καθώς δεν περιέχει λαγό. Υπάρχουν κι άλλες εναλλακτικές ονομασίες: English rabbit, Scotch rabbit, buck rabbit, golden buck, και blushing bunny. Παρόλο που το τυρί πάνω σε φρυγανισμένο ψωμί ήταν δημοφιλές στην Ουαλία, δεν υπάρχουν ενδείξεις ότι το πιάτο προέρχεται από την τοπική κουζίνα. (Σ.τ.Μ.)

είχε συμβεί στην περιοχή της κουζίνας –σαν κάποιος να σκόπευε να τη στρώσει με πλακάκι κι ύστερα άλλαξε γνώμη–, ενώ στο μπάνιο δεν καταβλήθηκε καμία προσπάθεια: είναι ένας μικροσκοπικός στενός χώρος στο πίσω μέρος του σπιτιού, με γύψινους τοίχους και ένα απομεινάρι πράσινου χαλιού να καλύπτει λίγο πολύ τα γυμνά σανίδια, σαν να είχε φτιαχτεί από εξωγήινους που είχαν ακούσει για κάτι που λεγόταν μπάνιο χωρίς όμως να ξέρουν και τόσο καλά τις λεπτομέρειες. Ο Καλ, κοντά δυο μέτρα, χρειάζεται να στριμωχτεί στην μπανιέρα κυριολεκτικά με τα γόνατα κάτω από το πιγούνι. Μόλις στρώσει τα πλακάκια, θα εγκαταστήσει μια ντουζιέρα, αλλά αυτό μπορεί να περιμένει. Θέλει να τελειώσει το βάψιμο όσο ο καιρός κρατάει, για να μπορεί να αφήνει το παράθυρο ανοιχτό. Ήδη κάποιες μέρες, μια δυο προς το παρόν, με τον ουρανό βαρύ και γκρίζο, το κρύο να ανεβαίνει από το έδαφος και τον άνεμο να φυσάει από εκατοντάδες χιλιόμετρα μακριά περνώντας μέσα από σπίτι του σαν να μην υπάρχει, του είχαν δώσει μια ιδέα πώς θα είναι ο χειμώνας. Καμία σχέση με τους χιονιάδες και τα μπιλοζίρια των χειμώνων του Σικάγο –το ξέρει αυτό από το ίντερνετ–, αλλά κάτι με δικό του μπαϊράκι, κάτι ατσαλένιο και ανυπότακτο, με μια ζόρικη πλευρά.

Ο Καλ ρίχνει μια ματιά στη δουλειά της ημέρας καθώς τρώει. Σε κάποια σημεία, η ταπετσαρία έχει γίνει ένα με τον τοίχο, κάτι που κάνει αργή την όλη διαδικασία, ωστόσο έχει καταφέρει να ξεγυμνώσει περισσότερο από το μισό δωμάτιο· ο τοίχος γύρω από την ογκώδη αψίδα του τζακιού έχει ακόμη ένα φθαρμένο καφεκόκκινο χρώμα. Προς μεγάλη του έκπληξη, ένα κομμάτι του εαυτού του το απολαμβάνει έτσι το δωμάτιο. Δεν είναι καλλιτέχνης, αν ήταν όμως, θα έτεινε να το αφήσει έτσι για λίγο, να ζωγραφίσει μερικές εικόνες.

Έχει φάει το μισό από το φαγητό του και ακόμη γυροφέρνει στο μυαλό του το ενδεχόμενο, όταν νιώθει και πάλι τον σβέρκο του να φλέγεται. Αυτή τη φορά μπορεί να ακούσει τι έχει πυροδοτήσει αυτή την αντίδραση: ένα μικρό, αδέξιο σύρσιμο, που σχεδόν αμέσως σταματάει, λες και κάποιος άρχισε να περιφέρεται στη βλάστηση έξω από το παράθυρο κι ύστερα ξαφνικά μαζεύτηκε.

Ο Καλ παίρνει χαλαρά άλλη μια μπουκιά από το σάντουιτς, την κατεβάζει με μια μεγάλη γουλιά μπίρα και σκουπίζει τον αφρό από το μουστάκι του. Ύστερα μορφάζει και γέρνει μπροστά, με ένα ρέψιμο, για να βάλει το πιάτο του στον πάγκο. Σηκώνεται από την καρέκλα, κουνάει τον αυχένα του μέχρι να ακουστεί ένα κρακ και προχωράει προς το αποχωρητήριο, ψαχουλεύοντας ήδη την αγκράφα της ζώνης του.

Το παράθυρο του μπάνιου ανοίγει μαλακά και αθόρυβα, σαν να έχει ψεκαστεί με WD-40, πράγμα που όντως έχει γίνει. Ο Καλ έχει εξασκηθεί και στο σκαρφάλωμα στο καζανάκι και στην έξοδο από το παράθυρο, και για τον όγκο του τα καταφέρνει πολύ καλύτερα απ' ό,τι θα περίμενε κανείς, αυτό όμως δεν αλλάζει το γεγονός ότι ένας λόγος που έπαψε να είναι μπάτσος που έκανε περιπολίες ήταν επειδή είχε βαρεθεί να σκαρφαλώνει σε άκυρα αντικείμενα κυνηγώντας κακοποιούς που κάνουν άσκοπες μαλακίες, και δεν ήταν στα άμεσα σχέδιά του να επιστρέψει σε αυτό. Προσγειώνεται στο έδαφος απέξω, με την καρδιά του να χτυπάει πιο γρήγορα, και με τον παλιό γνώριμο ρυθμό του κυνηγού και μια αυξανόμενη αίσθηση δυσαρέσκειας.

Το καλύτερο που καταφέρνει να βρει είναι ένα κομμάτι σωλήνα που είχε ξεμείνει από τις επισκευές του μπάνιου κρυμμένο σ' έναν θάμνο. Παρόλο που το κρατάει, χωρίς το όπλο του νιώθει ελαφρύς και με άδεια χέρια. Μένει ακίνητος για λίγο, αφήνοντας τα μάτια του να προσαρμοστούν, και αφουγκράζεται, η νύχτα όμως είναι γεμάτη με μικρούς θορύβους και δεν μπορεί να ξεχωρίσει κάποιον πιο σχετικό ίσως από τους υπόλοιπους. Έχει σκοτεινιάσει· το φεγγάρι έχει ανέβει, μια φτενή φλοίδα κυνηγημένη από ανόμοια σύννεφα, που ρίχνει μόνο ένα αχνό, αναξιόπιστο φως και υπερβολικά πολλές σκιές. Ο Καλ σφίγγει τη λαβή στον σωλήνα και με τον γνώριμο τρόπο –γρήγορα και σιωπηλά– προς τη γωνία του σπιτιού.

Κάτω από το παράθυρο του σαλονιού, μια μάζα από πυκνότερο σκοτάδι κάθεται ανακούρκουδα ακίνητη, με το κεφάλι πιο ψηλά ίσα ίσα για να δει πάνω από το περβάζι. Ο Καλ σαρώνει προσεκτικά τον χώρο, όσο καλύτερα μπορεί, το πεδίο όμως είναι ελεύθερο· τα χορτάρια τριγύρω είναι άδεια. Έτσι όπως ξεχύνεται το φως από το παράθυρο, πιάνει ένα κοντοκουρεμένο κεφάλι και μια κόκκινη μουτζούρα.

Ο Καλ πετάει τον σωλήνα και ορμάει. Ετοιμάζεται να ξαπλώσει στο χώμα τον τύπο βάζοντάς του τρικλοποδιά και αποκεί και πέρα θα σκεφτεί τι θα κάνει, αλλά σκοντάφτει σε έναν βράχο. Το δευτερόλεπτο που παλεύει να ανακτήσει την ισορροπία του, ο τύπος πετάγεται όρθιος και το σκάει. Ο Καλ βουτάει σχεδόν στο σκοτάδι, αρπάζει ένα μπράτσο και ουρλιάζει με όλη του τη δύναμη.

Ο τύπος παρασέρνεται προς το μέρος του υπερβολικά εύκολα, και το μπράτσο που σφίγγει ο Καλ είναι αρκετά μικρό. Είναι παιδί. Η συνειδητοποίηση κάνει τη λαβή του Καλ να χαλαρώσει κάπως. Το παιδί συστρέφεται σαν αγριόγατα, με την ανάσα του να σφυρίζει, και βυθίζει τα δόντια του στο χέρι του Καλ.

Εκείνος μουγκρίζει. Το παιδί απελευθερώνεται και εκτοξεύεται προς τον κήπο σαν πύραυλος, τα πόδια του σχεδόν δεν ακούγονται στα χορτάρια. Ο Καλ κάνει να το ακολουθήσει, αλλά μέσα σε δευτερόλεπτα χάνεται στις σκιές του φράχτη από θάμνους δίπλα στον δρόμο, και όταν ο Καλ φτάνει πλέον εκεί, έχει εξαφανιστεί. Περνάει με δυσκολία από μέσα και κοιτάζει πάνω κάτω τον δρόμο, που έχει γίνει μια στενή λωρίδα από τις σκιές που ρίχνει ο φράχτης εκεί. Τίποτα. Πετάει μια δυο πέτρες στους θάμνους προς διάφορες κατευθύνσεις, προσπαθώντας να το κάνει να βγει από την κρυψώνα του: τζίφος.

Δεν πιστεύει πως το παιδί έχει ενισχύσεις – θα είχε φωνάξει, είτε για να ζητήσει βοήθεια είτε για να τους προειδοποιήσει. Τα κοράκια κοιμούνται ανενόχλητα. Κάτω από το παράθυρο του σαλονιού υπάρχουν φρέσκα αποτυπώματα στο χώμα· οι ίδιες αυλακώσεις με την προηγούμενη φορά. Μόνο εκεί. Ο Καλ οπισθοχωρεί στη βαθιά σκιά της αποθήκης και περιμένει για πολλή ώρα, προσπαθώντας να ηρεμήσει τη βαριά αναπνοή του, αλλά δεν ακούγεται κανένα θρόισμα στον φράχτη, ούτε φαίνεται κανένας ίσκιος να το σκάει λαθραία προς κάποιο λιβάδι. Ήταν ένας μόνο, και μάλιστα παιδί. Δεν θα γυρίσει. Τουλάχιστον όχι απόψε.

Όταν πια μπαίνει μέσα, ρίχνει μια ματιά στο χέρι του. Το παιδί τού την κατάφερε γερά· τρία δόντια χώθηκαν στο δέρμα του, και έχει ματώσει σ' ένα σημείο. Στο παρελθόν, ο Καλ είχε δεχτεί παρόμοιες επιθέσεις στη δουλειά, κάτι που οδήγησε σε μια δίνη από χαρτιά, καταθέσεις, αιματολογικές εξετάσεις, νομικές διελκυστίνδες, χάπια και παρουσίες στο δικαστήριο που τράβηξαν για μήνες, μέχρι που βαρέθηκε να κρατάει λογαριασμό τι γίνεται και για ποιο λόγο και απλώς έδειχνε το μπράτσο του ή έβαζε την υπογραφή του όποτε του το ζητούσαν. Βρίσκει το κουτί πρώτων βοηθειών, μουλιάζει για κάμποσο το χέρι του με το αντισηπτικό και μετά κολλάει ένα τσιρότο.

Το φαγητό του έχει κρυώσει. Το ζεσταίνει στα μικροκύματα και το ακουμπάει ξανά στο τραπέζι. Ο Τζόνι Κας συνεχίζει να παίζει, θρηνώντας για τη χαμένη του Ρόουζ και για τον χαμένο του γιο, με βαθύ σπασμένο βιμπράτο λες και είναι κι εκείνος ήδη φάντασμα*.

---

* Αναφορά στο τραγούδι του Johnny Cash «Give my love to Rose». (Σ.τ.Μ.)

Ο Καλ δεν νιώθει όπως θα περίμενε. Το καλύτερο σενάριο που ήλπιζε να εκτυλίσσεται ήταν τίποτα παιδιά να κατασκοπεύουν τον νεοφερμένο. Είχε φανταστεί να τους φωνάζει αόριστες απειλές καθώς εκείνα απομακρύνονται γελώντας και φωνάζοντας προσβολές πάνω από τον ώμο τους, και στη συνέχεια να κουνάει το κεφάλι και να μπαίνει μέσα μουρμουρίζοντας για τα σημερινά παιδιά σαν γεροπαράξενος, και τέλος. Ίσως, μάλιστα, μια στο τόσο να γύριζαν πίσω για έναν ακόμα γύρο, όμως ο Καλ κατά βάση θα ήταν εντάξει μ' αυτό. Στο ενδιάμεσο, θα μπορούσε να ασχοληθεί και πάλι με τα της ανακαίνισής του, τη μουσική του στη διαπασών και το ξύσιμο των αχαμνών του όποτε του γούσταρε, με την αστυνομική του διαίσθηση να επιστρέφει εκεί όπου ανήκε, στο κρεβάτι.

Μόνο που τώρα δεν νιώθει ότι όλο αυτό έχει τελειώσει, και η αστυνομική του διαίσθηση δεν πηγαίνει για ύπνο. Τα παιδιά που κάνουν την πλάκα τους σε βάρος του ξένου θα έρχονταν μπουλούκι και θα ήταν στα κάγκελα, χοροπηδώντας από την αποκοτιά τους σαν να ήταν καφεΐνη. Ο Καλ συλλογίζεται την ακινησία του παιδιού κάτω από το παράθυρο, τη σιωπή του όταν το άρπαξε, τη φιδίσια σφοδρότητα του δαγκώματός του. Αυτό το παιδί δεν διασκέδαζε. Βρισκόταν εδώ για έναν σκοπό. Και θα επέστρεφε.

Ο Καλ τελειώνει το φαγητό του και πλένει τα πιάτα. Καρφώνει ένα προστατευτικό πλαστικό στο παράθυρο του μπάνιου και κάνει ένα γρήγορο ντους. Ύστερα ξαπλώνει ανάσκελα στο στρώμα του με τα χέρια για μαξιλάρι, κοιτάζοντας έξω από το παράθυρο τ' αστέρια μέσα από τα σύννεφα και ακούγοντας αλεπούδες να τσακώνονται κάπου πέρα στα λιβάδια.

2

Όταν ο Καλ βγάζει έξω το γραφείο και του ρίχνει μια πιο προσεκτική ματιά, διαπιστώνει ότι είναι πιο παλιό και καλύτερης ποιότητας απ' ό,τι νόμιζε. Σκούρο δρύινο, με φίνες καμπύλες λαξεμένες στο γείσο του πάνω μέρους και κατά μήκος του κάτω μέρους των συρταριών, και μια ντουζίνα μικρά χωρίσματα στο βάθος. Το είχε φυλάξει στο μικρότερο υπνοδωμάτιο, μιας και δεν σκόπευε να ασχοληθεί αρχικά μαζί του, αλλά σήμερα θα μπορούσε να του φανεί χρήσιμο. Το έσυρε έξω στο τέρμα του κήπου, σε προσεκτικά μελετημένη απόσταση από τον φράχτη και το δέντρο με τα κοράκια, μαζί με το τραπέζι του –για να το χρησιμοποιήσει ως πάγκο εργασίας– και την εργαλειοθήκη του. Η εργαλειοθήκη ήταν ένα από τα μετρημένα στα δάχτυλα πράγματα που είχε στείλει εδώ από την πατρίδα. Τα περισσότερα από τα εργαλεία ήταν του παππού του. Φαγωμένα, γδαρμένα, πιτσιλισμένα με μπογιές, ωστόσο ακόμη δουλεύουν καλύτερα από τις σαβούρες που μπορεί να βρει κανείς στα καταστήματα σιδηρικών τον τελευταίο καιρό.

Το βασικό πρόβλημα του γραφείου είναι ένα βούλιαγμα γεμάτο σκλήθρες στη μία πλευρά, λες και όποιος επιτέθηκε στο μπάνιο με τη βαριοπούλα κοπάνησε κι αυτό στο πέρασμά του. Ο Καλ το αφήνει για το τέλος, όταν θα έχει βρει ξανά τη φόρμα του. Σχεδιάζει να ξεκινήσει με τους οδηγούς των συρταριών. Οι δύο λείπουν και οι άλλοι δύο έχουν σκεβρώσει και έχουν σπάσει σε σημείο που το συρτάρι δεν μπαινοβγαίνει χωρίς μάχη. Βγάζει και τα δύο συρτάρια, ξαπλώνει το γραφείο με την πλάτη και αρχίζει να σχεδιάζει το περίγραμμα των οδηγών που έχουν απομείνει.

Ο καιρός είναι με το μέρος του: μια γλυκιά, ηλιόλουστη μέρα με ελαφρύ αεράκι, με πουλάκια στους φράχτες και μέλισσες στα αγριολούλουδα, μια μέρα που ένας άνθρωπος μπορεί να καταπιαστεί άνετα με κάποια δουλειά έξω. Είναι πρωί καθημερινής, κρίνοντας όμως από τα προηγούμενα περιστατικά, ο Καλ δεν θεωρεί ότι αυτό απαραιτήτως σημαίνει ότι χάνει τον χρόνο του. Ακόμα κι αν δεν συμβεί κάτι αμέσως, έχει πολλή δουλειά, που θα τον κρατήσει απασχολημένο ώσπου να τελειώσουν τα σχολεία. Σφυρίζει τα παλιά παραδοσιακά τραγούδια του παππού του μέσα από τα δόντια του και τραγουδάει και κανέναν στίχο όταν τον θυμάται.

Συνεχίζει να σφυρίζει με το κεφάλι σκυμμένο στο γραφείο, ακόμα κι όταν ακούει το σύρσιμο ποδιών στα χορτάρια πέρα μακριά. Λίγο μετά ακούει κάτι να χαρχαλεύει μες στους θάμνους. Μια υγρή μύτη τού σπρώχνει τον αγκώνα· ο Κότζακ, το κοκαλιάρικο ασπρόμαυρο τσοπανόσκυλο του Μαρτ. Ο Καλ ισιώνει την πλάτη και γνέφει με το χέρι στον γείτονά του.

«Πώς πάει;» ρωτάει ο Μαρτ, πάνω από τον πλαϊνό φράχτη.

Ο Κότζακ απομακρύνεται χοροπηδώντας για να ελέγξει αν υπάρχει κάτι καινούργιο στον φράχτη του Καλ από την τελευταία φορά που ήταν εκεί.

«Όχι κι άσχημα» απαντάει ο Καλ. «Εσύ;»

«Όλα καλά, όλα ανθηρά» λέει ο Μαρτ. Είναι κοντός, γύρω στο ένα εβδομήντα, λιπόσαρκος και ρυτιδιασμένος· έχει φουντωτά γκρίζα μαλλιά, μια μύτη που πρέπει να έχει σπάσει μια δυο φορές μέχρι τώρα, και μια μεγάλη ποικιλία από καπέλα. Σήμερα φοράει ένα χαμηλό τουίντ καπέλο που μοιάζει σαν να το έχει μασουλήσει κάποιο οικόσιτο ζώο ή κάτι ανάλογο. «Τι κάνεις μ' αυτό το πράγμα;»

«Θα το επισκευάσω» λέει ο Καλ. Προσπαθεί να ελευθερώσει τον δεύτερο οδηγό, αλλά αυτός αντιστέκεται σθεναρά· το γραφείο είχε φτιαχτεί σωστά, πολύ καιρό πριν.

«Χάνεις τον χρόνο σου» λέει ο Μαρτ. «Ρίξε μια ματιά σε σάιτ με αγγελίες. Θα πάρεις πεντέξι από δαύτα για ένα κομμάτι ψωμί».

«Ένα χρειάζομαι μόνο» λέει ο Καλ. «Και έχω».

Ο Μαρτ είναι ξεκάθαρο πως διαφωνεί, αλλά αποφασίζει να μη μιλήσει και να ασχοληθεί με κάτι πιο αξιόλογο. «Μια χαρά φαίνεσαι» λέει, κόβοντας τον Καλ από πάνω μέχρι κάτω. Από την αρχή ήταν προδιατεθειμένος να εγκρίνει τον Καλ. Λατρεύει την κουβέντα, και στα εξήντα ένα του χρόνια έχει ξεζουμίσει όλους τους άλλους εδώ γύρω. Ο Καλ για τον Μαρτ είναι θείο δώρο.

«Ευχαριστώ» λέει ο Καλ. «Κι εσύ το ίδιο».

«Σοβαρολογώ, δικέ μου. Και πολύ στιλάκι. Η κοιλιά σου όσο πάει και λιώνει». Και όταν ο Καλ, κουνώντας υπομονετικά τον οδηγό του συρταριού μπρος πίσω, δεν απαντάει: «Και ξέρεις γιατί, ε;».

«Γι' αυτό» λέει ο Καλ, γνέφοντας προς το σπίτι. «Αντί να κάθομαι στο γραφείο όλη μέρα».

Ο Μαρτ κουνάει αρνητικά το κεφάλι με πάθος. «Καμιά σχέση. Θα σου πω εγώ γιατί. Είναι το κρέας που τρως. Τα λουκάνικα και τα μπέικον που παίρνεις από τη Νορίν. Είναι ντόπια· τόσο φρέσκα, που πηδάνε από το πιάτο σου και γρούζουν. Είναι δυναμωτική τροφή».

«Σε προτιμώ από τον παλιό μου γιατρό» λέει ο Καλ.

«Άκου να δεις. Τα αμερικάνικα κρέατα που έτρωγες εκεί στην πατρίδα σου είναι τίγκα στις ορμόνες. Τις δίνουν με το τσουβάλι στα ζωντανά για να τα παχύνουν. Άρα, και στους ανθρώπους τι νομίζεις πως κάνουν;»

Περιμένει απάντηση. «Μάλλον όχι κάτι καλό» λέει ο Καλ.

«Σε πρήζουν σαν μπαλόνι και βγάζεις βυζιά σαν την Ντόλι

Πάρτον. Τρελά πράγματα. Η ΕΕ τα έχει απαγορεύσει όλα εδώ πέρα. Γι' αυτό πάχαινες. Τώρα που τρως καλό ιρλανδέζικο κρέας, τα χάνεις τα κιλά σου. Θα γίνεις σαν τον Τζιν Κέλι στο *άψε σβήσε*».

Ο Μαρτ έχει ψυχανεμιστεί πως σήμερα κάτι απασχολεί τον Καλ και είναι αποφασισμένος να τον κάνει να τα ξεράσει όλα, είτε από αίσθηση γειτονικού καθήκοντος, είτε επειδή τη βρίσκει με την πρόκληση. «Πρέπει να το πουλήσεις αυτό» λέει ο Καλ. «Η θαυματουργή δίαιτα του μπέικον από τον Μαρτ. Όσο περισσότερο τρως, τόσο περισσότερο αδυνατίζεις».

Ο Μαρτ καγχάζει, εμφανώς ικανοποιημένος. «Είδα πως πήγες στην πόλη χτες» αναφέρει αδιάφορα. Ζαρώνει τα μάτια του κοιτάζοντας στην άλλη άκρη του κήπου τον Κότζακ, που τα έχει βάλει με έναν θάμνο, σκαλίζοντας και προσπαθώντας να χώσει μέσα τη μούρη του.

«Ναι» λέει ο Καλ και τεντώνεται. Ξέρει πού το πάει ο Μαρτ. «Περίμενε». Μπαίνει μέσα και επιστρέφει με ένα πακέτο μπισκότα. «Μην τα φας όλα μαζεμένα».

«Είσαι κύριος» λέει ο Μαρτ χαρούμενα, παίρνοντας τα μπισκότα πάνω από τον φράχτη. «Τα δοκίμασες;»

Τα μπισκότα του Μαρτ είναι κάτι περίτεχνα αφράτα κατασκευάσματα από ροζ ζαχαρωτά, με μαρμελάδα και καρύδα, που στον Καλ φαίνονται σαν κάτι που θα χρησιμοποιούσε κανείς για να δωροδοκήσει μια πεντάχρονη με μεγάλο φιόγκο στα μαλλιά ώστε να κόψει την γκρίνια. «Όχι ακόμη» λέει.

«Πρέπει, δικέ μου. Βούτα τα στο τσάι. Το ζαχαρωτό μαλακώνει κι η μαρμελάδα λιώνει στη γλώσσα σου. Δεν έχεις φάει ποτέ κάτι τέτοιο». Ο Μαρτ χώνει τα μπισκότα στην τσέπη του πράσινου αδιάβροχου μπουφάν του. Δεν προσφέρεται να τα πληρώσει. Την πρώτη φορά, ο Μαρτ παρουσίασε την ιστορία με τα μπισκότα σαν κάτι που συνέβη εφάπαξ, μια χάρη σ' έναν φτωχό γέρο αγρότη, και ο Καλ δεν θα ζητούσε λίγα κέρματα από τον καινούργιο γείτονα. Αποκεί και πέρα όμως, ο Μαρτ το διαχειριζόταν σαν μακρά θεμελιωμένη παράδοση. Η περιπαικτική λάμψη στα μάτια του προς τον Καλ όποτε παίρνει τα μπισκότα υποδεικνύει ότι τον δοκιμάζει. «Είμαι πιο πολύ του καφέ» λέει ο Καλ. «Δεν θα είναι το ίδιο».

«Μην πεις στη Νορίν γι' αυτά» τον προειδοποιεί ο Μαρτ. «Θα βρει κάτι άλλο να μου κόψει. Της αρέσει να νομίζει ότι έχει το πάνω χέρι».

«Μιας και μιλάμε για τη Νορίν» λέει ο Καλ. «Αν πας προς τα εκεί, μπορείς να μου πάρεις λίγο ζαμπόν; Το ξέχασα».

Ο Μαρτ αφήνει ένα μακρόσυρτο σφύριγμα. «Θες να μπεις στα μαύρα κατάστιχα της Νορίν; Θα έλεγα πως δεν είναι καθόλου έξυπνη κίνηση, νεαρέ. Δες που μ' έχει φέρει εμένα αυτό. Ό,τι κι αν έκανες, πήγαινε εκεί πέρα μ' ένα μάτσο λουλούδια και ζήτα συγγνώμη».

Το θέμα είναι πως ο Καλ θέλει να μείνει σπίτι σήμερα. «Μπα» λέει. «Προσπαθεί ακόμη να μου τα φτιάξει με την αδερφή της».

Τα φρύδια του Μαρτ υψώνονται. «Ποια αδερφή;»

«Την Έλενα, νομίζω ότι είπε».

«Θεέ μου Μεγαλοδύναμε! Τότε, δικέ μου, τρέχα αμέσως. Νόμιζα ότι εννοούσες τη Φινούλα, αλλά στη Νορίν πρέπει να αρέσει πολύ η κοψιά σου. Η Λένα έχει πολύ όμορφο κεφαλάκι. Κι ο άντρας της ήταν σφιχτός σαν τον κώλο της πάπιας και έπινε ποτάμια ολόκληρα –ο Θεός να τον αναπαύσει–, επομένως δεν έχει υψηλά στάνταρ. Δεν πρόκειται να τρελαθεί αν μπεις μέσα με λασπωμένες μπότες ή την αμολήσεις στο κρεβάτι».

«Ο τύπος μου» λέει ο Καλ. «Αν έψαχνα».

«Και είναι και γεροδεμένη, όχι σαν τις κοκαλιάρες τσιλιβήθρες που τις χάνεις αν γυρίσουν στο πλάι. Η γυναίκα πρέπει να έχει λίγο κρέας πάνω της. Έλα τώρα» –δείχνει με το δάχτυλο τον Καλ, που έχει αρχίσει να γελάει–, «βρόμικο μυαλό έχεις. Δεν μιλάω για το καβαλίκεμα. Είπα εγώ τίποτα για καβαλίκεμα;».

Ο Καλ κουνάει το κεφάλι του, γελώντας ακόμη.

«Εννοώ πως» –ο Μαρτ βάζει τους πήχεις του στο κάγκελο του φράχτη, ώστε να βολευτεί και να αναπτύξει το θέμα– «αν είναι να έχεις μια γυναίκα σπίτι, θέλεις κάποια που να γεμίζει τον χώρο. Όχι ένα απολειφάδι όλο κόκαλα, με άχρωμη φωνούλα, που δεν της αποσπάς λέξη από τη μια μέρα στην άλλη. Δεν αξίζει τα λεφτά της. Όταν μπαίνεις στο σπίτι, τη γυναίκα σου θέλεις να τη βλέπεις και να την ακούς. Να ξέρεις ότι βρίσκεται εκεί, αλλιώς ποιο το νόημα να την έχεις;».

«Κανένα» λέει ο Καλ, χαμογελώντας. «Η Λένα λοιπόν ακούγεται;»

«Θα καταλάβαινες ότι είναι εκεί. Άντε να πάρεις εσύ το ζαμπόν σου, και ζήτα από τη Νορίν να σου κανονίσει ραντεβού. Κάνε ένα καλό μπάνιο, ξύρισε αυτό το Γούκι* από τη μούρη σου, βάλε κι ένα κυριλέ πουκάμισο. Πήγαινέ τη στην πόλη, σ' ένα καλό εστιατόριο· για αρχή, μην τη φέρεις στην παμπ με όλους αυτούς τους άχρηστους».

«Εσύ θα έπρεπε να τη βγάλεις έξω» λέει ο Καλ.

Ο Μαρτ ρουθουνίζει. «Δεν έχω παντρευτεί ποτέ».

«Ακριβώς γι' αυτό» λέει ο Καλ. «Δεν θα ήταν σωστό να πάρω μεγαλύτερη μερίδα απ' ό,τι μου αναλογεί σε γυναίκες που ακούγονται».

Ο Μαρτ κουνάει το κεφάλι με πάθος. «Α όχι-όχι-όχι. Δεν κατάλαβες καλά. Πόσων χρονών είσαι; Σαράντα πέντε;»

---

* Γούκι (Wookiees): Ανθρωποειδείς εξωγήινοι στο σύμπαν του Star Wars, από τον δασώδη πλανήτη Kashyyyk. Είναι μεγαλόσωμοι, τριχωτοί και χειροδύναμοι. Ο πιο γνωστός είναι ο Τσουμπάκα, συγκυβερνήτης στο Millennium Falcon και φίλος του Χαν Σόλο. (Σ.τ.Μ.)

«Σαράντα οκτώ».

«Δεν σου φαίνεται. Μάλλον οι ορμόνες από το κρέας σε διατηρούν νέο».

«Ευχαριστώ».

«Τέλος πάντων. Ο άντρας στα σαράντα έχει συνηθίσει πια να είναι ή να μην είναι παντρεμένος. Οι γυναίκες έχουν ιδέες, κι εγώ δεν είμαι μαθημένος στις ιδέες κανενός εκτός από τις δικές μου. Εσύ είσαι». Ο Μαρτ το συμπέρανε αυτό, όπως και άλλα ζωτικής σημασίας στοιχεία, στην πρώτη τους συνάντηση, με τέτοια σχεδόν αόρατη επιδεξιότητα, που ο Καλ ένιωσε εντελώς ερασιτέχνης.

«Ζούσες με τον αδερφό σου» σχολιάζει ο Καλ. Ο Μαρτ τουλάχιστον είναι αμφίδρομος στις πληροφορίες: ο Καλ έχει ακούσει τα πάντα για τον αδερφό του, που προτιμούσε τα μπισκότα με κρέμα, που ήταν τεμπέλαρος αλλά έπιαναν τα χέρια του στις γέννες, που χάρισε στον Μαρτ τη σπασμένη μύτη χτυπώντας τον με ένα γαλλικό κλειδί σε μια διαφωνία που είχαν για το τηλεκοντρόλ, και που πέθανε από εγκεφαλικό πριν από τέσσερα χρόνια.

«Δεν είχε ιδέες» λέει ο Μαρτ, με τον αέρα κάποιου που έχει πετύχει διάνα με το επιχείρημά του. «Κουφιοκέφαλος εντελώς. Δεν θα μπορούσα να έχω καμιά τύπισσα να φέρει τις ιδέες της στο σπίτι μου. Μπορεί να θέλει κάνα πολυέλαιο ή κανένα κανίς ή να αρχίσω μαθήματα γιόγκα».

«Θα μπορούσες να βρεις καμιά χαζή» προτείνει ο Καλ.

Ο Μαρτ το απορρίπτει ξεφυσώντας. «Από χαζομάρα, χόρτασα με τον αδερφό μου. Τον Ντάμπο Γκάνον τον ξέρεις; Από τη φάρμα εκεί;» Δείχνει πέρα από τα χωράφια ένα μακρύ, χαμηλό κτίριο με κόκκινη στέγη.

«Ναι» λέει ο Καλ, υποθέτοντας. Ένας από τους ηλικιωμένους τύπους στην παμπ κάπως καχεκτικός με τόσο πεταχτά αυτιά, που θα μπορούσες να τον σηκώσεις απ' αυτά.

«Ο Ντάμπο έχει τρίτη συμβία. Δεν τον πιάνει το μάτι σου —είναι κι αυτός σαν την τιμή της πατάτας, απροσδιόριστος–, αλλά σ' το λέω εγώ. Η μία πέθανε, η άλλη τον παράτησε, αλλά και τις δυο φορές ο Ντάμπο έκανε λιγότερο από χρόνο για να βρει καινούργια. Όπως θα έπαιρνα εγώ άλλο σκυλί αν πέθαινε ο Κότζακ, ή άλλη τηλεόραση αν χάλαγε αυτή που έχω, ο Ντάμπο πάει και βρίσκει άλλη σύζυγο. Επειδή έχει συνηθίσει να φέρνει κάποιος τις ιδέες του. Αν δεν έχει γυναίκα, δεν ξέρει τι να φτιάξει για βραδινό ή τι να δει στην τηλεόραση. Κι εσύ χωρίς γυναίκα δεν θα ξέρεις τι χρώμα να βάψεις τα δωμάτια της έπαυλης εκεί πέρα».

«Άσπρο λέω» απαντάει ο Καλ.

«Και τι άλλο;»

«Και άσπρο».

«Βλέπεις τι σου λέω;» λέει ο Μαρτ θριαμβευτικά. «Να δεις που μόνος σου δεν θα κάνεις τίποτα. Έχεις συνηθίσει να σου δίνει κάποιος άλλος τις ιδέες. Θα τις αναζητήσεις».

«Μπορώ να πάρω διακοσμητή» λέει ο Καλ. «Κάποιον φαντεζί χίπστερ που θα το βάψει κιτρινοπράσινο και σάπιο μήλο».

«Και πού ακριβώς σκοπεύεις να τον βρεις εδώ τριγύρω;»

«Θα τον φέρω από το Δουβλίνο. Χρειάζεται βίζα εργασίας;»

«Θα κάνεις το ίδιο με τον Ντάμπο» τον πληροφορεί ο Μαρτ. «Είτε το έχεις σκοπό είτε όχι. Απλώς προσπαθώ να βεβαιωθώ ότι θα το κάνεις σωστά, πριν σε τυλίξει στα δίχτυα της καμιά κοκαλιάρα χαζοβιόλα που θα σου κάνει τη ζωή κόλαση».

Ο Καλ δεν μπορεί να ξεχωρίσει αν ο Μαρτ τα πιστεύει όλα αυτά ή τα πετάει έτσι, ελπίζοντας σε μια λογομαχία. Άλλωστε, του αρέσουν οι λογομαχίες όσο και τα μπισκότα. Μερικές φορές ο Καλ πάει με τα νερά του, στο πνεύμα της καλής γειτονίας, σήμερα όμως έχει μερικές πολύ συγκεκριμένες ερωτήσεις, κι ύστερα θέλει να του αφήσει ο Μαρτ το πεδίο ελεύθερο.

«Ίσως σε λίγους μήνες» λέει. «Δεν θα ξεκινήσω τίποτα με

καμία γυναίκα τώρα. Μέχρι να φέρω αυτό το μέρος σε κατάσταση που να μπορώ να της το δείξω».

Ο Μαρτ λοξοκοιτάζει προς το σπίτι και γνέφει καταφατικά, αναγνωρίζοντας την εγκυρότητα του επιχειρήματος. «Μην το αφήσεις όμως για πολύ. Η Λένα ίσως διαλέξει κάποιον τριγύρω».

«Διαλύεται εδώ και καιρό» λέει ο Καλ. «Θα μου πάρει κάμποσο να το συνεφέρω. Έχεις ιδέα για πόσο ήταν άδειο;»

«Δεκαπέντε χρόνια πρέπει να 'ναι. Μπορεί και είκοσι».

«Για περισσότερο μοιάζει» λέει ο Καλ. «Ποιος έμενε εδώ;»

«Η Μαίρη Ο'Σι» λέει ο Καλ. «Δεν βρήκε άλλον άντρα αφού πέθανε ο Ποτζ, οι γυναίκες όμως είναι αλλιώς. Τον συνηθίζουν τον γάμο, όπως κι οι άντρες, όμως εκείνες προτιμούν ένα διάλειμμα στο ενδιάμεσο. Η Μαίρη χήρεψε μόλις έναν χρόνο πριν πεθάνει· δεν είχε την ευκαιρία να πάρει μια ανάσα. Αν ο Ποτζ είχε αποδημήσει δέκα χρόνια νωρίτερα...»

«Τα παιδιά της δεν το 'θελαν το σπίτι;»

«Έχουν φύγει μακριά. Τα δύο στην Αυστραλία, το ένα στον Καναδά. Χωρίς παρεξήγηση, το κτήμα σου δεν είναι απ' αυτά που θα τους έκαναν να τρέξουν πίσω στην πατρίδα».

Ο Κότζακ έχει παρατήσει τους θάμνους και πηλαλάει χαρούμενος προς τον Καλ, κουνώντας την ουρά του.

Ο Καλ τον ξύνει πίσω από το αυτί. «Πώς και το πούλησαν τώρα; Τσακώνονταν τι θα κάνουν με δαύτο;»

«Απ' ό,τι άκουσα, στην αρχή το κρατούσαν επειδή ανέβαιναν οι τιμές. Τόση καλή γη πάει χαμένη, γιατί αυτοί οι ανόητοι πίστευαν ότι θα τους έκανε εκατομμυριούχους. Και μετά» —το πρόσωπο του Μαρτ φωτίζεται με ένα χαμόγελο ανίερης χαιρεκακίας— «η έκρηξη δεν ήρθε ποτέ, κι έτσι τους έμεινε αμανάτι, γιατί κανείς δεν τους έδινε ούτε πεντοράκι τσακιστό».

«Χμ» λέει ο Καλ. Αυτό, με τον ένα ή τον άλλο τρόπο, θα μπορούσε να έχει αφήσει ανοιχτούς λογαριασμούς. «Ήθελε να το αγοράσει κανείς άλλος;»

«Ο αδερφός μου» απαντάει αμέσως ο Μαρτ. «Ο βλάκας. Λες και δεν είχαμε ήδη αρκετούς μπελάδες. Έβλεπε πολύ *Dallas* ο τύπος. Ονειρευόταν να γίνει βαρόνος των κοπαδιών».

«Νόμιζα ότι είπες πως δεν είχε ιδέες» λέει ο Καλ.

«Αυτό δεν ήταν ιδέα, ήταν αίσθηση. Του το ξέκοψα από την αρχή. Αυτό δεν γίνεται με τις ιδέες των γυναικών. Κόβεις μία, φυτρώνουν άλλες δέκα. Δεν θα ξέρεις από πού θα σου 'ρθει».

Ο Κότζακ γέρνει πάνω στο πόδι του Καλ, με τα μάτια μισόκλειστα από ευδαιμονία, σπρώχνοντάς του το χέρι με τη μουσούδα του κάθε φορά που ξεχνάει να τον ξύσει. Ο Καλ έχει στο πρόγραμμα να πάρει σκύλο· θα περίμενε να φέρει πρώτα το σπίτι σε καλύτερη κατάσταση, αλλά φαίνεται πως όσο νωρίτερα, τόσο το καλύτερο. «Τίποτα συγγενείς των Ο'Σι εδώ τριγύρω;» ρωτάει. «Βρήκα κάτι πράγματα που μπορεί να τα θέλουν».

«Αν τα ήθελαν» επισημαίνει απολύτως λογικά ο Μαρτ, «είχαν είκοσι χρόνια να τα πάρουν. Τι είδους πράγματα;».

«Χαρτιά» απαντάει αόριστα ο Καλ. «Φωτογραφίες. Σκέφτηκα πως ίσως θα 'πρεπε να τους ρίξουν μια ματιά πριν τα πετάξω».

Ο Μαρτ χαμογελάει. «Η Άννι, η ανιψιά του Ποτζ, μένει λίγα χιλιόμετρα πέρα από το Μανισκάλι. Αν θέλεις να της τα πας, θα σε πάω μόνο και μόνο για να δω τη φάτσα της. Η μαμά της και ο Ποτζ δεν άντεχαν ο ένας τον άλλο».

«Μπα, άσ' το» λέει ο Καλ. «Τίποτα παιδιά που θα 'θελαν αναμνηστικά του θείου τους;»

«Έχουν φύγει όλα. Για το Δουβλίνο ή την Αγγλία. Χρησιμοποίησε τα χαρτιά για προσάναμμα στο τζάκι σου. Ή πούλησέ τα στο ίντερνετ, σε κάποιον άλλο γιάνκη που θέλει ένα κομμάτι παράδοσης».

Ο Καλ δεν είναι σίγουρος αν αυτό είναι μπηχτή ή όχι. Με τον Μαρτ, ποτέ δεν μπορείς να ξέρεις, κι αυτό τον διασκεδάζει πολύ. «Μπορεί και να το κάνω» λέει. «Στο κάτω κάτω, δεν είναι δική μου παράδοση. Η οικογένειά μου, απ' ό,τι ξέρω, δεν είναι Ιρλανδοί».

«Όλοι σας εκεί πέρα έχετε κάτι από Ιρλανδό μέσα σας» λέει ο Μαρτ με απόλυτη σιγουριά. «Με τον έναν ή τον άλλον τρόπο».

«Άρα, να τα κρατήσω» λέει ο Καλ, δίνοντας στον Κότζακ ένα τελευταίο χάδι πριν επιστρέψει στην εργαλειοθήκη του. Η Άννι δεν ακουγόταν η τύπισσα που θα έστελνε παιδιά να παρακολουθήσουν το προγονικό σπίτι. Ο Καλ θα ήθελε κάποια καθοδήγηση σχετικά με το ποιο θα μπορούσε να είναι το παιδί –νόμιζε ότι είχε μάθει λίγο πολύ ποιοι είναι οι κοντινοί γείτονες, ωστόσο δεν έχει αντιληφθεί κάποιο παιδί–, αλλά ως ξένος μεσήλικας που κάνει ερωτήσεις σχετικά με ντόπια αγοράκια θα εξασφάλιζε καρτέρι και τούβλα στα παράθυρά του, και πραγματικά έχει χορτάσει από τέτοια. Ψαχουλεύει στην εργαλειοθήκη του για το σκαρπέλο.

«Καλή τύχη μ' αυτό το πράμα» του λέει ο Μαρτ καθώς ισιώνει το κορμί του από τον φράχτη με έναν μορφασμό. Μια ζωή όλο δουλειά στο αγρόκτημα έχει κάνει τις αρθρώσεις του σμπαράλια. Έχει πρόβλημα με το γόνατό του, τον ώμο του και όλα τα ενδιάμεσα.

«Θα σε απαλλάξω από τα καυσόξυλα όταν ξεμπερδέψεις με αυτό».

«Το ζαμπόν» του υπενθυμίζει ο Καλ.

«Αργά ή γρήγορα, θα αναγκαστείς να αντιμετωπίσεις τη Νορίν. Δεν μπορείς να κρύβεσαι εδώ πέρα ελπίζοντας να σε ξεχάσει. Όπως σου είπα, νεαρέ, αν μια γυναίκα βάλει κάτι στο μυαλό της, δεν τη γλιτώνεις».

«Μπορείς να γίνεις κουμπάρος μου» λέει ο Καλ, δουλεύοντας με το σκαρπέλο τον οδηγό.

«Οι φέτες ζαμπόν κάνουν δυόμισι ευρώ» του λέει ο Μαρτ.

«Χμ» κάνει ο Καλ. «Το ίδιο και τα μπισκότα».

Ο Μαρτ ρουθουνίζει με το καλαμπούρι και σκαμπιλίζει τον φράχτη, κάνοντας τον να τρανταχτεί και να τρίξει επικίνδυνα. Ύστερα σφυρίζει στον Κότζακ, και απομακρύνονται.

Ο Καλ επιστρέφει στο γραφείο του, κουνώντας το κεφάλι και χαμογελώντας. Καμιά φορά υποψιάζεται πως ο Μαρτ στήνει όλο αυτό το πανηγυράκι της φλυαρίας μόνο και μόνο για πλάκα, ή για να κάνει τον Καλ να του αγοράζει με προθυμία τα μπισκότα του, ή ό,τι άλλο έχει στο μυαλό του. *Πάμε στοίχημα, θα έλεγε η Ντόνα*, τότε ακόμη που τους άρεσε να βρίσκουν πράγματα για να κάνουν ο ένας τον άλλο να γελάσει, *πως, όταν δεν τον βλέπεις, φοράει σμόκιν και μιλάει σαν τη βασίλισσα της Αγγλίας; Ή φοράει τα Yeezys του και ραπάρει με τον Ye**. Ο Καλ δεν σκέφτεται διαρκώς την Ντόνα, όπως στην αρχή – χρειάστηκαν μήνες επίμονης δουλειάς, εκκωφαντικής μουσικής ή δυνατής απαγγελίας των βασικών παικτών διαφόρων ποδοσφαιρικών ομάδων κάθε φορά που περνούσε από το μυαλό του, τελικά όμως τα κατάφερε. Ξεφυτρώνει βέβαια και πάλι πότε πότε, κυρίως όταν πέφτει πάνω σε κάτι που θα την έκανε να χαμογελάσει. Πάντα λάτρευε το χαμόγελό της, άμεσο και πλατύ, κάνοντας κάθε γραμμή του προσώπου της να παίρνει την ανιούσα.

Έχοντας δει τους κολλητούς του να περνάνε από αυτή τη διαδικασία, περίμενε πως το μεθύσι θα τον έκανε να θέλει να της τηλεφωνήσει, γι' αυτό έμεινε μακριά από το αλκοόλ, ωστόσο αποδείχτηκε πως το πράγμα δεν λειτουργούσε έτσι. Έπειτα από μερικές μπίρες, η Ντόνα φαίνεται χιλιάδες χιλιόμετρα μακριά, σε άλλη διάσταση, που κανένα τηλεφώνημα δεν μπορεί να φτάσει ως εκεί. Τα γόνατά του κόβονται όταν πιάνεται

---

*   Ye ή Κάνιε Ομάρι Γουέστ (Kanye Omari West): Αμερικάνος ράπερ, παραγωγός και σχεδιαστής μόδας. (Σ.τ.Μ.)

απροετοίμαστος όπως τώρα, ένα ανέμελο φθινοπωρινό πρωινό, που ξεπετάγεται στο μυαλό του τόσο φρέσκια και ζωντανή, που μπορεί σχεδόν να τη μυρίσει. Αδυνατεί να θυμηθεί γιατί δεν πρέπει να βγάλει το τηλέφωνό του και να πει: *Γεια σου, γλύκα, άκου αυτό.* Ίσως θα έπρεπε να διαγράψει τον αριθμό της, αλλά μπορεί να χρειαστεί να μιλήσουν για την Αλίσα, και, όπως και να 'χει, τον ξέρει απέξω.

Ο οδηγός του συρταριού επιτέλους ελευθερώνεται, και ο Καλ τραβάει με μια πένσα τα παλιά, σκουριασμένα καρφιά. Τον μετράει και σημειώνει πάνω του τις διαστάσεις. Την πρώτη φορά που πήγε στο μαγαζί με τα οικοδομικά υλικά πήρε μερικά είδη ξυλείας, σε διάφορα μεγέθη, επειδή είχε την εργαλειοθήκη κι επειδή ποτέ δεν ξέρεις. Ένα μακρύ κομμάτι πεύκου έχει περίπου το σωστό πλάτος για μερικούς καινούργιους οδηγούς, ίσως λιγάκι πιο παχύ, αλλά όχι πολύ. Ο Καλ το στερεώνει με τη μέγγενη πάνω στο τραπέζι και αρχίζει να το πλανάρει.

Πίσω στην πατρίδα, το σχέδιό του θα ήταν να γραπώσει πάλι το παιδί, αυτή τη φορά με καλύτερη λαβή, και να του σύρει τα εξ αμάξης για παράνομη είσοδο σε ξένη ιδιοκτησία, επίθεση και βιαιοπραγία, κρατητήρια ανηλίκων, τι συμβαίνει στα παιδιά που τα βάζουν με μπάτσους, και να ολοκληρώσει το κήρυγμα με μια φάπα στο κεφάλι κι ένα γερό σπρώξιμο έξω από το οικόπεδό του. Εδώ, όπου δεν είναι μπάτσος και η αίσθηση του να μην ξέρει τι μπορεί να κάνει κατασταλάζει όλο και περισσότερο μέσα του, τίποτα από αυτά δεν αποτελεί επιλογή. Οτιδήποτε κάνει πρέπει να γίνει με το γάντι, να φανεί έξυπνος και προσεκτικός.

Καταπιάνεται να πλανάρει το ξύλο στο σωστό πάχος, τραβάει δυο γραμμές πάνω στο κομμάτι με τον χάρακα και πριονίζει κατά μήκος της καθεμίας, περίπου εξίμισι χιλιοστά βάθος. Ένα κομμάτι του αναρωτιέται αν ξέρει ακόμη τι να κάνει με αυτά τα εργαλεία, όμως τα χέρια του θυμούνται. Ταιριάζουν στην παλάμη του σαν να έχουν παραμείνει ζεστά από την τελευταία φορά που τα πήρε στα χέρια του, κι οι κινήσεις του πάνω στο ξύλο είναι ομαλές. Αισθάνεται καλά. Σφυρίζει και πάλι, χωρίς αυτή τη φορά να σκέφτεται τον ρυθμό, πετώντας φιλικά τρίλιες και ριφάκια στα πουλιά.

Η ζέστη αναγκάζει τον Καλ να σταματήσει για να βγάλει το φούτερ του. Αρχίζει να λαξεύει με την ησυχία του το πηχάκι του ξύλου ανάμεσα στις δύο πριονιές. Δεν βιάζεται. Το παιδί, όποιο κι αν είναι, θέλει κάτι. Ο Καλ του δίνει στο πιάτο την ευκαιρία να έρθει να το πάρει.

Την πρώτη φορά ακούει έναν θόρυβο, πέρα, πίσω από τον φράχτη, πάνω από το σφύριγμα και τον θόρυβο του σκαρπέλου, κι έτσι δεν είναι βέβαιος. Δεν σηκώνει το βλέμμα. Βρίσκει το μέτρο και ελέγχει την αυλακιά που φτιάχνει: είναι αρκετά μακριά για έναν οδηγό. Όταν κάνει τον γύρο του τραπεζιού για να πάρει το πριόνι του, τον ακούει και πάλι: ένα απότομο κούνημα στα κλαράκια· κάποιος που σκύβει απότομα ή πάει να κρυφτεί.

Ο Καλ ρίχνει μια ματιά προς τον φράχτη καθώς κάνει να πάρει το πριόνι. «Αν είναι να βλέπεις» λέει, «έλα εδώ να 'χεις καλύτερη θέα. Και μπορείς να μου δώσεις κι ένα χεράκι μ' αυτό».

Η σιωπή πίσω από τον φράχτη είναι απόλυτη. Ο Καλ αισθάνεται τη βοή της.

Πριονίζει τον οδηγό, φυσάει τη σκόνη, και τον μετράει δίπλα στον παλιό. Ύστερα τον πετάει, άνετα και με πονηριά, προς τον φράχτη και μετά ρίχνει ένα γυαλόχαρτο. «Ορίστε» λέει προς τον φράχτη. «Πάρε να τρίψεις αυτό».

Πιάνει το σκαρπέλο και το σφυρί και επιστρέφει στο σμίλεμα της αυλακιάς. Η σιωπή κρατάει αρκετά ώστε να σκεφτεί πως έχει χάσει το παιχνίδι. Τότε ακούει ένα θρόισμα καθώς κάποιος περνάει αργά και επιφυλακτικά μέσα από τον φράχτη με τους θάμνους.

Ο Καλ συνεχίζει να δουλεύει. Με την άκρη του ματιού του βλέπει μια κόκκινη λάμψη. Αρκετή ώρα μετά, ακούει το γυαλοχάρτισμα, άπειρο και αδέξιο, με διακοπές ανάμεσα στις προσπάθειες.

«Δεν χρειάζεται να είναι έργο τέχνης» λέει. «Θα μπει στο εσωτερικό του γραφείου, δεν θα το βλέπει κανείς. Μόνο να βγουν οι σκλήθρες. Πήγαινε με τα νερά, όχι αντίθετα».

Παύση. Κι άλλο τρίψιμο.

«Αυτό που φτιάχνουμε» λέει ο Καλ, «είναι οι οδηγοί των συρταριών. Ξέρεις τι είναι οι οδηγοί;»

Σηκώνει το βλέμμα. Να το λοιπόν το παιδί από χτες το βράδυ, που τώρα στέκεται στα χορτάρια δυο τρία μέτρα μακριά του και έχει καρφωμένο το βλέμμα πάνω του με όλους του τους μυς σε εγρήγορση ώστε, αν χρειαστεί, να το βάλει στα πόδια. Μαλλιά κουρεμένα με την ψιλή, πολύ μεγάλο κόκκινο, ξεβαμμένο φούτερ με κουκούλα, άθλιο τζιν. Πρέπει να είναι γύρω στα δώδεκα.

Γνέφει «όχι»· ένα γρήγορο τίναγμα του κεφαλιού.

«Το κομμάτι που κρατάει το συρτάρι στη θέση του. Που το κάνει να κουνιέται μέσα έξω μαλακά κι ωραία. Το συρτάρι έχει ένα κομμάτι που θα ταιριάξει σ' αυτή την αυλακιά». Ο Καλ γέρνει προς τα εμπρός πάνω στο γραφείο ήρεμα για να του δείξει. Τα μάτια του παιδιού ακολουθούν την κάθε του κίνηση. «Οι παλιοί είναι διαλυμένοι».

Συνεχίζει να δουλεύει με το σκαρπέλο. «Ο ευκολότερος τρόπος θα ήταν να χρησιμοποιήσεις φρέζα ή δισκοπρίονο πάγκου, αλλά δεν έχω κάτι τέτοιο. Για καλή μου τύχη, ο παππούς μου λάτρευε την ξυλουργική. Μου έδειξε πώς να το κάνω με το χέρι όταν ήμουν περίπου σαν εσένα. Έχεις ιδέα από ξυλουργική;»

Ρίχνει άλλη μια ματιά. Το παιδί γνέφει και πάλι «όχι» με το κεφάλι. Είναι αδύνατο, όλο νεύρο, το είδος των παιδιών που είναι πιο γρήγορα και πιο δυνατά απ' ό,τι φαίνονται, όπως γνωρίζει ήδη πολύ καλά ο Καλ από εχτές το βράδυ. Το πρόσωπο είναι εντελώς συνηθισμένο: κάτι έχει απομείνει από την παιδική τρυφερότητα, δεν έχει ούτε αδρά ούτε φίνα χαρακτηριστικά, δεν το λες ούτε όμορφο ούτε άσχημο· το μόνο που ξεχωρίζει είναι ένα πεισματάρικο πιγούνι και δυο γκρίζα μάτια καρφωμένα στον Καλ σαν να τον περνούν από εξονυχιστικό έλεγχο.

«Λοιπόν» λέει ο Καλ, «τώρα έχεις. Τα συρτάρια σήμερα έχουν μεταλλικούς οδηγούς, αυτό όμως είναι παλιό γραφείο. Δεν ξέρω πόσο παλιό· δεν είναι ο τομέας μου. Πολύ θα ήθελα να πιστέψω ότι πρόκειται για κάτι άξιο του *Antiques Roadshow**, όμως το πιο πιθανό είναι να μιλάμε για ένα παλιόπραμα. Παρ' όλα αυτά, μου γυάλισε και θέλω να δω αν μπορώ να το συμμαζέψω».

Μιλάει όπως θα έκανε απευθυνόμενος σε κάποιο αδέσποτο στην αυλή του, σταθερά και ήρεμα, χωρίς να νοιάζεται ιδιαίτερα για τις πραγματικές λέξεις. Καθώς το παιδί παίρνει το κολάι, το γυαλοχάρτισμά του γίνεται όλο και πιο γρήγορο και πιο σίγουρο.

Ο Καλ μετράει την αυλακιά του και πριονίζει δίπλα στον επόμενο οδηγό. «Λογικά, πρέπει να είναι εντάξει» λέει. «Για δώσε να δω».

«Αν είναι για συρτάρι» λέει το παιδί, «θα πρέπει να είναι εντελώς λείο. Αλλιώς, θα μαγκώνει».

Η φωνή του είναι καθαρή και αδούλευτη, δεν έχει σπάσει

---

* Βρετανική τηλεοπτική εκπομπή του BBC, βασισμένη σε ένα ντοκιμαντέρ του 1977. Ειδικοί ταξιδεύουν σε διάφορες περιοχές του Ηνωμένου Βασιλείου και εκτιμούν ντόπιες αντίκες. Μεταδίδεται από το 1979. (Σ.τ.Μ.)

ακόμη, κι η προφορά του σχεδόν το ίδιο βαριά με του Μαρτ. Και δεν είναι χαζό. «Σωστά» λέει ο Καλ. «Συνέχισε, με την ησυχία σου».

Αλλάζει θέση έτσι που να μπορεί να βλέπει το παιδί με την άκρη του ματιού του ενώ πελεκάει. Αυτό φαίνεται να το έχει πάρει στα σοβαρά, ελέγχει όλες τις επιφάνειες περνώντας προσεκτικά το δάχτυλό του, και επανέρχεται ξανά και ξανά ώσπου να μείνει ικανοποιημένο. Στο τέλος, σηκώνει το βλέμμα και πετάει τον οδηγό στον Καλ.

«Καλή δουλειά» λέει εκείνος αφού το πιάνει και το ελέγχει με τον αντίχειρά του. «Κοίτα». Το ταιριάζει στο μόρσο στο πλάι του συρταριού και το γλιστράει μπρος πίσω. Το παιδί τεντώνει τον λαιμό του για να δει, αλλά δεν πλησιάζει.

«Λείος σαν βούτυρο» λέει ο Καλ. «Θα τον περάσουμε κερί αργότερα για να γλιστράει λίγο περισσότερο, αν και σχεδόν δεν το χρειάζεται. Πάρε έναν ακόμα».

Όταν απλώνει το χέρι να πιάσει τον δεύτερο οδηγό, το βλέμμα του παιδιού καρφώνεται στο τσιρότο στο χέρι του.

«Ναι» λέει ο Καλ. Σηκώνει ψηλά το χέρι για να το δει καλά το παιδί. «Αν μολυνθεί, θα θυμώσω πραγματικά πολύ μαζί σου».

Τα μάτια του παιδιού ανοίγουν απότομα διάπλατα κι οι μύες του σφίγγονται. Είναι στο όριο να το σκάσει, τα δάχτυλα των ποδιών του μόλις που αγγίζουν τα χορτάρια.

«Γιατί με παρακολουθείς; Υπάρχει κάποιος λόγος;»

Ύστερα από μια στιγμή, το παιδί γνέφει όχι. Είναι ακόμη έτοιμο να το σκάσει, με τα μάτια καρφωμένα στον Καλ για την παραμικρή ένδειξη επίθεσης.

«Θέλεις να μάθεις κάτι; Τώρα είναι καλή ευκαιρία να ρωτήσεις ευθέως σαν άνθρωπος».

Το παιδί γνέφει και πάλι όχι.

«Έχεις κάτι μαζί μου;»

Κι άλλο κούνημα του κεφαλιού, αυτή τη φορά πιο σφοδρό.

«Σχεδιάζεις να με κλέψεις; Γιατί δεν θα ήταν καλή ιδέα. Άσε που δεν έχω τίποτα που να αξίζει, εκτός κι αν αυτό αποδειχτεί τελικά άξιο του *Antiques Roadshow*».

Απότομο όχι με το κεφάλι.

«Σ' έστειλε κάποιος;»

Μορφασμός απορίας, λες και ο Καλ είπε κάτι παράξενο. «Μπα».

«Δηλαδή, το κάνεις συχνά αυτό να παρακολουθείς τον κόσμο;»

«Όχι!»

«Τότε τι;»

Το παιδί ανασηκώνει τους ώμους με μικρή καθυστέρηση.

Ο Καλ περιμένει, αλλά δεν ακολουθεί καμία επιπλέον πληροφορία. «Εντάξει» λέει τελικά. «Δεν με νοιάζει και ιδιαίτερα γιατί το έκανες. Αλλά αυτή η μαλακία σταματάει τώρα. Στο εξής, αν σου 'ρθει η επιθυμία να με δεις, κάν' το έτσι. Καταπρόσωπο. Πρώτη και τελευταία προειδοποίηση. Έγινα κατανοητός;»

«Ναι» λέει το παιδί.

«Ωραία» λέει ο Καλ. «Όνομα έχεις;»

Τώρα που ξέρει ότι δεν χρειάζεται να τρέξει, το παιδί χαλαρώνει κάπως.

«Τρέι».

«Τρέι, εγώ είμαι ο Καλ».

Το παιδί συγκατανεύει, μία φορά, σαν να επιβεβαιώνει κάτι που γνώριζε ήδη.

«Πάντα τόσο ομιλητικός είσαι;»

Το παιδί ανασηκώνει τους ώμους.

«Χρειάζομαι έναν καφέ» λέει ο Καλ. «Και κανένα μπισκότο. Θέλεις μπισκότο;»

Αν το παιδί έχει μάθει να μην πλησιάζει αγνώστους, αυτή

είναι μάλλον μια κακή κίνηση, ωστόσο ο Καλ έχει την αίσθηση ότι δεν έχει μάθει και πολλά. Όπως το φαντάστηκε, γνέφει καταφατικά.

«Το κέρδισες» λέει ο Καλ. «Επιστρέφω αμέσως. Στο μεταξύ, τρίψε αυτό με το γυαλόχαρτο». Πετάει στο παιδί τον δεύτερο οδηγό και διασχίζει τον κήπο χωρίς να κοιτάξει πίσω του.

Στο σπίτι, ετοιμάζει μια μεγάλη κούπα με στιγμιαίο καφέ και βρίσκει το πακέτο με τα μπισκότα σοκολάτας. Ίσως αυτά κάνουν τη γλώσσα του Τρέι να λυθεί, αν και αμφιβάλλει. Δεν μπορεί να το καταλάβει αυτό το παιδί. Μπορεί να του έχει πει ψέματα για κάτι απ' όλα, ή για όλα, μπορεί και όχι. Το μόνο που αντιλαμβάνεται ο Καλ είναι μια αίσθηση επείγοντος, τόσο έντονη, που ο αέρας γύρω του μοιάζει να τρεμουλιάζει όπως η ζέστη που ανεβαίνει από την άσφαλτο.

Όταν ο Καλ βγαίνει ξανά έξω, ο Κότζακ μυρίζει τους θάμνους στη βάση της αποθήκης και ο Μαρτ είναι γερμένος στον φράχτη μ' ένα πακέτο ζαμπόν στο χέρι του. «Κοίτα να δεις» λέει, επιθεωρώντας το γραφείο, «ζει ακόμη. Το τζάκι μου θα πρέπει να περιμένει».

Ο μισοδουλεμένος οδηγός και το γυαλόχαρτο κείτονται στο χορτάρι. Το παιδί που το λένε Τρέι έχει γίνει καπνός, σαν να μην ήταν ποτέ εκεί.

3

Τις επόμενες μέρες, κανένα ίχνος του Τρέι. Ο Καλ, ωστόσο, δεν θεωρεί το θέμα λήξαν. Το παιδί τού μοιάζει με αγρίμι, και μάλιστα κάπως διαφορετικό από τα περισσότερα, και τα αγρίμια πολλές φορές χρειάζονται χρόνο για να φιλτράρουν μια αναπάντεχη συνάντηση προτού αποφασίσουν την επόμενή τους κίνηση.

Βρέχει μέρα νύχτα, σιγανά αλλά επίμονα, έτσι ο Καλ πηγαίνει ξανά μέσα το γραφείο και επιστρέφει στην ταπετσαρία του. Την απολαμβάνει αυτή τη βροχή. Δεν έχει καμιά επιθετικότητα· ο σταθερός ρυθμός της κι οι μυρωδιές που μπαίνουν από τα παράθυρα μαλακώνουν την κακή κατάσταση του σπιτιού και του δίνουν μια πιο ζεστή αίσθηση. Έτσι, έχει μάθει να διακρίνει τις αλλαγές στο τοπίο· τα πράσινα που γίνονται πιο έντονα και τα αγριολούλουδα που ξεφυτρώνουν. Τη νιώθει περισσότερο σαν σύμμαχο, παρά σαν ενόχληση όπως συμβαίνει στην πόλη.

Ο Καλ είναι αρκετά σίγουρος ότι το παιδί δεν θα ασχοληθεί με αυτό το μέρος όσο λείπει, τόσο σίγουρος, που το Σάββατο το βράδυ, όταν τελικά η βροχή σταματάει, πηγαίνει στην παμπ του χωριού. Απέχει γύρω στα τρία χιλιόμετρα με τα πόδια, απόσταση αρκετή για να τον κρατήσει σπίτι αν ο καιρός είναι κακός. Ο Μαρτ και οι γέροντες στην παμπ βρίσκουν την εμμονή του με το περπάτημα ξεκαρδιστική, σε σημείο που οδηγούν δίπλα του ενθαρρύνοντάς τον ή βγάζοντας ήχους κοπαδιού. Ο Καλ έχει την αίσθηση ότι το αυτοκίνητό του, ένα θορυβώδες, δύστροπο, παλιό κόκκινο Mitsubishi Pajero, δεν περνάει ιδιαίτερα απαρατήρητο και μπορεί να τραβήξει την προσοχή κάποιου βαριεστημένου αστυνόμου που ίσως κάνει περιπολία στα πέριξ, και δεν θα ήταν καλό να του κόψουν κλήση ενώ περιμένει ακόμη την άδεια οπλοφορίας, την οποία μπορεί να του αρνηθούν αν διαδοθεί ότι κυκλοφορεί μεθυσμένος.

«Κανονικά, δεν θα έπρεπε έτσι κι αλλιώς να σου δώσουν όπλο» του είπε ο Μπάρτι ο μπάρμαν όταν του το ανέφερε.

«Γιατί όχι;»

«Γιατί είσαι Αμερικάνος. Εκεί πέρα είστε τρελοί με τα όπλα. Πυροβολάτε στο πιτς φιτίλι. Τινάζετε τα μυαλά κάποιου στον αέρα επειδή αγόρασε το τελευταίο πακέτο Twinkies* από το ψιλικατζίδικο. Δεν θα 'ταν ασφαλές για μας τους υπόλοιπους».

«Εσύ πού τα ξέρεις τα Twinkies;» ρώτησε ο Μαρτ από τη γωνία που ήταν αραγμένος με τα δυο φιλαράκια και τις μπίρες τους. Ο Μαρτ, ως γείτονας του Καλ, νιώθει την ευθύνη να τον υπερασπίζεται όσο μπορεί από τα πειράγματα που δέχεται.

«Είχατε και στο χωριό σου;»

«Δεν έκανα δυο χρόνια στους γερανούς στη Νέα Υόρκη; Έχω φάει Twinkies. Απαίσια είναι».

«Και σε πυροβόλησε κανείς;»

«Εννοείται πως όχι. Είχαν μυαλό».

«Κρίμα. Θα 'πρεπε» είπε ένα από τα φιλαράκια του Μαρτ. «Ίσως τότε να 'χαμε έναν μπάρμαν που να σερβίρει μπίρες με αφρό της προκοπής».

«Η πόρτα για σένα αποδώ και μπρος θα είναι κλειστή» του λέει ο Μπάρτι. «Και πολύ θα 'θελα να τους δω να δοκιμάζουν».

«Ορίστε, λοιπόν» είπε ο Μαρτ θριαμβευτικά. «Έτσι κι αλλιώς, η Νορίν δεν φέρνει Twinkies. Άσε λοιπόν τον άνθρωπο να έχει το τουφέκι του και δώσ' του και μια μπιρίτσα».

---

* Αμερικάνικο σνακ που συστήνεται ως «χρυσαφένιο αφράτο κέικ με κρεμώδη γέμιση». (Σ.τ.Μ.)

Η «Παμπ του Σόνι» με τα γερτά κέλτικα γράμματα πάνω από την πόρτα, βρίσκεται στο ίδιο κακοδιατηρημένο κρεμ κτίριο με το μαγαζί της Νορίν. Κατά τη διάρκεια της ημέρας ο κόσμος περιφέρεται από το ένα στο άλλο, αγοράζει τσιγάρα και επιστρέφει στην παμπ ή παίρνει το ποτήρι του μαζί στο μαγαζί και ακουμπάει στο ταμείο για να πιάσει ψιλοκουβέντα με τη Νορίν. Το βράδυ, όμως, η ενδιάμεση πόρτα κλείνει, εκτός κι αν ο Μπάρτι χρειαστεί ψωμί και ζαμπόν για κάνα σάντουιτς. Η παμπ είναι μικρή και χαμηλοτάβανη· έχει κόκκινο πλαστικό πάτωμα με κομμάτια τριμμένης μοκέτας τοποθετημένα λίγο πολύ τυχαία, ένα ποτ πουρί από ετερόκλητα φθαρμένα σκαμπό, ετοιμόρροπους πάγκους από πράσινο PVC γύρω από ασταθή ξύλινα τραπέζια, μια μεγάλη ποικιλία από γιρλάντες με σημαιάκια με θέμα την μπίρα, μια πλακέτα με ένα λαστιχένιο ψάρι και την επιγραφή «I Will Survive» και ένα αραχνιασμένο δίχτυ ψαρέματος που κρέμεται από το ταβάνι. Όποιος το έβαλε εκεί πάνω, σαν τελική εικαστική παρέμβαση τοποθέτησε μέσα μερικές γυάλινες μπάλες. Με τα χρόνια, η πελατεία είχε προσθέσει επίσης διάφορα σουβέρ, μια γαλότσα και έναν μονόχειρα Σούπερμαν.

Για τα δεδομένα της, η παμπ είναι κατάμεστη απόψε. Ο Μαρτ με δυο φιλαράκια του κάθονται στη γωνιά τους παίζοντας χαρτιά με δύο αδιάφορους νεαρούς με φόρμες που ξεφύτρωσαν όλως τυχαίως. Την πρώτη φορά που ο Καλ είδε τον Μαρτ και τους κολλητούς του να βγάζουν τράπουλα, περίμενε πόκερ, όμως το παιχνίδι τους είναι κάτι που ονομάζεται Πενήντα Πέντε*, αλλά η ταχύτητα και το πάθος που επιδεικνύουν έρχονται σε αντίθεση με τα λίγα κέρματα που υπάρχουν στο τραπέζι. Κατά τα φαινόμενα, το παιχνίδι κυλάει καλύτερα με

---

* Ιρλανδικό παιχνίδι με τράπουλα, για 3 έως 8 παίκτες με 52 φύλλα. (Σ.τ.Μ.)

τέσσερα ή πέντε άτομα, και όταν δεν υπάρχει κανείς άλλος εύκαιρος, προσπαθούν να πείσουν τον Καλ. Εκείνος όμως, γνωρίζοντας πού υπερέχει, μένει μακριά. Τους νεαρούς θα τους ξεπουπουλιάσουν, αν δηλαδή έχουν κανένα πούπουλο, κάτι που ο Καλ θεωρεί απίθανο.

Μια ακόμα ομάδα ανθρώπων είναι καθισμένη στο μπαρ, διαφωνώντας, και μια τρίτη βρίσκεται στην άλλη άκρη παρακολουθώντας τον ένα να παίζει στην ιρλανδική φλογέρα έναν γρήγορο σκοπό και τους υπόλοιπους να χτυπούν με τις παλάμες τα γόνατά τους. Μια γυναίκα που λέγεται Ντίρντρα κάθεται μόνη σε έναν πάγκο, μ' ένα μικρό ποτήρι στα δυο της χέρια και το βλέμμα χαμένο στο κενό. Ο Καλ δεν είναι σίγουρος τι ακριβώς τρέχει με την Ντίρντρα, αν και κάτι ψυχανεμίζεται. Είναι μια παχουλή γυναίκα γύρω στα σαράντα κάτι, με καταθλιπτικά φορέματα και ένα ανησυχητικά αόριστο βλέμμα στα μεγάλα, νυσταλέα μάτια της. Περιστασιακά, κάποιος από τους γέροντες της αγοράζει ένα διπλό ουίσκι, κάθονται πλάι πλάι χωρίς να ανταλλάξουν κουβέντα κι ύστερα φεύγουν μαζί, το ίδιο σιωπηλοί με πριν. Ο Καλ δεν έχει καμία πρόθεση να ψάξει περισσότερο κάτι απ' αυτά.

Κάθεται στο μπαρ, παραγγέλνει ένα ποτήρι Smithwick's στον Μπάρτι και για λίγο ακούει τη μουσική. Δεν έχει ξεκάθαρα ακόμη στο μυαλό του τα ονόματα των θαμώνων, αν και πλέον έχει ξεχωρίσει τα πρόσωπα και έχει αντιληφθεί λίγο πολύ την προσωπικότητα του καθενός και τις μεταξύ τους σχέσεις. Αυτό δικαιολογείται, δεδομένου ότι η πελατεία της παμπ αποτελεί ένα εναλλασσόμενο τσούρμο από φρεσκοξυρισμένους λευκούς πάνω από τα σαράντα, που όλοι φοράνε σχεδόν τα ίδια ανθεκτικά παντελόνια, καπιτονέ γιλέκα και αρχαία πουλόβερ, και οι περισσότεροι μοιάζουν μεταξύ τους σαν ξαδέρφια. Η αλήθεια βέβαια είναι ότι, ύστερα από είκοσι πέντε χρόνια που διατηρούσε μια πολύπλοκη βάση δεδομένων για τον καθένα που συναντούσε στη δουλειά, ο Καλ απολαμβάνει την αίσθηση να μη νοιάζεται αν ο Σόνι είναι αυτός με το βροντερό γέλιο ή εκείνος με το αυτί κουνουπίδι. Έχει καταλάβει ποιον πρέπει να αποφεύγει ή να αναζητήσει, αναλόγως αν έχει διάθεση για κουβέντα και τι είδους, και ξέρει ότι αυτό είναι αρκετό για να πορευτεί. Σήμερα έχει σκοπό να ακούσει τη μουσική. Ο Καλ δεν είχε έρθει ποτέ σε επαφή με την ιρλανδική φλογέρα προτού μετακομίσει εδώ. Δεν είναι σίγουρος ότι θα απολάμβανε τον ήχο της κάπου αλλού, για παράδειγμα σε μια σχολική γιορτή ή σε κάποιο μπαρ αστυνομικών στο κέντρο του Σικάγο, εδώ όμως φαίνεται να ταιριάζει. Κολλάει με τη ζεστή, ασυμβίβαστη παρακμή της παμπ και τον κάνει να νιώθει έντονα τη γαλήνια απλωσιά που εκτείνεται προς κάθε κατεύθυνση έξω από τους τέσσερις τοίχους. Όταν ο αδύνατος σαν ακρίδα γερο-μουσικός βγάζει καμιά φορά τη φλογέρα, ο Καλ κάθεται λίγα σκαμπό μακριά από τους πολυλογάδες και τον ακούει.

Έχει φτάσει στα μισά του δεύτερου ποτηριού, όταν το αυτί του συντονίζεται στη διαφωνία πέρα στο μπαρ. Την πιάνει επειδή ακούγεται ασυνήθιστη. Οι περισσότερες διαφωνίες είναι το γνωστό πολυφορεμένο είδος που κρατάει χρόνια ή δεκαετίες και ανασύρονται κατά διαστήματα στην επιφάνεια όταν δεν υπάρχει κανένα νέο θέμα συζήτησης. Περιλαμβάνουν μεθόδους κτηνοτροφίας, τη σχετική ανικανότητα τοπικών και εθνικών πολιτικών, αν ο τοίχος στη δυτική πλευρά της οδού Στροουκστάουν πρέπει να αντικατασταθεί με φράχτη από θάμνους και αν η χλιδάτη σέρα του Τόμι Μόινιχαν είναι μια ωραία πινελιά μοντέρνας γκλαμουριάς ή παράδειγμα αλαζονείας. Όλοι γνωρίζουν ήδη τη θέση του καθενός στο εκάστοτε ζήτημα –εκτός από του Μαρτ, αφού τείνει να αλλάζει πλευρά συχνά για να διατηρεί αμείωτο το ενδιαφέρον– και ανυπομονούν για τη συμβολή του Καλ ώστε να ανακατευτεί λίγο η τράπουλα.

Αυτή η διαφωνία, ωστόσο, έχει κάτι το διαφορετικό, είναι πιο έντονη και χαοτική, σαν να μην έχει προκύψει άλλη φορά. «Κανένα σκυλί δεν θα μπορούσε να κάνει κάτι τέτοιο» λέει πεισμωμένος ο τύπος που κάθεται στην άκρη του μπαρ. Είναι μικρόσωμος και παχουλός, με ένα μικρό, στρογγυλό κεφάλι να προεξέχει στην κορυφή, και φαίνεται πως δεν πιάνει τα αστεία· γενικά, δείχνει να μην έχει θέμα με αυτό, αυτή τη φορά όμως το πρόσωπο του έχει φουντώσει από πάθος και οργή.

«Δεν έχεις δει τα κοψίματα; Δεν είναι από δόντια αυτό το πράμα».

«Τότε, κατά τη γνώμη σου, τι το έκανε αυτό;» απαιτεί να μάθει ο μεγαλόσωμος, τετράγωνος, καραφλός τύπος που κάθεται πιο κοντά στον Καλ. «Οι νεράιδες;»

«Άντε γαμήσου. Απλώς λέω πως δεν ήταν ζώο».

«Όχι πάλι οι γαμημένοι εξωγήινοι» λέει ένας τρίτος τύπος, σηκώνοντας τα μάτια από το ποτήρι του. Είναι αδύνατος και χλωμός, με το καπέλο κατεβασμένο στο πρόσωπό του. Ο Καλ τον έχει ακούσει να λέει συνολικά πέντε κουβέντες.

«Μην κοροϊδεύεις» τον κόβει ο μικρόσωμος. «Το λες επειδή είσαι αστοιχείωτος. Αν έδινες ποτέ βάση σε ό,τι συμβαίνει ακριβώς πάνω από το χοντροκέφαλό σου...»

«Ένα κοράκι θα με έχεζε μες στο μάτι».

«Θα ρωτήσουμε αυτόν» λέει ο μεγαλόσωμος τύπος, δείχνοντας με τον αντίχειρα τον Καλ. «Που είναι ουδέτερος».

«Και πού να ξέρει;»

Ο μεγαλόσωμος τύπος —ο Καλ είναι σχεδόν σίγουρος πως το όνομά του είναι Σενόν και συνήθως έχει τον τελευταίο λόγο— αγνοεί την ερώτηση. «Έλα δω» λέει, γυρίζοντας τον όγκο του στο σκαμπό για να αντικρίσει τον Καλ. «Άκου. Προχτές το βράδυ, κάτι σκότωσε ένα από τα πρόβατα του Μπόμπι. Του ξέσκισε τον λαιμό, τη γλώσσα, τα μάτια και τον κώλο κι άφησε όλα τα υπόλοιπα».

«Το πετσόκοψε» λέει ο Μπόμπι.

Ο Σενόν το αγνοεί και πάλι. «Ποιος θα 'κανε κάτι τέτοιο κατά τη γνώμη σου, ε;»

«Δεν είναι ο τομέας μου» λέει ο Καλ. «Δεν ζητάω καμιά επιστημονική άποψη. Μόνο λίγη κοινή λογική. Ποιος το έκανε;»

«Αν πρέπει να απαντήσω κάτι υποχρεωτικά, λέω πως το έκανε κάποιο ζώο» απαντάει ο Καλ.

«Τι ζώο;» ζητάει να μάθει ο Μπόμπι. «Εδώ δεν έχουμε κογιότ ή πούμα. Καμιά αλεπού δεν θα τα έβαζε με ενήλικη προβατίνα. Κι ένα αγριόσκυλο θα την είχε κάνει κομματάκια».

Ο Καλ ανασηκώνει τους ώμους. «Ίσως κάποιο σκυλί τής άνοιξε τον λαιμό, κάτι το τρόμαξε κι έφυγε. Τα υπόλοιπα τα έκαναν τα πουλιά».

Αυτό προκαλεί μια στιγμιαία παύση κι ένα ανασήκωμα του φρυδιού εκ μέρους του Σενόν. Τον είχαν για παιδί της πόλης, κάτι που εν μέρει ήταν αλήθεια. Τώρα αναθεωρούσαν.

«Ορίστε λοιπόν» λέει ο Σενόν στον Μπόμπι. «Κι εσύ μας ζαλίζεις με τους εξωγήινούς σου. Θα το πει στην Αμερική τώρα, και θα μείνουν με την εντύπωση ότι είμαστε ένα μάτσο ηλίθιοι αγροίκοι που χάφτουν ό,τι τους σερβίρουν».

«Και στην Αμερική έχουν εξωγήινους» λέει αμυντικά ο Μπόμπι. «Περισσότερους από κάθε άλλο μέρος».

«Πουθενά δεν έχει εξωγήινους, γαμώτο».

«Μισή ντουζίνα άνθρωποι είδαν τα φώτα πέρσι την άνοιξη. Τι νομίζεις εσύ δηλαδή πως ήταν; Νεράιδες;»

«Η ποτίν* του Μάλαχι Ντουάιερ. Λίγες γουλιές απ' αυτήν, και βλέπω κι εγώ φώτα. Μια φορά, γυρίζοντας από του Μά-

---

* Poitín: Παραδοσιακό ιρλανδικό απόσταγμα με περιεκτικότητα σε αλκοόλ μεταξύ 40-90%. Φτιάχνεται από δημητριακά, σιτηρά, ορό γάλακτος, ζάχαρη από ζαχαρότευτλα, μελάσα και πατάτες. (Σ.τ.Μ.)

λαχι, είδα ένα άσπρο άλογο με ημίψηλο να διασχίζει τον δρόμο μπροστά μου».

«Μήπως σκότωσε το πρόβατό σου;»

«Το άτιμο, παραλίγο να σκοτώσει εμένα. Πετάχτηκα προς τα πίσω τόσο απότομα, που έπεσα με τον κώλο μέσα στο χαντάκι».

Ο Καλ κάθεται αναπαυτικά στο σκαμνί του πίνοντας την μπίρα του και το απολαμβάνει. Αυτοί οι τύποι τού θυμίζουν τον παππού του και τους φίλους του στην αυλή του, που εκτιμούσαν την παρέα με τον ίδιο τρόπο, σπάζοντας ο ένας τα νεύρα του άλλου· ή την αίθουσα όπου συγκεντρώνονταν οι αστυνομικοί, πριν ένα κύμα πραγματικής κακίας εμποτίσει τις προσποιητές συμπεριφορές, ή ίσως πριν αρχίσει εκείνος να το προσέχει.

«Ο παππούς μου και τρεις κολλητοί του είδαν κάποτε UFO» λέει, για να συνδαυλίσει λίγο ακόμα την κουβέντα. «Είχαν πάει για κυνήγι, μια μέρα κατά το σούρουπο, και ένα μεγάλο μαύρο τρίγωνο με πράσινα φώτα στις γωνίες ήρθε και αιωρήθηκε πάνω από τα κεφάλια τους για λίγο. Δεν έκανε καθόλου θόρυβο. Ο παππούς μου είπε πως κόντεψαν να τα κάνουν πάνω τους».

«Ωχ, Θεούλη μου» κάνει ο Σενόν αηδιασμένος. «Άρχισες κι εσύ. Δεν υπάρχει κανένας λογικός άνθρωπος εδώ μέσα;»

«Ορίστε!» λέει ο Μπόμπι θριαμβευτικά. «Το άκουσες αυτό; Κι εσύ χολοσκάς τι θα σκεφτεί ο γιάνκης για μας».

«Σύνελθε, εντάξει; Σε δουλεύει».

«Ο παππούς μου ορκιζόταν να τυφλωθεί» λέει ο Καλ, χαμογελώντας πλατιά.

«Μήπως ο παππούς σου ήξερε τίποτα παραγωγούς παράνομου αλκοόλ;»

«Κάτι λίγους».

«Μάλλον τους ήξερε καλά. Για σκέψου το λιγάκι» λέει ο

Σενόν, γυρίζοντας ξανά προς τον Μπόμπι και δείχνοντάς τον με το ποτήρι του. Η επιχειρηματολογία παίρνει και πάλι τον δρόμο για το γνωστό ρεπερτόριο. «Ας πούμε ότι υπάρχουν εξωγήινοι εκεί έξω. Ας πούμε ότι ξόδεψαν χρόνο και τεχνολογικούς πόρους για να ταξιδέψουν έτη φωτός από τον Άρη ή ξέρω γω από πού μέχρι τη Γη. Θα μπορούσαν να βρουν για τα πειράματά τους ένα κοπάδι ζέβρες, ή τίποτα ωραίους γεροδεμένους ρινόκερους, ή να πάνε στην Αυστραλία και να μαζέψουν ένα τσούρμο καγκουρό, κοάλα και από εκείνα τα άλλα παλαβά ζώα, έτσι για πλάκα. Αντί γι' αυτό όμως» –υψώνει τη φωνή του πάνω από του Μπόμπι, που κάνει να διαμαρτυρηθεί– «αντί γι' αυτό όμως, κάνουν όλον αυτό τον δρόμο μέχρι εδώ και βολεύονται με μία από τις προβατίνες σου. Εκεί στον Άρη πρέπει να 'ναι όλοι τους μουρλοί, έτσι; Ή να έχουν βλάβη στον εγκέφαλο».

Ο Μπόμπι φουντώνει και πάλι. «Τι έχουν οι προβατίνες μου δηλαδή; Καλύτερες είναι από τα γαμημένα τα κοάλα. Καλύτερες από τα κατσιασμένα, ψωρο–»

Ο Καλ έχει πάψει να προσέχει. Η ποιότητα της κουβέντας στο τραπέζι του Μαρτ έχει αλλάξει. «Είκοσι πόνταρα» λέει ένας από τους νεαρούς· ο Καλ μπορεί να αναγνωρίσει τον τόνο. Πρόκειται για τον θιγμένο τόνο του τύπου που θα επιμείνει μέχρι να διαλύσει ολοκληρωτικά τη βραδιά όλων, που δεν έχει ιδέα πώς βρέθηκε η πίπα του κρακ στην τσέπη του παντελονιού του.

«Κάνε μας τη χάρη» λέει ένα από τα φιλαράκια του Μαρτ. «Είκοσι πέντε πόνταρες».

«Με λες κλέφτη;»

Ο τύπος διανύει από χρόνια την τρίτη δεκαετία της ζωής του, και είναι πολύ μαλθακός και χλωμός για αγρότης· κοντός, με λαδωμένες μικρές σκούρες αφέλειες και κάτι που φιλοδοξεί να γίνει κάποτε μουστάκι. Ο Καλ τον έχει σταμπάρει δυο τρεις φορές και στο παρελθόν, να κάθεται πέρα στο βάθος με κάποιους άλλους νεαρούς που κοιτάζουν τριγύρω λίγο περίεργα. Χωρίς να έχει καν μιλήσει μαζί του, είναι αρκετά βέβαιος για ένα σωρό πράγματα σχετικά με αυτόν.

«Δεν σε λέω τίποτα αν τα βάλεις στη θέση τους» λέει το φιλαράκι του Μαρτ.

«Μα τα κέρδισα, γαμώτο. Τίμια και καθαρά».

Πίσω από τον Καλ, η κουβέντα έχει σταματήσει· το ίδιο κι η ιρλανδική φλογέρα. Συνειδητοποιεί πως είναι άοπλος, με την αδρεναλίνη στα ύψη. Ο τύπος είναι από αυτούς που θα κουβαλούσαν ένα Γκλοκ μόνο και μόνο επειδή τους κάνει να νιώθουν σκληροτράχηλοι γκάνγκστερ ενώ δεν έχουν ιδέα πώς να το χειριστούν. Σκέφτεται αστραπιαία πως εδώ αυτό θα ήταν μάλλον απίθανο.

«Με άκουσες να λέω είκοσι» λέει ο παχουλός τύπος στον φίλο του. «Πες τους το κι εσύ».

Ο φίλος είναι ξερακιανός, με μεγάλα πόδια και πεταχτά δόντια που κάνουν το μακρύ σαγόνι του να κρέμεται. Γενικότερα, έχει μια αύρα ότι είναι ο τελευταίος άνθρωπος που θα καταλάβαινε τι συνέβη μόλις. «Δεν πρόσεχα» λέει, βλεφαρίζοντας. «Έλα τώρα, Ντόνι, λίγα ευρώ είναι μόνο».

«Κανείς δεν με αποκαλεί κλέφτη» λέει ο Ντόνι. Έχει ένα έξαλλο βλέμμα που δεν αρέσει καθόλου στον Καλ.

«Κι όμως» τον πληροφορεί ο Μαρτ. «Είσαι κλέφτης, και το χειρότερο ξέρεις ποιο είναι; Είσαι και άχρηστος. Ένα μωρό θα έκλεβε καλύτερα από σένα».

Ο Ντόνι σπρώχνει το σκαμνί του μακριά από το τραπέζι και απλώνει τα χέρια, προκαλώντας τον Μαρτ. «Έλα, και θα σου δείξω εγώ. Έλα».

Η Ντίρντρα βγάζει απρόθυμα μια τσιρίδα. Ο Καλ δεν ξέρει πώς να αντιδράσει, κι αυτό τον κάνει να σαστίσει περισσότερο. Στην πατρίδα, σε αυτό το σημείο θα είχε σηκωθεί και στη συνέχεια ο Ντόνι ή θα επέστρεφε στη θέση του ή θα έφευγε, με τον έναν ή τον άλλον τρόπο. Εδώ δεν υπάρχει αυτή η επιλογή· όχι επειδή του λείπει το όπλο και το σήμα, αλλά επειδή δεν ξέρει πώς λειτουργούν τα πράγματα σε αυτά τα μέρη, ή αν έχει γενικά το δικαίωμα να κάνει οτιδήποτε. Εκείνη η αίσθηση ελαφράδας τον πλημμυρίζει και πάλι, λες κι έχει κουρνιάσει στην άκρη του σκαμνιού του σαν πουλί. Πιάνει τον εαυτό του να θέλει να ριχτεί ο Ντόνι στον Μαρτ μόνο και μόνο γιατί θα ξέρει τι να κάνει.

«Ντόνι» λέει ο Μπάρτι πίσω από την μπάρα, δείχνοντας με την πετσέτα για τα ποτήρια τον νεαρό. «Έξω».

«Δεν έκανα τίποτα. Αυτός ο κόπανος με είπε...» «Έξω».

Ο Ντόνι σταυρώνει τα μπράτσα και κάθεται με φόρα στο σκαμνί του, με το κάτω χείλος του να προεξέχει, και κοιτάζει πεισματάρικα στο κενό.

«Έλα τώρα» κάνει ο Μπάρτι αγανακτισμένος. Πετάει την πετσέτα του και βγαίνει από το μπαρ. «Βάλε ένα χεράκι» λέει στον Καλ, περνώντας.

Είναι μερικά χρόνια νεότερος από τον Καλ, έχουν παρόμοιο σουλούπι. Πιάνουν τον Ντόνι από τις μασχάλες και τον μανουβράρουν σε ολόκληρη την παμπ αποφεύγοντας τραπέζια και σκαμνιά, ώσπου φτάνουν στην πόρτα. Οι περισσότεροι από τους γέροντες χαμογελάνε πλατιά. Το στόμα της Ντίρντρα χάσκει. Ο Ντόνι δεν καταβάλλει καμία προσπάθεια να περπατήσει, και τον κουβαλάνε σαν σακί, με τα πόδια του να σέρνονται στο πάτωμα.

«Στάσου σαν άνθρωπος» τον προστάζει ο Μπάρτι, παλεύοντας με την πόρτα.

«Έχω ένα γεμάτο ποτήρι εκεί πέρα» λέει ο Ντόνι, έξαλλος.

«Άου!» Ο Μπάρτι, σχεδόν κατά λάθος, του κοπανάει τον ώμο στην κάσα της πόρτας.

Στο πεζοδρόμιο, ο Μπάρτι σέρνει τον Ντόνι προς τα πίσω

για να πάρει περισσότερη φόρα, τον τινάζει επιδέξια προς τα εμπρός και τον αφήνει. Ο Ντόνι διασχίζει παραπατώντας τον δρόμο, με τα χέρια να φτερουγίζουν. Το παντελόνι της φόρμας του κατεβαίνει και τον κάνει να πέσει σχεδόν στο έδαφος.

Ο Μπάρτι και ο Καλ τον παρακολουθούν, ανακτώντας την ανάσα τους, να παλεύει να σταθεί με δυσκολία στα πόδια του και να τραβήξει το παντελόνι του. Φοράει στενό άσπρο σώβρακο. «Την επόμενη φορά πες στη μαμά σου να σου πάρει βρακιά για μεγάλα αγόρια» του φωνάζει ο Μπάρτι.

«Θα σ' το λαμπαδιάσω εγώ το σκατομέρος» φωνάζει ο Ντόνι, όχι και πολύ πειστικά.

«Πήγαινε σπίτι να τον παίξεις, Ντόνι» του απαντάει ο Μπάρτι. «Μόνο γι' αυτό είσαι ικανός».

Ψάχνει γύρω του και βρίσκει ένα άδειο πακέτο τσιγάρα και το πετάει με μανία στον Μπάρτι. Πέφτει δυο μέτρα μακριά. Φτύνει προς το μέρος του και αρχίζει να περπατάει τρεκλίζοντας.

Στον δρόμο δεν υπάρχουν καθόλου λάμπες, μόνο δυο τρία φώτα είναι αναμμένα στα σπίτια· τα μισά είναι άδεια. Εξαφανίζεται σε δευτερόλεπτα. Τα βήματά του, όμως, συνεχίζουν να ακούγονται αντηχώντας στα κτίσματα στο σκοτάδι.

«Ευχαριστώ» λέει ο Μπάρτι. «Αν ήμουν μόνος μου, θα μου είχε κοπεί η μέση. Τον παλιομαλάκα».

Ο ξερακιανός τύπος βγαίνει από την παμπ και στέκεται στο κατώφλι —ένας ίσκιος κόντρα στο κίτρινο φως—, ξύνοντας τον σβέρκο του. «Πού είναι ο Ντόνι;» ρωτάει.

«Πήγε σπίτι» λέει ο Μπάρτι. «Άντε κι εσύ, Τζέι Πι, αρκετά για σήμερα».

Ο Τζέι Πι το σκέφτεται. «Έχω το μπουφάν του» λέει.

«Ε, πήγαινέ του το, τότε. Άντε».

Ο Τζέι Πι χάνεται υπάκουα στο σκοτάδι με μεγάλες δρασκελιές.

«Δημιουργεί συχνά μπελάδες αυτός ο τύπος;» ρωτάει ο Καλ.

«Ο Ντόνι Μαγκράθ;» κάνει ο Μπάρτι και φτύνει στο πεζοδρόμιο. «Γαμημένος λάτσικο*».

Ο Καλ δεν έχει ιδέα τι σημαίνει αυτό, αν και ο τόνος του υπονοεί κάτι συναφές με κωλόπαιδο. «Τον έχω ξαναδεί εδώ». «Εμφανίζεται κατά καιρούς. Οι νέοι βγαίνουν κυρίως στην πόλη ψάχνοντας γκόμενες, αν όμως δεν έχουν λεφτά γι' αυτό, έρχονται εδώ. Όπως και να 'χει, θα μείνει μακριά για λίγο. Και μετά, θα σουλατσάρει πάλι με τα φιλαράκια του σαν να μη συνέβη τίποτα».

«Λες να δοκιμάσει στ' αλήθεια να σου βάλει φωτιά;» Ο Μπάρτι ρουθουνίζει. «Μπα. Όχι. Ο Ντόνι, εκτός από τσάμπα μάγκας, είναι κοπρόσκυλο. Σιγά μην μπει σε τέτοιο μπελά».

«Άρα, είναι άκακος λες;»

«Εντελώς άχρηστος είναι» λέει ο Μπάρτι με απόλυτο ύφος. Πίσω του, ο ήχος της ιρλανδικής φλογέρας ακούγεται και πάλι, καθαρός και παιχνιδιάρικος. Τινάζει τις παλάμες του για να διώξει τη λίγδα του Ντόνι και μπαίνει ξανά στην παμπ.

Κανείς άλλος δεν φαίνεται να χολοσκάει για το συμβάν. Ο Μαρτ και τα φιλαράκια του έχουν ξαναμοιράσει τα φύλλα και έχουν ξεκινήσει νέα παρτίδα Πενήντα-Πέντε· η κουβέντα στην μπάρα έχει στραφεί στο πόσο καλή είναι η φετινή ομάδα χέρλινγκ. Ο Μπάρτι κερνάει τον Καλ μια μπίρα. Η Ντίρντρα τελειώνει το ποτό της, ρίχνει μια αργή, απέλπιδα ματιά τριγύρω στην παμπ, και όταν κανείς δεν αντιγυρίζει το βλέμμα, αποχωρεί.

Ο Καλ αράζει εκεί, σιγοπίνοντας την κερασμένη μπίρα του, ώσπου ο Μαρτ και τα φιλαράκια του τελειώνουν το παιχνίδι τους και αρχίζουν να τα μαζεύουν. Ο Μαρτ ήταν εκείνος που

---

* Latchico: Υποτιμητικός χαρακτηρισμός στην ιρλανδική αργκό. Σχετίζεται με ένα ασταθές ή επιθετικό άτομο, συνήθως άντρα ή αγόρι, που θεωρείται χαμηλής κοινωνικής θέσης. (Σ.τ.Μ.)

αποκάλεσε τον Ντόνι κλέφτη. Όταν προσφέρεται να πάει τον Καλ σπίτι με το αμάξι –όπως κάθε φορά, για να έχει την ευχαρίστηση να τον κοροϊδέψει επειδή θα απορρίψει την πρόταση του–, εκείνος λέει ναι.

Ο Μαρτ είναι σχετικά μεθυσμένος, αρκετά ώστε να του πέσουν τα κλειδιά στα πετάλια και να χρειαστεί να βγει από το αυτοκίνητο για να τα ψαχουλέψει. «Μην ανησυχείς» λέει με χαμόγελο, διαβάζοντας την έκφραση του Καλ, και δίνει ένα χαϊδευτικό χτύπημα στο πλάι του αυτοκινήτου του – ένα σαραβαλιασμένο μπλε Skoda γεμάτο λάσπες και έντονη μυρωδιά βρεγμένου σκύλου. «Τον ξέρει τον δρόμο του ακόμα κι αν με πάρει ο ύπνος στο τιμόνι. Μαθημένα τα βουνά στα χιόνια».

«Υπέροχα» λέει ο Καλ, που έχει βρει τα κλειδιά και του τα δίνει. «Τώρα νιώθω καλύτερα».

«Τι έπαθε το χέρι σου;» ρωτάει ο Μαρτ, μπαίνοντας προσεκτικά και πάλι στο αμάξι.

Το χέρι του επουλώνεται καλά, αλλά συνεχίζει να βάζει τσιρότο για να μη δει κανείς τα σημάδια από τα δόντια. «Κόπηκα με το πριόνι» λέει.

«Αυτά παθαίνει κανείς» λέει ο Μαρτ. «Την επόμενη φορά άκουσέ με και ψάξε στο ίντερνετ». Βάζει μπρος το αυτοκίνητο, που βήχει, τρέμει και πετιέται στον δρόμο με ανησυχητικό ρυθμό. «Τι ήταν αυτά που έλεγε ο Σενόν; Για την προβατίνα του Μπόμπι;»

«Ναι, ο Μπόμπι νομίζει ότι είναι εξωγήινοι. Ο Σενόν δεν συμφωνεί».

Ο Μαρτ πνίγεται από τα γέλια. «Θα νομίζεις πως είναι για τα σίδερα, έτσι;»

«Μπα. Δεν του είπα για τότε που είδε UFO ο παππούς μου;»

«Του έφτιαξες τη μέρα» λέει ο Μαρτ, βγαίνοντας από τον κεντρικό δρόμο· καθώς αλλάζει ταχύτητες, ακούγεται ένα άσχημο τρίξιμο. «Ο Μπόμπι δεν είναι τρελός. Το μόνο πρόβλημα είναι ότι περνάει πολύ χρόνο με τις δουλειές στη φάρμα. Καλές είναι, δεν λέω, αν όμως δεν είσαι εντελώς στούρνος, αφήνουν τον νου να τρέχει. Οι περισσότεροι από μας έχουμε κάτι να περιμένουμε μετά: την οικογένεια, το χαρτί, το ποτό, κάτι τέλος πάντων. Ο Μπόμπι όμως είναι μπακούρι, δεν σηκώνει το ποτό, και είναι τόσο κακός στα χαρτιά, που δεν τον παίζουμε. Όταν λοιπόν τρέχει ο νους του, δεν έχει άλλη επιλογή από το να παίρνει τα βουνά κυνηγώντας UFO. Οι άλλοι θέλουν να του πάρουν φυσαρμόνικα για να έχει κάτι να ασχολείται, αλλά εγώ προτιμώ χίλιες φορές να τον ακούω να μιλάει για εξωγήινους».

Ο Καλ το σκέφτεται. Φαίνεται ότι οι εξωγήινοι είναι μάλλον το πιο υγιές αντίδοτο όταν ο νους σου αδρανεί σε σχέση με κάποια από τα υπόλοιπα της λίστας του Μαρτ. Ο τρόπος που οδηγεί, άλλωστε, αποδεικνύει τη θεωρία του.

«Εσύ δηλαδή δεν πιστεύεις ότι την έπεσαν οι εξωγήινοι στο πρόβατό του;» ρωτάει, περισσότερο για να τσιγκλήσει τον Μαρτ.

«Ωχ, άντε γαμήσου κι εσύ».

«Μα λέει ότι δεν υπάρχει κάτι άλλο εδώ γύρω που θα μπορούσε...»

«Ο Μπόμπι δεν ξέρει όλα όσα υπάρχουν εδώ γύρω» λέει ο Μαρτ.

Ο Καλ περιμένει, αλλά δεν συνεχίζει. Το αυτοκίνητο βροντάει στις λακκούβες.

Οι προβολείς φωτίζουν έναν στενό δρόμο και κλαδιά που κουνιούνται και από τις δύο πλευρές· ένα ζευγάρι λαμπερά μάτια γυαλίζουν ξαφνικά, χαμηλά στο χώμα, κι ύστερα χάνονται.

«Ορίστε» λέει ο Μαρτ, σταματώντας απότομα μπροστά στην αυλόπορτα του Καλ. «Σώος και αβλαβής. Όπως ακριβώς σου υποσχέθηκα».

«Μπορείς να με αφήσεις σπίτι σου» λέει ο Καλ. «Μπας και σε περιμένει καμιά επιτροπή υποδοχής».

Ο Μαρτ τον κοιτάζει για μια στιγμή κι ύστερα σκάει στα γέλια και διπλώνεται στα δύο, βήχοντας και χτυπώντας το τιμόνι. «Κοίτα να δεις» λέει όταν συνέρχεται. «Να που απέκτησα τον αστραφτερό μου ιππότη για να με συνοδεύει στην πόρτα μου. Αλήθεια τώρα, δεν ανησυχείς γι' αυτό το κωλοπαίδι, τον Ντόνι Μαγκράθ, έτσι; Και είσαι και από τη μεγάλη κακιά πόλη».

«Είχαμε κι εκεί τέτοιους τύπους» λέει ο Καλ. «Ούτε εκεί μου άρεσαν».

«Ο Ντόνι δεν θα με πλησίαζε με κανέναν τρόπο» λέει ο Μαρτ. Τα απομεινάρια του γέλιου είναι ακόμη χαραγμένα στο πρόσωπό του, αλλά η φωνή του έχει έναν απότομο τόνο που ξαφνιάζει τον Καλ. «Μέχρι εκεί του κόβει».

«Μη με παρεξηγείς» λέει ο Καλ.

Ο Μαρτ χαχανίζει, κουνώντας το κεφάλι, και βάζει πάλι μπρος το αυτοκίνητο. «Άντε λοιπόν» λέει. «Εκτός αν περιμένεις φιλάκι για καληνύχτα».

«Θα 'θελες» λέει ο Καλ.

«Κράτα τα για τη Λένα» του λέει ο Μαρτ και αρχίζει να γελάει μόνος του, ανηφορίζοντας τον δρόμο.

Στο σπίτι του Μαρτ –μια μακριά άσπρη αγροικία με μικροσκοπικά παράθυρα, χτισμένη αρκετά πέρα από τον δρόμο, σε παραμελημένο χορτάρι–, το φως της βεράντας είναι αναμμένο και ο Κότζακ περιμένει να τον καλωσορίσει με το που ανοίγει την πόρτα. Ο Καλ σηκώνει το χέρι και περιμένει μέχρι ο Μαρτ να βγάλει την τουίντ τραγιάσκα στο κατώφλι και να ανάψει τα φώτα μετά. Αφού δεν συμβαίνει τίποτα άλλο, κατευθύνεται προς το σπίτι του. Ακόμα κι αν ο Ντόνι Μαγκράθ κάνει την εμφάνισή του σε μια στιγμή ασυνήθιστης πρωτοβουλίας, ο Κότζακ είναι αρκετά καλή εφεδρεία. Κάτι όμως στην όψη του

Μαρτ στο κατώφλι του, χαλαρός μες στα λιβάδια και το ανε-
μοδαρμένο σκοτάδι, με τον Κότζακ να κουνάει την ουρά του
δίπλα του, κάνει τον Καλ να νιώθει κάπως γελοίος, αν και όχι
με άσχημο τρόπο. Η αυλόπορτά του απέχει καμιά τετρακοσαριά μέτρα από
του Μαρτ. Ο ουρανός είναι καθαρός και το φεγγάρι αρκετά
μεγάλο για να βλέπει πού πατάει στο μονοπάτι χωρίς να χρειά-
ζεται φακό, αν και μια δυο φορές, όταν οι σκιές των δέντρων
πυκνώνουν, θολώνει και νιώθει το πόδι του να βυθίζεται στο
παχύ χορτάρι στην άκρη. Έχει τον νου του γι' αυτό, ό,τι κι αν
ήταν, που πέρασε μπροστά από το αμάξι, ωστόσο ή έφυγε ή
έγινε πιο προσεκτικό. Τα βουνά στον ορίζοντα μοιάζουν σαν
να πήρε κάποιος έναν σουγιά και να έκοψε με φροντίδα κα-
μπύλες από τον κατάφορτο με αστέρια ουρανό, αφήνοντας μια
άδεια μαυρίλα. Εδώ κι εκεί, σκόρπια, κίτρινα ορθογώνια πα-
ράθυρα, τοσοδούλικα και θαρραλέα.

Στον Καλ αρέσουν οι νύχτες εδώ. Στο Σικάγο ήταν ασφυ-
κτικά γεμάτες κόσμο και ένταση, πάντα γινόταν κάποιο θο-
ρυβώδες πάρτι ή κάποιος θα τσακωνόταν ή κάποιο μωρό θα
τσίριζε, και λοιπά και λοιπά, κι επίσης ήξερε πολύ καλά τι
συνέβαινε στις σκοτεινές γωνιές και μπορούσε να ξεχυθεί ανά
πάσα στιγμή, απαιτώντας την προσοχή του. Εδώ, έχει την
καθησυχαστική γνώση ότι τα πράγματα που συμβαίνει τη
νύχτα δεν είναι δικό του πρόβλημα. Τα περισσότερα είναι
αυτόνομα: μικρά κυνηγητά, μάχες και ζευγαρώματα, που το
μόνο που απαιτούν από τους ανθρώπους είναι να μένουν μα-
κριά. Ακόμα κι αν, κάτω από το υπέροχο χάος από αστέρια,
συμβαίνει κάτι ώστε να χρειάζεται η επέμβαση της αστυνο-
μίας, αυτό δεν αφορά τον Καλ. Αφορά τους ντόπιους, πέρα σ'
εκείνη την κωμόπολη – κατά πάσα πιθανότητα, κι αυτοί θα
προτιμούσαν να μην ανακατευτεί. Ο Καλ δεν έχει πρόβλημα
με αυτό – η αλήθεια είναι πως το απολαμβάνει. Εκείνο το

πιτσιρίκι, ο Τρέι, επαναφέροντας την εντύπωση πως η νύχτα χρειάζεται επαγρύπνηση και δράση, του θύμισε απλώς πόσο λίγο του είχαν λείψει κάτι τέτοια. Του περνάει από το μυαλό ότι ίσως τελικά έχει ένα κρυφό ταλέντο να αφήνει τα πράγματα στη μοίρα τους. Το σπίτι του είναι εξίσου ήσυχο με του Μαρτ. Ανοίγει μια μπίρα από το ψυγειάκι και κάθεται να την πιει στο σκαλί της πίσω πόρτας. Κάποια στιγμή στο μέλλον θα χτίσει μια βεράντα εκεί πέρα και θα βάλει μια μεγάλη πολυθρόνα, για την ώρα όμως και το σκαλοπάτι καλό είναι. Δεν βγάζει το μπουφάν του· ο αέρας μαρτυρά πως το φθινόπωρο είναι εδώ για τα καλά, τέρμα τα αστεία.

Ακούγεται η φωνή μιας κουκουβάγιας, από τη γη του Μαρτ. Ο Καλ κοιτάζει προσεκτικά για λίγο και καταφέρνει να τη δει για μια στιγμή, ένα κουβαράκι πιο πυκνής σκιάς που αρμενίζει ράθυμα ανάμεσα στα δέντρα. Αναρωτιέται αν, σε περίπτωση που τα πράγματα είχαν εξελιχθεί διαφορετικά, αυτός είχε γίνει κάτι τέτοιο: ένας τύπος που επιδιόρθωνε πράγματα και ύστερα καθόταν στη βεράντα του με μια μπίρα, παρακολουθώντας κουκουβάγιες και αφήνοντας τον υπόλοιπο κόσμο να φροντίζει μόνος του τα θέματά του. Δεν είναι βέβαιος για το πώς αισθάνεται γι' αυτό. Τον κάνει να νιώθει άβολα, χωρίς να καταλαβαίνει απολύτως το γιατί.

Για να ξεφύγει από την ξαφνική ανησυχία που ορμάει πάνω του σαν σύννεφο από κουνούπια, ο Καλ βγάζει από την τσέπη του το κινητό του και τηλεφωνεί στην Αλίσα. Της τηλεφωνεί κάθε Σαββατοκύριακο. Τις περισσότερες φορές, απαντάει. Όταν δεν το σηκώνει, του στέλνει αργότερα στο WhatsApp, κατά τις τρεις τέσσερις το πρωί δική του ώρα: *Συγγνώμη που δεν απάντησα, είχα μπλέξει με κάτι! Τα λέμε αργότερα!*

Αυτή τη φορά απαντάει. «Γεια σου, μπαμπά. Τι γίνεται;»

Η φωνή της είναι κοφτή και ασαφής, σαν να έχει μαγκώσει το τηλέφωνο στον ώμο της με το μάγουλο ενώ ταυτόχρονα κάνει κάτι άλλο. «Έι» κάνει ο Καλ. «Έχεις δουλειά;»

«Όχι, εντάξει. Καθαρίζω κάτι».

Εκείνος στήνει αυτί, προσπαθώντας να καταλάβει τι, αλλά το μόνο που πιάνει είναι τυχαία θροΐσματα και γδούποι. Προσπαθεί να τη φανταστεί: ψηλή και αθλητική, με το πρόσωπό της μια θαυμάσια μείξη του δικού του και της Ντόνα —τα γαλάζια μάτια και τα ίσια φρύδια του Καλ, τα ιδιαίτερα χαρακτηριστικά της Ντόνα με τα ανυψωμένα ζυγωματικά— που τον τρελαίνει. Το πρόβλημα είναι ότι ακόμη τη βλέπει να τρέχει γύρω γύρω με κομμένο τζιν και φαρδύ φούτερ, με τα μαλλιά πιασμένα σε μια γυαλιστερή καστανή αλογοουρά, και δεν έχει ιδέα αν κάτι από αυτά ανταποκρίνεται πλέον στην πραγματικότητα. Η τελευταία φορά που την είδε ήταν τα Χριστούγεννα. Θα μπορούσε να έχει κόψει τα μαλλιά της, να τα έχει βάψει ξανθά, να φοράει κοστούμια, να έχει πάρει δέκα κιλά και να έχει αρχίσει να χρησιμοποιεί πλήρες μακιγιάζ.

«Τι κάνεις;» ρωτάει. «Την ξεφορτώθηκες τη γρίπη;»

«Ένα κρύωμα ήταν μόνο. Πάει».

«Η δουλειά τι λέει;» Η Αλίσα δουλεύει σε έναν μη κερδοσκοπικό οργανισμό στο Σιάτλ, κάτι σχετικό με ευάλωτους εφήβους. Ο Καλ δεν συγκράτησε τις λεπτομέρειες όταν του είχε πρωτοπεί ότι έκανε αίτηση γι' αυτή τη δουλειά —είχε κάνει πολλές αιτήσεις, και τότε η δική του δουλειά και η Ντόνα καταλάμβαναν το μεγαλύτερο κομμάτι του μυαλού του—, κι ύστερα πλέον ήταν αργά για να ρωτήσει.

«Καλά πάει. Πήραμε την επιχορήγηση —μεγάλη ανακούφιση—, οπότε θα μπορέσουμε να συνεχίσουμε για λίγο ακόμα».

«Το παιδί για το οποίο ανησυχούσες πώς είναι; Ο Σον, Ντεσόν;»

«Ο Σον. Εντάξει, έρχεται ακόμη, πράγμα πολύ βασικό. Νομίζω πως τα πράγματα εξακολουθούν να είναι ζόρικα γι' αυτόν στο σπίτι, πραγματικά ζόρικα, αλλά κάθε φορά που προσπαθώ να τον ρωτήσω, παγώνει. Οπότε...»

Η φωνή της σβήνει. Ο Καλ πολύ θα ήθελε να απαντήσει κάτι χρήσιμο, όμως οι περισσότερες από τις τεχνικές του για να κάνει τους ανθρώπους να ανοιχτούν είναι σχεδιασμένες για περιπτώσεις που δεν έχουν πολλά κοινά με τη συγκεκριμένη. «Δώσ' του χρόνο» λέει τελικά. «Θα τα πας μια χαρά».

«Σωστά» λέει η Αλίσα λίγο μετά. Εντελώς ξαφνικά, ακούγεται κουρασμένη. «Ελπίζω».

«Ο Μπεν τι κάνει;» ρωτάει ο Καλ. Ο Μπεν είναι ο φίλος της Αλίσα, είναι μαζί από το πανεπιστήμιο. Φαίνεται εντάξει τύπος, αρκετά ειλικρινής και κάπως φλύαρος σε ό,τι έχει να κάνει με τις απόψεις του περί κοινωνίας και το τι θα έπρεπε να κάνει ο καθένας για να τη βελτιώσει, αλλά ο Καλ είναι βέβαιος πως κι εκείνος στα είκοσι πέντε του ήταν κατά κάποιον τρόπο σπαστικός.

«Καλά είναι. Έχει τρελαθεί σ' εκείνη τη δουλειά, όμως την άλλη βδομάδα έχει μια συνέντευξη, οπότε ας ευχηθούμε για το καλύτερο».

Η τρέχουσα δουλειά του Μπεν είναι στα Starbucks ή κάτι τέτοιο. «Πες του καλή επιτυχία εκ μέρους μου» λέει ο Καλ. Πάντα είχε την αίσθηση ότι ο Μπεν δεν τρελαίνεται για εκείνον. Στην αρχή δεν έδινε δεκάρα, όμως πλέον θεωρεί ότι θα έπρεπε να προσπαθήσει να κάνει κάτι γι' αυτό.

«Θα του πω. Ευχαριστώ».

«Έχεις κανένα νέο από τη μαμά σου;»

«Ναι, μια χαρά είναι. Εσύ πώς είσαι; Το σπίτι τι λέει;»

«Προχωράει» λέει ο Καλ. Ξέρει πως η Αλίσα δεν θέλει να μιλάει μαζί του για την Ντόνα, μερικές φορές όμως του ξεφεύγει. «Αργά αλλά σταθερά, έχω χρόνο και με το παραπάνω».

«Είδα τις φωτογραφίες. Το μπάνιο δείχνει άψογο».

«Εντάξει, δεν θα το τραβούσα τόσο πολύ. Τουλάχιστον όμως δεν μοιάζει σαν να τρύπωσα εκεί μέσα για να κατατροπώσω τίποτα ζόμπι».

Αυτό κάνει την Αλίσα να γελάσει. Ακόμα και στην παιδική της ηλικία το γέλιο της ήταν πολύ όμορφο, πλούσιο και τρανταχτό, ένα γέλιο έξω καρδιά. Του κόβεται η αναπνοή. «Να έρθεις επίσκεψη» λέει. «Είναι όμορφα εδώ. Θα σου άρεσε».

«Ναι. Είμαι σίγουρη. Θά 'ρθω. Όταν καταφέρω να πάρω άδεια από τη δουλειά· καταλαβαίνεις».

«Ναι» λέει ο Καλ. Και αμέσως μετά: «Μάλλον έτσι κι αλλιώς θα 'ταν καλύτερα να περιμένεις να το φέρω λιγάκι σε λογαριασμό. Ή τουλάχιστον μέχρι να έχω έπιπλα».

«Σωστά» λέει η Αλίσα. Ο Καλ δεν μπορεί να καταλάβει αν τη φαντάστηκε τη νότα ανακούφισης στη φωνή της. «Πες μου όταν είναι».

«Ναι, θα σου πω. Σύντομα».

Πέρα από τα χωράφια, το φωτάκι σε κάποιο παράθυρο σβήνει. Η κουκουβάγια συνεχίζει να φωνάζει, ψυχρά και αδιάκοπα. Ο Καλ θέλει να πει κάτι άλλο, να την κρατήσει λίγο ακόμα στη γραμμή, όμως δεν μπορεί να σκεφτεί τίποτα.

«Δεν θα 'πρεπε να πέσεις για ύπνο;» λέει η Αλίσα. «Τι ώρα είναι εκεί;»

Όταν κλείνει το τηλέφωνο, ο Καλ έχει την ίδια κενή αίσθηση όπως πάντα τώρα τελευταία όταν μιλάει με την Αλίσα, ότι κατά κάποιον τρόπο, παρόλο που περνούν τόση ώρα μιλώντας, δεν κάνουν ουσιαστική συζήτηση· όλα ήταν αέρας κοπανιστός, τίποτα χειροπιαστό. Όταν ήταν μικρή, χοροπηδούσε δίπλα του κρατώντας του το χέρι και του έλεγε τα πάντα, καλά και κακά, όλα ανάβλυζαν κατευθείαν από την καρδιά της στο στόμα της. Δεν είναι σε θέση να θυμηθεί πότε άλλαξε αυτό.

Το σύννεφο της ανησυχίας δεν έχει διαλυθεί. Ο Καλ παίρνει μία ακόμα μπίρα και τη φέρνει στο σκαλί. Μακάρι η Αλίσα να του είχε στείλει φωτογραφίες από το διαμέρισμά της. Της ζήτησε κάποτε, εκείνη είπε πως θα έστελνε, όμως αυτό δεν έγινε ποτέ. Ελπίζει να μην το έκανε επειδή δεν βρίσκει ποτέ χρόνο και όχι επειδή το διαμέρισμά της είναι μια τρύπα.

Στον φράχτη στο βάθος του κήπου, ένα κλαδί ακούγεται να σπάει.

«Πιτσιρίκο» λέει ο Καλ εξαντλημένος, υψώνοντας κάπως τη φωνή του για να φτάσει μέχρι εκεί. «Όχι απόψε. Πήγαινε σπίτι σου».

Ακολουθεί μια παύση· μια αλεπού βγαίνει μέσα από τον φράχτη. Στέκεται και τον κοιτάζει, με κάτι μικρό και πλαδαρό να κρέμεται από το στόμα της· τα ανεξιχνίαστα μάτια της γυαλίζουν στο φεγγαρόφωτο. Στη συνέχεια τον απορρίπτει ως κάτι αδιάφορο και συνεχίζει τον δρόμο της πηλαλώντας.

4

Δυο μέρες αργότερα, το παιδί επιστρέφει. Ο καιρός έχει ανοίξει σήμερα ύστερα από ένα βροχερό ξεκίνημα, και ο Καλ βρίσκεται και πάλι στον κήπο με το γραφείο του. Την τελευταία φορά ξεμπέρδεψε με τους οδηγούς κι έτσι τώρα προχωράει στο κομμάτι με τα χωρίσματα μέσα από το καπάκι. Τα κομμάτια του ξύλου που τα αποτελούν είναι ευπαθή, σφηνωμένα το ένα με το άλλο σ' ένα περίτεχνο παζλ, και επιπλέον αρκετά απ' αυτά είναι σπασμένα. Ο Καλ ξαπλώνει το γραφείο με τη πλάτη πάνω σε έναν μουσαμά και βγάζει με το τηλέφωνό του φωτογραφίες την όλη κατασκευή πριν απελευθερώσει προσεκτικά τα σπασμένα κομμάτια, χαλαρώνοντας την παλιά κόλλα με τη λεπίδα ενός νυστεριού, και αρχίζει να τα μετράει για να τα αντικαταστήσει.

Τελειώνει το πρώτο, λαξεύοντας την τελευταία σφήνα που θα θηλυκώσει για να το κρατήσει γερά στη θέση του, όταν ακούει ένα κλαδάκι να τσακίζει. Αυτή τη φορά δεν χρειάζεται να παίξει παιχνίδια. Το παιδί περνάει μέσα από τους θάμνους του φράχτη και στέκεται και παρακολουθεί, με τα χέρια χωμένα στις τσέπες του φούτερ του.

«Καλημέρα» λέει ο Καλ.

Το παιδί γνέφει.

«Ορίστε» λέει ο Καλ, τείνοντας το κομμάτι του ξύλου και ένα γυαλόχαρτο.

Το παιδί πλησιάζει και τα παίρνει από το χέρι του χωρίς δισταγμό. Από την τελευταία φορά που συναντήθηκαν, φαίνεται να έχει αλλάξει ταξινόμηση στον Καλ, από Επικίνδυνο Άγνωστο σε Μη απειλητικό Γνωστό, όπως θα έκανε κι ένα σκυλί, βασισμένο σε κάποια μυστήρια προσωπική κριτική. Το τζιν του είναι βρεγμένο μέχρι τα καλάμια από το περπάτημα ανάμεσα στο μουσκεμένο χορτάρι.

«Αυτό το κομμάτι θα φαίνεται» λέει ο Καλ, «οπότε θα είμαστε λιγάκι πιο προσεκτικοί. Όταν τελειώσεις μ' αυτό το γυαλόχαρτο, θα σου δώσω ένα πιο ψιλό».

Ο Τρέι εξετάζει το κομμάτι του ξύλου που κρατάει κι έπειτα το σπασμένο πρωτότυπο πάνω στο τραπέζι. Ο Καλ του δείχνει το κενό στις γραμματοθυρίδες. «Εκεί πάει».

«Λάθος χρώμα».

«Θα το βάψουμε για να ταιριάζει. Αλλά αυτό είναι επόμενο στάδιο».

Ο Τρέι γνέφει. Κάθεται στις φτέρνες του στο χορτάρι, λίγα μέτρα από τον μουσαμά, και πιάνει δουλειά.

Ο Καλ αρχίζει να ασχολείται με το επόμενο κομμάτι ξύλου, παίρνοντας τέτοια θέση που να μπορεί να ρίχνει καμιά ματιά στο παιδί. Το φούτερ του είναι ξεκάθαρα από δεύτερο χέρι, και το μεγάλο του δάχτυλο του ενός ποδιού προεξέχει από μια τρύπα στο αθλητικό του παπούτσι. Είναι φτωχό. Αλλά και κάτι περισσότερο. Ο Καλ έχει δει πολλά παιδιά πιο φτωχά από αυτό που είναι εξαιρετικά φροντισμένα, αλλά κανείς δεν έχει ελέγξει αν ο λαιμός αυτού εδώ είναι καθαρός ή δεν έχει ενδιαφερθεί να μπαλώσει τα φθαρμένα γόνατα του παντελονιού του. Μοιάζει σχετικά ταϊσμένο, αλλά ως εκεί.

Οι λίγες σταγόνες που έχουν απομείνει στους φράχτες στάζουν αργά αλλά σταθερά· μικρά πουλιά χοροπηδάνε και τσιμπούν τα χορτάρια. Ο Καλ πριονίζει, μετράει, σμιλεύει σφήνες και εγκοπές, και δίνει στον Τρέι το ψιλό γυαλόχαρτο όταν αυτός τελειώνει με το πιο χοντρό. Καταλαβαίνει ότι το παιδί τον παρατηρεί, με τον ίδιο τρόπο που το παρατηρεί κι εκείνος, ζυγίζοντάς τον. Πού και πού σφυρίζει σιγανά για πάρτη του, αλλά αυτή τη φορά δεν μιλάει. Είναι σειρά του παιδιού. Μάλλον έχει διαλέξει λάθος άνθρωπο για αυτό. Ο Τρέι δεν φαίνεται να έχει κανένα πρόβλημα με τη σιωπή. Τελειώνει το ράφι του ικανοποιημένος και το φέρνει να το δείξει στον Καλ. «Ωραία» λέει εκείνος. «Πάρε ένα ακόμα. Αυτό θα το κερώσω εδώ κι εδώ, βλέπεις; Κι ύστερα θα το κουμπώσω στη θέση του».

Ο Τρέι περιφέρεται για λίγο, παρακολουθώντας τον Καλ να τρίβει κερί πάνω στις σφήνες, κι ύστερα επιστρέφει στη θέση του και αρχίζει πάλι το γυαλοχάρτισμα. Ο ρυθμός του όμως έχει αλλάξει, είναι πιο γρήγορος και λιγότερο τακτικός. Με το πρώτο ράφι έπρεπε να αποδείξει την αξία του. Τώρα, έχει κάτι άλλο να κλωθογυρίζει στο μυαλό του, ψάχνοντας διέξοδο.

Ο Καλ δεν δίνει σημασία. Γονατίζει δίπλα στο γραφείο, ευθυγραμμίζει το ράφι και αρχίζει να το χτυπάει μαλακά με το σφυρί για να κάτσει στις εγκοπές.

Ο Τρέι λέει, από πίσω του: «Άκουσα ότι είσαι μπάτσος».

Ο Καλ παραλίγο να χτυπήσει με το σφυρί τον αντίχειρά του. Είχε προσέξει ιδιαίτερα να μη γίνει γνωστή αυτή η πληροφορία, υποκινούμενος από την εμπειρία με τους ανθρώπους στα μέρη του παππού του, στις εσχατιές της Βόρειας Καρολίνας, για τους οποίους το να είναι κανείς μπάτσος εκτός από ξένος δεν αποτελούσε μεγάλο πλεονέκτημα. Δεν έχει ιδέα πώς θα μπορούσε να μαθευτεί αυτό. «Ποιος σ' το είπε;»

Ο Τρέι ανασηκώνει τους ώμους, συνεχίζοντας το γυαλοχάρτισμα.

«Την επόμενη φορά μην τον ακούσεις».

«Είσαι;»

«Σου μοιάζω για μπάτσος;»

Ο Τρέι τον παρατηρεί, ζαρώνοντας τα μάτια του στο φως. Ο Καλ του ανταποδίδει το βλέμμα. Ξέρει ότι η απάντηση είναι όχι. Γι' αυτό άφησε τα γένια και τα μαλλιά του να μακρύνουν. Όταν πια δεν μοιάζεις με μπάτσο, δεν νιώθεις και σαν μπάτσος. *Περισσότερο με τον Μεγαλοπόδαρο, θα έλεγε η Ντόνα, χαμογελώντας και στριφογυρίζοντας μια τούφα γύρω από το δάχτυλό της για να την τραβήξει.*

«Μπα» λέει ο Τρέι.

«Είδες λοιπόν;»

«Ναι, αλλά είσαι».

Ο Καλ το παίρνει πλέον απόφαση· δεν έχει σημασία να παίζει παιχνιδάκια αν ο κόσμος το ξέρει ήδη. Του περνάει από το μυαλό να κάνει μια συμφωνία του στιλ πες μου πού το άκουσες και θα απαντήσω στις ερωτήσεις σου, αλλά αποφασίζει πως δεν θα λειτουργήσει. Το παιδί έχει περιέργεια, όχι όμως τόσο μεγάλη ώστε να εμπιστευτεί κάποιον. Η συμφωνία θα πρέπει να περιμένει λίγο ακόμα.

«Ήμουν» λέει. «Όχι πια».

«Γιατί όχι;»

«Πήρα σύνταξη».

Ο Τρέι τον κοιτάζει εξεταστικά. «Δεν είσαι τόσο μεγάλος».

«Ευχαριστώ».

Το παιδί δεν χαμογελάει. Προφανώς δεν το είπε σαρκαστικά. «Και γιατί πήρες σύνταξη;»

Ο Καλ καταπιάνεται πάλι με το γραφείο. «Απλώς τα πράγματα γαμήθηκαν περισσότερο. Ή έτσι μου φάνηκε». *Αναρωτιέται μήπως θα έπρεπε να πάρει πίσω την παλιοκουβέντα, ωστόσο το παιδί δεν φαίνεται σοκαρισμένο ή έστω έκπληκτο. Μόνο περιμένει.*

«Ο κόσμος ήταν τρελαμένος. Μου φαινόταν πως όλοι είχαν τρελαθεί».

«Για ποιο πράμα;»

Ο Καλ το σκέφτεται, χτυπώντας τη γωνιά του ραφιού μαλακά με το σφυρί. «Οι μαύροι, επειδή τους συμπεριφέρονταν σαν σκουπίδια. Οι κακοί μπάτσοι, επειδή εντελώς ξαφνικά τους ζητούσαν να λογοδοτήσουν. Οι καλοί μπάτσοι, επειδή τους θεωρούσαν κακούς χωρίς να έχουν κάνει κάτι».

«Εσύ ήσουν καλός ή κακός μπάτσος;»

«Είχα σκοπό να είμαι καλός» λέει ο Καλ. «Ο καθένας όμως αυτό θα 'λεγε».

Ο Τρέι γνέφει καταφατικά. «Και, τρελάθηκες;»

«Ένιωσα εξαντλημένος» λέει ο Καλ. «Εξαντλημένος ως το μεδούλι». Έτσι ήταν. Κάθε πρωί ξυπνούσε λες και είχε γρίπη και έπρεπε να ανέβει χιλιόμετρα ολόκληρα στο βουνό.

«Και πήρες σύνταξη».

«Ναι».

Το παιδί περνάει το δάχτυλό του πάνω από το ξύλο και συνεχίζει το τρίψιμο. «Γιατί ήρθες εδώ;»

«Γιατί όχι;»

«Κανείς δεν μετακομίζει εδώ» λέει ο Τρέι, σαν να επισημαίνει το προφανές σε κάποιον ηλίθιο. «Μόνο φεύγουν».

Ο Καλ ταρακουνάει το ράφι λίγο παραμέσα· έχει ταιριάξει καλά, πράγμα που είναι καλό. «Βαρέθηκα τον σκατόκαιρο. Εσείς δεν έχετε χιόνια ή καύσωνα, ή τουλάχιστον όχι όπως εμείς. Κι επίσης, αρκετά με τις πόλεις. Είναι και φτηνά εδώ. Και υπάρχει και πολύ ψάρι».

Ο Τρέι τον παρακολουθεί επιφυλακτικά με τα γκρίζα μάτια του χωρίς να βλεφαρίζει. «Άκουσα πως σε απέλυσαν επειδή πυροβόλησες κάποιον. Στη δουλειά. Και θα σε πιάνανε. Γι' αυτό το 'σκασες».

Ο Καλ ξαφνιάζεται. «Ποιος το λέει αυτό;»

Ανασήκωμα ώμων.

Σκέφτεται τις εναλλακτικές του. «Δεν πυροβόλησα ποτέ κανέναν» λέει, ειλικρινά, στο τέλος.

«Ποτέ;»

«Ποτέ. Πολλή τηλεόραση βλέπεις».

Ο Τρέι συνεχίζει να τον παρατηρεί. Αυτό το παιδί δεν ανοιγοκλείνει αρκετά τα βλέφαρά του. Ο Καλ αρχίζει να ανησυχεί για την υγεία του κερατοειδούς του. «Αν δεν με πιστεύεις, γκούγκλαρέ με. Κάτι τέτοιο θα βρισκόταν παντού στο ίντερνετ».

«Δεν έχω υπολογιστή».

«Από το κινητό».

Η γωνία του στόματος του Τρέι στρίβει: μπα. Ο Καλ βγάζει από την τσέπη του το τηλέφωνό του, το ξεκλειδώνει και το πετάει στα χόρτα μπροστά από τον Τρέι. «Ορίστε. Κάλβιν Τζον Χούπερ. Το σήμα είναι σκατά, αλλά στο τέλος θα τα καταφέρει».

Ο Τρέι δεν πιάνει το τηλέφωνο.

«Τι τρέχει;»

«Μπορεί να μην είναι το αληθινό σου όνομα».

«Θα με τρελάνεις, μικρό» λέει ο Καλ. Σκύβει πάνω από το τηλέφωνο και το βάζει πίσω στην τσέπη του. «Πίστεψε ό,τι θέλεις. Θα το τρίψεις αυτό με το γυαλόχαρτο ή όχι;» Ο Τρέι επιστρέφει στη δουλειά του, αλλά ο Καλ καταλαβαίνει από τον ρυθμό πως έχει κι άλλα να πει. Πράγματι, έπειτα από κάνα λεπτό, ρωτάει: «Ήσουν καλός;».

«Αρκετά καλός. Έφερνα αποτέλεσμα».

«Ήσουν ντετέκτιβ;»

«Ναι. Το τελευταίο διάστημα».

«Τι είδους;»

«Εγκλήματα κατά της περιουσίας. Διαρρήξεις, κυρίως». Από το βλέμμα του Τρέι, έχει την αίσθηση ότι αυτό τον απογοητεύει. «Και, για ένα διάστημα, συλλήψεις φυγάδων. Εντόπιζα κόσμο που προσπαθούσε να μας κρυφτεί».

Αυτό κάνει τα ματιά του μικρού να αστράψουν για μια στιγμή. Κατά τα φαινόμενα, οι μετοχές του Καλ ανεβαίνουν και πάλι. «Πώς;»

«Με διάφορους τρόπους. Μιλάς με τους συγγενείς, τους κολλητούς, τις φιλενάδες, τους γκόμενους, ό,τι έχουν τέλος πάντων. Παρακολουθείς τα σπίτια τους, τα μέρη όπου τους αρέσει να αράζουν. Τσεκάρεις τις πιστωτικές τους κάρτες αν έχουν χρησιμοποιηθεί κάπου. Παγιδεύεις τα τηλέφωνά τους, ίσως. Εξαρτάται».

Ο Τρέι συνεχίζει να τον παρακολουθεί προσεκτικά. Το χέρι του έχει σταματήσει να κινείται.

Ο Καλ συνειδητοποιεί ότι ίσως έχει βρει την εξήγηση τι κάνει εδώ το παιδί. «Θέλεις να γίνεις ντετέκτιβ;»

Ο Τρέι τον κοιτάζει σαν να είναι βλάκας. Ο Καλ διασκεδάζει με το βλέμμα του παιδιού, παρόμοιο με αυτό που θα έριχνε κανείς στον χαζό της τάξης που την έχει πατήσει για μία ακόμα φορά με το ψεύτικο μπισκότο. «Εγώ;»

«Όχι, η προγιαγιά σου. Ναι, εσύ».

Ο Τρέι ρωτάει: «Τι ώρα είναι;».

Ο Καλ κοιτάζει το ρολόι του. «Σχεδόν μία». Και όταν το παιδί συνεχίζει να τον κοιτάζει: «Πεινάς;».

Ο Τρέι γνέφει καταφατικά. «Κάτσε να δω τι έχω» λέει ο Καλ, αφήνει το σφυρί και σηκώνεται. Τα γόνατά του τρίζουν. Νιώθει πως στα σαράντα οκτώ το σώμα δεν θα έπρεπε να βγάζει τέτοιους ήχους. «Έχεις αλλεργία σε κάτι;»

Το παιδί τον κοιτάζει με κενό βλέμμα σαν να μίλησε κινέζικα, και ανασηκώνει τους ώμους.

«Σάντουιτς με φιστικοβούτυρο τρως;»

Καταφατικό νεύμα.

«Ωραία» λέει ο Καλ. «Αυτό μάλλον είναι ό,τι καλύτερο έχω. Τελείωνε με το ξύλο στο μεταξύ».

Όταν βγαίνει και πάλι έξω, είναι σχεδόν βέβαιος πως το παιδί θα έχει φύγει, ωστόσο βρίσκεται ακόμη εκεί. Ρίχνει μια ματιά προς τον Καλ και του δείχνει το ξύλο για επιθεώρηση.

«Καλό φαίνεται» λέει εκείνος, δίνει στο παιδί το πιάτο,

βγάζει ένα κουτάκι χυμό πορτοκάλι από τη μασχάλη του και τις κούπες από τις τσέπες του φούτερ του. Σε ένα παιδί στην ανάπτυξη μάλλον θα έπρεπε να δώσει γάλα, όμως τον καφέ του τον πίνει σκέτο κι έτσι δεν έχει καθόλου.

Κάθονται στο χορτάρι και τρώνε σιωπηλά. Ο ουρανός έχει ένα έντονο ψυχρό μπλε· κίτρινα φύλλα που έχουν αρχίσει να πέφτουν από τα δέντρα κείτονται ανάλαφρα στο χορτάρι. Πέρα, πάνω από το αγρόκτημα του Ντάμπο Γκάνον, ένα σμήνος πουλιών βουτάει σχηματίζοντας απίθανα, εναλλασσόμενα γεωμετρικά μοτίβα.

Ο Τρέι κόβει μεγάλες λαίμαργες μπουκιές με τέτοια προσήλωση, που ο Καλ χαίρεται που του έφτιαξε δύο σάντουιτς. Όταν τα τελειώνει, κατεβάζει τον χυμό χωρίς να πάρει ανάσα.

«Θέλεις κι άλλο;» ρωτάει ο Καλ.

Ο Τρέι κουνάει το κεφάλι. «Πρέπει να φύγω» λέει. Αφήνει κάτω το ποτήρι και σκουπίζει το στόμα στο μανίκι του. «Μπορώ να ξανάρθω αύριο;»

Ο Καλ λέει: «Δεν θα 'πρεπε να είσαι στο σχολείο;».

«Μπα».

«Κι όμως. Πόσων χρονών είσαι;»

«Δεκάξι».

«Μαλακίες».

Το παιδί τον ζυγίζει για μια στιγμή. «Δεκατρία» λέει.

«Τότε, ναι, θα 'πρεπε».

Ο Τρέι ανασηκώνει τους ώμους.

«Τέλος πάντων» λέει ο Καλ, καθώς του έρχεται κάτι στο μυαλό. «Δεν είναι δικό μου πρόβλημα. Αν θέλεις να κάνεις κοπάνα από το σχολείο, κάνε».

Όταν τον κοιτάζει, ο Τρέι χαμογελάει, λιγάκι. Είναι η πρώτη φορά που τον βλέπει να κάνει κάτι τέτοιο και ο Καλ ξαφνιάζεται λες και έχει πιάσει το πρώτο χαμόγελο ενός μωρού, βλέποντας να αποκαλύπτεται αναπάντεχα ένα νέο άτομο.

«Τι είναι;» ρωτάει.

«Ένας μπάτσος υποτίθεται πως δεν θα έπρεπε να πει κάτι τέτοιο».

«Όπως σου είπα, δεν είμαι πια μπάτσος. Δεν πληρώνομαι για να σε πιλατεύω».

«Ωστόσο» λέει ο Τρέι, και το χαμόγελο εξαφανίζεται, «μπορώ να έρθω; Θα βοηθήσω μ' αυτό. Και με το βάψιμο. Και με όλα».

Ο Καλ τον κοιτάζει. Η αίσθηση του επείγοντος έχει επιστρέψει στο σώμα του, δεν είναι πια καλά κρυμμένη, κάνει τους ώμους του να καμπουριάζουν προς τα εμπρός, και ο Καλ ζαρώνει το πρόσωπό του. «Για ποιο λόγο;»

Ύστερα από μια στιγμή, ο Τρέι λέει: «Γιατί έτσι. Θέλω να μάθω».

«Δεν θα σε πληρώσω». Στο παιδί σίγουρα δεν θα κακόπεφταν λίγα χρήματα, ακόμα όμως κι αν ο Καλ είχε να ξοδέψει, δεν σκοπεύει να είναι ο ξένος που μοιράζει λεφτά σε μικρά αγόρια.

«Δεν με νοιάζει».

Ο Καλ συλλογίζεται τα πιθανά επακόλουθα. Υποθέτει πως, αν πει όχι, ο Τρέι θα επιστρέψει στο καρτέρι. Προτιμάει να τον βλέπει, τουλάχιστον μέχρι να καταλάβει τι γυρεύει το παιδί. «Γιατί όχι» λέει. «Δεν αρνούμαι λίγη βοήθεια».

Ο Τρέι ξεφυσάει και γνέφει καταφατικά. «Εντάξει» λέει και σηκώνεται. «Τα λέμε αύριο».

Τινάζει το τζιν του και κατευθύνεται με μεγάλες, χοροπηδηχτές δρασκελιές ξυλοκόπου προς τον δρόμο. Περνώντας δίπλα από το δέντρο με τα κοράκια, πετάει μια πέτρα στα κλαδιά με ένα δυνατό τίναγμα του καρπού, κάτι που μαρτυράει καλό σημάδι, και γέρνει το κεφάλι για να τα δει να εκτοξεύονται προς όλες τις κατευθύνσεις διαολοστέλνοντάς τον.

***

Μετά το πλύσιμο των πιάτων του μεσημεριανού, ο Καλ κατευ-
θύνεται στο χωριό. Η Νορίν ξέρει τα πάντα και μιλάει χωρίς
να βάζει τελεία – ο Καλ υποθέτει πως αυτοί οι δύο είναι οι
πραγματικοί λόγοι που εκείνη και ο Μαρτ δεν τα πάνε καλά,
επειδή ο καθένας τους θέλει να έχει το μονοπώλιο σε αυτούς
τους τομείς. Αν μπορέσει να την οδηγήσει προς τη σωστή κα-
τεύθυνση, ίσως του δώσει καμιά ιδέα για ποιο λόγο έχει σκά-
σει μύτη ο Τρέι.
     Το μαγαζί της Νορίν έχει στοιβαγμένα πολλά πράγματα
σε πολύ μικρό χώρο. Είναι γεμάτο ράφια από το πάτωμα
μέχρι το ταβάνι με τα απαραίτητα –φακελάκια τσάι, αυγά,
σοκολάτες, ξυστά, απορρυπαντικά για τα πιάτα, κονσέρβες
φασόλια, μαρμελάδες, αλουμινόχαρτα, κέτσαπ, προσανάμ-
ματα, παυσίπονα, σαρδέλες– και μια ποικιλία από πράγμα-
τα, όπως χρυσαφένιο σιρόπι* και Angel Delight**, που ο Καλ
δεν κατανοεί σε τι χρησιμεύουν, ωστόσο φιλοδοξεί να τα
δοκιμάσει εφόσον βγάλει άκρη τι να κάνει με αυτά. Έχει ένα
μικρό ψυγείο για γάλα και κρέας, ένα καλάθι με θλιβερά
στην όψη φρούτα και μια σκάλα για να μπορεί η Νορίν με το
ένα πενήντα πέντε της να φτάνει τα ψηλά ράφια. Το μαγαζί
έχει μια ανάμεικτη μυρωδιά απ' όλα τα προϊόντα, και μαζί

---

*   Golden syrup: Παχύρρευστο σιρόπι με κεχριμπαρένιο χρώμα που πα-
      ρασκευάζεται με τη διαδικασία ραφιναρίσματος ζαχαροκάλαμων ή
      ζαχαρότευτλων ή με την επεξεργασία διαλύματος ζάχαρης και οξέος.
      Χρησιμοποιείται σε διάφορες συνταγές ζαχαροπλαστικής. Έχει μορφή
      και σύσταση παρόμοιες με του μελιού και χρησιμοποιείται συχνά σαν
      υποκατάστατο όπου το μέλι δεν είναι διαθέσιμο ή απαγορευτικά ακρι-
      βό. (Σ.τ.Μ.)
**   Επιδόρπιο σε σκόνη που παράγεται στο Ηνωμένο Βασίλειο. Αν ανα-
      μειχθεί και χτυπηθεί με γάλα, δημιουργείται μια κρέμα. Κυκλοφορεί
      σε πέντε γεύσεις: φράουλα, καραμέλα βουτύρου, σοκολάτα, σοκολά-
      τα με μέντα, και μπανάνα. (Σ.τ.Μ.)

μια υποψία από κάποιο αμφιλεγόμενο απολυμαντικό κατευθείαν από τη δεκαετία του '50.

Όταν ο Καλ σπρώχνει την πόρτα με το χαρούμενο καμπανάκι της, η Νορίν βρίσκεται πάνω στη σκάλα, ξεσκονίζοντας βάζα και σιγομουρμουρίζοντας μαζί με έναν γλυκανάλατο νεαρό στο ραδιόφωνο προσπαθώντας να δώσει έναν ανάλαφρο τόνο. Προτιμάει τις μπλούζες με χτυπητά φλοράλ, και έχει κοντά, καστανά μαλλιά με τόσο σφιχτές μπούκλες, που μοιάζουν με κράνος.

«Σκούπισε τις μπότες σου, μόλις σφουγγάρισα» διατάζει. Στη συνέχεια, όμως, εντοπίζει τον Καλ: «Α, εσύ είσαι! Όλη μέρα ήθελα να σου τηλεφωνήσω. Έφερα το τυρί που σου αρέσει. Σου έχω φυλάξει πίσω ένα πακέτο. Αρέσει, βλέπεις, και στον Μπόμπι Φίνι, θα το έπαιρνε όλο και δεν θα σου άφηνε τίποτα. Το τρώει λες και είναι σοκολάτα. Μία απ' αυτές τις μέρες θα το πάθει το καρδιακό».

Ο Καλ σκουπίζει υπάκουα τις μπότες του. Η Νορίν κατεβαίνει από τη σκάλα, αρκετά σβέλτα για παχουλή γυναίκα. «Για έλα δω» λέει, ανεμίζοντας το ξεσκονόπανο, «σου έχω και μια έκπληξη. Θέλω να γνωρίσεις κάποια». Φωνάζει μέσα από την πόρτα στο πίσω δωμάτιο: «Λένα! Βγες λίγο!».

Αμέσως μετά, ακούγεται να απαντάει μια γυναικεία φωνή, βραχνή και σίγουρη: «Φτιάχνω τσάι».

«Άσε το τσάι κι έλα. Και φέρε από το ψυγείο εκείνο το τυρί, στο μαύρο πακέτο. Πρέπει δηλαδή να έρθω εγώ και να σε βγάλω;»

Ακολουθεί μια παύση, κατά την οποία ο Καλ αντιλαμβάνεται κάτι σαν αναστεναγμό από αγανάκτηση. Ύστερα ακούγεται κίνηση στο πίσω δωμάτιο και βγαίνει μια γυναίκα κρατώντας ένα πακέτο τσένταρ.

«Ωραία» λέει η Νορίν θριαμβευτικά. «Αυτή είναι η αδερφή μου η Λένα. Λένα, αποδώ ο Καλ Κούπερ που μετακόμισε λίγο καιρό πριν στο σπίτι των Ο'Σι».

Η Λένα δεν είναι αυτό που περίμενε ο Καλ. Από τα λεγόμενα του Μαρτ, φανταζόταν μια ψωμωμένη δίμετρη αντρογυναίκα, με στεντόρεια φωνή, που κραδαίνει απειλητικά τα τηγάνια. Η Λένα είναι ψηλή, εντάξει, και έχει κρέας πάνω της, ωστόσο ο Καλ τη φαντάζεται να κάνει πεζοπορίες στα βουνά και όχι να χτυπάει κάποιον κατακέφαλα. Είναι δυο τρία χρόνια μικρότερή του, με μια χοντρή ανοιχτόχρωμη αλογοουρά και πλατύ πρόσωπο με γαλάζια μάτια. Φοράει ένα παλιό τζιν και φαρδύ μπλε πουλόβερ.

«Χάρηκα» λέει ο Καλ, τείνοντας το χέρι του.

«Καλ, ο λάτρης του τσένταρ» λέει η Λένα. Η χειραψία της είναι γερή. «Έχω ακούσει πολλά για σένα».

Του ρίχνει ένα ειρωνικό χαμόγελο και του δίνει το τυρί. Εκείνος της το ανταποδίδει.

«Κι εγώ το ίδιο».

«Είμαι σίγουρη. Πώς τα πας στου Ο'Σι; Έχεις να κάνεις πραγματάκια;»

«Καλά πάει» λέει ο Καλ. «Τώρα καταλαβαίνω όμως γιατί δεν το ήθελε κανείς άλλος».

«Δεν υπάρχει και πολύς κόσμος να ψάχνει σπίτι εδώ τριγύρω. Οι περισσότεροι νέοι την κάνουν για την πόλη με το που βρουν ευκαιρία. Μένουν μόνο αν ασχολούνται με το οικογενειακό αγρόκτημα, ή αν τους αρέσει η εξοχή».

Η Νορίν έχει τα μπράτσα της σταυρωμένα κάτω από το στήθος και τους παρακολουθεί με μια μητρική επιδοκιμασία που προκαλεί εκνευρισμό στον Καλ. Η Λένα, με τα χέρια στις τσέπες του τζιν και τον γοφό της να ακουμπάει στον πάγκο, δεν φαίνεται να δίνει δεκάρα. Έχει μια αβίαστη αταραξία και ένα ευθύ βλέμμα που δυσκολεύεται να το αποφύγει ο Καλ. Ο Μαρτ είχε δίκιο σε ένα πράγμα: η παρουσία της θα γινόταν αισθητή.

«Έχεις κολλήσει εδώ, ε;» λέει ο Καλ. «Ασχολείσαι με τα αγροτικά;»

Η Λένα κουνάει αρνητικά το κεφάλι. «Όχι πια. Πούλησα τη φάρμα όταν πέθανε ο άντρας μου, κράτησα μόνο το σπίτι. Αρκετά ασχολήθηκα».

«Άρα, απλώς σου αρέσει η εξοχή».

«Ναι, όντως. Η πόλη δεν θα μου ταίριαζε. Να ακούω τον θόρυβο των άλλων μέρα νύχτα».

«Ο Καλ ήταν στο Σικάγο πριν» πετάγεται η Νορίν.

«Το ξέρω» λέει η Λένα, κατεβάζοντας ελαφρά το φρύδι σαν να το διασκεδάζει. «Τι κάνεις λοιπόν εδώ;»

Ένα κομμάτι του Καλ τον σπρώχνει να πληρώσει το τυρί του και να φύγει προτού η Νορίν φωνάξει κανέναν παπά να τους παντρέψει επιτόπου. Από την άλλη όμως, σήμερα έχει έρθει με έναν ακόμα σκοπό εκτός από το να ψωνίσει διάφορα από τα οποία έχει ξεμείνει. Και επιπλέον, το γεγονός ότι δεν μπορεί να θυμηθεί πότε ήταν η τελευταία φορά που βρέθηκε στον ίδιο χώρο με μια γυναίκα που του άρεσε η ιδέα να συζητήσει μαζί της έρχεται να περιπλέξει τα πράγματα, χωρίς να είναι σίγουρος αν αυτός είναι ο λόγος που συνηγορεί στο να μείνει ή να την κάνει με ελαφρά πηδηματάκια.

«Νομίζω πως μου αρέσει κι εμένα η εξοχή» λέει.

Η Λένα συνεχίζει να έχει περιπαικτικό ύφος. «Πολλοί νομίζουν πως τους αρέσει, μέχρι να αρχίσουν να ζουν μόνιμα εκεί. Έλα να μου το πεις αφού περάσεις έναν ολόκληρο χειμώνα στην περιοχή».

«Εντάξει» λέει ο Καλ. «Δεν είμαι ακριβώς πρωτάρης. Έχω ζήσει κατά διαστήματα στην επαρχία, στην παιδική μου ηλικία. Πίστευα πως θα συνήθιζα και πάλι, αλλά μου φαίνεται πως έμεινα στην πόλη λίγο περισσότερο απ' ό,τι υπολόγιζα».

«Τι σε προβληματίζει; Δεν υπάρχουν αρκετά να κάνεις; Ή δεν έχεις αρκετή παρέα;»

«Δεν είναι αυτό» λέει ο Καλ, χαμογελώντας λιγάκι αμήχανα. «Δεν είναι αυτά τα προβλήματά μου. Πρέπει όμως να παραδεχτώ πως τα βράδια νιώθω μια ανησυχία μην έχοντας κανέναν αρκετά κοντά ώστε να το αντιληφθεί αν εμφανιστούν τίποτα μπελάδες».

Η Λένα γελάει. Έχει όμορφο γέλιο, ντόμπρο και πηγαίο. Η Νορίν ρουθουνίζει. «Σε καλό σου. Είσαι συνηθισμένος σε ένοπλες ληστείες και μαζικούς πυροβολισμούς». Η λάμψη στα μάτια της επιβεβαιώνει στον Καλ ότι ξέρει για τη δουλειά του, όχι πως αμφέβαλλε για εκείνη. «Δεν έχουμε τέτοια εδώ».

«Δεν εννοούσα αυτό» λέει ο Καλ. «Περισσότερο είχα κατά νου τίποτα παιδιά που βαριούνται και ψάχνουν τρόπους να διασκεδάσουν. Κι εμείς ήμασταν κάποτε ένα τσούρμο πιτσιρίκια που συνηθίζαμε να μπλέκουμε στα πόδια των γειτόνων: στερεώναμε κουβάδες γεμάτους νερό στις εξώπορτες, τους χτυπούσαμε και φεύγαμε τρέχοντας, ή γεμίζαμε μεγάλες σακούλες από πατατάκια με αφρό ξυρίσματος, βάζαμε την ανοιχτή πλευρά κάτω από την πόρτα και πηδούσαμε πάνω. Διάφορα τέτοια χαζά». Η Λένα γελάει και πάλι. «Σκέφτηκα πως ένας ξένος θα μπορούσε να έχει τέτοια αντιμετώπιση. Φαντάζομαι όμως, όπως είπες, ότι οι νέοι δεν μένουν εδώ πέρα. Έχω την εντύπωση ότι είμαι ο μόνος κάτω από τα πενήντα σε ακτίνα χιλιομέτρων. Εξαιρούνται οι παρόντες».

Η Νορίν αντιδρά σε αυτό. «Αν σ' ακούσει κανείς, θα νομίζει ότι είμαστε η αίθουσα αναμονής για τον Παράδεισο! Κι όμως, στην περιοχή υπάρχουν πολλά παιδιά. Εγώ έχω τέσσερα, δεν πάνε όμως αποδώ κι αποκεί δημιουργώντας μπελάδες, γιατί ξέρουν πως θα τους μαυρίσω στο ξύλο. Ο Σενόν και η Άντζελα έχουν επίσης τέσσερα, οι Μόινιχαν έναν μικρούλη και οι Ο'Κόνορ άλλα τρία, είναι όμως όλοι εξαιρετικοί άνθρωποι, μη σκας γι' αυτούς...»

«Κι η Σίλα Ρέντι έξι» λέει η Λένα. «Τα περισσότερα από τα οποία είναι ακόμη σπίτι. Σου φτάνουν;»

Η Νορίν σουφρώνει τα φρύδια. «Αν έχεις τίποτα μπλεξίματα» λέει στον Καλ, «απ' αυτά θα 'ναι».

«Α, ναι;» κάνει ο Καλ. Ρίχνει μια ματιά στα ράφια τριγύρω και πιάνει μια κονσέρβα καλαμπόκι. «Είναι μπελάς;» «Η Σίλα είναι φτωχή» λέει η Λένα. «Αυτό είν' όλο».

«Δεν κοστίζει τίποτα να μάθεις τρόπους σ' ένα παιδί» λέει απότομα η Νορίν, «ή να το στείλεις σχολείο. Άσε που, κάθε φορά που κάποιο απ' αυτά τα παιδιά έρχεται εδώ, πάντα κάτι λείπει μετά. Η Σίλα λέει πως δεν μπορώ να το αποδείξω, εγώ όμως ξέρω τι έχω στο μαγαζί μου και...» Θυμάται τον Καλ, που διαλέγει αμέριμνος σοκολάτες, και σταματάει. «Η Σίλα θα 'πρεπε να μαζέψει τα μυαλά της» λέει.

«Η Σίλα κάνει ό,τι περνάει από το χέρι της με όσα έχει» λέει η Λένα. «Όπως όλοι μας». Και στον Καλ: «Κάναμε παρέα, στο σχολείο. Ήμασταν αγρίμια τότε. Το σκάγαμε από τα παράθυρα τα βραδιά για να πιούμε με τ' αγόρια. Πηγαίναμε με οτοστόπ στις ντίσκο στην πόλη».

«Μου ακούγεστε σαν τους εφήβους για τους οποίους ανησυχώ» λέει ο Καλ.

Με αυτό αποσπά ένα ακόμα γέλιο της. «Α, όχι. Ποτέ δεν βλάψαμε κανέναν, εκτός από τον εαυτό μας».

«Η Σίλα πράγματι τον έβλαψε» λέει η Νορίν. «Κοίτα τι κέρδισε απ' όλο αυτό. Τον Τζόνι Ρέντι και έξι σαν τα μούτρα του».

«Ο Τζόνι τότε ήταν καλό κομμάτι» λέει η Λένα, με την άκρη του στόματός της να ανεβαίνει. «Φασωθήκαμε μάλιστα μια δυο φορές».

Η Νορίν βγάζει έναν ήχο αποδοκιμασίας. «Τουλάχιστον εσύ είχες το μυαλό να μην τον παντρευτείς».

Ο Καλ καταλήγει τελικά σε μια σοκολάτα με μέντα και την ακουμπάει στον πάγκο. «Αυτοί οι Ρέντι μένουν αρκετά κοντά μου για να πρέπει να αγχωθώ;» ρωτάει.

«Εξαρτάται» λέει η Λένα. «Πόσο αγχώδης είσαι;»

«Εξαρτάται. Πόσο κοντά βρίσκονται οι μπελάδες;»

«Μια χαρά θα 'σαι. Απέχουν μερικά χιλιόμετρα από σένα, μένουν πέρα πάνω στα βουνά».

«Ευτυχώς» λέει ο Καλ. «Ο Τζόνι είναι αγρότης;»

«Ποιος ξέρει τι είναι ο Τζόνι» λέει η Λένα. «Έφυγε για το Λονδίνο πριν από κάνα δυο χρόνια».

«Και άφησε τη Σίλα σύξυλη» λέει η Νορίν με αποδοκιμασία αλλά και με μια κάποια ικανοποίηση. «Κάποιος φίλος του εκεί πέρα είχε μια ιδέα για δουλειά που θα τους έκανε εκατομμυριούχους, ή τουλάχιστον έτσι είπε. Δεν θα το έδενα και κόμπο, ελπίζω το ίδιο κι η Σίλα».

«Ο Τζόνι πάντα ήταν καλός στις ιδέες» λέει η Λένα. «Αλλά όχι στο να τις πραγματοποιεί. Μείνε ήσυχος. Όσο για τα παιδιά του, ούτε που θα σκέφτονταν να βάλουν αφρό μες στη σακούλα από τα πατατάκια».

«Χαίρομαι που το ακούω» λέει ο Καλ. Έχει την αίσθηση ότι ένα τουλάχιστον από τα παιδιά του Τζόνι Ρέντι δεν πήρε από τον μπαμπά του.

«Λοιπόν, Καλ» λέει η Νορίν, που της έχει έρθει μια ιδέα και τον δείχνει με το ξεσκονόπανο. «Τις προάλλες δεν μου έλεγες ότι σκέφτεσαι να πάρεις σκύλο; Κι ότι έτσι θα μπορούσες να έχεις το κεφάλι σου ήσυχο; Κοίτα να δεις, το σκυλί της Λένας γεννάει από μέρα σε μέρα κι εκείνη θέλει να βρει σπίτια για τα κουτάβια. Να πας μαζί της να ρίξεις μια ματιά».

«Δεν έχει γεννήσει ακόμη» λέει η Λένα. «Δεν θα έχει να δει και τίποτα εκτός από την κοιλιά της».

«Μπορεί να δει αν του αρέσει η κοψιά της. Άντε».

«Μπα, όχι» λέει ευχάριστα η Λένα. «Τώρα χρειάζομαι το τσάι μου». Πριν προλάβει η Νορίν να ανοίξει και πάλι το στόμα της, γνέφει αντίο στον Καλ, λέγοντας: «Χάρηκα που σε γνώρισα», και χάνεται στο πίσω δωμάτιο.

«Θα μείνεις να πιεις μαζί μας ένα τσάι» διατάζει η Νορίν τον Καλ.

«Ευχαριστώ» λέει ο Καλ, «αλλά πρέπει να γυρίσω σπίτι. Δεν πήρα αμάξι, και το πάει για βροχή».

Η Νορίν ρουθουνίζει προσβεβλημένη, δυναμώνει το ραδιόφωνο και πιάνει πάλι το ξεσκόνισμα, ωστόσο ο Καλ καταλαβαίνει από τις περιστασιακές ματιές που του ρίχνει ότι δεν τα παρατάει τόσο εύκολα. Αρπάζει διάφορα βιαστικά και λίγο πολύ στην τύχη, προτού εκείνη σκεφτεί κάποια καινούργια πλεκτάνη. Την τελευταία στιγμή, και ενώ η Νορίν κάνει ήδη λογαριασμό στην παλιά, χειροκίνητη, φασαριόζα ταμειακή, προσθέτει κι ένα μπουκάλι γάλα.

5

Ο Τρέι επιστρέφει πράγματι την άλλη μέρα, καθώς και τις επόμενες. Μερικές φορές εμφανίζεται στα μέσα του πρωινού, άλλες στα μέσα του απογεύματος, κάτι που καθησυχάζει τρόπον τινά τον Καλ ότι περιστασιακά το παιδί πηγαίνει στο σχολείο, αν και καταλαβαίνει πως ίσως το κάνει εσκεμμένα. Κάθεται για μια δυο ώρες, τις περισσότερες φορές ώσπου να φάει κάτι. Ύστερα –σαν να έχει κάποιο μυστηριώδες εσωτερικό ρολόι, ή επειδή απλώς έχει βαρεθεί– λέει: «Πρέπει να φύγω» και αναχωρεί διασχίζοντας με μεγάλες δρασκελιές τον κήπο, με τα χέρια χωμένα στις τσέπες του φούτερ του, χωρίς να κοιτάξει πίσω.

Την πρώτη βροχερή μέρα, ο Καλ δεν περιμένει να τον δει. Ξηλώνει την ταπετσαρία και τραγουδάει πού και πού κανένα στίχο μαζί με τον Ότις Ρέντινγκ, όταν ξαφνικά μια σκιά τού κρύβει το φως. Γυρίζει και βλέπει από το παράθυρο τον Τρέι να τον κοιτάζει μέσα από ένα ελεεινό αδιάβροχο δύο νούμερα μικρότερο. Ο Καλ διστάζει προς στιγμήν να καλέσει το παιδί μέσα, έτσι όμως που στάζει από την κουκούλα στη μύτη του η βροχή, δεν του φαίνεται να έχει άλλη επιλογή. Κρεμάει το μπουφάν του σε μια καρέκλα να στεγνώσει και του δίνει μια ξύστρα.

Τις μέρες που έχει ήλιο, ασχολούνται με το γραφείο, όμως αυτές γίνονται όλο και πιο σπάνιες καθώς προχωράει ο Σεπτέμβρης. Όλο και πιο συχνά, η βροχή μαστιγώνει το σπίτι και ο άνεμος συσσωρεύει μουσκεμένα φύλλα στη βάση των τοίχων και στους φράχτες. Οι σκίουροι μαζεύουν μανιωδώς προμήθειες. Ο Μαρτ τον ενημερώνει πως αυτό σημαίνει ότι θα ακολουθήσει ζόρικος χειμώνας, παρέχοντας δραματικές πληροφορίες για χρονιές που η περιοχή είχε αποκλειστεί για βδομάδες και άνθρωποι πέθαναν από το κρύο στα σπίτια τους. Παρ' όλα αυτά, ο Καλ δεν δείχνει να εντυπωσιάζεται. «Έχω συνηθίσει από το Σικάγο» υπενθυμίζει στον Μαρτ. «Εκεί δεν λέμε ότι κάνει κρύο μέχρι να παγώσουν οι βλεφαρίδες μας».

«Εδώ το κρύο είναι διαφορετικό» τον πληροφορεί ο Μαρτ. «Πιο ύπουλο. Δεν το νιώθεις να 'ρχεται, ώσπου σε γραπώνει».

Η άποψη του Μαρτ για τους Ρέντι αποδεικνύεται πως ταυτίζεται με της Νορίν, απλώς είναι περισσότερο εμπλουτισμένη. Η Σίλα Μπρέιντι ήταν ένα αξιολάτρευτο κορίτσι από αξιοπρεπή οικογένεια, με πολύ όμορφα πόδια. Σκόπευε να μετακομίσει στο Γκόλγουεϊ και να εκπαιδευτεί ως νοσοκόμα, μόνο που δεν πρόλαβε γιατί ερωτεύτηκε τον Τζόνι Ρέντι. Ο οποίος με τα λόγια έχτιζε ανώγια και κατώγια, και ποτέ στη ζωή του δεν έμενε στην ίδια δουλειά πάνω από τρεις μήνες, επειδή καμία δεν ήταν αρκετά καλή γι' αυτόν. «Δεν έχει πάστα δουλευτή» λέει ο Μαρτ, με την ίδια περιφρόνηση που επιφύλασσαν ο Καλ και η ομάδα του σε όσους έκλεβαν γιαγιάδες. Η Σίλα και ο Τζόνι είχαν έξι παιδιά και ζούσαν από τα επιδόματα σε μια μισοερειπωμένη αγροικία κάποιου συγγενή τους πάνω στους λόφους –ο Μαρτ εξηγεί φυσικά στον Καλ τη συγγενική σχέση, εκείνος όμως χάνει τον ειρμό μετά τον τρίτο ή τον τέταρτο βαθμό–, και τώρα ο Τζόνι ξεκουμπίστηκε, κι οι συγγενείς της Σίλα έχουν πεθάνει ή έχουν μετακομίσει, κι η οικογένεια είναι πλέον ό,τι πιο κοντινό στα ανθρώπινα ράκη που ζουν στα τροχόσπιτα. Ο Μαρτ συμφωνεί με τη Νορίν και τη Λένα πως τα παιδιά είναι ανίκανα για κάτι περισσότερο από πταίσματα, καθώς είναι απίθανο να έχουν την ικανότητα για κάτι υψηλού επιπέδου. «Έλα, Χριστέ μου!» λέει διασκεδάζοντας όταν ο Καλ του σερβίρει το παραμύθι του ανήσυχου παιδιού της πόλης, «πρέπει να εκμεταλλευτείς καλύτερα τον χρόνο σου. Όπως σου έχω ξαναπεί, πρέπει να βρεις γυναίκα. Τότε θα καταλάβεις τι θα πει ανησυχία».

Στην πραγματικότητα, ο Καλ έχει αποκλείσει λίγο πολύ την πιθανότητα να σχεδιάζει το παιδί να τον ληστέψει, δεδομένου ότι θα τον είχε προσεγγίσει με τον πιο χαζό τρόπο για κάτι τέτοιο, και απ' ό,τι έχει καταλάβει, δεν είναι καθόλου χαζό. Τώρα που ξέρει λίγα πράγματα για την ενδεχόμενη οικογένεια του Τρέι, έχουν εμφανιστεί στον ορίζοντα άλλα, πιο πιθανά σενάρια: παίρνουν το παιδί στο ψιλό και χρειάζεται προστασία, το παιδί κακοποιείται με τον έναν ή τον άλλον τρόπο και θέλει να το πει σε κάποιον, η μαμά του είναι αλκοολική ή ναρκομανής ή τη δέρνει ο γκόμενος και θέλει να το πει σε κάποιον, το παιδί θέλει ο Καλ να εντοπίσει τον άφαντο πατέρα του ή προσπαθεί να αποκτήσει άλλοθι για κάτι που δεν θα έπρεπε να κάνει. Ο Καλ αισθάνεται ότι οι ντόπιοι, προκατειλημμένοι από την ανημπόρια του Τζόνι Ρέντι, ίσως να υποτιμούν τις ικανότητες του γιου του σε αυτό τον τομέα. Και ενώ έχει κάθε λόγο να γνωρίζει πως τα παιδιά κατά περίπτωση μπορούν να μην επηρεαστούν από μια σκατοοικογένεια, έχει και κάθε λόγο να γνωρίζει ότι στις περισσότερες περιπτώσεις δεν συμβαίνει κάτι τέτοιο.

Σκαλίζει λιγάκι το θέμα του Τζόνι Ρέντι, δίνοντας στον Τρέι ένα πάτημα για να δει αν το πάει κατά κει, όμως εκείνος το αποκλείει εξίσου αμέσως. «Ναι, αυτό μας κάνει» λέει ο Καλ, εξετάζοντας την πρώτη του απόπειρα να σκαλίσει μια εγκοπή. «Πιάνουν τα χέρια σου, μικρό. Βοηθάς τον πατέρα σου σε κάτι τέτοια;»

«Μπα» λέει ο Τρέι. Παίρνει πίσω το ράφι και σκαλίζει την άκρη της αυλακιάς λίγο ακόμα με το καλέμι, ζαρώνοντας τα μάτια του κοντά στο ξύλο. Του αρέσει τα πράγματα να γίνονται σωστά. Για διάφορα που βρίσκει ο Καλ εντάξει, ο Τρέι κουνάει αρνητικά το κεφάλι και επανέρχεται δυο και τρεις φορές προτού μείνει ικανοποιημένος.

«Και τι κάνεις μαζί του;»

«Τίποτα. Έχει φύγει».

«Για πού;»

«Λονδίνο. Μας παίρνει πού και πού κανένα τηλέφωνο».

Αυτό επιβεβαιώνει ότι ο Τρέι είναι Ρέντι, εκτός αν το Λονδίνο είναι κοινός προορισμός των ντόπιων χαραμοφάηδων μπαμπάδων. «Κι ο δικός μου πατέρας έλειπε πολύ» λέει ο Καλ. Στοχεύει σε κάποιου είδους δέσιμο, ο Τρέι ωστόσο παραμένει ασυγκίνητος. «Σου λείπει;»

Εκείνος ανασηκώνει τους ώμους. Ο Καλ έχει αρχίσει να καταλαβαίνει τα ποικίλα είδη ανασηκώματος των ώμων του Τρέι, είναι πολλά και με διαφορετικά νοήματα. Αυτό σημαίνει πως το θέμα κλείνει γιατί δεν παρουσιάζει κανένα ενδιαφέρον.

Έτσι μένουν για τον Καλ δύο ενδεχόμενα: ή ο Τρέι κάνει κάτι κακό ή κάτι κακό του συμβαίνει. Προς το παρόν, δεν έχει σκεφτεί έναν τρόπο να θίξει κάποιο από τα δύο. Κατανοεί πολύ καλά πως, αν τα κάνει μαντάρα, ο Τρέι θα εξαφανιστεί μια για πάντα. Όχι πως έχει κάποιο θέμα μ' αυτό στην περίπτωση που ο Τρέι δημιουργήσει κάποιου είδους πρόβλημα, όμως το νεοαποκτηθέν χάρισμά του να αφήνει τα πράγματα να κυλάνε δεν φτάνει μέχρι ένα κακοποιημένο παιδί. Έτσι, χειρίζεται τον Τρέι όπως έπραξε από την αρχή: κάνει τη δουλειά του και αφήνει το παιδί να τον πλησιάσει με τον δικό του ρυθμό.

Ο δικός του ρυθμός αποδεικνύεται πως είναι περίπου δύο εβδομάδες. Ένα βροχερό πρωινό, ψυχρό αλλά μαλακό, μ' ένα ελαφρύ αεράκι που μπαίνει από τα ανοιχτά παράθυρα φέρνοντας τη μυρωδιά του άχυρου, ο Καλ με τον Τρέι έχουν τελειώσει με το τρίψιμο των τοίχων του σαλονιού, έχουν περάσει αστάρι τις άκρες και κάνουν ένα διάλειμμα πριν ξεκινήσουν την κύρια δουλειά. Κάθονται στο τραπέζι τρώγοντας γεμιστά μπισκότα σοκολάτα, συνεισφορά του Τρέι – κάποιες μέρες εμφανίζεται με μπισκότα, μια φορά μάλιστα ήρθε με μια μηλόπιτα. Ο Καλ είναι σχεδόν βέβαιος για την προέλευσή τους, και νιώθει μια κάποια ενοχή που παρ' όλα αυτά τα τρώει, ωστόσο σκέφτεται πως τα πράγματα θα κυλήσουν πιο ήρεμα αφήνοντάς το ασχολίαστο.

Ο Τρέι ξεπαστρεύει, μεθοδικά και με προσήλωση, το κουτί με τα μπισκότα. Ο Καλ προσπαθεί να διαλύσει έναν κόμπο στον σβέρκο του. Είναι από το στρώμα· τα πιασίματα κι οι πόνοι στους μυς έχουν εν πολλοίς υποχωρήσει. Το σώμα του έχει συνηθίσει τη δουλειά, και του αρέσει αυτό, όπως του άρεσε και εξαρχής αυτού του είδους ο πόνος. Μπορεί αρχικά να είχε αναρωτηθεί μήπως ήταν αρκετά μεγάλος για να προσαρμοστεί, όμως το σώμα του τα έχει βγάλει πέρα παλικαρίσια. Τώρα αισθάνεται νεότερος απ' ό,τι έξι μήνες πριν.

«Σκίουρος» λέει, δείχνοντας στον κήπο έξω από το παράθυρο. «Μια απ' αυτές τις μέρες θα πετύχω μερικούς και θα φτιάξω μια ωραία σούπα για τους δυο μας».

Ο Τρέι το σκέφτεται, παρακολουθώντας τον σκίουρο να σκαλίζει κάτω από τον φράχτη. «Τι γεύση έχει;»

«Πολύ ωραία. Έντονη. Πιο δυνατή από κοτόπουλο».

«Την αδερφή μου τη δάγκωσε σκίουρος κάποτε» λέει ο Τρέι. «Στο δάχτυλο. Δεν θα 'χα πρόβλημα να τους φάω».

«Όταν ήμουν γύρω στα δέκα» λέει ο Καλ, «έμενα με τον παππού μου, και μαζί με τρεις φίλους μου κατασκηνώναμε συχνά στο δάσος πίσω από το σπίτι του. Την πρώτη φορά, ο παππούς μου μας είπε ότι έπρεπε να είμαστε πολύ προσεκτικοί γιατί εκεί στο δάσος ζούσε ένα πράγμα που λεγόταν σκιούτα. Ήταν διασταύρωση σκίουρου με γάτα, αλλά πιο μεγάλο σε μέγεθος και από τα δύο, και πιο άγριο. Είχε μεγάλα νύχια και κυνόδοντες, πορτοκαλί γούνα, και ορμούσε στον λαιμό σου, αν ήσουν καθιστός, ή στα μπαλάκια σου, αν ήσουν όρθιος. Καταλάβαινες αν ετοιμαζόταν να σου επιτεθεί, επειδή έβγαζε έναν περίεργο ήχο· κάτι σαν γρύλισμα μαζί με τερέτισμα».

Του δείχνει πώς. Ο Τρέι ακούει, τον κοιτάζει, και ξύνει τη γέμιση από το μπισκότο με τα δόντια του. Ο Καλ έχει αποκτήσει τη συνήθεια να λέει στον Τρέι ό,τι του κατέβει στο κεφάλι, από καθαρή συντροφικότητα, χωρίς να δίνει ιδιαίτερη βαρύτητα στο αν παίρνει απάντηση ή όχι.

«Εμείς όπως και να 'χε κατασκηνώσαμε» λέει, «αλλά μαζέψαμε ένα σωρό πέτρες μέσα στη σκηνή, για παν ενδεχόμενο. Αργά τη νύχτα, μόλις είχαμε βολευτεί στους υπνόσακούς μας, ακούσαμε απέξω έναν θόρυβο». Ξανακάνει τον ήχο. «Χεστήκαμε πάνω μας. Πεταχτήκαμε από τους υπνόσακους, πήραμε ο καθένας από κάμποσες πέτρες και ορμήσαμε έξω από τη σκηνή πετροβολώντας. Είχαμε ρίξει κάμποσες καλές βολές, ώσπου κάποια στιγμή ακούσαμε τον παππού μου να μας φωνάζει να σταματήσουμε. Κάποιος τον είχε πετύχει στα μούτρα και είχε ανοίξει το χείλος του».

«Εκείνος ήταν;» ρωτάει ο Τρέι. «Που έκανε τον θόρυβο». «Εννοείται. Σκιούτα δεν υπάρχει».

«Και τι έκανε μετά; Σας έδειρε;»

«Μπα. Έσκασε στα γέλια, σκούπισε το αίμα και μας έφερε μια μεγάλη σακούλα μαρσμέλοου».

Ο Τρέι το επεξεργάζεται. «Πώς του ήρθε να το κάνει αυτό; Να παραστήσει το σκιούτα;»

«Υποθέτω, ήθελε να δει τι θα κάναμε» λέει ο Καλ, «αν προέκυπτε καμιά στραβή, αν μας άφηνε να μείνουμε εκεί μόνοι μας. Την επόμενη μέρα, άρχισε να μου μαθαίνει να ρίχνω με τουφέκι. Είπε πως, αν ήταν να πολεμάω ό,τι με τρόμαζε, καλό θα ήταν να το κάνω σωστά, αρκεί να είμαι σίγουρος ότι ξέρω τι πυροβολώ πριν πατήσω τη σκανδάλη».

Ο Τρέι ζυγίζει τα λόγια του. «Μπορείς να μου μάθεις;»

«Δεν έχω όπλο ακόμη. Όταν αποκτήσω, ίσως τότε». Προφανώς, αυτό του αρκεί. Γνέφει και τελειώνει το μπισκότο του. «Ο Μπόμπι Φίνι λέει ότι έχει δει εξωγήινους πάνω στα βουνά» λέει, ακολουθώντας κάποιον δικό του συνειρμό. «Το άκουσα στο σχολείο».

«Σκοπεύεις να πυροβολήσεις εξωγήινο;»

Ο Τρέι κοιτάζει τον Καλ σαν να είναι ηλίθιος. «Δεν υπάρχουν εξωγήινοι».

«Εννοείς ότι ο Μπόμπι το σκαρφίστηκε για να δουλέψει τον κόσμο, όπως ο παππούς μου;»

«Όχι».

Ο Καλ χαμογελάει πλατιά και πίνει μια γουλιά από τον καφέ του. «Τότε, τι ήταν αυτό που είδε;»

Ο Τρέι ανασηκώνει τον ένα ώμο, ένα τίναγμα που σημαίνει ότι δεν θέλει να το συζητήσει. «Δεν πιστεύεις στους εξωγήινους» λέει, κοιτάζοντας τον Καλ για να τσεκάρει.

«Μάλλον όχι» λέει ο Καλ. «Προτιμώ να είμαι ανοιχτόμυαλος και υποθέτω πως κάτι μπορεί να βρίσκεται εκεί πέρα, όμως δεν έχω δει τίποτα που θα με έκανε να σκεφτώ ότι έχουν έρθει επίσκεψη».

«Έχεις αδέρφια;» ρωτάει ο Τρέι, εντελώς ξεκάρφωτα.

Το παιδί δεν ξέρει από ψιλοκουβέντα. Η κάθε ερώτηση που κάνει μοιάζει σαν κομμάτι ανάκρισης.

«Τρία» λέει ο Καλ. «Δυο αδερφές και έναν αδερφό. Εσύ;»

«Τρεις αδερφές. Δύο αδερφούς».

«Πολλά παιδιά» λέει ο Καλ. «Έχετε μεγάλο σπίτι;»

Ο Τρέι ξεφυσάει χλευαστικά από την άκρη του στόματός του. «Όχι».

«Εσύ τι είσαι; Το μεγαλύτερο; Το μικρότερο;»

«Το τρίτο. Εσύ;»

«Ο μεγαλύτερος».

«Έχεις σχέσεις με τους άλλους;»

Αυτή είναι η πιο προσωπική ερώτηση που του έχει κάνει ο Τρέι. Ο Καλ διακινδυνεύει μια ματιά προς το μέρος του, όμως ο μικρός είναι προσηλωμένος στο άνοιγμα ενός ακόμα μπισκότου. Έχει καινούργιο κούρεμα με την ψιλή, αλλά φαίνεται σαν να το έκανε μόνος του· στο πίσω μέρος του κεφαλιού του έχει ξεφύγει ένα κομμάτι.

«Θα έλεγα πως ναι» λέει ο Καλ. Στην πραγματικότητα είναι ετεροθαλή αδέρφια, δεν τα έχει συναντήσει παρά δυο τρεις φορές, και ίσως να έχει κι άλλα κάπου αλλού, όμως καμία από αυτές τις πληροφορίες δεν θα του φαινόταν χρήσιμη αυτή τη στιγμή. «Εσύ;»

«Με κάποιους» λέει ο Τρέι. Χώνει απότομα το μπισκότο στο στόμα του και σηκώνεται· κατά πώς φαίνεται, τέλος το διάλειμμα.

«Πιες το γάλα σου» λέει ο Καλ.

«Δεν μου αρέσει το γάλα».

«Για σένα το αγόρασα. Πιες το».

Ο Τρέι κατεβάζει μονοκοπανιά το γάλα, μορφάζει, και χτυπάει την κούπα στο τραπέζι λες και έχει πιει σφηνάκι. «Εντάξει» λέει ο Καλ, διασκεδάζοντας. «Θα κάνουμε το εξής. Για περίμενε».

Πηγαίνει στο δωμάτιό του, επιστρέφει με ένα παλιό καρό πουκάμισο και το πετάει στον Τρέι. «Πάρε».

Εκείνος το πιάνει και το κοιτάζει με κενό βλέμμα. «Για ποιο λόγο;»

«Αν πας στο σπίτι σου γεμάτος μπογιές, η μάνα σου δεν θα χαρεί και πολύ».

«Δεν θα το προσέξει».

«Αν όμως το προσέξει, θα καταλάβει ότι δεν ήσουν στο σχολείο».

«Δεν θα τη νοιάξει».

«Εσύ αποφασίζεις» λέει ο Καλ και καταπιάνεται να σηκώσει με ένα κατσαβίδι το καπάκι από τον τενεκέ με το αστάρι.

Ο Τρέι εξετάζει το πουκάμισο γυρίζοντάς το ανάμεσα στα χέρια του. Ύστερα το φοράει. Στρέφεται στον Καλ, σηκώνει ψηλά τα χέρια του και χαμογελάει: τα μανίκια ανεμίζουν, του φτάνει ως τα γόνατα και είναι αρκετά φαρδύ για να χωρέσουν τρεις Τρέι.

«Σου πάει» λέει ο Καλ, ανταποδίδοντας το χαμόγελο. «Δώσε μου αυτά εκεί».

Δείχνει κάτι σκαφάκια για μπογιά και κάτι ρολάκια σε μιαν άκρη. Έχει αγοράσει δύο σετ· ήταν φτηνά, και σκέφτηκε πως θα έπιαναν τόπο αν εμφανιζόταν το παιδί. Είναι εμφανές πως ο Τρέι δεν έχει ξαναδεί τέτοια μαραφέτια άλλη φορά. Τα επιθεωρεί και ρίχνει ένα ερωτηματικό βλέμμα στον Καλ, σμίγοντας τα φρύδια.

«Κοίτα» λέει ο Καλ. Χύνει αστάρι στο σκαφάκι, βουτάει το ρόλο και το κυλάει να φύγει η παραπανίσια μπογιά στη σχάρα, και κάνει ένα γρήγορο πέρασμα σε ένα κομμάτι του τοίχου. «Το κατάλαβες;» Ο Τρέι γνέφει καταφατικά και τον αντιγράφει, ακριβώς, μέχρι και το μικρό υπό γωνία τίναγμα για να φύγουν τυχόν σταγόνες από την άκρη του ρολού. «Ωραία» λέει ο Καλ. «Μη βάζεις πολλή μπογιά. Θα περάσουμε αρκετά χέρια. Δεν χρειάζεται να είναι παχιά. Θα αρχίσω αποδώ κάνοντας το πάνω μισό, εσύ ξεκίνα το κάτω μισό αποκεί, και θα συναντηθούμε στη μέση».

Πλέον, δουλεύουν άνετα μαζί· ξέρουν ο ένας τον ρυθμό του άλλου και πώς να αφήνουν τον απαιτούμενο χώρο. Η βροχή έχει κοπάσει. Οι κραυγές από τις χήνες που προετοιμάζονται πια για το μακρινό τους ταξίδι φτάνουν στ' αυτιά τους ψηλά από τον ουρανό· πολύ πιο κάτω, στο χορτάρι έξω από το παράθυρο, τα μικρά πουλιά χοροπηδούν και ορμούν πίσω από τα σκουλήκια. Βάφουν για περίπου ένα εικοσάλεπτο, όταν ο Τρέι λέει, εντελώς απρόσμενα: «Ο αδερφός μου αγνοείται».

Ο Καλ παγώνει για μια στιγμή προτού αρχίσει και πάλι να

κινεί το ρολό του. Θα το καταλάβαινε από τον τόνο, ακόμα κι αν δεν είχε ακούσει τις λέξεις: αυτός είναι ο λόγος για τον οποίο βρίσκεται εδώ ο Τρέι.

«Ναι;» λέει. «Από πότε;»

«Από τον Μάρτιο». Ο Τρέι συνεχίζει να βάφει επιμελώς το κομμάτι του τοίχου που του αναλογεί, χωρίς να κοιτάζει τον Καλ. «Από τις είκοσι μία».

«Μάλιστα» λέει ο Καλ. «Πόσων χρονών είναι;»

«Δεκαεννιά. Το όνομά του είναι Μπρένταν».

Ο Καλ διερευνά το έδαφος βήμα βήμα. «Τι είπε η αστυνομία;»

«Δεν τους το 'παμε».

«Πώς έτσι;»

«Δεν ήθελε η μαμά. Είπε ότι το 'σκασε, και αφού αυτό ήθελε, είναι αρκετά μεγάλος».

«Εσύ όμως δεν συμφωνείς».

Όταν ο Τρέι σταματάει να βάφει και κοιτάζει επιτέλους τον Καλ, έχει μια βαθιά, έντονη θλίψη ζωγραφισμένη στο πρόσωπο. Κουνάει πέρα δώθε το κεφάλι για πολλή ώρα.

«Εσύ τι πιστεύεις ότι συνέβη;»

Ο Τρέι λέει σιγανά: «Νομίζω πως κάποιος τον πήρε».

«Δηλαδή, τον απήγαγε;»

Καταφατικό νεύμα.

«Μάλιστα» λέει ο Καλ προσεκτικά. «Έχεις καμιά ιδέα ποιος;»

Κάθε κύτταρο του Τρέι είναι εστιασμένο στον Καλ. «Θα μπορούσες να το βρεις» λέει.

Ακολουθεί στιγμιαία παύση.

«Μικρό» λέει ο Καλ απαλά. «Το πιο πιθανό είναι να έχει δίκιο η μαμά σου. Απ' ό,τι μου λένε όλοι, οι περισσότεροι άνθρωποι βασικά φεύγουν αποδώ μόλις είναι αρκετά μεγάλοι για κάτι τέτοιο».

«Θα μου το 'χε πει».

«Ο αδερφός σου είναι ακόμη σχεδόν έφηβος. Και οι έφηβοι κάνουν κάτι τέτοιες χαζομάρες. Το ξέρω ότι σε πληγώνει, αν είστε δεμένοι, αλλά αργά ή γρήγορα θα ωριμάσει και θα συνειδητοποιήσει πόσο άθλιο είναι αυτό που έχει κάνει. Και τότε θα επικοινωνήσει».

Στο πρόσωπο του Τρέι διακρίνεται το έντονο συνοφρύωμα. «Δεν το 'σκασε».

«Υπάρχει κάποιος λόγος που είσαι τόσο σίγουρος;»

«Το ξέρω. Δεν το 'σκασε».

«Αν ανησυχείς γι' αυτόν» λέει ο Καλ, «θα πρέπει να πας στην αστυνομία. Το ξέρω πως η μαμά σου δεν θέλει, ωστόσο μπορείς να πας μόνος σου. Μπορούν να δεχτούν αναφορά από ανήλικο. Δεν μπορούν να τον αναγκάσουν να γυρίσει σπίτι αν δεν είναι έτοιμος, όμως μπορούν να το ψάξουν, για να σε καθησυχάσουν».

Ο Τρέι τον κοιτάζει σαν να μην μπορεί να πιστέψει πώς κάποιος τόσο βλάκας αναπνέει ακόμη. «Τι;» λέει ο Καλ.

«Η αστυνομία δεν θα κάνει τίποτα».

«Φυσικά και θα κάνει. Δουλειά τους είναι».

«Είναι εντελώς άχρηστοι. Να το κάνεις. Ψάξε εσύ. Θα δεις: δεν το 'σκασε».

«Δεν μπορώ να ερευνήσω, μικρό» λέει ο Καλ, ακόμα πιο ήπια. «Δεν είμαι πια μπάτσος».

«Δεν έχει σημασία». Η φωνή του Τρέι ανεβαίνει. «Κάνε αυτά που είπες για να βρίσκεις ανθρώπους. Μίλα στους φίλους του. Ξεκίνα να παρακολουθείς τα σπίτια τους».

«Αυτά μπορούσα να τα κάνω επειδή είχα ένα σήμα. Τώρα δεν έχω, κανείς δεν θα απαντήσει στις ερωτήσεις μου. Αν τη στήσω έξω από το σπίτι οποιουδήποτε, εγώ είμαι αυτός που θα μαζέψει στο τέλος η αστυνομία».

Ο Τρέι δεν ακούει καν. Κρατάει το ρολό ψηλά με σφιγμένη

γροθιά, σαν όπλο. «Παγίδεψε τα τηλέφωνά τους. Τσέκαρε την πιστωτική τους».

«Μικρό. Ακόμα και τότε που ήμουν μπάτσος, δεν ζούσα εδώ. Δεν έχω φίλους να τους ζητήσω χάρες».

«Τότε να τα κάνεις εσύ».

«Σου φαίνεται να έχω εδώ την τεχνολογία για να...»

«Τότε κάνε κάτι άλλο. Κάνε κάτι».

«Έχω πάρει σύνταξη, μικρό» λέει ο Καλ, ήπια, αλλά με σίγουρο τόνο. Δεν πρόκειται να αφήσει το παιδί να ελπίζει. «Ακόμα και να 'θελα, δεν θα μπορούσα να κάνω τίποτα».

Ο Τρέι πετάει το ρολό του στην άλλη άκρη του δωματίου. Ξεσκίζει το παλιό πουκάμισο του Καλ, με τα κουμπιά να πετάγονται αποδώ κι αποκεί, και το βουτάει στον τενεκέ με το αστάρι. Ύστερα γυρίζει από την άλλη και χώνει το πουκάμισο που στάζει στις γραμματοθυρίδες του γραφείου, ρίχνοντας όλο του το βάρος. Το γραφείο πέφτει προς τα πίσω. Ο Τρέι το βάζει στα πόδια.

Το γραφείο είναι σε μαύρο χάλι. Ο Καλ το στήνει όρθιο και χρησιμοποιεί το πουκάμισο –που έτσι κι αλλιώς είναι ξεγραμμένο, κανένα πλυντήριο ρούχων δεν θα μπορεί να κάνει κάτι γι' αυτό– για να απομακρύνει τους μεγαλύτερους σβόλους από το αστάρι. Στη συνέχεια μουσκεύει ένα πανί και καθαρίζει το υπόλοιπο. Ευτυχώς, είναι αστάρι νερού, ωστόσο έχει χωθεί στους συνδέσμους και το πανί δεν φτάνει ως εκεί. Ο Καλ προσπαθεί με την οδοντόβουρτσά του, αναθεματίζοντας τον Τρέι.

Δυσκολεύεται παρ' όλα αυτά να του θυμώσει πραγματικά. Πρώτα ο πατέρας του παιδιού, ύστερα ο αδερφός του· δεν είναι περίεργο που αναζητά μια απάντηση που θα έφερνε τον έναν από τους δύο πίσω και θα σήμαινε πως δεν έφυγε οικειοθελώς χωρίς δεύτερη σκέψη. Ο Καλ εύχεται να το είχε πει νωρίτερα ο μικρός, αντί να τρέφει κρυφά μέσα του ελπίδες όλο αυτό το διάστημα.

Συνειδητοποιεί πως είναι μάλλον ανήσυχος παρά θυμωμένος. Δεν του αρέσει αυτή η αίσθηση, ή καλύτερα το γεγονός ότι την αναγνωρίζει και την καταλαβαίνει απόλυτα· του είναι εξίσου οικεία με την πείνα ή τη δίψα. Ο Καλ δεν άντεχε ποτέ να αφήνει άλυτες υποθέσεις. Κατά βάση αυτό ήταν καλό, τον έκανε έναν επίμονο και υπομονετικό εργάτη, που έφτανε στη λύση τη στιγμή που άλλοι θα τα είχαν παρατήσει, ωστόσο μερικές φορές αυτό αποδεικνυόταν και ελάττωμα. Το να σφυροκοπάει κανείς αδιάκοπα κάτι που δεν πρόκειται να σπάσει με τίποτα τον αφήνει κατάκοπο και πιασμένο. Ο Καλ τρίβει πιο δυνατά το γραφείο και προσπαθεί να ανακτήσει τη μεθυστική ελευθερία που είχε νιώσει αδιαφορώντας αν ο Τρέι κάνει κοπάνα από το σχολείο. Υπενθυμίζει στον εαυτό του ότι δεν είναι δική του υπόθεση – στην πραγματικότητα, δεν υπάρχει καν υπόθεση. Η ανησυχία δεν υποχωρεί.

Στο κεφάλι του, ακούει την Ντόνα να λέει: *Χριστέ μου, Καλ, όχι πάλι.* Το πρόσωπό της αυτή τη φορά δεν είναι γελαστό· είναι κουρασμένο, με γραμμές που δεν έχουν θέση εκεί.

Ένα κοκαλιάρικο νεαρό κοράκι έχει καθίσει στο περβάζι του παραθύρου και κοιτάζει το δωμάτιο διερευνητικά, μια το κουτί με τα μπισκότα και μια την εργαλειοθήκη. Ο Καλ έχει κάνει πλέον πρόοδο με τα κοράκια: τα έχει καταφέρει να βολεύονται στο κομμένο κούτσουρο για να τρώνε τα αποφάγια του ενώ εκείνος τα παρακολουθεί από το σκαλί της πίσω πόρτας, παρόλο που τον σιχτιρίζουν και κάνουν βρόμικα αστεία για τη μάνα του όσο βρίσκονται εκεί. Αυτή τη στιγμή, όμως, δεν έχει όρεξη. «Χάσου» του λέει. Το κοράκι βγάζει έναν ήχο που ακούγεται σαν χλεύη και μένει στη θέση του.

Ο Καλ παραιτείται από την προσπάθεια με το κοράκι, και με το γραφείο. Εντελώς ξαφνικά και επίμονα, θέλει να βρεθεί εκτός σπιτιού. Το μόνο πράγμα που μπορεί να σκεφτεί για να καλμάρει το μυαλό του είναι να πιάσει μόνος του το βραδινό του, αλλά δεν έχει καμία όρεξη να περάσει όλη τη μέρα καθισμένος στην όχθη του ποταμού, μουσκεύοντας, στην απίθανη περίπτωση που θα ψαρέψει μια δυο πέρκες, και η αναθεματισμένη άδεια οπλοφορίας δεν έχει έρθει ακόμη. Γενικά, φέρνοντας στον νου του κάποιους γνωστούς του που έχουν όπλα, και το γεγονός ότι ο Ντόνι Μαγκράθ δεν είχε την επιλογή να βγάλει στην παμπ Γκλοκ, καταλαβαίνει τη λογική σχετικά με τους περιορισμούς οπλοκατοχής σε αυτά τα μέρη, ωστόσο σήμερα αυτό τον τσαντίζει. Θα μπορούσε να παντρευτεί ή να αγοράσει σπίτι ταχύτερα, πράγματα, κατά τη γνώμη του, πολύ πιο ριψοκίνδυνα από την κατοχή ενός κυνηγετικού όπλου.

Αποφασίζει να πάει στην πόλη να δει αν ο τύπος στο τμήμα έχει να του πει τίποτα νεότερο σχετικά με την άδεια. Μπορεί να περάσει και από το πλυντήριο ρούχων, και να αγοράσει καινούργια οδοντόβουρτσα, αλλά και μια θερμάστρα, ώστε να μην τον βρει απροετοίμαστο το ύπουλο κρύο του Μαρτ. Βγαίνει από το σπίτι με τη σακούλα με τα ρούχα του και κλειδώνει την πόρτα.

Η βροχή έχει ξεκινήσει και πάλι, πυκνές κουρτίνες που σαρώνουν το παρμπρίζ. Ο Καλ πιάνει τον εαυτό του να ψάχνει μήπως δει πουθενά τον Τρέι. Λίγα χιλιόμετρα πάνω στους λόφους, είπε η Λένα, που με αυτή τη βροχή θα μπορούσε να είναι μεγάλη απόσταση. Όμως ο δρόμος είναι έρημος· βλέπει μόνο κανένα κοπάδι αγελάδες που έχουν αναζητήσει καταφύγιο δίπλα στις χαμηλές ξερολιθιές, και κάτι πρόβατα που βόσκουν αμέριμνα στα λιβάδια. Κλαδιά γέρνουν χαμηλά και σφυρίζουν στα πλάγια του αυτοκινήτου. Τα βουνά φαίνονται θολά και μοιάζουν στοιχειωμένα κάτω από το πυκνό πέπλο της βροχής.

Το Κιλτσάροου είναι μια παλιά και άνετη πόλη, με σειρές

από κρεμ σπίτια απλωμένα γύρω από μια πλατεία με αγορά, και με θέα από την κορυφή του λόφου πάνω από χωράφια και το στριφογυριστό ποτάμι. Στην πόλη ζουν μερικές χιλιάδες άτομα, κάτι που, λόγω των χωριών που είναι χτισμένα τριγύρω, δίνει τη δυνατότητα να αναπτυχθούν επιχειρήσεις όπως ένα κατάστημα σιδηρικών και ένα καθαριστήριο. Ο Καλ αφήνει τα ρούχα του εκεί και συνεχίζει για το τμήμα, με το κεφάλι σκυμμένο στη βροχή.

Το τμήμα βρίσκεται σε ένα κτίριο σαν τεράστια αποθήκη, στριμωγμένο ανάμεσα σε δυο σπίτια, βαμμένο λευκό, με προσεγμένο μπλε φινίρισμα. Δεν έχει τακτικό ωράριο λειτουργίας. Στο πίσω δωμάτιο, κάμποσοι άνθρωποι συζητούν στον ασύρματο για λακκούβες. Στο μπροστινό γραφείο, ένας ένστολος διαβάζει με μεγάλη προσήλωση την τοπική εφημερίδα και ξύνει τη μασχάλη του.

«Καλησπέρα» λέει ο Καλ, τινάζοντας τη βροχή από τα γένια του. «Τι καιρός κι αυτός».

«Ναι, μια θαυμάσια, γλυκιά μέρα» λέει ο ένστολος άνετα, αφήνοντας κατά μέρος την εφημερίδα του και γέρνοντας πίσω στην καρέκλα του. Είναι λίγα χρόνια μικρότερος από τον Καλ, με στρογγυλό πρόσωπο, μια κοιλιά που έχει αρχίσει να μεγαλώνει και έναν αέρα πως όλα τριγύρω τα έχει στην εντέλεια. Κάποιος έχει μαντάρει ένα σκίσιμο στην τσέπη του πουκαμίσου του με προσεκτικές βελονιές. «Τι μπορώ να κάνω για σένα;»

«Έκανα αίτηση για άδεια οπλοφορίας πριν από δύο μήνες. Μιας και ήμουν στην πόλη, είπα να τσεκάρω αν είχαμε τίποτα νεότερο».

«Θα πρέπει να λάβεις επιστολή μέσα σε τρεις μήνες από την ημερομηνία της αίτησης, όποια κι αν είναι η απάντηση» του λέει ο ένστολος. «Αν πάλι δεν λάβεις, αυτό σημαίνει επισήμως ότι έχει απορριφθεί. Μερικές φορές, βέβαια, υπάρχει κάποια καθυστέρηση. Αν δεν έχεις κανένα νέο, τότε είσαι μια χαρά. Εγώ θα περίμενα έναν ακόμα μήνα πριν αρχίσω να ανησυχώ. Μη σου πω καλύτερα δύο».

Ο Καλ έχει ξανασυναντήσει τέτοιους τύπους σε διάφορες εκδοχές. Βρίσκεται στην επαρχία όχι επειδή είναι άχρηστος ή δημιουργεί φασαρίες, ή επειδή είναι επίδοξος ντετέκτιβ ταλαιπωρημένος από τη ματαιοδοξία του, αλλά επειδή εδώ είναι ευτυχισμένος. Του αρέσει να κυλούν οι μέρες του αργά και χωρίς εκπλήξεις, με γνώριμα πρόσωπα και το μυαλό του χωρίς σκοτούρες όταν πηγαίνει σπίτι στη γυναίκα του και τα παιδιά του. Είναι ο μπάτσος που ο Καλ, κατά κάποιον τρόπο ή αναμφίβολα, εύχεται να είχε αποφασίσει να είναι.

«Εντάξει, δεν έχω δικαίωμα να παραπονιέμαι, υποθέτω» λέει ο Καλ. «Όταν ήμουν εγώ στη δουλειά, οι γραφειοκρατικές υποθέσεις πήγαιναν κατευθείαν στον πάτο της στοίβας και έμεναν εκεί. Δεν θα ασχοληθείς με την άδεια κατοχής σκύλου κάποιου όταν έχεις να κάνεις την πραγματική δουλειά της αστυνομίας».

Αυτό τραβάει την προσοχή του ένστολου. «Ήσουν στη δουλειά;» ρωτάει, για να βεβαιωθεί ότι έχει καταλάβει σωστά. «Στο Σώμα δηλαδή;»

«Είκοσι πέντε χρόνια. Στην αστυνομία του Σικάγο». Ο Καλ χαμογελάει και απλώνει το χέρι του. «Καλ Κούπερ. Χαίρω πολύ».

«Αστυνόμος Ντένις Ο'Μάλι» λέει ο ένστολος, σφίγγοντάς του το χέρι. Ο Καλ ήταν σίγουρος πως δεν ήταν ο τύπος που θα τον έβλεπε ανταγωνιστικά, και έχει δίκιο. Ο Ο'Μάλι δείχνει ειλικρινά ενθουσιασμένος. «Στο Σικάγο, ε; Θα έλεγα πως έχεις δει αρκετή δράση εκεί».

«Αρκετή δράση και πολλή γραφειοκρατία» λέει ο Καλ. «Όπως παντού. Εδώ δείχνει καλό πόστο».

«Δεν θα το άλλαζα με τίποτα» λέει ο Ο'Μάλι. Ο Καλ καταλαβαίνει από την προφορά του ότι δεν είναι αποδώ τριγύρω,

αλλά από κάποιο μέρος όχι πολύ διαφορετικό· αυτός ο πλού-
σιος, χαλαρός ρυθμός δεν προέρχεται από πόλη. «Δεν ταιριά-
ζει στον καθένα, αλλά εμένα μου πάει».

«Τι είδους θέματα έχετε εδώ;»

«Τροχαίας συνήθως» του εξηγεί ο Ο'Μάλι «Υπερβολική
ταχύτητα. Οδήγηση υπό την επήρεια αλκοόλ. Για παράδειγμα,
το περασμένο Σάββατο το βράδυ, τρεις νεαροί έπεσαν σ' ένα
χαντάκι γυρίζοντας από την παμπ κοντά στο Γκόρτιν. Κανείς
τους δεν πρόλαβε να φτάσει στο νοσοκομείο».

«Το έμαθα» λέει ο Καλ. Ένας φίλος του ξάδερφου του άντρα
της Νορίν ήταν ο άτυχος που τους βρήκε κατόπιν εορτής. «Εί-
ναι κρίμα, γαμώτο».

«Πάντως, αυτά είναι τα χειρότερα που θα συναντήσεις εδώ
πέρα. Από άλλα εγκλήματα, δεν έχουμε και πολλά. Άντε να
κλέβουν τίποτα πετρέλαια πού και πού». Ο Καλ δείχνει μπερ-
δεμένος, και ο Ο'Μάλι εξηγεί: «Πετρέλαιο θέρμανσης, από τα
ντεπόζιτα. Ή αγροτικό εξοπλισμό. Είχαμε και κάτι λίγα ναρ-
κωτικά· στις μέρες μας, αυτά τα συναντάς παντού. Καμιά
σχέση με το Σικάγο, θα έλεγα». Απευθύνει στον Καλ ένα ντρο-
παλό χαμόγελο.

«Κι εμείς είχαμε πολλά τροχαία» λέει ο Καλ, «και ναρκω-
τικά. Ληστείες αγροτικού εξοπλισμού, όχι». Κι ύστερα, πριν
συνειδητοποιήσει ότι το λέει: «Εγώ ήμουν κυρίως στην αναζή-
τηση αγνοουμένων. Υποθέτω πως εδώ δεν αποτελεί και τόσο
σημαντικό κομμάτι του τμήματος».

Ο Ο'Μάλι γελάει. «Χριστέ μου, όχι. Στα δώδεκα χρόνια που
είμαι εδώ, είχαμε δύο τέτοιες περιπτώσεις. Ο ένας βρέθηκε στο
ποτάμι μερικές μέρες αργότερα. Η άλλη ήταν μια νεαρή που
είχε ένα καβγαδάκι με τη μανούλα και το έσκασε για να πάει
στην ξαδέρφη της στο Δουβλίνο».

«Τώρα καταλαβαίνω γιατί δεν θα το άλλαζες με τίποτα
αυτό το μέρος» λέει ο Καλ. «Μου φάνηκε ότι άκουσα πως ήταν

κι ένας τύπος που εξαφανίστηκε την άνοιξη, παρ' όλα αυτά. Λάθος θα κατάλαβα». Αυτό ξαφνιάζει τον Ο'Μάλι, που ανακάθεται στην καρέκλα του. «Για ποιον λες;»

«Μπρένταν κάτι. Ρέντι;»

«Των Ρέντι από το Αρντνακέλτι;»

«Ναι».

«Α, αυτοί» κάνει ο Ο'Μάλι, χαλαρώνοντας και πάλι. «Πόσο είναι ο Μπρένταν;»

«Δεκαεννιά νομίζω».

«Μάλιστα. Δεν είναι παράξενο τότε. Και για να είμαι ειλικρινής, δεν θα ήταν και καμιά σπουδαία απώλεια».

«Δημιουργούν μπελάδες;»

«Α, όχι. Απλώς είναι χαμένοι. Είχαμε κάνα δυο θέματα ενδοοικογενειακής βίας, όμως ο πατέρας την έκανε για την Αγγλία πριν από δύο χρόνια, κι έτσι σταμάτησαν. Τους ξέρω επειδή τα παιδιά δεν πατάνε στο σχολείο. Η δασκάλα δεν θέλει να φωνάξει την Πρόνοια, οπότε τηλεφωνεί σ' εμένα. Πάω εκεί πέρα, κάνω μια κουβεντούλα με τη μάνα, την τρομοκρατώ λιγάκι με αναμορφωτήρια και τα ρέστα. Συμμορφώνονται για ένα δυο μήνες, και μετά άντε πάλι απ' την αρχή».

«Ναι, το ξέρω το είδος» λέει ο Καλ. Δεν χρειάζεται να ρωτήσει γιατί η δασκάλα δεν θέλει να καλέσει την πρόνοια για κάτι λιγότερο από σπασμένα κόκαλα, ή γιατί δεν το κάνει ο Ο'Μάλι. Μερικά πράγματα εδώ είναι τα ίδια όπως στην επαρχία των παιδικών του χρόνων. Κανείς δεν θέλει να στείλει η κυβέρνηση τους κουστουμάτους της πόλης για να κάνουν τα πράγματα χειρότερα. Τα ζητήματα πρέπει να διευθετούνται σε όσο το δυνατόν στενότερο κύκλο. «Η μαμά τους δεν μπορεί να τα κάνει να πάνε, ή δεν τα στέλνει;»

Ο Ο'Μάλι ανασηκώνει τους ώμους. «Είναι λιγάκι... ξέρεις. Όχι ακριβώς τρελή ή κάτι τέτοιο. Απλώς δεν είναι για πολλά».

«Α, μάλιστα» λέει ο Καλ. «Άρα, πιστεύεις ότι ο Μπρένταν δεν αγνοείται;»

Ο Ο'Μάλι ρουθουνίζει. «Όχι, για όνομα του Θεού. Νεαρός είναι. Βαρέθηκε να ζει στα βουνά με τη μανούλα, και την έκανε για τον καναπέ κάποιου φίλου στο Γκόλγουεϊ ή στο Άθλον, όπου μπορεί να βγει σε καμιά ντίσκο και να γνωρίσει καμιά κοπελίτσα. Φυσικά πράγματα. Ποιος σου είπε ότι αγνοείται;»

«Να, ένας τύπος στην παμπ έλεγε πως χάθηκε» λέει ο Καλ, ξύνοντας τον σβέρκο του συλλογισμένος. «Λάθος θα κατάλαβα. Μάλλον έχω περάσει τόσα χρόνια στους Αγνοούμενους, που τώρα τους βλέπω παντού».

«Εδώ όχι» λέει ανάλαφρα ο Ο'Μάλι. «Ο Μπρένταν θα επιστρέψει όταν βαρεθεί να κάνει μόνος του την μπουγάδα του. Εκτός αν βρει καμιά πιτσιρίκα να την κάνει για πάρτη του».

«Κι εμάς δεν θα μας κακόπεφτε μια τέτοια» λέει ο Καλ, χαμογελώντας. «Εντάξει, όχι ότι είχα σκοπό να χρησιμοποιήσω το τουφέκι για αυτοάμυνα, αλλά είναι καλό να ξέρω ότι δεν θα χρειαστεί κιόλας εδώ πέρα».

«Α, όχι, όχι. Περίμενε ένα λεπτό» λέει ο Ο'Μάλι και ξεκολλάει αργά αργά από την καρέκλα του, «θα ρίξω μια ματιά στο σύστημα γι' αυτή την άδεια. Τι όπλο θα πάρεις;».

«Έχω δώσει καπάρο για ένα εικοσιδυάρι Χένρι. Είμαι λιγάκι παλιομοδίτης».

«Κουκλί είναι» λέει ο Ο'Μάλι. «Εγώ έχω ένα Γουίντσεστερ. Δεν είμαι και κανένας σπουδαίος κυνηγός, όμως τις προάλλες έφαγα λάχανο έναν αναθεματισμένο αρουραίο που με λοξοκοίταξε στον κήπο μου. Σαν τον Ράμπο ένιωσα. Περίμενε».

Εξαφανίζεται νωχελικά στο πίσω δωμάτιο. Ο Καλ κοιτάζει γύρω του τη μικρή ζεστή αίθουσα υποδοχής, διαβάζει τις κουρελιασμένες αφίσες στους τοίχους –Η ΖΩΝΗ ΣΩΖΕΙ ΖΩΕΣ, ΤΟ ΠΕΡΠΑΤΗΜΑ ΠΡΟΛΑΜΒΑΝΕΙ ΤΙΣ ΑΥΤΟΚΤΟΝΙΕΣ, ΔΕΚΑ ΣΥΜΒΟΥΛΕΣ ΓΙΑ ΤΗΝ ΑΣΦΑΛΕΙΑ ΤΟΥ ΑΓΡΟΚΤΗΜΑΤΟΣ ΣΟΥ– και ακούει τον Ο'Μάλι να τραγουδάει μια διαφήμιση ψωμιού που παίζει στο ραδιόφωνο. Ο χώρος μυρίζει τσάι και πατατάκια. «Λοιπόν» λέει θριαμβευτικά ο Ο'Μάλι, επιστρέφοντας μπροστά. «Στο σύστημα φαίνεται ως εγκεκριμένη – και γιατί να μην είναι άλλωστε. Από μέρα σε μέρα θα πρέπει να λάβεις την επιστολή. Μπορείς να την πας στο ταχυδρομείο και να πληρώσεις εκεί το αντίτιμο».

«Σου είμαι ευγνώμων» λέει ο Καλ. «Κι επίσης, χάρηκα πολύ που σε γνώρισα».

«Παρομοίως. Πέρνα καμιά μέρα στο σχόλασμα· να σε πάμε για καμιά μπίρα, να σε καλωσορίσουμε στην Άγρια Δύση».

«Πολύ θα χαρώ» λέει ο Καλ. Η βροχή συνεχίζει να πέφτει με το τουλούμι. Σηκώνει την κουκούλα του και κατευθύνεται προς την έξοδο προτού ο Ο'Μάλι σκεφτεί να τον καλέσει να μείνει για τσάι.

Όσο περιμένει να ετοιμαστούν τα ρούχα του, βρίσκει μια παμπ και προσφέρει στον εαυτό του ένα σάντουιτς με ζαμπόν και τυρί και ένα ποτήρι Smithwick's. Καμιά σχέση με την παμπ του χωριού. Είναι μεγάλη και φωτεινή, μυρίζει λαχταριστό, ζεστό φαγητό, τα ξύλινα έπιπλά της γυαλίζουν, και στην μπάρα έχει μια μεγάλη ποικιλία με βαρελίσιες μπίρες. Σε μια γωνιά, μια παρέα γυναικών γύρω στα τριάντα τρώει μεσημεριανό και γελάει.

Το σάντουιτς είναι καλό, το ίδιο κι η μπίρα, αλλά ο Καλ δεν τα απολαμβάνει όπως θα έπρεπε. Η κουβεντούλα του με τον Ο'Μάλι, αντί να τον ηρεμήσει, τον μπέρδεψε περισσότερο. Όχι πως πιστεύει ότι ο Μπρένταν Ρέντι έχει πέσει θύμα άγνωστων απαγωγέων. Ίσα ίσα που ο Ο'Μάλι του επιβεβαίωσε αυτό που σκεφτόταν από την αρχή: ο Μπρένταν είχε κάθε λόγο να το σκάσει και όχι και τόσο πολλούς για να μείνει.

Αυτό που τον απασχολεί είναι το γεγονός πως ο Τρέι είχε δίκιο για ένα πράγμα: η αστυνομία είναι, για τους δικούς του σκοπούς τουλάχιστον, εντελώς άχρηστη. Με το που άκουσε ο Ο'Μάλι το όνομα Ρέντι, τελείωσε. Όπως άλλωστε και όλοι οι άλλοι. Ο Καλ σκέφτεται τους θολωμένους από τη βροχή λόφους και μια μητέρα που δεν είναι για πολλά πολλά. Ένα παιδί σ' αυτή την ηλικία θα έπρεπε να έχει κάπου να στραφεί.

Η αναστάτωση τον ταλανίζει ακόμη. Τελειώνει την μπίρα του πιο γρήγορα απ' ό,τι θα ήθελε και βγαίνει ξανά έξω στη βροχή.

Αγοράζει μια θερμάστρα και έναν καινούργιο τενεκέ αστάρι από το κατάστημα με τα εργαλεία, και διάφορα άλλα πράγματα από το σουπερμάρκετ, συμπεριλαμβανομένης και μιας καινούργιας οδοντόβουρτσας. Δεν μπαίνει στον κόπο να ψωνίσει γάλα. Είναι βέβαιος πως το παιδί δεν θα επιστρέψει.

6

Η επόμενη μέρα ξημερώνει γεμάτη ήπια καταχνιά, ονειρική και αθώα, παριστάνοντας πως το χτες δεν συνέβη ποτέ. Με το που τελειώνει το πρωινό του, ο Καλ μαζεύει τον εξοπλισμό του ψαρέματος και ξεκινάει για το ποτάμι, τρία χιλιόμετρα μακριά. Στην απίθανη περίπτωση που έρθει και πάλι ο Τρέι, θα βρει το σπίτι άδειο σαν μια ακόμα δυσάρεστη έκπληξη, όμως ο Καλ θεωρεί πως αυτό είναι καλό. Είναι προτιμότερο να απογοητευτεί τώρα το παιδί παρά να θρέφει συνεχώς στο κεφάλι του φρούδες ελπίδες.

Είναι μόλις η δεύτερη φορά που ο Καλ ψαρεύει σε αυτό το ποτάμι. Συχνά πέφτει στο κρεβάτι με την πρόθεση να πάει για ψάρεμα την επομένη, αλλά πάντα κάτι τον τραβάει να μείνει στο σπίτι: πότε το ένα πρέπει να μπει σε μια σειρά, πότε πρέπει να δει πώς πάει το άλλο, και το ψάρεμα μπορεί να περιμένει. Σήμερα αυτή η έλξη έχει μετατραπεί σε ώθηση. Θέλει να απομακρυνθεί για τα καλά από το σπίτι και να του γυρίσει την πλάτη.

Στην αρχή το ποτάμι μοιάζει να είναι ακριβώς αυτό που του χρειάζεται. Είναι αρκετά στενό ώστε τα πελώρια, γέρικα δέντρα να διασταυρώνονται από πάνω του, και αρκετά πετρώδες για να κάνει το νερό να στροβιλίζεται και να ασπρίζει· οι όχθες είναι βαμμένες πορτοκαλοχρυσαφιές από τα πεσμένα φύλλα. Ο Καλ βρίσκει ένα πλάτωμα με μια μεγάλη οξιά γεμάτη βρύα και αφιερώνει χρόνο να διαλέξει δόλωμα. Πουλιά πετούν ανάμεσα στα κλαδιά και αυθαδιάζουν το ένα στο άλλο χωρίς να του δίνουν καμιά σημασία· η μυρωδιά του νερού είναι τόσο έντονη και γλυκιά, που τη νιώθει πάνω στο δέρμα του. Έπειτα από δυο ώρες, ωστόσο, κάθε διάθεση για ρομαντισμούς έχει χαθεί. Την προηγούμενη φορά που βρέθηκε εκεί, έπιασε τις πέρκες για το βραδινό του σε λιγότερο από μισή ώρα. Αυτή τη φορά, τα βλέπει τα ψάρια, να πιάνουν ζουζούνια επιδέξια από την επιφάνεια, κανένα όμως δεν δείχνει το παραμικρό ενδιαφέρον ούτε καν να τσιμπολογήσει το δόλωμά του. Και έχει αρχίσει πλέον να καταλαβαίνει τι εννοούσε ο Μαρτ με το ύπουλο κρύο. Η φαινομενικά ωραία, δροσερή μέρα έχει κρυώσει πλέον τόσο, που ο Καλ έχει παγώσει ως το κόκαλο. Ξεθάβει μερικά σκουλήκια από τον πλούσιο χούμο κάτω από στρώματα με μουσκεμένα φύλλα στο πλάι του. Τα ψάρια τα αγνοούν κι αυτά.

Η μέρα που είχε σχεδιάσει να μάθει την Αλίσα να ψαρεύει είχε αποδειχτεί παρόμοια με αυτήν. Εκείνη ήταν γύρω στα εννιά· έκαναν διακοπές σε μια ξύλινη καλύβα σε κάποιο μέρος που είχε βρει η Ντόνα – το όνομα του διαφεύγει τώρα. Κάθισαν οι δυο τους δίπλα σε μια λίμνη για τρεις ώρες χωρίς να τσιμπάει τίποτα –εκτός από τις σκνίπες–, αλλά η Αλίσα είχε υποσχεθεί στη μαμά της ότι θα έφερνε βραδινό στο σπίτι και δεν έφευγε με άδεια χέρια. Στο τέλος, ο Καλ κοίταξε το δυστυχισμένο, επίμονο προσωπάκι της και της είπε ότι είχε ένα σχέδιο. Πέρασαν από το μαγαζί και αγόρασαν ένα σακούλι κατεψυγμένες ψαροκροκέτες, το έπιασαν στο καλάμι της Αλίσα και γύρισαν στην καλύβα, φωνάζοντας: «Πιάσαμε κάτι μεγάλο!». Η Ντόνα έριξε μια ματιά και τους είπε ότι το ψάρι ήταν ακόμη ζωντανό και ότι σκόπευε να το κρατήσει για κατοικίδιο. Οι τρεις τους χαχάνιζαν σαν χαζοί. Όταν η Ντόνα έβαλε το σακούλι σε μια γαβάθα με νερό και το ονόμασε Μπερντ, η Αλίσα μετά βίας κατάφερε να σταθεί όρθια από τα γέλια.

Ο Καλ νιώθει ότι ένα αναθεματισμένο ψάρι αρκεί για να

του προσφέρει μια καλή μάχη και ύστερα ένα καλό βραδινό, και όλα όσα κουδουνίζουν στο κεφάλι του ξεκάρφωτα θα μπουν ξανά στις θέσεις τους. Το ψάρι όμως, ασυγκίνητο στις συναισθηματικές του απαιτήσεις, συνεχίζει να παίζει κυνηγητό γύρω από το αγκίστρι του.

Έπειτα από μισή μέρα χωρίς λέπι, ο Καλ έχει αρχίσει να πιστεύει πως η φήμη του ποταμού είναι απάτη για τους τουρίστες και η πέρκα του δείπνου της προηγούμενης φοράς ήταν καθαρή τύχη. Τα μαζεύει και αρχίζει να περπατάει προς το σπίτι, χωρίς να βιάζεται. Στην απίθανη περίπτωση που πράγματι εμφανιστεί ο Τρέι για μια ακόμα απόπειρα, πρέπει να την αποκρούσει χωρίς να την πέσει άγρια στο παιδί.

Στα μισά του δρόμου συναντάει τη Λένα, που έρχεται περπατώντας από την αντίθετη κατεύθυνση με ζωηρό βήμα, μαζί μ' ένα σκυλί που ερευνά τους φράχτες. «Καλησπέρα» λέει, καλώντας το σκυλί πίσω μ' ένα χτύπημα των δαχτύλων της. Φοράει ένα μεγάλο, κοκκινωπό μάλλινο μπουφάν και πλεκτό μπλε σκουφάκι κατεβασμένο χαμηλά, έτσι που ξεχωρίζουν μόνο λίγες τούφες από τα ανοιχτόχρωμα μαλλιά της. «Κανένα ψάρι;»

«Πολλά» λέει ο Καλ. «Όλα τους πιο έξυπνα από μένα».

Η Λένα γελάει. «Αυτό το ποτάμι είναι κυκλοθυμικό. Μπορείς να κάνεις και αύριο μια προσπάθεια, και θα πιάσεις περισσότερα απ' όσα σου χρειάζονται».

«Ίσως το δοκιμάσω» λέει ο Καλ. «Αυτή είναι η μανούλα;»

«Α, όχι. Γέννησε πριν από μια βδομάδα· είναι σπίτι με τα κουτάβια. Αυτή είναι η αδερφή της».

Το σκυλί, ένα νεαρό, σκουρόχρωμο μπιγκλ με έξυπνη μουσούδα, τρέμει και μυρίζει με ζέση ελέγχοντας τον Καλ. «Μπορώ να της πω ένα γεια;» ρωτάει αυτός.

«Ελεύθερα. Αυτή μας βγήκε αγαπησιάρα, όχι φύλακας».

Απλώνει το χέρι του. Το σκυλί δεν αφήνει εκατοστό που να

μην οσμιστεί, με το πίσω μέρος της να κουνιέται όλο σαν τρε-
λό. «Καλό σκυλί» λέει ο Καλ, ξύνοντας τον σβέρκο της. «Πώς
είναι η μαμά και τα μωρά;»

«Εξαιρετικά. Πέντε έκανε. Στην αρχή νόμιζα πως το ένα
δεν θα τη βγάλει καθαρή, όμως τώρα είναι τετράπαχο και
σπρώχνει όλα τα υπόλοιπα στην άκρη για να πάρει αυτό που
θέλει. Θες να ρίξεις μια ματιά; Αν ενδιαφέρεσαι όντως;»

Η Λένα πιάνει τη στιγμή που χρειάζεται ο Καλ για να το
σκεφτεί. «Μη σκέφτεσαι τη Νορίν» λέει, διασκεδάζοντας.
«Μπορείς να έρθεις να δεις τα κουτάβια χωρίς να το θεωρήσω
πρόταση γάμου. Ειλικρινά».

«Δεν αμφιβάλλω» λέει ο Καλ, ντροπιασμένος. «Απλώς ανα-
ρωτιόμουν αν θα ήταν καλή ιδέα να το αφήσουμε για άλλη
μέρα που να μην κουβαλάω όλα αυτά τα συμπράγκαλα. Δεν
ξέρω, είναι μακριά το σπίτι σου;»

«Περίπου ενάμισι χιλιόμετρο προς τα εκεί. Εσύ αποφα-
σίζεις».

Εκείνος λέει, εν μέρει για να διώξει από το πρόσωπό της
το περιπαικτικό ύφος: «Υποθέτω πως μπορώ να τα καταφέρω.
Ευχαριστώ για την πρόσκληση».

Η Λένα γνέφει καταφατικά, κάνει μεταβολή και ακολουθούν
ένα στενό δρομάκι, με τους ασπάλαθους με τα κίτρινα λουλού-
δια να λικνίζονται στους φράχτες κι από τις δυο μεριές. Ο Καλ
κόβει αυτόματα ρυθμό —έχει συνηθίσει από την Ντόνα, ένα
εξήντα δύο με παπούτσια—, προτού συνειδητοποιήσει πως δεν
είναι απαραίτητο· η Λένα συμβαδίζει μια χαρά μαζί του. Έχει
τον μεγάλο, άνετο διασκελισμό του ανθρώπου της υπαίθρου,
που δίνει την εντύπωση ότι θα μπορούσε να περπατάει όλη
μέρα.

«Πώς τα πας με το σπίτι;» τον ρωτάει.

«Όχι κι άσχημα» λέει ο Καλ. «Έχω αρχίσει βάψιμο. Ο γεί-
τονάς μου ο Μαρτ μου τη λέει όλη την ώρα επειδή επιμένω στο

παλιό καλό λευκό, αλλά έτσι κι αλλιώς δεν μου φαίνεται ο καλύτερος σύμβουλος διακόσμησης εσωτερικών χώρων».

Εν μέρει περιμένει από τη Λένα να του προτείνει το δικό της χρωματολόγιο – η πολυλογία του Μαρτ μάλλον τον έχει επηρεάσει. Αντί γι' αυτό όμως, του λέει: «Αχ, ο Μαρτ Λάβιν» μ' έναν σκωπτικό μορφασμό. «Δεν θέλεις να τον ακούς αυτόν τον τύπο. Νέλλη!» λέει απότομα στο σκυλί, που σέρνει κάτι σκούρο και μουσκεμένο από το χαντάκι. «Άσ' το».

Το σκυλί το αφήνει απρόθυμα και τρέχει να βρει κάτι άλλο. «Και η γη;» λέει η Λένα. «Τι σχέδια έχεις γι' αυτήν;»

Η ειρωνεία είναι ότι ο Μαρτ του κάνει τακτικά την ίδια ερώτηση, χωρίς να μπαίνει στον κόπο να κρύψει πως προσπαθεί να τον ψαρέψει για τα μακροπρόθεσμα πλάνα του. Για τον Καλ, το συγκεκριμένο ζήτημα είναι λίγο ομιχλώδες. Αυτή τη στιγμή δεν μπορεί να φανταστεί ότι μια μέρα θα θέλει να κάνει κάτι περισσότερο από το να επισκευάζει το σπίτι του, να ψαρεύει πέστροφες και να ακούει τη Νορίν να του αναλύει το ιατρικό ιστορικό του Κλοντάφ Μόινιχαν. Καταλαβαίνει πως ίσως έρθει κάποτε η μέρα. Αν όντως συμβεί κάτι τέτοιο, σκέφτεται πως θα μπορεί να τριγυρίζει στην Ευρώπη πριν παραγεράσει, κι ύστερα να επιστρέψει εδώ όταν πλέον δεν θα τον βαστάνε άλλο τα πόδια του. Δεν είναι απαραίτητο άλλωστε να βρίσκεται κάπου αλλού.

«Δεν έχω αποφασίσει ακόμη» λέει. «Το κομμάτι του δάσους που έχω, θα το αφήσω ως έχει. Το μισό είναι φουντουκιές, οπότε θα τρώω όλη μέρα φουντούκια. Ίσως προσθέσω και τίποτα μηλιές, να έχω σε μερικά χρόνια κάτι γλυκό να ταιριάζει με αυτά. Και σκεφτόμουν να φυτέψω κι άλλο ένα κομμάτι με λαχανικά».

«Ω Θεέ μου» κάνει η Λένα. «Μη μου πεις πως είσαι από τους τύπους που θέλουν να είναι αυτάρκεις και τέτοια;»

Ο Καλ χαμογελάει πλατιά. «Μπα. Απλώς, έχω περάσει

πολλές ώρες καθισμένος σ' ένα γραφείο, και νιώθω πως θέλω να ξοδέψω λίγο χρόνο έξω».

«Ευτυχώς».

«Έχετε πολλούς τύπους εδώ γύρω που θέλουν να είναι αυτάρκεις;»

«Κατά καιρούς. Έχουν ιδέες περί επιστροφής στη φύση και νομίζουν πως αυτό είναι το κατάλληλο μέρος. Καλύπτει τις προδιαγραφές, φαντάζομαι». Κάνει ένα νεύμα προς τα βουνά ευθεία μπροστά, τα καμπουριασμένα και καστανόξανθα, σκεπασμένα εδώ κι εκεί με ξέφτια ομίχλης. «Οι περισσότεροι απ' αυτούς δεν ξέρουν καν να χρησιμοποιούν το φτυάρι. Αντέχουν περίπου έξι μήνες».

«Εγώ είμαι εντάξει με το να κυνηγάω, και να ψωνίζω τα βασικά από το μαγαζί της αδερφής σου» λέει ο Καλ. «Πρέπει να παραδεχτώ πως η Νορίν με τρομάζει λιγάκι, όχι όμως τόσο ώστε να με κάνει να θέλω να φτιάχνω μόνος μου μπέικον».

«Η Νορίν είναι εντάξει» λέει η Λένα. «Θα σου 'λεγα να την αγνοήσεις ώσπου στο τέλος να σ' αφήσει ήσυχο, αλλά δεν θα το κάνει. Της είναι αδύνατον να δει κάτι και να μη θέλει να το κάνει χρήσιμο. Πρέπει να το αφήνεις να περνάει».

«Σε λάθος άλογο ποντάρει» λέει ο Καλ. «Δεν μπορώ να φανώ χρήσιμος σε κανέναν αυτή τη στιγμή».

«Κι αυτό δεν είναι καθόλου κακό. Μην αφήσεις τη Νορίν να σε πείσει για το αντίθετο».

Συνέχισαν να περπατούν σιωπηλοί, νιώθοντας άνετα ωστόσο. Ανάμεσα στους ασπάλαθους εδώ κι εκεί έχουν φυτρώσει βατομουριές· στο λιβάδι, δυο γεροδεμένα, φουντωτά πόνι τα μασουλάνε· πότε πότε κόβει κι η Λένα μερικά από τον φράχτη και τα τρώει. Ο Καλ ακολουθεί το παράδειγμά της. Είναι σκούρα και μεστωμένα, κρατάνε όμως και μια στυφή νότα.

«Μια απ' αυτές τις μέρες, θα μαζέψω για να φτιάξω μαρμελάδα» λέει η Λένα. «Αν ξεχουνηθώ δηλαδή».

Στρίβει σ' ένα μακρύ χωματένιο μονοπάτι, αφήνοντας τον δρόμο. Και από τις δυο πλευρές υπάρχουν βοσκοτόπια, γεμάτα ψηλά χορτάρια και μυρωδιά από αγελάδες. Ένας άντρας που εξετάζει το πόδι μιας αγελάδας σηκώνει το κεφάλι στον χαιρετισμό της Λένας και γνέφει, φωνάζοντας και κάτι που ο Καλ δεν το πιάνει. «Ο Κίραν Μαλόνι» λέει η Λένα. «Αγόρασε τη γη μου». Μπορεί άνετα να τη φανταστεί σε αυτά τα λιβάδια, με γαλότσες και λασπωμένη φόρμα, να κουμαντάρει επιδέξια ένα ζωηρό πουλάρι.

Το σπίτι της είναι ένα μακρύ λευκό μπανγκαλόου, φρεσκοβαμμένο, με ζαρντινιέρες με γεράνια στα περβάζια. Δεν καλεί τον Καλ να μπει· αντίθετα, τον οδηγεί γύρω από το σπίτι, σ' ένα χαμηλό, πέτρινο κτίσμα. «Προσπάθησα να φέρω το σκυλί να γεννήσει μέσα» λέει, «αλλά δεν ήθελε με τίποτα. Προτιμούσε τον στάβλο των αγελάδων. Εντέλει, σκέφτηκα, και τι πειράζει. Οι τοίχοι είναι αρκετά χοντροί για να κρατήσουν έξω το κρύο, και στο κάτω κάτω, αν παγώσει, ξέρει πού να έρθει».

«Με τον άντρα σου αγελάδες εκτρέφατε;»

«Ναι. Για το γάλα. Δεν τις είχαμε όμως εδώ. Αυτός είναι ο παλιός στάβλος, από τον περασμένο ή τον προπερασμένο αιώνα. Τον χρησιμοποιούσαμε περισσότερο ως αποθήκη για την τροφή».

Μέσα είναι μισοσκότεινα· το φως μπαίνει μόνο από τα μικρά παράθυρα ψηλά. Η Λένα είχε δίκιο για τους τοίχους· είναι πιο ζεστά απ' ό,τι περίμενε ο Καλ. Το σκυλί βρίσκεται στο τελευταίο χώρισμα. Κάθονται στις φτέρνες τους και κρυφοκοιτάζουν, ενώ η Νέλλη κρατάει μια σεβαστή απόσταση.

Η σκύλα είναι άσπρη και καφέ, κουλουριασμένη σ' ένα μεγάλο ξύλινο κουτί με μια μάζα από στριγκλιάρικα κουτάβια που στριφογυρίζουν το ένα πάνω από το άλλο προσπαθώντας να πλησιάσουν περισσότερο. «Ωραίο τσούρμο» λέει ο Καλ.

«Αυτό είναι το καχεκτικό που σου έλεγα» λέει η Λένα,

σηκώνοντας ένα χοντρό κουτάβι, μαύρο, καφετί και άσπρο. «Δες το τώρα». Ο Καλ κάνει να πάρει το κουτάβι, όμως η σκύλα μισοσηκώνεται και ένα σιγανό γρύλισμα ξεκινάει από το στήθος της. Τα άλλα κουτάβια, ενοχλημένα, στριγκλίζουν έξαλλα. «Δώσ' της λίγο χρόνο» λέει η Λένα. «Δεν είναι τόσο καλά εκπαιδευμένη όπως η Νέλλη. Την έχω μόλις μερικές βδομάδες και δεν είχα την ευκαιρία να της μάθω τρόπους. Μόλις δει πως η αδερφή της δεν έχει πρόβλημα μαζί σου, θα 'ναι μια χαρά».

Ο Καλ γυρίζει την πλάτη στο τσούρμο και κάνει παιχνίδια στη Νέλλη, που τα απολαμβάνει γλείφοντάς τον και κουνώντας την ουρά. Νιώθοντας σίγουρη πλέον, η μαμά σκύλα ξαναβολεύεται ανάμεσα στα κουτάβια της, και όταν ο Καλ επιστρέφει, του επιτρέπει να πάρει το καχεκτικό κουτάβι από τη Λένα ανασηκώνοντας απλώς το χείλος της.

Τα μάτια του κουταβιού είναι κλειστά και το κεφάλι του ταλαντεύεται στον λαιμό του. Μασουλάει το δάχτυλο του Καλ με τα τοσοδούλικα φαφούτικα σαγόνια του, ψάχνοντας για γάλα. Έχει καφετιά μούρη και μαύρα αυτιά, με μια άσπρη λωρίδα να κατεβαίνει στη μουσούδα του· το μαύρο μπάλωμα στην καφετιά πλάτη του θυμίζει κουρελιασμένη σημαία που ανεμίζει. Ο Καλ χαϊδεύει τα απαλά αυτιά του.

«Έχει περάσει καιρός από την τελευταία φορά που είχα την ευκαιρία να κάνω κάτι τέτοιο» λέει.

«Ναι, εντάξει, καλά είναι» λέει η Λένα. «Δεν ήθελα κουτάβια – ούτε καν δύο σκυλιά, για να φτάσω κι εκεί. Ένα ήθελα, γι' αυτό πήρα τη Νέλλη από ένα καταφύγιο, όπου κατέληξε αφού τις εγκατέλειψαν και τις δυο τους στην άκρη του δρόμου. Αυτοί που πήραν την Νταίζη δεν μπήκαν στον κόπο να τη στειρώσουν· όταν έμεινε έγκυος, την επέστρεψαν πίσω στο καταφύγιο. Από εκεί με πήραν τηλέφωνο. Στην αρχή είπα όχι, αλλά τελικά σκέφτηκα, γιατί όχι;» Πλησιάζει το τσούρμο για να ξύσει το μέτωπο ενός κουταβιού με το δάχτυλο. Εκείνο σπρώχνει στα τυφλά με τη μουσούδα του το χέρι της. «Πρέπει να αποδέχεσαι την κατάσταση των πραγμάτων, υποθέτω». «Αφού δεν υπάρχει άλλη επιλογή» συμφωνεί ο Καλ. «Και φυσικά, τα κουτάβια είναι κάποια τρελή μείξη. Ένας θεός ξέρει ποιος θα τα θέλει».

Ο Καλ απολαμβάνει τη στάση της απέναντί του: δεν γέρνει προς το μέρος του σαν γυναίκα που τον ποθεί ή θέλει να την ποθούν, έτοιμη να πέσει ανά πάσα στιγμή και να πρέπει αυτός να την πιάσει, αλλά πατάει γερά στα πόδια της, πλάι πλάι, σαν σύντροφος. Ο στάβλος μυρίζει ζωοτροφή, γλυκιά και φρουτώδη, και το πάτωμα είναι διάσπαρτο με χρυσαφιά αχυρόσκονη.

«Μου φαίνεται πως κάτι από ριτρίβερ υπάρχει εδώ» λέει ο Καλ. «Κι αυτό εκεί πίσω έχει κάτι από τεριέ στ' αυτιά του».

«Καθαρόαιμοι κοπρίτες, θα έλεγα. Ίσως να είναι καλά για κυνήγι, ποιος ξέρει· πάντως, τα μπιγκλ δεν κάνουν για κοπάδια. Μεγαλύτερη αγριότητα δείχνουν τα χάμστερ».

«Για φύλακες μήπως;»

«Θα σε ειδοποιήσουν αν βρεθεί κάποιος στη γη σου, εντάξει. Παρατηρούν τα πάντα και θέλουν να σε ενημερώνουν, αλλά το χειρότερο που μπορούν να του κάνουν είναι να τον ταράξουν στο γλείψιμο».

«Δεν θα απαιτούσα από το σκυλί μου να βγάλει το φίδι απ' την τρύπα» λέει ο Καλ. «Όμως θα ήθελα να μου δώσει να καταλάβω αν χρειάζεται να κάνω κάτι».

«Είσαι πολύ καλός μαζί τους» λέει η Λένα. «Αν θελήσεις ένα, το 'χεις».

Ο Καλ δεν είχε αντιληφθεί μέχρι εκείνη τη στιγμή ότι περνούσε από αξιολόγηση. «Θα χρειαστώ μια δυο βδομάδες για να το σκεφτώ» λέει. «Αν δεν υπάρχει πρόβλημα».

Η Λένα, με το πρόσωπο στραμμένο προς το μέρος του,

παίρνει πάλι το περιπαικτικό ύφος. «Έχω την εντύπωση πως σε τρόμαξα με όσα είπα γι' αυτούς που γίνονται καπνός ύστερα από έναν χειμώνα».

«Δεν είναι αυτό» λέει ο Καλ, ελαφρώς ξαφνιασμένος.

«Σου λέω, οι περισσότεροι αντέχουν έξι μήνες. Εσύ πόσο είσαι τώρα εδώ, τέσσερις; Μην ανησυχείς, δεν θα χαλάσεις τις στατιστικές αν φύγεις τρέχοντας».

«Απλώς θέλω να είμαι σίγουρος πως θα φανώ άξιος για το σκυλί» λέει ο Καλ. «Είναι μεγάλη η ευθύνη».

Η Λένα γνέφει καταφατικά. «Αλήθεια είναι» λέει. Ένα μικρό ανασήκωμα κάνει την εμφάνισή του στο φρύδι της, και ο Καλ δεν μπορεί να καταλάβει αν τον πιστεύει ή όχι. «Πες μου όταν αποφασίσεις λοιπόν. Προτιμάς κάποιο; Είσαι ο πρώτος, επομένως μπορείς να επιλέξεις».

«Μου αρέσει αυτός εδώ» λέει ο Καλ, χαϊδεύοντας με το δάχτυλο την πλάτη του καχεκτικού. «Έχει αποδείξει ήδη ότι δεν τα παρατάει».

«Εντάξει, θα λέω πως είναι καπαρωμένος» λέει η Λένα. «Αν ρωτήσει κανείς. Αν θέλεις να περάσεις και να δεις πώς μεγαλώνει, τηλεφώνησέ μου πρώτα, για να είμαι σίγουρα εδώ· θα σου δώσω τον αριθμό μου. Μερικές μέρες δουλεύω περίεργες ώρες».

«Πού δουλεύεις;»

«Σε μια φάρμα με άλογα από την άλλη πλευρά του Μπόιλ. Κρατάω τα βιβλία, μερικές φορές όμως βάζω κι ένα χεράκι με τα άλογα».

«Είχατε και τέτοια; Εκτός από τα βοοειδή;»

«Όχι δικά μας. Εκτρέφαμε κάποια».

«Απ' ό,τι φαίνεται, είχατε αρκετά μεγάλη επιχείρηση εδώ» λέει ο Καλ. Το καχεκτικό έχει γυρίσει ανάσκελα στην παλάμη του· του γαργαλάει την κοιλίτσα. «Πρέπει να είναι μεγάλη η αλλαγή».

Το χαμόγελό της τον βρίσκει απροετοίμαστο. «Είχες κατά νου ότι είμαι μια μοναχική, πικραμένη χήρα, συντετριμμένη επειδή έχασε το αγρόκτημα που είχε ξεπατωθεί να στήσει μαζί με τον άντρα της. Έτσι δεν είναι;» «Κάτι τέτοιο» παραδέχεται ο Καλ, ανταποδίδοντας το χαμόγελο. Πάντα είχε αδυναμία στις γυναίκες που ήταν καλύτερα προετοιμασμένες από εκείνον, να όμως πού κατέληξε. «Καμιά σχέση» λέει η Λένα ανάλαφρα. «Ίσα ίσα, χαίρομαι που το ξεφορτώθηκα το μπάσταρδο. Πράγματι, μας έβγαινε η πίστη, και ο Σον ανησυχούσε συνεχώς μήπως φαλιρίσουμε και μετά το έριχνε στο ποτό για να καλμάρει την ανησυχία του. Αυτά τα τρία επέφεραν την καρδιακή προσβολή».

«Ναι, η Νορίν μου είπε από τι πέθανε. Λυπάμαι...»

«Έχουν περάσει σχεδόν τρία χρόνια. Σιγά σιγά, το συνήθισα». Ξύνει τη μάνα πίσω από το αυτί της· το σκυλί κλείνει τα μάτια από ευδαιμονία. «Αυτό με το αγρόκτημα, όμως, το είχα άχτι. Ανυπομονούσα να το ξεφορτωθώ αποπάνω μου».

«Αχά» κάνει ο Καλ. Του φαίνεται πως η Λένα μιλάει αρκετά ανοιχτά σε κάποιον που γνωρίζει τόσο λίγο, και οι περισσότεροι άνθρωποι που ξέρει να κάνουν κάτι τέτοιο είναι ή τρελοί ή προσπαθούν, για τους δικούς τους σκοπούς, να τον κάνουν να ρίξει τις άμυνές του, ωστόσο δεν νιώθει καθόλου επιφυλακτικά που το κάνει εκείνη. Αντιλαμβάνεται ότι όσο αποκαλυπτική κι αν φαντάζει αυτή η κουβέντα, το μεγαλύτερο κομμάτι του εαυτού της παραμένει αόρατο. «Ο σύζυγός σου δεν θα το άφηνε με τίποτα, ε;»

«Σε καμιά περίπτωση. Ο Σον είχε ανάγκη να νιώθει ελεύθερος. Δεν άντεχε στη σκέψη να δουλεύει για κάποιον άλλο. Για μένα» —δείχνει τριγύρω— «αυτό είναι ελευθερία. Όχι το άλλο. Όταν φεύγω από τη δουλειά, τέλος. Δεν θα με σηκώσει κανείς από το κρεβάτι στις τρεις το πρωί επειδή ένα μοσχάρι έρχεται ανάποδα. Μου αρέσουν τα άλογα, δεν λέω – τώρα μάλιστα που μπορώ να τα αφήνω στο τέλος της μέρας, ακόμα περισσότερο». «Το κατανοώ απόλυτα» λέει ο Καλ. «Και το ζήτημα λύθηκε έτσι απλά;» Ανασηκώνει τους ώμους της. «Λίγο πολύ. Οι αδερφές του Σον λύσσαξαν: είναι η οικογενειακή φάρμα, κι αυτή την πούλησε πριν καν προλάβει να τον θάψει, τέτοια πράγματα. Ήθελαν να αφήσω τους γιους τους να τη δουλέψουν κι ύστερα, όταν πεθάνω, να την κληρονομήσουν. Αποφάσισα πως θα ζούσα καλύτερα χωρίς αυτές παρά να κουβαλάω το μέρος στην πλάτη μου. Έτσι κι αλλιώς, δεν τις συμπάθησα ποτέ ιδιαιτέρως».

Ο Καλ γελάει, και ύστερα από μια στιγμή κάνει κι η Λένα το ίδιο. «Πιστεύουν πως είμαι μια ψυχρή σκύλα» λέει. «Μπορεί και να 'χουν δίκιο. Κατά κάποιον τρόπο, όμως, τώρα είμαι πιο ευτυχισμένη από ποτέ άλλοτε». Κάνει νόημα προς το καχεκτικό που έχει γυρίσει και πάλι από την καλή και τσιρίζει, κάνοντας τα αυτιά της μαμάς του να τσιτώσουν. «Για δες τον τον τυπάκο. Δεν ξέρω πού θα το βάλει, αλλά θέλει κι άλλο».

«Θα σας αφήσω όλους να επιστρέψετε στις δουλειές σας» λέει ο Καλ, αφήνοντας μαλακά το κουτάβι στο κουτί, όπου χώνεται ανάμεσα στα αδέρφια του, προχωρώντας προς το φαγητό. «Και θα σε ενημερώσω σύντομα γι' αυτό τον μικρούλη».

Η Λένα δεν τον προσκαλεί για τσάι, ούτε τον συνοδεύει ως τον κεντρικό δρόμο. Του γνέφει με το κεφάλι αντίο έξω από την πόρτα της και μπαίνει μέσα, με τη Νέλλη να χοροπηδάει πίσω της, χωρίς να περιμένει καν να τον δει να φεύγει. Παρ' όλα αυτά, ο Καλ φεύγει από εκεί πιο χαρούμενος απ' ό,τι ήταν όλη μέρα.

Η καλή διάθεση κρατάει ώσπου να φτάσει στο σπίτι, όπου

διαπιστώνει ότι κάποιος του έχει ξεφουσκώσει και τα τέσσερα λάστιχα.

«Μικρό!» φωνάζει, με όλη τη δύναμη των πνευμόνων του.

«Εξαφανίσου αποδώ πέρα!»

Ο κήπος παραμένει σιωπηλός, εκτός από τα κοράκια που τον γιουχάρουν.

«Μικρό! Τώρα!»

Καμία κίνηση.

Ο Καλ βλαστημάει και ξεθάβει από το πορτμπαγκάζ τον φορτιστή της μπαταρίας του αυτοκινήτου που έχει ενσωματωμένη τρόμπα. Όταν πλέον καταφέρνει να κάνει το αναθεματισμένο να δουλέψει και να φουσκώσει το πρώτο λάστιχο, έχει ηρεμήσει αρκετά, και μια σκέψη περνάει από το μυαλό του. Θα ήταν πιο γρήγορο και πιο εύκολο να του σκίσει τα λάστιχα αντί να τους βγάλει τον αέρα. Προφανώς δεν ήθελε να κάνει πραγματική ζημιά, αλλιώς δεν θα έμπαινε σε τέτοιο κόπο. Ήθελε να κάνει μια δήλωση. Ο Καλ δεν έχει ξεκάθαρο στο μυαλό του τι είδους δήλωση θα ήταν αυτή –Θα σε ενοχλώ μέχρι να κάνεις αυτό που ζητάω, πιθανώς, ή ίσως Είσαι κόπανος–, ωστόσο η επικοινωνία δεν ήταν ποτέ το φόρτε του Τρέι.

Έχει περάσει στο δεύτερο λάστιχο, όταν εμφανίζονται ο Μαρτ με τον Κότζακ. «Τι κάνεις στην καλλονή;» ρωτάει, δείχνοντας το Pajero. Μια μέρα τον πέτυχε να το περνάει κερί, και από τότε έχει σχηματίσει την εντύπωση ότι η συμπεριφορά του Καλ παραείναι αστική και υπερβολική για ένα επαρχιακό σαραβαλάκι. «Της βάζεις φιόγκους στη χαίτη;»

«Περίπου» λέει ο Καλ, ξύνοντας το κεφάλι του Κότζακ, που ελέγχει τις ενδείξεις της παρουσίας των σκυλιών της Λένας στο παντελόνι του. «Συμπληρώνω αέρα».

Ευτυχώς, ο Μαρτ έχει πιο σημαντικά πράγματα στο μυαλό του από το γεγονός ότι τα λάστιχα του Καλ είναι πιο ζαρωμένα κι από βυζί γριάς μάγισσας. «Ένας νεαρός κρεμάστηκε»

πληροφορεί τον Καλ. «Ο Ντάρα Φλάχερτι, πέρα από το ποτά-
μι. Ο πατέρας του βγήκε το πρωί για το άρμεγμα και τον
βρήκε κρεμασμένο σ' ένα δέντρο».

«Πολύ κρίμα» λέει ο Καλ. «Δώσε τα συλλυπητήριά μου
στην οικογένειά του».

«Βεβαίως. Μόλις είκοσι χρονών».

«Τότε είναι που το κάνουν» λέει ο Καλ. Για μια στιγμή
βλέπει την ένταση στο πρόσωπο του Τρέι: *Δεν το 'σκασε.*
Συνεχίζει να βιδώνει την τρόμπα στη βαλβίδα του ελαστικού.

«Το ήξερα ότι το παλικάρι δεν ήταν καλά τελευταία» λέει
ο Μαρτ. «Τον είχα δει στη λειτουργία στην πόλη τρεις φορές
φέτος το καλοκαίρι. Το είπα στον πατέρα του, να τον έχει στον
νου του, αλλά δεν μπορείς να παρακολουθείς τα παιδιά μέρα
νύχτα».

«Γιατί θα έπρεπε να μην πηγαίνει στην εκκλησία;» ρωτάει
ο Καλ.

«Η εκκλησία» του απαντάει ο Μαρτ καθώς βγάζει από την
τσέπη του μπουφάν του τον καπνό του και στρίβει ένα μικρό
τσιγάρο, «είναι για τις γυναίκες. Τις γεροντοκόρες κυρίως, που
τρελαίνονται ποια έχει σειρά να διαβάσει το Ευαγγέλιο ή να
αλλάξει τα λουλούδια στην Αγία Τράπεζα. Και για μανούλες
που πηγαίνουν τα παιδιά τους ώστε να μη γίνουν παγανιστές
μεγαλώνοντας, και για γριές που θέλουν να δείξουν ότι δεν
έχουν πεθάνει ακόμη. Αν ένας νεαρός αρχίσει να πηγαίνει στη
λειτουργία, είναι κακό σημάδι. Κάτι δεν πάει καλά, στη ζωή
του ή στο κεφάλι του».

«Εσύ όμως πηγαίνεις στη λειτουργία» επισημαίνει ο Καλ.
«Γι' αυτό τον είδες».

«Πηγαίνω μια στο τόσο» παραδέχεται ο Μαρτ. «Γίνονται
σπουδαίες συζητήσεις μετά στο Φόλαν, για να μη μιλήσω για
τον μπουφέ. Μερικές φορές θέλω να μου μαγειρέψει κάποιος
άλλος το βραδινό μου. Κι επίσης, όταν θέλω να αγοράσω ή να

πουλήσω κάνα ζώο, στη λειτουργία πάω. Μετά τον εσπερινό, ξέρεις πόσες συμφωνίες κλείνονται στο Φόλαν;»
«Κι εγώ που σε είχα για θρησκευόμενο» λέει ο Καλ, χαμογελώντας πλατιά.
Ο Μαρτ γελάει ώσπου πνίγεται από τον καπνό. «Όπως και να 'χει, στην ηλικία μου δεν έχω ανάγκη απ' αυτό τον μπελά. Άλλωστε, σε τι αμαρτίες θα μπορούσε να υποπέσει ένας γερόλυκος σαν εμένα. Δεν έχω καν ευρυζωνική σύνδεση».
«Όλο και κάποιες διαθέσιμες αμαρτίες πρέπει να υπάρχουν και σ' αυτά τα μέρη» λέει ο Καλ. «Σαν την ποτίν του Μάλαχι Πωστονλένε».
«Αυτό δεν είναι αμαρτία» λέει ο Μαρτ. «Άλλο να είναι κάτι ενάντια στον νόμο κι άλλο ενάντια στην εκκλησία. Μερικές φορές ίσως είναι το ίδιο, άλλες όχι. Στη δική σου εκκλησία, δεν σας τα μάθαιναν αυτά;»
«Μπορεί» λέει ο Καλ. Το μυαλό του δεν είναι και τόσο στον Μαρτ. Θα ήταν περισσότερο χαρούμενος αν είχε πιο καθαρή αντίληψη για τις ικανότητες και τα όρια του Τρέι. Έχει την εντύπωση ότι και τα δύο είναι ελαστικά και καθορίζονται σχεδόν εντελώς από την εκάστοτε συνθήκη και την ανάγκη. «Έχει περάσει κάμποσος καιρός από τότε που πήγαινα στην εκκλησία».
«Δεν θα πληρούσαμε τις προϋποθέσεις σου, υποθέτω. Εσείς έχετε όλες αυτές τις εκκλησίες με φίδια και γλωσσολαλιές*. Εμείς εδώ δεν είμαστε σε θέση να σου προσφέρουμε τέτοια».
«Ο άτιμος ο Άγιος Πατρίκιος» λέει ο Καλ. «Έδιωξε τον εξοπλισμό μας».
«Δεν μπορούσε να προβλέψει ότι θα έρχονταν εδώ γιάνκηδες. Εδώ που τα λέμε, τότε δεν είχατε ανακαλυφθεί καν».

---

* Πνευματική κατάσταση κατά την οποία εκφέρονται ακατάληπτες λέξεις ή φράσεις ως τμήμα θρησκευτικής πρακτικής, συνήθως στη διάρκεια έντονης θρησκευτικής διέγερσης. (Σ.τ.Μ.)

«Και τώρα, δες μας» λέει ο Καλ, ελέγχοντας τον μετρητή της πίεσης του ελαστικού. «Πάμε παντού».

«Και είστε ευπρόσδεκτοι. Και ο Άγιος Πατρίκιος στο κάτω κάτω απρόσκλητος δεν είχε έρθει; Εσείς είστε που κάνετε τη ζωή μας ενδιαφέρουσα». Ο Μαρτ ζουλάει τη γόπα του τσιγάρου του κάτω από την μπότα του. «Για πες, πώς τα πας τώρα μ᾽ εκείνο το ρημάδι το γραφείο;»

Ο Καλ σηκώνει απότομα το βλέμμα από την τρόμπα. Για μια στιγμή, του φάνηκε πως η φωνή του Μαρτ είχε ένα γύρισμα που υπονοούσε πολύ περισσότερα. Από κάποια σημεία της ιδιοκτησίας του Μαρτ φαίνεται άνετα η πίσω αυλή του Καλ.

Ο Μαρτ έχει γείρει ερωτηματικά το κεφάλι, απονήρευτος σαν παιδί.

«Καλά» λέει ο Καλ. «Λίγη μπογιά και λίγο βερνίκι θέλει, και θα είναι έτοιμο».

«Μπράβο σου» λέει ο Μαρτ. «Αν χρειαστείς ποτέ κανένα εξτραδάκι, μπορείς να κάνεις τον μαραγκό· στήνεις το εργαστήριό σου πέρα στην αποθήκη και βρίσκεις κι έναν μαθητευόμενο να βάζει ένα χεράκι. Μόνο να διαλέξεις κανέναν καλό». Και όταν ο Καλ σηκώνει και πάλι το βλέμμα: «Σε είδα να πηγαίνεις στην πόλη χτες το απόγευμα ή μου φάνηκε;».

Ο Καλ του φέρνει τα μπισκότα του και το ρίχνουν στην ψιλοκουβέντα, ώσπου ο Μαρτ βαριέται, σφυρίζει στον Κότζακ και ανηφορίζει προς το σπίτι του. Τα λάστιχα είναι και πάλι εντάξει, για την ώρα. Μαζεύει τον φορτιστή της μπαταρίας και μπαίνει στο σπίτι. Τουλάχιστον αυτό φαίνεται άθικτο, απ᾽ ό,τι μπορεί να διακρίνει.

Έχει την αίσθηση ότι έχουν περάσει πολλές ώρες από τότε που έφαγε τα σάντουιτς στο ποτάμι, αλλά δεν έχει όρεξη για μαγείρεμα. Ο χτεσινός εκνευρισμός έχει δώσει τη θέση του σε μια γενικευμένη ανησυχία, τόσο έντονη, που δεν μπορεί να την εντοπίσει, ποσό μάλλον να την καταπνίξει.

Είναι ακόμη νωρίς στο Σιάτλ, αλλά δεν μπορεί να περιμένει. Βγαίνει στο πίσω μέρος, όπου το σήμα δεν είναι τόσο κακό, και τηλεφωνεί στην Αλίσα.

Εκείνη απαντάει, αλλά η φωνή της ακούγεται πνιχτή και ξέπνοη. «Μπαμπά; Όλα καλά;»

«Ναι. Συγγνώμη. Είχα λίγο χρόνο και είπα να σου τηλεφωνήσω. Δεν ήθελα να σε τρομάξω».

«Α. Όχι, δεν πειράζει».

«Εσύ τι κάνεις; Καλά είσαι;»

«Ναι. Όλα εντάξει. Άκου, μπαμπά, είμαι στη δουλειά τώρα, οπότε...»

«Ναι, ναι» λέει ο Καλ. «Κανένα πρόβλημα. Είσαι σίγουρα εντάξει; Δεν άρπαξες καμιά γρίπη και πάλι;»

«Όχι, καλά είμαι. Απλώς έχω πήξει. Τα λέμε αργότερα, εντάξει;»

Ο Καλ κλείνει, αλλά τώρα η ανησυχία του είναι μεγαλύτερη και πιο έντονη, έχει πάρει φόρα και αλωνίζει ξέφρενη στο μυαλό του. Ίσως να του έκαναν καλό ένα δυο σφηνάκια Jim Beam, αλλά δεν μπορεί να το κάνει αυτό. Δεν μπορεί να βγάλει από τον νου του ότι κάποια έκτακτη ανάγκη θα κάνει την εμφάνισή της, ότι κάποιος βρίσκεται σε κίνδυνο, και θα χρειαστεί καθαρό μυαλό για να είναι σε θέση να διορθώσει τα πράγματα. Υπενθυμίζει στον εαυτό του πως ο κίνδυνος που αντιμετωπίζει οποιοσδήποτε άλλος δεν είναι δικό του πρόβλημα, ωστόσο η σκέψη αυτή δεν βοηθάει.

Ο Καλ είναι σίγουρος ότι το αναθεματισμένο το παιδί τον παρακολουθεί από κάπου, αλλά ο Μαρτ είναι έξω στο χωράφι του και ασχολείται με τα πρόβατά του. Αν φωνάξει, θα τον ακούσει. Κάνει τον γύρο του κήπου, περπατάει χαλαρά στην πίσω αυλή και κάνει τον κύκλο της δασικής έκτασης, χωρίς να εντοπίσει τίποτα εκτός από δυο τρεις κουνελότρυπες. Καθώς επανέρχεται στο μυαλό του η συνομιλία με την Αλίσα, η φωνή της του ηχεί λάθος, φθαρμένη και ταλαιπωρημένη, ολοένα και περισσότερο.

Πριν προλάβει να συνειδητοποιήσει ότι όντως το κάνει, έχει σχηματίσει τον αριθμό της Ντόνα. Το τηλέφωνο καλεί πολλές φορές. Ετοιμάζεται να τα παρατήσει, όταν εκείνη απαντάει.

«Καλ» λέει. «Τι τρέχει;»

Ο Καλ είναι έτοιμος να της το κλείσει. Η φωνή της είναι εντελώς ουδέτερη· δεν ξέρει πώς να αποκριθεί σε αυτή τη φωνή όταν προέρχεται από την Ντόνα. Ωστόσο, αν το έκλεινε, θα ένιωθε εντελώς ηλίθιος, οπότε τελικά λέει: «Γεια. Δεν ήθελα να σε ενοχλήσω. Μόνο να ρωτήσω κάτι».

«Για πες».

Δεν μπορεί να καταλάβει πού βρίσκεται ή τι κάνει. Ο ήχος από πίσω ακούγεται σαν αέρας, ίσως όμως φταίει το σήμα. Προσπαθεί να υπολογίσει τι ώρα είναι στο Σικάγο: μεσημέρι; «Έχεις δει την Αλίσα τελευταία;»

Ακολουθεί μια μικρή παύση. Κάθε συζήτηση με την Ντόνα από τότε που χώρισαν είναι πασπαλισμένη με τέτοιες παύσεις, καθώς αυτή ζυγίζει αν το να απαντήσει στην ερώτησή του εμπίπτει στους νέους κανόνες που έχει επιβάλει από μόνη της στη σχέση τους. Δεν τους έχει γνωστοποιήσει στον Καλ, επομένως εκείνος δεν έχει ιδέα τι αφορούν, αλλά μερικές φορές πιάνει τον εαυτό του να προσπαθεί επίτηδες να τους σπάσει, σαν αντιδραστικό κωλόπαιδο.

Κατά τα φαινόμενα, αυτή η ερώτηση επιτρέπεται. Η Ντόνα απαντάει: «Πήγα να τους δω δυο βδομάδες τον Ιούλιο».

«Της έχεις μιλήσει πρόσφατα;»

«Ναι. Μιλάμε σχετικά συχνά».

«Σου φαίνεται εντάξει;»

Η παύση αυτή τη φορά είναι μεγαλύτερη. «Γιατί;»

Ο Καλ νιώθει την ενόχλησή του να αυξάνεται, ωστόσο προσπαθεί να μην το δείξει. «Εγώ δεν την ακούω και πολύ καλά.

Δεν μπορώ να καταλάβω τι ακριβώς έχει, αν απλώς δουλεύει πολύ, ή κάτι τέτοιο, αλλά ανησυχώ για εκείνη. Μήπως είναι άρρωστη; Ο Μπεν της φέρεται καλά;»

«Τι με ρωτάς;» Η Ντόνα προσπαθεί να διατηρήσει τη φωνή της ουδέτερη, αλλά δεν τα καταφέρνει, δίνοντας έτσι στον Καλ μια μικρή ικανοποίηση. «Δεν είναι η δουλειά μου πια να σας κάνω τον μεσάζοντα. Αν θέλεις να μάθεις τι κάνει η Αλίσα, ρώτα τη μόνος σου».

«Τη ρώτησα. Λέει ότι είναι καλά».

«Ορίστε λοιπόν η απάντησή σου».

«Μήπως... Έλα τώρα, Ντόνα, κάνε μου τη χάρη. Μήπως είναι στα πρόθυρα της κατάρρευσης πάλι; Συνέβη κάτι;»

«Το ρώτησες αυτό;»

«Όχι».

«Εμπρός λοιπόν, ρώτησέ τη».

Το βάρος που σταλάζει μέσα του του είναι τόσο οικείο, που τον κουράζει. Εκείνος κι η Ντόνα είχαν πολλούς τέτοιους καβγάδες τη χρονιά πριν τον αφήσει, ατέλειωτους καβγάδες που δεν οδηγούσαν πουθενά, σαν τα όνειρα όπου τρέχεις όσο πιο γρήγορα μπορείς, αλλά τα πόδια σου μετά βίας κουνιούνται.

«Θα μου το έλεγες;» ρωτάει. «Αν κάτι πήγαινε στραβά;»

«Εννοείται πως όχι. Οτιδήποτε δεν σου λέει η Αλίσα, σημαίνει ότι δεν θέλει να σ' το πει. Είναι δική της επιλογή. Ακόμα κι αν συνέβαινε κάτι όμως, τι θα έκανες από εκεί όπου είσαι;»

«Θα μπορούσα να έρθω. Θα έπρεπε;»

Η Ντόνα βγάζει έναν ήχο που ακούγεται σαν έκρηξη αγανάκτησης. Η Ντόνα πάντα λάτρευε τις λέξεις, και χρησιμοποιούσε ένα σωρό από αυτές ώστε να αντισταθμίζει την ανεπάρκεια του Καλ, ωστόσο ποτέ δεν ήταν αρκετές ώστε να συμπεριλάβουν όσα ένιωθε· χρειαζόταν και τα χέρια της, και το πρόσωπό της, και διάφορους ήχους πολύγλωσσης μάινας.

«Είσαι απίστευτος, το ξέρεις; Για έξυπνος άνθρωπος, Θεέ μου...

Ξέρεις κάτι, δεν μπορώ να μπω πια σ' αυτό το τριπάκι. Δεν πρόκειται να σκέφτομαι για σένα. Πρέπει να κλείσω».

«Ναι, φυσικά» λέει ο Καλ, με τον τόνο της φωνής του να ανεβαίνει. «Τα φιλιά μου στον Πωστονλένε» – εκείνη έχει ήδη κλείσει, πράγμα μάλλον καλό.

Ο Καλ στέκεται για λίγο στο χωράφι του, με το τηλέφωνο στο χέρι. Θέλει να χτυπήσει κάτι για να ξεσπάσει, ξέρει όμως ότι δεν θα του προσφέρει τίποτα περισσότερο εκτός από σκισίματα στους κόμπους των δαχτύλων του. Το γεγονός ότι το σκέφτεται τόσο λογικά τον κάνει να νιώθει γέρος.

Το βράδυ έχει αρχίσει να διακρίνεται σιγά σιγά στην ατμόσφαιρα· ψυχρές κίτρινες λωρίδες διακρίνονται πάνω από τα βουνά, και στη βελανιδιά τα κοράκια έχουν μαζευτεί για το βραδινό τους συμβούλιο. Ο Καλ επιστρέφει στο σπίτι και βάζει στο iPod Έμιλου Χάρις*. Χρειάζεται κάποιον να είναι τρυφερός μαζί του έστω για λίγο. Τελικά, κάθεται στο πίσω σκαλί μ' ένα μπουκάλι Jim Beam. Δεν βλέπει τον λόγο να μην το κάνει. Ακόμα κι αν κάποιος βρίσκεται σε κίνδυνο, το τελευταίο πράγμα που θα θέλει, μάλλον, είναι η δική του βοήθεια.

Επίσης, δεν βλέπει κανένα λόγο να μην κάτσει εκεί να σκέφτεται την Ντόνα, αφού ήδη τα σκάτωσε και της τηλεφώνησε. Δεν είχε ποτέ χρόνο για νοσταλγίες, ωστόσο το να σκέφτεται την Ντόνα μια στο τόσο του φαίνεται σημαντικό. Μερικές φορές νιώθει ότι εκείνη έχει σβήσει από τη μνήμη της με μεθοδικό τρόπο όλες τις καλές στιγμές, για να μπορέσει να προχωρήσει στην αστραφτερή ζωή της χωρίς να διαλυθεί. Αν δεν τις κρατήσει ούτε εκείνος στη δική του, θα χαθούν για πάντα σαν να μη συνέβησαν ποτέ.

Στη μνήμη του ανακαλεί τώρα το πρωινό που ανακάλυψαν

---

*   Αμερικανίδα τραγουδίστρια και τραγουδοποιός, γεννημένη το 1942. (Σ.τ.Μ.)

πως η Αλίσα βρισκόταν καθ' οδόν. Θυμάται ξεκάθαρα πως, όταν αγκάλιασε την Ντόνα, το δέρμα της ήταν πιο ζεστό απ' ό,τι συνήθως σαν να είχαν πάρει μπρος περισσότεροι κύλινδροι στον κινητήρα, ένιωσε την εκπληκτική βαρυτική της έλξη και το μυστήριο μέσα της. Κάθεται στα σκαλοπάτια του, βλέποντας τα πράσινα λιβάδια να γκριζάρουν με το σούρουπο και ακούγοντας την απαλή, θλιμμένη φωνή της Έμιλου να ξεχύνεται από την πόρτα του, και προσπαθεί να καταλάβει πώς διάολο κατέληξε από εκείνη τη μέρα σε αυτήν εδώ.

7

Το επόμενο πρωί, ο Καλ ξυπνάει έχοντας ακόμη ένα άσχημο προαίσθημα. Περίπου τα τελευταία δυο χρόνια στη δουλειά, ξυπνούσε κάθε πρωί έτσι, με την ίδια ακράδαντη βεβαιότητα ότι κάποιο κακό θα τον έβρισκε, κάτι αναπόφευκτο και αδυσώπητο, σαν τυφώνας ή μαζική δολοφονική επίθεση. Αυτό τον τσίτωνε σαν να ήταν πρωτάρης· οι άλλοι τον καταλάβαιναν και του έκαναν τη ζωή πατίνι. Όταν τον εγκατέλειψε η Ντόνα, σκέφτηκε πως μάλλον αυτή ήταν η βόμβα που περίμενε. Μόνο που το προαίσθημα ήταν ακόμη εκεί, τεράστιο και δύστροπο όπως πάντα. Ύστερα σκέφτηκε πως ίσως ήταν οι κίνδυνοι της δουλειάς που ευαισθητοποιούν την επίγνωση των ανθρώπων μέσης ηλικίας περί θνητότητας, όταν όμως έκανε τα χαρτιά του και παραιτήθηκε, αυτό παρέμεινε. Το προαίσθημα άρχισε να χαλαρώνει μόνο όταν εκείνος υπέγραψε τα χαρτιά γι' αυτό το μέρος και επιτέλους τον άφησε τη μέρα που πάτησε στο παραμεγαλωμένο χορτάρι της ξεφλουδισμένης του εξώπορτας. Να το όμως και πάλι· του πήρε απλώς λίγο καιρό να τον ξετρυπώσει, τόσα χιλιόμετρα μακριά.

Ο Καλ το διαχειρίζεται όπως έκανε και στη δουλειά, προσπαθώντας να το καταπνίξει μένοντας διαρκώς απασχολημένος. Μετά το πρωινό, συνεχίζει το βάψιμο του σαλονιού, όσο πιο γρήγορα μπορεί πέφτοντας με τα μούτρα, είτε το θέλει είτε όχι. Αυτό βέβαια λειτουργεί το ίδιο όπως τις άλλες φορές, με άλλα λόγια όχι ιδιαίτερα, αλλά τουλάχιστον στην πορεία ξεμπερδεύει με κάποια πράγματα. Μέχρι την ώρα του βραδινού έχει τελειώσει με το αστάρι, σε τοίχους και ταβάνι, και το μεγαλύτερο κομμάτι από το πρώτο χέρι της μπογιάς. Παρ' όλα αυτά, είναι ακόμη νευρικός σαν ατίθασο άλογο. Έχει αέρα, κι αυτό σημαίνει ένα πράγμα: πολλοί θόρυβοι, από μέσα, απέξω και από την καμινάδα, που τον κάνουν κάθε φορά να αναπηδά, κι ας ξέρει ότι δεν είναι παρά φύλλα που θροΐζουν και παντζούρια που χτυπάνε. Ή, πιθανότατα, το παιδί. Ο Καλ εύχεται η μάνα του να είχε αποφασίσει να το στείλει σε στρατιωτικό σχολείο όταν άρχισε τις κοπάνες.

Οι μέρες μικραίνουν. Όταν πια ο Καλ τελειώνει τη δουλειά, είναι σκοτάδι, ένα αγριευτικό, θυελλώδες σκοτάδι που κάνει το σχέδιό του να απαλλαγεί από το προαίσθημα όλο και πιο ανέφικτο. Τρώει ένα χάμπουργκερ και προσπαθεί να το πάρει απόφαση, όταν κάτι σκάει στην εξώπορτά του. Αυτή τη φορά δεν είναι ο άνεμος, αλλά κάτι συμπαγές.

Ο Καλ αφήνει στην άκρη το χάμπουργκερ, βγαίνει αθόρυβα από πίσω και στέκεται στο πλάι του σπιτιού. Μόνο μια λεπτή φέτα του φεγγαριού φωτίζει από τον ουρανό· οι σκιές είναι τόσο πυκνές, που μπορούν να κρύψουν μέχρι και έναν άντρα των δικών του κυβικών. Από τη γη του Μαρτ ακούγεται το αδιατάραχτο κάλεσμα μιας κουκουβάγιας.

Η μπροστινή αυλή είναι άδεια· ο άνεμος παρασέρνει το χορτάρι. Ο Καλ περιμένει. Ύστερα από λίγο, κάτι μικρό βγαίνει σαν βολίδα από τον φράχτη και σκάει πάνω στον τοίχο του σπιτιού. Αυτή τη φορά, με το ζουμερό κρακ και το σπλατς που κάνει πάνω στην πέτρα, ο Καλ καταλαβαίνει τι είναι. Το αναθεματισμένο το παιδί πετάει αυγά στο σπίτι. Επιστρέφει μέσα και στέκει στο σαλόνι του, ζυγίζοντας την κατάσταση ενώ αφουγκράζεται προσεκτικά. Με τα αυγά ισχύει το ίδιο όπως και με τα λάστιχα· θα του ήταν πολύ πιο εύκολο να βρει δυο τρεις πέτρες, για να κάνει πολύ μεγαλύτερη ζημιά. Το παιδί δεν του επιτίθεται· απαιτεί από αυτόν να κάνει κάτι.

Ένα ακόμα αυγό σκάει στην εξώπορτα. Πριν προλάβει να συνειδητοποιήσει ότι όντως το κάνει, ο Καλ ενδίδει. Μπορεί να προβάλει αντίσταση απέναντι στο παιδί όπως και απέναντι στις δικές του άτεγκτες εκκρεμότητες, όχι όμως απέναντι και στα δύο ταυτόχρονα.

Πηγαίνει στον νεροχύτη, γεμίζει την πλαστική λεκάνη που έχει για τα πιάτα και βρίσκει και μια παλιά πετσέτα. Τα παίρνει και τα δύο και ανοίγει διάπλατα την πόρτα.

«Μικρό!» φωνάζει, καθαρά και δυνατά προς τον φράχτη. «Βγες έξω».

Σιωπή. Άλλο ένα ιπτάμενο αυγό περνάει ξυστά δίπλα του και σκάει πάνω στον τοίχο.

«Μικρό! Άλλαξα γνώμη. Σταμάτα τις βλακείες προτού το μετανιώσω».

Κι άλλη σιωπή, αυτή τη φορά μεγαλύτερη. Στη συνέχεια ο Τρέι, με την αυγοθήκη στο ένα χέρι και ένα αυγό στο άλλο, βγαίνει από τους θάμνους του φράχτη και στέκεται περιμένοντας, έτοιμος ή να τρέξει ή να ρίξει. Το φως που ξεχύνεται από το σπίτι κάνει τη σκιά πίσω του να μακραίνει, μια σκοτεινή φιγούρα μπροστά στους προβολείς ενός αυτοκινήτου σε κάποιον έρημο δρόμο.

«Θα ψάξω για τον αδερφό σου» λέει ο Καλ. «Δεν υπόσχομαι τίποτα, αλλά θα δω τι μπορώ να κάνω».

Ο Τρέι τον καρφώνει με τα μάτια του, γεμάτα πηγαία, άγρια καχυποψία. «Γιατί;» απαιτεί να μάθει.

«Όπως είπα, άλλαξα γνώμη».

«Γιατί;»

«Δεν είναι δική σου δουλειά» λέει ο Καλ. «Πάντως, όχι επειδή παρατράβηξες το σκοινί. Θέλεις ακόμη να τον ψάξω ή όχι;»

Ο Τρέι γνέφει καταφατικά.

«Εντάξει» λέει ο Καλ. «Πρώτα καθάρισε όλες αυτές τις μαλακίες, κι όταν τελειώσεις, έλα μέσα να μιλήσουμε». Αφήνει την πετσέτα και τη λεκάνη στο κατώφλι, ξαναμπαίνει μέσα και κοπανάει την πόρτα πίσω του.

Τελειώνει το τελευταίο κομμάτι από το μπέργκερ του, όταν ακούει την πόρτα να ανοίγει και νιώθει τον άνεμο να μπαίνει μέσα ορμητικός, γυρεύοντας κάτι να αρπάξει. Ο Τρέι στέκεται στο κατώφλι.

«Τελείωσες;» ρωτάει ο Καλ.

Ο Τρέι γνέφει καταφατικά.

Δεν χρειάζεται να ελέγξει αν τα έχει κάνει καλά. «Εντάξει» λέει. «Κάτσε κάτω».

Ο Τρέι δεν κινείται. Ο Καλ αργεί κάπως να συνειδητοποιήσει το γιατί: φοβάται μήπως τον παγιδέψει μέσα για να τον δείρει.

«Έλα τώρα, μικρό» λέει. «Δεν θα σε χτυπήσω. Αν καθάρισες, είμαστε πάτσι».

Τα μάτια του Τρέι στρέφονται στο γραφείο στη γωνία.

«Ναι» λέει ο Καλ. «Σκατά το 'κανες. Την περισσότερη μπογιά την έχω βγάλει, αλλά έχει ακόμη στις χαραμάδες. Μπορείς να το περιποιηθείς με την οδοντόβουρτσα κάποια στιγμή».

Το παιδί συνεχίζει να δείχνει επιφυλακτικό. «Θα σου έλεγα να αφήσεις την πόρτα ανοιχτή σε περίπτωση που θέλεις να το βάλεις στα πόδια, αλλά έχει πολύ αέρα για κάτι τέτοιο. Εσύ αποφασίζεις». Ύστερα από λίγο, ο Τρέι παίρνει την απόφασή του. Μπαίνει στο δωμάτιο, κλείνει την πόρτα πίσω του και παραδίδει την αυγοθήκη στον Καλ. Έχει μείνει ένα αυγό.

«Ευχαριστώ» λέει ο Καλ. «Μάλλον. Βάλ' το στο ψυγείο».

Ο Τρέι υπακούει και στη συνέχεια κάθεται στο τραπέζι απέναντι από τον Καλ, άκρη άκρη στην καρέκλα και με τα πόδια του στο πάτωμα, για κάθε ενδεχόμενο. Φοράει ένα βρόμικο χακί παρκά, γεγονός που ανακουφίζει τον Καλ, ο οποίος αναρωτιόταν αν το παιδί έχει τουλάχιστον χειμωνιάτικο παλτό.

«Θέλεις κάτι να φας; Να πιεις;»

Ο Τρέι κουνάει αρνητικά το κεφάλι.

«Εντάξει» λέει ο Καλ. Σπρώχνει πίσω την καρέκλα του –ο Τρέι τινάζεται–, αφήνει το πιάτο του στον νεροχύτη, ύστερα πηγαίνει στο δωμάτιό του και επιστρέφει με ένα σημειωματάριο κι ένα στιλό.

«Κατ' αρχάς» λέει, πλησιάζοντας και πάλι την καρέκλα του στο τραπέζι, «το πιθανότερο είναι να μη βρω τίποτα. Κι αν βρω, να είναι αυτό που σου είπε η μάνα σου: ότι ο αδερφός σου το 'σκασε. Είσαι εντάξει μ' αυτό;».

«Δεν το 'σκασε».

«Μπορεί και όχι. Λέω μόνο πως ίσως όλο αυτό δεν πάει όπως το έχεις στο μυαλό σου. Θα πρέπει να είσαι έτοιμος για κάθε ενδεχόμενο. Είσαι;»

«Ναι».

Ο Καλ ξέρει πως αυτό είναι ψέμα, ακόμα κι αν το ίδιο το παιδί το αγνοεί. «Το καλό που σου θέλω» λέει. «Επίσης, δεν θα μου λες μαλακίες. Όταν θα ρωτάω κάτι, θα μου λες τα πάντα. Ακόμα κι αν η ερώτηση δεν σου αρέσει. Με την πρώτη μαλακία, σταμάτησα. Είμαι ξεκάθαρος;»

Ο Τρέι λέει: «Το ίδιο ισχύει και για σένα. Ό,τι βρίσκεις, θα μου το λες».

«Σύμφωνοι» λέει ο Καλ και ανοίγει το σημειωματάριό του. «Ποιο είναι το πλήρες όνομα του αδερφού σου;»

Το παιδί στέκεται με ίσια την πλάτη και τα χέρια μαγκωμένα στους μηρούς του σαν να περνάει προφορικές εξετάσεις και πρέπει να πάρει άριστα. «Μπρένταν Τζον Ρέντι».

Ο Καλ το καταγράφει. «Ημερομηνία γέννησης;»

«Δώδεκα Φεβρουαρίου».

«Πού έμενε ώσπου να αρχίσει να αγνοείται;»

«Στο σπίτι. Μαζί μας».

«Ποιους "μας";»

«Τη μαμά μου. Τις αδερφές μου και τον άλλο αδερφό μου».

«Ονόματα και ηλικίες».

«Η μαμά μου, Σίλα Ρέντι, είναι σαράντα τεσσάρων. Η Μιβ είναι εννιά. Ο Λίαμ τεσσάρων. Η Αλάνα τριών».

«Προηγουμένως είπες πως έχεις τρεις αδερφές» λέει ο Καλ, γράφοντας. «Πού είναι η άλλη;»

«Η Έμερ. Μετακόμισε στο Δουβλίνο πριν από δύο χρόνια. Είναι είκοσι ενός».

«Υπάρχει περίπτωση να μένει μαζί της ο Μπρένταν;»

Ο Τρέι γνέφει αρνητικά με πάθος.

«Γιατί όχι;»

«Δεν τα πάνε καλά».

«Πώς κι έτσι;»

Ανασήκωμα των ώμων. «Ο Μπρένταν λέει πως είναι χαζή».

«Με τι ασχολείται;»

«Δουλεύει στα Dunnes. Γεμίζει τα ράφια».

«Και ο Μπρένταν; Δούλευε; Πήγαινε σχολείο; Πανεπιστήμιο;»

«Όχι».

«Γιατί όχι;»

Ανασήκωμα των ώμων.

«Πότε άφησε το σχολείο;»

«Πέρσι. Πήρε το απολυτήριό του, δεν το παράτησε».

«Υπήρχε κάτι που ήθελε να κάνει; Τίποτα αιτήσεις σε πανεπιστήμια, σε δουλειές;»

«Ήθελε να γίνει ηλεκτρολόγος μηχανικός. Ή χημικός. Δεν έπιασε τη βαθμολογία».

«Γιατί όχι; Είναι χαζός;»

«Όχι!»

«Τότε γιατί;»

«Μισούσε το σχολείο. Τους καθηγητές».

Το παιδί δίνει απαντήσεις σαν να βρίσκεται σε τηλεπαιχνίδι με χρονόμετρο. Παρατηρώντας το, ο Καλ καταλαβαίνει ότι νιώθει καλά. Αυτό –οι δυο τους καθισμένοι ο ένας απέναντι στον άλλο στο τραπέζι, το σημειωματάριο και το στιλό– προσπαθούσε όλο τον καιρό να πετύχει ο Τρέι.

«Πες μου κι άλλα γι' αυτόν» λέει ο Καλ. «Πώς είναι;» Τα φρύδια του Τρέι σμίγουν· είναι ξεκάθαρο πως δεν έχει προφέρει ποτέ αυτό που πρόκειται να πει. «Είναι αστείος» λέει, εντέλει. «Μιλάει πολύ».

«Είσαι βέβαιος πως είστε συγγενείς;»

Ο Τρέι του ρίχνει ένα κενό βλέμμα. «Άσ' το. Τίποτα» λέει ο Καλ. «Σε πειράζω. Συνέχισε».

Το παιδί παίρνει μια έκφραση όλο απορία, αλλά ο Καλ περιμένει. «Δεν μπορεί να σταθεί σε μια γωνιά» λέει ο Τρέι. «Η μαμά τού γκρινιάζει γι' αυτό. Αυτός ήταν και ο λόγος, είχε μπελάδες στο σχολείο· εντάξει, κι επειδή τα έκανε μπάχαλο».

Και ενώ ο Καλ συνεχίζει να περιμένει: «Του αρέσουν οι μηχανές. Και να φτιάχνει διάφορα. Όταν ήμουν πιτσιρίκι, μου έφτιαχνε αυτοκινητάκια που πράγματι τσούλαγαν, και έκανε πειράματα στο χωράφι πίσω από το σπίτι ανατινάζοντας διάφορα. Και δεν είναι βλάκας. Έχει ιδέες. Στο σχολείο έβγαλε αρκετά λεφτά· αγόραζε γλυκά από την πόλη και τα πουλούσε μετά στο μεσημεριανό, μέχρι που τον ανακάλυψαν οι καθηγητές». Ρίχνει μια ματιά στον Καλ, τσεκάροντας αν αυτά είναι αρκετά.

Ο Καλ σκέφτεται ότι, σύμφωνα με τα λεγόμενά του, ο Μπρένταν πρέπει να είχε πάρει από τον πατέρα του περισσότερα απ' ό,τι ο Τρέι, και ορίστε πού κατέληξε κι εκείνος. «Ωραία» λέει. «Μ' αρέσει να έχω μια ιδέα όταν ψάχνω κάποιον, να δω προς ποια κατεύθυνση με πάει. Ο αδερφός σου έχει τίποτα θέματα υγείας; Καμιά ψυχική ασθένεια;»

«Όχι!»

«Δεν είναι προσβολή, μικρό» λέει ο Καλ. «Πρέπει να ξέρω».

Το παιδί είναι ακόμη θιγμένο. «Μια χαρά είναι».

«Δεν πήγε ποτέ στον γιατρό, για τίποτα;»

«Κάποτε έσπασε το χέρι του. Έπεσε από μια μηχανή. Όμως γι' αυτό πήγε στο νοσοκομείο, όχι στον γιατρό».

«Σου φάνηκε ποτέ πεσμένος; Αγχωμένος;»

Είναι φανερό πως αυτές τις έννοιες δεν τις έχει σκεφτεί ιδιαίτερα ο Τρέι.

«Ήταν πολύ τσαντισμένος όταν δεν μπήκε στο πανεπιστήμιο» λέει, αφού σκέφτεται για λίγο.

«Τσαντισμένος, πώς; Έμενε στο δωμάτιό του όλη μέρα; Δεν έτρωγε; Δεν μιλούσε; Πώς ήταν;»

Ο Τρέι κοιτάζει περίεργα τον Καλ. «Όχι. Απλώς, ήταν τσαντισμένος. Δηλαδή, έβριζε κάμποσο, εκείνο το βράδυ βγήκε να πιει, και δεν ήταν για πολλά πολλά όλη τη βδομάδα. Ύστερα είπε να πάει να γαμηθεί και το πανεπιστήμιο, μια χαρά θα είναι και χωρίς αυτό».

«Μάλιστα» λέει ο Καλ. Αυτό δεν ακούγεται σαν ροπή προς την κατάθλιψη, αλλά τα μέλη της οικογένειας δεν είναι πάντα οι καλύτεροι παρατηρητές. «Με ποιον έβγαινε;»

«Με τον Γιουτζίν Μόινιχαν. Τον Φέργκαλ Ο'Κόνορ. Τον Πάντι Φάλον. Τον Άλαν Τζέραχτι. Και με μερικούς άλλους ίσως, αλλά βασικά με αυτούς».

Ο Καλ σημειώνει τα ονόματα. «Με ποιον ήταν πιο κοντά;»

«Δεν έχει κάποιον κολλητό. Με όποιον τυχαίνει να βρίσκεται τριγύρω».

«Είχε κοπέλα;»

«Μπα. Τον τελευταίο καιρό όχι».

«Πρώην;»

«Έβγαινε με την Καρολάιν Χόραν για δυο χρόνια, στο σχολείο».

«Καλή σχέση;»

Ο Τρέι ανασηκώνει τους ώμους. Υπερβολικά, που σημαίνει: *Πού διάολο θες να ξέρω;*

«Πότε έληξε;»

«Πάει αρκετός καιρός. Πριν από τα Χριστούγεννα».

«Γιατί;»

Κι άλλο ανασήκωμα των ώμων. «Εκείνη τον παράτησε».

«Τσακώθηκαν τότε; Τον κατηγόρησε για κάτι; Ότι τη χτυπούσε, την απατούσε;»

Ανασήκωμα ώμων.

Ο Καλ υπογραμμίζει το όνομα της Καρολάιν. «Πού θα μπορούσα να βρω την Καρολάιν; Δουλεύει εδώ γύρω;»

«Στην πόλη. Ή τουλάχιστον εκεί δούλευε όταν έβγαινε με τον Μπρεν. Σ' ένα μαγαζί που πουλάει βλακείες στους τουρίστες. Και μερικές φορές βοηθούσε τη Νορίν – η μάνα της κι η Νορίν είναι ξαδέρφες. Νομίζω, είναι στο πανεπιστήμιο τώρα, αλλά δεν είμαι σίγουρος».

«Ο αδερφός σου έχει τίποτα προβλήματα με κανέναν;»

«Μπα. Τσακωνόταν με τους άλλους μερικές φορές. Τίποτα σπουδαίο όμως».

«Τσακωνόταν πώς; Διαφωνούσαν; Φώναζαν; Έριχναν μπουνιές; Μαχαιρωνόντουσαν;»

Και πάλι το παράξενο ύφος. «Μαχαίρια όχι. Όλα τα άλλα, ναι. Δεν ήταν τίποτα».

«Τα αγόρια είναι πάντα αγόρια» λέει ο Καλ, κουνώντας το κεφάλι με κατανόηση. Ίσως και να είναι αλήθεια, ωστόσο χρειάζεται διερεύνηση. «Με τι περνάει την ώρα του; Έχει κάποιο χόμπι;»

«Παίζει χέρλινγκ. Βγαίνει».

«Πίνει;»

«Μερικές φορές. Όχι κάθε βράδυ».

«Πού; Στην Παμπ του Σόνι;»

Εισπράττει ένα στριφογύρισμα των ματιών. «Η παμπ του χωριού είναι για γέρους. Ο Μπρένταν πάει στην πόλη. Ή σε σπίτια άλλων».

«Πώς είναι όταν πίνει;»

«Δεν γίνεται κακός ή κάτι τέτοιο. Κάνει χαζομάρες, όπως τότε που έκλεψαν με τους φίλους του ταμπέλες από τον δρόμο και τις σκόρπισαν στους κήπους διαφόρων σπιτιών. Και μια φορά που έλειπαν οι γονείς του, ο Φέργκαλ έκανε πάρτι και λιποθύμησε από το ποτό, κι οι άλλοι έχωσαν ένα πρόβατο στο μπάνιο του».

«Ο Μπρένταν είναι ταραχοποιός;» ρωτάει ο Καλ. «Αρχίζει καβγάδες;»

Ο Τρέι βγάζει ένα απαξιωτικό πφφφ. «Μπα. Σπάνια θα μπλέξει σε καβγά, όπως τότε που ένα τσούρμο τύποι από το Μπόιλ τους της έπεσαν στην πόλη. Όμως δεν πάει γυρεύοντας».

«Από ναρκωτικά; Κάνει κάτι;»

Αυτό προκαλεί στον Τρέι την πρώτη πραγματική παύση. Κοιτάζει κατάματα τον Καλ με επιφύλαξη. Ο Καλ του ανταποδίδει το βλέμμα. Δεν έχει καμία υποχρέωση να τον τσιγκλήσει ή να κάνει γαλιφιές για να τον πείσει, όχι εδώ. Αν ο Τρέι αποφασίσει πως δεν θέλει να το κάνει τελικά αυτό, ο Καλ δεν έχει κανένα πρόβλημα.

«Μερικές φορές» λέει ο Τρέι στο τέλος.

«Τι είδους;»

«Χασίς. Έκσταση. Λίγο σπιντ».

«Πού τα βρίσκει;»

«Υπάρχουν μερικοί τύποι τριγύρω που έχουν πάντοτε πράμα. Όλοι το ξέρουν, και πάνε σ' αυτούς. Ή κάποιες φορές αγόραζε στην πόλη».

«Έχει κάνει ποτέ διακίνηση;»

«Όχι».

«Θα το 'ξερες;»

«Μου έλεγε πράγματα. Δεν θα τον κάρφωνα. Το ήξερε αυτό».

Τα μάτια του Τρέι φωτίζονται από μια άγρια λάμψη υπερηφάνειας. Ο Καλ καταλαβαίνει τη σημασία της. Το παιδί ήταν το αγαπημένο αδερφάκι του Μπρένταν, γι' αυτό και όλα γύρω του ήταν ιδιαίτερα.

«Είχε ποτέ τίποτα προβλήματα με την αστυνομία;»

Η άκρη του στόματός του μαρτυράει περιφρόνηση. «Επειδή την κοπανάμε από το σχολείο, έρχεται ένας χοντρός από την πόλη και μας πρήζει».

«Χάρη σας κάνει» λέει ο Καλ. «Θα μπορούσε να κάνει αναφορά στην υπηρεσία προστασίας ανηλίκων και να έχετε μεγάλους μπελάδες και εσείς και η μάνα σας. Αντιθέτως, χάνει τον χρόνο του για να έρθει να σας μιλήσει. Την επόμενη φορά που θα τον δεις, να τον ευχαριστήσεις ευγενικά. Ο Μπρένταν είχε άλλα πάρε δώσε με την αστυνομία;»

«Κλήσεις για ταχύτητα, μια δυο φορές. Έκανε αγώνες με τους φίλους του. Παραλίγο να χάσει το δίπλωμά του».

«Μόνο αυτά;»

Ο Τρέι κουνάει το κεφάλι καταφατικά.

«Και από άλλα που να μην τον έχουν πιάσει;»

Αλληλοκοιτάζονται. Ο Καλ λέει: «Σ' το είπα, όχι μαλακίες, γιατί τελειώσαμε».

«Μερικές φορές κλέβει από τη Νορίν» λέει ο Τρέι.

«Και;»

«Και από διάφορα μέρη στην πόλη. Τίποτα σπουδαίο. Έτσι, για τη φάση».

«Κάτι άλλο;»

«Μπα. Θα το πεις στη Νορίν;»

«Είμαι βέβαιος πως το ξέρει ήδη, μικρό» λέει ξερά ο Καλ. «Μην ανησυχείς όμως, δεν θα πω τίποτα. Πώς τα πήγαινε ο Μπρένταν με τον πατέρα σας;»

Ο Τρέι δεν τινάζεται, απλώς βλεφαρίζει. «Χάλια».

«Πώς δηλαδή;»

«Τσακώνονταν».

«Λεκτικά; Ή πιάνονταν στα χέρια;»

Τα μάτια του Τρέι ανοιγοκλείνουν απότομα· δεν έχει καμιά δουλειά να ανακατεύεται ο Καλ σε αυτό. Εκείνος κάθεται και περιμένει, αφήνοντας τη σιωπή να απλωθεί, καθώς το ένστικτο του παιδιού τον παρασύρει πότε από τη μια, πότε από την άλλη.

«Ναι» λέει τελικά. Δείχνει σφιγμένος.

«Πόσο συχνά;»

«Κάποιες φορές».

«Για ποιο λόγο;»

«Ο μπαμπάς έλεγε τον Μπρένταν χαμένο κορμί, παράσιτο. Ο Μπρεν έλεγε: *Κοίτα ποιος μιλάει. Και μερικές φορές...*» Το πιγούνι του Τρέι τραβιέται απότομα στο πλάι, αλλά συνεχίζει. Μένει πιστός στο δικό του κομμάτι της συμφωνίας. «Για να κάνει τον μπαμπά να αφήσει ήσυχη τη μαμά ή κάποιον από μας. Αν ήταν έξαλλος».

«Άρα» λέει ο Καλ, αδιαφορώντας για αυτό που άκουσε, «ο Μπρένταν δεν το έσκασε για να πάει να βρει τον μπαμπά σας».

Ο Τρέι βγάζει έναν σκληρό, εκρηκτικό ήχο που ακούγεται σαν γέλιο. «Σε καμία περίπτωση».

«Έχεις αριθμό, μέιλ, κάτι του πατέρα σου; Μήπως και χρειαστεί...».

«Μπα».

«Του Μπρένταν;»

«Ξέρω το τηλέφωνό του».

Ο Καλ γυρίζει σε μια άδεια σελίδα και δίνει το σημειωματάριο στον Τρέι. Γράφει προσεκτικά, πιέζοντας πολύ το στιλό. Ο άνεμος έξω συνεχίζει να φυσάει, κάνοντας την πόρτα να τρίζει, μπαίνει από τις χαραμάδες και τυλίγεται ψυχρός γύρω από τους αστραγάλους τους.

«Είχε smartphone;» ρωτάει ο Καλ.

«Ναι».

Μία ώρα με αυτό το τηλέφωνο, και οι τεχνικοί στη δουλειά

θα ήξεραν και το παραμικρό που είχε ο Μπρένταν στο μυαλό του. Ο Καλ όμως δεν έχει ούτε τις ικανότητές τους, ούτε τα λογισμικά τους, ούτε φυσικά τα δικαιώματά τους. Ο Τρέι του δίνει το σημειωματάριο. «Προσπάθησες να του τηλεφωνήσεις;» ρωτάει ο Καλ.

Τον κοιτάζει πάλι με το βλέμμα για τους ηλίθιους. «Φυσικά. Από το σταθερό, όποτε δεν είναι τριγύρω η μαμά».

«Και;»

Για πρώτη φορά αυτή τη μέρα, αναδύεται στο πρόσωπο του Τρέι η απαίσια, τεταμένη δυστυχία. Ο μικρός προσπαθεί με δυσκολία να μην τον κυριεύσει αυτή. «Τηλεφωνητής» λέει.

«Μάλιστα» λέει ο Καλ απαλά. «Κατευθείαν ή χτυπάει πρώτα;»

«Την πρώτη μέρα χτυπούσε. Τώρα πια βγαίνει κατευθείαν τηλεφωνητής».

Αυτό θα μπορούσε φυσικά να σημαίνει ότι οι κακοί κρατάνε όμηρο τον Μπρένταν, και στις παροχές στο κελί του δεν συμπεριλαμβάνεται φορτιστής. Ή θα μπορούσε να σημαίνει ότι κρεμάστηκε από κάποιο δέντρο, κάπου πάνω στα βουνά, και το τηλέφωνό του άντεξε λίγο περισσότερο απ' ό,τι εκείνος.

«Εντάξει» λέει ο Καλ. «Για την ώρα, αυτά μου φτάνουν για να ξεκινήσω. Καλή δουλειά».

Ο Τρέι ξεφυσάει.

«Κάτσε, δεν τελειώσαμε ακόμη» λέει ο Καλ. «Θέλω να μου πεις για την τελευταία φορά που είδες τον Μπρένταν».

Αμέσως μετά, ο Τρέι παίρνει μία ακόμα ανάσα και ατσαλώνει ξανά τον εαυτό του. Αυτή τη φορά χρειάζεται να καταβάλει προσπάθεια. Ξαφνικά, δείχνει κουρασμένος, με μαύρους κύκλους, και πολύ μικρός γι' αυτό, όμως ο Καλ έχει μιλήσει σε πολλά παιδιά που ήταν πολύ μικρά γι' αυτό, και κανένα τους δεν βρισκόταν εκεί ύστερα από δική του απαίτηση. «Στις είκοσι μία Μαρτίου, είπες».

«Ναι».

«Τι μέρα ήταν;»

«Τρίτη».

«Πάμε λίγες μέρες πιο πίσω από τότε. Είχε γίνει τίποτα ασυνήθιστο; Είχε τσακωθεί ο Μπρένταν με τη μαμά σας; Με κάποιον από τους φίλους του; Με κάποιον τύπο στην πόλη;»

«Η μαμά μου δεν τσακώνεται. Δεν είναι έτσι».

«Εντάξει. Με κάποιον άλλο;»

Ο Τρέι ανασηκώνει τους ώμους. «Δεν έχω ιδέα. Δεν είπε κάτι».

«Τον απέρριψαν από κάποια δουλειά; Ανέφερε καμιά κοπέλα που γνώρισε; Γύρισε πιο αργά απ' ό,τι συνήθως; Ψάχνουμε οτιδήποτε έξω από την καθημερινότητά του».

Το παιδί σκέφτεται. «Ίσως ήταν λιγάκι... κάπως εκείνη τη βδομάδα. Σαν τσαντισμένος. Τη μέρα όμως που εξαφανίστηκε, ήταν μια χαρά. Η μαμά τού είπε: "Πολύ χαρούμενος είσαι", κι εκείνος απάντησε: "Δεν υπάρχει λόγος να μιζεριάζω. Δεν έχω χρόνο για τέτοια". Αυτά».

«Χμ» κάνει ο Καλ. Αναμφίβολα, ένα σχέδιο απόδρασης θα μπορούσε να χαροποιήσει έναν νεαρό. «Ας μιλήσουμε λοιπόν για την εικοστή πρώτη Μαρτίου. Ξεκίνα από την αρχή. Ξύπνησες».

«Δεν είδα τον Μπρεν τότε. Κοιμόταν. Εγώ έφυγα για το σχολείο. Γύρισα σπίτι και έβλεπε τηλεόραση. Πήγα κι έκατσα μαζί του. Λίγο μετά έφυγε».

«Τι ώρα;»

«Γύρω στις πέντε. Γιατί όταν η μαμά μάς φώναξε για τσάι, της είπε πως θα έβγαινε, και μετά έφυγε».

«Με τι; Αμάξι, μηχανή, ποδήλατο;»

«Με τίποτα. Η μαμά έχει αμάξι, αλλά δεν το πήρε. Μηχανή δεν έχει. Με τα πόδια έφυγε».

«Είπε πού θα πήγαινε;»

«Μπα. Σκέφτηκα ότι θα συναντούσε τους άλλους. Κοίταζε το ρολόι του σαν να είχε κάτι να κάνει».

Να προλάβει κάποιο λεωφορείο ίσως. Τα λεωφορεία για το Δουβλίνο και το Σλάιγκο περνούν από τον κεντρικό δρόμο, δυο τρία χιλιόμετρα μακριά, και ενώ δεν υπάρχουν στάσεις, η Νορίν έχει διαβεβαιώσει τον Καλ ότι οι περισσότεροι οδηγοί είναι καλοσυνάτοι και σταματάνε αν τους κάνεις νόημα. Ο Καλ σημειώνει: *Δρομολόγια λεωφορείων 4-8 μ.μ. Τρίτη.*

«Μιλήσατε για τίποτα όσο βλέπατε τηλεόραση;»

«Για τα γενέθλιά μου. Ο Μπρεν είπε ότι θα μου έπαιρνε ένα καλό ποδήλατο. Έχω το παλιό του, που είναι σαράβαλο, όλο βγαίνει η αλυσίδα. Και για την εκπομπή στην τηλεόραση. Κάποιο μουσικό σόου, δεν θυμάμαι ποιο».

«Πώς σου φάνηκε; Είχε καλή διάθεση; Κακή;»

«Ήταν στην τσίτα. Μιλούσε συνέχεια, κοροϊδεύοντας αυτούς που τραγουδούσαν. Άλλαζε θέσεις στον καναπέ. Με σκουντούσε αν δεν του απαντούσα».

«Έτσι είναι συνήθως;»

Ο Τρέι τινάζει τον ένα ώμο. «Περίπου. Πάντα πάει πέρα δώθε, σαν αγκώνας βιολιστή, έλεγε η μαμά μου. Όχι έτσι όμως».

«Πώς ήταν δηλαδή εκείνη τη μέρα;»

Το παιδί τραβάει ένα ξέφτι στο γόνατο του τζιν του, ψάχνοντας να βρει τις κατάλληλες λέξεις. Ο Καλ καταπίνει την παρόρμηση να του πει να τελειώνει.

«Ο Μπρεν» λέει τελικά ο Τρέι, «είναι πιο πολύ πειραχτήρι. Πάντα θα με κάνει να γελάσω. Όλους τους κάνει να γελάνε, αλλά... είχαμε τα δικά μας αστεία. Μόνο εμείς. Του άρεσε να με κάνει να γελάω».

Ο Καλ παίρνει μια γεύση τι σημαίνει για τον Τρέι η αναχώρηση του Μπρένταν. Φαίνεται πως το παιδί δεν έχει γελάσει από τότε.

«Εκείνη τη μέρα, όμως, δεν είχε όρεξη για γέλια» του λέει. «Ναι. Ούτε μία φορά. Ήταν τσιτωμένος όπως κατά τη διάρκεια των εξετάσεων». Ο Τρέι κοιτάζει απότομα τον Καλ συνοφρυωμένος. «Αυτό δεν σημαίνει ότι σχεδίαζε να...» «Συγκεντρώσου» λέει ο Καλ. «Πώς ήταν ντυμένος; Σαν να πήγαινε στην πόλη; Πώς;» Ο Τρέι σκέφτεται. «Κανονικά. Με τζιν, και φούτερ με κουκούλα. Όχι σαν να ετοιμαζόταν να βγει, με καλό πουκάμισο ή κάτι τέτοιο».

«Πήρε μπουφάν;» «Φλάιερ μόνο. Ούτε έβρεχε ούτε τίποτα».

«Είπε πότε σκόπευε να γυρίσει; Ή: "Φύλαξέ μου βραδινό", "Μη με περιμένεις ξύπνιος"; Κάτι τέτοιο;» «Δεν ξέρω». Ο Τρέι δείχνει και πάλι σφιγμένος. «Δεν μπορώ να θυμηθώ. Προσπάθησα».

Ο Καλ λέει: «Και δεν επέστρεψε».

«Ναι». Οι ώμοι του παιδιού έχουν καμπουριάσει μες στο παρκά του, σαν να κρυώνει. «Ούτε εκείνο το βράδυ, ούτε όταν γύρισα από το σχολείο την επόμενη μέρα».

«Το έχει ξανακάνει αυτό άλλη φορά;» «Ναι. Έμεινε σ' έναν φίλο του».

«Άρα, υπέθεσες πως έκανε το ίδιο».

«Στην αρχή, ναι». Ο Τρέι δείχνει πιεσμένος και κλεισμένος στον εαυτό του, όπως τα παιδιά του δρόμου, με τη ζωή να τους κατακλύζει με περισσότερα απ' όσα μπορούν να απορροφήσουν. «Δεν ανησυχούσα καν».

«Πότε άρχισες να ανησυχείς;» «Τη μεθεπόμενη. Η μαμά μου τον πήρε τηλέφωνο, αλλά καλούσε μέχρι που έκλεισε. Την άλλη μέρα πήρε σε διάφορους, ρωτώντας αν ήταν εκεί. Μόνο που κανείς δεν τον είχε δει. Ούτε καν το βράδυ που έφυγε. Έτσι είπαν, τέλος πάντων».

«Δεν τηλεφώνησε στην αστυνομία;»

«Της το είπα». Η λάμψη καθαρής οργής στα μάτια του Τρέι εκπλήσσει τον Καλ.

«Είπε μόνο ότι την κοπάνησε, όπως ο μπαμπάς. Οι μπάτσοι δεν θα έκαναν τίποτα γι' αυτό».

«Μάλιστα» λέει ο Καλ. Σημειώνει ένα *1* δίπλα από το όνομα της Σίλα Ρέντι και το κυκλώνει.

«Βγήκα να τον ψάξω» λέει ο Τρέι απότομα. «Στους δρόμους, και στα βουνά. Έψαχνα παντού. Μήπως είχε χωθεί το πόδι του σε καμιά τρύπα και το είχε σπάσει, ή τίποτα τέτοιο».

Για μια στιγμή, ο Καλ φαντάζεται το παιδί γερμένο κόντρα στον άνεμο, να περπατάει ανάμεσα στις μεγάλες πλαγιές με τα ρείκια και τα αγριόχορτα, τα βράχια με τα βρύα και τις λειχήνες. «Γιατί να είναι στο βουνό; Υπήρχε λόγος;» ρωτάει.

«Συνήθιζε να πηγαίνει μερικές φορές. Για να είναι μόνος».

Μπορεί να μην είναι τα Βραχώδη Όρη εκεί πέρα, ο Καλ όμως ξέρει ότι είναι αρκετά μεγάλα και αρκετά κακά για να αρπάξουν έναν άνθρωπο αν κάνει λάθος μαζί τους. «Έψαξες τα πράγματά του;» λέει.

«Ναι».

«Βρήκες κάτι που δεν περίμενες;»

Ο Τρέι κουνάει αρνητικά το κεφάλι.

«Έλειπε τίποτα;»

«Δεν ξέρω. Δεν έψαχνα γι' αυτό».

Το απότομο κατέβασμα του βλέμματος του παιδιού λέει στον Καλ για τι έψαχνε. Ένα σημείωμα με το όνομά του γραμμένο επάνω. *Πάω εκεί, ή Θα γυρίσω, ή* οτιδήποτε.

«Βρήκες τίποτα χρήματα;» ρωτάει.

Αυτό κάνει τα μάτια του Τρέι να σηκωθούν και πάλι, γεμάτα θυμό. «Δεν θα τα έπαιρνα».

«Το ξέρω» λέει ο Καλ. «Βρήκες όμως;»

«Όχι».

«Περίμενες να βρεις; Ο Μπρένταν φυλάει συνήθως μετρητά στο σπίτι;»

«Ναι. Σ' έναν φάκελο χωμένο κάτω από το συρτάρι με τα πουλόβερ. Μερικές φορές μου 'δινε κανένα πεντάευρο αν είχε κάνει κάποιο χαμαλίκι. Βλέπεις; Ήξερε ότι δεν θα τον έκλεβα».

«Και ο φάκελος ήταν άδειος».

«Ναι».

«Πότε ήταν η τελευταία φορά που είδες μετρητά εκεί;»

«Δυο τρεις μέρες πριν φύγει. Μπήκα μέσα και τα μετρούσε στο κρεβάτι. Μερικές εκατοντάδες, θα έλεγα».

Και τη μέρα που εξαφανίστηκε ο Μπρένταν, εξαφανίστηκαν κι οι οικονομίες του. Ο Τρέι δεν είναι ανόητος. Δεν μπορεί να του έχει διαφύγει αυτό.

Ο Καλ λέει: «Και πιστεύεις πως κάποιος τον πήρε».

Ο Τρέι δαγκώνει το κάτω χείλος του και γνέφει καταφατικά.

«Εντάξει» λέει ο Καλ. «Έχεις κάποιον στο μυαλό σου που θα μπορούσε να κάνει κάτι τέτοιο; Κάποιον εδώ γύρω που είναι επικίνδυνος, που ίσως έχει κάνει και στο παρελθόν κάτι ύποπτο;»

Ο Τρέι κοιτάζει τον Καλ σαν η ερώτηση να μην επιδέχεται απάντηση. Στο τέλος, ανασηκώνει τους ώμους.

«Δεν εννοώ ασήμαντες σαχλαμάρες όπως κλοπές σε μαγαζιά ή παράνομο αλκοόλ. Κάποιον που να έχει κάνει κάποια απαγωγή στο παρελθόν; Που να έχει βλάψει κάποιον πραγματικά;»

Κι άλλο ανασήκωμα των ώμων, αυτή τη φορά πιο υπερβολικό: *Πού θες να ξέρω;*

«Κάποιον που σου λέει η μαμά σου να μένεις μακριά του;»

«Τον γερο-Μπάρι Μαλόνι. Προσπαθεί με καραμέλες να κάνει τα παιδιά να πάνε μαζί του, και αν του πεις όχι, κλαίει».

«Το έχει προσπαθήσει ποτέ αυτό μ' εσένα;»

Ο Τρέι ξεφυσάει περιφρονητικά από την άκρη του στόματός του. «Όταν ήμουν πέντε».

«Και τι έκανες;»

«Το 'βαλα στα πόδια».

«Κι ο Μπρένταν; Είχε ποτέ προβλήματα μ' αυτό τον τύπο όταν ήταν μικρός; Ή κάποιο από τα άλλα αδέρφια σου;»

«Όχι. Ο γερο-Μπάρι δεν είναι...» Ο Τρέι σουφρώνει τα χείλη του από αηδία. «Είναι αξιολύπητος. Ο κόσμος τού πετάει πράγματα».

«Κάποιος άλλος για τον οποίο να σε έχουν προειδοποιήσει;»

«Όχι».

Ο Καλ αφήνει κάτω το στιλό του και γέρνει πίσω στην καρέκλα του, τρίβοντας το πιάσιμο από το στρώμα στον σβέρκο του. «Πρέπει να μου πεις, μικρό» λέει. «Πώς σου μπήκε η ιδέα ότι τον έχουν απαγάγει; Μου λες ότι δεν είχε κόντρα με κανέναν, ότι δεν ήταν μπλεγμένος σε τίποτα κακό, ότι είναι ένας συνηθισμένος τύπος. Πώς είσαι λοιπόν τόσο σίγουρος ότι δεν την κοπάνησε;»

Ο Τρέι λέει με απόλυτη, αδιάσειστη βεβαιότητα: «Δεν θα το έκανε με τίποτα αυτό».

Ο Καλ έχει φτάσει από ώρα στο σημείο να νιώθει εξαντλημένος από τέτοιες κουβέντες. Όλοι οι αθώοι το λένε και το πιστεύουν ως τα βάθη της ψυχής τους, μέχρι τη στιγμή που πλέον δεν μπορούν. *Ο άντρας μου δεν θα το έκανε ποτέ αυτό στα παιδιά μας· το μωρό μου δεν είναι κλέφτης.* Ο Καλ νιώθει πως θα έπρεπε να σταθεί σε μια γωνιά και να μοιράζει προειδοποιήσεις, μικρά χαρτάκια που να γράφουν μόνο: *Ο καθένας θα μπορούσε να κάνει τα πάντα.*

«Εντάξει» λέει. Κλείνει το σημειωματάριό του και κάνει να το βάλει στην τσέπη στο στήθος του, από συνήθεια, προτού συνειδητοποιήσει ότι εκεί δεν υπάρχει τσέπη. «Για να δούμε πού θα καταλήξουμε. Πώς πας από εδώ στο σπίτι σου;»

Αυτό κάνει το κεφάλι του Τρέι να τιναχτεί προς τα πίσω με επιφυλακτικότητα. «Ανεβαίνεις πέρα από το σπίτι του Μαρτ

Λάβιν για κάνα χιλιόμετρο και μετά ένας δρόμος στρίβει προς τα κει, προς το βουνό. Δυο τρία χιλιόμετρα μετά, είναι το σπίτι μας. Γιατί;»

«Η μαμά σου ξέρει πως έρχεσαι εδώ;»

Ο Τρέι κουνάει αρνητικά το κεφάλι, κάτι που δεν κάνει εντύπωση στον Καλ. «Κανείς δεν το ξέρει» λέει. Ο Καλ δεν είναι τόσο σίγουρος όσο ο Τρέι, δεδομένης της θέας από το σπίτι του Μαρτ στην πίσω αυλή, αποφασίζει όμως να μην το αναφέρει. «Για την ώρα» λέει, «ας το κρατήσουμε έτσι. Αν λοιπόν εμφανιστώ σπίτι σας και με δεις να μιλάω με τη μαμά σου, δεν με έχεις ξαναδεί άλλη φορά. Σύμφωνοι;»

Ο Τρέι δεν δείχνει και τόσο ενθουσιασμένος με την ιδέα να εμφανιστεί ο Καλ στο σπίτι του. «Θέλεις ή όχι να το κάνω αυτό;» τον ρωτάει.

«Ναι».

«Τότε κάνε ό,τι σου λέω. Εγώ ξέρω πώς να το χειριστώ. Εσύ όχι».

Ο Τρέι το παραδέχεται μ' ένα καταφατικό νεύμα του κεφαλιού. Δείχνει ξεζουμισμένος και κατατονικός, λες και έχει βγάλει μόλις δόντι χωρίς αναισθητικό. «Έτσι έκανες όταν ήσουν μπάτσος;» λέει.

«Περίπου».

Πίσω από τα γκρίζα μάτια του, ο Τρέι τον παρατηρεί κλωθογυρίζοντας στον νου του τα γεγονότα. «Πώς κι έγινες μπάτσος;»

«Μου φάνηκε μια καλή, σταθερή δουλειά, και χρειαζόμουν κάτι τέτοιο». Η Αλίσα βρισκόταν καθ' οδόν, και η πυροσβεστική δεν έκανε προσλήψεις.

«Ήταν ο μπαμπάς σου μπάτσος;»

«Μπα» λέει ο Καλ. «Ο μπαμπάς μου δεν ήταν της σταθερότητας».

«Τι δουλειά έκανε;»

«Πότε το 'να, πότε τ' άλλο. Κατά βάση, ταξίδευε και πουλούσε πράγματα. Ηλεκτρικές σκούπες, για ένα διάστημα. Σε κάποια άλλη φάση, χαρτί τουαλέτας και είδη καθαρισμού σε επιχειρήσεις. Όπως είπα, δεν ήταν της σταθερότητας».

«Όμως σε άφησαν να γίνεις μπάτσος».

«Φυσικά. Και τράγος να ήταν ο πατέρας μου, δεν θα τους ένοιαζε, εφόσον μπορούσα να κάνω τη δουλειά καλά».

«Είχε πλάκα;»

«Μερικές φορές» λέει ο Καλ. Τα συναισθήματά του για τη δουλειά, την οποία ξεκίνησε εντελώς συνειδητά και δυναμικά, μπλέχτηκαν σταδιακά τόσο, που πλέον προτιμάει να μην τη σκέφτεται καν. «Απ' ό,τι κατάλαβα, ο Μπρένταν τα πάει καλά με τα ηλεκτρολογικά. Κάνει γενικά τέτοιες δουλειές για να βγάλει μερικά έξτρα χρήματα μαύρα;»

Ο Τρέι δείχνει αποσυντονισμένος. «Ναι, αραιά και πού. Μερεμέτια και τέτοια».

«Θα μπορούσε να αλλάξει τα ηλεκτρικά σ' αυτό το σπίτι αν τον χρειαζόμουν;»

Ο Τρέι ρίχνει στον Καλ ένα βλέμμα σαν να του λέει ότι τα έχει χαμένα.

«Πλέον δεν έχω το σήμα ώστε να μπορώ να περιφέρομαι και να κάνω ό,τι ερώτηση γουστάρω. Αν είναι να βγω στη γύρα αναφέροντας το όνομα του αδερφού σου, χρειάζομαι έναν λόγο» λέει ο Καλ.

Ο Τρέι το σκέφτεται. «Έφτιαξε τα ηλεκτρολογικά στο σαλόνι μας. Όμως έχει φύγει. Και ο κόσμος το ξέρει αυτό».

«Ναι, εγώ όμως θα μπορούσα και να μην το ξέρω» λέει ο Καλ. «Είμαι απλώς ένας ξένος που δεν γνωρίζει ακόμη τα πάντα για τον κόσμο που ζει εδώ γύρω. Αν ακούσω το όνομα κάποιου που κάνει ηλεκτρολογικά μερεμέτια, πού να ξέρω αν είναι αποδώ ή όχι;»

Για πρώτη φορά εκείνη τη μέρα, ένα μικρό χαμόγελο σχηματίζεται στο πρόσωπο του Τρέι. «Θα το παίξεις βλάκας, δηλαδή» λέει.

«Λες να τα καταφέρω;»

Το χαμόγελο πλαταίνει. «Δεν θα 'χεις πρόβλημα».

«Εξυπνάκια» λέει ο Καλ, ωστόσο νιώθει ικανοποίηση βλέποντας το ύφος εξάντλησης να διαλύεται. «Τώρα χάσου από μπροστά μου. Πριν αρχίσει η μάνα σου να αναρωτιέται πού βρίσκεσαι».

«Δεν πρόκειται».

«Τότε χάσου πριν αλλάξω γνώμη».

Το παιδί πετάγεται σβέλτα από την καρέκλα του, αλλά χαμογελάει στον Καλ για να δείξει πως δεν ανησυχεί γι' αυτό. Θεωρεί δεδομένο ότι, όταν ο Καλ δίνει τον λόγο του, δεν υπαναχωρεί. Εκείνος το βρίσκει εξίσου συγκινητικό αλλά και πιο απειλητικό απ' ό,τι θα περίμενε.

«Μπορώ να έρθω πάλι αύριο; Να δω τι θα έχεις ανακαλύψει;»

«Αμάν, μωρέ» λέει ο Καλ. «Δώσ' μου λίγο χρόνο. Για τουλάχιστον μια δυο βδομάδες μην περιμένεις τίποτα. Ίσως και ποτέ, εδώ που τα λέμε».

«Εντάξει» λέει ο Τρέι. «Μπορώ όμως νά 'ρθω, έτσι κι αλλιώς;»

«Ναι, μπορείς. Έχεις ραντεβού μ' ένα γραφείο και μια οδοντόβουρτσα».

Ο Τρέι γνέφει καταφατικά, ένα μοναδικό σίγουρο τίναγμα του κεφαλιού, για να καταστήσει σαφές ότι το έχει πάρει στα σοβαρά.

«Έλα το απόγευμα» λέει ο Καλ. «Το πρωί έχω να πάω κάπου».

Το παιδί δείχνει ενδιαφέρον. «Τι θα κάνεις;»

«Όσο λιγότερα ξέρεις, τόσο το καλύτερο».

«Θέλω να κάνω κι εγώ κάτι».

Είναι και πάλι πλήρως φορτισμένο, μες στην ενεργεία, σχεδόν αναπηδάει στις μύτες των ποδιών του. Ο Καλ νιώθει όμορφα που το βλέπει έτσι, ταυτόχρονα όμως κάνει έναν μορφασμό. Είναι ήδη σχεδόν σίγουρος για το τι πρόκειται να ανακαλύψει.

Ο Μπρένταν είναι τυπικό παράδειγμα φυγά, καλύπτει όλες τις προϋποθέσεις: ένα βαριεστημένο, ανήσυχο παιδί, με μεγαλύτερες ικανότητες από αυτές που μπορεί να εκμεταλλευτεί, με άθλια οικογενειακή ζωή, χωρίς δουλειά και κοπέλα ή κολλητούς φίλους, χωρίς σχέδια για το μέλλον, σε μια περιοχή που δεν του προσφέρει ούτε προοπτικές ούτε διασκέδαση. Από την άλλη πλευρά, κατά πώς φαίνεται δεν υπάρχει τίποτα: ούτε σοβαρή εγκληματική δράση, ούτε σοβαρός εγκληματίας συνεργός, ούτε ψυχική ασθένεια, τίποτα. Ο Καλ δίνει πέντε τοις εκατό πιθανότητες να πρόκειται για ατύχημα, πέντε τοις εκατό για αυτοκτονία και ενενήντα τοις εκατό να την έχει κάνει. Άντε, ογδόντα εννιά την έκανε, και ένα τοις εκατό κάτι άλλο.

«Εντάξει» λέει. «Εσύ ψάξε να δεις αν λείπει τίποτα από τα πράγματα του αδερφού σου. Μοιράζεστε το ίδιο δωμάτιο;»

«Όχι. Εκείνος κοιμάται με τον Λίαμ».

«Κι οι υπόλοιποι πώς είστε μοιρασμένοι;»

«Εγώ με τη Μιβ. Η Αλάνα με τη μαμά».

Και παρ' όλα αυτά, η Σίλα δεν της έχει αλλάξει δωμάτιο. Έχει αφήσει τον χώρο του Μπρένταν να τον περιμένει, κι ας έχουν περάσει έξι μήνες. Κατά τον Καλ, αυτό σημαίνει ότι στον Τρέι έχει πει την αλήθεια σχετικά με τον Μπρένταν: πιστεύει ότι το έσκασε, και ότι θα ξαναγυρίσει. Το ερώτημα είναι αν απλώς ελπίζει ή αν έχει όντως τους λόγους της.

«Χμ» κάνει ο Καλ. «Ο Λίαμ είναι τεσσάρων, σωστά; Θα το προσέξει αν αρχίσεις να σκαλίζεις. Περίμενε μέχρι να βγει να παίξει, ή κάτι τέτοιο. Αν δεν βρεις καλή ευκαιρία, άσ' το για άλλη μέρα».

Ο Τρέι του ρίχνει ένα βλέμμα σαν να λέει Έεελα. Παλεύει να κλείσει το φερμουάρ του παρκά του. Οι απότομες ριπές συνεχίζουν να κάνουν την πόρτα να τρίζει, γυρεύοντας επίμονα τρόπο να μπουν μέσα.

«Ψάξε για πράγματα όπως ο φορτιστής του» λέει ο Καλ, «ή το ξυραφάκι του. Πράγματα που θα χωρούσαν στις τσέπες του, που ίσως θα τα 'θελε μαζί του αν είχε σκοπό να λείψει για μια δυο μέρες. Αν είχε κανένα σακίδιο, ψάξε να δεις αν είναι σπίτι. Και για τυχόν ρούχα που λείπουν, αν ξέρεις τι είχε».

Ο Τρέι έχει σηκώσει θορυβημένος το βλέμμα από το φερμουάρ. «Νομίζεις πως...; Πως πήγε κάπου επίτηδες και μετά τον κράτησαν;»

«Δεν νομίζω τίποτα» λέει ο Καλ. «Όχι ακόμη». Εντελώς ξαφνικά, έχει την ίδια εντύπωση που είχε και στην αρχή, τότε που ο Τρέι ήταν κάτι απροσδιόριστο και προσπαθούσε να αποφασίσει τι να κάνει μαζί του: μια έντονη επίγνωση της σκοτεινής εξοχής που απλώνεται γύρω από το σπίτι του· ένα συναίσθημα ότι τον περικυκλώνει ένας απέραντος αόρατος ιστός, όπου και το παραμικρό λάθος άγγιγμα είναι αρκετό για να ταρακουνήσει κάτι τόσο μακρινό, που δεν το έχει εντοπίσει καν.

«Σίγουρα;» λέει. «Γιατί, αν όχι, τώρα είναι η κατάλληλη στιγμή να μου το πεις».

Το παιδί τον στραβοκοιτάζει λες και ο Καλ του έχει πει μόλις να φάει το μπρόκολό του. «Τα λέμε αύριο» λέει, σηκώνει την κουκούλα του και χάνεται στο σκοτάδι.

8

Στην πλαγιά του βουνού το κρύο είναι πιο έντονο απ' ό,τι στους κάμπους. Επίσης, είναι αλλιώτικο από αυτό που κατεβαίνει στο σπίτι του Καλ, πιο τσουχτερό και προκλητικό, ορμάει καταπάνω του καβάλα σ' έναν άνεμο που τον περονιάζει. Έπειτα από δεκαετίες ταξινόμησης του καιρού σε ευρείες κατηγορίες με βάση τον βαθμό όχλησης –υγρός, παγωμένος, αποπνικτικός, καλός–, ο Καλ εδώ απολαμβάνει τις ανεπαίσθητες διαβαθμίσεις. Υπολογίζει πως πλέον θα μπορούσε να ξεχωρίσει πεντέξι διαφορετικά είδη βροχής.

Όσο για τα βουνά, δεν είναι και τίποτα αξιοσημείωτο, μια μακριά σειρά από καμπούρες περί τα τριακόσια μέτρα ύψος, η αντίθεση, όμως, δίνει στο μέγεθός τους άλλες διαστάσεις. Μέχρι τους πρόποδες, τα λιβάδια είναι ήρεμα, ομαλά και πράσινα· τα βουνά υψώνονται από το πουθενά καφετιά και άγρια, κάνοντας κατάληψη στον ορίζοντα.

Ο Καλ νιώθει τους μηρούς του να πονάνε από τον ανήφορο. Ο δρόμος δεν είναι παρά ένα μονοπάτι που ανεβαίνει στριφογυριστό ανάμεσα σε ρείκια και βράχους που προεξέχουν, ζιζάνια και αγριόχορτα που γέρνουν προς το μέρος του και από τις δύο πλευρές. Αποπάνω του, πυκνές εκτάσεις από έλατα είναι γαντζωμένες στη βουνοπλαγιά. Από κάπου ακούγεται ένα πουλί που βγάζει μια στριγκιά προειδοποιητική κραυγή, και όταν ο Καλ σηκώνει το βλέμμα, αντικρίζει ένα αρπακτικό να παλεύει με τον άνεμο, μικροσκοπικό κόντρα στον λεπτό μπλε ουρανό.

Οι οδηγίες του Τρέι αποδεικνύονται σωστές: ύστερα από δύο χιλιόμετρα πεζοπορία στη βουνοπλαγιά, ο Καλ συναντάει ένα χαμηλό σπίτι με σοβά από γκρίζο βότσαλο, που χωρίζεται από τον δρόμο από μια άθλια οριοθετημένη αυλή από μαδημένο χορτάρι. Ένα σαραβαλιασμένο Hyundai Accent με πινακίδα του 2002 είναι αραγμένο στη μια άκρη. Δύο μικρά παιδιά, κατά πάσα πιθανότητα ο Λίαμ και η Αλάνα, κοπανάνε με πέτρες ένα κομμάτι σκουριασμένο μέταλλο.

Ο Καλ συνεχίζει να προχωράει. Καμιά εκατοστή μέτρα πιο πάνω στο μονοπάτι, βρίσκει ένα ελώδες κομμάτι στο έδαφος και βυθίζει το πόδι του ως τον αστράγαλο. Η προσπάθεια να το τραβήξει τον δυσκολεύει περισσότερο απ' ό,τι περίμενε· ο βάλτος κλείνει γύρω από την μπότα του απροσδόκητα σφιχτά, προσπαθώντας να την κρατήσει. Μόλις καταφέρνει να ελευθερωθεί, κάνει μεταβολή και κατευθύνεται προς το σπίτι.

Τα παιδιά κάθονται ακόμη οκλαδόν δίπλα από το μέταλλό τους.

«Καλημέρα» λέει ο Καλ στο μεγαλύτερο, το αγόρι. «Είναι εδώ η μαμά σου;»

«Ναι» λέει το αγόρι. Έχει μακριά σκούρα μαλλιά, φοράει ένα φθαρμένο μπλε φούτερ, και μοιάζει τόσο στον Τρέι, ώστε ο Καλ είναι βέβαιος πως βρίσκεται στο σωστό μέρος.

«Μπορείς να της πεις να έρθει ένα λεπτό;»

Τα παιδιά κοιτάζονται μεταξύ τους. Ο Καλ αναγνωρίζει τον στιγμιαίο δισταγμό: την επιφύλαξη των παιδιών που ξέρουν ήδη ότι ένας ξένος που ψάχνει τους γονείς τους είναι ενδεχομένως εκπρόσωπος των αρχών, και οι αρχές δεν έρχονται ποτέ για να κάνουν τα πράγματα καλύτερα.

«Εκεί που πήγαινα μια ωραία βόλτα» λέει ο Καλ, παίρνοντας περίλυπο ύφος, «κοιτάξτε τι πήγα κι έκανα». Σηκώνει το βρεγμένο του πόδι.

Το κοριτσάκι χαχανίζει. Έχει ένα γλυκό, βρόμικο μουτράκι,

και τα καστανά μαλλιά του είναι πιασμένα σε δυο άνισα κοτσιδάκια.

«Ναι, ναι» λέει ο Καλ, δήθεν προσβεβλημένος. «Γέλα με τον χαζούλη με τη μουσκεμένη γαλότσα. Αναρωτιόμουν αν η μαμά σας θα μπορούσε να μου δώσει κάτι για να τη στεγνώσω λιγάκι, για να μην κάνω πλατς πλατς σ' όλο τον δρόμο μέχρι να κατέβω από αυτό το βουνό».

«Πλατς πλατς» λέει το κοριτσάκι. Και χαχανίζει πάλι.

«Ακριβώς» λέει ο Καλ, ανταποδίδοντας το γέλιο και κουνώντας το πόδι του. «Πλατς πλατς μέχρι το σπίτι».

«Θα φωνάξουμε τη μαμά» λέει το αγόρι. Τραβάει το κορίτσι από το μανίκι, τόσο δυνατά, που η μικρή χάνει την ισορροπία της και κάθεται με τον πισινό στο χώμα. «Έλα». Τρέχει προς το πίσω μέρος του σπιτιού, με το κοριτσάκι να προσπαθεί να ακολουθήσει τον ρυθμό του κοιτάζοντας ταυτόχρονα πίσω της τον Καλ.

Όσο λείπουν, ο Καλ ρίχνει μια ματιά στο μέρος. Είναι ρημαγμένο, με τα κουφώματα να έχουν ξεφλουδίσει και να κρέμονται, και βρύα να έχουν ξεφυτρώσει ανάμεσα στα κεραμίδια της στέγης. Ωστόσο, κάποιος έχει κάνει εδώ κι εκεί μια προσπάθεια. Σε κάθε πλευρά της πόρτας υπάρχουν γλάστρες, με κάτι χρωματιστό που έχει μόλις πεθάνει, και στη μια πλευρά της αυλής υπάρχει κάτι σαν παιδική χαρά φτιαγμένη από ξύλα, σκοινιά και σωλήνες. Ο Καλ θα περίμενε πως μια γυναίκα μόνη εδώ πάνω μ' ένα τσούρμο παιδιά θα είχε ένα δυο σκυλιά, ωστόσο δεν ακούγονται γαβγίσματα.

Τα παιδιά επιστρέφουν περιτριγυρίζοντας μια ψηλή, κοκαλιάρα γυναίκα με τζιν κι ένα πουλόβερ με αλλοπρόσαλλο μοτίβο που βρίσκει κανείς μόνο σε μαγαζιά με πράγματα από δεύτερο χέρι. Έχει καστανοκόκκινα μαλλιά πιασμένα σε πρόχειρο κότσο, και ένα ανεμοδαρμένο πρόσωπο με ψηλά ζυγωματικά που πρέπει να ήταν όμορφο κάποτε. Ο Καλ ξέρει πως είναι λίγα χρόνια μικρότερή του, αλλά δεν της φαίνεται. Έχει την ίδια επιφυλακτική έκφραση με τα παιδιά.

«Με συγχωρείτε που σας ενοχλώ, κυρία» λέει ο Καλ. «Περπατούσα, και έκανα τη βλακεία να βγω εκτός μονοπατιού. Κι έτσι βρέθηκα μέσα σ' έναν ωραιότατο νερόλακκο».

Σηκώνει το πόδι του. Η γυναίκα το κοιτάζει σαν να μην έχει ιδέα τι είναι και να μην τη νοιάζει κιόλας.

«Μένω μερικά χιλιόμετρα προς τα εκεί» λέει ο Καλ, δείχνοντας, «και ο δρόμος είναι αρκετά μακρύς για να περπατήσω με βρεγμένο πόδι. Αναρωτιόμουν αν θα μπορούσατε να με βοηθήσετε».

Εκείνη στρέφει το βλέμμα της στο πρόσωπό του, αργά. Έχει το ύφος γυναίκας που της έχουν συμβεί πολλά τα τελευταία χρόνια, όχι μαζεμένα, αλλά σταδιακά.

«Είσαι ο Αμερικάνος» λέει τελικά. Η φωνή της είναι σκουριασμένη και άμαθη, σαν να μην έχει μιλήσει πολύ τελευταία. «Στου Ο'Σι».

«Αυτοπροσώπως» λέει ο Καλ. «Καλ Χούπερ. Χάρηκα για τη γνωριμία». Απλώνει το χέρι του πάνω από την αυλόπορτα.

Η γυναίκα δείχνει πλέον λιγότερο επιφυλακτική. Πλησιάζει, σκουπίζει το χέρι της στο τζιν και ανταλλάσσει με τον Καλ σύντομη χειραψία. «Σίλα Ρέντι» λέει.

«Έι» κάνει ο Καλ με έναν τόνο ευχάριστης αναγνώρισης, «κάπου το 'χω ξανακούσει αυτό το όνομα. Πού όμως...» Χτυπάει τα δάχτυλά του. «Α, ναι. Από τη Λένα. Την αδερφή της Νορίν. Μου μιλούσε για τα νεανικά της χρόνια, και σας ανέφερε». Η Σίλα τον κοιτάζει χωρίς περιέργεια, περιμένοντας να δει πού το πάει.

Ο Καλ χαμογελάει. «Η Λένα μου είπε ότι το σκάγατε παρέα. Βγαίνατε από τα παράθυρα τα βράδια για να πάτε με οτοστόπ στις ντίσκο».

Αυτό αγγίζει τη Σίλα, που στο πρόσωπό της ανατέλλει μια

υποψία χαμόγελου. Ένα από τα πάνω δόντια της, από τα μπρο-
στινά σχεδόν, λείπει. «Έχουν περάσει αιώνες από τότε» λέει.
«Καταλαβαίνω τι εννοείτε» λέει ο Καλ θλιμμένα. «Όποτε
βγω, αν βγω, θυμάμαι τότε που πήγαινα σε πεντέξι διαφορε-
τικά μέρη και δεν γύριζα σπίτι προτού βγει ο ήλιος. Τώρα, τρεις
μπίρες στην παμπ, και δεν αντέχω άλλες συγκινήσεις για μια
βδομάδα».

Της απευθύνει ένα δειλό χαμόγελο. Ο Καλ έχει κάνει πολ-
λή εξάσκηση να δείχνει άκακος. Με τον όγκο του, χρειάζεται
να το προσπαθήσει πολύ, ειδικά με μια γυναίκα μόνη. Παρ᾽
όλα αυτά, η Σίλα δεν φαίνεται φοβισμένη, τουλάχιστον τώρα
που τον έχει κατατάξει στον κύκλο των γνωστών. Δεν φαίνεται
ντροπαλός τύπος. Η αρχική της επιφυλακτικότητα δεν ήταν
απέναντι του προσωπικά, αλλά απέναντι στο είδος της εξου-
σίας που μπορεί να ασκούσε.

«Τότε» λέει, «δεν θα μου ήταν τίποτα να γυρίσω στο σπίτι
μουσκίδι. Τώρα όμως το κυκλοφορικό σύστημά μου δεν είναι
στα καλύτερά του· όταν κατέβω το βουνό, δεν θα νιώθω πια
τα δάχτυλά μου. Θα ήταν μεγάλος κόπος να μου δώσετε λίγο
χαρτί να τα στεγνώσω, ή κανένα παλιό πανί; Ή ίσως ένα στεγνό
ζευγάρι κάλτσες, αν σας περισσεύει;»

Η Σίλα κοιτάζει πάλι προσεκτικά το πόδι του και εντέλει
γνέφει καταφατικά. «Θα φέρω κάτι» λέει και επιστρέφει πίσω
στο σπίτι. Τα παιδιά είναι κρεμασμένα στην κατασκευή για
παιχνίδι και παρακολουθούν τον Καλ. Όταν τους χαμογελάει,
η έκφρασή τους δεν αλλάζει.

Η Σίλα επιστρέφει κουβαλώντας ένα ρολό χαρτί και ένα
ζευγάρι γκρίζες αντρικές κάλτσες. «Ορίστε» λέει καθώς του
τα δίνει πάνω από την αυλόπορτα.

«Κυρία Ρέντι» λέει ο Καλ, «με σώσατε. Σας είμαι υπόχρεος».

Εκείνη δεν χαμογελάει. Τον παρακολουθεί, με τα χέρια στη
μέση, να βολεύεται σε έναν βράχο κοντά στην κολόνα της αυ-

λόπορτας και να βγάζει την μπότα του. «Με συγχωρείτε για το πόδι μου» λέει με ένα ντροπαλό χαμόγελο. «Ήταν καθαρό το πρωί, όσο κι αν τώρα δεν του φαίνεται». Τα παιδιά, που έχουν πλησιάσει πιο κοντά για να βλέπουν, χαχανίζουν.

Ο Καλ κουβαριάζει με το πάσο του το χαρτί και το πιέζει μέσα στην μπότα του για να απορροφήσει λίγο από το νερό. «Είναι όμορφη η εξοχή εδώ γύρω» λέει, κάνοντας ένα νεύμα προς την πλαγιά του βουνού που υψώνεται πίσω από το σπίτι.

Η Σίλα ρίχνει μια ματιά πάνω από τον ώμο της κι ύστερα στρέφει και πάλι αλλού το βλέμμα. «Μάλλον» λέει.

«Καλό μέρος για να μεγαλώνει κανείς τα παιδιά του. Καθαρός αέρας και πολύς χώρος για να λυσσάξουν· δεν χρειάζονται και τίποτ' άλλο».

Ανασηκώνει τους ώμους της.

«Κι εγώ στην εξοχή μεγάλωσα» εξηγεί ο Καλ, «αλλά έμεινα στην πόλη για μεγάλο διάστημα. Εμένα εδώ μου φαίνεται παράδεισος».

Η Σίλα λέει «Θα χαιρόμουν πολύ να μην το ξανάβλεπα ποτέ το μέρος».

«Σοβαρά;» λέει ο Καλ, ωστόσο εκείνη δεν συνεχίζει.

Δοκιμάζει την μπότα του, έχει στεγνώσει κάπως. «Μου αρέσει η πεζοπορία στους λόφους» λέει. «Η πόλη μ' έκανε χοντρό και τεμπέλη. Τώρα που βρίσκομαι εδώ, επιστρέφω στις παλιές καλές συνήθειες. Αν και καλύτερα να επιστρέψω στη συνήθεια να βλέπω πού πατάω».

Ούτε σε αυτό παίρνει κάποια απάντηση από τη Σίλα. Είναι πιο σκληρό καρύδι απ' ό,τι περίμενε —η Νορίν, ο Μαρτ και οι τύποι στην παμπ τον είχαν κάνει να τρέφει υψηλές προσδοκίες για ψιλοκουβέντα στα πέριξ—, όμως τουλάχιστον τώρα ξέρει από πού πήρε ο Τρέι την ικανότητά του στον διάλογο. Και δεν φαίνεται να την πειράζει που εκείνος φλυαρεί. Τον παρακολουθεί χωρίς κανένα ενδιαφέρον να τυλίγει τη βρεγμένη κάλτσα του σε χαρτί και να τη χώνει στην τσέπη του, χωρίς ωστόσο να του δίνει την εντύπωση πως έχει κάτι άλλο επείγον να κάνει.

«Αχ» κάνει ο Καλ, φορώντας τη στεγνή κάλτσα, που είναι φθαρμένη αλλά ολόκληρη. «Πολύ καλύτερα. Θα τις πλύνω και θα σας τις επιστρέψω».

«Δεν χρειάζεται».

«Φαντάζομαι ούτε κι εγώ θα τις ήθελα πίσω αν κατέληγαν στα λασπωμένα, βρόμικα πόδια κάποιου ξένου» λέει ο Καλ χαμογελώντας καθώς δένει την μπότα του. «Όπως και να 'χει, θα σας πάρω ένα καινούργιο ζευγάρι μόλις πάω στην πόλη. Στο μεταξύ...» Βγάζει δύο Kit Kat από την τσέπη του μπουφάν του. «Τα είχα για να τα φάω στον δρόμο, αλλά τώρα που επισπεύστηκε η επιστροφή μου, μάλλον δεν θα μου χρειαστούν. Θα μπορούσα να τα προσφέρω στα μικρά σας;»

Η Σίλα καταφέρνει ένα ίχνος χαμόγελου. «Θα τους αρέσουν σίγουρα» λέει. «Λατρεύουν ό,τι έχει σχέση με γλυκό».

«Αχ, αυτά τα παιδιά» λέει ο Καλ. «Όταν ήταν μικρή η κόρη μου, θα μπορούσε να τρώει όλη μέρα ζαχαρωτά αν την αφήναμε. Μπορούσα να καταλάβω αν η γυναίκα μου είχε πουθενά στο σπίτι κάτι γλυκό, γιατί η μικρή μού έδειχνε αμέσως το μέρος σαν λαγωνικό». Μιμείται τον τρόπο. Το χαμόγελο της Σίλα μεγαλώνει, κι η ίδια δείχνει να έχει μαλακώσει. Κάτι δωρεάν, έστω και μικρό, έχει μια τέτοια επίδραση στους φτωχούς ανθρώπους· τους χαλαρώνει. Ο Καλ το παρατηρεί και στον εαυτό του, κι ας έχουν περάσει είκοσι πέντε χρόνια από τότε που ανήκε στην κατηγορία των φτωχών. Είναι το γλυκό, ζεστό κύμα έκπληξης που σε κατακλύζει, μια στο τόσο και εντελώς απρόσμενα, όταν ο κόσμος αισθάνεται γενναιόδωρος απέναντί σου.

«Έι» φωνάζει καθώς σηκώνεται και υψώνει τις σοκολάτες πάνω από την αυλόπορτα. «Σας αρέσουν οι Kit Kat;»

Τα παιδιά κοιτάζουν τη μαμά τους, ζητώντας την άδεια.

Όταν γνέφει ναι, πλησιάζουν, σπρώχνοντας το ένα το άλλο, ώσπου να μπορέσουν να αρπάξουν τις σοκολάτες. «Πείτε ευχαριστώ» λέει η Σίλα αυτόματα. Δεν λένε, αν και το κοριτσάκι χαρίζει στον Καλ ένα μεγάλο χαμόγελο ευτυχίας. Αποσύρονται βιαστικά στην αυτοσχέδια κατασκευή πριν τους πάρει κάποιος πίσω τη σοκολάτα.

«Αυτά τα δύο έχετε;» ρωτάει ο Καλ καθώς στηρίζεται πιο άνετα στην αυλόπορτα.

«Έξι. Αυτά είναι τα μικρά μου».

«Ουάου» αναφωνεί ο Καλ. «Μιλάμε για πολλή και δύσκολη δουλειά. Τα μεγάλα είναι στο σχολείο;»

Η Σίλα ψάχνει τριγύρω λες και κάποιο μπορεί να εμφανιστεί ξαφνικά από κάπου, πράγμα διόλου απίθανο κατά τη γνώμη του Καλ. «Τα δύο» λέει. «Οι άλλοι είναι μεγάλοι».

«Μισό λεπτό» λέει ο Καλ, ενθουσιασμένος που έκανε τη σύνδεση. «Ο Μπρένταν Ρέντι είναι γιος σας; Αυτός που έφτιαξε τα ηλεκτρικά για εκείνο τον τύπο, πώς τον λένε, έναν αδύνατο, ηλικιωμένο, με καπέλο;»

Το μυαλό της Σίλα φεύγει πάλι γι' αλλού, στιγμιαία και ολοκληρωτικά. Τα μάτια της γλιστρούν από το πρόσωπο του Καλ και καρφώνονται πέρα στον δρόμο σαν να παρακολουθεί κάποιο συμβάν που εκτυλίσσεται εκεί. «Δεν ξέρω» λέει. «Θα μπορούσε».

«Λοιπόν, αυτό θα πει τύχη» λέει ο Καλ. «Το σπίτι μου, του Ο'Σι; Το επισκευάζω μόνος μου. Τα μισοκαταφέρνω με τα περισσότερα, τα υδραυλικά και τα βαψίματα, με τέτοια. Δεν θέλω όμως να μπλέξω με καλώδια, όχι ώσπου να έρθει να ρίξει μια ματιά κάποιος που να ξέρει τι κάνει. Ο Μπρένταν τα πάει καλά με τα ηλεκτρολογικά, έτσι δεν είναι;»

«Ναι» λέει η Σίλα. Τα χέρια της έχουν πλεχτεί σφιχτά κάτω από το στήθος της. «Ναι, πράγματι. Δεν είναι όμως εδώ γύρω».

«Πότε θα επιστρέψει;»
Οι ώμοι της τινάζονται. «Δεν ξέρω. Έφυγε. Την άνοιξη που μας πέρασε».
«Α» κάνει ο Καλ, δείχνοντας κατανόηση. «Μετακόμισε;»
Εκείνη γνέφει καταφατικά, εξακολουθώντας να μην τον κοιτάζει.
«Πήγε κάπου κοντά; Θα μπορούσα ίσως να του τηλεφωνήσω;»
Κουνάει το κεφάλι της, ένα απότομο τίναγμα. «Δεν είπε».
«Ωχ, δύσκολο αυτό» λέει ήρεμα ο Καλ. «Το έκανε κι η κόρη μου αυτό μια φορά. Στα δεκαοκτώ. Της είχε κολλήσει ότι εγώ κι η μαμά της την καταπιέζαμε κατά κάποιον τρόπο, και το 'σκασε». Η Αλίσα δεν είχε κάνει ποτέ κάτι τέτοιο. Ήταν πάντα καλό παιδί, ακολουθούσε τους κανόνες, και σιχαινόταν να στεναχωρεί τους άλλους. Τα μάτια της Σίλα, όμως, έχουν επιστρέψει πάνω του. «Η μαμά της ήθελε να την ψάξουμε, αλλά εγώ είπα όχι, να την αφήσουμε να κερδίσει. Αν τη βρίσκαμε, θα θύμωνε ακόμα περισσότερο, και την επόμενη φορά θα πήγαινε πιο μακριά. Αφήνοντάς τη, θα επέστρεφε όταν ήταν έτοιμη. Εσείς τον ψάχνετε τον γιο σας;»
Η Σίλα λέει: «Δεν θα ήξερα πού να το κάνω».
«Ας πούμε» λέει ο Καλ, «διαβατήριο έχει; Δεν μπορεί να πάει κανείς πολύ μακριά χωρίς αυτό».
«Εγώ δεν του είχα βγάλει ποτέ. Θα μπορούσε όμως να βγάλει μόνος του. Είναι δεκαεννιά. Επίσης, μπορεί να φτάσει κανείς στην Αγγλία και χωρίς αυτό».
«Υπήρχαν μέρη που ήθελε να δει; Κάποιοι που να έλεγε πως θέλει να τους επισκεφτεί; Η μικρή μάς έλεγε ότι της άρεσε ο ήχος της Νέας Υόρκης, και όπως ήταν αναμενόμενο, εκεί πήγε».
Σηκώνει τον ένα ώμο. «Πολλά. Άμστερνταμ. Σίδνεϊ. Πουθενά που να μπορώ να πάω να τον γυρέψω».

«Όταν έφυγε η μικρή» λέει ο Καλ σκεπτικός, αλλάζοντας θέσεις στους πήχεις του στην αυλόπορτα και παρακολουθώντας τα παιδιά να ξεπαστρεύουν τη σοκολάτα τους, «η μαμά της δεν έπαψε να σκέφτεται ότι θα έπρεπε να το έχουμε προβλέψει. Όλες αυτές οι κουβέντες περί Νέας Υόρκης συνειδητοποίησε πως ήταν μια ένδειξη. Βασανιζόταν πολύ με αυτό. Τα αγόρια, όμως, είναι διαφορετικά». Στον Καλ δεν άρεσε ποτέ να χρησιμοποιεί την κόρη του στις ιστορίες της δουλειάς· συνήθως προτιμούσε να τις φορτώνει στον φανταστικό του γιο, τον Μπάντι. Μερικές φορές ωστόσο, ένα κορίτσι αποτελεί καλύτερη προσέγγιση. «Τα κρατάνε μέσα τους, σωστά;»

«Ο Μπρένταν όχι» λέει η Σίλα. «Είναι μεγάλος πολυλογάς».

«Α ναι; Είχε κάνει τίποτα νύξεις ότι σκεφτόταν να φύγει;»

«Τίποτα συγκεκριμένο. Έλεγε μόνο ότι είχε βαρεθεί. Είχε βαρεθεί να μην έχει κάτι να κάνει. Να μην έχει λεφτά. Ήθελε ένα σωρό πράγματα, πάντα, και ποτέ δεν μπορούσε...» Κοιτάζει τον Καλ με ντροπή, ανάμεικτη με αψηφισιά και παραίτηση. «Αυτό σε τρώει».

«Πράγματι» συμφωνεί ο Καλ. «Ειδικά αν δεν βλέπεις διέξοδο. Αυτό είναι δύσκολο για έναν νέο άνθρωπο».

«Το ήξερα πως είχε κουραστεί. Ίσως θα έπρεπε...» Ο άνεμος της φέρνει στο πρόσωπο μικρές τούφες από τα μαλλιά της· τα σπρώχνει πίσω, βίαια, με την ανάστροφη του ταλαιπωρημένου από τις δουλειές χεριού της.

«Δεν πρέπει να κατηγορείτε τον εαυτό σας» λέει ευγενικά ο Καλ. «Αυτό είχα πει και στη γυναίκα μου. Δεν έχετε μαντικές ικανότητες. Δεν μπορείτε να διαβάσετε τι κρύβει ο άλλος στο μυαλό του, μόνο να πορεύεστε με ό,τι έχετε».

Η Σίλα γνέφει, χωρίς να έχει πειστεί. Τα μάτια της γλιστρούν και πάλι από το πρόσωπό του.

«Το άλλο πράγμα που την πλήγωσε» λέει ο Καλ, «ήταν το σημείωμα που άφησε η κόρη μας. Που έλεγε πόσο κακοί ήμασταν, και πως εμείς φταίγαμε για όλα. Εγώ σκέφτηκα πως μάζευε δύναμη για να μπορέσει να ανοίξει την πόρτα και να φύγει, αλλά η μαμά της δεν το έβλεπε έτσι. Ο γιος σας σας άφησε κάποιο σημείωμα;»

Η Σίλα κουνάει αρνητικά το κεφάλι. «Τίποτα» λέει. Τα μάτια της είναι στεγνά, ωστόσο έχει ένα τραχύ γρέζι στη φωνή της.

«Εντάξει, είναι νέος» λέει ο Καλ. «Το ίδιο ήταν κι η κόρη μου. Σε αυτή την ηλικία δεν συνειδητοποιούν τι μας κάνουν».

Η Σίλα ρωτάει: «Η κόρη σας γύρισε;».

«Βέβαια» λέει ο Καλ χαμογελώντας. «Της πήρε λίγους μήνες, όταν όμως έκανε αυτό που ήθελε, βαρέθηκε να δουλεύει στο εστιατόριο και να μοιράζεται μια γκαρσονιέρα γεμάτη κατσαρίδες, γύρισε τρέχοντας. Σώα και αβλαβής».

Χαμογελάει· μια ελάχιστη σύσπαση. «Δόξα τω Θεώ» λέει.

«Ω, ναι, τον δοξάσαμε» λέει ο Καλ. «Και τον Θεό και τις κατσαρίδες». Κι ύστερα, πιο σοβαρά: «Η αναμονή ήταν δύσκολη, παρ' όλα αυτά. Ανησυχούσαμε κάθε στιγμή. Κι αν έχει ερωτευτεί κάποιον τύπο και δεν της συμπεριφέρεται σωστά; Κι αν δεν έχει πουθενά να μείνει; Και άλλα χειρότερα». Ξεφυσάει, κοιτάζοντας κατά το βουνό. «Ζόρικοι καιροί. Με το αγόρι, βέβαια, μπορεί να είναι διαφορετικά. Εσείς ανησυχείτε γι' αυτόν; Ή υποθέτετε ότι είναι ικανός να φροντίσει τον εαυτό του;»

Η Σίλα στρέφει αλλού το πρόσωπό της, και ο Καλ διακρίνει τον κόμπο στον λαιμό της να κινείται καθώς καταπίνει. «Εντάξει, ανησυχώ» λέει.

«Υπάρχει ιδιαίτερος λόγος; Ή απλώς επειδή, σαν μαμά του, αυτή είναι η δουλειά σας;»

Ο άνεμος παρασέρνει τις τούφες των μαλλιών της και μαστιγώνει την πεταχτή γωνία του ζυγωματικού της. Αυτή τη φορά δεν τις παραμερίζει. «Πάντα υπάρχουν λόγοι να ανησυχεί κανείς».

«Δεν ήθελα να φανώ αδιάκριτος» λέει ο Καλ. «Με συγχωρείτε αν το παράκανα. Απλώς, αυτό που θέλω να πω είναι ότι τα παιδιά κάνουν χαζομάρες. Τις περισσότερες φορές, είναι ψιλοπράγματα. Όχι πάντα, αλλά τις περισσότερες φορές, ναι».

Η Σίλα παίρνει μια βιαστική ανάσα και ξαναγυρίζει προς το μέρος του. «Θα είναι μια χαρά» λέει, με έναν απότομο τόνο στη φωνή της εντελώς ξαφνικά· δεν ακούγεται πια ονειροπαρμένη. «Εννοείται πως δεν τον κατηγορώ. Κάνει ότι θα έπρεπε να έχω κάνει κι εγώ στην ηλικία του. Είστε εντάξει τώρα με τις κάλτσες;»

«Τέλεια» λέει ο Καλ. «Σας ευχαριστώ».

«Ωραία» λέει η Σίλα ενώ έχει στραφεί σχεδόν προς το σπίτι. «Λίαμ! Αλάνα! Κατεβείτε απ' αυτό το πράμα και ελάτε μέσα για φαγητό!»

«Σας είμαι υπόχρεος» λέει ο Καλ, εκείνη όμως διασχίζει ήδη το χορτάρι. Μόλις που γνέφει πάνω από τον ώμο της προτού χαθεί πίσω από το σπίτι, μαζεύοντας τα παιδιά μπροστά της με κοφτές κινήσεις.

Ο Καλ κατεβαίνει περπατώντας το βουνό. Εκτός από τις εκτάσεις με τα έλατα, τα δέντρα είναι λίγα και απέχουν κάπως μεταξύ τους· πού και πού, κάποιο μοναχικό προεξέχει παραμορφωμένο, γυμνό εξαιτίας του χειμώνα και γερμένο μόνιμα στο πλάι από την ανάμνηση των δυνατών, κυρίαρχων ανέμων. Στην πλαγιά ενός λόφου, υπάρχουν πεταμένα μπάζα: ένας παλιός σιδερένιος σκελετός κρεβατιού μαζί με ένα λεκιασμένο στρώμα, και ένα σωρό σκισμένες πλαστικές σακούλες που το περιεχόμενό τους έχει σκορπίσει. Κάποια στιγμή περνάει τα απομεινάρια του μαντρότοιχου μιας εγκαταλειμμένης αγροικίας. Ένα γέρικο κοράκι, κουρνιασμένο πάνω στο χορτάρι που έχει φυτρώσει στις ρωγμές, ανοίγει διάπλατα το ράμφος του προστάζοντάς τον να συνεχίσει τον δρόμο του.

Έχει συναντήσει πολλούς ανθρώπους σαν τη Σίλα, και στην

παιδική του ηλικία και στη δουλειά. Είτε ήταν έτσι από την αρχή είτε κατέληξαν εκεί, η εστίασή τους δεν είναι πιο ευρεία από ενός κυνηγημένου ζώου. Είναι ξεζουμισμένοι από την προσπάθεια να διατηρήσουν τον ρυθμό τους· δεν υπάρχει χώρος για μακροπρόθεσμους στόχους και μεγαλεπήβολα σχέδια πέρα από το να παραμένουν μακριά από τις ασχήμιες και στην πορεία να αρπάζουν τα περιστασιακά μικροδωράκια. Έχει άλλη μία υπόνοια τι θα πρέπει να σήμαινε για ένα παιδί όπως ο Τρέι να έχει έναν αδερφό όπως ο Μπρένταν, σ' εκείνο το σπίτι.

Η Σίλα είπε στο παιδί την αλήθεια, ή τουλάχιστον του είπε το ίδιο πράγμα που λέει και στον εαυτό της: πιστεύει πως ο Μπρένταν βαρέθηκε και το έσκασε, και πως θα επιστρέψει. Αυτό θα μπορούσε να είναι αλήθεια, η Σίλα όμως δεν έχει προσφέρει στον Καλ κάτι παραπάνω που να τον ωθήσει προς αυτή την κατεύθυνση. Η πεποίθησή της βασίζεται εξ ολοκλήρου στην ελπίδα, στηρίζεται στο κενό, σε κάτι εξίσου στέρεο με τον καπνό. Η ανησυχία της, αντίθετα, έχει ρεαλιστική βάση και την πονάει. Η Σίλα έχει λόγους να ανησυχεί για τον Μπρένταν, κι ας μη θέλει να τους μοιραστεί με τον Καλ. Κάποιος από τους φίλους του, όμως, μπορεί και να το κάνει.

Ο Καλ πίστευε πως είχε ξεμπερδέψει για τα καλά με αυτά τη μέρα που παρέδωσε το σήμα του. *Ποιος να το 'λεγε, σκέφτεται, χωρίς να είναι σε θέση να προσδιορίσει το συναίσθημα που νιώθει. Υποθέτω πως το 'χω ακόμη.*

Η Ντόνα θα τον κοίταζε στραβά και θα έλεγε: *Το 'ξερα, η μόνη έκπληξη είναι ότι σου πήρε τόσο πολύ.* Είχε πει στον Καλ ότι ήταν εθισμένος στο να θέλει να διορθώνει τα πράγματα, σαν τους τύπους που δεν ξεκολλάνε από τον κουλοχέρη μέχρι να αρχίσουν να αναβοσβήνουν τα φωτάκια και να ξεχυθούν τα κέρδη. Ο Καλ είχε αντιδράσει σε αυτή τη σύγκριση, δεδομένης της σκληρής δουλειάς που κατέβαλλε για να διορθώνει τα πράγματα και της επιδεξιότητάς του, όμως αυτό έκανε την Ντόνα να σηκώσει ψηλά τα χέρια και να βγάλει έναν εκρηκτικό ήχο σαν τσαντισμένη γάτα.

Ίσως η Ντόνα να είχε δίκιο ή, τέλος πάντων, κάποιο δίκιο. Το αίσθημα ανησυχίας έχει εξαφανιστεί.

Ο Μαρτ είναι γερμένος στην αυλόπορτα του Καλ, χαζεύει τα λιβάδια και καπνίζει το στριφτό του. Όταν ακούει τον θόρυβο από τις μπότες του Καλ στο μονοπάτι, στρέφεται απότομα και τον χαιρετάει με μια κραυγή και ένα κούνημα της γροθιάς του. «Μπήκε το νερό στ' αυλάκι!»

«Ε;» κάνει ο Καλ.

«Άκουσα ότι τις προάλλες ήσουν στο σπίτι της Λένας. Πώς πήγε; Σκόραρες;»

«Έλεος, Μαρτ».

«Σκόραρες;»

Ο Καλ γνέφει «όχι» με το κεφάλι, χαμογελώντας παρά τη θέλησή του.

Τα ρυτιδιασμένα μάτια του Μαρτ φλέγονται από κατεργαριά. «Μη με απογοητεύεις, νεαρέ. Κανένα φιλί τουλάχιστον, καμιά αγκαλιά;»

«Πήρα αγκαλιά ένα κουτάβι» λέει ο Καλ. «Πιάνεται;»

«Αχ, για όνομα του Θεού» λέει ο Μαρτ, αηδιασμένος. Και φιλοσοφώντας το περισσότερο, προσθέτει: «Εντάξει, είναι κι αυτό ένα βήμα. Στις γυναίκες αρέσουν οι άντρες που αγαπάνε τα κουτάβια. Θα τα φτιάξετε πριν το καταλάβεις. Θα την πάρεις έξω για καμιά βόλτα;».

«Όχι» λέει ο Καλ. «Ίσως όμως πάρω ένα κουτάβι».

«Αν είναι από το μπιγκλ της, καλά θα κάνεις. Είναι εντάξει σκυλί. Εκεί ήσουν όλη μέρα; Έκανες αγκαλιές με κουτάβια;»

«Μπα. Πήγα έναν περίπατο πάνω στο βουνό. Έπεσα όμως

σ' έναν βάλτο, οπότε γύρισα σπίτι». Ο Καλ σηκώνει τη βρεγμένη μπότα του.

«Να προσέχεις με τους βάλτους» λέει ο Μαρτ, επιθεωρώντας την μπότα του. Σήμερα φοράει ένα βρόμικο πορτοκαλί καπέλο του μπέιζμπολ που γράφει «BOAT HAIR DON'T CARE». «Δεν τα ξέρεις τα χούγια τους. Αν πατήσεις σε λάθος σημείο, δεν θα ξαναβγείς. Είναι γεμάτοι τουρίστες· τους τρώνε σαν καραμελίτσες, αμέ». Ρίχνει στον Καλ ένα σατανικό πλάγιο βλέμμα.

«Πωπώ» κάνει ο Καλ. «Δεν ήξερα ότι παίζω τη ζωή μου κορόνα γράμματα».

«Για να μη σου πω για τους βουνίσιους. Όλοι τους εκεί πάνω είναι θεόμουρλοι· σου ανοίγουν το κεφάλι με το καλημέρα».

«Ο οργανισμός τουρισμού δεν θα σε συμπαθούσε και πολύ» λέει ο Καλ.

«Ο οργανισμός τουρισμού δεν έχει βρεθεί πάνω στα βουνά. Μείνε εδώ κάτω, που είμαστε πολιτισμένοι».

«Ναι, ίσως» λέει ο Καλ, κάνοντας να ανοίξει την αυλόπορτα. Και όταν ο Μαρτ δεν κουνιέται: «Δεν έχω πάει στην πόλη, δικέ μου. Συγγνώμη».

Το κατεργάρικο ύφος χάνεται αμέσως και εντελώς από το πρόσωπο του Μαρτ, αφήνοντάς τον βλοσυρό. «Δεν ήρθα εδώ για τα μπισκότα» λέει. Τραβάει μία ακόμα βαθιά ρουφηξιά από το τσιγάρο του και το πετάει σε έναν νερόλακκο. «Πάμε στο πίσω χωράφι. Έχω να σου δείξω κάτι».

Τα πρόβατα του Μαρτ είναι μαζεμένα στο διπλανό λιβάδι. Είναι τσιτωμένα, σπρώχνονται και χτυπάνε τα πόδια τους νευρικά, δεν βόσκουν. Το πέρα λιβάδι είναι άδειο, ή σχεδόν άδειο. Στη μέση του πράσινου χορταριού υπάρχει ένας τραχύς ανοιχτόχρωμος σωρός, που δεν είναι άμεσα αναγνωρίσιμος.

«Μία από τις καλύτερες προβατίνες μου» λέει ο Μαρτ,

ανοίγοντας με φόρα την αυλόπορτα. Η φωνή του έχει έναν επίπεδο τόνο, πολύ διαφορετικό από το συνηθισμένο ζωηρό, τραγουδιστό ύφος του, κάτι που στον Καλ ηχεί ελαφρώς ανησυχητικά. «Τη βρήκα σήμερα το πρωί».

Ο Καλ κάνει τον γύρο της προβατίνας όπως θα περπατούσε σε έναν τόπο εγκλήματος, κρατώντας αποστάσεις και παρατηρώντας προσεκτικά. Σμήνη μεγάλες μαύρες μύγες έχουν πιάσει δουλειά ανάμεσα στο άσπρο μαλλί. Όταν πλησιάζει πιο κοντά, κουνάει το χέρι του για να τις κάνει να σηκωθούν και να έχει ξεκάθαρη εικόνα· εκείνες σβουρίζουν γύρω γύρω βουίζοντας θυμωμένες.

Κάτι κακό έχει συμβεί σε αυτό το πρόβατο. Ο λαιμός του είναι ένα χάλι από πηγμένο αίμα· το ίδιο και το εσωτερικό του στόματός του, που κρέμεται υπερβολικά ανοιχτό. Τα μάτια του λείπουν. Από ένα ορθογώνιο κενό, ξεχωρίζουν τα πλευρά του. Κάτω από την ουρά του υπάρχει μια μεγάλη κόκκινη τρύπα.

«Δεν είναι πολύ καλό αυτό» λέει ο Καλ.

«Το ίδιο όπως και του Μπόμπι Φίνι» λέει ο Μαρτ. Το πρόσωπό του είναι σφιγμένο.

Ο Καλ εξετάζει το χορτάρι, όμως είναι πολύ μαλακό για να έχουν μείνει ίχνη. «Κοίταξα» λέει ο Μαρτ. «Και στη λάσπη έξω στον δρόμο επίσης. Τίποτα».

«Ο Κότζαχ έπιασε καμιά μυρωδιά;»

«Τσοπανόσκυλο είναι, όχι λαγωνικό», και κάνοντας νόημα με το πιγούνι του προς την προβατίνα: «Δεν του άρεσε καθόλου αυτό, καθόλου. Τρελάθηκε. Δεν ήξερε αν έπρεπε να ορμήσει ή να το βάλει στα πόδια».

«Τον κακομοίρη» λέει ο Καλ. Κάθεται στις φτέρνες του πιο κοντά, διατηρώντας όμως ακόμη κάποια απόσταση – η βαριά μυρωδιά της σήψης έχει αρχίσει ήδη να αναδύεται από το ζώο. Οι άκρες των πληγών είναι καθαρές και ακριβείς, σαν να προκλήθηκαν από κοφτερό μαχαίρι, αλλά ο Καλ, από τις ώρες που χαζολογούσε με τους τύπους στο Ανθρωποκτονιών, ξέρει ότι το πεθαμένο δέρμα μπορεί να κάνει παράξενα πράγματα. «Ο Μπόμπι έχασε άλλο πρόβατο;»

«Όχι» λέει ο Μαρτ. «Τον τελευταίο καιρό περνάει τις μισές νύχτες έξω στα χωράφια του, ελπίζοντας να εντοπίσει τα πράσινα ανθρωπάκια που θα κατέβουν και γι' άλλο, αλλά δεν έχει δει ούτε τρίχα από κάτι χειρότερο από ασβό. Πες μου εσύ τώρα: ποιο ζώο είναι τόσο ξύπνιο που να την πέσει σε ένα πρόβατο, και μετά να φύγει από ένα μέρος που ξέρει ότι υπάρχει φαΐ, επειδή παραφυλάει ο βοσκός;»

Ο Καλ αναρωτιόταν το ίδιο πράγμα. «Κάποιο μεγάλο αιλουροειδές, ίσως» λέει. «Αλλά δεν έχετε τέτοια εδώ, έτσι δεν είναι;»

«Ναι, εντάξει, είναι έξυπνα τα μπάσταρδα» λέει ο Μαρτ. Στενεύει τα μάτια του προς τους λόφους. «Δεν έχουμε· όχι ντόπια, τέλος πάντων. Ποιος ξέρει όμως τι μπορεί να θελήσει να ξεφορτωθεί ο καθένας. Αυτά τα βουνά είναι το ιδανικό μέρος για να ξεφορτώνεσαι πράγματα».

Ο Καλ λέει: «Ένας άνθρωπος θα ήταν αρκετά έξυπνος ώστε να την κάνει γι' αλλού ύστερα από ένα πρόβατο».

Ο Μαρτ συνεχίζει να κοιτάζει τα βουνά. «Κάποιος που δεν είναι με τα σωστά του, αυτό θες να πεις. Που δεν στέκει καλά στα μυαλά του».

«Υπάρχει κανείς εδώ τριγύρω που να ταιριάζει με την περιγραφή;»

«Κανείς που να ξέρω. Θα μπορούσαμε όμως να είναι κάποιος που να μην τον ξέρω».

«Σ' ένα τόσο μικρό μέρος;»

«Ποτέ δεν ξέρεις τι μυαλά κουβαλάει ο καθένας» λέει ο Μαρτ. «Πριν από μερικά χρόνια, το παλικάρι των Μάνιον —αξιαγάπητος νεαρός, που δεν δημιούργησε ποτέ κανένα πρόβλημα στη μανούλα και στον μπαμπάκα– πέταξε τη γάτα του στη φωτιά. Την έκαψε ζωντανή. Ούτε είχε πιει, ούτε τίποτα. Απλώς γούσταρε να το κάνει».

Όλοι ήταν ικανοί να κάνουν τα πάντα· ακόμα κι εδώ, απ' ό,τι φαίνεται. Ο Καλ λέει: «Και πού είναι τώρα το παιδί των Μάνιον;».

«Έπειτα απ' αυτό, πήγε στη Νέα Ζηλανδία. Δεν έχει επιστρέψει».

«Α» κάνει ο Καλ. «Άρα, θα φωνάξεις την αστυνομία; Τη φιλοζωική;»

Ο Μαρτ τον κοιτάζει με το βλέμμα για ηλίθιους του Τρέι.

«Εντάξει» λέει ο Καλ. Αναρωτιέται τι θέλει απ' αυτόν ο Μαρτ. Τα πράγματα έχουν ήδη ξεφύγει αρκετά· δεν σκοπεύει να προσθέσει και ένα νεκρό πρόβατο στις εκκρεμότητές του.

«Δικό σου το πρόβατο, δική σου κι η απόφαση».

«Θέλω να μάθω ποιος το έκανε» λέει ο Μαρτ. «Το δάσος σου είναι αρκετά πυκνό για να κρυφτώ. Θα ήθελα να με αφήσεις να περνάω τις νύχτες εκεί πέρα για λίγο».

«Πιστεύεις ότι θα επιστρέψει;»

«Όχι στα δικά μου πρόβατα. Αυτό το δάσος, όμως, έχει εξαιρετική θέα στη γη του Πι Τζέι Φάλον, και έχει κι εκείνος ένα καλό κοπάδι. Αν αυτό το πλάσμα βγει να τα κυνηγήσει, θα με βρει να το περιμένω».

«Πολύ καλά λοιπόν, ελεύθερα» λέει ο Καλ. Δεν τρελαίνεται στην ιδέα να βρίσκεται ο Μαρτ εκεί έξω μόνος του, ένας κοκαλιάρης γέρακος με ξεχαρβαλωμένες αρθρώσεις, και ο Καλ ξέρει, κάτι που ίσως ο Μαρτ αγνοεί, ότι ένα όπλο δεν είναι μαγικό ραβδί. «Ίσως σου κάνω παρέα. Για να καλύψουμε όλες τις σκοπιές».

Ο Μαρτ κουνάει αρνητικά το κεφάλι. «Τα καταφέρνω καλύτερα μόνος μου. Ένας άντρας κρύβεται καλύτερα από δύο».

«Έχω κυνηγήσει αρκετά στη ζωή μου. Ξέρω να μένω ήσυχος».

«Σίγουρα». Στο πρόσωπο του Μαρτ εμφανίζεται ένα χαμόγελο. «Με το μέγεθός σου, κάθε φορά που βγαίνεις εκεί έξω, φαίνεσαι από το διάστημα. Μείνε μέσα να μην ξεπαγιάσουν τ' αποτέτοια σου για κάτι που το πιο πιθανό είναι να έχει ήδη φύγει μακριά».

«Εντάξει, αν είσαι σίγουρος γι' αυτό» λέει ο Καλ. Πρέπει να προειδοποιήσει τον Τρέι να κόψει τις βραδινές επισκέψεις, αλλιώς θα βρεθεί ο ίδιος υπόλογος αν καταλήξει με τον ποπό του γεμάτο σκάγια. «Άμα αλλάξεις γνώμη, μου λες».

Οι μύγες έχουν ξαναβολευτεί σε πυκνές συστάδες που αναδεύονται. Ο Μαρτ σπρώχνει την προβατίνα με τη μύτη της μπότας του κάνοντάς τες να σηκωθούν πάλι, για λίγο, προτού επιστρέφουν στη δουλειά τους. «Δεν άκουσα ποτέ το παραμικρό» λέει. Χτυπάει το ζώο ακόμα μια φορά, πιο δυνατά. Ύστερα γυρίζει και φεύγει προς το σπίτι, με τα χέρια βαθιά στις τσέπες του μπουφάν του.

Έχει περάσει ο ταχυδρόμος: Η άδεια οπλοφορίας τον περιμένει στο πάτωμα πίσω από την πόρτα. Είχε κάνει την αίτηση περισσότερο από λαχτάρα για σπιτικό κουνέλι στιφάδο παρά εξαιτίας πραγματικής ανάγκης. Όταν πρωτοξεκίνησε να κοιτάζει για την Ιρλανδία, ένα από τα πράγματα που του τράβηξαν την προσοχή ήταν η έλλειψη κινδύνων: ούτε πιστόλια, ούτε φίδια, ούτε αρκούδες ή κογιότ, ούτε μαύρες χήρες, ούτε καν κουνούπια. Ο Καλ νιώθει ότι έχει περάσει το μεγαλύτερο κομμάτι της ζωής του αντιμετωπίζοντας, με τον έναν ή τον άλλον τρόπο, άγρια πλάσματα, και του άρεσε η ιδέα να ζήσει τα χρόνια μετά τη συνταξιοδότησή του χωρίς να χρειάζεται να σκέφτεται τίποτα από αυτά. Του φαινόταν ότι οι Ιρλανδοί ήταν χαλαροί απέναντι στον κόσμο με τρόπους που ούτε καν παρατηρούσαν. Τώρα όμως αυτό το τουφέκι το νιώθει σαν κάτι που καλό θα ήταν να υπάρχει στο σπίτι· όσο πιο σύντομα, τόσο το καλύτερο.

Για μεσημεριανό φτιάχνει ένα σάντουιτς με ζαμπόν. Καθώς το τρώει, καταφέρνει να συνδεθεί στο ίντερνετ για να δει τα δρομολόγια των λεωφορείων. Τα απογεύματα της Τρίτης, το λεωφορείο προς το Σλάιγκο περνάει από τον αυτοκινητόδρομο κάπου γύρω στις πέντε, και αυτό προς το Δουβλίνο λίγο μετά τις επτά. Και τα δύο είναι πιθανά, αν και κανένα δεν ξεχωρίζει ως η προφανής απάντηση. Ο αυτοκινητόδρομος απέχει περίπου πέντε χιλιόμετρα από το σπίτι των Ρέντι, και ο Τρέι είπε πως ο Μπρένταν έφυγε γύρω στις πέντε, την ώρα που η Σίλα θα σέρβιρε το τσάι, που εδώ πέρα σημαίνει δείπνο. Ίσως η αίσθηση του χρόνου του Τρέι είναι κάπως αφηρημένη, άρα θα μπορούσε να υπολογίζει εντελώς λάθος, και ο Καλ δεν είναι βέβαιος ότι η Σίλα κρατάει αυστηρό πρόγραμμα γευμάτων, ακόμα όμως και το τέσσερις και τέταρτο θα σήμαινε ότι ο Μπρένταν προλάβαινε το λεωφορείο για το Σλάιγκο. Από την άλλη, το πέντε, ή ακόμα και το πεντέμισι, θα ήταν πολύ νωρίς για το λεωφορείο για το Δουβλίνο, ειδικά αν με κάτι τέτοιο δεν θα ήταν αναγκαίο να χάσει το δείπνο. Εν ολίγοις, αν ο Μπρένταν πήγαινε κάπου μακριά, ο Καλ τείνει περισσότερο να πιστεύει ότι κάποιος τον μετέφερε με το όχημά του.

Καλεί τον αριθμό του Μπρένταν, χωρίς λόγο. Όπως είπε ο Τρέι, βγαίνει κατευθείαν τηλεφωνητής: *Γεια, εδώ Μπρένταν, αφήστε μήνυμα.* Η φωνή του είναι νεανική, βιαστική και άνετη, σαν να το ξεπέταξε ανάμεσα σε δύο πιο σημαντικά πράγματα. Ο Καλ κάνει μερικές απόπειρες με τον κωδικό του τηλεφωνητή, μήπως και ο Μπρένταν άφησε τους προεπιλεγμένους, χωρίς όμως αποτέλεσμα.

Τελειώνει το σάντουιτς, πλένει τα πιάτα και φεύγει για το οπλοπωλείο του Ντάνιελ Μπουν. Το μαγαζί είναι κρυμμένο σε κάτι παράδρομους, και ο Κέβιν —το πραγματικό όνομα του

Ντάνιελ–, ένας χαλαρός τύπος με λιγδωμένο μαλλί που θα ταίριαζε καλύτερα σε κάποιο υγρό υπόγειο δισκάδικο, ξέρει την πραμάτεια του απέξω κι ανακατωτά και έχει έτοιμο λαδωμένο το εικοσιδυάρι Χένρι του Καλ να τον περιμένει.

Έχει περάσει πολύς καιρός από τότε που ο Καλ κρατούσε ένα από αυτά, και είχε ξεχάσει την ικανοποίηση που ένιωθε. Η θερμή στιβαρότητα της καρυδιάς είναι καθαρή απόλαυση για την παλάμη του· η κίνηση είναι τόσο ομαλή, που θα μπορούσε να πηγαίνει τον μοχλό μπρος πίσω όλη μέρα. «Λοιπόν» λέει. «Άξιζε η αναμονή».

«Δεν έχουν και μεγάλη ζήτηση αυτά» λέει ο Κέβιν, ακουμπώντας τον γοφό του στον πάγκο και κοιτάζοντας το τουφέκι επιτιμητικά. «Διαφορετικά, δεν θα ήταν απαραίτητο να το παραγγείλω». Ο Κέβιν το είχε πάρει προσωπικά. Ένιωθε εμφανώς ότι είχε απογοητεύσει τον εαυτό του, και πιθανότατα και τη χώρα του, επιτρέποντας σε έναν γιάνκη να τον πιάσει απροετοίμαστο.

«Ο παππούς μου είχε ένα τέτοιο» λέει ο Καλ. «Όταν ήμουν μικρός. Δεν ξέρω τι απέγινε». Στηρίζει το τουφέκι στον ώμο του και αναστενάζει, απολαμβάνοντας το άψογα ισορροπημένο βάρος του. Ο Καλ δεν έτρεφε ποτέ ιδιαίτερη αγάπη για το υπηρεσιακό Γκλοκ του, με τις σκληρές γραμμές του, την αυθάδη μαγκιά καθώς διαλαλούσε το γεγονός ότι υπήρχε για να σημαδεύει ανθρώπους. Δεν είχε πάνω του τίποτα πέρα από επιθετικότητα· δεν είχε καμία αξιοπρέπεια. Για αυτόν, το Χένρι συμβολίζει αυτό που θα έπρεπε να είναι ένα όπλο.

«Δεν έχουν αλλάξει και πολύ» λέει ο Κέβιν. «Το σημάδι σου θα επιστρέψει πριν καν το καταλάβεις. Λοιπόν, φύγαμε για το σκοπευτήριο τώρα;»

«Όχι» λέει ο Καλ. Τον τσαντίζει λιγάκι η ιδέα ότι δείχνει τύπος που χρειάζεται σκοπευτήριο για να πυροβολήσει. «Θα πάω να πιάσω κάτι για βραδινό».

«Λατρεύω το κουνέλι» λέει ο Κέβιν. «Ειδικά τώρα, που ετοιμάζονται για τον χειμώνα κι έχουν γίνει ωραία και παχουλά. Φέρε μου ένα, και θα σου κάνω έκπτωση στις σφαίρες».

Ο Καλ πηγαίνει σπίτι σχεδιάζοντας να κάνει ακριβώς αυτό· να κερδίσει τη συγχώρεση του Κέβιν για το Χένρι. Το σχέδιό του όμως αλλάζει, επειδή ο Τρέι κάθεται με την πλάτη στην εξώπορτα και μασουλάει ένα ντόνατ.

«Σταμάτα να βουτάς πράγματα από τη Νορίν».

Το παιδί κάνει στην άκρη για να ξεκλειδώσει ο Καλ την πόρτα. Ψάχνει στην τσέπη του παλτού του και δίνει στον Καλ μια χαρτοσακούλα που περιέχει ένα ακόμα ντόνατ, ελαφρώς ζουληγμένο.

«Ευχαριστώ» λέει ο Καλ.

«Πήρες όπλο» παρατηρεί ο Τρέι, εντυπωσιασμένος.

«Ναι» λέει ο Καλ. «Σπίτι σου δεν έχετε κανένα;»

«Μπα».

«Πώς κι έτσι; Αν ζούσα εκεί πάνω, χωρίς κανέναν τριγύρω για χιλιόμετρα, θα 'θελα ένα για προστασία».

«Ο μπαμπάς μου είχε ένα. Το πούλησε πριν φύγει. Βρήκες τίποτα;»

«Σου είπα. Θα χρειαστεί χρόνος». Ο Καλ μπαίνει μέσα και αφήνει το τουφέκι σε μια άκρη. Δεν θέλει να δει ο Τρέι πού σκοπεύει να φυλάξει το όπλο.

Ο Τρέι τον ακολουθεί. «Ναι, το ξέρω. Τι βρήκες σήμερα όμως;»

«Αν συνεχίσεις να με πρήζεις, θα σου πω να του δίνεις και να μην ξαναγυρίσεις για μια βδομάδα».

Ο Τρέι χώνει το υπόλοιπο ντόνατ στο στόμα του, και σκέφτεται την απειλή όσο μασάει. Εντέλει, καταλήγει στο συμπέρασμα ότι ο Καλ το εννοεί. «Είπες ότι θα μου μάθεις πώς να το χρησιμοποιώ» λέει, δείχνοντας προς το όπλο.

«Είπα ίσως».

«Δεν είμαι μωρό. Ο μπαμπάς μου έδειξε στον Μπρεν όταν ήταν δώδεκα». Πράγμα άσχετο, αφού εκείνο το όπλο χάθηκε πριν από τον Μπρένταν, όμως ο Καλ το σημειώνει έτσι κι αλλιώς στο μυαλό του. «Έχεις δουλειά να κάνεις» υπενθυμίζει στο παιδί. Ανοίγει την εργαλειοθήκη και πετάει στον Τρέι την παλιά του οδοντόβουρτσα. «Ζεστό νερό και σαπούνι για τα πιάτα».

Ο Τρέι πιάνει την οδοντόβουρτσα, παρατάει το παρκά του σε μια καρέκλα, βάζει μια κούπα σαπουνόνερο και ακουμπάει το γραφείο προσεκτικά στην πλάτη του, για να μπορεί να γονατίσει δίπλα του. Ο Καλ απλώνει τον μουσαμά και σηκώνει το καπάκι από το κουτί με την μπογιά, ρίχνοντάς του πλάγιες ματιές. Το παιδί στρώνεται στη δουλειά με ρυθμό που δεν θα μπορέσει να τον διατηρήσει: αποδεικνύοντας ξανά την αξία του από την αρχή, μετά το ξέσπασμα τις προάλλες. Ο Καλ χύνει μπογιά στο σκαφάκι του και αφήνει το παιδί στην ησυχία του.

«Έψαξα τα πράγματα του Μπρεν» λέει ο Τρέι, χωρίς να σηκώσει το βλέμμα του.

«Και;»

«Ο φορτιστής του είναι εκεί. Και το ξυράφι του, και ο αφρός του, και το αποσμητικό του. Κι η τσάντα του σχολείου, που είναι η μόνη που έχει».

«Από ρούχα;»

«Δεν λείπει τίποτα απ' ό,τι μπορώ να καταλάβω. Εκτός απ' αυτά που φορούσε. Δεν έχει και πολλά».

«Είχε κάτι που δεν θα τ' άφηνε με τίποτα πίσω; Κάτι που θεωρούσε πολύτιμο;»

«Το ρολόι του, που ήταν του παππού μας. Η μαμά τού το έδωσε όταν έκλεισε τα δεκαοχτώ. Δεν είναι εκεί. Αλλά έτσι κι αλλιώς το φοράει συνέχεια».

«Χμ» κάνει ο Καλ, βουτώντας το ρολό στην μπογιά. «Καλή δουλειά».

Ο Τρέι λέει, πιο δυνατά, με μια λάμψη θριάμβου αλλά και φόβου. «Είδες;»

«Αυτό δεν σημαίνει και πολλά, μικρό» λέει ο Καλ απαλά. «Ίσως σκέφτηκε ότι κάποιος θα το πρόσεχε αν έπαιρνε στα κρυφά τα πράγματα. Είχε μετρητά· θα μπορούσε να τα αντικαταστήσει όλα».

Ο Τρέι δαγκώνει από μέσα το μάγουλό του και σκύβει ξανά το κεφάλι πάνω από το γραφείο, αλλά ο Καλ καταλαβαίνει ότι σκέφτεται αν θα πει κάτι. Έχει αρχίσει το δεύτερο χέρι στον τοίχο του, και περιμένει.

Περνάει αρκετή ώρα. Στο μεταξύ, ο Καλ συνειδητοποιεί ότι του αρέσει πιο πολύ ο ρυθμός της δουλειάς μαζί με το παιδί. Τις τελευταίες μέρες που ήταν μόνος του, είχε σκαμπανεβάσματα στην απόδοσή του, επιταχύνοντας και επιβραδύνοντας· όχι αρκετά όμως ώστε να κάνει ιδιαίτερη διαφορά στην πρόοδο της δουλειάς, τόσο όμως ώστε να του σπάσουν τα νεύρα. Για να δείχνει στο παιδί πώς πρέπει να γίνεται σωστά, πάει όμορφα και στρωτά. Σταδιακά, ο ξέφρενος ρυθμός του Τρέι χαμηλώνει και γίνεται πιο σταθερός.

Τελικά λέει: «Πήγες στο σπίτι μου».

«Ναι» απαντάει ο Καλ. «Μάλλον είχες πάει σχολείο, έτσι για αλλαγή».

«Τι σου είπε η μαμά μου;»

«Αυτό που πίστευες ότι θα έλεγε».

«Δεν σημαίνει ότι έχει δίκιο. Της μαμάς μου της ξεφεύγουν πράγματα. Μερικές φορές».

«Εντάξει» λέει ο Καλ, «συμβαίνει σε όλους μας. Τι σου είπε;»

«Δεν μου το 'πε εκείνη ότι πέρασες. Η Αλάνα μου το 'πε. Είπε ότι ένας τύπος με γένια και βρεγμένο παπούτσι τους έδωσε Kit Kat».

«Ναι. Είχα βγει βόλτα και είχα την ατυχία να πατήσω μέσα

σ' έναν βάλτο δίπλα ακριβώς από το σπίτι της μαμάς σου. Ποιες οι πιθανότητες, έτσι;»

Ο Τρέι δεν χαμογελάει. Ύστερα από μια παύση, λέει: «Η μαμά μου δεν είναι τρελή».

«Δεν είπα ποτέ κάτι τέτοιο».

«Ο κόσμος το λέει».

«Η καμήλα δεν βλέπει την καμπούρα της».

Ο Τρέι προφανώς δεν έχει ιδέα τι σημαίνει αυτό. «Πιστεύεις ότι είναι τρελή;»

Ο Καλ το σκέφτεται, συνειδητοποιώντας στο μεταξύ ότι θα προτιμούσε να μην πει ψέματα στον Τρέι, αν αυτό είναι εφικτό. «Όχι» λέει στο τέλος. «Δεν θα την έλεγα τρελή. Εμένα μου φάνηκε περισσότερο σαν μια γυναίκα που δεν θα έλεγε όχι σε λίγη καλή τύχη».

Από το συνοφρύωμα του Τρέι καταλαβαίνει ότι δεν πρέπει να έχει δει τα πράγματα μέσα από αυτό το πρίσμα άλλη φορά. Αφού έχει περάσει λίγη ώρα, του λέει: «Τότε να βρεις τον Μπρένταν».

Ο Καλ απαντάει: «Από τους φίλους του Μπρένταν που μου ανέφερες, ποιος είναι ο πιο αξιόπιστος;».

Ο Τρέι είναι προφανές ότι δεν έχει σκεφτεί ποτέ κάτι τέτοιο. «Δεν ξέρω. Ο Πάντι είναι όπου φυσάει ο άνεμος, θα έλεγε οτιδήποτε. Και ο Άλαν είναι μεγάλος βλάκας, δεν καταλαβαίνει τα πιο απλά πράγματα. Ο Φέργκαλ, ίσως».

«Και πού μένει ο Φέργκαλ;»

«Από την άλλη μεριά μετά το χωριό, καμιά οκτακοσαριά μέτρα πέρα στον δρόμο. Φάρμα με πρόβατα, λευκό σπίτι, θα το δεις. Θα τον ανακρίνεις;»

«Ποιος είναι ο εξυπνότερος;»

Ο Τρέι σουφρώνει τα χείλη. «Ο Γιουτζίν Μόινιχαν. Έτσι πιστεύει. Σπουδάζει στο τεχνικό πανεπιστήμιο του Σλάιγκο, διοίκηση... κάτι τέτοιο. Πιστεύει ότι είναι τουλάχιστον πανέξυπνος».

«Καλό γι' αυτόν» λέει ο Καλ. «Έχει μετακομίσει στο Σλάικγκο ή βρίσκεται ακόμη εδώ τριγύρω;»

«Δεν θα γούσταρε να μένει στις εστίες. Πάω στοίχημα ότι πηγαινοέρχεται κάθε μέρα. Έχει μηχανή».

«Πού μένει ο Γιουτζίν;»

«Στο χωριό. Στο μεγάλο κίτρινο σπίτι με τη σέρα στο πλάι».

«Πώς είναι;»

Ο Τρέι ξεφυσάει περιφρονητικά με την άκρη του στόματός του. «Ο Γιουτζίν είναι απλώς μαλάκας. Και ο Φέργκαλ πανύβλακας».

«Μάλιστα» λέει ο Καλ. Καταλαβαίνει πως δεν πρόκειται να μάθει περισσότερες λεπτομέρειες. «Απ' ό,τι φαίνεται, ο Μπρένταν δεν είναι και ο καλύτερος στον κόσμο να διαλέγει φίλους».

Με αυτό κερδίζει ένα άγριο βλέμμα. «Εδώ γύρω δεν υπάρχουν και πολλοί να διαλέξεις. Τι να 'κανε δηλαδή;»

«Δεν τον κατακρίνω, μικρό» λέει ο Καλ, σηκώνοντας ψηλά τα χέρια του. «Μπορεί να κάνει παρέα με όποιον του γουστάρει».

«Θα τους ανακρίνεις;»

«Θα τους μιλήσω. Όπως σου είπα και την άλλη φορά. Μιλάμε σε όσους σχετίζονται με τον αγνοούμενο».

Ο Τρέι γνέφει ικανοποιημένος με αυτό. «Εγώ τι να κάνω;»

«Εσύ δεν κάνεις τίποτα» λέει ο Καλ. «Μένεις μακριά από τον Γιουτζίν, μένεις μακριά από τον Φέργκαλ, κάθεσαι στ' αυγά σου». Και όταν το στόμα του Τρέι παίρνει μια έκφραση διαμαρτυρίας: «Ακούς;».

Ο Τρέι τον στραβοκοιτάζει και επιστρέφει στη δουλειά του. Ο Καλ αποφασίζει να μην το τραβήξει· το παιδί ξέρει τη συμφωνία, και δεν είναι χαζό. Οι πιθανότητες λένε ότι, τέλος πάντων, θα κάνει ό,τι του πουν προς το παρόν.

Όταν ο ουρανός στο παράθυρο αρχίζει να παίρνει ένα φλογερό πορτοκαλί πίσω από τη συστάδα των δέντρων, ο Καλ λέει: «Τι ώρα λες να 'ναι;».

Ο Τρέι του ρίχνει ένα καχύποπτο βλέμμα. «Δες στο τηλέφωνό σου».

«Χαίρω πολύ. Να μαντέψεις σου ζητάω».

Το καχύποπτο ύφος διατηρείται, αλλά στο τέλος ανασηκώνει τους ώμους και λέει: «Επτά, ίσως».

Ο Καλ κοιτάζει να δει. Έχει πέσει οκτώ λεπτά έξω. «Αρκετά κοντά» λέει. Αν ο Καλ υπολογίζει ότι ο Μπρένταν έφυγε στις πέντε, κατά πάσα πιθανότητα δεν έχει κάνει και τόσο λάθος. «Και αρκετά αργά, οπότε πρέπει να πας σπίτι. Για το επόμενο διάστημα, δεν θέλω να 'σαι εδώ γύρω όταν σκοτεινιάζει».

«Γιατί;»

«Λόγω του γείτονά μου του Μαρτ. Κάτι σκότωσε ένα από τα πρόβατά του. Και δεν είναι και πολύ χαρούμενος».

Ο Τρέι το σκέφτεται. «Και ένα από τα πρόβατα του Μπόμπι Φίνι σκοτώθηκε» λέει.

«Ναι. Ξέρεις τίποτα που να σκοτώνει πρόβατα τριγύρω;»

«Κάποιο σκυλί; Έχει ξανασυμβεί, παλιά. Ο Σενόν Μαγκουάιρ το πυροβόλησε».

«Μπορεί» λέει ο Καλ, ενώ σκέφτεται το άψογο γδάρσιμο στα πλευρά της προβατίνας.

«Έχεις δει κανένα σκυλί να τριγυρίζει μόνο του όταν βρίσκεσαι στα πέριξ το βράδυ; Ή κάποιο άλλο ζώο αρκετά μεγάλο για να κάνει κάτι τέτοιο;»

«Είναι σκοτεινά» επισημαίνει ο Τρέι. «Δεν ξέρεις πάντα τι βλέπεις».

«Άρα, κάτι έχεις δει».

Το παιδί ανασηκώνει τον ένα ώμο, με τα μάτια καρφωμένα στο ρυθμικό πηγαινέλα της οδοντόβουρτσας. «Έχω δει κόσμο να μπαίνει σε σπίτια που δεν θα έπρεπε, δυο τρεις φορές».

«Και;»

«Και τίποτα. Έφυγα».

«Σωστή κίνηση» λέει ο Καλ. «Άντε, φτάνει. Μπορείς να επιστρέψεις αύριο. Το απόγευμα».

Ο Τρέι σηκώνεται, σκουπίζει τα χέρια του στο τζιν του και κάνει νόημα προς το γραφείο. Ο Καλ πλησιάζει και το παρατηρεί. «Ωραίο δείχνει» λέει. «Άλλες μια δυο ώρες δουλειά, και θα επανέλθει».

«Όταν τελειώσω» λέει ο Τρέι, βάζοντας το χέρι του στο μανίκι του παρκά, «μπορείς να μου μάθεις αυτό». Τινάζει το πιγούνι του προς το όπλο και βγαίνει από την πόρτα προτού προλάβει ο Καλ να απαντήσει.

Εκείνος πηγαίνει στην πόρτα και παρακολουθεί το παιδί να απομακρύνεται με μεγάλες δρασκελιές παράλληλα με τον φράχτη. Ανάμεσα στα μακριά χορτάρια διακρίνει ανεπαίσθητη κινητικότητα, κουνέλια που έχουν βγει για το βραδινό τους, αλλά ο Καλ δεν έχει πια στο μυαλό του το Χένρι και το στιφάδο.

Μόλις ο Τρέι στρίβει πέρα στον δρόμο προς τα βουνά, ο Καλ του δίνει ένα ακόμα λεπτό κι ύστερα κατευθύνεται προς την αυλόπορτα. Με τα χέρια στις τσέπες, παρακολουθεί την αδύνατη πλάτη του καθώς ανηφορίζει ανάμεσα στις βατομουριές ενώ το σούρουπο βαθαίνει. Ακόμα κι όταν ο Τρέι δεν φαίνεται πια, ο Καλ στέκεται εκεί με τα χέρια ακουμπισμένα στην αυλόπορτα και αφουγκράζεται.

9

Ο Καλ πάντα εκτιμούσε τα πρωινά. Βέβαια, διαχωρίζει τη θέση του από τους πρωινούς τύπους· καμία σχέση. Του χρειάζεται χρόνος, φως της ημέρας και καφές για να πάρουν μπρος τα εγκεφαλικά του κύτταρα. Παρ' όλα αυτά, του αρέσουν τα πρωινά καθαυτά και όχι για την επίδραση που έχουν πάνω του. Ακόμα και στριμωγμένος στην κυκλοθυμική γειτονιά του Σικάγο, οι ήχοι της αυγής υψώνονταν με εκπληκτική ηρεμία, και στην ατμόσφαιρα πλανιόταν μια λεμονάτη ευωδία καθαριότητας που σε έκανε να αναπνέεις καλύτερα και πιο βαθιά. Εδώ, το πρώτο φως απλώνεται στα λιβάδια σαν να συμβαίνει κάτι ιερό, κάνοντας εκατομμύρια δροσοσταλίδες να στραφταλίζουν, και μετατρέποντας τους ιστούς αράχνης στον φράχτη σε ουράνια τόξα· πάχνη ανεβαίνει από τα χορτάρια, και τα πρώτα καλέσματα των πουλιών και των προβάτων μοιάζουν να ταξιδεύουν απρόσκοπτα μίλια μακριά. Όποτε καταφέρνει να πείσει τον εαυτό του, ο Καλ σηκώνεται νωρίς και τρώει το πρωινό του καθισμένος στο πίσω σκαλοπάτι, απολαμβάνοντας την ψύχρα και την έντονη μυρωδιά του χώματος στην ατμόσφαιρα. Το ντόνατ που έφερε χτες ο Τρέι είναι ακόμη σε αρκετά καλή κατάσταση.

Το Wi-Fi συνεργάζεται, οπότε ανοίγει το Facebook στο κινητό του και ψάχνει για τον Γιουτζίν Μόινιχαν και τον Φέργκαλ Ο'Κόνορ. Ο Γιουτζίν είναι μελαχρινός και αδύνατος, σε μια ψευτοκαλλιτεχνική πόζα προφίλ σε μια γέφυρα κάπου που μοιάζει με Ανατολική Ευρώπη. Ο Φέργκαλ έχει ένα μεγάλο χαμόγελο στο φεγγαροπρόσωπό του, με τα ροδαλά μάγουλά του σαν μικρού παιδιού να γυαλίζουν, και υψώνει ένα ποτήρι.

Ο Μπρένταν έχει κι εκείνος λογαριασμό στο Facebook, αν και η τελευταία δημοσίευση είναι πριν από έναν χρόνο, μια «κάνε λάικ και μοιράσου» απόπειρα να κερδίσει εισιτήρια για κάποιο μουσικό φεστιβάλ. Στη φωτογραφία του προφίλ του, κάθεται σε μια μηχανή και χαμογελάει πάνω από τον ώμο του. Είναι αδύνατος, με κάστανα μαλλιά, με λεπτά ανασηκωμένα χαρακτηριστικά που, ανάλογα με τη διάθεση, φαίνονται ωραία ή όχι, κι αυτό υπαινίσσεται γρήγορες μεταβολές. Ο Καλ αναγνωρίζει τη Σίλα πάνω του, στα ζυγωματικά και γύρω από το στόμα, ωστόσο δεν μπορεί να βρει καμία ομοιότητα με τον Τρέι.

Αφού ο Γιουτζίν είναι φοιτητής και ο Φέργκαλ αγρότης, ο Καλ δεν έχει αμφιβολία ποιον από τους δύο είναι πιθανότερο να βρει ξύπνιο Σάββατο πρωί. Διασχίζει με τα πόδια το χωριό, όπου το μαγαζί της Νορίν, η παμπ και η μπουτίκ καθωσπρέπει γυναικείων ενδυμάτων κοιμούνται ακόμα με κατεβασμένα ρολά, και ο δρόμος είναι άδειος. Μόνο μια γριά γυναίκα, που βάζει λουλούδια στη σπηλιά της Παρθένου Μαρίας στο σταυροδρόμι, γυρίζει να τον καλημερίσει. Κανένα χιλιόμετρο πιο κάτω βρίσκεται μια σειρά βοσκοτόπια γεμάτα παχιά, εύρωστα πρόβατα και μια μεγάλη άσπρη αγροικία. Στην αυλή, ένας μεγαλόσωμος νεαρός με φλις και φόρμα εργασίας ξεφορτώνει σακιά από μια καρότσα και τα κουβαλάει σε μια εντυπωσιακή αποθήκη.

«Καλημέρα» λέει ο Καλ, από την αυλόπορτα.

«Καλημέρα» λέει ο νεαρός, σηκώνοντας το επόμενο τσουβάλι. Ακούγεται ελαφρώς ξέπνοος. Η άσκηση έχει προσδώσει στο πρόσωπό του την ίδια γυαλάδα με τη φωτογραφία από την παμπ, και απέναντι στον Καλ έχει το ίδιο ύφος ευχάριστης προσμονής όπως και απέναντι στην κάμερα, λες και υπάρχει πιθανότητα να του έχει φέρει κάποια λιχουδιά έκπληξη.

«Ωραίο κοπάδι έχεις εκεί πέρα» λέει ο Καλ.

«Καλό είναι» λέει ο Φέργκαλ, ανεβάζοντας καλύτερα το τσουβάλι στον ώμο του. Είναι παχουλός, με σπαστά κάστανα μαλλιά και αρκετά λεπτούς γοφούς. Δείχνει να χρειάζεται λίγο χρόνο με τα περισσότερα πράγματα. «Θα 'πρεπε να 'ναι πιο μεγάλο, αλλά το παλεύουμε μ' αυτά που έχουμε».

«Ναι; Γιατί έτσι;»

Αυτό κάνει τον Φέργκαλ να σταθεί και να ρίξει στον Καλ ένα έκπληκτο βλέμμα, σαν να του κάνει εντύπωση που είναι δυνατόν κάποιος να αγνοεί κάτι τέτοιο. «Λόγω της ξηρασίας πέρσι το καλοκαίρι. Χρειάστηκε να πουλήσουμε μέρος του κοπαδιού γιατί δεν μπορούσαμε να τα ταΐζουμε».

«Άσχημο αυτό» λέει ο Καλ. «Φέτος όμως έβρεξε περισσότερο».

«Ήταν καλύτερα, τέλος πάντων» συμφωνεί ο Φέργκαλ. «Πέρσι η ξηρασία χτύπησε πάνω στην εποχή της βοσκής. Έπληξε πολύ την τροφή των αρνιών».

«Δεν ήμουν εδώ τότε» λέει ο Καλ. Μισοκλείνει τα μάτια του κοιτάζοντας προς τον ουρανό, που είναι διάστικτος με λευκά και γκρίζα μαργαριτάρια. «Δεν μπορώ να φανταστώ αυτό το μέρος με περισσότερη λιακάδα απ' ό,τι αντέχει. Δεν είναι από τα δυνατά του σημεία στις τουριστικές ιστοσελίδες».

«Τη λατρεύω τη λιακάδα» ομολογεί ο Φέργκαλ με ένα συνεσταλμένο χαμόγελο. «Πέρσι όμως ήταν τρελό, να τη βλέπεις και να τη σιχαίνεσαι. Δεν ήξερα πού μου παν τα τέσσερα».

Ο Καλ νιώθει πως του αρέσει αυτό το παιδί, του αρέσει αυτή η κουβέντα, και θα ήταν απόλυτα χαρούμενος να συνέχιζαν έτσι γενικολογώντας. Νιώθει να τον τρυπάει μια σουβλιά δυσαρέσκειας για τον Τρέι και τον βλάκα τον αδερφό του.

«Καλ Χούπερ» λέει, απλώνοντας το χέρι του. «Μένω στο παλιό σπίτι του Ο'Σι, στην άλλη πλευρά του χωριού».

Ο Φέργκαλ πλησιάζει προς το μέρος του, αλλάζοντας θέση στο τσουβάλι για να ελευθερώσει το χέρι του και να ανταλλάξουν χειραψία. «Φέργκαλ Ο'Κόνορ» λέει.

«Για κοίτα» λέει ο Καλ ευχαριστημένος. «Μου είπαν ότι μπορείς να με βοηθήσεις, και να σε. Να σου δώσω ένα χεράκι όσο μιλάμε;»

Ενώ ο Φέργκαλ το σκέφτεται, ο Καλ πηγαίνει στην αυλόπορτα, την κλείνει προσεκτικά πίσω του και τραβάει από την καρότσα ένα τσουβάλι. Το σηκώνει στον ώμο του, απολαμβάνοντας τη συνειδητοποίηση ότι, προσπαθώντας κάτι τέτοιο τέσσερις μήνες πριν, θα είχε πάθει θλάση σε πεντέξι μυς. Τα σακιά έχουν το σκίτσο ενός προβάτου και τις λέξεις ΜΕΡΙΔΕΣ ΠΟΙΟΤΗΤΑΣ αποκάτω.

«Στην αποθήκη πάνε;» ρωτάει.

Ο Φέργκαλ δείχνει μπερδεμένος, αλλά δεν μπορεί να σκεφτεί να κάνει κάτι συνετό, οπότε αφήνει τον Καλ να συνεχίσει. «Ναι, εκεί» λέει. «Τροφή για τα πρόβατα».

Ο Καλ ακολουθεί τον Φέργκαλ στην αποθήκη. Είναι καθαρή, ψηλοτάβανη και ευάερη, με μεγάλα μεταλλικά χωρίσματα για τα ζώα. Δεμάτια άχυρα και σακιά με τροφή είναι στοιβαγμένα δίπλα στον τοίχο. Ψηλά στα δοκάρια, δύο νεαρά χελιδόνια πεταρίζουν γύρω από τη φωλιά τους. «Τυχερά τα πρόβατά σου» λέει ο Καλ. «Ωραίο μέρος».

«Θα το χρειαστούμε σύντομα» λέει ο Φέργκαλ. «Οι γέροι λένε ότι έρχεται βαρύς χειμώνας». Συνεχίζει να τον κοιτάζει πάνω από τον ώμο του, αλλά δεν μπορεί να σκεφτεί τι ερώτηση να του κάνει.

«Συνήθως πέφτουν μέσα, ε;»

«Ναι, πράγματι. Συνήθως, τέλος πάντων».

«Ας είναι» λέει ο Καλ, αφήνοντας το σακί του στην κορυφή

μιας τακτικής στοίβας. «Ελπίζω να μπορείς να με βοηθήσεις. Προσπαθώ να φέρω σε λογαριασμό το σπίτι μου πριν μπει ο χειμώνας, και πρέπει να αλλάξω τα ηλεκτρικά στην κουζίνα. Ένας τύπος στην παμπ ανέφερε ότι ο Μπρένταν Ρέντι θα ήταν ο κατάλληλος γι' αυτό».

Ρίχνει μια ματιά για να δει την αντίδραση του Φέργκαλ στο άκουσμα του ονόματος του Μπρένταν, εκείνος όμως απλώς βλεφαρίζει, μπερδεμένος.

«Τον έψαξα» λέει ο Καλ, «αλλά η κυρία Ρέντι μου είπε ότι δεν βρίσκεται εδώ αυτές τις μέρες. Είπε ότι ίσως θα μπορούσες να με βοηθήσεις εσύ».

Η σύγχυση του Φέργκαλ μεγαλώνει. «Εγώ;»

«Αυτό μου είπε».

«Δεν έχω ιδέα από ηλεκτρολογικά. Ο Μπρένταν, ναι, έχει. Όμως δεν είναι εδώ».

Ο Καλ παρατηρεί το έχει.

«Χμ, μάλλον κατάλαβα λάθος. Τώρα αισθάνομαι εντελώς ηλίθιος». Χαμογελάει συνεσταλμένα στον Φέργκαλ, ο οποίος του ανταποδίδει το χαμόγελο, καταλαβαίνοντας το συναίσθημα. «Συγγνώμη που σε ενόχλησα. Το λιγότερο που μπορώ να κάνω είναι να σε βοηθήσω να ξεμπερδέψεις με αυτά, για αποζημίωση».

«Σιγά. Κανένα πρόβλημα. Εμένα με συγχωρείς που δεν μπορώ να βοηθήσω».

«Λες η κυρία Ρέντι να προσπαθούσε απλώς να με ξεφορτωθεί;» λέει ο Καλ καθώς επιστρέφουν στην καρότσα. «Και επειδή είσαι κολλητός του Μπρένταν, να ήσουν το πρώτο άτομο που της ήρθε στο μυαλό;» Σηκώνει άλλο ένα τσουβάλι στον ώμο και παραμερίζει για να κάνει κι ο Φέργκαλ το ίδιο. «Μάλλον θα έκανα πατάτα. Εμφανίστηκα εκεί πέρα ρωτώντας πού μπορώ να βρω τον Μπρένταν. Τότε δεν την ήξερα την ιστορία».

Η ταχύτητα που γυρίζει ο Φέργκαλ το κεφάλι του προς το

μέρος του δημιουργεί στον Καλ μια πρώτη υπόνοια ότι ο Μπρένταν Ρέντι ίσως και να μην το έσκασε τελικά για τη μεγάλη ζωή. Η υποψία αυτή τρυπώνει στον νου του με τη σαφήνεια ενός ήχου, ένα ξεκάθαρο μικρό κλινκ σαν πέτρα που χτυπάει στο μέταλλο.

«Ποια ιστορία;»

Ο Καλ κοιτάζει ήρεμα τα ολοστρόγγυλα, έκπληκτα μάτια του νεαρού.

«Τι είπε η μαμά του;»

«Δεν είναι τόσο το τι είπε» εξηγεί ο Καλ. «Μα περισσότερο αυτό που εξέλαβα».

«Τι...;»

Ο Καλ περιμένει για λίγο, αλλά ο Φέργκαλ τον χαζεύει μόνο. «Ας το θέσω ως εξής» λέει τελικά ο Καλ, διαλέγοντας προσεκτικά τις λέξεις και αφήνοντας να φανεί η έγνοια.

«Όταν ο κόσμος λέει πως ο Μπρένταν δεν είναι εδώ, δεν εννοούν ότι μάζεψε τα πράγματά του, έδωσε ένα αποχαιρετιστήριο φιλί στη μαμά του, βρήκε ένα ωραίο διαμερισματάκι στην πόλη και έρχεται κάθε Κυριακή για σπιτικό φαγητό. Κάνω λάθος;»

Ο Φέργκαλ δείχνει επιφυλακτικός. Τα χαρακτηριστικά του δεν είναι φτιαγμένα γι' αυτό, με αποτέλεσμα να κοιτάζει μ' ένα κωμικό, παγωμένο βλέμμα, σαν ένα παιδί που έχει καθίσει πάνω του ζουζούνι. «Δεν ξέρω» λέει.

«Το θέμα είναι» λέει ο Καλ, «ότι η οικογένεια του Μπρένταν ανησυχεί αρκετά γι' αυτόν».

Ο Φέργκαλ ανοιγοκλείνει τα μάτια με απορία. «Γιατί ανησυχεί;» Ακούγοντας τον εαυτό του, καταλαβαίνει ότι η ερώτηση είναι χαζή και κοκκινίζει ακόμα περισσότερο.

«Φοβούνται πως μπορεί να τον άρπαξε κάποιος».

Ο Φέργκαλ μένει εμβρόντητος. «Να τον άρπαξε; Αχ, Θεέ μου, όχι. Να τον άρπαξε; Ποιος;»

«Εσύ θα μου πεις» λέει ο Καλ εύλογα. «Εγώ είμαι ξένος εδώ».

«Δεν έχω ιδέα» λέει τελικά ο Φέργκαλ.

«Εσύ δεν ανησυχείς γι' αυτόν;»

«Ο Μπρένταν δεν... είναι... Μια χαρά είναι».

Ο Καλ δείχνει έκπληκτος, χωρίς να καταβάλει ιδιαίτερη προσπάθεια. «Μου το λες επειδή το ξέρεις σίγουρα, αγόρι μου; Τον έχεις δει το τελευταίο εξάμηνο; Του έχεις μιλήσει;»

Όλα αυτά είναι πολύ περισσότερα απ' ό,τι περίμενε ο Φέργκαλ αυτό το πρωί. «Α, όχι, δεν... δεν του έχω μιλήσει, ή κάτι τέτοιο. Απλώς φαντάζομαι πως είναι μια χαρά. Ο Μπρεν πάντα είναι μια χαρά».

«Να» λέει ο Καλ, κουνώντας το κεφάλι, «κάτι τέτοια είναι που με κάνουν να καταλαβαίνω πως μεγαλώνω. Οι νέοι πάντα πιστεύουν πως οι γέροι ανησυχούν υπερβολικά, και οι γέροι πως οι νέοι δεν ανησυχούν καθόλου. Ο φίλος σου λείπει εδώ και μήνες, και το μόνο που σκέφτεσαι είναι: "Εντάξει, φαντάζομαι, είναι μια χαρά". Σ' έναν μεγάλο όπως εγώ, αυτό ακούγεται εντελώς τρελό».

«Θα 'λεγα πως τρόμαξε λιγάκι, κι αυτό είναι όλο. Όχι ότι τον άρπαξε κάποιος. Για ποιο λόγο δηλαδή να τον αρπάξει κανείς;»

«Τρόμαξε; Από τι; Ή ποιον;»

Ο Φέργκαλ μεταφέρει το βάρος του τσουβαλιού στον ώμο του, δείχνοντας ότι αισθάνεται ολοένα και πιο άβολα. «Δεν ξέρω. Από κανέναν».

«Αγόρι μου, τώρα δεν είπες ότι τρόμαξε; Εννοώντας ότι κάποιος πρέπει να τον τρόμαξε. Ποιος θα μπορούσε να κάνει κάτι τέτοιο;»

«Απλώς εννοούσα... Έτσι είναι. Η μαμά μου λέει ότι όλοι οι Ρέντι υποφέρουν από τα νεύρα τους. Θα επιστρέψει μόλις ηρεμήσει».

«Την κυρία Ρέντι την έχει φάει η αγωνία» λέει ο Καλ.

«Ανησυχεί γι' αυτόν. Πώς θα ένιωθε η μαμά σου αν έλειπες εσύ τόσον καιρό χωρίς ούτε φωνή ούτε ακρόαση;» Αυτό αγγίζει τον Φέργκαλ. Ρίχνει μια έντρομη ματιά προς το σπίτι. «Όχι και τόσο καλά, θα έλεγα».

«Θα παρακαλούσε μέρα νύχτα γονατιστή, σπαράζοντας στο κλάμα, να επιστρέψει το παιδί της. Για να μην πω» λέει ο Καλ, πατώντας περισσότερο εκεί που τον πονάει, «τι θα έλεγε αν μάθαινε ότι κρατάς σε αγωνία μία άλλη μάνα ενώ θα μπορούσες να της προσφέρεις λίγη γαλήνη σ' ένα τέτοιο ζήτημα». Ο Φέργκαλ κοιτάζει ανυπόμονα προς την αποθήκη. Είναι ξεκάθαρο ότι θα προτιμούσε να πάει εκεί μέσα, είτε για να καθίσει πάνω σε μια ντάνα τσουβάλια και να το σκεφτεί με την ησυχία του, είτε για να κρυφτεί ώσπου να τα παρατήσει ο Καλ και να φύγει.

«Αν κάποιος είναι σε θέση να τη βοηθήσει, αγόρι μου, αυτός είσαι εσύ. Εσένα πήγε να συναντήσει ο Μπρένταν το βράδυ που έφυγε. Τον πήγες κάπου;»

«Τι πράμα; Όχι, καμία σχέση!»

Το ξάφνιασμα στο πρόσωπο του Φέργκαλ του φαίνεται ειλικρινές με βάση την εμπειρία του, όμως ο Καλ τον κοιτάζει ούτως ή άλλως με σκεπτικισμό.

«Δεν θα συναντούσε εμένα. Τελευταία φορά τον είδα δυο τρεις μέρες πριν φύγει. Πέρασε να μου ζητήσει λίγα δανεικά. Του έδωσα εκατό ευρώ. Είπε: "Τέλεια, θα σ' τα επιστρέψω" και έφυγε».

«Μάλιστα» κάνει ο Καλ. Αν ο Μπρένταν σχεδίαζε να την κοπανήσει, τότε και η παραμικρή βοήθεια θα ήταν χρήσιμη, ωστόσο αναρωτιέται προς τι η ξαφνική βιασύνη. «Σου είπε τι τα χρειαζόταν;»

Ο Φέργκαλ κουνάει αρνητικά το κεφάλι, αλλά κάπως παράξενα, και βλεφαρίζει υπερβολικά γρήγορα. «Δεν τον ξανάδα έπειτα απ' αυτό» λέει. «Σ' τ' ορκίζομαι».

«Μάλλον θα παράκουσα τότε» λέει ο Καλ. «Τέλος πάντων, το θέμα είναι ότι, αν ξέρεις για πού το 'βαλε ο Μπρένταν, πρέπει να πεις κάτι στη μαμά του. Τώρα αμέσως».

«Δεν έχω ιδέα πού είναι. Ειλικρινά».

«Εντάξει, αγόρι μου, αυτά που δεν ξέρεις δεν θα βοηθήσουν και πολύ την κυρία Ρέντι» επισημαίνει ο Καλ. Αμφιβάλλει πως ο Φέργκαλ θα αναρωτηθεί γιατί ένας ξένος κόπτεται τόσο πολύ για τα αισθήματα της Σίλα Ρέντι. «Αυτά που ξέρεις όμως; Ο Καλ σου είπε τι σχεδίαζε, έτσι δεν είναι;»

Ο Φέργκαλ ξύνει με το πόδι του το χώμα σαν ανήσυχο άλογο, προσπαθώντας να συνεχίσει τη δουλειά του, αλλά ο Καλ παραμένει ακίνητος.

«Δεν ξέρω» λέει τελικά. Το πρόσωπό του έχει χαλαρώσει· δείχνει αποσυρμένος. «Απλώς σκέφτηκα ότι θα επιστρέψει σε λίγο καιρό». Ο Καλ το αναγνωρίζει αυτό το ύφος. Το έχει δει σε πολλές γωνιές των δρόμων και σε πολλές αίθουσες ανακρίσεων. Είναι το ύφος που παίρνει όχι το παιδί που το έκανε, αλλά ο κολλητός του· αυτός που μπορεί να πείσει τον εαυτό του ότι δεν ξέρει τίποτα επειδή δεν ήταν εκεί· αυτός που μόλις το έμαθε και είναι αποφασισμένος να αποδείξει ότι αξίζει το κομμάτι της έμμεσης περιπέτειας με το να μη γίνει καρφί.

«Αγόρι μου» λέει ο Καλ, υψώνοντας μακρόθυμα ένα φρύδι. «Σου μοιάζω για βλάκας;»

«Τι;... Όχι. Εγώ δεν...»

«Ωραία, καλό είναι να το ξέρω. Είμαι πολλά πράγματα, αλλά όχι βλάκας· τουλάχιστον προς το παρόν, δεν μου 'χει πει κανείς κάτι τέτοιο».

Ο Φέργκαλ συνεχίζει να διατηρεί το άδειο βλέμμα, αλλά δειλά κάνουν την εμφάνισή τους ελάχιστες συσπάσεις ανησυχίας. Ο Καλ λέει προσεκτικά: «Μια φορά κι έναν καιρό, ήμουν κι εγώ άγριο νιάτο. Με ό,τι κι αν έχει καταπιαστεί ο Μπρένταν, μάλλον έχω κάνει χειρότερα. Ποτέ όμως δεν άφησα τη μαμά μου να ανησυχεί τόσους μήνες συνεχόμενα. Δεν σε κατηγορώ που δεν θέλεις να κουμαντάρεις την κυρία Ρέντι μόνος σου, όμως έχει δικαίωμα να ξέρει τι τρέχει. Αν έχεις οποιοδήποτε μήνυμα για κείνη, είμαι διατεθειμένος να της το μεταφέρω. Δεν χρειάζεται να ξέρει την πηγή προέλευσής του».

Ωστόσο πέφτει σε τοίχο στο μυαλό του Φέργκαλ, ένα μείγμα σαστίσματος και αφοσίωσης που έχει σφίξει σαν τσιμέντο. «Δεν ξέρω πού πήγε ο Μπρένταν» λέει ο Φέργκαλ, πιο σταθερά αυτή τη φορά. Σκοπεύει να συνεχίσει να λέει αυτό και τίποτα άλλο. Όπως όλοι οι άνθρωποι που είναι αρκετά εύστροφοι ώστε να κατανοήσουν ότι έχουν μείνει λιγάκι πιο πίσω από τους άλλους, ξέρει ότι αυτός είναι ο τρόπος που μπορεί να κατατροπώσει τους πιο γρήγορους.

Ο Καλ έχει τεχνικές ώστε να γκρεμίσει αυτό τον τοίχο, δεν θέλει όμως να τις χρησιμοποιήσει. Ποτέ δεν του άρεσε να τρίβει τη χαζομάρα των χαζών στη μούρη τους. Είναι πολύ εύκολο να τα βάζεις με το αδύναμο παιδί, και, επιπλέον, από τη στιγμή που θα το κάνεις, δεν υπάρχει πισωγύρισμα. Ο Καλ δεν πάει γυρεύοντας να κάνει εχθρούς σε αυτό το μέρος.

«Εντάξει» λέει με έναν αναστεναγμό και ένα κούνημα του κεφαλιού, «εσύ αποφασίζεις. Ελπίζω μόνο να αλλάξεις γνώμη».

Δεν μπορεί να καταλάβει αν ο Φέργκαλ ξέρει πράγματι κάτι που πρέπει να κρατήσει μυστικό ή αν η αντίδρασή του είναι απλώς αντανακλαστική. Σκέφτεται επίσης και την πιθανότητα να αναλύει υπερβολικά τα πράγματα, από επαγγελματική διαστροφή: στη δουλειά ήταν μία από τις κύριες αιτίες για τη σπατάλη του χρόνου, ο κόσμος κρατούσε το στόμα του κλειστό χωρίς ιδιαίτερο λόγο, ωστόσο δεν ήταν κάτι που περίμενε να το συναντήσει εδώ στη γη της φλυαρίας ο Καλ. «Και τότε ξέρεις πού θα με βρεις».

Ο Φέργκαλ μουρμουρίζει κάτι και φεύγει προς την αποθήκη όσο πιο γρήγορα μπορεί. Ο Καλ τον ακολουθεί ήρεμα και του κάνει μια ερώτηση για τις ράτσες των προβάτων· συνεχίζουν να μιλούν γι' αυτό μέχρι να τελειώσουν το ξεφόρτωμα των τσουβαλιών. Ο Φέργκαλ έχει χαλαρώσει αρκετά ως τότε, και ο Καλ επιστρέφει προς το χωριό, γυροφέρνοντας στο μυαλό του τον Φέργκαλ και τον Μπρένταν. Στα δεκαεννιά ο Καλ δεν ένιωθε άνετα. Σ' εκείνη τη φάση δεν το καταλάβαινε, όταν ξεσάλωνε στο Σικάγο, ζαλισμένος από την ελευθερία, δουλεύοντας πορτιέρης σε ύποπτα κλαμπ και συζώντας με την Ντόνα σε μια τρύπα χωρίς κλιματισμό. Μόνο λίγα χρόνια αργότερα, όταν ανακάλυψαν ότι ερχόταν η Αλίσα, συνειδητοποίησε ότι το ξεσάλωμα δεν του ταίριαζε ποτέ. Είχε την πλάκα του, κατά βάθος όμως —τόσο βάθος που δεν το είχε εντοπίσει—, ο Καλ λαχταρούσε να σταθεί γερά στα πόδια του και να κάνει για κάποιον το σωστό.

Έχει την εντύπωση πως τα δεκαεννιάχρονα, όλα σχεδόν, δεν πατούν τα πόδια τους στη γη. Αμολιούνται από την οικογένειά τους χωρίς να έχουν βρει κάπου αλλού να αγκιστρωθούν, και παρασύρονται εδώ κι εκεί σαν ξεριζωμένοι θάμνοι. Είναι πια ξένοι για τους ανθρώπους που κάποτε τους ήξεραν απέξω κι ανακατωτά αλλά και για τον ίδιο τους τον εαυτό.

Αυτοί που ξέρουν καλύτερα έναν δεκαεννιάχρονο είναι οι κολλητοί του, και η κοπέλα του, αν έχει καμιά καλή. Ο Φέργκαλ, που ξέρει το μυαλό του Μπρένταν πολύ καλύτερα από το μικρό του αδερφάκι ή τη μαμά του ή τον αστυνόμο Ντένις, πιστεύει ότι ο Μπρένταν είναι άφαντος από επιλογή και ότι τρέχει να ξεφύγει όχι προς κάτι αλλά από κάτι, ή από κάποιον.

Αυτό το μέρος έχει κάτι κοινό με τις πιο ζόρικες γειτονιές όπου δούλευε κάποτε ο Καλ: όταν ο καιρός είναι καλός, ο κόσμος περνάει τον περισσότερο χρόνο του έξω, πράγμα εξαιρετικά βολικό όταν θέλεις να συναντήσεις κάποιον τυχαία. Στο ιδιωτικό δρομάκι του μεγάλου κίτρινου σπιτιού με τη σέρα, στην άκρη του χωριού, ένας σκουρομάλλης νεαρός με κολλητό τζιν γυαλίζει μια μοτοσικλέτα.

Η μηχανή είναι μια μικρή Yamaha, που μπορεί να θεωρηθεί σχεδόν καινούργια, και μάλλον όχι ιδιαίτερα φθηνή. Το ίδιο και το πελώριο μαύρο SUV που βρίσκεται παρκαρισμένο δίπλα της, πόσο μάλλον η περίφημη σέρα. Ο μπροστινός κήπος έχει φροντισμένα παρτέρια γύρω από ένα σιντριβάνι σαν πέτρινη παγόδα, με μια φωτισμένη κρυστάλλινη σφαίρα που αλλάζει χρώματα. Από τις κουβέντες στην παμπ, ο Καλ ξέρει ότι ο Τόμι Μόινιχαν είναι μέγας και τρανός σε μια μονάδα επεξεργασίας κρέατος σε μια κοντινή περιοχή. Οι Μόινιχαν –όπως και οι Ο'Κόνορ, αν και με εντελώς διαφορετικό τρόπο– είναι πολύ καλύτερα σε σύγκριση με τους Ρέντι.

«Ωραία μηχανή» λέει ο Καλ.

Ο νεαρός τού ρίχνει μια ματιά. «Ευχαριστώ» λέει, χαρίζοντας στον Καλ κάτι σαν χαμόγελο. Τα χαρακτηριστικά του είναι αρκετά καλοφτιαγμένα ώστε αρκετοί, συμπεριλαμβανομένου και του εαυτού του, να τον θεωρούν πιθανώς όμορφο, ωστόσο έχει ανύπαρκτη γνάθο και καθόλου πιγούνι.

«Πρέπει να 'ναι δύσκολο να την κρατάς σε καλή κατάσταση, μ' αυτούς τους δρόμους».

Αυτή τη φορά ο Γιουτζίν δεν καταδέχεται καν να σηκώσει το βλέμμα από το πανί. «Δεν είναι δύσκολο. Πρέπει μόνο να είσαι διατεθειμένος να αφιερώσεις λίγο χρόνο».

Αυτός ο τύπος δεν προκαλεί στον Καλ την επιθυμία να πιάσει μαζί του κουβέντα περί ανέμων και υδάτων όπως ο Φέργκαλ. «Ει» λέει, σαν να του ήρθε η επιφοίτηση. «Μήπως κατά τύχη είσαι ο Γιουτζίν Μόινιχαν;»

Σε αυτό το ερώτημα, ο Γιουτζίν μπαίνει στον κόπο να τον κοιτάξει. «Ναι, εγώ είμαι. Γιατί;»

«Κοίτα να δεις, αυτό θα πει τύχη» λέει ο Καλ. «Πάνω που

μου είπαν ότι είσαι ο άνθρωπος με τον οποίο πρέπει να μιλήσω, να σε μπροστά μου. Σε πρόδωσε η μηχανή. Άκουσα πως έχεις την πιο όμορφη στα πέριξ».

«Καλή είναι» λέει ο Γιουτζίν, ανασηκώνοντας τους ώμους ενώ σκουπίζει ακόμα μια φορά τη γυαλιστερή κόκκινη στρώση του χρώματός της. Έχει απαλή, ευχάριστη φωνή χωρίς έντονα στοιχεία της τοπικής προφοράς. «Σκέφτομαι να την αλλάξω σύντομα, αλλά προς το παρόν την κάνει τη δουλειά της».

«Κάποτε είχα κι εγώ μοτοσικλέτα» λέει ο Καλ, ακουμπώντας τα χέρια του στη μεγάλη πέτρινη κολόνα της αυλόπορτας. «Όταν ήμουν περίπου στην ηλικία σου. Μια Honda από τέταρτο χέρι, αλλά, δικέ μου, τη λάτρευα. Το κάθε σεντς που έβγαζα πήγαινε κατευθείαν εκεί».

Ο Γιουτζίν δεν ενδιαφέρεται, ούτε μπαίνει στον κόπο να προσποιηθεί. Σηκώνει τα φρύδια του ερωτηματικά προς τον Καλ. «Είπες πως με έψαχνες;»

Ο Καλ, που έχει αρχίσει να συμφωνεί με την αξιολόγηση του Τρέι για τον χαρακτήρα του Γιουτζίν, επαναφέρει την ιστορία για τα ηλεκτρολογικά του, και τον Μπρένταν, και τη Σίλα Ρέντι που του έδωσε το όνομά του. Όταν τελειώνει, ο Γιουτζίν δεν δείχνει επιφυλακτικός όπως ο Φέργκαλ· μόνο κάπως υπεροπτικός. «Δεν ασχολούμαι με ηλεκτρολογικές εργασίες» λέει.

«Α, όχι;»

«Όχι. Με χρηματοοικονομικά. Στο πανεπιστήμιο».

Ο Καλ δείχνει αρκούντως εντυπωσιασμένος. «Εντάξει λοιπόν» λέει, «καλά κάνεις τότε και δεν ασχολείσαι με δουλειές του ποδαριού. Εγώ δεν είμαι σπουδαγμένος, όμως μέχρις εκεί καταλαβαίνω. Αφού κατάφερες να κερδίσεις για τον εαυτό σου τέτοια ευκαιρία, θες να την ευχαριστηθείς όσο περισσότερο μπορείς».

Αναγνωρίζει το ύφος, καυστικό και επιτιμητικό, το οποίο έπαιρνε η Ντόνα κάθε φορά που το έκανε αυτό, να υιοθετεί τον χοντροκομμένο, επαρχιώτικο, αργόσυρτο τρόπο ομιλίας των κολλητών του παππού του. Οικειοθελή χωριατιά το αποκαλούσε, και το απεχθανόταν – αν και δεν του το είπε ποτέ, ο Καλ το καταλάβαινε. Η Ντόνα ήταν από το Τζέρσεϊ· ποτέ δεν βασίστηκε στην προφορά της, αλλά ούτε και την έκρυψε· έτσι ήταν, και σ' όποιον άρεσε, είχε καλώς. Πίστευε ότι ο Καλ υποτιμούσε τον εαυτό του παίζοντας με τις βλακώδεις προκαταλήψεις των άλλων. Εκείνος είχε την περηφάνια του, αλλά όχι σε τέτοια θέματα. Το να παριστάνει τον μπουρτζόβλαχο είχε πολλές χρησιμότητες. Για την Ντόνα, αυτό δεν είχε σημασία.

Οι απόψεις της Ντόνα δεν αλλάζουν το γεγονός ότι ο τρόπος που τον κοιτάζει ο Γιουτζίν έχει το απόλυτα απαξιωτικό πετάρισμα. «Ναι» λέει. «Αυτό σκοπεύω να κάνω».

«Απ' ό,τι φαίνεται, άλλα αντ' άλλων κατάλαβα» λέει ο Καλ, βγάζοντας το τζόκεϊ του για να μπορέσει να ξύσει το κεφάλι του σκεπτικός. «Ο Μπρένταν Ρέντι, όμως, ασχολείται με τα ηλεκτρολογικά, σωστά;»

«Ναι, ασχολούνταν. Όμως δεν ξέρω πού είναι αυτό τον καιρό. Σόρι».

Αυτό προβληματίζει τον Καλ. «Δεν ξέρεις;»

«Όχι. Γιατί, θα 'πρεπε;»

«Μάλιστα» λέει ο Καλ ξαναφορώντας το καπέλο του, «κανείς δεν φαίνεται να ξέρει. Μάλλον αποτελεί κάποιου είδους μυστήριο. Γενικά όμως, μου είπαν ότι εσύ είσαι ο πιο ξύπνιος εδώ τριγύρω. Φαντάστηκα λοιπόν πως, αν κάποιος είχε ιδέα πού πήγε ο Μπρένταν, αυτός θα ήσουν εσύ».

Ο Γιουτζίν ανασηκώνει τους ώμους. «Δεν είπε».

«Είχε περίεργα μπλεξίματα, έτσι δεν είναι;»

Κι άλλο ανασήκωμα, του ενός ώμου αυτή τη φορά. Ο Γιουτζίν επικεντρώνεται στο γυάλισμα του χρώματος της μηχανής, μισοκλείνοντας τα μάτια για να βεβαιωθεί ότι δεν έχει μείνει το παραμικρό σημάδι.

«Α» κάνει ο Καλ χαμογελώντας. Δεν πρόκειται να δοκιμάσει να παίξει το χαρτί της ενοχής απέναντι στη μανούλα, όχι με αυτόν. «Τώρα το 'πιασα. Επειδή είσαι έξυπνος τύπος, ξέχασα ότι είσαι ακόμη μικρός. Εξακολουθείς να πιστεύεις ότι δεν μπορείς να μιλήσεις, αλλιώς θα σ' τις βρέξουν τα άλλα παιδάκια στην παιδική χαρά».

Ο Γιουτζίν γυρίζει απότομα. «Δεν είμαι μικρός».

«Οκέι. Τότε τι στην ευχή έκανε το φιλαράκι σου;» Ο Καλ συνεχίζει να χαμογελάει και στηρίζεται πιο άνετα στον στύλο της αυλόπορτας. «Άσε να μαντέψω. Έγραψε παλιόλογα με σπρέι σε κάποιον τοίχο και φοβήθηκε ότι θα τις αρπάξει από τη μανούλα;»

Ο Γιουτζίν δεν καταδέχεται να ρίξει τα μούτρα του και να απαντήσει.

«Γκάστρωσε καμιά κοπελίτσα και την έκανε για την πόλη πριν ο πατερούλης της βρει την καραμπίνα του;»

«Όχι».

«Τότε τι;»

Ο Γιουτζίν ξεφυσάει. «Η αλήθεια είναι πως δεν ξέρω σε τι ήταν μπλεγμένος ο Μπρένταν» λέει, γέρνοντας το κεφάλι για να εξετάσει το λούστρο από άλλη γωνία, «και δεν με ενδιαφέρει κιόλας. Αυτό που ξέρω είναι πως δεν είναι τόσο έξυπνος όσο νομίζει, και αυτός είναι ένας εξαιρετικός τρόπος να μπει κανείς σε μπελάδες. Αυτό είν' όλο».

«Αχά» κάνει ο Καλ και το χαμόγελό του πλαταίνει. Παρατηρεί το δεν είναι. «Μου λες ότι αυτός ο κατεργάρης είχε στήσει κάποια κομπίνα ολκής που δεν βγάζεις άκρη, αλλά είναι ο κουφιοκέφαλος της περιοχής;»

«Όχι. Σου λέω ότι δεν θέλω να βγάλω άκρη».

«Α, μάλιστα».

«Εσένα τι σε κόφτει;»

Αν ο Καλ μιλούσε ποτέ έτσι σε κάποιον γύρω στην ηλικία

του πατέρα του, δεν θα μπορούσε να κάτσει για καμιά βδομάδα. «Ε, να» απαντάει μακρόσυρτα, «υποθέτω πως είμαι κάπως περίεργος. Προέρχομαι από μια μικρή επαρχιακή πόλη, όπου οι άνθρωποι ξέρουν ο ένας τις υποθέσεις του άλλου». Ξύνει κάτι στον σβέρκο του και το μελετάει. «Και στην πατρίδα υπήρχαν πολλοί που μιλούσαν σαν να τα ήξεραν όλα, μόνο που, όταν πραγματικά προσπαθούσες να μάθεις, διαπίστωνες ότι δεν ήξεραν πού παν τα τέσσερα. Φαντάζομαι, το ίδιο συμβαίνει παντού».

«Κοίτα» λέει ο Γιουτζίν, εκνευρισμένος. Κάθεται κάτω και ετοιμάζεται να του πει κάποια πράγματα. «Ξέρω ότι ο Μπρένταν είχε κάποιο σχέδιο για να βγάλει λεφτά επειδή ήταν μονίμως άφραγκος, και ξαφνικά φέτος το καλοκαίρι άρχισε να λέει να πάμε στην Ίμπιζα. Και ξέρω πως ήταν πολύ ύποπτο, γιατί λίγες μέρες πριν φύγει αράξαμε εδώ, και όταν πέρασαν δυο μπάτσοι, ο Μπρένταν φρίκαρε. Σκέφτηκα πως θα 'χε πάνω του χασίς, οπότε του είπα κάτι του στιλ: "Έλα τώρα, κούλαρε, δεν ήρθαν μέχρι εδώ πέρα για τον μπάφο σου", αλλά εκείνος είπε: "Δεν το πιάνεις, δικέ μου, παίζει να 'ναι κάτι κακό, πολύ κακό όμως", κι έφυγε λες κι είχε πάρει φωτιά ο κώλος του. Οπότε, πολύ χαίρομαι που δεν έχω ιδέα για τις λεπτομέρειες, ευχαριστώ πολύ. Δεν σκοπεύω να περάσω τον χρόνο μου σε μια αίθουσα ανακρίσεων απαντώντας σε ανούσιες ερωτήσεις κάποιου βλαμμένου αστυνόμου. Εντάξει;»

«Εντάξει» λέει ο Καλ. Συνειδητοποιεί ότι έχει αντιπαθήσει ελαφρώς τον Γιουτζίν. Καταλαβαίνει πως αυτός και ο Μπρένταν ήταν φίλοι λόγω συγκυριών και από συνήθεια παρά από επιλογή. Ο Καλ είχε κάτι τέτοιους φίλους απ' όταν ήταν μικρός, κάποιοι από τους οποίους, μεγαλώνοντας, έκαναν διάφορα και κατέληξαν στη φυλακή, ή δεν έκαναν απολύτως τίποτα, παρά μόνο κάθονταν στη βεράντα τους πίνοντας τ' άντερά τους και αράδιαζαν παιδιά που δεν μπορούσαν να συντηρήσουν. Κρατάει ακόμη επαφή μαζί τους, και όταν η ανάγκη τους γίνεται επιτακτική, τους δανείζει κανένα ψιλό που ξέρει ότι δεν θα πάρει ποτέ πίσω. Κατά τη γνώμη του, το λιγότερο που θα μπορούσε να κάνει ο Γιουτζίν είναι να νοιαστεί σε τι είδους μπάχαλο έμπλεξε ο Μπρένταν. «Γιατί είχαν έρθει οι μπάτσοι;»

«Ιδέα δεν έχω» λέει ο Γιουτζίν και σηκώνεται. Στρώνει τακτικά το πανί του πάνω στις μπάρες, παίρνει ένα δοχείο λιπαντικό και αρχίζει προσεκτικά να ψεκάζει τα καλώδια. «Αμφιβάλλω αν ήταν κάτι σοβαρό. Τους είδα να φεύγουν είκοσι λεπτά αργότερα. Ξέροντας όμως τον Μπρένταν, αν οι μπάτσοι δεν κυνηγούσαν αυτόν τούτη τη φορά, θα σκεφτόταν ότι όλα ήταν τέλεια και θα επέστρεφε στο ιδιοφυές σχέδιό του, αντί να πάρει την έξυπνη απόφαση να τα παρατήσει πριν όντως τον κυνηγήσουν. Είναι αρκετά ευφυής, αλλά δεν σκέφτεται σε βάθος τα πράγματα. Αν στο σχολείο χρησιμοποιούσε το μυαλό του αντί να κάνει κοπάνες για να μαστουρώνει, θα μπορούσε να είχε μπει στο πανεπιστήμιο. Και αν το είχε χρησιμοποιήσει για να σκεφτεί καλά την πανέξυπνη ιδέα του, δεν θα είχε τρομάξει τόσο από τους μπάτσους ώστε κατά πάσα πιθανότητα να έχει καταλήξει να κοιμάται σε κάποια εξώπορτα».

Ο Καλ λέει: «Αν κατέληγε εκεί πέρα, δεν θα ερχόταν σε επαφή μαζί σου; Να δανειστεί κανένα ψιλό αντί να κοιμάται στον δρόμο;».

«Ω» λέει ο Γιουτζίν σαν να του περνάει για πρώτη φορά από το μυαλό κάτι τέτοιο. «Εννοείται πως θα... προφανώς, αν πραγματικά είχε ανάγκη... Αλλά δεν θα το έκανε. Ο Μπρένταν γίνεται παράλογος με τα λεφτά. Σε φάση να μην μπορείς να τον κεράσεις ένα ποτήρι, γιατί ό,τι κάνει ο άλλος το παίρνει για ελεημοσύνη και τέτοια και την κοπανάει τρέχοντας για το σπίτι. Αν είναι δυνατόν. Απλώς προσπαθούμε να περάσουμε καλά όλοι μαζί ένα βράδυ έξω, ποιο είναι το πρόβλημά σου, δικέ μου; Κατάλαβες;»

Ο Καλ σκέφτεται πως ο τρόπος του Γιουτζίν να προσφέρει κάτι ίσως θα έκανε και τον ίδιο να την κοπανήσει τρέχοντας σπίτι του στα δεκαεννιά. Συμφωνεί εκατό τοις εκατό με την απόφαση του Μπρένταν να απευθυνθεί στον Φέργκαλ, και όχι στον Γιουτζίν, για έξτρα χρήματα. Για να κάνει όμως κάτι τέτοιο, θα πρέπει να ήταν πολύ επιτακτική η ανάγκη. «Τι να γίνει, κάποιοι τύποι είναι μυγιάγγιχτοι σε αυτό το θέμα» λέει.

«Σου είπε τίποτα εκείνη τη μέρα, για το πού θα πήγαινε;»

«Ποια μέρα;»

«Τη μέρα που έφυγε. Θα σε συναντούσε, έτσι δεν είναι;»

Ο Γιουτζίν κοιτάζει τον Καλ σαν να απορεί που τον αφήνουν να κυκλοφορεί ελεύθερος. «Εμ, όχι. Αφού ήμουν στην Πράγα με τα παιδιά από το πανεπιστήμιο. Για τις διακοπές του Πάσχα δεν λέμε;»

«Σωστά» λέει ο Καλ. «Στις διακοπές του Πάσχα. Μάλλον δεν πρέπει να περιμένω πως ο Μπρένταν θα επιστρέψει σύντομα σπίτι, ε;»

Ο Γιουτζίν ανασηκώνει τους ώμους. «Με αυτόν κανείς δεν ξέρει. Μπορεί να του 'ρθει να γυρίσει σπίτι αύριο, ή να μη γυρίσει ποτέ».

«Χμ» λέει ο Καλ. «Υπάρχει κάποιος άλλος που θα μπορούσε να με βοηθήσει;»

«Πού να ξέρω» λέει ο Γιουτζίν. Απομακρύνει ταμπονάροντας λίγο λιπαντικό που έχει στάξει και γέρνει προς τα πίσω να ελέγξει τη μηχανή. «Λέω να πάω μια γύρα, για να στεγνώσει καλά».

«Καλή ιδέα» λέει ο Καλ, και αφήνει τον στύλο της πόρτας.

«Αν μιλήσεις με τον Μπρένταν, πες του πως έχει δουλειά να τον περιμένει».

«Κανένα πρόβλημα» λέει ο Γιουτζίν. Παίρνει το κράνος από

το τιμόνι και διώχνει μια κουκκίδα από κάτι αποπάνω του. «Μην το δέσεις όμως και κόμπο».

«Είμαι αισιόδοξος άνθρωπος» λέει ο Καλ. «Χάρηκα που τα 'παμε».

Παρακολουθεί τον Γιουτζίν να απομακρύνεται μαρσάροντας με τη Yamaha του στον δρόμο και αποφεύγοντας επιδέξια τις λακκούβες. Μόνο ένα κομμάτι της μηχανής φαινόταν στη φωτογραφία του Μπρένταν στο Facebook, όμως ο Καλ είναι σχεδόν βέβαιος ότι πρόκειται γι' αυτήν εδώ. Ο Γιουτζίν ήταν τουλάχιστον αρκετά γενναιόδωρος για να προσφέρει στο φιλαράκι του μια βόλτα με τη μηχανή του. Ή δεν μοιράζεται το κράνος του, ή ο Μπρένταν ήταν υπερβολικά ανεγκέφαλος για να μην το φορέσει.

Ο Καλ επιστρέφει ξανά μέσα από το χωριό, που πλέον βρίσκεται σε πλήρη σαββατιάτικη λειτουργία. Η ηλικιωμένη ξανθιά ιδιοκτήτρια της μπουτίκ φοράει στην κούκλα της βιτρίνας ένα νέο μοντελάκι, μια πανδαισία τροπικών λουλουδιών, η Νορίν γυαλίζει τα μπρούτζινα της πόρτας της, και ο Μπάρτι, ο μπάρμαν της παμπ, καθαρίζει τα τζάμια με εφημερίδα. Ο Καλ τους χαιρετάει όλους με ένα νεύμα και επιταχύνει το βήμα του όταν βλέπει τη Νορίν να στρέφεται με φόρα με το πανί του γυαλίσματος υψωμένο και το βλέμμα της να αστράφτει.

Περιφέρεται για λίγο άσκοπα προτού κατευθυνθεί προς το σπίτι του. Ξεδιπλώνει και τακτοποιεί στο μυαλό του όσα έχει συλλέξει μέχρι στιγμής. Αν ο Γιουτζίν έχει δίκιο και ο Μπρένταν κρύβεται από την αστυνομία, τότε στην κορυφή της λίστας με τους πιθανούς λόγους βρίσκονται τα ναρκωτικά. Ο Μπρένταν είχε επαφές, έστω και χαμηλά στην ιεραρχία, και χρειαζόταν μετρητά. Ίσως ήθελε να αρχίσει να σπρώχνει, ή να είχε πράγματι αρχίσει να σπρώχνει, αλλά να μην είχε την πάστα γι' αυτό. Την πρώτη φορά που ήρθε η αστυνομία ψάχνοντας τριγύρω —ή ίσως την πρώτη φορά που οι προμηθευτές του έγιναν λιγάκι τρομακτικοί, και ο Καλ ξέρει μερικούς που μπορεί να γίνουν αρκετά–, πανικοβλήθηκε και το 'βαλε στα πόδια.

Ο αστυνόμος Ο'Μάλι στην πόλη δεν ανέφερε κάτι σχετικό με ναρκωτικά για το χωριό, ούτε ότι ο Μπρένταν Ρέντι βρισκόταν στο στόχαστρο κάποιου. Όμως ο αστυνόμος Ο'Μάλι ίσως να μην ήξερε.

Ή οι δουλειές του Μπρένταν να μην είχαν καμία απολύτως σχέση με ναρκωτικά. Υπάρχουν πολλοί τρόποι να βγάλει ένα παιδί μετρητά από τη λάθος πλευρά του νόμου εδώ τριγύρω: για παράδειγμα, να μεταφέρει κλεμμένα αυτοκίνητα στα σύνορα, να βοηθήσει τους τύπους που ξεπλένουν ντίζελ για τα αγροτικά μηχανήματα. Κι αυτοί είναι μόνο δύο που βρίσκονται τόσο κοντά στην επιφάνεια, ώστε ακόμα κι ένας ξένος να μπορεί να τους εντοπίσει. Ένα παιδί όπως ο Μπρένταν, με ιδέες και επιχειρηματικό δαιμόνιο, θα μπορούσε να σκεφτεί πολύ περισσότερους.

Άλλη πιθανότητα, που ο Γιουτζίν, το αγόρι-ιδιοφυΐα, δεν έχει σκεφτεί είναι το σχέδιο πλουτισμού του Μπρένταν και ο φόβος του για την αστυνομία να είναι δύο ξεχωριστά πράγματα. Ίσως σχεδίαζε να νομιμοποιήσει την επιχείρηση με τις παράξενες δουλειές του, ή να γίνει διάσημος στο YouTube. Και στο ενδιάμεσο, να έκανε κάτι άσχετο, κάτι κακό.

Κι ύστερα υπάρχει το ενδεχόμενο να μην ήταν καν αληθινά ούτε το επικερδές σχέδιο, ούτε το κακό πράγμα. Ίσως το μυαλό του Μπρένταν να είχε ρετάρει. Όλα όσα έχει ακούσει ο Καλ τον τοποθετούν στην πλευρά του ασταθούς: τη μια στιγμή βρίσκεται στην κορυφή του κόσμου υφαίνοντας μεγαλόπνοα σχέδια, την επόμενη πανικοβάλλεται και το σκάει χωρίς λόγο, τη μεθεπόμενη τα τινάζει όλα στον αέρα. Τα δεκαεννιά είναι η κατάλληλη ηλικία για να αρχίσουν να ρετάρουν πολλά πράγματα στο μυαλό κάποιου.

Μεταξύ ανάλογων περιπτώσεων, στον Καλ άρεσαν λιγότερο εκείνες που προσπαθούσε να ακολουθήσει ένα μονοπάτι που δεν το είχε σκεφτεί ποτέ κάποιος άλλος. Αν ένας τύπος το έσκαγε για το Κλίβελαντ, επειδή ήταν εκεί ο αγαπημένος του ξάδερφος ή ο παλιός του συγκάτοικος στο κελί ή το κορίτσι που του την κοπάνησε, το μονοπάτι υφίστατο· ο Καλ μπορούσε να το βρει και να το ακολουθήσει. Αν το έσκαγε για το Κλίβελαντ επειδή η φωνή από την τηλεόραση του είχε πει πως εκεί στο εμπορικό κέντρο τον περίμενε ένας άγγελος, τότε το μονοπάτι ήταν φτιαγμένο αποκλειστικά από αέρα κοπανιστό. Ο Καλ πρέπει να ανακαλύψει αν το μυαλό του Μπρένταν έφτιαχνε πράγματα από το τίποτα.

Σκέφτεται την πιθανότητα ο Μπρένταν να βρίσκεται πάνω στα βουνά, ξεκομμένος απ' όλους και απ' όλα, σε κάποια εγκαταλειμμένη καλύβα και να κατεβαίνει τα βράδια και να ξεκάνει πρόβατα. Η εικόνα τον ταράζει κάπως περισσότερο απ' ό,τι θα 'πρεπε. Ελπίζει ειλικρινά να μη χρειαστεί να μεταφέρει κάτι τέτοιο στον Τρέι.

Σε ό,τι αφορά τον Τρέι, η αλήθεια είναι ότι ο Καλ δεν προτίθεται να τον πληροφορήσει σχετικά με τα γεγονότα του πρωινού, τουλάχιστον μέχρι να ανακαλύψει γιατί ο Μπρένταν το έσκασε τρομαγμένος από την αστυνομία. Υποσχέθηκε να λέει στο παιδί οτιδήποτε ανακάλυπτε, αλλά νιώθει ότι επιτρέπεται να περιμένει μέχρι να έχει κάτι χειροπιαστό και όχι μόνο ένα συνονθύλευμα από υπαινιγμούς και εικασίες. Υπάρχουν πράγματα που ίσως έχει κάνει ο Μπρένταν και θα χρειαζόταν να τα μάθει το παιδί με προσοχή.

Ο Καλ συνειδητοποιεί ότι είναι η πρώτη φορά που έχει πάρει ο ίδιος την απόφαση να αναλάβει μια υπόθεση. Στη δουλειά, αναλάμβανε υποθέσεις επειδή του τις ανέθεταν. Δεν ξόδεψε ποτέ χρόνο ζυγίζοντας το κατά πόσο θα ένοιαζε τον κόσμο και αν η ευρύτερη κοινωνία και οι δυνάμεις του καλού θα υπηρετούνταν καλύτερα σε περίπτωση που αναλάμβανε την έρευνα· εν μέρει επειδή θα το έκανε έτσι κι αλλιώς, αλλά κυρίως επειδή πίστευε ότι αυτό ήταν αντικειμενικά το σωστό, αν όχι απαραίτητα σε κάθε ξεχωριστή περίπτωση. Οι περισσότεροι αισθάνονταν το ίδιο, τουλάχιστον αυτοί που νοιάζονταν ούτως ή άλλως. Υπήρχαν εξαιρέσεις —καμιά φορά, κάποιος παιδόφιλος κατέληγε τουλούμι στο ξύλο και δεν κατάφερναν να εντοπίσουν ποτέ τους μάρτυρες ή κάποιος νταβατζής με πολύ κακή φήμη κατέληγε πυροβολημένος και κανείς δεν κατέβαλλε ιδιαίτερη προσπάθεια να ανακαλύψει ποιος είχε τραβήξει τη σκανδάλη—, συνολικά όμως, το όνομά σου προέκυπτε, επομένως έκανες τη δουλειά σου. Αυτή είναι η πρώτη φορά που ο Καλ ήταν σε θέση να επιλέξει αν θα αναλάβει μια υπόθεση ή όχι, και πήρε την απόφαση να το κάνει. Ελπίζει, ακόμα πιο ειλικρινά, ότι κάνει το σωστό.

10

Στον δρόμο για το σπίτι, ο Καλ περνάει από τον Μαρτ για να ελέγξει αν την έβγαλε καθαρή από το γερμανικό νούμερο. Του ανοίγει την πόρτα μ' ένα χαρτί κουζίνας παραχωμένο στον λαιμό του πουλόβερ του και τον Κότζακ να γρυλίζει απειλητικά στα πόδια του. Το σπίτι μυρίζει ταγκισμένο καπνό τύρφης, μαγειρεμένο κρέας και ένα αλλοπρόσαλλο μείγμα μπαχαρικών.

«Απλώς τσεκάρω ότι δεν σε απήγαγαν οι εξωγήινοι» λέει ο Καλ.

Ο Μαρτ χαχανίζει. «Τι να με κάνουν εμένα; Εσύ πρέπει να προσέχεις, έτσι ψηλός και ωραίος που είσαι. Θα έχουν πολλά να τεστάρουν».

«Ναι, θα έπρεπε να φτιάξω μια στολή από αλουμινόχαρτο για παν ενδεχόμενο» λέει ο Καλ, δίνοντας το χέρι του στον Κότζακ να το μυρίσει.

«Ζήτα από τον Μπόμπι Φίνι να σου δανείσει τη δική του. Σίγουρα θα έχει μία στην ντουλάπα του για να φοράει όταν πηγαίνει να κυνηγήσει τα πράσινα ανθρωπάκια».

«Είδες τίποτα χτες το βράδυ;» ρωτάει ο Καλ.

«Τίποτα που να έκανε αυτό που είδαμε. Προστάτευσα την περιουσία σου από έναν νταγλαρά σκαντζόχοιρο, όμως αυτό ήταν το πιο επικίνδυνο που πέτυχα». Ο Μαρτ χαμογελάει στον Καλ. «Φοβήθηκες ότι θα ήμουν ξαπλωμένος στο δάσος σου με διάφορα κομμάτια μου να λείπουν;»

«Μπα, ήθελα να ξέρω αν θα διαγράψω τα μπισκότα από τη λίστα για τα ψώνια» λέει ο Καλ.

«Μην ελπίζεις, νεαρέ. Ό,τι κι αν ήταν, καλά θα κάνει να φέρει φίλους και συγγενείς αν θέλει να τα βάλει μαζί μου». Ο Μαρτ ανοίγει περισσότερο την πόρτα. «Έλα μέσα, έχω μακαρονάδα και θα φτιάξω και τσάι».

Ο Καλ ετοιμαζόταν να πει όχι, όμως η μακαρονάδα τού κινεί την περιέργεια. Τον Μαρτ τον είχε περισσότερο για τύπο του κρέατος με πατάτες. «Είσαι σίγουρος ότι σου περισσεύουν;» ρωτάει.

«Αμέ, έχω αρκετά για να ταΐσω το μισό χωριό. Φτιάχνω έναν κουβά απ' ό,τι μου κάνει κέφι και μετά βλέπω για πόσο θα μου κρατήσει. Εμπρός». Κάνει νόημα στον Καλ να μπει.

Το σπίτι του Μαρτ δεν είναι ακριβώς βρόμικο, δίνει όμως την εντύπωση πως το καθάρισμα έχει καιρό να αποτελέσει την πρώτη προτεραιότητα. Έχει πράσινους τοίχους, λίγο πολύ στο χρώμα της γλίτσας, λινοτάπητα και φορμάικα, και οι περισσότερες επιφάνειες είναι τόσο φθαρμένες, που έχουν στίγματα. Στην κουζίνα, η Κάιλι Μινόγκ τραγουδάει «Locomotion» από ένα μεγάλο ξύλινο τρανζίστορ.

«Κάτσε εκεί» λέει ο Μαρτ, δείχνοντας το τραπέζι όπου είναι απλωμένο το γεύμα του –μοιάζει με μακαρόνια με κιμά– πάνω σε ένα παλιό κόκκινο καρό τραπεζομάντιλο. Είχε μόλις αρχίσει να τρώει. Ο Καλ παίρνει θέση, ο Κότζακ ξαπλώνει φαρδύς πλατύς κάτω από το τραπέζι και τεντώνεται με ένα μουγκρητό ευχαρίστησης.

«Κι εγώ που πίστευα ότι το σπίτι σου ήταν βαμμένο με όλα τα χρώματα του ουράνιου τόξου» λέει ο Καλ. «Μετά το κήρυγμα που μου έκανες για το σκέτο άσπρο».

«Εγώ δεν το έχω βάψει καθόλου αυτό το μέρος» τον πληροφορεί ο Μαρτ, με ύφος ανθρώπου που έχει κερδίσει μια λογομαχία. Βγάζει ένα πιάτο και μια κούπα από ένα ντουλάπι και αρχίζει να σερβίρει μακαρόνια από μια μεγάλη κατσαρόλα. «Η μαμά μου –ο Θεός να την αναπαύσει– το έφτιαξε έτσι. Όταν βρω χρόνο να το βάψω, να είσαι σίγουρος ότι δεν θα είναι σκέτο άσπρο».

«Ναι, μόνο που δεν θα τον βρεις» του λέει ο Καλ. Φαντάζεται πως είναι η σειρά του να τσιγκλήσει λιγάκι τον Μαρτ. «Μπορείς να λες στον εαυτό σου ό,τι θες, αφού όμως δεν το έχεις κάνει ως τώρα, αυτό σημαίνει πως κατά βάθος σου αρέσει έτσι όπως είναι».

«Όχι βέβαια. Αυτό είναι το χρώμα που βγαίνει από τον κώλο άρρωστου προβάτου. Σκέφτομαι ένα φωτεινό μπλε εδώ και ένα κίτρινο στον διάδρομο».

«Δεν πρόκειται να το κάνεις» λέει ο Καλ. «Πάω στοίχημα δέκα ευρώ· του χρόνου τέτοια μέρα, όλοι σου οι τοίχοι θα έχουν το ίδιο πράσινο του σκατού του προβάτου».

«Δεν βάζω προθεσμίες στον εαυτό μου» λέει ο Μαρτ με επισημότητα, ακουμπώντας μπροστά στον Καλ ένα ξέχειλο πιάτο. «Για να σου κάνω το χατίρι, ή σε οποιονδήποτε άλλον. Άντε τώρα, όρμα».

Τα μακαρόνια θέλουν αρκετό μάσημα, και ο κιμάς έχει πολύ δυόσμο, κόλιανδρο και κάτι που έχει γεύση γλυκάνισου. Δεν είναι κακό όσο ο Καλ πάει με το πάσο του.

«Καλό είναι» λέει.

«Εμένα μ' αρέσει» λέει ο Μαρτ, σερβίροντας τσάι από μια τσαγιέρα που μοιάζει με Ντάλεκ*. «Και ο μόνος που πρέπει να ευχαριστήσω είναι ο εαυτός μου. Αυτό σου χαρίζει μεγάλη ελευθερία. Όσο ζούσε η μανούλα, σ' αυτό το σπίτι δεν έμπαι-

---

* Ντάλεκ: Εξωγήινη φυλή μεταλλαγμένων, από τη βρετανική τηλεοπτική σειρά φαντασίας «Doctor Who». Μοιάζουν με μεταλλικές αλατιέρες σε μέγεθος ανθρώπου· για μάτι έχουν μια μεταλλική κεραία σε έναν περιστρεφόμενο θόλο. Κουβαλούν ένα ενεργειακό όπλο που μοιάζει με αυγοδάρτη και έναν τηλεσκοπικό βραχίονα για χέρι που συνήθως στην άκρη του έχει ένα εξάρτημα σαν βεντούζα ξεβουλώματος νεροχύτη. (Σ.τ.Μ.)

νε τίποτ' άλλο εκτός από κρέας με πατάτες. Τα έβραζε ώσπου, αν έκλεινες τα μάτια σου, να μην μπορείς να ξεχωρίσεις ποιο είναι ποιο, χωρίς καθόλου καρυκεύματα. Έλεγε ότι τα μπαχάρια είναι ο ένας από τους δύο λόγους που στα ξένα υπάρχουν διαζύγια, γκέι και τα ρέστα. Μπαίνουν στο αίμα σου και σου θολώνουν το μυαλό». Σπρώχνει ένα χάρτινο μπουκάλι γάλα και ένα σακούλι ζάχαρη προς το μέρος του Καλ από την άλλη πλευρά του τραπεζιού. «Αφού έφυγε, άρχισα να πειραματίζομαι. Πήγα στο Γκόλγουεϊ, σε ένα από αυτά τα χλιδάτα γιάπικα μαγαζιά, και αγόρασα ό,τι μπαχαρικό είχαν. Στον αδερφό μου δεν άρεσαν, αλλά ούτε αυγό δεν ήξερε να βράζει, οπότε αναγκαστικά έκανε μόκο. Όρμα πριν κρυώσουν».

Τραβάει την καρέκλα του και στρώνεται και πάλι στο φαγητό του. Ο Καλ κατά τα φαινόμενα έχει πετύχει τη μία και μοναδική περίσταση που ο Μαρτ δεν πιστεύει στη συζήτηση: τρώει με την αφοσίωση ανυποχώρητου εργάτη, και ο Καλ ακολουθεί το παράδειγμά του. Η κουζίνα είναι ζεστή από το μαγείρεμα· έξω από το παράθυρο, οι λόφοι φαίνονται απαλοί μες στην ομίχλη. Η Κάιλι έχει τελειώσει, και μια άλλη γυναίκα αρχίζει να τραγουδάει, καθαρά και γλυκά, με επιτηδευμένη εκφραστικότητα: no frontiers... Ο Κότζακ ξεφυσάει στον ύπνο του και τινάζει τις πατούσες του, κυνηγώντας κάτι.

«Η βροχή θα αργήσει,» λέει εντέλει ο Μαρτ. Σπρώχνει στην άκρη το πιάτο του και μισοκλείνει τα μάτια του καθώς κοιτάζει έξω από το παράθυρο. «Αυτό το σύννεφο, πάντως, δεν θα πάει πουθενά για την ώρα. Όχι πως έχει σημασία· ό,τι δεν βλέπω, θα το ακούσω».

«Θα ξαναβγείς έξω απόψε;»

«Ναι, αργότερα» λέει ο Μαρτ «αλλά είμαι ελεύθερος υπηρεσίας το απόγευμα. Θα δω μήπως ο Πι Τζέι ψήνεται να κάνει την πρώτη βάρδια, αν δεν έχεις αντίρρηση. Δεν μπορώ να συνεχίσω να χάνω τον όμορφο ύπνο μου για πάντα». Παρ' όλα αυτά,

δείχνει εντυπωσιακά ξεκούραστος. Το μόνο σημάδι ότι είχε πε
ράσει τη νύχτα καθισμένος κάτω από ένα δέντρο παραφυλώντας
είναι ένα επιπλέον κόμπιασμα στις κινήσεις του, σαν να τον
ζορίζουν τα αρθριτικά του περισσότερο από το συνηθισμένο,
ωστόσο δεν λέει τίποτα γι' αυτό.

«Ο Πι Τζέι είναι ευπρόσδεκτος να αράξει στο δάσος μου»
λέει ο Καλ. Γνωρίζει ποιος είναι ο Πι Τζέι· ο καλαμοπόδαρος
τύπος με τα ρουφηγμένα μάγουλα που γνέφει στον Καλ πάνω
από τους φράχτες χωρίς να πιάνει κουβέντα και που μερικές
φορές, ενώ κάνει τους βραδινούς του γύρους, τραγουδάει πα
λιές μελαγχολικές μπαλάντες με μια ανέλπιστα σπαρακτική
φωνή τενόρου. «Πόσο καιρό θα το συνεχίσεις;»

«Μακάρι να 'ξερα» λέει ο Μαρτ, γεμίζοντας την κούπα του
με τσάι. «Ό,τι κι αν είναι αυτό το πλάσμα, αργά ή γρήγορα θα
πεινάσει. Ή θα βαρεθεί, ίσως».

«Τόσα πρόβατα έχει εδώ γύρω» λέει ο Καλ. «Έχεις κανέναν
ιδιαίτερο λόγο να πιστεύεις ότι θα κυνηγήσει αυτά του Πι Τζέι;»

«Κοίτα να δεις» λέει ο Μαρτ, ρίχνοντας μια ματιά πάνω
από τη ζάχαρη, με ένα χαμόγελο να σκάει στο πρόσωπό του.
«Δεν μπορώ να παρακολουθώ κάθε πρόβατο στο Αρντνακέλτι.
Του Πι Τζέι είναι βολικά».

«Σωστά» λέει ο Καλ. Έχει την εντύπωση ότι ο Μαρτ κάτι
του κρύβει.

«Άσε που ξέρουμε ότι του αρέσει η περιοχή» επισημαίνει
ο Μαρτ, «έτσι δεν είναι; Και πολλά άλλα αγροκτήματα της
περιοχής έχουν βοοειδή, οπότε ίσως να μην του κάνουν· μπορεί
να μην είναι αρκετά μεγάλο να τα βάλει με αγελάδα. Αν ήμουν
αυτό το πλάσμα, στον Πι Τζέι θα πήγαινα μετά». Χτυπάει τον
κρόταφό του με το δάχτυλο. «Παλιά καλή ψυχολογία» εξηγεί.

«Ποτέ δεν βλάπτει» λέει ο Καλ. «Αυτά τα δύο πρόβατα
είναι μόνο; Το δικό σου και του Μπόμπι Φίνι; Ή συμβαίνει εδώ
και καιρό;»

«Ήταν άλλο ένα, στις αρχές του καλοκαιριού. Του Φράνσι Γκάνον, κοντά στο χωριό». Ο Μαρτ χαμογελάει και δείχνει την κούπα του στον Καλ. «Μη μου το παίζει εμένα Κολούμπο*, κάνοντας ερωτήσεις. Όλα είναι υπό έλεγχο».

Άρα, οι φόνοι των προβάτων άρχισαν λίγο μετά την εξαφάνιση του Μπρένταν. Ο Καλ σκέφτεται ξανά εκείνη την ερειπωμένη καλύβα, ή κάποια σπηλιά στη βουνοπλαγιά. Στα μέρη του παππού του υπήρχαν αγριάνθρωποι, ή τουλάχιστον φήμες για την ύπαρξή τους. Ο Καλ και οι φίλοι του δεν τους είδαν ποτέ, είδαν όμως πυρές, συρμάτινες παγίδες, στενάχωρες παράγκες κρυμμένες στα χαμόδεντρα, τομάρια ζώων κρεμασμένα στα κλαδιά να στεγνώνουν, βαθιά στο δάσος όπου κανείς δεν πήγαινε εκεί για να περάσει την ώρα του. Μια φορά, ο φίλος του Καλ ο Μπίλι παραλίγο να πέσει σε μια ιδιοφυώς κρυμμένη παγίδα. Όποιος την είχε σκάψει, πιθανώς θα είχε ξεκινήσει ως ανήσυχος έφηβος που τρωγόταν να βρει μια διέξοδο.

«Λοιπόν» λέει ο Μαρτ, σέρνοντας την καρέκλα του προς τα πίσω, «ξέρω τι χρειάζεσαι για να το τελειώσεις αυτό». Σηκώνεται με ένα γρύλισμα από τον πόνο, σκαλίζει σε ένα ντουλάπι και επιστρέφει με ένα κουτί μπισκότα. «Ορίστε» λέει και το ακουμπάει θριαμβευτικά στο τραπέζι. «Ώρα να ανακαλύψεις προς τι ο σαματάς».

Είναι τόσο ενθουσιασμένος με την έμπνευσή του, που θα ήταν αγένεια εκ μέρους του Καλ να αρνηθεί. Το μπισκότο έχει γεύση ίδια με την όψη του: ζάχαρη και ένα αφρώδες υλικό, όχι τέλεια στρωμένο. «Εντάξει» λέει ο Καλ. «Δεν έχουμε τέτοια στην πατρίδα».

«Πάρε κι άλλο, εμπρός».

---

* Αμερικάνικη αστυνομική σειρά με πρωταγωνιστή τον Peter Falk στον ρόλο του Κολούμπο (Columbo), ντετέκτιβ του τμήματος ανθρωποκτονιών της αστυνομίας του Λος Άντζελες. (Σ.τ.Μ.)

«Θα τα αφήσω για σένα. Δεν είναι του στιλ μου».

«Α, δεν μπορείς να έρχεσαι εδώ και να προσβάλεις τα Mikados» λέει ο Μαρτ, θιγμένος. «Κάθε παιδί στην Ιρλανδία με αυτά απογαλακτίζεται».

«Δεν είχα πρόθεση να σε προσβάλω» λέει ο Καλ, χαμογελώντας. «Δεν είμαι πολύ του γλυκού».

«Ξέρεις τι φταίει;» ρωτάει ο Μαρτ, έχοντας μια αναλαμπή. «Οι αμερικάνικες ορμόνες. Καταστρέφουν τους γευστικούς σου κάλυκες. Όπως μια έγκυος που τρώει κέικ με σαρδέλες. Έλα σ' έναν χρόνο και ξαναδοκίμασε ένα, όταν θα έχεις έρθει στα ίσα σου, και τότε θα δούμε πώς θα σου φανούν».

«Εντάξει» λέει ο Καλ, συνεχίζοντας να χαμογελάει. «Φιλάω σταυρό».

«Για πες μου τώρα, Κολούμπο, μιας και σε πέτυχα» λέει ο Μαρτ, βουτώντας ένα μπισκότο στην κούπα του. «Μήπως υποπτεύεσαι το ψώνιο τον Γιουτζίν Μόινιχαν για την επίθεση στο πρόβατό μου;»

«Ε;» λέει ο Καλ.

Ο Μαρτ κοιτάζει τον Καλ με μια λάμψη στα μάτια. «Άκουσα ότι είχες μια κουβεντούλα μαζί του σήμερα το πρωί. Τον πέρασες από ανάκριση; Θα έλεγα ότι αυτός ο τύπος θα έσπαγε σε λίγα λεπτά. Μ' ένα βλοσυρό σου βλέμμα, θα έμπηγε τα κλάματα και θα 'τρεχε στη μαμά του. Έτσι έγινε;»

«Όχι απ' ό,τι παρατήρησα» λέει ο Καλ. «Δεν του έδωσα όμως την ευκαιρία να τα μπήξει».

«Ο Γιουτζίν δεν ακούμπησε την προβατίνα μου» λέει ο Μαρτ. «Ούτε ο Φέργκαλ Ο'Κόνορ».

«Ούτε που μου πέρασε από το μυαλό κάτι τέτοιο» λέει ο Καλ με ειλικρίνεια.

«Τότε τι τους ήθελες;»

«Το μόνο που ήθελα» λέει ο Καλ, με τον εκνευρισμό του να αυξάνεται, «είναι κάποιος να με βοηθήσει να αλλάξω τα ηλεκτρολογικά στην κουζίνα μου, για να μπορέσω να πάρω ένα πλυντήριο και να πλένω τα καταραμένα τα βρακιά μου στο σπίτι μου, αντί να τα σέρνω στην πόλη κάθε βδομάδα. Μόνο που με στέλνουν από τον Άννα στον Καϊάφα. Ο ένας λέει ότι αυτός είναι ο άνθρωπός σου· πάω να τον βρω, και, μπα, έχει εξαφανιστεί, οπότε μου χρειάζεται ο δείνα. Τον βρίσκω, και δεν έχει ιδέα από ηλεκτρολογικά· ο άνθρωπός μου είναι ο άλλος. Τον βρίσκω» –ο Μαρτ έχει αρχίσει να χαχανίζει– «και συμπεριφέρεται λες και του ζήτησα να ξεβουλώσει την τουαλέτα μου με τα χέρια του. Προσπαθώ, ως ένδειξη καλών τρόπων, να δώσω δουλειά σε κάποιον ντόπιο, αλλά είμαι έτοιμος να σταματήσω τις μαλακίες και να προσλάβω έναν επαγγελματία, ώστε να αποκτήσω το πλυντήριο πριν γεράσω τόσο που να μην μπορώ να το χρησιμοποιήσω».

Ο Μαρτ αγκομαχάει από τα γέλια. «Χριστέ μου» λέει, σκουπίζοντας τα μάτια του, «χαλάρωσε, καουμπόι, θα πάθεις κανένα καρδιακό. Θα σου βρω εγώ κάποιον ντόπιο για να σου βάλει το πλυντήριό σου. Και θα 'ναι και οικονομικός».

«Εντάξει» λέει ο Καλ, ηρεμώντας κάπως, αν και είναι ακόμη ταραγμένος. «Θα το εκτιμούσα. Ευχαριστώ».

«Καλά, εδώ που τα λέμε, πώς θα μπορούσε να σου φανεί χρήσιμος ο Γιουτζίν Μόινιχαν; Δεν θα καταδεχόταν να λερώσει τα χέρια του με καλώδια και τέτοια» παρατηρεί ο Μαρτ, με τεράστια περιφρόνηση. «Ποιος σου 'πε ότι θα το 'κανε;»

«Χμ» κάνει ο Καλ, ξύνοντας σκεπτικά τα γένια του, «δεν είμαι σίγουρος. Κάποιος στην παμπ. Μου είπε δυο τρεις τύπους που ίσως μπορούσαν να με βοηθήσουν, αλλά δεν θυμάμαι το όνομά του – πρέπει να το παραδεχτώ, είχα πιει μερικές μπίρες όταν μιλούσαμε, και ακόμη δεν τους ξέρω όλους. Ηλικιωμένος, νομίζω. Κοντά μαλλιά. Λίγο ψηλότερος από σένα, μπορεί όμως να κάνω και λάθος. Είχε καπέλο».

«Ο Σπάνερ Μακχιού; Ο Ντέσι Μιούλεν;»

Ο Καλ κουνάει το κεφάλι του. «Το μόνο που ξέρω είναι ότι ακουγόταν να ξέρει για τι πράγμα μιλάει».

«Όχι ο Ντέσι τότε» λέει ο Μαρτ με βεβαιότητα.

Ο Καλ χαμογελάει. «Εντάξει, απ' ό,τι φάνηκε, δεν αποδείχτηκε σωστός. Ίσως και να 'ταν ο Ντέσι τελικά».

«Θα τον ρωτήσω. Δεν μπορεί να βάζει έτσι τους ξένους να κυνηγάνε φαντάσματα. Θα βγάλουμε κακό όνομα». Ο Μαρτ βρίσκει τον καπνό του και τον γέρνει προς τον Καλ.

«Ευχαριστώ για την προσφορά, αλλά καλύτερα να πηγαίνω» λέει ο Καλ, σπρώχνοντας προς τα πίσω την καρέκλα του και παίρνοντας το πιάτο του. «Σ' ευχαριστώ πολύ για το γεύμα».

Ο Μαρτ υψώνει το ένα του φρύδι. «Προς τι η βιασύνη; Έχεις ραντεβουδάκι;»

«Ναι, με το YouTube» λέει ο Καλ, βάζοντας το πιάτο του στον νεροχύτη. «Αφού δεν βλέπω να με βοηθάει κανείς εδώ τριγύρω με την κουζίνα μου».

«Μην παίζεις με τέτοια πράγματα, αλλιώς σε βλέπω να το καις το σπίτι σου. Σου είπα, θα σ' το κανονίσω το πλυντήριο». Ο Μαρτ δείχνει με το τσιγάρο του τον Καλ. «Να σου πω: αφού δεν έχεις ραντεβού, έλα απόψε μαζί μου στην παμπ».

«Τι τρέχει;» ρωτάει ο Καλ. «Έχεις γενέθλια;»

Ο Μαρτ γελάει. «Για όνομα του Θεού, όχι. Αυτά τα έχω ξεχάσει εδώ και χρόνια. Έλα και θα δεις». Φυσάει ανάμεσα από τα δόντια του μια λεπτή λωρίδα καπνού και κλείνει το μάτι στον Καλ με υπερβολικό τρόπο.

Ο Καλ τον αφήνει εκεί, γερμένο πίσω στην καρέκλα του, να σιγομουρμουρίζει μαζί με την Ντάστι Σπρίνγκφιλντ* και βγαί-

---

* Βρετανίδα τραγουδίστρια που έκανε καριέρα κυρίως τις δεκαετίες του '60 και του '70. Το κανονικό της όνομα ήταν Mary Isabel Catherine Bernadette O'Brien. (Σ.τ.Μ.)

νει από το σπίτι. Καθώς περνάει τον Κότζακ, ο σκύλος κοπα-
νάει την ουρά του και ανοίγει το ένα μάτι. Ο Καλ περπατάει
προς το σπίτι του και αναρωτιέται τι να ήταν αυτό που απο-
φάσισε να μην του πει ο Μαρτ σχετικά με τον Πι Τζέι και τα
σκοτωμένα πρόβατα.

Εντέλει, ο Τρέι δεν εμφανίζεται παρά αργά το απόγευμα. «Μ'
έστειλε η μάνα μου για τα μηνύματα» λέει ως εξήγηση, χτυπώ-
ντας τα αθλητικά του στο κατώφλι για να ξεκολλήσει τη λάσπη.
«Καλό αυτό» λέει ο Καλ. «Πρέπει να τη βοηθάς». Ύστερα
από την αρχική σύγχυση, έχει καταλάβει ότι εδώ «τα μηνύμα-
τα» είναι τα ψώνια στο μπακάλικο. Ένας από τους λόγους που
διάλεξε την Ιρλανδία ήταν πως δεν θα χρειαζόταν να μάθει μια
καινούργια γλώσσα, μερικές φορές όμως νιώθει ότι κάποιος
του κάνει πλάκα.
Ο Τρέι είναι πολύ τσιτωμένος σήμερα. Ο Καλ το διακρίνει
στον τρόπο που προτάσσει το πιγούνι του και στη νευρικότη-
τα που δείχνει όταν ανεβαίνει το σκαλοπάτι. Πριν μπει στο
σπίτι και κλείσει την πόρτα, ρίχνει μια βιαστική ματιά πίσω
του, σαν να υπάρχει περίπτωση να τον παρακολουθεί κάποιος.
«Προσπαθούσα να συμμαζέψω λίγο αυτό τον θάμνο» λέει
ο Καλ, σπρώχνοντας κομμένες τρίχες από τα γένια του σε ένα
χαρτόκουτο που χρησιμοποιεί για κάδο αχρήστων. Είχαν αρ-
χίσει να φουντώνουν αρκετά, και σκέφτηκε πως, αν ήταν να
τριγυρίζει κάνοντας αδιάκριτες ερωτήσεις, δεν θα έβλαπτε να
δείχνει κάπως ευυπόληπτος. «Πώς σου φαίνομαι;»
Ο Τρέι ανασηκώνει τους ώμους. Ψαρεύει από την τσέπη
του παρκά του ένα πακέτο και το δίνει στον Καλ. Ο Καλ ανα-
γνωρίζει τη συσκευασία: έξι λουκάνικα από το ψυγείο της
Νορίν. Συνειδητοποιεί ξαφνικά γιατί του φέρνει διαρκώς πράγ-
ματα. Είναι η αμοιβή του.

«Δεν χρειάζεται να μου φέρνεις διάφορα, μικρό» λέει.

Ο Τρέι το αγνοεί. «Ο Φέργκαλ και ο Γιουτζίν» λέει. «Τι είπαν;»

«Με παρακολουθούσες;» απαιτεί να μάθει ο Καλ.

«Όχι».

«Τότε πού ξέρεις ότι τους μίλησα;»

«Άκουσα τη μάνα του Γιουτζίν να το λέει στη Νορίν όταν είχα πάει για τα μηνύματα».

«Έλεος» λέει ο Καλ και πάει προς το ψυγείο να φυλάξει τα λουκάνικα. «Δεν μπορεί κανείς ούτε τη μύτη του να ξύσει εδώ πέρα χωρίς να του πει όλο το χωριό να πλύνει τα χέρια του». Αναρωτιέται για πόσο ακόμα θα μπορεί να κρατήσει το όλο ζήτημα μυστικό και τι θα σκεφτούν όλοι όταν αποκαλυφθεί. Διαπιστώνει ότι δεν έχει ιδέα ούτε για την απάντηση ούτε καν για τους παράγοντες που ίσως την επηρεάσουν. «Τι είπε δηλαδή η μαμά του Γιουτζίν;»

Ο Τρέι τον ακολουθεί. «Ότι έψαχνες κάποιον για κάτι ηλεκτρολογικά. Η μούρη της ήταν σαν μπουλντόγκ που έγλειψε κάτουρο από τσουκνίδα. Τι σου είπαν;»

«Πώς κι έτσι; Δεν της αρέσει η μούρη μου;»

«Ο Γιουτζίν της είναι υπερβολικά καλός για κάτι τέτοιο. Και επειδή σκέφτηκες ότι μπορεί να είχε ανάγκη μερικά έξτρα χρήματα».

«Εντάξει, δεν είμαι παρά ένας χαζός ξένος που δεν ξέρει τα κατατόπια» λέει ο Καλ. «Κι η Νορίν τι είπε γι' αυτό;»

«Ότι καμιά έντιμη εργασία δεν βλάπτει και ότι μια δουλειά θα έκανε καλό στον Γιουτζίν. Αυτό δεν άρεσε καθόλου στην κυρία Μόινιχαν. Τι σου είπαν;»

Το παιδί στέκεται μες στη μέση της κουζίνας με τα πόδια στυλωμένα ανοιχτά, εμποδίζοντας το πέρασμα. Ο Καλ το νιώθει να τρέμει σχεδόν από την ένταση.

«Δεν έχουν νέα από τον αδερφό σου από τότε που έφυγε,

κανείς τους. Και οι δύο όμως πιστεύουν ότι είναι ζωντανός».
Δεν του ξεφεύγει το πώς χαλαρώνει η πλάτη του Τρέι από την
ανακούφιση. Ανεξάρτητα με το πόσο σίγουρο ισχυρίζεται το
παιδί ότι είναι για την ψυχική κατάσταση του Μπρένταν, ήρθε
με τον φόβο ότι ίσως οι φίλοι του να είχαν διαφορετική άποψη.
«Και πρέπει να σου πω, μικρό, πως δεν πιστεύουν πως κάποιος
τον πήρε. Πιστεύουν ότι έφυγε από μόνος του».

«Θα μπορούσαν να λένε ψέματα».

«Ήμουν μπάτσος είκοσι πέντε χρόνια. Έχω ακούσει ψέμα-
τα από τους καλύτερους. Νομίζεις ότι ένας μπούφος όπως ο
Φέργκαλ Ο'Κόνορ μπορεί να με παραμυθιάσει;»

Ο Τρέι το αναγνωρίζει αυτό. «Ο Φέργκαλ όμως είναι βλάκας.
Το ότι πιστεύει κάτι δεν σημαίνει ότι έχει και δίκιο».

«Για να μου φτιάξει πύραυλο, δεν θα τον διάλεγα, όμως
ξέρει τον αδερφό σου. Αν πιστεύει ότι έφυγε...»

Ο Τρέι λέει, κοιτάζοντας τον Καλ κατάματα: «Εσύ πιστεύεις
πως είναι ζωντανός;»

Ο Καλ ξέρει πως καλά θα κάνει να μην αφήσει την παραμι-
κρή παύση να μεσολαβήσει. Ευτυχώς, ξέρει επίσης τι πρέπει να
πει, αφού το έχει κάνει εκατοντάδες φορές τόσα χρόνια. «Δεν
πιστεύω τίποτα» λέει. «Αυτή τη στιγμή, απλώς μαζεύω πληρο-
φορίες. Θα σκεφτώ αργότερα, μόλις έχω περισσότερα στοιχεία.
Το μόνο που μπορώ να σου πω είναι ότι δεν έχω καμία πληρο-
φορία που να αποδεικνύει ότι είναι νεκρός». Όλα αυτά είναι
αλήθεια· το ύφος της Σίλα Ρέντι όταν κοίταζε τα βουνά δεν
είναι πληροφορία. Οι λέξεις αφήνουν ακόμη πικρή γεύση στο
στόμα του. Η αίσθηση ότι μπαίνει σε άγνωστα γι' αυτόν μονο-
πάτια είναι πιο ισχυρή από ποτέ άλλοτε.

Ο Τρέι τον κοιτάζει επίμονα για λίγο ακόμα, ψάχνοντας για
ρωγμές· ύστερα συγκατανεύει και ξεφυσάει, αποδεχόμενος
όσα είπε ο Καλ. Κατευθύνεται στο γραφείο και αρχίζει να το
πιλατεύει για να δει τι έχει μείνει να κάνει.

Ο Καλ γέρνει στον πάγκο της κουζίνας και τον παρακολουθεί. «Τι ουσίες έχετε εδώ πέρα;» ρωτάει.

Ο Τρέι του ρίχνει ένα βιαστικό, αναπάντεχο χαμόγελο πάνω από τον ώμο του. «Ενδιαφέρεσαι;»

«Αστειάκι» λέει ο Καλ. «Όχι, ευχαριστώ. Ας πούμε όμως ότι ενδιαφερόμουν. Τι προσφορά υπάρχει;»

«Πολύ χόρτο, πολλή βενζοδιαζεπίνη, πού και πού κεταμίνη. Κόκα, μερικές φορές. Τριπάκια επίσης, και μανιτάρια».

«Χμ». Ο Καλ δεν περίμενε το πλήρες μενού, αν και ίσως θα έπρεπε. Πίσω στην πατρίδα του, είναι κοινό μυστικό ότι στις μικρότερες πόλεις, όπου τα παιδιά δεν έχουν κάτι να τα κρατάει απασχολημένα, μπορούν να σε προμηθεύσουν με ό,τι ναρκωτικό έχεις ή δεν έχεις ακουστά.

«Κρακ;»

«Μπα. Όχι, απ' ό,τι ξέρω τουλάχιστον».

«Μεθ;»

«Όχι ιδιαίτερα. Λίγες φορές άκουσα κάποιον να έχει λίγη».

«Ηρωίνη;»

«Μπα. Όποιος κάνει τέτοια, φεύγει. Πάει στο Γκόλγουεϊ, ή στο Άθλον. Εδώ πέρα δεν ξέρεις τι θα βρεις και πότε. Τα πρεζάκια πρέπει να ξέρουν ότι μπορούν να βρουν όποτε το θελήσουν».

«Και τα βαποράκια εδώ πέρα» λέει ο Καλ. «Ξέρεις από πού τα βρίσκουν όλα αυτά; Είναι κάποιος ντόπιος υπεύθυνος για τη μοιρασιά;»

«Όχι. Κάτι τύποι τα φέρνουν από το Δουβλίνο».

«Ο Μπρένταν τους ήξερε αυτούς τους τύπους; Από το Δουβλίνο;»

«Δεν είναι βαποράκι ο Μπρεν» λέει ο Τρέι, πάραυτα και εμφατικά.

«Δεν είπα εγώ κάτι τέτοιο» λέει ο Καλ. «Εσύ όμως πιστεύεις ότι τον πήραν κάποιοι κακοί άνθρωποι. Πρέπει να ξέρω για τι είδους κακούς μιλάμε εδώ γύρω».

Ο Τρέι εξετάζει το γραφείο, περνώντας το νύχι του πάνω από τις ρωγμές. «Αυτοί από το Δουβλίνο είναι κακός μπελάς» λέει τελικά. «Σίγουρα θα έχεις ακούσει γι' αυτούς κάποιες φορές. Έρχονται με τα τεράστια Hummer τους, κάνουν παντιλίκια στα χωράφια τα βράδια, όταν έχει φεγγάρι. Ή ακόμα και τη μέρα. Ξέρουν ότι η αστυνομία δεν θα 'ρθει έγκαιρα για να τους πιάσει».

«Τους έχω ακουστά» λέει ο Καλ. Σκέφτεται την παρέα στο βάθος της παμπ, που τη βλέπει μια στο τόσο· κάτι τύπους πολύ νέους και εντελώς λάθος ντυμένους για το μέρος, που τον καρφώνουν με το βλέμμα για ένα υπερβολικά μακρύ δευτερόλεπτο.

«Το ξέρω το είδος» λέει ο Καλ. «Είναι που είναι επικίνδυνοι, γίνονται πολύ χειρότεροι όταν κάποιος τους τσαντίζει».

Στο άκουσμα αυτών των λέξεων, ο Τρέι σηκώνει το βλέμμα. «Ο Μπρεν δεν θα μπορούσε να τους έχει τσαντίσει. Δεν τον ξέρουν καν».

«Σίγουρα, μικρό; Σίγουρα;»

«Δεν θα πουλούσαν κατευθείαν σε τύπους όπως αυτός, που κάνουν χρήση μια στο τόσο. Ο Μπρεν, όταν ήθελε κάτι, αγόραζε από τους ντόπιους. Αυτούς δεν θα τους πλησίαζε».

Ο Καλ ρωτάει: «Τότε ποιος τον πήρε; Αυτοί είναι οι μόνοι κακοί τους οποίους αναφέρουν όλοι εδώ γύρω. Οπότε, εσύ θα μου πεις, μικρό: αν δεν είναι αυτοί, τότε ποιος;»

«Μπορεί να έκαναν λάθος. Να τον πέρασαν για άλλον». Ο Τρέι ξύνει ένα υπόλειμμα μπογιάς με το νύχι του και κοιτάζει τον Καλ για να ελέγξει τη γνώμη του γι' αυτή τη θεωρία.

«Ίσως» λέει ο Καλ. Δεν μπορεί να φανταστεί ότι συνέβη κάτι τέτοιο, αν όμως ο Τρέι το έχει ανάγκη, ας κρατήσει το ενδεχόμενο, τουλάχιστον για την ώρα. «Κάτι τέτοιοι τύποι συνήθως δεν είναι ιδιοφυΐες, αυτό σ' το υπογράφω. Αφού όμως ο Μπρένταν δεν έκανε παρέα μαζί τους, τότε ποιος θα μπορούσε; Κάποιος από τους φίλους του;»

Ο Τρέι ξεφυσάει απαξιωτικά. «Μπα. Είδες τον Φέργκαλ, και τον Γιουτζίν. Σου φαίνονται για τύποι που θα ήταν μες στα κόλπα;»

«Όχι» λέει ο Καλ. «Δεν πειράζει». Έχει σκεφτεί κάποιον που ξέρει πολλά για τους τύπους από το Δουβλίνο. Τις περισσότερες φορές, ο Ντόνι Μαγκράθ είναι δορυφόρος της παρέας στην παμπ.

Ο Τρέι ρίχνει μια πλάγια ματιά στον Καλ με ένα ίχνος του παλιού του χαμόγελου να επιστρέφει στα χείλη του. «Έχεις πάρει ποτέ ναρκωτικά; Πριν γίνεις μπάτσος».

Για μια στιγμή, ο Καλ δεν είναι σίγουρος τι πρέπει να απαντήσει. Όταν η Αλίσα του είχε κάνει την ίδια ερώτηση, στη σκέψη ότι μπορεί εκείνη να έκανε ναρκωτικά έφαγε μια τόσο γερή κλοτσιά στο στομάχι, που το μόνο που μπόρεσε να κάνει ήταν να της πει ιστορίες για όσα είχαν δει τα μάτια του και να την ικετεύσει να μην πλησιάσει τίποτα πιο σκληρό από το χόρτο. Όπως και δεν το έχει κάνει άλλωστε, απ' ό,τι ξέρει. Κατά πάσα πιθανότητα όμως, δεν θα το έκανε ούτως ή άλλως. Στην προκειμένη περίπτωση, η σωστή απάντηση ίσως και να έχει σημασία.

Τελικά, ο Καλ αποφασίζει να πει την αλήθεια. «Δοκίμασα μερικά πράγματα, στις άγριες μέρες μου. Κανένα δεν μου άρεσε καθόλου, οπότε σταμάτησα να δοκιμάζω».

«Τι είχες δοκιμάσει;»

«Δεν έχει σημασία» λέει ο Καλ. «Δεν ξεχώρισα έτσι κι αλλιώς κανένα». Είναι γεγονός πως ό,τι δοκίμαζε τον απωθούσε τόσο πολύ, που ξαφνιάστηκε και ήταν απρόθυμος να το παραδεχτεί ακόμα και στην Ντόνα, που τότε έκανε πού και πού κανένα ναρκωτικό ή μια μυτιά χαλαρά. Μισούσε το πώς κάθε ναρκωτικό στερούσε με τον τρόπο του από τον κόσμο τη στιβαρότητα και τον άφηνε σαθρό, σπασμένο και με τρεμουλιαστά άκρα. Οι άνθρωποι υπό την επήρεια έπαυαν να είναι αυτοί που ήξερε. Σε κοίταζαν κατάματα και έβλεπαν πράγματα που δεν είχαν καμία σχέση μ' εσένα. Αφήνοντας πίσω τις άγριες μέρες, ένα από τα ευχάριστα επακόλουθα της γέννησης της Αλίσα ήταν ότι δεν χρειαζόταν να συναναστρέφεται με ανθρώπους που έκαναν ναρκωτικά. Ρωτάει δήθεν αδιάφορα, με τα μάτια του στο γραφείο: «Εσύ; Έχεις δοκιμάσει τίποτα απ' αυτά;»

«Όχι» λέει ξερά ο Τρέι.

«Σίγουρα;»

«Με τίποτα, σου λέω. Σε κάνουν βλάκα. Θα μπορεί να σ' τη φέρει ο καθένας».

«Ισχύει» λέει ο Καλ. Το μέγεθος της ανακούφισης τον ξαφνιάζει. «Επειδή δεν μου φαίνεσαι για άτομο που μπορεί να εμπιστεύεται τους άλλους, τα ναρκωτικά μάλλον δεν είναι για σένα».

«Δεν είναι».

«Ναι, κάτι έχω καταλάβει. Ούτε για μένα είναι».

Ο Τρέι τον κοιτάζει. Το πρόσωπό του αυτή την εβδομάδα φαίνεται πιο λεπτό και πιο χλωμό, σαν κάτι να τον τρώει. «Τώρα τι θα κάνεις;» λέει.

Ο Καλ ακόμη το γυροφέρνει στο μυαλό του· όχι ακριβώς τι να κάνει, αλλά πώς ακριβώς θα το πετύχει. Αυτό που ξέρει, παρ' όλα αυτά, είναι πως σήμερα είναι αναγκαίο να συμβεί κάτι καλό στο παιδί. «Θα σου μάθω να χρησιμοποιείς εκείνο το τουφέκι».

Το στόμα του παιδιού ανοίγει και το πρόσωπό του φωτίζεται λες και ο Καλ του έχει χαρίσει μόλις ένα ποδήλατο για τα γενέθλιά του. «Χαλάρωσε, τίγρη» λέει ο Καλ. «Δεν πρόκειται να γίνεις δεινός σκοπευτής με το που θα το πιάσεις. Αυτό που θα μάθεις βασικά σήμερα είναι πώς να μην πυροβολήσεις τα πόδια σου, και χάσεις κάμποσα κουτάκια μπίρα. Αν έχουμε χρόνο, ίσως χάσεις και μερικά κουνέλια».

Ο Τρέι τον στραβοκοιτάζει, αλλά δεν μπορεί να κρύψει το χαμόγελό του. Το ίδιο και ο Καλ.

«Ναι, αλλά...» λέει ο Τρέι, και το πρόσωπό του συννεφιάζει, «δεν το 'χω τελειώσει ακόμη». Δείχνει το γραφείο.

«Τότε θα το τελειώσεις κάποια άλλη μέρα» λέει ο Καλ και σηκώνεται από τον πάγκο. «Πάμε».

Ο φωριαμός του όπλου μοιάζει ξεκάρφωτος στα γυμνά σανίδια της κρεβατοκάμαρας του Καλ. Τα μόνα άλλα πράγματα στο δωμάτιο είναι το στρώμα και ο υπνόσακος, η βαλίτσα που φυλάει τα καθαρά ρούχα και η σακούλα των σκουπιδιών για τα βρόμικα, και τέσσερις λουλακί τοίχοι διάστικτοι από την υγρασία. Ανάμεσά τους, το μακρύ μεταλλικό κουτί έχει έναν αέρα γυαλιστερής, εξωγήινης απειλής. «Αυτός είναι ένας φωριαμός όπλου» λέει ο Καλ, χτυπώντας τον μαλακά στο πλάι. «Όσο δεν σκοπεύω να το χρησιμοποιήσω, το όπλο μου μένει μέσα εκεί, γιατί δεν είναι παιχνίδι· έχει φτιαχτεί για να σκοτώνει, και αν σε πιάσω ποτέ να το ξεχνάς αυτό, τότε δεν θα το αγγίξεις ξανά. Έγινα σαφής;»

Ο Τρέι γνέφει, σαν να φοβάται πως, αν μιλήσει, ο Καλ θα αλλάξει γνώμη.

«Αυτό» λέει ο Καλ, σηκώνοντάς το από το κουτί, «είναι εικοσιδυάρι τουφέκι Χένρι που οπλίζει χειροκίνητα. Ένα από τα καλύτερα όπλα που κατασκευάστηκαν ποτέ».

«Ω, φίλε» κάνει ο Τρέι, με μια ευλαβική ανάσα. «Το όπλο του μπαμπά μου δεν ήταν έτσι».

«Μάλλον όχι» λέει ο Καλ. Δίπλα στο Χένρι, τα περισσότερα όπλα, κατά τη γνώμη του, φαίνονται μικροκαμωμένα ή δύσχρηστα. «Τα χρησιμοποιούσαν στην Άγρια Δύση, στα σύνορα. Αν έχεις δει ποτέ παλιές καουμπόικες ταινίες, τέτοια όπλα έχουν».

Ο Τρέι εισπνέει τη μυρωδιά του λαδιού του όπλου και διατρέχει με το δάχτυλό του το σκούρο ξύλο καρυδιάς στο κοντάκι. «Πανέμορφο» λέει.

«Το πρώτο πράγμα, πριν κάνεις οτιδήποτε άλλο» λέει ο Καλ, «είναι να τσεκάρεις αν είναι άδειο. Έτσι, βγάζεις τον γεμιστήρα, κατεβάζεις τον μοχλό και βεβαιώνεσαι ότι δεν έχει καμία σφαίρα στη θαλάμη». Κουμπώνει τον γεμιστήρα ξανά στη θέση του και κρατάει το όπλο μπροστά στον Τρέι. «Σειρά σου τώρα».

Το πρόσωπο του παιδιού όταν πιάνει το όπλο στα χέρια του κάνει τον Καλ χαρούμενο που αποφάσισε να του δείξει. Η προσωπική του άποψη για τους ανήλικους κακοποιούς και εγκληματίες που συναντούσε στη δουλειά ήταν ότι αυτό που λαχταρούσαν στην πραγματικότητα, συνειδητά ή ασυνείδητα, ήταν ένα τουφέκι, ένα άλογο και ένα κοπάδι γελάδια να το οδηγήσουν μέσα σε κάποιον αγριότοπο. Αν τους τα έδινες αυτά, αρκετοί από αυτούς –όχι όλοι, αρκετοί πάντως– θα είχαν καταλήξει μια χαρά. Ελλείψει αυτών, έφταναν σε ό,τι κοντινότερο μπορούσαν, με τα αποτελέσματα να κυμαίνονται από άσχημα έως καταστροφικά.

Ο Τρέι ελέγχει το όπλο με την ίδια επιδέξια, αποφασιστική φροντίδα που δείχνει για το γραφείο. «Ωραία» λέει ο Καλ. «Βλέπεις τώρα εδώ; Αυτός είναι ο κόκορας. Τον τραβάς εντελώς προς τα πίσω, οπλίζεις, και είσαι έτοιμος να πυροβολήσεις. Αν τον κάνεις λίγο προς τα πίσω, έτσι, ακούς το κλικ; Αυτό σημαίνει ότι το όπλο έχει ασφαλίσει. Όσο και να πατάς τη σκανδάλη, δεν θα συμβεί τίποτα. Για να το αφοπλίσεις, χαλαρώνεις τη σκανδάλη προς τα πίσω, λιγάκι, και κάνεις τον κόκορα μπροστά. Έτσι».

Ο Τρέι το κάνει. Τα χέρια του πάνω στο τουφέκι φαίνονται μικρά και ντελικάτα, ο Καλ όμως ξέρει ότι έχει αρκετή δύναμη ώστε να το χειριστεί. «Ορίστε» λέει. «Τώρα είναι ασφαλισμένο. Να θυμάσαι όμως: ασφαλισμένο ή όχι, γεμάτο ή όχι, δεν σημαδεύεις ποτέ κανένα πλάσμα εκτός κι αν έχεις ετοιμαστεί να το σκοτώσεις. Το 'πιασες;»

«Το 'πιασα» λέει ο Τρέι. Στον Καλ αρέσει ο τρόπος που το λέει, ατενίζοντας με σταθερό βλέμμα το όπλο στα χέρια του. Το παιδί νιώθει τη βαρύτητα του θέματος και είναι κάτι που το έχει ανάγκη.

«Εντάξει» λέει. «Πάμε για μια δοκιμή».

Παίρνει την πλαστική σακούλα όπου κρατάει τα άδεια κουτάκια μπίρας και τη δίνει στον Τρέι να την κουβαλήσει. Βάζει το τουφέκι στον ώμο του και βγαίνουν έξω, όπου ο αέρας είναι απαλός, βαρύς από την αχλή και πλούσιος από τη μυρωδιά βρεγμένου χώματος. Τα πρώτα σημάδια του σούρουπου έχουν αρχίσει να κάνουν την εμφάνισή τους· στη δύση τα σύννεφα μοιάζουν να μικραίνουν, και οι άκρες τους είναι χρυσαφιές.

«Πρέπει να βρούμε ένα καλό σημείο» λέει ο Καλ. «Κάπου που να μη χτυπήσουμε κάτι αθελά μας».

«Να σημαδέψουμε αυτά;» ρωτάει ο Τρέι, γυρίζοντας το πιγούνι του προς τα κοράκια, που τσακώνονται για κάτι πάνω στο χορτάρι.

«Όχι».

«Γιατί όχι;»

«Μου αρέσει να τα έχω εδώ τριγύρω» λέει ο Καλ. «Είναι έξυπνα. Άσε που δεν ξέρω αν τρώγονται, και δεν σκοτώνω ζωντανά για πλάκα. Αν χτυπήσουμε κάτι, θα το γδάρουμε, θα το ξεντεριάσουμε, θα το μαγειρέψουμε και θα το φάμε. Είσαι εντάξει με όλα αυτά;»

Ο Τρέι γνέφει καταφατικά.

«Ωραία» λέει ο Καλ. «Τι λες να στήσουμε εδώ;»

Η χαμηλή ξερολιθιά στο πίσω λιβάδι του Καλ έχει απρόσκοπτη θέα στη θεριεμένη βλάστηση τριγύρω· κανένας δεν μπορεί να μπει αναπάντεχα στο πεδίο βολής τους. Βρίσκεται επίσης από την πλευρά που η γη του βλέπει τον σιωπηλό, αδιάφορο Πι Τζέι αντί για την πλευρά του Μαρτ, αν και αυτή τη στιγμή ούτε ο Πι Τζέι φαίνεται πουθενά. Στηρίζουν τα κουτάκια της μπίρας πάνω στις ακανόνιστες πέτρες που ένας θεός ξέρει πόσο καιρό πριν έχουν στοιβαχτεί εκεί από τους προγόνους του Μαρτ, του Πι Τζέι και του Τρέι, και απομακρύνονται διασχίζοντας το λιβάδι. Τα νοτισμένα χορτάρια θροΐζουν από τα βήματά τους.

Ο Καλ δείχνει στον Τρέι πώς να βγάζει τον γεμιστήρα, να βάζει τις σφαίρες στο κενό και να τον ξανακουμπώνει στη θέση του. Έχουν διαλέξει καλή μέρα: τα σύννεφα εμποδίζουν το φως που πέφτει από χαμηλά να τους τυφλώσει ή να σχηματίσει σκιές, και το αεράκι είναι πολύ ελαφρύ. Τα κουτάκια της μπίρας διαγράφονται ευκρινώς μπροστά στα πράσινα λιβάδια, σαν μικρές όρθιες πέτρες. Τα καφετιά βουνά υψώνονται πίσω τους.

«Εντάξει» λέει ο Καλ.

«Μπορείς να πυροβολήσεις όρθιος, γονατιστός ή ξαπλωμένος μπρούμυτα, θα αρχίσουμε όμως γονατιστοί. Ένα πόδι αποκάτω σου, ένα γόνατο πάνω. Έτσι».

Ο Τρέι τον μιμείται προσεκτικά.

«Το κοντάκι στην κοιλότητα του ώμου σου, ακριβώς εδώ. Σφιχτά πάνω σου, για να μη σε κλοτσήσει πολύ δυνατά». Η ισορροπία του τουφεκιού είναι τέλεια· ο Καλ νιώθει ότι θα μπορούσε να στέκεται εκεί γονατιστός όλη μέρα χωρίς να κουραστούν οι μύες του. «Βλέπεις αυτή τη χάντρα στην άκρη της κάννης; Είναι το μπροστινό σκοπευτικό. Και αυτό το μισοφέγγαρο εδώ, το πίσω; Τα ευθυγραμμίζεις στον στόχο σου. Στοχεύω το τρίτο κουτάκι από τ' αριστερά, επομένως ευθυγραμμίζω αυτά τα δύο σκοπευτικά σε αυτό. Θα πάρω μια ανάσα κι ύστερα θα την αφήσω και πάλι, πολύ ήρεμα, και όταν όλη η ανάσα τελειώσει, θα πιέσω τη σκανδάλη. Όχι δυνατά· αυτό το όπλο δεν χρειάζεται να το ζορίζεις. Θα συνεργαστεί μαζί σου. Απλώς αφήνεις τον αέρα να βγει από το στόμα σου κι ύστερα από το όπλο. Το 'πιασες;»

Ο Τρέι γνέφει καταφατικά και πάλι.

«Ωραία» λέει ο Καλ. «Για να δούμε τώρα αν το 'χω ακόμη». Κατά κάποιον μαγικό τρόπο, ύστερα από τόσα χρόνια, δεν έχει χαθεί η ικανότητά του στο σημάδι με το τουφέκι. Το τενεκεδάκι πέφτει από τον τοίχο με ένα θριαμβευτικό κουδούνισμα μετάλλου πάνω σε μέταλλο που αντηχεί στα λιβάδια, πάνω από τον διαπεραστικό ήχο του όπλου.

«Ω ναι» κάνει ο Τρέι γεμάτος δέος.

«Κοιτά να δεις τελικά» λέει ο Καλ. Εισπνέει τη μυρωδιά του μπαρουτιού και πιάνει τον εαυτό του να χαμογελάει. «Σειρά σου».

Το παιδί κρατάει το τουφέκι καλά, βολεύοντάς το στον ώμο του σαν να ήταν πάντα εκεί η θέση του. «Μέσα οι αγκώνες. Άσε το μάγουλό σου να ακουμπήσει πάνω στο κοντάκι, μαλακά» λέει ο Καλ. «Με την ησυχία σου».

Ο Τρέι μισοκλείνει τα μάτια πάνω από την κάννη, διαλέγει προσεκτικά το κουτάκι του και ευθυγραμμίζει τα σκοπευτικά. «Θα κάνει θόρυβο» λέει ο Καλ, «και θα σε κλοτσήσει λιγάκι στον ώμο. Μην ξαφνιαστείς».

Ο Τρέι είναι πολύ συγκεντρωμένος για να τον στραβοκοιτάξει. Ο Καλ ακούει τη βαθιά, αργή ανάσα του, εισπνοή και εκπνοή. Δεν τρέμει αδημονώντας για το λάκτισμα, και δεν τινάζεται όταν τελικά συμβαίνει. Αστοχεί, αλλά για λίγο.

«Όχι κι άσχημα» λέει ο Καλ. «Το μόνο που χρειάζεσαι είναι λίγη εξάσκηση. Μάζεψε τον κάλυκα. Θα αφήνεις το μέρος όπως ακριβώς το έχεις βρει».

Ρίχνουν εναλλάξ ώσπου να αδειάσει ο γεμιστήρας. Ο Καλ χτυπάει πέντε κουτάκια. Το παιδί ένα, και η χαρά του κάνει το πρόσωπό του να φωτιστεί τόσο έντονα, που ο Καλ χαμογελάει και διασχίζει αργά το λιβάδι για να του βρει το τρυπημένο κουτάκι. «Ορίστε» λέει και του το δίνει. «Μπορείς να το κρατήσεις. Η πρώτη σου λεία».

Ο Τρέι ανταποδίδει το χαμόγελο, αλλά στη συνέχεια κουνάει αρνητικά το κεφάλι. «Η μαμά μου θα θελήσει να μάθει πού το βρήκα».

«Ψάχνει τα πράγματά σου;»

«Παλιά όχι. Μόνο από τότε που έφυγε ο Μπρένταν».

«Ανησυχεί» λέει ο Καλ. «Θέλει μόνο να ξέρει ότι δεν σκέφτεσαι κι εσύ να πας πουθενά».

Ο Τρέι ανασηκώνει τους ώμους, ρίχνοντας το κουτάκι στην πλαστική σακούλα. Το φως έχει χαθεί από το πρόσωπό του. «Εντάξει» λέει ο Καλ. «Τώρα που πήρες μια πρώτη γεύση, πάμε να πιάσουμε κάτι για βραδινό».

Αυτό τραβάει ξανά πίσω το παιδί· το κεφάλι του τινάζεται απότομα και πάλι. «Πού;»

«Σ' εκείνο το δασώδες κομμάτι εκεί πέρα» λέει ο Καλ, δείχνοντας προς το μέρος. «Τα κουνέλια έχουν ένα σωρό λαγούμια στις παρυφές του. Τα περισσότερα βράδια, περίπου αυτή την ώρα, τα βλέπω να βγαίνουν για τροφή. Έλα».

Μαζεύουν τα κουτάκια της μπίρας και εγκαθίστανται αρκετά μακριά από το δασάκι ώστε να μην τρομάξουν τα κουνέλια αλλά και αρκετά κοντά ώστε να έχει το παιδί πιθανότητες. Ύστερα, περιμένουν. Το χρυσάφι στη δύση έχει γυρίσει σε ρόδινο και το φως έχει αρχίσει να θαμπώνει, κάνοντας τα χωράφια γκριζοπράσινα, να μοιάζουν άυλα. Πέρα στον κήπο του Καλ, τα κοράκια έχουν τη δική τους μάζωξη πριν από τον ύπνο. Η απόσταση μαλακώνει τη φασαρία από την ακατάπαυστη φλυαρία τους, που ακούγεται κάτω από τα περιστασιακά, διαπεραστικά τιτιβίσματα των μικρότερων πουλιών.

Ο Τρέι έχει το τουφέκι ακουμπισμένο προσεκτικά στο γόνατό του, σε ετοιμότητα. «Είπες ότι ο παππούς σου σε έμαθε να πυροβολείς».

«Σωστά».

«Γιατί όχι ο μπαμπάς σου;»

«Όπως σου είπα, έλειπε αρκετά».

«Είπες ότι δεν ήταν της σταθερότητας».

«Σωστά».

Ο Τρέι το επεξεργάζεται. «Γιατί όχι η μαμά σου τότε; Ούτε αυτή ήταν της σταθερότητας;»

«Όχι» λέει ο Καλ, «η μαμά μου ήταν σταθερή όσο δεν πάει. Έκανε δυο δουλειές για να τα βγάζουμε πέρα. Αυτό όμως σήμαινε ότι δεν βρισκόταν αρκετά στο σπίτι για να με προσέχει. Οπότε, τον περισσότερο καιρό μ' έστελνε να μένω με τον παππού και τη γιαγιά, ώσπου μεγάλωσα όσο χρειαζόταν για να προσέχω μόνος μου τον εαυτό μου. Γι' αυτό ο παππούς μου ήταν εκείνος που μ' έμαθε να πυροβολώ».

Ο Τρέι αφομοιώνει ό,τι ακούει κοιτάζοντας την άκρη του δάσους. «Τι δουλειές έκανε;»

«Φροντίστρια σε οίκο ευγηρίας. Και σερβιτόρα σε εστιατόρια, στα ρεπό της».

«Η μαμά μου δούλευε στο βενζινάδικο στον κεντρικό» λέει ο Τρέι. «Όταν όμως έφυγε η Έμερ, δεν υπήρχε κανείς να προσέχει τα μικρά όσο εμείς ήμασταν σχολείο. Οι παππούδες κι οι γιαγιάδες είναι όλοι πεθαμένοι».

«Είδες που λέγαμε;» λέει ο Καλ. «Ο καθένας κάνει ό,τι μπορεί με ό,τι έχει».

«Και τα αδέρφια σου; Έρχονταν μαζί σου;»

«Έχουν διαφορετικές μαμάδες» του εξηγεί ο Καλ. «Δεν ξέρω ακριβώς τι έκαναν όλοι».

«Γκομενιάρης ο πατέρας σου» λέει ο Τρέι.

Λίγα δευτερόλεπτα περνούν για να καταλάβει ο Καλ· κι ύστερα προσπαθεί να καταπνίξει την έκρηξη γέλιου που τον κατακλύζει. «Ναι» λέει, γελώντας ακόμη. «Αυτό μάλλον τα καλύπτει όλα».

«Σσς» κάνει ο Τρέι ξαφνικά, νεύοντας προς το δάσος. «Κουνέλι».

Πράγματι, στα ψηλά χορτάρια στην άκρη του δάσους υπάρχει κινητικότητα. Πεντέξι κουνέλια έχουν βγει για το βραδινό τους. Είναι άνετα, ρίχνουν σάλτα και τούμπες μόνο και μόνο για να τεντώσουν τα πόδια τους, και σταματάνε πότε πότε για να μασουλήσουν καμιά λιχουδιά.

Ο Καλ κοιτάζει τον Τρέι που κολλάει το τουφέκι στον ώμο του, με όλο του το σώμα σε αναβρασμό και εγρήγορση. Τα ξυρισμένα μαλλιά του μοιάζουν με τη γούνα του κουταβιού της Λένας. Αισθάνεται την παρόρμηση να ακουμπήσει το χέρι του στην κορυφή του κεφαλιού του παιδιού.

«Εντάξει» λέει. «Για να δούμε αν θα πιάσουμε κάτι για φαγητό».

Η σφαίρα σφυρίζει πάνω από τα κεφάλια των κουνελιών, που ορμούν στην πυκνή βλάστηση και χάνονται. Ο Τρέι κοιτάζει τον Καλ, απογοητευμένος.

«Δεν πειράζει. Θα επιστρέψουν. Βέβαια, ήσουν αρκετά κοντά, οπότε θα τους πάρει λίγο χρόνο, γι' αυτό μάλλον είναι ώρα να επιστρέψουμε σπίτια μας». Το σκοτάδι έχει αρχίσει και πυκνώνει· σύντομα, ο Μαρτ ή ο Πι Τζέι θα κατευθυνθούν προς το δάσος για το νούμερό τους.

«Όχι! Πέντε λεπτά ακόμα. Παραλίγο να το πετύχω».

Το παιδί μοιάζει χαμένο. «Θα το πετύχεις την επόμενη φορά» λέει ο Καλ. «Δεν υπάρχει βιασύνη· δεν θα πάνε πουθενά. Κάτσε τώρα να σου δείξω πώς να αδειάζεις το όπλο».

Το αδειάζουν και αρχίζουν να διασχίζουν το λιβάδι προς το σπίτι. Ο Τρέι σφυρίζει έναν σκοπό – ο Καλ δεν τον είχε ξανακούσει να το κάνει· κάτι που ακούγεται σαν να βγαίνει από την ιρλανδική φλογέρα στην παμπ· σαν να κανονίζεις να συναντήσεις ένα όμορφο κορίτσι ένα ανοιξιάτικο πρωινό. Τα κοράκια ηρεμούν, και τα πρώτα από τα πλάσματα της νύχτας κάνουν την εμφάνισή τους· μια νυχτερίδα που βουτάει πάνω από τις δεντροκορφές, και κάτι μικρό που χαρχαλεύει στο ψηλό χορτάρι πριν το πλησιάσουν πολύ.

«Ωραία ήταν» λέει ο Τρέι, ρίχνοντας ένα φευγαλέο πλάγιο βλέμμα στον Καλ. «Ευχαριστώ».

«Η ευχαρίστηση είναι δική μου» λέει ο Καλ. «Έχεις καλό μάτι. Θα μάθεις γρήγορα».

Ο Τρέι γνέφει και, μην έχοντας κάτι άλλο να πει, κατευθύνεται με μεγάλες δρασκελιές προς την κάλυψη του φράχτη. Ο Καλ προσπαθεί να τον παρακολουθήσει, προτού όμως φτάσει στον δρόμο έχει εξαφανιστεί, χαμένος στο σύθαμπο.

Ο Καλ πιάνει τον εαυτό του να έχει την περιέργεια να μάθει τι συμβαίνει απόψε στην Παμπ του Σόνι. Φτιάχνει ένα σάντουιτς με τυρί για βραδινό κι ύστερα κάνει ένα μπάνιο, για να είναι περιποιημένος για ό,τι κι αν είναι αυτό. Μιας και είναι Σάββατο, τηλεφωνεί στην Αλίσα, αλλά εκείνη δεν απαντάει.

11

Ὅταν ο Καλ ξεκινάει για την παμπ, έχει σκοτεινιάσει εντελώς και το κρύο έχει αρχίσει να δείχνει τα δόντια του. Καπνός υψώνεται από την καμινάδα του Ντάμπο Γκάνον, και καθώς ο Καλ περνάει από το σπίτι, πιάνει τη μυρωδιά, πλούσια και γήινη. Είναι η τύρφη που κόβουν οι άνθρωποι από τους τυρφώνες πάνω στα βουνά· την ξεραίνουν και την καίνε. Η κίνηση στα λιβάδια και στους θάμνους είναι έντονη, αδιάκοπη· όλα τα ζώα νιώθουν την αντίστροφη μέτρηση για τον χειμώνα.

Η πόρτα στην παμπ ανοίγει αποκαλύπτοντας φωταψίες και ζεστή, αποπνικτική ατμόσφαιρα· δυνατές φωνές, μουσική και τολύπες καπνού ξεχύνονται έξω. Ο Μαρτ κάθεται στο τραπέζι του στη γωνία, περικυκλωμένος από τα φιλαράκια του· μόλις βλέπει τον Καλ να μπαίνει, βγάζει μια κραυγή καλωσορίσματος. «Να τος! Για έλα εδώ, λεβέντη μου, και λάβε θέση. Ἔχω κάτι για σένα». Η γωνιά του Μαρτ έχει πολύ κόσμο. Είναι ο Σενόν και ο Μπόμπι, και κάμποσοι άλλοι για τα ονόματα των οποίων ο Καλ δεν είναι σίγουρος. Όλοι τους έχουν αναψοκοκκινισμένη όψη και μάτια που γυαλίζουν, σαν να είναι πολύ περισσότερο πιωμένοι απ' ό,τι θα περίμενε ο Καλ τέτοια ώρα.

«Καλησπέρα» λέει, γνέφοντας προς το μέρος τους.

Ο Μαρτ μετακινείται παραπέρα στον πάγκο για να του κάνει χώρο. «Μπάρτι!» φωνάζει προς το μπαρ. «Μια Smithwick's. Τους ξέρεις όλους αυτούς τους άχρηστους, σωστά;»

«Ἔχουμε γνωριστεί λίγο πολύ» λέει ο Καλ, βγάζοντας το μπουφάν του, και βολεύεται στον πάγκο. Ο Μαρτ δεν τον έχει

καλέσει άλλη φορά έτσι στη μεριά του, εκτός απ' όταν χρειά-
ζονται τέταρτο για τα χαρτιά. Στη μουσική γωνιά απόψε, εκτός
από την ιρλανδική φλογέρα, είναι και μια κιθάρα και ένα
βιολί, τραγουδάνε ένα τραγούδι που περιλαμβάνει φωνές «Όχι!
Με τίποτα! Ποτέ!»* και χτυπήματα στο τραπέζι. Η Ντίρντρα
τραγουδάει μαζί τους, με μισό μέτρο καθυστέρηση, σχεδόν
χαμογελώντας, πιο ζωηρή από κάθε άλλη φορά που την έχει
δει ο Καλ. «Τι τρέχει;»

«Είναι εδώ ένας κύριος που θα ήθελα να τον γνωρίσεις»
λέει ο Μαρτ, κάνοντας νόημα με μια θεατρική κίνηση προς έναν
αδύνατο τύπο με λεπτό πρόσωπο, στριμωγμένο σε μια γωνιά.
«Αποδώ ο Μάλαχι Ντουάιερ. Μάλαχι, αυτός είναι ο νέος μου
γείτονας, ο κύριος Κάλβιν Χούπερ».

«Χάρηκα» λέει ο Καλ, ανταλλάσσοντας χειραψία πάνω από
τον Μαρτ και αρχίζοντας να καταλαβαίνει τι αφορά η αποψι-
νή συνάντηση. Ο Μάλαχι έχει ανακατεμένα καστανά μαλλιά
και ένα ονειροπόλο, ευαίσθητο βλέμμα που δεν ταιριάζει με
τον άγριο αντάρτη που φανταζόταν. «Έχω ακούσει πολλά για
σένα».

«Μαλ, αποδώ ο Καλ» λέει ο Μπόμπι και αρχίζει να χαχα-
νίζει. «Καλ, αποδώ ο Μαλ».

«Τι βλάκας που είσαι» λέει ο Σενόν απαυδισμένος.

«Μια χαρά είμαι» λέει ο Μπόμπι, ενοχλημένος.

«Ο κύριος Ντουάιερ είναι ο καλύτερος ποτοποιός σε τρεις
επαρχίες. Είναι άριστος τεχνίτης, αμέ». Ο Μάλαχι χαμογελάει
σεμνά. «Κάθε τόσο, όταν ο Μάλαχι έχει στα χέρια του ένα
ιδιαίτερα καλό προϊόν, έχει την καλοσύνη να το φέρει εδώ για
να το μοιραστεί μαζί μας. Ως υπηρεσία στην κοινότητα, θα
μπορούσες να πεις. Θεώρησα ότι άξιζε μια ευκαιρία να δοκι-
μάσεις τα προϊόντα του».

---

* Αναφορά στο τραγούδι των Irish Rovers «No, Nay, Never». (Σ.τ.Μ.)

«Τιμή μου» λέει ο Καλ. «Αν και μου φαίνεται ότι, αν είχα λίγο μυαλό, θα 'πρεπε να νιώθω και φόβο».

«Α, όχι» λέει ο Μάλαχι παρηγορητικά. «Είναι εξαιρετική παρτίδα». Βγάζει κάτω από το τραπέζι ένα σφηνάκι και ένα δίλιτρο μπουκάλι Lucozade μισογεμάτο με ένα διαυγές υγρό. Γεμίζει το σφηνάκι προσέχοντας να μη χυθεί ούτε σταγόνα, και του το δίνει.

Οι υπόλοιποι παρακολουθούν, χαμογελώντας με τρόπο που προκαλεί μια κάποια ανησυχία στον Καλ. Το ποτό έχει μια ύποπτα αθώα μυρωδιά. «Για όνομα του Θεού, δεν μυρίζεις ανθοδέσμη, κατέβασέ το» τον προστάζει ο Μαρτ.

Ο Καλ το κατεβάζει με τη μία. Περιμένει να το νιώσει να κυλάει μέσα του σαν κηροζίνη, δεν έχει όμως σχεδόν καθόλου γεύση, και το κάψιμο δεν είναι καν τόσο πολύ, που να τον κάνει να μορφάσει. «Αυτό είναι καλό» λέει.

«Δεν σ' το 'πα;» λέει ο Μαρτ. «Απαλό σαν κρέμα. Ο τύπος είναι καλλιτέχνης».

Και τότε η ποτίν χτυπάει τον Καλ· ο πάγκος εξαφανίζεται αποκάτω του και το δωμάτιο γυρίζει με αργά τραντάγματα. «Ουάου!» κάνει, κουνώντας το κεφάλι του.

Η ομήγυρη πέφτει κάτω από τα γέλια, στα αυτιά του Καλ, όμως, ο θόρυβος φτάνει σαν μακρινός βόμβος. «Μιλάμε για γερό φλογοβόλο» λέει.

«Αυτό ήταν μόνο για να πάρεις μια πρώτη γεύση» του εξηγεί ο Μάλαχι. «Και είσαι ακόμη στην αρχή».

«Πέρσι» λέει ο Σενόν, δείχνοντας με τον αντίχειρα τον Μπόμπι, «αυτός εδώ ο τύπος, έπειτα από μερικούς γύρους...»

«Ωχ, έλα τώρα» διαμαρτύρεται ο Μπόμπι. Οι άλλοι χαμογελούν πλατιά.

«...πετάχτηκε από το κάθισμά του και άρχισε να μας φωνάζει να του βρούμε παπά. Ήθελε να εξομολογηθεί. Στις 2 το πρωί».

«Τι είχες κάνει;» ρωτάει τον Μπόμπι ο Καλ.

Δεν είναι βέβαιος αν ο Μπόμπι τον άκουσε ή όχι, μιας και ζορίζεται να προσδιορίσει πόσο μακριά του βρίσκεται, όμως εκείνος απαντάει: «Πορνό» λέει ο Μπόμπι με έναν αναστεναγμό, ακουμπώντας το πιγούνι του στη γροθιά του. Το ποτό τού έχει δώσει έναν αέρα ονειρικής μελαγχολίας. «Στο ίντερνετ. Τίποτα σοκαριστικό· κοσμάκης να ταρακουνιέται. Ούτε καν το κατέβασα. Δεν ξέρω τι είχε αυτό το πράμα του Μάλαχι, αλλά μ' έπιασε τέτοια ταχυκαρδία, που μου καρφώθηκε ότι πάθαινα καρδιακό. Σκέφτηκα πως έπρεπε να εξομολογηθώ τις αμαρτίες μου σε περίπτωση που τα τινάξω».

Όλοι γελάνε. «Δεν έφταιγε το ποτό μου για τις ταχυκαρδίες σου» του λέει ο Μάλαχι. «Αλλά η ένοχη συνείδησή σου που έβγαινε στην επιφάνεια». Ο Μπόμπι κουνάει το κεφάλι, παραδεχόμενος την πιθανή θεία δίκη του πράγματος.

«Του βρήκατε παπά;» ρωτάει ο Καλ.

«Όχι βέβαια» λέει ο Σενόν. «Τον βάλαμε στο πίσω δωμάτιο να ξεραθεί για να του περάσει. Του είπαμε ότι θα προσευχόμαστε αποπάνω του μέχρι να ξυπνήσει».

«Ναι, σιγά που το έκαναν» λέει ο Μπόμπι, θιγμένος. «Με ξέχασαν εντελώς εκεί πέρα. Την άλλη μέρα το πρωί, ξύπνησα και νόμιζα ότι είχα πεθάνει».

Αυτό προκαλεί ένα ακόμα κύμα γέλιου, και ο Καλ αφήνεται να τραμπαλίζεται παρασυρμένος. «Ήταν ακόμα ντίρλα» λέει ο Σενόν. «Μου τηλεφώνησε για να με ρωτήσει αν ήταν πεθαμένος και τι θα 'πρεπε να κάνει γι' αυτό».

«Τουλάχιστον» λέει ο Μπόμπι περήφανα, υψώνοντας τη φωνή του για να ακουστεί, «δεν έσπασα τη μύτη μου προσπαθώντας να πηδήξω έναν τοίχο που είχα να περάσω από τα δεκαοχτώ μου...»

«Και σχεδόν τα κατάφερα» λέει ο Μαρτ, υψώνοντας το ποτήρι του και κλείνοντας το μάτι στους υπόλοιπους.

«...ούτε έβαλα στοίχημα να χτυπήσω το παράθυρο της κυρίας Σκάνλαν τσίτσιδος και να φάω στο κεφάλι έναν κουβά παγωμένο νερό».

Ένας τύπος στα όρια της παρέας δέχεται μια ομαδική επευφημία και δυο φιλικά χτυπηματάκια στην πλάτη και κουνάει το κεφάλι χαμογελώντας. Ο Καλ νιώθει ευχάριστα να τους βλέπει έτσι, σκανταλιάρικα αγόρια που αστράφτουν κάτω από τη φορεσιά του συμμαζεμένου αγρότη. Για μια στιγμή αναρωτιέται ποιος απ' αυτούς να ήταν στα νιάτα του ο Μπρένταν, ο ανήσυχος που κυνηγούσε την έξαψη και την οδό διαφυγής, και πώς κατέληξε τελικά.

«Πιες ένα ακόμα, άντε» λέει ο Μαρτ, με το βλέμμα του να γυαλίζει από την κατεργαριά, κάνοντας να πιάσει το μπουκάλι. «Πρέπει να μας προφτάσεις».

Ο Καλ είναι ελαφρά πιωμένος, και μαντεύει πως έτσι θα πρέπει να παραμείνει. Το αλκοόλ ποτέ δεν τον ενοχλούσε όπως τα ναρκωτικά –δεν απογυμνώνει την πραγματικότητα, και τους ανθρώπους, με τον ίδιο τρόπο–, η ατμόσφαιρα όμως αυτής της αίθουσας έχει έναν ιλιγγιώδη στροβιλισμό, λες και κάτω από τις κατάλληλες συνθήκες τα πράγματα θα βγουν εκτός ελέγχου με ταχύτητα ελεύθερης πτώσης, κι αυτή η κατάσταση έχει τη γεύση τελετής μύησης που κάλλιστα θα μπορούσε να αποδειχτεί κατάλληλη συνθήκη. «Απ' ό,τι ακούω, μάλλον πρέπει να το πάω σιγά σιγά» λέει. «Για να μην καταλήξω τσίτσιδος έξω από το παράθυρο της κυρίας Σκάνλαν».

«Δεν υπάρχει κάτι κακό σε αυτό» τον καθησυχάζει ο Μαρτ. «Θα μπορούσε να συμβεί και σε επίσκοπο».

«Εσείς το πίνετε από γεννησιμιού σας αυτό το πράγμα» επισημαίνει ο Καλ. «Αν προσπαθήσω να σας ακολουθήσω, θα καταλήξω τυφλός».

«Όχι, όχι με το δικό μου ποτό» λέει ο Μάλαχι, νιώθοντας να θίγεται η επαγγελματική του τιμή.

«Ωχ, σταμάτα να το παίζεις δύσκολος σαν υιοθετημένο παιδί, δικέ μου» τον επιπλήττει ο Μαρτ. «Δεν είσαι κάνας τουρίστας που ήρθε να πιει μια Guinness με τους γραφικούς ντόπιους και θα επιστρέψει στο ξενοδοχείο του. Τώρα είσαι κι εσύ ντόπιος· θα κάνεις ό,τι κάνουμε. Μη μου πεις ότι εσύ δεν έχεις κάνει ποτέ καμιά τρέλα πάνω στο μεθύσι».

«Κατά κύριο λόγο, απλώς πήγαινα σε πάρτι ακάλεστος» λέει ο Καλ. «Έπιανα φιλίες με αγνώστους, τραγουδούσα κανένα τραγούδι. Μια φορά έκλεψα μια πινακίδα στον δρόμο. Τίποτα τόσο εξεζητημένο όπως εσείς».

«Εντάξει» λέει ο Μαρτ, επιστρέφοντας στο χέρι του Καλ το ποτήρι, «δεν έχουμε πινακίδες στον δρόμο, ούτε τίποτα αγνώστους πρόχειρους, και βρίσκεσαι ήδη στο μόνο διαθέσιμο πάρτι τριγύρω, οπότε ας σε κάνουμε να τραγουδήσεις».

«Εσύ θα τον κουβαλήσεις στο σπίτι;» ρωτάει ο Μπάρτι, πίσω από την μπάρα. «Έχεις δει πόσος είναι;»

«Δεν είναι ακριβώς αυτός ο στόχος μου» λέει ο Μαρτ. «Θα χρειαστούν περισσότερα από ένα για να ξεκάνουν κάποιον σαν αυτόν. Περισσότερα και από δύο λογικά, όμως ας ξεκινήσουμε αποκεί και βλέπουμε πού θα μας βγάλει».

Αυτό που κάνει τον Καλ να πάρει την απόφασή του δεν είναι το γεγονός ότι, αν εγκατέλειπε τώρα, θα αποκτούσε μια ανεπανόρθωτη φήμη κότας και τουρίστα, ή τουλάχιστον όχι κυρίως αυτό, αλλά οι αβίαστες ατάκες που δίνουν και παίρνουν στο τραπέζι. Του έχει λείψει η αντροπαρέα των από πάντα γνωστών του. Οι τέσσερις κολλητοί του ήταν μεταξύ των λόγων που έφυγε από το Σικάγο· τον γνώριζαν τόσο βαθιά και τόσο λεπτομερώς, που ένιωθε ανασφαλής, και έπρεπε να κρατήσει όσο το δυνατόν μεγαλύτερη απόσταση. Στο σημείο που είχε φτάσει, δεν ήταν πλέον σίγουρος τι θα μπορούσαν να εντοπίσουν μέσα του πριν ακόμα κι από τον ίδιο. Παρ' όλα αυτά όμως, κάπου στο πίσω μέρος του μυαλού του η δίψα του για ένα βράδυ στο μπαρ μαζί τους είχε μεγαλώσει σταδιακά τόσο, που μόλις αυτήν ακριβώς τη στιγμή πρόσεξε πόσο σημαντική ήταν. Μπορεί εκείνος να μην τους γνωρίζει αυτούς τους άντρες, όμως εκείνοι γνωρίζονται μεταξύ τους, και είναι παρήγορο να περιβάλλεται από κάτι τέτοιο.

Αναγνωρίζει την πιθανότητα να ξυπνήσει σε κάποιο χαντάκι με το παντελόνι του άφαντο και μια κατσίκα δεμένη στο πόδι. «Άντε, άσπρο πάτο» λέει και κατεβάζει το σφηνάκι, που είναι σημαντικά μεγαλύτερο από το πρώτο. Ακολουθεί ένα ξέσπασμα ελαφρώς κοροϊδευτικών επευφημιών.

Αυτή τη φορά όλα γύρω του γαληνεύουν. Το δωμάτιο αρχίζει και πάλι να κινείται και ο χώρος γίνεται ακόμα πιο ομιχλώδης τριγύρω, όμως στον Καλ αυτό φαίνεται φυσιολογικό και σωστό. Χαίρεται που το έκανε. Σχεδόν χαμογελάει στη σκέψη πόσο κοντά έφτασε στο να κοτέψει.

Στην άλλη άκρη, το τραγούδι φτάνει στην κορύφωσή του, καταλήγει σε μια κραυγή και χάνεται μέσα σε χειροκροτήματα. «Αυτό θα πει συγχρονισμός» λέει ο Μαρτ. «Ποιο είναι το τραγούδι σου, νεαρέ;»

Το τραγούδι του Καλ, στα αντίστοιχα πάρτι που πήγαινε, ήταν πάντα το «Pancho and Lefty»*. Ανοίγει το στόμα του και αρχίζει να τραγουδάει. Δεν είναι κανένας τραγουδιστής της όπερας, αλλά δεν χάνει τον τόνο και έχει μια βαθιά, στεντόρεια φωνή που κυριαρχεί στον χώρο και ταιριάζει σε ένα τραγούδι για ανοιχτούς ορίζοντες. Οι τελευταίες επευφημίες σβήνουν, και ο κόσμος γέρνει πίσω στο κάθισμά του να ακούσει. Ο άνθρωπος με την κιθάρα πιάνει τον ρυθμό του τραγουδιού και στέλνει ένα αόριστο, στοχαστικό ποτάμι από νότες να παρασύρεται μαζί του.

---

* Τραγούδι του Αμερικάνου μουσικού της κάντρι Townes Van Zandt, γραμμένο το 1972. (Σ.τ.Μ.)

Όταν ο Καλ τελειώνει, ακολουθεί μια στιγμιαία σιωπή, πριν ξεσπάσουν χειροκροτήματα. Χέρια απλώνονται να τον χτυπήσουν στην πλάτη, και κάποιος φωνάζει στον Μπάρτι να του πάει άλλη μια μπίρα. Ο Καλ χαμογελάει, ευχαριστημένος και, εντελώς άξαφνα, κάπως έκπληκτος με τον εαυτό του. «Καλή προσπάθεια» του λέει ο Μαρτ στο αυτί. «Έχεις πολύ γερά πνευμόνια».

«Ευχαριστώ» λέει ο Καλ, πιάνοντας την μπίρα του. Νιώθει λιγάκι συνεσταλμένος, όχι εξαιτίας του τραγουδιού καθαυτό, αλλά από την πηγαία αποδοχή του τραπεζιού γύρω του και της βαθιάς ευχαρίστησης που αντλεί απ' αυτό. «Το κατευχαριστήθηκα».

«Όλοι μας. Είναι τέλειο να έχεις κάποιον που μπορεί να νοστιμέψει το παλιό ρεπερτόριο. Εμείς εδώ πέρα ακούμε ο ένας τον άλλο όλη μας τη ζωή· χρειαζόμαστε νέο αίμα».

Ο τύπος που εμφανίστηκε τσιτσίδι στο παράθυρο της κυρίας Σκάνλαν αρχίζει να τραγουδάει, με καθαρή φωνή τενόρου: «Last night as I lay dreaming of pleasant days gone by...»*. Οι μουσικοί πιάνουν τη μελωδία και μερικοί ακόμα συνοδεύουν το τραγούδι μ' ένα βαθύ, απαλό μουρμουρητό. Ο Μαρτ γέρνει πίσω το κεφάλι για να ακούσει, με τα μάτια μισόκλειστα.

«Όταν ήμουν νέος» λέει ύστερα από λίγο, «δεν υπήρχε περίπτωση να βγεις χωρίς λιγάκι ομαδικό τραγούδι. Άραγε, οι νέοι σήμερα τραγουδάνε καθόλου; Και δεν εννοώ όταν προσπαθούν να βγουν στην τηλεόραση».

---

* Ο πρώτος στίχος από το τραγούδι «Spancil Hill», μια παραδοσιακή ιρλανδική μπαλάντα που συνέθεσε ο Michael Considine. Γεννημένος στο Σπάνσιλ Χιλ, μετανάστευσε στις ΗΠΑ· στους στίχους του τραγουδιού, ένας άντρας νοσταλγεί το σπίτι του στο Σπάνσιλ Χιλ της κομητείας του Κλερ, τους φίλους του και την αγαπημένη του που έχει αφήσει πίσω. Τα πάντα σε αυτό το τραγούδι –χαρακτήρες και τοποθεσίες– είναι αληθινά. (Σ.τ.Μ.)

«Δεν έχω ιδέα» λέει ο Καλ. Αναρωτιέται αν η Αλίσα κι οι φίλοι της τραγουδάνε στα πάρτι. Χρειάζεσαι κάποιον με μια κιθάρα, συνήθως, για να ξεκινήσει το πράγμα. Ο Μπεν είναι τύπος που θα θεωρούσε ανούσια την εκμάθηση κάποιου οργάνου. «Έχει περάσει κάμποσος καιρός από τότε που ήμουν νέος».

«Για έλα λίγο, λεβέντη μου» λέει ο Μαρτ. «Είσαι σίγουρος ότι θέλεις κάποιον να αλλάξει τα ηλεκτρικά στην κουζίνα σου, έτσι;»

«Ε;» κάνει ο Καλ, βλεφαρίζοντας προς το μέρος του.

«Δεν ρισκάρω τη φήμη μου» του εξηγεί ο Μαρτ, «να βάλω κάποιον από τα παιδιά να βρει χρόνο στο πιεσμένο πρόγραμμά του και μετά να αλλάξεις γνώμη. Θέλεις να γίνει η δουλειά;»

«Εννοείται» λέει ο Καλ. «Φυσικά και θέλω».

«Τελείωσε λοιπόν· πες πως έγινε» λέει ο Μαρτ, χτυπώντας τον στον ώμο και σκάζοντας ένα πλατύ χαμόγελο. «Λόκι, αποδώ ο κύριος Χούπερ, χρειάζεται κάποιον να του αλλάξει τα καλώδια στην κουζίνα, καθώς και ένα αξιοπρεπές πλυντήριο που να μην του κοστίσει τα μαλλιοκέφαλά του. Μπορείς να το φροντίσεις;»

«Φυσικά και μπορώ» λέει ένας κοντόχοντρος τύπος με μικρά μάτια και μύτη πότη. Ο Λόκι δεν φαίνεται και τόσο αξιόπιστος στον Καλ, αντιλαμβάνεται όμως πως δεν είναι σε θέση να εκφράσει κάποια αμφιβολία, ακόμα κι αν ήταν αρκετά νηφάλιος για να το θέσει κομψά, που δεν είναι. «Δώσ' μου λίγες μέρες, και θα σε φτιάξω».

«Καλός άνθρωπος» λέει χαρούμενα ο Μαρτ, κάνοντας νόημα για το μπουκάλι Lucozade, το οποίο, αφού έκανε πάλι τον γύρο της παμπ, έχει επιστρέψει. «Και τώρα, κύριε, δεν χρειάζεται να κυνηγάς καβαλημένους νεαρούς σε όλη την περιοχή, να τσαντίζεσαι και να θυμώνεις. Ο Λόκι θα σ' τα φτιάξει όλα μες στις επόμενες δεκαπέντε μέρες».

«Σ' ευχαριστώ, λοιπόν» λέει ο Καλ. «Το εκτιμώ ιδιαίτερα».
Ο Μαρτ γεμίζει το σφηνάκι του Καλ και υψώνει το δικό του.
«Σιγά. Πρέπει να φροντίζουμε ο ένας τον άλλο εδώ πέρα.
Γιατί δεν θα το κάνει κανείς άλλος, δίκιο δεν έχω;»
Τσουγκρίζουν τα ποτήρια και πίνουν. Ο Καλ φεύγει ξανά
από την αίθουσα, αυτή τη φορά όμως το περιμένει και είναι
ικανός να απολαύσει τη βόλτα. Ο τσίτσιδος του παραθύρου
τελειώνει το τραγούδι του και συγκατανεύει με σοβαρό ύφος
τριγύρω στο χειροκρότημα, ενώ από την πέρα γωνία αρχίζει
να ακούγεται κάτι απότομο και ζωηρό: «Whatever you say, say
nothing»*.

«Και τώρα που χαλάρωσες» λέει ο Μαρτ, πιο δυνατά, δεί-
χνοντας τον Καλ με το ποτήρι του. «Πώς πάει το πράγμα με
την αξιαγάπητη τη Λένα μας;»

Αυτό προκαλεί ένα σούσουρο από ιαχές και γέλια από τους
άλλους άντρες. «Είναι καλή κυρία» λέει ο Καλ.

«Είναι πράγματι. Και μια και ήμουν καλός φίλος με τον
μπαμπά της –ο Θεός να τον αναπαύσει–, πιστεύω πως οφείλω
να ρωτήσω: Ποιες είναι οι προθέσεις σου;».

«Λοιπόν» λέει ο Καλ, αργά και προσεκτικά. «Μάλλον σκο-
πεύω να πάρω ένα από τα κουτάβια της. Αλλά δεν το έχω
αποφασίσει ακόμη».

Ο Μαρτ κουνάει το κεφάλι με πάθος και ανεμίζει το δάχτυ-
λό του προς τον Καλ. «Α, όχι, όχι, όχι. Δεν πάει έτσι. Δεν μπο-

---

*   Ο τίτλος του Seamus Heaney, «Whatever you say, say nothing» [Όταν
μιλάς, μη λες τίποτα] προέρχεται από τη μυστική δραστηριότητα των
παραστρατιωτικών ανταρτών της Βόρειας Ιρλανδίας που απαιτούσε
από τα μέλη του αυτό ακριβώς. Σκοπός του ήταν να συμβουλεύσει τα
μέλη να είναι εξαιρετικά προσεκτικά με αυτά που έλεγαν. Αν ήταν να
μιλήσουν σε «πολίτες», θα έπρεπε αυτά που συζητούσαν να είναι
τόσο τετριμμένα, ώστε να μην αποκαλύπτουν τίποτα για τη δραστη-
ριότητά τους. (Σ.τ.Μ.)

ρείς να ξεγελάς μια καλή γυναίκα όπως η Λένα Ντιουν κι ύστερα να την απογοητεύεις».

«Δυο φορές την έχω συναντήσει» επισημαίνει ο Καλ.

«Αποδώ η αναθεματισμένη προξενήτρα του χωριού» λέει κάποιος.

«Ακόμα και να ήμουν» του λέει ο Μαρτ, «δεν μπορώ να κάνω τίποτα για τύπους σαν εσένα. Μου αρέσει να βλέπω τους ανθρώπους κατασταλαγμένους και χαρούμενους, αυτό είναι όλο. Αυτός εδώ χρειάζεται μια γυναίκα».

«Δεν έχει νόημα να φλερτάρει τη Λένα» λέει μια βαθιά φωνή από την άκρη, «αν είναι να επιστρέψει στη Γιανκηστανία πριν βγει ο χειμώνας».

Ακολουθεί μια στιγμιαία παύση. Σε όλη την παμπ ακούγεται η διαπεραστική τρίλια της ιρλανδικής φλογέρας.

«Δεν θα πάει πουθενά» λέει ο Μαρτ, λιγάκι πιο δυνατά για να βεβαιωθεί ότι τον έχουν ακούσει όλοι. «Αυτός ο άνθρωπος είναι ένας καλός γείτονας και σκοπεύω να τον κρατήσω». Και προσθέτει με ένα χαμόγελο προς τον Καλ: «Κανείς άλλος δεν θα ξεχουνιόταν να μου πάρει μπισκότα».

«Αν δεν τον πάρει η Λένα» λέει κάποιος άλλος, «θα του τα φτιάξουμε με την Μπελίντα».

Ακολουθεί ένα ξέσπασμα γέλιου. Ο Καλ δεν μπορεί να καταλάβει τι είδους είναι. Εμπεριέχει την κοροϊδία, αλλά εδώ πέρα η κοροϊδία είναι σαν τη βροχή: τις περισσότερες φορές είναι είτε παρούσα είτε σε αρχικό στάδιο, και υπάρχουν τουλάχιστον καμιά δεκαριά παραλλαγές, που κυμαίνονται από ενίσχυση μέχρι αγριάδα, και ο διαχωρισμός είναι τόσο αμυδρός, που θα του έπαιρνε χρόνια να καταλάβει το κάθε είδος.

«Ποια είναι η Μπελίντα;» ρωτάει.

«Μια ξενόφερτη όπως εσύ» λέει ο Σενόν, χαμογελώντας. «Σου αρέσουν οι κοκκινομάλλες;»

«Στην περίπτωσή της, δεν θα 'λεγα ότι το χρώμα είναι παντού το ίδιο. Με πιάνεις;» λέει κάποιος άλλος.

«Και πού το ξέρεις; Έχεις να βρεθείς δίπλα ή κοντά σε γυναίκα από τότε που ο Έλβις ήταν στο νούμερο ένα».

«Δεν έχει την ίδια άποψη η αδερφή σου».

«Κάνε μας τη χάρη. Η αδερφή μου κάτι τέτοιους σαν εσένα τους κάνει μπαλάκι και γυαλίζει τα πλακάκια της».

«Η Μπελίντα είναι Αγγλίδα» λέει ο Μαρτ στον Καλ, επειδή τον λυπάται. «Έχει ένα μικρούτσικο αγροτόσπιτο πέρα στο Νοκφαράνι τα τελευταία είκοσι χρόνια. Είναι θεόμουρλη. Φοράει τεράστια μοβ σάλια και κοσμήματα με κέλτικα σύμβολα. Ήρθε εδώ επειδή πίστευε ότι έτσι θα είχε περισσότερες πιθανότητες να συναντήσει τους Άλλους».

«Και;» ρωτάει ο Καλ. «Τους συναντάει;» Κάθε φορά που βλεφαρίζει, το δωμάτιο εξακολουθεί να γυρίζει, ωστόσο λιγότερο δραματικά.

«Λέει ότι τους βλέπει φευγαλέα στην πανσέληνο» απαντάει ο Μαρτ, χαμογελώντας, «Έξω στα λιβάδια, δηλαδή, ή στο δάσος. Τους ζωγραφίζει και πουλάει τις ζωγραφιές σε μαγαζιά με τουριστικά στο Γκόλγουεϊ».

«Έχω δει τους πίνακές της» λέει κάποιος. «Αυτοί οι Άλλοι έχουν τόσο εξαιρετικές βυζούμπες, που κι εγώ θα άρχιζα να περνάω περισσότερο χρόνο μαζί τους στα λιβάδια τα βράδια».

«Στο καλό λοιπόν. Μπορεί να σταθείς τυχερός και να πετύχεις και την Μπελίντα».

«Να χορεύει γύρω γύρω σε κανένα νεραϊδοδαχτύλιδο τσίτσιδη».

«Πες της ότι είσαι ο βασιλιάς των νεράιδων».

Όλοι βάζουν τα γέλια. Η κοροϊδία αυτή τη φορά έχει πετύχει διάνα, δυνατή και άγρια, σκέτη επίθεση.

«Η Μπελίντα είναι μια χαρά» λέει ο Μαρτ. «Μπορεί να είναι από την αντίπερα όχθη και φευγάτη στο μυαλό, όμως δεν πειράζει κανέναν. Δεν είναι σαν τον δικό σου, τον Άρχοντα Βόρβορο».

«Ποιος είναι ο Άρχοντας Βόρβορος;» ρωτάει ο Καλ.

«Δεν χρειάζεται να σκοτίζεις το κεφάλι σου με δαύτον» λέει ο Σενόν, κάνοντας να πάρει την μπίρα του, χαμογελώντας ακόμη. «Πάει».

«Άλλος ένας ξενόφερτος» λέει ο Μαρτ. «Άγγλος κι αυτός. Ήρθε εδώ για λίγη ηρεμία για να μπορέσει να γράψει ένα σπουδαίο μυθιστόρημα. Για κάποια ιδιοφυΐα που πηδάει ό,τι νεαρό κινείται επειδή η γυναίκα του δεν εκτιμάει τα ποιήματά του».

«Το 'χω διαβάσει αυτό το βιβλίο» λέει κάποιος.

«Εσύ δεν έχει διαβάσει ποτέ κανένα βιβλίο σε όλη σου τη ζωή» του λέει κάποιος άλλος.

«Κι εσύ πού το ξέρεις;»

«Τι έχεις διαβάσει δηλαδή; Τίποτα Σαίξπηρ;»

«Αυτό το έχω διαβάσει».

«Ίσως ήταν εικονογραφημένο».

Ο Μαρτ το αγνοεί αυτό και λέει: «Πριν από οκτώ περίπου χρόνια, τόσο πρέπει να 'ταν, μετακόμισε εδώ ο Άρχοντας Βόρβορος».

«Πανέτοιμος να εκπολιτίσει εμάς τους βάρβαρους» λέει ο Σενόν.

«Α, όχι» λέει ο Μαρτ δίκαια. «Άρχισε πολύ καλά. Όλο καλούς τρόπους: *Με συγχωρείτε, κύριε Λάβιν, και Μήπως σας ενοχλώ, κύριε Λάβιν*». Ο Σενόν ρουθουνίζει. «Εσύ μην ειρωνεύεσαι. Λίγο περισσότεροι καλοί τρόποι δεν θα σου κάνανε κακό».

«Θέλεις λοιπόν να σε αποκαλώ κύριο Λάβιν;»

«Γιατί όχι; Να δώσουμε λίγη φινέτσα σ' αυτό τον τόπο. Μπορείς επίσης να υποκλίνεσαι όταν περνάς δίπλα μου με το τρακτέρ σου».

«Θα το κάνω, με τον πισινό μου».

«Το πράγμα ξέφυγε» λέει ο Μαρτ στον Καλ, επιστρέφοντας στην ιστορία του, «όταν ο Άρχοντας Βόρβορος έμαθε για το κυνήγι του ασβού. Ξέρεις τι είναι αυτό;» «Όχι ακριβώς» λέει ο Καλ. Το πρώτο βίαιο φούντωμα της ποτίν σβήνει σιγά σιγά, ωστόσο του φαίνεται εξυπνότερο να απαντάει ακόμη με σύντομες φράσεις.

«Είναι παράνομο» λέει ο Μαρτ, «όμως οι γελαδάρηδες δεν συμπαθούν τους ασβούς. Κολλάνε, βλέπεις, φυματίωση στα βοοειδή. Η κυβέρνηση τους ξεπαστρεύει, όμως κάποιοι προτιμούν να παίρνουν την κατάσταση στα χέρια τους. Στέλνουν δυο τρία τεριέ στο λαγούμι να βρουν τον ασβό, κι ύστερα σκάβουν οι ίδιοι για να τον ξετρυπώσουν. Μπορεί να τον πυροβολήσουν ή να αφήσουν τα σκυλιά να τον αποτελειώσουν, ανάλογα τι άνθρωποι είναι».

«Και ένα βράδυ εδώ, κάτι τύποι έκαναν ανάλογα σχέδια» λέει ο Σενόν. «Και ο Άρχοντας Βόρβορος τους άκουσε».

«Δεν ενέκρινε καθόλου τέτοιες πρακτικές» λέει κάποιος. «Ήταν εξωφρενικό».

«Να κυνηγάτε τα αβοήθητα πλάσματα».

«Απαράδεκτο».

«Βάρβαρο».

Οι άντρες γελάνε και πάλι. Αυτή τη φορά το γέλιο τους έχει κάτι το σκοτεινό, ένα σιγανό γουργουρητό αποκάτω.

«Οι Άγγλοι είναι εντελώς παλαβοί» λέει ο Μαρτ στον Καλ. «Νιώθουν μεγαλύτερη συμπόνια για τα ζώα παρά για τους ανθρώπους. Στη χώρα τους, παιδιά πεινάνε, ο στρατός τους βομβαρδίζει αμάχους σε όλη τη Μέση Ανατολή, κι εκείνου δεν του καίγεται καρφάκι, στη σκέψη όμως του ασβού, λίγο έλειψε να βάλει τα κλάματα. Και βρισκόταν μόλις στο δεύτερο ποτήρι».

«Γαμημένος λαπάς» λέει ο Σενόν.

«Ούτε εμένα μου αρέσει το κυνήγι του ασβού» λέει ο Μαρτ. «Πήγα μια φορά όταν ήμουν μικρός, και από τότε δεν το 'χω ξανακάνει. Αλλά δεν έχω αγελάδες. Αν κάποιος φοβάται πως οι ασβοί θα ξεκάνουν τα ζωντανά του, εγώ δεν έχω καμιά δουλειά να του πω να κάτσει με τα χέρια σταυρωμένα, ελπίζοντας για το καλύτερο. Και αφού δεν έχω εγώ καμιά δουλειά, τότε δεν έχει και κανένας ξενόφερτος που η μοναδική σχέση που είχε ποτέ του με φάρμα ήταν ένα ποίημα που είχε γράψει».

«Ο ψυχοπονιάρης Άρχοντας Βόρβορος, όμως, δεν το είδε έτσι» λέει ο Σενόν.

«Καθόλου» λέει ο Μαρτ. «Εμφανίστηκε σ' εκείνο το λαγούμι τη νύχτα, μ' έναν μεγάλο φακό στο ένα χέρι και μια βιντεοκάμερα στο άλλο».

«Ουρλιάζοντας και απειλώντας» λέει κάποιος άλλος, «ότι θα πάει το βίντεο στην αστυνομία και στα κανάλια».

«Θα έβαζε φυλακή ολόκληρη την περιοχή. Θα έβαζε ένα τέλος σ' αυτή την αναθεματισμένη σάπια επιχείρηση».

«Το βίντεο δεν έφτασε ποτέ ούτε στην αστυνομία ούτε στα κανάλια» λέει ο Μάλαχι. «Με τούτα και μ' εκείνα, η κάμερά του δεν έβγαλε τη νύχτα».

«Α, μόνος του την έσπασε» λέει κάποιος. «Κάπου την εκσφενδόνισε σαν τρελός».

«Προσπαθούσε να διώξει τους ανθρώπους από το λαγούμι κοπανώντας τους με τον φακό».

«Χάρισε στον εαυτό του μια ματωμένη μύτη».

«Και δυο μαυρισμένα μάτια, και λοιπά».

«Ένα από τα σκυλιά τού χύμηξε, και τι έκανε ο γαμιόλης; Το κλότσησε στα πλευρά. Και γαμώ τους φιλόζωους, έτσι;»

«Πυροβόλησε στο μπράτσο τον Τζον Τζο» λέει ο Μπόμπι εμφατικά.

«Τι είναι αυτά που λες;» ρωτάει κοφτά ο Σενόν. «Με τι διάολο θα πυροβολούσε τον Τζον Τζο;»

«Με όπλο. Με τι στο καλό πυροβολούν συνήθως οι άνθρωποι...;»

«Μα πώς θα κρατούσε το όπλο, αφού στο ένα χέρι είχε τον φακό και στο άλλο τη βιντεοκάμερα;»

«Και πού θες να ξέρω εγώ πώς το κρατούσε;»

«...δεν ήταν χταπόδι, γαμώτο...»

«Μπορεί να είχε τον φακό στο στόμα».

«Τότε πώς τους φώναζε;»

Ο Μπόμπι λέει πεισματάρικα: «Το μόνο που ξέρω είναι πως ο Τζον Τζο μου έδειξε το τραύμα από τη σφαίρα».

«Ο δικός σου έριξε μια κατραπακιά με τον φακό του, μέχρι εκεί. Αν ο Τζον Τζο σου έδειξε τραύμα από σφαίρα, την έκανε μόνος του· αυτός ο τύπος δεν ξεχωρίζει τη μια άκρη του τουφεκιού από...»

Ξεκινάει μια παθιασμένη διαμάχη σε όλη την παρέα, και ο Καλ μένει να κοιτάζει τον Μαρτ, ο οποίος του χαμογελάει.

«Μην τους ακούς τους βλάκες για την Μπελίντα» του λέει ο Μαρτ. «Θα σου έκαιγε τον εγκέφαλο. Θα ήθελε να χορέψεις στα νεραϊδοδαχτυλίδια με την πανσέληνο, και δεν είσαι φτιαγμένος για κάτι τέτοιο. Μείνε στη Λένα».

Η αίσθηση του Καλ για την απόσταση είναι ακόμη παράξενη· το πρόσωπο του Μαρτ του φαίνεται πολύ κοντά και ελαφρώς θαμπό στις άκρες. «Οπότε» λέει ο Καλ, «ο Άρχοντας Βόρβορος δεν μένει πια εδώ».

«Μάλλον επέστρεψε στην Αγγλία» λέει ο Μαρτ, ζυγίζοντας τα ενδεχόμενα. «Θα είναι πιο χαρούμενος εκεί. Άραγε, έγραψε αυτό το μυθιστόρημα, ποιος ξέρει;»

Ο Καλ λέει: «Το τι κάνετε εσείς στους ασβούς δεν είναι δική μου δουλειά».

«Εγώ δεν κάνω τίποτα στους ασβούς» του υπενθυμίζει ο Μαρτ. «Σου έχω ήδη πει ότι δεν πιστεύω πως πρέπει να βλάψω κανένα πλάσμα, εκτός κι αν χρειαστεί».

Ο Καλ θα προτιμούσε να έχει πολύ πιο καθαρό κεφάλι. Πίνει μια γουλιά από την μπίρα του, με την ελπίδα να αραιώσει κάπως την ποτίν στο αίμα του.

«Ξέρεις ποιο ήταν το σπουδαίο που έκανες εσύ όταν πρωτόρθες εδώ;» λέει ο Μαρτ, δείχνοντας τον με το ροζιασμένο του δάχτυλο. «Ζήτησες συμβουλές. Με ρώτησες ποιοι είναι οι καλύτεροι προμηθευτές οικοδομικών υλικών, και τι να κάνεις με τον βόθρο. Σε πήρα με καλό μάτι γι' αυτό. Πρέπει να είναι κάποιος σοφός για να εντοπίσει πότε χρειάζεται λίγες έξτρα συμβουλές από έναν που ξέρει πώς λειτουργούν τα πράγματα. Αυτός ο τύπος δεν θα καταλήξει σαν τον Άρχοντα Βόρβορο, σκέφτηκα. Αυτός ο τύπος θα τα πάει περίφημα». Καρφώνει το αποδοκιμαστικό βλέμμα του στον Καλ, μέσα από την αχλή του καπνού που έχει πυκνώσει στον αέρα. «Και μετά σταμάτησες εντελώς. Τι συνέβη, νεαρέ; Μήπως σε έστειλα κάπου λάθος και δεν μου το είπες;»

«Απ' ό,τι ξέρω, όχι» λέει ο Καλ. «Με έστειλες;»

«Όχι. Τότε γιατί δεν ζητάς πια τη συμβουλή μου; Νομίζεις ότι πλέον δεν τη χρειάζεσαι, ε; Ότι τώρα πήρες πρέφα πώς λειτουργούν εδώ τα πράγματα και τα καταφέρνεις μια χαρά μόνος σου;»

«Εντάξει» λέει ο Καλ. «Δώσε μου τη συμβουλή σου».

«Τώρα μιλάς σωστά» λέει επιδοκιμαστικά ο Μαρτ. «Πολύ καλύτερα».

Κάθεται πιο βαθιά στον πάγκο του και κοιτάζει ψηλά τους λεκέδες από την υγρασία στο ταβάνι. Η μουσική έχει γίνει πιο αργή, κάτι παλιό και στοιχειωμένο, η ιρλανδική φλογέρα κεντάει μια μελωδία που οι γραμμές της είναι άγνωστες στον Καλ, με το βιολί να συνοδεύει σαν σιγανό μουρμουρητό.

«Μετά που πέθανε ο αδερφός μου» λέει ο Μαρτ, «ήμουν κάπως χαμένος. Μόνος μου τα σκοτεινά χειμωνιάτικα βράδια, χωρίς κανέναν να πω μια κουβέντα. Δεν ήμουν ο εαυτός μου·

το μυαλό μου δεν μπορούσε να ησυχάσει. Αυτό δεν είναι υγιές. Να σου πω λοιπόν τι έκανα. Πήγα σ' ένα βιβλιοπωλείο στο Γκόλγουεϊ και τους έβαλα να μου παραγγείλουν ένα σωρό βιβλία γεωλογίας. Τα διάβασα όλα. Μπορώ να σου πω ό,τι χρειάζεται να ξέρει κανείς για τη γεωλογία της περιοχής».

Δείχνει το μικρό παράθυρο, έξω επικρατεί πυκνό σκοτάδι. «Ξέρεις ότι τα βουνά που πήγες τις προάλλες τη βόλτα σου είναι από κόκκινο ψαμμίτη; Τετρακόσια εκατομμύρια χρόνια πριν, δεν ήταν έτσι· η γη ήταν επίπεδη. Σίγουρα δεν ήταν πράσινη, αλλά ένας κόκκινος χερσότοπος, όπου με το ζόρι θα επιβίωνε κάτι. Μετά όμως άρχισε να βρέχει, με το καντάρι. Αν ανέβεις εκεί πάνω και σκάψεις λιγάκι, θα βρεις στρώματα από βότσαλα και άμμο και λάσπη, πράγμα που σημαίνει ότι εκείνη η έρημος ξαφνικά πλημμύρισε. Μερικά εκατομμύρια χρόνια αργότερα, δυο ήπειροι έπεσαν η μια πάνω στην άλλη και προέκυψαν αυτά τα βουνά όπως όταν τσαλακώνεις ένα χαρτί· γι' αυτό μερικοί βράχοι προεξέχουν κάθετα. Κάποιο ηφαίστειο τίναξε στον αέρα τους βράχους και έστειλε λάβα που κύλησε στις βουνοπλαγιές».

Απλώνει να πιάσει την μπίρα του, χαμογελώντας στον Καλ. «Όταν πήγες τη βόλτα σου, πάνω σε όλα αυτά περιφερόσουν. Για μένα αυτή η γνώση είναι μεγάλη παρηγοριά. Ό,τι κάνουμε εμείς σ' εκείνα τα βουνά, οι βόλτες σου, τα καζανίσματα του Μάλαχι και όλα τα υπόλοιπα, δεν έχουν την παραμικρή επίδραση πάνω τους. Όχι περισσότερο απ' ό,τι κάποια μυγάκια».

Υψώνει το ποτήρι του στον Καλ και πίνει μια μεγάλη γουλιά. «Ορίστε λοιπόν τι έκανα» λέει, σκουπίζοντας τον αφρό από τα χείλη του, «όταν το μυαλό μου δεν μπορούσε να ησυχάσει».

Ο Καλ λέει: «Δεν νομίζω ότι η γεωλογία μου ταιριάζει».

«Δεν είναι απαραίτητο να είναι γεωλογία» τον διαβεβαιώνει ο Μαρτ. «Ό,τι σου κάνει κέφι. Αστρονομία, ίσως – τώρα που έχεις ολόκληρο ουρανό στη διάθεσή σου; Τώρα που βρίσκεσαι μακριά από τα φώτα της πόλης; Βρες ένα τηλεσκόπιο και μερικούς χάρτες, και είσαι έτοιμος. Ή μπορεί να σου ταίριαζαν τίποτα λατινικά. Μου κάνεις για άνθρωπος που δεν έλαβες όση εκπαίδευση θα μπορούσες ν' αντέξεις. Έχουμε μεγάλη παράδοση να φροντίζουμε μόνοι μας για την εκπαίδευσή μας εδώ πέρα, αφού κανείς δεν μας την προσφέρει στο πιάτο. Και μια και βρίσκεσαι εδώ τώρα, δεν έχεις παρά να γίνεις κι εσύ κομμάτι αυτής της παράδοσης».

«Είναι σαν να αγοράζεις φυσαρμόνικα στον Μπόμπι;» ρωτάει ο Καλ. «Να μείνω απασχολημένος για να μην αρχίσω τις τρέλες;»

«Σε προσέχω, αυτό είναι όλο» λέει ο Μαρτ. Για μια φορά, το ίχνος της κοροϊδίας έχει εξαφανιστεί από τη φωνή του· τα μάτια του είναι ακίνητα πάνω στον Καλ. «Είσαι έντιμος άνθρωπος, και θα ήθελα να σε δω ευτυχισμένο εδώ. Το αξίζεις».

Χτυπάει τον Καλ στον ώμο, και στο πρόσωπό του ανατέλλει ένα χαμόγελο. «Άσε που, αν το ρίξεις στους εξωγήινους σαν τον Μπόμπι, εγώ είμαι αυτός που θα σε ακούει μετά. Αγόρασε τηλεσκόπιο. Και τώρα σήκω και πάρε μου μια μπίρα, ως αντάλλαγμα για τις καλές μου συμβουλές».

Όταν ο Καλ επιστρέφει με την μπίρα του Μαρτ και τη δική του, περπατώντας πολύ προσεκτικά, είναι σαφές πως η συζήτηση έχει λάβει τέλος. Ο Μαρτ διαφωνεί για τα καλά με δυο άλλους τύπους για τις αρετές δύο τηλεπαιχνιδιών τα οποία ούτε που έχει ξανακούσει ο Καλ, και διακόπτει μόνο όσο χρειάζεται για να κλείσει το μάτι στον Καλ και να πάρει το ποτήρι του.

Η βραδιά προχωράει. Η διαφωνία για τα τηλεπαιχνίδια έχει ανάψει τόσο, που ο Καλ ακουμπάει την παλάμη του πάνω στο τραπέζι σε περίπτωση που κάποιος επιχειρήσει να το αναποδογυρίσει, ύστερα όμως παύει ξαφνικά μέσα σε μια έκρηξη προσβολών και γέλιων. Η Ντίρντρα τραγουδάει «Crazy» με πένθιμο κοντράλτο φωνή, το κεφάλι ριγμένο πίσω και τα μάτια κλειστά. Το μπουκάλι Lucozade αδειάζει, και ο Μάλαχι εμφανίζει ένα ακόμα κάτω από το τραπέζι. Από τη μουσική γωνιά ξεχύνεται ένας άγριος ρυθμός, με τον κόσμο να χτυπάει πόδια στο πάτωμα και χέρια στα τραπέζια.

«Ξέρεις τι νομίζαμε όταν πρωτοήρθες;» φωνάζει ο Μπόμπι στον Καλ πάνω από τη μουσική, πιο δυνατά απ' ό,τι χρειάζεται. Τα μαλλιά του έχουν ξεφύγει από την προσεγμένη χωρίστρα και δυσκολεύεται να εστιάσει στο πρόσωπο του Καλ. «Νομίζαμε ότι ήσουν ένας απ' αυτούς τους Αμερικάνους ιεροκήρυκες που στέκονται στον δρόμο και φωνάζουν για τη Μέρα της Κρίσεως».

«Εγώ όχι» λέει ο Σενόν. «Νόμιζα ότι είσαι απ' αυτούς τους απαίσιους χίπστερ και θα ζητούσες από τη Νορίν αβοκάντο».

«Τα μούσια φταίγανε γι' αυτό» εξηγεί ο Μαρτ στον Καλ. «Δεν βλέπουμε πολύ κόσμο έτσι στα μέρη μας. Γυρεύαμε μια δικαιολογία γι' αυτά».

«Αυτός εδώ νόμιζε ότι είσαι φυγάς» λέει κάποιος άλλος, σκουντώντας τον διπλανό του.

«Απλώς είμαι τεμπέλης» λέει ο Καλ. «Παράτησα το ξύρισμα για λίγο και προέκυψε αυτό».

«Μπορούμε να βάλουμε ένα χεράκι» λέει ο τύπος με τη βαθιά φωνή στη γωνία.

«Τα έχω συνηθίσει» λέει ο Καλ. «Νομίζω θα τα κρατήσω κάμποσο ακόμα».

«Η Λένα έχει δικαίωμα να δει τι κρύβεται αποκάτω πριν μπλέξει σε οτιδήποτε».

«Θαύμα θα είσαι».

«Η Νορίν έχει ξυράφια».

«Μπάρτι! Δώσε μας το κλειδί του μαγαζιού!»

Όλοι χαμογελάνε στον Καλ, γερνώντας μπροστά, με τα ποτήρια τους να αδειάζουν. Οι νότες της μουσικής χτυπούν στον αέρα σαν σφυγμός.

Ο Καλ τους μετράει όλο το βράδυ, για να είναι σίγουρος. Ο τύπος με τη βαθιά φωνή στη γωνία είναι η πρώτη του προτεραιότητα. Αυτός και ο Σενόν θα είναι μπελάς, ίσως και ο Μάλαχι· αν ο Καλ μπορέσει να τους κάνει ζάφτι, οι υπόλοιποι είναι πιθανό να οπισθοχωρήσουν. Προετοιμάζεται όσο καλύτερα μπορεί.

«Αφήστε τον ήσυχο» τους λέει ο Μαρτ, τυλίγοντας το χέρι του γύρω από τους ώμους του Καλ. «Σας το 'πα από την αρχή, αυτός ο τύπος είναι πολύ εντάξει. Δίκιο δεν είχα; Αν θέλει να έχει το κεφάλι του Τσουμπάκα, ας το 'χει».

Για μια στιγμή στο τραπέζι επικρατεί ησυχία, μια εύθραυστη ισορροπία που κινδυνεύει να χαθεί ανά πάσα στιγμή. Έπειτα, ο Σενόν ξεσπάει σ' ένα βροντερό γέλιο κι οι υπόλοιποι τον ακολουθούν, σαν να έκαναν πλάκα τόση ώρα. «Έπρεπε να δεις τη φάτσα του» λέει κάποιος, «φαντάστηκε πως θα τον σφάζαμε σαν πρόβατο», και κάποιος άλλος φωνάζει: «Κοίταξέ τον, είναι έτοιμος να τα βάλει με όλους μας! Σήκω, έλα, αγόρι μου, σήκω!».

Κάθονται και πάλι χαλαρά στις θέσεις τους, γελώντας ακόμη, με το βλέμμα καρφωμένο στον Καλ, και κάποιος φωνάζει στον Μπάρτι να φέρει σ' αυτό τον ανισόρροπο μία ακόμα μπίρα. Ο Καλ ανταποδίδει τα βλέμματα και γελάει εξίσου παρατεταμένα και δυνατά με τους υπόλοιπους. Αναρωτιέται ποιος από αυτούς τους άντρες είναι πιο πιθανό να περνάει τα βράδια του στα λιβάδια με ένα πρόβατο και ένα κοφτερό μαχαίρι.

Ο Σενόν τραγουδάει κάτι που ακούγεται ιρλανδικό, μεγάλες μελαγχολικές φράσεις με ένα τρέμουλο στο τέλος, το κεφάλι ριγμένο πίσω και τα μάτια κλειστά. Ο τύπος με τη βαθιά φωνή, το όνομα του οποίου αποδεικνύεται πως είναι Φράνσι, σκύβει προς τα εμπρός για να συστηθεί στον Καλ· και αυτό καταλήγει σε μια πλήρη αναφορά για το πώς η μοναδική του αγάπη τον εγκατέλειψε επειδή εκείνος έπρεπε να φροντίσει τη μητέρα του κατά τη δωδεκαετή κατάπτωσή της, μια ιστορία αρκετά σπαραξικάρδια ώστε τον να κάνει να κεράσει τον Φράνσι μια μπίρα και να χρειαστούν και οι δύο ένα ακόμα σφηνάκι ποτίν. Κάποια στιγμή η Ντίρντρα φεύγει, το ίδιο και ο τσίτσιδος τύπος του παραθύρου. Κάποιος ενεργοποιεί το λαστιχένιο ψάρι πίσω από την μπάρα όταν δεν κοιτάζει ο Μπάρτι, και οι πάντες τραγουδούν μαζί του «I Will Survive» με όλη τη δύναμη των πνευμόνων τους.

Όταν πια έρχεται η ώρα που ο κόσμος αρχίζει να φεύγει, ο Καλ είναι αρκετά μεθυσμένος ώστε δέχεται την πρόταση του Μαρτ να τον πάει σπίτι με το αμάξι, κυρίως εξαιτίας μιας μπερδεμένης αίσθησης ότι θα ήταν αγένεια εκ μέρους του να αρνηθεί, δεδομένου ότι χρωστάει στον Μαρτ τα μούσια του. Ο Μαρτ τραγουδάει σε όλη τη διαδρομή, με μια σπασμένη φωνή τενόρου και σε εκπληκτική ένταση, παιχνιδιάρικα τραγούδια για κορίτσια που είναι τα ομορφότερα στην πόλη, παραλείποντας κάποιες λέξεις. Κρύος αέρας μπαίνει από τα ανοιχτά παράθυρα, και τα σύννεφα ανοίγουν, κάνοντας τα αστέρια και τη σκοτεινιά να δέρνουν με ιλιγγιώδεις εναλλαγές το παρμπρίζ. Το αμάξι εκτοξεύεται σε κάθε λακκούβα. Ο Καλ το παίρνει απόφαση πως ή θα φτάσουν στο σπίτι ή όχι και συμμετέχει στα ρεφρέν.

«Εδώ είμαστε» λέει ο Μαρτ, σταματώντας με ένα τράνταγμα έξω από την αυλόπορτα του Καλ. «Πώς είναι το στομάχι σου;»

«Αρκετά καλά» λέει ο Καλ, ψαχουλεύοντας να βρει το κουμπί της ζώνης ασφαλείας. Το τηλέφωνό του βουίζει στην τσέπη του. Του παίρνει μια στιγμή να καταλάβει τι στην ευχή μπορεί να είναι. Ύστερα, σκέφτεται πως πρέπει να είναι η

Αλίσα που του στέλνει στο WhatsApp: *Συγγνώμη που δεν σου απάντησα, τα λέμε αργότερα!* Αφήνει το τηλέφωνο εκεί όπου βρίσκεται. «Φυσικά και είναι. Δεν υπάρχει καλύτερο». Τα λεπτά γκρίζα μαλλιά του Μαρτ προβάλλουν όρθια από τη μια πλευρά του κεφαλιού του. Δείχνει μακάρια χαρούμενος.

«Ο Μπάρτι έμοιαζε αρκετά ανακουφισμένος που μας ξεφορτώθηκε» λέει ο Καλ. Την τελευταία φορά που κοίταξε το ρολόι του, ήταν τρεις το πρωί.

«Ο Μπάρτι» λέει ο Μαρτ με μεγαλοπρεπή περιφρόνηση. «Αυτή η παμπ δεν είναι καν νόμιμα δική του. Έφτασε στα χέρια του μόνο και μόνο επειδή ο γιος του Σόνι ονειρευόταν τον εαυτό του πίσω από ένα γραφείο· μεγάλη λουλού. Μπορεί να μας ανεχτεί για κανένα γλεντοκόπι πού και πού».

«Δεν θα 'πρεπε να δώσω στον Μάλαχι κάποια χρήματα;» ρωτάει ο Καλ. «Για...» –δεν του έρχεται η σωστή λέξη– «το νέκταρ;».

«Το φρόντισα ήδη» του απαντάει ο Μαρτ. «Τα βρίσκουμε άλλη φορά. Θα 'χεις πολλές ευκορ... ευκυρ...». Ανεμίζει το χέρι του προς τον Καλ και παραιτείται.

«Ουπς» λέει ο Καλ καθώς βγαίνει σκοντάφτοντας από το αυτοκίνητο· ανακτά αμέσως την ισορροπία του. «Ευχαριστώ για τη μεταφορά. Και για την πρόσκληση».

«Ήταν ωραία βραδιά, νεαρέ» λέει ο Μαρτ, γέρνοντας κάπως υπερβολικά για να μιλήσει από το παράθυρο του συνοδηγού. «Θα τη θυμάσαι, ε;»

«Δεν είμαι σίγουρος πως θα θυμάμαι απολύτως τίποτα» λέει ο Καλ, κάνοντας τον Μαρτ να γελάσει.

«Μπα, μια χαρά θα 'σαι. Έναν καλό ύπνο χρειάζεσαι μόνο».

«Αυτό σκοπεύω να κάνω» λέει ο Καλ. «Κι εσύ το ίδιο».

«Ναι, ναι» λέει ο Μαρτ. Το πρόσωπό του γεμίζει ρυτίδες καθώς χαμογελάει. «Σκόπευα να αλλάξω τον Πι Τζέι στα μισά της νύχτας, θυμάσαι; Λάθος υπολογισμός. Δεν το βλέπω. Πάντα ήμουν αισιόδοξος». Γνέφει αντίο και μαρσάρει ανεβαίνοντας στον δρόμο, με τα πίσω φώτα του να κάνουν ζικ ζακ.

Ο Καλ αποφασίζει να μην μπει στον κόπο να φτάσει ακόμη ως στο σπίτι. Ξαπλώνει στο χορτάρι και κοιτάζει ψηλά τα αστέρια που απλώνονται πυκνά και άγρια σαν ανθισμένες πικραλίδες στον ουρανό. Σκέφτεται το τηλεσκόπιο που του πρότεινε ο Μαρτ και αποφασίζει ότι δεν θα του ταίριαζε. Δεν νιώθει καμία επιθυμία να καταλάβει τα αστέρια καλύτερα· είναι ικανοποιημένος με αυτά ως έχουν. Ένα χαρακτηριστικό του, καλό ή κακό, είναι ότι προτιμάει να επικεντρώνεται σε πράγματα για τα οποία μπορεί να κάνει κάτι.

Κάμποση ώρα μετά, έχει ξεμεθύσει αρκετά ώστε να νιώσει τις πέτρες να του τρυπάνε την πλάτη και το κρύο να τον κατακλύζει. Επίσης, αντιλαμβάνεται σιγά σιγά ότι δεν είναι και τόσο καλή ιδέα να κείτεται εδώ έξω με κάτι ή κάποιον ελεύθερο να κόβει λαιμούς από πρόβατα.

Όταν σηκώνεται, το κεφάλι του γυρίζει και αναγκάζεται να ακουμπήσει τα χέρια του στους μηρούς του για λίγο ώσπου να σταματήσει η ζαλάδα. Ύστερα βαδίζει προς το σπίτι, διασχίζοντας αργά την αυλή, που του φαίνεται πολύ ανοιχτή και γυμνή. Στα λιβάδια δεν κινείται τίποτα, ούτε ακούγεται κάτι στους φράχτες ή στα κλαδιά· η νύχτα έχει φτάσει στο πιο βαθύ της σημείο, το εγκαταλειμμένο σύνορο πριν από την αυγή. Οι συστάδες του δάσους του είναι μια πυκνή μουτζούρα μπροστά από τα αστέρια, σιωπηλή και ακίνητη. Το σπίτι του Μαρτ είναι σκοτεινό.

12

Ο Καλ ξυπνάει αργά· ο ήλιος πλημμυρίζει το δωμάτιο από το παράθυρο. Το κεφάλι του είναι λιγάκι ευαίσθητο και νιώθει σαν να είναι παραγεμισμένο με χνούδια από χαλί που κολλάνε, πέρα απ' αυτά, όμως, αισθάνεται σε εντυπωσιακά καλή κατάσταση. Βάζει το κεφάλι κάτω από την κρύα βρύση, και τα πράγματα καθαρίζουν κάπως στο μυαλό του· ετοιμάζει τηγανητά αυγά και λουκάνικα, δυο παυσίπονα και πολύ καφέ για μεσημεριανό. Στη συνέχεια, ρίχνει την τσάντα με τ' άπλυτα στο πορτμπαγκάζ του αυτοκινήτου και κατευθύνεται προς την πόλη.

Το φως της ημέρας είναι παραπλανητικό· η ψύχρα στα σκιερά μέρη είναι έντονη και ένα αεράκι αρχικά τυλίγεται γύρω του με χάρη κι ύστερα τον περονιάζει. Το Pajero αναπηδάει ρυθμικά στις λακκούβες σε χαλαρό τέμπο. Παραδίπλα, σκιές από συννεφάκια γλιστρούν πάνω στα καφετιά βουνά.

Για τον Καλ είναι ξεκάθαρο στο μυαλό του ότι χτες βράδυ προειδοποιήθηκε. Παρ' όλα αυτά, η προειδοποίηση έγινε με τέτοια λεπτότητα —είτε σκόπιμα είτε όχι—, που δεν είναι βέβαιος για τι ακριβώς προειδοποιήθηκε. Δεν έχει ιδέα αν το Αρντνακέλτι έχει καταλάβει ότι ερευνά την εξαφάνιση του Μπρένταν Ρέντι και θέλει να τον κάνει να το κόψει, ή απλώς σκαλίζει υπερβολικά τριγύρω για ξένος και πρέπει να μάθει τις ντόπιες συνήθειες.

Ένα ενδιαφέρον κομμάτι είναι το πού και το πώς έλαβε χώρα η προειδοποίηση. Θα μπορούσε ο Μαρτ να του κάνει μερικές γρήγορες υποδείξεις κατ' ιδίαν, κάποιο απόγευμα από την αυλόπορτα. Αντ' αυτού όμως, τις φύλαξε για τη μάζωξη με την ποτίν. Είτε ήθελε να λάβει ο Καλ το μήνυμα από ένα τσούρμο ανθρώπους μονομιάς, για να φτάσει στον στόχο, είτε ήθελε να βεβαιωθεί ότι όλοι ξέρουν πως ο Καλ έχει προειδοποιηθεί. Είναι σχεδόν πεπεισμένος πως ισχύει το δεύτερο και ότι ήταν για την προστασία του.

Δεν είναι βέβαιος ποιες συνθήκες μπορεί να επιβάλουν ως αναγκαίο κάτι τέτοιο. Ο Καλ είναι συνηθισμένος να βρίσκεται στο σκοτάδι στην αρχή μιας έρευνας, πράγμα που σημαίνει ότι του έχει πάρει κάμποσο να συνειδητοποιήσει ότι εδώ το πράγμα είναι εντελώς διαφορετικό. Δεν έχει ιδέα όχι μόνο τι ξέρουν οι άνθρωποι γύρω του και τι πιστεύουν, αλλά και τι μπορεί να σκέφτονται, τι θέλουν, γιατί το θέλουν και πώς μπορεί να ενεργήσουν για να το πετύχουν. Οι δεκαετίες της οικειότητάς τους, που στην αρχή της χτεσινής νύχτας τού φάνηκαν σαν παρηγοριά, μπλέκονται σε ένα αδιαπέραστο σύνολο· οι στρώσεις του επισκιάζουν κάθε ενέργεια και κάθε κίνητρο, ώσπου γίνονται σχεδόν ακατανόητα για κάποιον ξένο. Καταλαβαίνει ότι αυτό το αποτέλεσμα είναι, τουλάχιστον εν μέρει, ηθελημένο και οφείλεται σε εξάσκηση. Τύποι όπως αυτός βαδίζουν με τα μάτια δεμένα. Δεν είναι κάτι προσωπικό· το να τον κρατήσουν έτσι είναι γι' αυτούς στοιχειώδες και φυσικό μέτρο πρόληψης.

Ο Καλ γνωρίζει ότι δίνει την εντύπωση του ήρεμου, θετικού τύπου που θα υπάκουε σε αυτή την προειδοποίηση. Η συγκεκριμένη εμφάνισή του έχει φανεί χρήσιμη σε πολλές περιπτώσεις. Θα ήθελε πολύ να του φανεί χρήσιμη και εδώ: να αφήσει την περιοχή να χαλαρώσει πιστεύοντας ότι έχει επανέλθει στο να κοιτάζει μόνο τη δική του δουλειά και στο βάψιμο του σπιτιού του. Το πρόβλημα είναι ότι δεν έχει αυτή την επιλογή. Όταν δούλευε, θα μπορούσε, πολύ βολικά, να μείνει μακριά απ' όσους σχετίζονταν με τον Μπρένταν και να εστιάσει για λίγο στα του παρασκηνίου: να κάνει μια κουβεντούλα με τους τεχνικούς ώστε να ξετινάξουν το κινητό του Μπρένταν, να εντοπίσουν τις τοποθεσίες του και να αποκτήσουν πρόσβαση στα μέιλ του· να πάει στην τράπεζα και να ελέγξει αν και πού έχει χρησιμοποιηθεί η κάρτα του, να ψάξει όλους τους γνωστούς του στο σύστημα, να μιλήσει στη Δίωξη για τους ναρκεμπόρους από το Δουβλίνο. Θα μπορούσε να ανταλλάξει θεωρίες με τον συνεργάτη του, τον Ο'Λίρι, έναν μικρόσωμο κυνικό τύπο με κοιλιά μπάτσου και με παραπλανητικά τεμπέλικο ύφος αλλά και μεγάλη αίσθηση του χιούμορ, και να τον βάλει να κάνει κάποια δουλειά στα πέριξ στη θέση του.

Εδώ όμως όλα τα όπλα της φαρέτρας του καθώς και όλοι του οι σύμμαχοι έχουν αφαιρεθεί. Δεν υπάρχει κανείς στα παρασκήνια να αναλάβει δράση. Είναι μόνος του σε ανοιχτό πεδίο και με τα χέρια γυμνά.

Το αρχικό πλάνο του Καλ για σήμερα ήταν να εντοπίσει τον Ντόνι Μαγκράθ, όμως υπάρχουν αλλαγές. Από τη μία, ο Ντόνι κατά πάσα πιθανότητα θα αποδεικνυόταν μεγάλος μπελάς στην ανάκριση, και το κεφάλι του δεν το αντέχει. Κυρίως όμως, δεν μπορεί να διαχειριστεί πολύ καλά τι ακριβώς συμβαίνει. Ακόμα κι αν οι άλλοι τον έχουν προειδοποιήσει να μείνει μακριά από τον Μπρένταν, το μόνο που ξέρουν είναι ότι έχει προσπαθήσει να βρει πού πήγε ένα παιδί που το έσκασε ώστε να καθησυχάσει την ανήσυχη μαμά του, ή απλώς από καθαρή αδιακρισία. Ο Καλ όμως ξέρει ότι θα τον παρακολουθούν. Αν μιλήσει στον Ντόνι, ή σε κάποιον άλλο που έχει διασυνδέσεις με τους ναρκεμπόρους από το Δουβλίνο, θα καταλάβουν τι σκέφτεται. Ο Καλ δεν σκοπεύει να κάνει αυτό το βήμα μέχρι να είναι εντελώς έτοιμος.

Έχει κάτι στη λίστα του που δεν θα το αποκαλύψει και χρειάζεται να είναι Σαββατοκύριακο. Στην πόλη, αφήνει τα ρούχα του να πλυθούν και κατευθύνεται στο μαγαζί με τα είδη δώρων.

Η Καρολάιν Χόραν είναι ακόμη φίλη του Μπρένταν στο Facebook, πράγμα που κάνει τον Καλ να συμπεράνει ότι ο χωρισμός τους δεν ήταν και τόσο άσχημος. Στο προφίλ της εμφανίζεται σε μια παραλία μαζί με άλλες δυο κοπέλες, αγκαλιασμένες και ανεμοδαρμένες. Η Καρολάιν έχει ατίθασες καστανές μπούκλες, στρογγυλό πρόσωπο με φακίδες και καθηλωτικό χαμόγελο. Επίσης, στο προφίλ της γράφει «Σπουδές στο Τεχνολογικό Ινστιτούτο του Άθλον», που σημαίνει ότι, αν συνεχίζει να δουλεύει στα είδη δώρων, θα κάνει τις βάρδιες του Σαββατοκύριακου.

Πράγματι, όταν σπρώχνει την πόρτα του καταστήματος με το καμπανάκι της να κουδουνίζει, τη βλέπει να τακτοποιεί μια προθήκη με ονόματα με λέπρεκον*. Είναι πιο κοντή απ' ό,τι περίμενε ο Καλ, με όμορφη σιλουέτα με καμπύλες. Έχει πλέξει τις μπούκλες της σε κοτσίδα και είναι βαμμένη ελαφρά, τόσο που να δείχνει περιποιημένη αλλά εύρωστη.

«Καλησπέρα» λέει ο Καλ, κοιτάζοντας τριγύρω, ελαφρώς τρομοκρατημένος από το πλήθος των πραγμάτων. Το μέρος είναι μικρό και φίσκα στα πράσινα πράγματα, άλλα φτιαγμένα από μαλλί και κάποια φτιαγμένα από μάρμαρο. Τα περισσότερα έχουν πάνω τους τριφύλλια ή κέλτικα σύμβολα. Στο βάθος ακούγεται ένας τύπος να τραγουδάει μια γλυκερή μπαλάντα που ακόμα και ο Καλ μπορεί να καταλάβει πως δεν έχει καμία σχέση με τη μουσική στην παμπ.

«Γεια» λέει η Καρολάιν, γυρίζοντας προς το μέρος του με ένα χαμόγελο. «Πώς μπορώ να βοηθήσω;»

---

* Leprechaun: Φανταστικό πλασματάκι της ιρλανδικής λαογραφίας, που από ορισμένους θεωρείται ως τύπος μοναχικής νεράιδας. Συνήθως τα πλάσματα αυτά απεικονίζονται ως μικροί γενειοφόροι άντρες, με παλτό και καπέλο, που κάνουν αταξίες. Σε μεταγενέστερους χρόνους, έχουν απεικονιστεί ως παπουτσίδες που έχουν κρύψει ένα δοχείο με χρυσάφι στην άκρη του ουράνιου τόξου. (Σ.τ.Μ.)

«Ψάχνω να αγοράσω ένα δώρο για την ανιψιά μου στο Σικάγο» λέει ο Καλ. «Θα κλείσει τα έξι. Μήπως θα μπορούσες να μου προτείνεις κάτι;»

«Βέβαια» λέει η Καρολάιν χαρούμενα. Κατευθύνεται προς τον πάγκο, διαλέγοντας μερικά πράγματα καθώς περνάει από τις στοίβες και τα ράφια: μια αραχνοΰφαντη πράσινη νεράιδα κούκλα, ένα μπλουζάκι με τετράφυλλο τριφύλλι, ένα ασημένιο κολιέ σε ένα μικρό πράσινο κουτάκι, ένα σγουρόμαλλο μαυρομούρικο πρόβατο παιχνίδι. «Αν της αρέσουν οι νεράιδες, αυτή θα τη λατρέψει. Ή αν είναι πιο πολύ αθλητικό κορίτσι, ίσως ένα μπλουζάκι κι ένα καπέλο;»

Ο Καλ σκύβει πάνω από τον πάγκο κρατώντας μια απόσταση που υποδηλώνει σεβασμό, και γνέφει καταφατικά, αξιολογώντας την Καρολάιν. Δεν έχει προσπαθήσει να εξαλείψει την προφορά της για το πανεπιστήμιο, όπως ο Γιουτζίν· είναι σχεδόν τόσο έντονη όσο του Τρέι. Ο Καλ, που έπειτα από περίπου τριάντα χρόνια στο Σικάγο ακούγεται σαν παιδί από τη Βόρεια Καρολίνα, το εκτιμάει. Απολαμβάνει την αμεσότητα των απαντήσεών της, όπως και την αποτελεσματικότητα των κινήσεών της. Στον Μπρένταν άρεσε η αυτοπεποίθηση και η επάρκεια. Και αν αυτό το κορίτσι τον ήθελε, τότε ούτε κι αυτός ήταν χαζός.

«Ή μια τέλεια επιλογή είναι ένα κολιέ με την κλάντα, παραδοσιακό ιρλανδικό σύμβολο για την αγάπη, τη φιλία και την πίστη».

«Αυτό είναι πολύ χαριτωμένο» λέει ο Καλ, πιάνοντας το πρόβατο. Στην Αλίσα άρεσαν κάποτε τα μαλακά πλασματάκια. Στο δωμάτιό της κάλυπταν κάθε επιφάνεια, και φρόντιζε να τα τοποθετεί με τέτοιο τρόπο ώστε να φαίνεται ότι συζητάνε ή παίζουν. Ο Καλ επέλεγε κάθε φορά δύο από αυτά και τα έβαζε να μιλάνε μεταξύ τους, ενώ η Αλίσα ξεκαρδιζόταν στα γέλια. Ήταν το ρακούν που πλησίαζε αθόρυβα τα άλλα, τα γαργαλούσε κι ύστερα το έβαζε στα πόδια.

«Φτιάχνονται στην περιοχή» του λέει η Καρολάιν. «Τα πλέκει μια κυρία από το Κάρικμορ με μαλλί από τα πρόβατα του αδερφού της».

Ο Καλ σηκώνει το βλέμμα, με τα φρύδια του να σμίγουν. «Έχω την εντύπωση ότι μένεις προς τα μέρη μου» λέει. «Σ' έχω δει μήπως να βοηθάς τη Νορίν στο μαγαζάκι στο Αρντνακέλτι;»

Η Καρολάιν χαμογελάει. «Ναι, πολύ πιθανό. Είναι δύσκολο να αρνηθεί κανείς κάτι στη Νορίν».

«Αυτό ξαναπές το» λέει ο Καλ χαμογελώντας και προτείνει το χέρι του. «Καλ Χούπερ. Ο Αμερικάνος που έχει αγοράσει το σπίτι του Ο'Σι».

Το όνομά του δεν προκαλεί καμία αντίδραση στην Καρολάιν, αν αυτό σημαίνει κάτι. Η χειραψία της είναι ανθρώπου μεγαλύτερου από την ηλικία της, επαγγελματική. «Καρολάιν Χόραν».

«Μάλιστα» λέει ο Καλ. «Για να δούμε αν η Νορίν μου έχει μάθει κάτι. Αν εσύ είσαι η Καρολάιν, τότε είσαι αυτή που έσπασε τον καρπό της πέφτοντας από τη σκάλα στο μαγαζί της προσπαθώντας να κλέψει χρωματιστές τρούφες. Σωστά;»

Η Καρολάιν γελάει. «Χριστέ μου: Ήμουν έξι. Δεν θα το ξεπεράσω ποτέ. Και δεν έφτασα καν αυτές τις τρούφες».

«Μην ανησυχείς» λέει ο Καλ, ανταποδίδοντας το χαμόγελο. «Χειρότερα δεν γίνεται. Τα μόνα άλλα πράγματα που ξέρω για σένα είναι ότι έβγαινες με τον Μπρένταν Ρέντι, τον τύπο που δεν είναι διαθέσιμος να φτιάξει τα ηλεκτρικά μου επειδή έφυγε για κάπου, και ότι πας στο πανεπιστήμιο. Τι σπουδάζεις;»

Το όνομα του Μπρένταν κάνει την Καρολάιν να βλεφαρίσει. «Τουριστικές επιχειρήσεις» λέει, αρκετά άνετα, γυρίζοντας να κατεβάσει κι άλλα πρόβατα από το ράφι. «Μπορείς να πας παντού με τέτοιες σπουδές, έτσι δεν είναι;»

«Σχεδιάζεις να ταξιδέψεις;»

Χαμογελάει πάνω από τον ώμο της. «Ω Θεέ μου, ναι. Όσο περισσότερο, τόσο το καλύτερο. Και έτσι θα μπορώ να πληρώνομαι γι' αυτό».

Ο Καλ μαντεύει ότι το μεγάλο λάθος του Μπρένταν, ή έστω ένα από αυτά, ήταν να κάνει ό,τι έκανε για να δώσει την ευκαιρία στην Καρολάιν να τον παρατήσει. Αυτό το κορίτσι έχει τη σπίθα της γυναίκας που πάει μπροστά. Θα μπορούσε να πάει και τους δυο όσο πιο μακριά μπορούσε να ονειρευτεί ο Μπρένταν και ακόμα παραπέρα.

«Λοιπόν» λέει, στοιχίζοντας πεντέξι πρόβατα ακόμα σε διαφορετικά χρώματα πάνω στον πάγκο. «Διαλέξτε. Εγώ προτιμώ την έκφραση αυτού εδώ».

«Εμένα μου φαίνεται κάπως τρελαμένο» λέει ο Καλ, κοιτάζοντας προσεκτικά το λευκοκεντημένο βλέμμα του προβάτου. «Σαν να περιμένει την κατάλληλη στιγμή για να επιτεθεί».

Η Καρολάιν γελάει. «Απλώς έχει προσωπικότητα».

«Αν προκαλέσει εφιάλτες στην ανιψιά μου, η αδερφή μου θα έρθει εδώ και θα με σπάσει στο ξύλο».

«Τι λέτε γι' αυτό εδώ;» Επιλέγει ένα στο χρώμα της κρέμας με μαύρο κεφάλι. «Δείτε το πρόσωπό του. Δεν θα πείραζε ούτε μύγα».

«Αυτό μάλλον έχει τρομοκρατηθεί από το τρελό. Κοίτα». Ο Καλ βάζει το ντροπαλό πρόβατο να κρυφτεί πίσω από τα άλλα, με το παλαβό να τα καρφώνει με το βλέμμα. «Του έχουν κοπεί τα πόδια».

Η Καρολάιν γελάει και πάλι. «Τότε θα πρέπει να το πάρετε αποδώ. Να του εξασφαλίσετε ένα ήρεμο σπιτικό, και θα είναι μια χαρά».

«Εντάξει» λέει ο Καλ. «Αυτό θα κάνω. Η καλή πράξη της ημέρας».

«Μπορείτε να πείτε στην ανιψιά σας πως το σώσατε» λέει

η Καρολάιν. Αρχίζει να επιστρέφει στο ράφι τα πρόβατα που ξέμειναν.

«Ξέρεις κάτι» λέει ο Καλ, στριφογυρίζοντας το πράσινο καπέλο στα χέρια του. «Δεν θέλω να ανακατευτώ, αλλά μιλούσα με τη μαμά του Μπρένταν Ρέντι τις προάλλες, και ανησυχεί αρκετά για κείνον. Αν έχεις κανένα νέο του, ίσως θα ήταν καλό να της μιλήσεις λίγο για να την ενημερώσεις πως είναι καλά».

Η Καρολάιν ρίχνει μια γρήγορη μάτια προς το μέρος του και λέει: «Δεν έχω νέα του».

«Δεν χρειάζεται να μου πεις εμένα. Πες τα στη μαμά του».

«Ναι, ξέρω. Παρ' όλα αυτά, δεν έχω νέα του».

«Ακόμα κι αν ανέφερε κάποιο μέρος όπου θα πήγαινε. Εκείνη δεν το διαχειρίζεται πολύ καλά. Το παραμικρό θα βοηθούσε».

Η Καρολάιν κουνάει το κεφάλι. «Δεν μου ανέφερε ποτέ κάτι εμένα» λέει. «Δεν είχε άλλωστε λόγο. Δεν κρατούσαμε πραγματική επαφή αφότου χωρίσαμε».

Ο πόνος στη φωνή της δεν δείχνει να το έχει ξεπεράσει. Ό,τι κι αν πήγε στραβά ανάμεσά τους, της άρεσε πολύ ο Μπρένταν.

«Το πήρε βαριά;» ρωτάει ο Καλ.

«Κάπως. Ναι».

«Ανησυχούσες κι εσύ γι' αυτόν;»

Η Καρολάιν επιστρέφει πίσω στον πάγκο. Περνάει το δάχτυλό της πάνω από τη μουσούδα του προβάτου.

«Θα ήθελα να ξέρω» λέει.

«Υποθέτεις κάτι;»

Η Καρολάιν βγάζει ένα γκρίζο χνούδι από την πλάτη του προβάτου. «Το θέμα με τον Μπρένταν» λέει, «είναι ότι έχει κάποιες ιδέες και παρασύρεται απ' αυτές. Ξεχνάει να λάβει υπόψη του τους άλλους ανθρώπους».

«Δηλαδή;»

«Για παράδειγμα, μας αρέσει και στους δύο ένας τραγουδιστής, ο Χόζιερ, και θα εμφανιζόταν στο Δουβλίνο τον περασμένο Δεκέμβρη. Ο Μπρένταν λοιπόν έκανε ό,τι δουλειά μπορούσε να βρει για να μαζέψει χρήματα για τα εισιτήρια, το λεωφορείο και το ξενοδοχείο. Ως χριστουγεννιάτικο δώρο για μένα. Το οποίο θα ήταν υπέροχο, μόνο που τα έβγαλε για το βράδυ πριν από το τελευταίο μάθημα της εξεταστικής μου».

«Ωχ» κάνει ο Καλ, μορφάζοντας.

«Ναι. Όχι επίτηδες· απλώς ξέχασε να με ρωτήσει. Και μετά, όταν είπα ότι δεν μπορούσα να πάω, έμεινε ειλικρινά έκπληκτος. Και θύμωσε. "Μόνο για το πανεπιστήμιο νοιάζεσαι, πιστεύεις ότι δεν αξίζει να ασχοληθείς μαζί μου επειδή δεν έχω μέλλον..." είπε. Που δεν ίσχυε καθόλου, αλλά... τέλος πάντων».

«Όμως δεν μπορείς να κάνεις κάποιον που αισθάνεται ευάλωτος να το πιστέψει» λέει ο Καλ.

«Ναι. Βασικά, αυτός ήταν ο λόγος που χωρίσαμε».

Ο Καλ το σκέφτεται για λίγο. «Άρα, πιστεύεις πως το έσκασε κυνηγώντας μια μεγάλη ιδέα» λέει, «και ξέχασε ότι η μαμά του θα ανησυχούσε;».

Η Καρολάιν του ρίχνει μια ματιά κι ύστερα το βλέμμα της απομακρύνεται και πάλι.

«Ίσως» λέει.

«Η...;»

Η Καρολάιν ρωτάει: «Να σας το τυλίξω εγώ για δώρο;»

«Θα σου ήμουν ευγνώμων» λέει ο Καλ. «Δεν το 'χω και πολύ με το τύλιγμα».

«Κανένα πρόβλημα» λέει η Καρολάιν, ξετρυπώνοντας επιδέξια κάτω από τον πάγκο κάμποσο πράσινο μεταξόχαρτο. «Αφού είναι έξι, δεν θα τη νοιάξει όπως και να 'χει, ίσως όμως νοιάξει την αδερφή σας. Οπότε, ας το κάνουμε σωστά».

Ο Καλ προσπαθεί να περιστρέψει το καπέλο με το ένα δάχτυλο, ακούει τον τραγουδιστή να τραγουδάει όλο νοσταλγία για την πατρίδα και ζυγίζει την Καρολάιν, που στοιβάζει φύλλα μεταξόχαρτου σε διάφορες αποχρώσεις του πράσινου. Με τον Γιουτζίν το έπαιξε χαζός, επειδή ο Γιουτζίν θέλει οι άνθρωποι να είναι χαζοί. Η Καρολάιν, όμως, είναι σαφές ότι θέλει οι άνθρωποι να είναι έξυπνοι και αποτελεσματικοί.

«Δεσποινίς Καρολάιν» λέει, «θα σε ρωτήσω μερικά πράγματα, γιατί πιστεύω ότι είσαι η καλύτερη ευκαιρία μου να πάρω καλές απαντήσεις».

Η Καρολάιν σταματάει το τύλιγμα και σηκώνει το κεφάλι της για να τον κοιτάξει. Ρωτάει: «Σχετικά με τι;».

«Με τον Μπρένταν Ρέντι».

Η Καρολάιν λέει: «Γιατί;».

Κοιτάζονται. Ο Καλ ξέρει ότι είναι τυχερός που έχει φτάσει μέχρι εδώ χωρίς κανείς να του κάνει αυτή την ερώτηση.

«Θα μπορούσες να πεις ότι είμαι απλώς περίεργος» λέει, «ή ανήσυχος, ή και τα δύο. Ένα πράγμα όμως μπορώ να σου υποσχεθώ: δεν σκοπεύω να του κάνω κακό. Απλώς θέλω να μάθω πού έχει πάει, αυτό είναι όλο».

Η Καρολάιν γνέφει καταφατικά σαν να τον πιστεύει και λέει: «Δεν έχω τίποτα να σας πω».

Ο Καλ συνεχίζει: «Θέλεις να μάθεις πού πήγε. Θα πας να ρωτήσεις εσύ η ίδια τριγύρω;».

Η Καρολάιν κουνάει αρνητικά το κεφάλι. Η απότομη κίνηση δίνει στον Καλ να καταλάβει ότι φοβάται.

Λέει: «Τότε είμαι η μόνη σου ελπίδα».

«Κι αν το μάθετε, θα μου το πείτε».

«Δεν μπορώ να σ' το υποσχεθώ» λέει ο Καλ. Ένα λεπτό πριν, μπορεί και να το έκανε, αλλά αυτό το κούνημα του κεφαλιού της τον έχει κάνει επιφυλακτικό. Δεν μοιάζει με τύπο ανθρώπου που φοβάται εύκολα. «Αλλά αν τον βρω, θα του πω ότι πρέπει να σου τηλεφωνήσει. Είναι καλύτερο από το τίποτα».

Λίγο μετά, λέει, εντελώς ανέκφραστη: «Εντάξει. Ρωτήστε».

«Πώς ήταν ο Μπρένταν, στα μυαλά του;»

«Τι εννοείτε;»

«Ήταν καταθλιπτικός;»

«Δεν νομίζω» λέει η Καρολάιν. Η απάντηση έρχεται αρκετά άμεσα, και ο Καλ θεωρεί ότι η Καρολάιν το είχε σκεφτεί από πριν. «Δεν ήταν ευτυχισμένος, αλλά αυτό είναι άλλο. Δεν φαινόταν να τον καταβάλει, καταλαβαίνετε; Ήταν περισσότερο... τσαντισμένος. Ενοχλημένος. Αλλά κατά βάση θα έλεγα πως είναι αισιόδοξος τύπος. Πάντοτε πίστευε ότι, στο τέλος, κάτι θα γινόταν».

«Ζητώ συγγνώμη που θα το θέσω έτσι ωμά» λέει ο Καλ, «αλλά πιστεύεις ότι υπάρχει πιθανότητα να αυτοκτόνησε;».

«Όχι» λέει η Καρολάιν. Και αυτό επίσης της βγαίνει αυθόρμητα. «Ξέρω ότι δεν μπορεί να πει κανείς πως κάποιος δεν είναι ο τύπος που θα αυτοκτονούσε και ότι οι άνθρωποι μπορεί να είναι πολύ χειρότερα απ' ό,τι αφήνουν να φανεί, αλλά... ο τρόπος που σκέφτεται ο Μπρένταν –όλο "Σίγουρα, θα τη βρω την άκρη, όπως και να 'χει στο τέλος όλα θα πάνε καλά..."– δεν φαίνεται να συμβαδίζει με την αυτοκτονία».

«Ούτε κι εγώ θα το πίστευα» λέει ο Καλ. Τείνει να συμφωνήσει με την Καρολάιν, αν και συμμερίζεται τις επιφυλάξεις της. «Έδειχνε ποτέ να μην έχει επαφή με την πραγματικότητα; Να λέει πράγματα που δεν έβγαζαν νόημα;»

«Εννοείτε σαν σχιζοφρένεια ή διπολική διαταραχή».

«Ή οτιδήποτε άλλο σχετικό».

Η Καρολάιν σκέφτεται για μια στιγμή, με τα χέρια ακίνητα πάνω στο μεταξόχαρτο. Μετά κουνάει το κεφάλι. «Όχι» λέει με σιγουριά. «Μερικές φορές μπορεί να του λείπει ο ρεαλισμός, όπως με τα εισιτήρια και τις εξετάσεις μου – "Θα είσαι μια χαρά, απλώς τέλειωσε με τα διαβάσματά σου από πριν, και θα πάρουμε το πρώτο λεωφορείο για πίσω την επόμενη μέρα...". Αυτό είναι διαφορετικό από το να μην έχεις επαφή με την πραγματικότητα».

TANA FRENCH

«Ναι, είναι» λέει ο Καλ. *Του λείπει, είναι.* Η Καρολάιν, όπως και ο Φέργκαλ και ο Γιουτζίν, πιστεύουν ότι ο Μπρένταν είναι ζωντανός. Ο Καλ δεν θα πόνταρε τα ρέστα του. Γι' αυτούς, η ιδέα ότι κάποιος στην ηλικία τους πεθαίνει είναι ακατανόητη. Εύχεται να μπορέσει να παραμείνει έτσι για κάμποσο ακόμα. «Αυτή η μη ρεαλιστική συμπεριφορά του έχει δημιουργήσει καθόλου εχθρούς;»

Τα μάτια της Καρολάιν ανοίγουν, βλεφαρίζει, αλλά η φωνή της παραμένει σταθερή. «Όχι όπως το εννοείτε. Κάποιες φορές, τσαντίζει τους ανθρώπους. Όμως... όλοι γνωριζόμαστε μεταξύ μας από πάντα. Όλοι ξέρουν πως έτσι είναι. Δεν ήταν κάτι τρομερό».

«Ναι, ξέρω πώς είναι» λέει ο Καλ. «Είναι αξιόπιστος; Αν σου έλεγε ότι θα κάνει κάτι για σένα ή θα σου πάρει κάτι, θα περίμενες να το κάνει ή να το ξεχάσει εντελώς;»

«Ναι, θα το έκανε» λέει αμέσως η Καρολάιν. «Είναι θέμα περηφάνιας για εκείνον. Θεωρεί τον πατέρα του απαίσιο, επειδή έδινε υποσχέσεις που ύστερα τις ξεχνούσε. Ο Μπρένταν το απεχθανόταν αυτό. Δεν ήθελε να είναι έτσι».

«Μάλιστα. Οι άνθρωποι μπορούν να συγχωρήσουν έναν άνθρωπο που ώρες ώρες δεν είναι ρεαλιστής, αρκεί να είναι αξιόπιστος». Ο Καλ ακουμπάει και πάλι το καπέλο στον πάγκο και το χτυπάει ελαφρά για να επανέλθει το σχήμα του. «Υποθέτω δηλαδή ότι δεν θα σηκωνόταν να φύγει αν νόμιζε ότι ήσουν έγκυος».

Ποντάρει στο ότι η Καρολάιν δεν θα νιώσει θιγμένη από αυτό. Πράγματι, εκείνη λέει πολύ σοβαρά: «Με τίποτα. Θα έκανε ό,τι μπορούσε για να είναι ο τέλειος πατέρας. Τέλος πάντων, δεν είχε λόγους να νομίζει κάτι τέτοιο. Δεν θα ανησυχούσα».

«Είπες ότι ο Μπρένταν δεν είχε οικονομική ευχέρεια και θεωρούσε ότι σκεφτόσουν πως δεν είχε ούτε μέλλον. Είχε κάποιο σχέδιο για να προσπαθήσει να το διορθώσει;»

Η Καρολάιν ξεφυσάει χαμογελώντας σκωπτικά. «Πάω στοί-
χημα πως είχε, ναι. Είπε –όταν χωρίζαμε– ότι θα μου αποδεί-
κνυε πως είχε μέλλον».

«Ανέφερε το πώς;»

Γνέφει όχι με το κεφάλι της.

Ο Καλ λέει: «Ίσως με το ανακατευτεί σε κάτι που δεν θα
'πρεπε;»

«Σαν τι;» Η φωνή της Καρολάιν ακούγεται πιο έντονη.

«Κάτι παράνομο, ας πούμε» λέει ο Καλ ήπια. «Κάποια
κλοπή ίσως ή διακίνηση ναρκωτικών».

«Δεν έκανε ποτέ κάτι τέτοιο. Τουλάχιστον όσο ήμασταν
μαζί».

«Πώς βρήκε τα χρήματα για εκείνα τα εισιτήρια;»

«Ο θείος ενός φίλου μας κάνει μετακομίσεις, και ο Μπρένταν
πήγε μερικές μέρες μαζί του. Επίσης, έκανε μαθήματα». Βλέ-
ποντας το απορημένο ύφος του Καλ, συνεχίζει: «Χημεία και
φυσική σε παιδιά από το σχολείο μας· ήταν καλός σε αυτά.
Τέτοια πράγματα».

Στη δουλειά, ο Καλ θα μπορούσε να επιβεβαιώσει τα λε-
γόμενά της. Τώρα το μόνο που έχει είναι το ένστικτό του, το
οποίο ναι μεν του λέει ότι η Καρολάιν δεν θέλει να σκεφτεί
άσχημα για τον Μπρένταν, αλλά και ότι δεν είναι χαζή. «Έξυ-
πνη σκέψη» λέει. «Ωστόσο, δεν πρόκειται να σε κάνει πλούσιο».

«Όχι, όμως καταλαβαίνετε τι θέλω να πω. Δεν έκανε κάτι
ύποπτο».

«Δεν μου λες όμως ότι δεν θα έκανε κάτι τέτοιο τότε» επι-
σημαίνει ο Καλ.

Η Καρολάιν επιστρέφει στα μεταξόχαρτά της, τα διπλώνει
γύρω από το πρόβατο με επιδέξιες κινήσεις. Ο Καλ περιμένει.

«Από τότε που έφυγε ο Μπρένταν, κυκλοφορούν διάφορες
φήμες» λέει τελικά η Καρολάιν. Τα χέρια της κινούνται πιο
γρήγορα και ο τόνος στη φωνή της είναι πιο οξύς. Δεν απολαμ-

βάνει τη συζήτηση. «Ο κόσμος λέει ότι με βίασε και ότι το έσκασε επειδή πήγα στην αστυνομία».

«Κι αυτό δεν ήταν αλήθεια;»

«Όχι, δεν ήταν. Ο Μπρένταν δεν μου έπιασε ούτε το δαχτυλάκι χωρίς να το θέλω. Το διέψευσα με το που το άκουσα. Κυκλοφορούν όμως κι άλλα, για τα οποία δεν μπορώ να κάνω τίποτα. Ότι το 'σκασε επειδή έσπασε στο ξύλο τη μάνα του. Ή επειδή τον έπιασαν να κατασκοπεύει γυναίκες από τα παράθυρα. Ίσως κι άλλα χειρότερα, που δεν μου τα είπε κανείς».

Με μια απότομη κίνηση, τραβάει ένα κομμάτι σελοτέιπ από το μηχάνημα. «Έτσι ήταν το Αρντνακέλτι απέναντι στον Μπρένταν σε όλη του τη ζωή. Επειδή προέρχεται απ' αυτή την οικογένεια, ο κόσμος πίστευε πάντα το χειρότερο για κείνον, είτε υπήρχε λόγος είτε όχι. Ακόμα κι οι γονείς μου –που δεν είναι έτσι– είχαν τρομοκρατηθεί όταν άρχισα να βγαίνω μαζί του, μόνο που σκέφτηκαν ότι είμαι λογική, επομένως θεωρούσαν πως κάτι καλό θα είχε για να είμαι μαζί του. Αλλά δεν τους άρεσε. Ούτε κι όταν είδαν πως ήταν καλός μαζί μου». Σηκώνει τα μάτια προς τον Καλ. Ο απότομος τρόπος που τινάζει το κεφάλι της δείχνει θυμό. «Αυτό που θέλω να πω είναι να μην πιστεύετε ό,τι ακούτε για τον Μπρένταν. Τα περισσότερα είναι βλακείες».

«Τότε πες μου εσύ» λέει ο Καλ. «Θα έκανε κάτι παραβατικό ή όχι;»

«Θα σας πω πώς είναι ο Μπρένταν» λέει η Καρολάιν. Τα χέρια της έχουν σταματήσει να κινούνται· έχει ξεχάσει εντελώς το πρόβατο. «Λοιπόν, έχει ένα τσούρμο μικρότερα αδέρφια, ωραία; Οι περισσότεροι, όταν αρχίζουν να βγαίνουν με κάποιον, αγνοούν όλους τους υπόλοιπους. Ο Μπρένταν όμως, ακόμα και στις αρχές, όταν ήμασταν εντελώς παλαβοί ο ένας για τον άλλο, θα 'λεγε: "Δεν μπορώ σήμερα το βράδυ, πρέπει να πάω στον αγώνα ποδοσφαίρου του αδερφού μου", ή "Η Μιβ τσακώθηκε με την κολλητή της, θα μείνω σπίτι για να της φτιάξω το κέφι". Οι γονείς τους δεν έκαναν τίποτα από αυτά, γι' αυτό τα έκανε ο Μπρένταν. Και όχι σαν αγγαρεία. Επειδή το ήθελε».

«Μου ακούγεται καλός άνθρωπος» λέει ο Καλ. «Όμως κι οι καλοί άνθρωποι παραβαίνουν τον νόμο μερικές φορές. Δεν μου λες αν θα το έκανε ή όχι».

Η Καρολάιν αρχίζει πάλι να διπλώνει τις άκρες του χαρτιού, και στο τέλος λέει: «Ελπίζω πως όχι».

Το πρόσωπό της είναι σφιγμένο. Ο Καλ περιμένει.

Πάει να πει κάτι, ύστερα σταματάει. Και τελικά λέει: «Απλώς θα ήθελα να ξέρω ότι είναι καλά».

Ο Καλ λέει ήρεμα: «Δεν έχω ακούσει κάτι που να λέει ότι δεν είναι».

«Σωστά». Η Καρολάιν παίρνει μια βιαστική ανάσα. Δεν κοιτάζει πλέον τον Καλ. «Ναι. Θα έλεγα πως είναι μια χαρά».

«Άκου τι θα γίνει» λέει ο Καλ. «Θα πω στην κυρία Ρέντι, αν έχει κανένα νέο από τον Μπρένταν, να σε ενημερώσει».

«Ευχαριστώ» λέει ευγενικά η Καρολάιν, ξετυλίγοντας πράσινη κορδέλα από ένα καρούλι. Η συζήτηση έχει τελειώσει. «Θα ήταν υπέροχο αυτό».

Τυλίγει ωραία ωραία το πρόβατο και κατσαρώνει την κορδέλα. Όταν ο Καλ την ευχαριστεί για τη βοήθειά της, περιμένει για μια στιγμή μήπως θελήσει να συμπληρώσει κάτι άλλο, όμως εκείνη του χαρίζει ένα φωτεινό, απρόσωπο χαμόγελο και του εύχεται χρόνια πολλά για την ανιψιά του.

Βγαίνοντας έξω, μακριά από τα γεμάτα ράφια και τις γλυκανάλατες μπαλάντες, όλα μοιάζουν απλόχωρα και άνετα, γαλήνια. Στην κεντρική πλατεία, οικογένειες με τα καλά τους και γερόντισσες με τσεμπέρια βγαίνουν από την εκκλησία· πίσω από το καμπαναριό, ο άνεμος παίζει κυνηγητό με ξέφτια από σύννεφα στον γαλάζιο ουρανό.

Ο Καλ ήλπιζε να είχε μιλήσει ο Μπρένταν με την Καρολάιν για το μεγάλο του σχέδιο κερδοφορίας. Τα αγόρια δεν κρατούν το στόμα τους κλειστό όταν προσπαθούν να εντυπωσιάσουν τα κορίτσια. Η Καρολάιν δεν μοιάζει τύπος που εντυπωσιάζεται από παραβατικές συμπεριφορές, όμως ο Μπρένταν ίσως ήταν πολύ νέος, πολύ βιαστικός και πολύ απελπισμένος για να το προσέξει. Παρ' όλα αυτά, ο Καλ πιστεύει την Καρολάιν. Ό,τι κι αν είχε στα σκαριά ο Μπρένταν, το κρατούσε για τον εαυτό του.

Ωστόσο, ο Καλ δεν φεύγει εντελώς άπρακτος. Η αυτοκτονία έχει αποκλειστεί, ή τουλάχιστον έτσι φαίνεται. Όχι επειδή η Καρολάιν πιστεύει ότι ο Μπρένταν δεν είναι τέτοιος τύπος, αλλά επειδή λέει –και ο Καλ τη θεωρεί τον καλύτερο μάρτυρα απ' όσους έχει μιλήσει ως τώρα– ότι ο Μπρένταν επενδύει πολλά στο να κρατάει τις υποσχέσεις του. Είχε πει στον Τρέι ότι θα του έπαιρνε ποδήλατο για τα γενέθλιά του και στον Φέργκαλ ότι θα του επέστρεφε τα εκατό ευρώ του – λεφτά που δεν θα χρειαζόταν καθόλου αν σκόπευε να ανέβει στο βουνό και να κρεμαστεί. Αν ο Μπρένταν σχεδίαζε να πάει οπουδήποτε, σχεδίαζε και να επιστρέψει.

Επιπλέον, η Καρολάιν πιστεύει ότι τίποτα δεν πήγαινε στραβά με το μυαλό του Μπρένταν. Ο Καλ χαίρεται για αυτό. Αν ο Μπρένταν τρομοκρατήθηκε, αν το 'σκασε, αν κρύβεται στα βουνά, τότε ο λόγος σίγουρα δεν υπήρχε στο μυαλό του. Αυτό σημαίνει ότι, κάπου στην πορεία, πρέπει να έχει αφήσει αδιάσειστα ίχνη.

Πιθανώς η Καρολάιν να εικάζει τι έκανε ο Μπρένταν και να μην είναι κάτι που να θέλει να το συζητήσει, τουλάχιστον όχι με έναν ξένο, πρώην αστυνομικό. Από την άλλη, αυτό μπορεί να σημαίνει ότι ο Καλ δεν είναι ο μόνος που έχει προειδοποιηθεί.

***

Ο Καλ δεν ελπίζει ιδιαίτερα να βρει το αστυνομικό τμήμα ανοιχτό κυριακάτικα, όμως ο υπαστυνόμος Ο'Μάλι κάθεται πίσω από το γραφείο του, διαβάζοντας την εφημερίδα του και τρώγοντας ένα μεγάλο κομμάτι τούρτα σοκολάτα με τα χέρια. «Ω Θεέ μου, ο αστυνόμος Χούπερ» λέει περιχαρής καθώς προσπαθεί να αποφασίσει αν πρέπει να σηκωθεί ή όχι. «Δεν θα σου δώσω το χέρι, βλέπεις...» Σηκώνει τα δάχτυλά του που κολλάνε. «Ο μικρός μου έκλεισε τα οκτώ, και με το μέγεθος της τούρτας που έφτιαξε η κυρά μου, θα την τρώμε μέχρι να κλείσει και τα εννιά».

«Δεν πειράζει» λέει ο Καλ χαμογελώντας. «Φαίνεται νόστιμη».

«Θαυμάσια είναι. Παρακολουθεί, βλέπεις, όλες αυτές τις εκπομπές μαγειρικής. Αν ήξερα πως θά 'ρθεις, θα σου έφερνα ένα κομμάτι».

«Θα σε ειδοποιήσω του χρόνου» λέει ο Καλ. «Απλώς πέρασα να σου πω ότι τελικά το πήρα το τουφέκι. Σ' ευχαριστώ πολύ για τη βοήθειά σου».

«Σιγά το πράμα» λέει ο Ο'Μάλι, χαλαρώνοντας πίσω στην καρέκλα του και γλείφοντας γλάσο από τον αντίχειρά του. «Το έβγαλες βόλτα;»

«Κάτι κουτάκια πυροβόλησα μόνο, για να ξαναβρώ τη φόρμα μου. Είναι καλό όπλο. Έχω κουνέλια στο χωράφι μου, οπότε θα προσπαθήσω να στριμώξω μερικά».

«Πανούργα τερατάκια» λέει ο Ο'Μάλι, με μια μελαγχολία που προδίδει εμπειρία. «Καλή τύχη».

«Το άλλο που έχω πρόχειρο είναι ένα δέντρο γεμάτο κοράκια που κάνουν σαματά στην αυλή μου. Ίσως εσύ ξέρεις να μου πεις· είναι νόστιμα;» ρωτάει ο Καλ.

Ο Ο'Μάλι τον κοιτάζει έκπληκτος, ωστόσο δείχνει να συλλογίζεται την ερώτηση από ευγένεια. «Εγώ δεν έχω φάει ποτέ κοράκι» λέει. «Ο μπαμπάς μου, όμως, μας έχει πει πως, όταν ήταν μικρός, η μαμά του έφτιαχνε βραστό με κοράκι αν δεν είχαν τίποτ' άλλο. Με πατάτες και λίγο κρεμμύδι. Ίσως μπορείς να βρεις τη συνταγή στο ίντερνετ· υπάρχουν τα πάντα εκεί». «Αξίζει μια προσπάθεια» λέει ο Καλ. Δεν έχει καμία πρόθεση να πυροβολήσει κάποιο από τα κοράκια. Έχει την αίσθηση ότι όσα επιζούσαν θα γίνονταν πολύ κακοί εχθροί.

«Τώρα που το σκέφτομαι βέβαια, δεν θα 'λεγα πως είναι και ό,τι καλύτερο» λέει ο Ο'Μάλι, καθώς το σκέφτεται περισσότερο. «Θα πρέπει να έχουν απαίσια, έντονη γεύση».

«Θα σου κρατήσω μια μερίδα» λέει ο Καλ χαμογελώντας.

«Μπα, όχι, δεν χρειάζεται» λέει ο Ο'Μάλι, ελαφρώς τρομαγμένος. «Άσε που σίγουρα θα παλεύω ακόμη μ' αυτή την τούρτα».

Ο Καλ γελάει, ρίχνει ένα ελαφρύ χτυπηματάκι στον πάγκο και στρέφεται προς την πόρτα, αλλά μια σκέψη περνάει από το μυαλό του. «Παραλίγο να το ξεχάσω» λέει. «Κάποιος μου είπε ότι τον Μάρτιο είχαν περάσει από το Αρντνακέλτι δυο αστυφύλακες. Μήπως ήσουν εσύ ένας απ' αυτούς;»

Ο Ο'Μάλι προσπαθεί να θυμηθεί. «Όχι, εγώ όχι. Οι μόνες φορές που βρέθηκα σ' εκείνα τα μέρη φέτος ήταν όταν πήγα στο βουνό προσπαθώντας να ξαναβάλω τα παιδιά των Ρέντι στον δρόμο της εκπαίδευσης. Στο Αρντνακέλτι δεν ζητάνε και πολύ συχνά τις υπηρεσίες μας».

«Ναι, κάτι έχω καταλάβει κι εγώ» λέει ο Καλ, κάπως συνοφρυωμένος. «Έχεις καμιά ιδέα τι αφορούσε αυτή η επίσκεψη τον Μάρτιο;»

«Δεν πρέπει να 'ταν κάτι σοβαρό» του λέει καθησυχαστικά ο Ο'Μάλι. «Αν ήταν, θα είχα ακούσει γι' αυτό».

«Όπως και να 'χει, πολύ θα ήθελα να ξέρω» λέει ο Καλ, με το συνοφρύωμα να γίνεται πιο έντονο. «Γενικά, δεν μπορώ να ησυχάσω αν δεν ξέρω με τι έχω να κάνω. Απότοκο της δουλειάς... εντάξει, σε ποιον τα λέω τώρα, ε;»

Ο Ο'Μάλι δεν δείχνει να έχει σκεφτεί κάτι τέτοιο, ωστόσο γνέφει καταφατικά με ζέση. «Άκου να δεις τι θα γίνει» λέει, καθώς μια ιδέα αστράφτει ξαφνικά στο μυαλό του. «Κάτσε εδώ ένα λεπτό, και θα το ψάξω στο σύστημα».

«Πολύ ευγενικό εκ μέρους σου» λέει ο Καλ, έκπληκτος αλλά ευχαριστημένος. «Θα το εκτιμούσα. Σίγουρα θα σου φέρω λίγο βραστό με κοράκι».

Ο Ο'Μάλι γελάει, ξεκολλάει από την καρέκλα του, που τρίζει δυνατά, και κατευθύνεται στο πίσω δωμάτιο. Ο Καλ περιμένει κοιτάζοντας έξω από το παράθυρο τον ουρανό, όπου τα σύννεφα έχουν πυκνώσει, πιο σκούρα και πιο απειλητικά. Δεν μπορεί να φανταστεί ότι θα συνηθίσει ποτέ τις απότομες μεταβολές του καιρού εδώ πέρα. Αυτό που ξέρει από πάντα είναι πως μια ζεστή, ηλιόλουστη μέρα είναι μια ζεστή, ηλιόλουστη μέρα, μια ψυχρή, βροχερή μέρα είναι μια ψυχρή, βροχερή μέρα, και τα λοιπά. Εδώ, κάποιες μέρες ο καιρός μοιάζει να σπάει πλάκα με τον κόσμο για λόγους αρχής.

«Λοιπόν» λέει ο Ο'Μάλι όταν επιστρέφει, χαρούμενος με τα ευρήματά του. «Όπως σου είπα: τίποτα σοβαρό, καθόλου σοβαρό. Στις δεκαέξι Μαρτίου, ένας αγρότης ανέφερε σημάδια παραβίασης στη γη του και πιθανή κλοπή αγροτικού εξοπλισμού, όταν όμως τα παιδιά πήγαν εκεί, τους είπε ότι είχε κάνει λάθος». Κάθεται και πάλι στην καρέκλα του και χώνει μια μπουκιά τούρτα στο στόμα του. «Κατά τη γνώμη μου, θα διαπίστωσε πως κάποιο από τα ντόπια αλητάκια τού έκανε πλάκα. Είναι που βαριούνται. Μερικές φορές, τα πιο γενναία κρύβουν κάτι για πλάκα, και χαζεύουν τον αγρότη να τρελαίνεται ψάχνοντας. Ή ίσως και να τον έκλεψαν, αλλά να ανακάλυψε ποιος το 'κανε και να πήρε πίσω τα κλεμμένα, οπότε δεν το συνέχισε. Εδώ γύρω, έτσι είναι τα πράγματα. Προτιμούν να μας κρατάνε μακριά απ' αυτά, εκτός κι αν δεν έχουν άλλη επιλογή».

«Τέλος πάντων, σε κάθε περίπτωση» λέει ο Καλ, «αυτό με

καθησυχάζει. Δεν έχω αγροτικό εξοπλισμό για να μου τον κλέψουν. Μόνο ένα παλιό καρότσι που πήγαινε πακέτο με το σπίτι, κι αν κάποιος το θέλει τόσο απεγνωσμένα, είναι ευπρόσδεκτος να έρθει να το πάρει».

«Πιο πιθανό είναι να το βάλουν στη σκεπή σου» λέει ο Ο'Μάλι χαμογελώντας.

«Κατά πάσα πιθανότητα, θα βελτίωνε την όψη του μέρους» λέει ο Καλ. «Υπάρχουν διακοσμητές που χρεώνουν τους πλούσιους χιλιάδες ευρώ για τέτοιες ιδέες. Ποιος ήταν ο αγρότης;»

«Ένας τύπος ονόματι Πάτρικ Φάλον. Δεν τον ξέρω. Πράγμα που σημαίνει ότι δεν είναι τακτικός πελάτης· δεν μιλάμε για τοπική βεντέτα, καμία σχέση».

Ο Πάτρικ Φάλον είναι πιθανότατα ο Πι Τζέι. «Αχά» κάνει ο Καλ. «Γείτονάς μου είναι. Από τότε που ήρθα, δεν έχω ακούσει να αναφέρει τίποτα μπελάδες. Θα πρέπει να ήταν μεμονωμένο περιστατικό».

«Πιτσιρίκια που σπάνε πλάκα» λέει ο Ο'Μάλι, με άνετο, οριστικό ύφος, κόβοντας άλλη μια μπουκιά τούρτα.

Η θέα της τούρτας έχει κάνει τον Καλ να πεινάσει. Βρίσκει ένα καφέ και παραγγέλνει ένα κομμάτι μηλόπιτα και ακόμα περισσότερο καφέ για να περάσει η ώρα ώσπου να ετοιμαστούν τα ρούχα του. Ενώ τελειώνει τον καφέ του, βγάζει το σημειωματάριο από την τσέπη του μπουφάν του και το ανοίγει σε μια άδεια σελίδα.

Σκέφτεται την πιθανότητα ο Μπρένταν να προδόθηκε μόνος του ως δράστης της κλοπής του αγροτικού εξοπλισμού, να πήγε να σπρώξει τα πράγματα του Πι Τζέι, αλλά να τρόμαξε και να τα επέστρεψε όταν ανακάλυψε ότι είχαν ειδοποιηθεί οι μπάτσοι και να έφυγε νύχτα για να αποφύγει τα επακόλουθα, ή να το έβαλε στα πόδια, σαν παιδάκι που σκότωσε τη γάτα του γείτονα. Κάτι όμως δεν κολλάει –οποιοσδήποτε είχε ελάχιστη συναίσθηση, θα περίμενε πως μπορεί να ερχόταν η αστυνομία, και ο Μπρένταν δεν είναι ή δεν ήταν χαζός–, ίσως όμως δεν πίστευε ότι η κλοπή θα γινόταν αντιληπτή τόσο σύντομα. Η Καρολάιν είπε ότι δεν λάμβανε υπόψη τις αντιδράσεις των ανθρώπων.

Γράφει: *Αγροτικός εξοπλισμός 16/3. Τι εκλάπη; Ανακτήθηκε;*

Κάτι που επίσης ελλοχεύει στις παρυφές του μυαλού του είναι η σκέψη των νεκρών προβάτων. Ο Μαρτ δεν κάθεται στο δάσος αδίκως. Έχει τους λόγους του να πιστεύει ότι τα ζώα του Πι Τζέι θα είναι τα επόμενα.

Ο Καλ κάνει ένα πρόχειρο σκαρίφημα του Αρντνακέλτι, με τη βοήθεια των χαρτών στο κινητό του. Σημειώνει τη γη του Μαρτ, του Πι Τζέι και του Μπόμπι Φίνι· αυτή του Φράνσι Γκάνον δεν ξέρει πού ακριβώς είναι, όμως το «δίπλα στο χωριό» του δίνει μια γενική εικόνα. Ύστερα σημειώνει όλα τα άλλα αγροκτήματα με πρόβατα για τα οποία έχει ακούσει.

Γεωγραφικά, αυτοί οι τέσσερις δεν έχουν τίποτα που να τους διαφοροποιεί από τους υπόλοιπους. Δεν είναι οι πιο κοντινές εκτάσεις στα βουνά ή σε κάποιο δάσος όπου θα μπορούσε να μείνει κρυμμένο κάποιο πλάσμα, ούτε είναι όλες μαζεμένες, ούτε οι πλησιέστερες στον αυτοκινητόδρομο για να εξασφαλίσουν γρήγορη διαφυγή. Δεν υπάρχει κανένας λόγος –τουλάχιστον κανένας για τον Καλ– που θα μπορούσαν να αποτελέσουν προφανείς στόχους για άνθρωπο ή θηρίο.

Γράφει: *Φράνσι/Μπόμπι/Μαρτ/Πι Τζέι. Διασυνδέσεις; Σχέσεις; Τσακωμός με τον Μπρένταν; Με οποιονδήποτε;*

Μπορεί να σκεφτεί ένα άτομο που είχε τσακωθεί με τον Μαρτ όχι πολύ πριν βρεθεί σκοτωμένο το πρόβατό του. Γράφει: *Ντόνι Μαγκράθ;*

Τα απομεινάρια του καφέ του έχουν κρυώσει. Ο Καλ κάνει

τα ψώνια του –αγοράζει και τα μπισκότα του Μαρτ και ένα πακέτο με τρία ζευγάρια κάλτσες–, παίρνει τα πλυμένα ρούχα του και φεύγει από την πόλη.

Ο δρόμος προς τα βουνά μοιάζει διαφορετικός με το αυτοκίνητο, πιο βραχώδης και λιγότερο φιλόξενος, σαν να του την έχει φυλαγμένη να του τρυπήσει τα λάστιχα ή να τον στείλει να ντελαπάρει σε κάποιο βάλτο. Παρκάρει έξω από την αυλόπορτα των Ρέντι. Δεν υπάρχει ελεύθερος χώρος να περάσει άλλο αυτοκίνητο, αλλά θεωρεί πως δεν πρόκειται να συμβεί αυτό. Αυτή τη φορά η αυλή των Ρέντι είναι άδεια. Το αεράκι τρυπώνει στον γιακά του Καλ, και τα σκοινιά που κρέμονται από την αυτοσχέδια κατασκευή αναρρίχησης ταλαντεύονται ασταμάτητα. Τα μπροστινά παράθυρα του σπιτιού είναι άδεια και σκοτεινά, καθώς όμως διασχίζει την αυλή, νιώθει ότι παρακολουθείται. Επιβραδύνει, επιτρέποντας να τον δουν καλά καλά.

Η Σίλα αργεί να έρθει στην πόρτα. Την ανοίγει λίγο και κοιτάζει τον Καλ μέσα από το κενό. Εκείνος δεν μπορεί να καταλάβει αν τον αναγνωρίζει ή όχι. Κάπου μέσα από το σπίτι ακούγεται ένα αχνό, χαρούμενο καρτουνίστικο γέλιο.

«Καλησπέρα, κυρία Ρέντι» λέει, διατηρώντας μια κάποια απόσταση. «Ο Καλ Χούπερ είμαι, που μου δώσατε τις προάλλες στεγνές κάλτσες, θυμάστε;»

Εκείνη συνεχίζει να τον κοιτάζει. Αυτή τη φορά η επιφυλακτικότητα παραμένει.

«Σας τις επιστρέφω» λέει, κρατώντας τις κάλτσες. «Με τις ευχαριστίες μου».

Αυτό προκαλεί μια σπίθα ζωής στα μάτια της Σίλα. «Δεν τις χρειάζομαι. Δεν είμαι τόσο φτωχή που να μην έχω την πολυτέλεια να χαρίσω ένα ζευγάρι παλιές κάλτσες».

Ο Καλ σκύβει ξαφνιασμένος το κεφάλι, δείχνοντας κάπως αμήχανη. «Κυρία Ρέντι» λέει, «δεν είχα σκοπό να σας προσβάλω. Με γλιτώσατε από ένα μακρύ μουσκεμένο περπάτημα μέχρι το σπίτι μου, και έχω μάθει να μην είμαι αχάριστος. Η γιαγιά μου θα σηκωνόταν από τον τάφο της για να μου τα ψάλει αν δεν σας τις έφερνα».

Αφού περνάει μια στιγμή, η δυσαρέσκειά της υποχωρεί κι εκείνη στρέφει αλλού το βλέμμα. «Είστε πολύ καλός» λέει. «Απλώς...»

Ο Καλ περιμένει, αμήχανα ακόμη.

«Έχω τα παιδιά. Δεν μπορώ να αφήνω άγνωστους άντρες να μου χτυπάνε την πόρτα».

Όταν ο Καλ σηκώνει το κεφάλι, έκπληκτος και προσβεβλημένος, του λέει σχεδόν θυμωμένα: «Δεν έχει να κάνει μ' εσάς. Ο κόσμος εδώ πέρα μιλάει πολύ. Δεν μπορώ να τους δώσω την ευκαιρία να πουν χειρότερα για μένα απ' ό,τι λένε ήδη».

«Εντάξει» λέει ο Καλ, κάπως ενοχλημένος. «Με συγχωρείτε. Δεν ήθελα να σας δημιουργήσω πρόβλημα. Θα σας αδειάσω τη γωνιά».

Απλώνει και πάλι το πακέτο με τις κάλτσες, η Σίλα όμως δεν το παίρνει. Για μια στιγμή, πιστεύει ότι θα του πει κάτι ακόμα, όμως εκείνη γνέφει και πάει να κλείσει την πόρτα.

Ο Καλ λέει: «Έχετε κανένα νέο από τον γιο σας τον Μπρένταν;».

Η λάμψη του φόβου στα μάτια της Σίλα του λέει αυτό που γύρευε να μάθει. Έχει προειδοποιηθεί και η Σίλα.

«Ο Μπρένταν είναι μια χαρά» λέει.

«Αφού έχετε νέα του» λέει ο Καλ, «ίσως θα 'πρεπε να ενημερώσετε και την Καρολάιν Χόραν». Πριν προλάβει όμως να τελειώσει τη φράση του, η Σίλα του έχει κλείσει την πόρτα κατάμουτρα.

***

Στον δρόμο για το σπίτι του, ο Καλ περνάει να αφήσει τα μπισκότα στον Μαρτ, ως ευχαριστώ για τη χτεσινή βραδιά και μια ένδειξη ότι σήμερα πέρασε φρόνιμος τη μέρα του. Τον βρίσκει καθισμένο στα μπροστινά σκαλιά, να παρακολουθεί τον πλανήτη να γυρίζει χτενίζοντας τον Κότζακ. «Πώς είναι το κεφάλι;» τον ρωτάει, σπρώχνοντας τη μουσούδα του Κότζακ μακριά από τα μπισκότα. Δείχνει ευδιάθετος όπως πάντα, αν και δεν θα του κακόπεφτε ένα ξύρισμα. *«Όχι τόσο άσχημα όσο περίμενα» λέει ο Καλ. «Το δικό σου;»* Ο Μαρτ του κλείνει το μάτι και του κουνάει το δάχτυλο. «Α, βλέπεις τώρα γιατί αγαπάμε τον Μάλαχι. Το προϊόν του είναι καθαρό σαν αγιασμός. Τα νοθευμένα είναι που σε διαλύουν».

«Κι εγώ που νόμιζα ότι ήταν το αλκοόλ» λέει ο Καλ, ξύνοντας τον Κότζακ πίσω από τα αυτιά.

«Καμία σχέση. Θα μπορούσα να πιω ένα μπουκάλι από το αριστούργημα του Μάλαχι, να ξυπνήσω το πρωί και να βγάλω ολόκληρη μέρα δουλειάς. Έχω όμως έναν ξάδερφο από την άλλη πλευρά του βουνού, που το δικό του δεν θα το άγγιζα ούτε με σφαίρες. Η ζαλάδα από το μεθύσι θα κρατούσε ως τα Χριστούγεννα. Πάντα με καλεί για κανένα γλεντάκι, και πάντα πρέπει να βρίσκω καινούργια δικαιολογία. Σκέτο κοινωνικό ναρκοπέδιο, άσ' τα».

«Ο Πι Τζέι είδε τίποτα χτες βράδυ;» ρωτάει ο Καλ.

«Τίποτα απολύτως» λέει ο Μαρτ. Τραβάει μια τούφα χνούδι από το τρίχωμα του Κότζακ και το πετάει στο γρασίδι.

Ο Καλ λέει: «Ο Ντόνι Μαγκράθ δεν σε συμπαθεί και πολύ αυτό τον καιρό».

Ο Μαρτ καρφώνει το βλέμμα πάνω του για μια στιγμή κι ύστερα ξεσπάει σε κακαριστά γέλια. «Χριστέ μου» λέει, «θα με πεθάνεις. Λες για κείνο το ασήμαντο πατιρντί στην παμπ; Αν ο Ντόνι Μαγκράθ σκότωνε τα πρόβατα του καθενός που τον έβαζε στη θέση του, δεν θα κοιμόταν τα βράδια. Δεν έχει το τσαγανό γι' αυτό».

«Μήπως τον έβαλε στη θέση του και ο Πι Τζέι τελευταία;» ρωτάει ο Καλ. «Ή ο Μπόμπι Φίνι;»

«Αν δεν είναι το ένα για σένα, λεβέντη μου, είναι το άλλο, έτσι;» λέει ο Μαρτ, κουνώντας το κεφάλι. «Άσ' το καλύτερα το τηλεσκόπιο. Αυτό που χρειάζεσαι εσύ είναι ένα επιτραπέζιο Cluedo. Θα σου αγοράσω ένα, και μπορείς να το φέρνεις στην παμπ για να παίζουμε». Σκάει ένα τελευταίο χαμόγελο και κροταλίζει τα δάχτυλά του στον Κότζακ να επιστρέψει στο βούρτσισμα. «Είσαι μέσα απόψε για έναν ακόμα γύρο για να έρθουμε στα ίσα μας;»

«Μπα» λέει ο Καλ. «Πρέπει να συνέλθω». Δεν έχει καμία διάθεση να πάει στην παμπ, απόψε ή γενικότερα. Πάντα του άρεσε η λάμψη και ο ρυθμός των ανθρώπων εκεί, ή οι ομιλίες τους και οι εναλλαγές των εκφράσεών τους, τώρα όμως, καθώς τα ξανασκέφτεται, όλα του φαίνονται διαφορετικά: σαν φώτα που αστράφτουν πάνω σε ένα ποτάμι και ποιος ξέρει τι να κρύβεται αποκάτω.

«Ένας γερός νέος άντρας όπως εσύ;» λέει ο Μαρτ, περισσότερο με θλίψη παρά με περιφρόνηση.

«Πού κατάντησαν οι νεότερες γενιές, ε;» Ο Καλ γελάει και επιστρέφει προς το αυτοκίνητό του, με τα πετραδάκια από το δρομάκι του Μαρτ να τρίζουν κάτω από τα πόδια του.

Όταν φτάνει σπίτι, βγάζει το σημειωματάριό του και βολεύεται στην πολυθρόνα του για να διαβάσει από την αρχή όσα έχει μαζέψει. Πρέπει να τακτοποιήσει τις σκέψεις του. Ποτέ δεν του άρεσε αυτή η φάση της έρευνας, όταν τα πράγματα είναι μπερδεμένα και επικαλυπτόμενα, όταν διακλαδίζονται προς πολλαπλές κατευθύνσεις και πολλά από αυτά δεν έχουν συμβεί καν στην πραγματικότητα. Κάνει κουράγιο για το κομμάτι όπου, αν σταθεί τυχερός, θα καταφέρει να ξεφορτωθεί τις ομιχλώδεις θεωρίες και να κρατήσει τις σταθερές που κρύβονται ανάμεσά τους.

Αυτή τη φορά, η διαδικασία έχει μια προσωπική χροιά που δεν την έχει συνηθίσει. Ο φόβος στα μάτια της Σίλα, και της Καρολάιν, του λέει ότι η χτεσινοβραδινή προειδοποίηση δεν ήταν ένα γενικό καμπανάκι να μην είναι αδιάκριτος. Ήταν για τον Μπρένταν.

Ο Καλ θα ήθελε πολύ να μάθει ακριβώς τι ή ποιον υποτίθεται πως θα έπρεπε να φοβάται. Ο Μπρένταν φαίνεται πως έχει φοβηθεί τους αστυνόμους, και η Σίλα είναι κι αυτή διστακτική απέναντί τους, είτε εκ μέρους του είτε αντανακλαστικά. Ο Καλ, όμως, δυσκολεύεται να βρει κάποιο λόγο που η Καρολάιν ή ο Μαρτ ή εκείνος θα έπρεπε να νιώθει φόβο για τον αστυνόμο Ντένις, εκτός κι αν ολόκληρη η περιοχή είναι βουτηγμένη μέχρι τα μπούνια σε κάποια τεράστια εγκληματική επιχείρηση που θα τιναζόταν στον αέρα αν συνέχιζε να κάνει πάρα πολλές ερωτήσεις, κάτι που φαίνεται απίθανο.

Η προφανής εναλλακτική, που δείχνει η μόνη απειλή, είναι τα παιδιά με τα ναρκωτικά από το Δουβλίνο. Ο Καλ υποθέτει ότι, όπως οι συμμορίες ναρκωτικών σε οποιοδήποτε άλλο μέρος του κόσμου, δεν θα το σκέφτονταν δεύτερη φορά πριν ξεφορτωθούν κάποιον που τους προκάλεσε οποιοδήποτε πρόβλημα. Αν ο Μπρένταν κρίθηκε για τον ένα ή τον άλλο λόγο ακατάλληλος, και τον εξαφάνισαν, δεν θα ήταν το καλύτερό τους να τριγυρίζει ένας φιλοπερίεργος γιάνκης σκαλίζοντας εδώ κι εκεί. Το ερώτημα είναι πώς θα το μάθαιναν.

Ο Καλ αισθάνεται ότι πλησιάζει η ώρα για μια κουβεντούλα με τον Ντόνι Μαγκράθ. Σε κάθε περίπτωση, έχει έναν ανεπίληπτο λόγο να το κάνει. Ο Μαρτ γνωρίζει ότι ο Καλ αισθανόταν προστατευτικός απέναντί του μετά τον τσακωμό στην παμπ. Θα ήταν απόλυτα φυσιολογικό να πάει να τρίξει λιγάκι τα δόντια στον Ντόνι για εκείνο το πρόβατο. Αυτό δεν θα παραβίαζε τη χτεσινοβραδινή προειδοποίηση· όχι εκτός κι αν ο Μαρτ πιστεύει ότι το πρόβατο έχει κάποια σχέση με τον Μπρένταν. Ο Καλ είναι περίεργος να μάθει τι θα συμβεί αφού μιλήσει με τον Ντόνι.

Κάθεται για κάμποση ώρα με το σημειωματάριό του, κοιτάζοντας τον χάρτη και αναλογιζόμενος πού πιστεύει το Αρντνακέλτι, σωστά ή λανθασμένα, ότι έχει πάει ο Μπρένταν, και γιατί.

Έξω από το παράθυρο, τα σύννεφα συνεχίζουν να συγκρατούν τη βροχή τους, όμως το πράσινο των λιβαδιών έχει σκουρύνει και το φως σταδιακά θαμπώνει. Το σούρουπο έχει εδώ τη δική του μυρωδιά, έντονη και ψυχρή, με μια μεθυστική χροιά φυτών και λουλουδιών που κατά τη διάρκεια της ημέρας δεν παίζει κανένα ρόλο. Ο Καλ σηκώνεται να ανάψει το φως και να τακτοποιήσει τα ψώνια του.

Σκόπευε να ταχυδρομήσει το μάλλινο πρόβατο στην Αλίσα, τώρα όμως έχει αρχίσει να αμφιβάλλει αν είναι καλή ιδέα. Ίσως η κόρη του να σκεφτόταν ότι της συμπεριφέρεται σαν παιδάκι και να ένιωθε προσβεβλημένη. Τελικά, ξετυλίγει το πρόβατο από το πράσινο μεταξόχαρτο και το στήνει πάνω από το τζάκι στο σαλόνι· εκείνο γέρνει κουρασμένο στη μια πλευρά και του ρίχνει ένα θλιμμένο βλέμμα αποδοκιμασίας.

13

Το πρώτο πράγμα που κάνει το πρωί ο Καλ είναι να στείλει μήνυμα στη Λένα. *Γεια, είμαι ο Καλ Χούπερ. Αναρωτιό-μουν αν θα μπορούσα κάποια στιγμή σήμερα να περάσω να δω πώς πάει το κουτάβι. Δεν υπάρχει θέμα αν δεν βολεύει. Ευχαριστώ.* Κατά τη διάρκεια της νύχτας άνοιξαν οι ουρανοί. Ακόμα και μες στον ύπνο του, ο Καλ άκουγε το δυνατό ακατάπαυστο σφυροκόπημα της βροχής στη στέγη του· τρύπωσε μες στα όνειρά του, που εκείνη τη στιγμή του φάνηκαν σημαντικά, ωστόσο τώρα δεν μπορεί να τα θυμηθεί. Τρώει πρωινό παρα-κολουθώντας τη μέσα από το παράθυρο να πέφτει ορμητική και τόσο πυκνή, που τα λιβάδια δείχνουν θολά.

Έχει αρχίσει να πλένει τα πιάτα, και ακούει ένα μήνυμα· είναι από τη Λένα: *Θα είμαι σπίτι όλο το πρωί μέχρι τις δω-δεκάμισι. Το κουτάβι έχει γίνει διπλάσιο.*

Λόγω καιρού, ο Καλ παίρνει το αυτοκίνητο. Στο παρμπρίζ οι μεγάλες πιτσιλιές είναι πολύ γρήγορες για τους υαλοκαθα-ριστήρες, και τα ελαστικά του στέλνουν βεντάλιες από λασπό-νερα που πετάγονται από τις λακκούβες. Η μυρωδιά των αγρών έρχεται μέσα από το ελάχιστα ανοιχτό παράθυρο του αυτοκι-νήτου, φρέσκια από το βρεγμένο γρασίδι και πλούσια από την κοπριά των αγελάδων. Τα βουνά έχουν εξαφανιστεί· πέρα από τα χωράφια υπάρχει μόνο γκρίζο, σύννεφα που ανακατεύονται με την ομίχλη. Τα κοπάδια στέκουν ακίνητα, τα ζώα είναι μαζεμένα όλα μαζί, με τα κεφάλια σκυμμένα.

«Κατάφερες να το βρεις το σπίτι» του λέει η Λένα όταν ανοίγει την πόρτα. «Μπράβο σου».

«Έχω αρχίσει να τη μαθαίνω την περιοχή» λέει ο Καλ. Σκύβει να χαϊδέψει τη Νέλλη, που, από τον ενθουσιασμό της που τον βλέπει, ολόκληρο το πίσω μέρος του σώματός της πάει πέρα δώθε. «Λίγο λίγο».

Περιμένει ότι η Λένα θα βάλει ένα μπουφάν και θα βγει, όμως εκείνη του ανοίγει την πόρτα. Σκουπίζει τις μπότες του στο χαλάκι και την ακολουθεί στον διάδρομο.

Η κουζίνα της είναι μεγάλη και ζεστή, φτιαγμένη από πράγματα που έχουν χρησιμοποιηθεί πολύ αλλά είναι αρκετά γερά και ανθεκτικά: γκρίζα πέτρινα πλακάκια στο πάτωμα λεία κατά τόπους, ξύλινα ντουλάπια βαμμένα στο κίτρινο του βουτύρου και ξεφλουδισμένα, ένα μακρύ χωριάτικο τραπέζι δεκαετιών, ή ίσως και αιώνων. Τα φώτα είναι αναμμένα εξαιτίας της σκοτεινής μέρας. Το δωμάτιο είναι καθαρό αλλά όχι τακτοποιημένο· στο τραπέζι στέκει ένας πύργος από βιβλία και εφημερίδες, και σε δύο καρέκλες στοίβες από σιδερωμένα περιμένουν να μπουν στη θέση τους. Το μέρος φωνάζει ότι όποιος μένει εκεί δεν έχει κάποιον άλλο να ευχαριστήσει πλην του εαυτού του.

Κλαψουρίσματα και θροΐσματα ακούγονται από ένα μεγάλο χαρτόκουτο χωμένο σε μια γωνιά. «Να μας, λοιπόν» λέει η Λένα.

«Μετακόμισαν μέσα τελικά, ε;» λέει ο Καλ. Η μαμά σκύλα σηκώνει το κεφάλι και βγάζει ένα σιγανό, υπόκωφο γρύλισμα βαθιά μέσα από το στήθος της. Ο Καλ αποστρέφει το βλέμμα και γεμίζει χάδια τη Νέλλη, που του έχει φέρει ένα μασημένο παπούτσι.

«Ο παγετός που έκανε τις προάλλες τη νύχτα φταίει» λέει η Λένα. Γονατίζει και πιάνει στη χούφτα της το σαγόνι της μαμάς σκύλας για να την ηρεμήσει. «Τα μεσάνυχτα, ήρθε κι έξυνε την πόρτα, μ' ένα κουτάβι στο στόμα· ήθελε να τα φέρει όλα μέσα στη ζέστη. Θα ξαναβγούν έξω όταν αρχίσουν να γυρνοβολάνε. Δεν θα καθαρίζω το πάτωμα στο διάβα τους. Τέλος πάντων, θα βολευτούν εδώ πέρα για λίγες ακόμα μέρες».

Ο Καλ διασχίζει αργά τον χώρο και κάθεται ανακούρκουδα δίπλα στη Λένα. Η μαμά σκύλα δεν φέρνει αντίρρηση, αν και τον κοιτάζει επιφυλακτικά. Στον πάτο του χαρτόκουτου υπάρχει ένα παχύ στρώμα από πετσέτες και εφημερίδες. Τα κουτάβια σκαρφαλώνουν το ένα πάνω στ' άλλο και βγάζουν ήχους σαν σμήνος από θαλασσοπούλια. Μέσα στις λίγες μέρες που έχει να τα δει, έχουν μεγαλώσει.

«Εκεί είναι ο δικός σου» λέει η Λένα. Ο Καλ έχει εντοπίσει ήδη την τραχιά, μαύρη σημαία. Απλώνει τα χέρια της στο κουτί, βγάζει το κουτάβι και του το δίνει.

«Γεια σου, μικρούλη» λέει ο Καλ, σηκώνοντας ψηλά το κουτάβι, που στριφογυρίζει και κουνάει μανιασμένα τις πατούσες του. Καταλαβαίνει την αλλαγή, και στο βάρος και στους μυς. «Έχει δυναμώσει».

«Πράγματι. Είναι ακόμα το μικρότερο, όμως αυτό δεν το εμποδίζει σε κάτι. Αυτό εκεί το μαυροκαφετί θηριάκι κάνει στην πάντα τα υπόλοιπα, ο δικός σου όμως δεν μασάει· όσες τρώει, τόσες ρίχνει κιόλας».

«Μπράβο, αγόρι μου» λέει απαλά στο κουτάβι ο Καλ. Τώρα μπορεί και στηρίζει το κεφάλι του χωρίς να τραμπαλίζεται. Ένα από τα μάτια του έχει αρχίσει να ανοίγει και να φαίνεται μια σπιθαμή θαμπό γκριζογάλανο.

«Θέλεις μια κούπα τσάι;» ρωτάει η Λένα. «Έχεις λίγο χρόνο;»

«Ναι, αμέ» λέει ο Καλ. «Ευχαριστώ». Σηκώνεται και πηγαίνει στον πάγκο.

Το κουτάβι έχει αρχίσει να παλεύει. Ο Καλ βολεύεται στο πάτωμα και το ακουμπάει στο στήθος του. Εκείνο αμέσως χαλαρώνει με τη ζεστασιά του κορμιού του και τους χτύπους της καρδιάς, γίνεται μαλακό και βαρύ, και τον σκουντάει λίγο με τη μουσούδα του. Ο Καλ περνάει το ένα από τα αυτιά του κουταβιού ανάμεσα από τα δάχτυλά του. Στον πάγκο, η Λένα κινείται διαρκώς, γεμίζοντας τον βραστήρα και βγάζοντας κούπες από το ντουλάπι. Το δωμάτιο μυρίζει φρυγανισμένο ψωμί, σιδερωμένα ρούχα και υγρή σκυλίλα.

Ο Καλ υποθέτει πως η Νορίν θα έχει να του δώσει ό,τι χαρτόκουτο θελήσει. Θα μπορούσε να πάρει ένα στο κατάλληλο μέγεθος, να το στρώσει με παλιά του ρούχα, για να έχει το κουτάβι τη μυρωδιά του για παρηγοριά. Θα το έβαζε δίπλα από το στρώμα του, ώστε να το ακουμπάει το βράδυ με το χέρι του μέχρι να βολευτεί και να συνηθίσει χωρίς τη μαμά του. Η σκέψη τον αγγίζει βαθιά. Ακόμα και στη φαντασία του, αυτό δίνει άλλη αίσθηση στο σπίτι του.

«Περίμενα να με κατακλύσουν τα πιτσιρίκια που θα ήθελαν να τα χαϊδολογήσουν» λέει η Λένα, πάνω από το αυξανόμενο σφύριγμα του βραστήρα. «Όταν εμείς ήμασταν μικρά, θυμάμαι, τρέχαμε σε οποιονδήποτε είχε κουτάβια ή γατάκια. Εδώ όμως εμφανίστηκαν μόνο μερικά».

«Τα υπόλοιπα είναι καρφωμένα στην οθόνη;»

Η Λένα κουνάει αρνητικά το κεφάλι. «Δεν υπάρχουν υπόλοιπα. Όπως έχουμε ξανασυζητήσει, δεν είναι μόνο η τελευταία γενιά που έφυγε για τις πόλεις. Από τότε που άρχισαν να έχουν πρόσβαση σε καλές δουλειές, τα κορίτσια φεύγουν. Τα αγόρια μένουν αν έχουν κληρονομήσει γη, ο περισσότερος κόσμος, όμως, στα μέρη μας δεν αφήνει γη στα κορίτσια. Επομένως, την κάνουν».

«Δεν μπορείς να τα κατηγορήσεις γι' αυτό» λέει ο Καλ, έχοντας στο μυαλό του την Καρολάιν. Το κουτάβι έχει αρχίσει να βγάζει δόντια. Σπρώχνει με τα δυο μπροστινά του πόδια το δάχτυλο του Καλ, και όταν επιτέλους καταφέρνει να χώσει

μια άκρη στο στόμα του, βάζει τα δυνατά του να το μασουλή-
σει μέχρι θανάτου.

«Δεν τις κατηγορώ. Το ίδιο θα έκανα κι εγώ αν δεν είχα
ερωτευτεί τον Σον. Αυτό απλώς σημαίνει ότι τα αγόρια δεν
έχουν καμία να παντρευτούν. Κι έτσι, δεν έχουμε παιδιά να
έρθουν να δουν αυτά εδώ, και μόνο ένα σωρό γεροντοπαλίκα-
ρα στα αγροκτήματα τριγύρω».

«Αυτό δεν είναι καλό για την περιοχή» λέει ο Καλ.

Ο βραστήρας κοχλάζει και κλείνει με ένα κλικ· η Λένα ρίχνει
το τσάι. «Από πολλές απόψεις» λέει. «Όταν μεγαλώνουν, οι
άντρες που δεν έχουν παιδιά τείνουν να νιώθουν ανασφάλεια.
Ο κόσμος αλλάζει, και δεν υπάρχουν νέοι να τους δείξουν ότι
όλα είναι καλά, έτσι αισθάνονται σαν να δέχονται επίθεση. Σαν
να πρέπει να είναι συνέχεια έτοιμοι για μάχη».

«Και το να έχεις παιδιά μπορεί να προκαλέσει το ίδιο»
λέει ο Καλ. «Να σε κάνει να νιώσεις την ανάγκη να πολεμάς
διαρκώς».

Η Λένα του ρίχνει μια ματιά καθώς πετάει τα φακελάκια
του τσαγιού στα σκουπίδια, αλλά δεν ρωτάει. «Αυτό είναι
διαφορετικό. Αν έχεις παιδιά, το βλέμμα σου είναι στραμμένο
στον κόσμο για να δεις αν υπάρχει κάτι που χρειάζεται να το
πολεμήσεις, επειδή προς τα εκεί κατευθύνονται· δεν είσαι
αμπαρωμένος μέσα στήνοντας αυτί μην τυχόν σου επιτεθούν
οι Ινδιάνοι. Δεν είναι καλό για ένα μέρος να έχει πάρα πολλούς
εργένηδες απομονωμένους στη γη τους, χωρίς κάποιον να
μιλήσουν, που να αισθάνονται πως πρέπει να υπερασπιστούν
την επικράτειά τους ακόμα κι αν δεν είναι σίγουροι από τι.
Βάζεις γάλα;»

«Όχι. Όπως είναι».

Βγάζει το γάλα από το ψυγείο για το δικό της. Στον Καλ
αρέσει ο τρόπος που κινείται η Λένα στην κουζίνα, αποτελε-
σματική αλλά χωρίς να βιάζεται, με άνεση στον χώρο. Συλλο-

γίζεται πώς θα ήταν να ζεις τη ζωή σου σε ένα μέρος όπου οι προσωπικές σου αποφάσεις, το αν θα παντρευτείς ή θα κάνεις παιδιά ή θα φύγεις, αλλάζουν ολόκληρη την περιοχή. Έξω από τα παράθυρα, η βροχή εξακολουθεί να πέφτει πάντα πυκνή. «Λοιπόν, τι θα συμβεί όταν όλοι οι εργένηδες πεθάνουν;» ρωτάει ο Καλ. «Ποιος θα αναλάβει τα αγροκτήματα;» «Ανίψια ή ξαδέρφια· κάποια απ' αυτά. Ένας Θεός ξέρει για τα υπόλοιπα».

Φέρνει τις κούπες με το τσάι προς το μέρος του Καλ στο πάτωμα και κάθεται, με την πλάτη στον τοίχο και τα γόνατα μαζεμένα. Ένα από τα κουτάβια σκαρφαλώνει στην άκρη του κουτιού. Το παίρνει στην αγκαλιά της. «Μου αρέσουν σ' αυτή την ηλικία» λέει. «Μπορώ να έρθω να τα πάρω αγκαλιά όποτε θέλω, και μετά, όταν έχω χορτάσει, να τα ξαναβάλω πίσω. Μια δυο εβδομάδες ακόμα, και δεν θα μένουν στη θέση τους· ίσα ίσα, θα τα 'χω μες στα πόδια μου».

«Κι εμένα μ' αρέσουν έτσι» λέει ο Καλ, «αλλά και λιγάκι μεγαλύτερα. Όταν αρχίζουν να παίζουν μαζί σου».

«Τότε χρειάζονται πάντα κάτι. Ακόμα κι αν είναι απλώς μια ματιά για να μην τα πατήσεις». Κρατάει το τσάι της στο πλάι, μακριά από το κουτάβι της, το οποίο προσπαθεί να σκαρφαλώσει στα γόνατά της. «Μόλις βγουν από το καλάθι, ανυπομονώ να μεγαλώσουν αρκετά ώστε να αποκτήσουν λίγη λογική. Αυτός είναι ο λόγος που πήρα σχεδόν ενήλικο σκυλί και όχι κουτάβι. Και τώρα δες με».

«Έχεις βρει σπίτια για τα υπόλοιπα;»

«Για τα δύο. Η Νορίν θα πάρει τα άλλα αν δεν βρεθεί κάποιος που να ενδιαφέρεται. Λέει όχι, αλλά θα το κάνει».

«Η αδερφή σου είναι καλή γυναίκα» λέει ο Καλ.

«Είναι. Κάποιες στιγμές με τρελαίνει, αλλά ο κόσμος δεν θα πήγαινε μπροστά χωρίς τέτοιους ανθρώπους». Χαμογελάει.

«Την κοροϊδεύω μερικές φορές που η μικρότερή της κόρη, η

Κλίνα, είναι ίδια η μάνα της, η αλήθεια όμως είναι ότι το χαίρομαι. Χωρίς κάποιον να αναλάβει το Αρντνακέλτι όταν γεράσει η Νορίν, ο τόπος θα κατέρρεε».

«Η Κλίνα είναι μια πιτσιρίκα γύρω στα δέκα, έντεκα;» ρωτάει ο Καλ. «Με τα κόκκινα μαλλιά;»

«Ναι, αυτή».

«Με βοήθησε μια φορά που πήγα στο μαγαζί. Μου είπε ότι αγόραζα λάθος σαπούνι πιάτων, και πως θα ξέραινε τα χέρια μου και δεν θα άφηνε τα πιάτα μου λαμπερά. Μάλιστα, ανέβηκε εκείνη στη σκάλα για να μου πιάσει αυτό που πρότεινε. Μετά με ρώτησε γιατί μετακόμισα εδώ και γιατί δεν είμαι παντρεμένος».

Η Λένα γελάει. «Ορίστε. Είμαστε σε σίγουρα χέρια».

Ο Καλ αλλάζει θέση ώστε να μπορεί να κρατάει το κουτάβι με το ένα χέρι και ταυτόχρονα να πίνει το τσάι του, το οποίο είναι δυνατό και καλό. «Ρώτησα τριγύρω για τον Μπρένταν Ρέντι» λέει.

«Ναι, το ξέρω» λέει η Λένα. Το κουτάβι της, εξαντλημένο από την προσπάθεια, έχει χωθεί στην αγκαλιά της. Του γαργαλάει τα μικροσκοπικά μαξιλαράκια στα πόδια. «Γιατί;»

«Συνάντησα την παλιά σου φίλη, τη Σίλα. Είναι αρκετά ταραγμένη που έφυγε το αγόρι της».

Η Λένα του ρίχνει ένα περιπαικτικό βλέμμα. «Ιππότης με αστραφτερή πανοπλία;»

«Απλώς είχα μια ερώτηση που χρειαζόταν απάντηση» λέει ο Καλ. «Ο γείτονάς μου ο Μαρτ πιστεύει ότι βαριέμαι, ότι ψάχνω κάτι να απασχολήσω το μυαλό μου. Μπορεί να έχει δίκιο».

Η Λένα φυσάει το τσάι της και τον κοιτάζει πάνω από την κούπα της, με σκωπτικό γέλιο στην άκρη του στόματός της. «Και πώς τα πας;»

«Όχι και τόσο καλά» λέει ο Καλ. «Έχω ακούσει πολλά για

τον Μπρένταν, αλλά κανείς δεν θέλει να μιλήσει για το πού μπορεί να πήγε ή γιατί».

«Ίσως δεν ξέρουν».

«Μίλησα με τη μαμά του, τους δύο καλύτερούς του φίλους και την κοπέλα του. Κανείς τους δεν είχε τίποτα να πει. Αν δεν ξέρουν αυτοί, τότε ποιος;»

«Ίσως να μην ξέρει κανείς».

«Λοιπόν» λέει ο Καλ, «κι εγώ άρχισα να το σκέφτομαι αυτό, αλλά ύστερα με προειδοποίησε ο Μαρτ να κάνω πίσω. Πιστεύει ότι θα μπω σε μπελάδες. Εμένα αυτό μου ακούγεται σαν κάποιος να ξέρει κάτι, ή έστω να θεωρεί εκείνος ότι ξέρει».

Η Λένα εξακολουθεί να τον κοιτάζει με πλάγιο βλέμμα καθώς πίνει το τσάι της, κρατώντας το μακριά από το κουτάβι. «Είσαι από τους ανθρώπους που δεν μπορούν με τίποτα να είναι ήρεμοι; Που αν δεν έχουν κανέναν μπελά στο κεφάλι τους, ψάχνουν να αποκτήσουν κάποιον;»

«Εγώ όχι» λέει ο Καλ. «Αυτό που αναζητούσα ήταν ηρεμία και γαλήνη. Αλλά πορεύομαι με ό,τι βρίσκεται στο διάβα μου. Όπως κι εσύ».

«Αυτά τα κουτάβια είναι ταλαιπωρία. Δεν είναι μπελάς».

«Εντάξει» λέει ο Καλ, «κανείς δεν μου εξήγησε πως μπορεί να είναι και ο Μπρένταν Ρέντι μπελάς. Ποιον φοβάται ο Μαρτ;»

Η Λένα λέει: «Δεν μπορώ να πιστέψω ότι ο Μαρτ Λάβιν θα φοβόταν ποτέ κανέναν».

«Μπορεί και να μη φοβάται εκείνος. Αλλά πιστεύει ότι θα έπρεπε να φοβάμαι εγώ».

«Τότε ίσως πράγματι θα 'πρεπε».

«Είμαι αντιδραστικός από τη φύση μου» εξηγεί ο Καλ. «Όσο περισσότερο προσπαθεί ο κόσμος να με απομακρύνει από κάτι, τόσο περισσότερο επιμένω. Πάντα έτσι ήμουν, από μικρός». Το κουτάβι έχει χαλαρώσει το μασούλημα στο δάχτυλό του· όταν ο Καλ το κοιτάζει, βλέπει ότι έχει αποκοιμηθεί, απλωμένο άχαρα στη λακκούβα της παλάμης του, ακουμπώντας στο στήθος του. «Σκέφτομαι» λέει, «πως αν κάποιος σε αυτό το χωριό πρόκειται μου δώσει μια ευθεία απάντηση για τον Μπρένταν Ρέντι, αυτός είσαι εσύ».

Η Λένα γέρνει πίσω στον τοίχο και τον κοιτάζει εξεταστικά, πίνοντας το τσάι της και χαϊδεύοντας με το ελεύθερο χέρι της το κουτάβι της. Τελικά λέει: «Δεν ξέρω τι συνέβη στον Μπρένταν Ρέντι».

«Αλλά θα μπορούσες να μαντέψεις».

«Ναι, θα μπορούσα. Αλλά δεν θα το κάνω».

«Δεν μου φαίνεσαι για άνθρωπος που τρομάζει εύκολα» λέει ο Καλ. «Όχι περισσότερο από τον Μαρτ, τέλος πάντων».

«Δεν είμαι τρομαγμένη».

«Τότε τι;»

«Δεν ανακατεύομαι με άλλα πράγματα». Ξαφνικά χαμογελάει. «Αυτό δεν το καταλαβαίνει ο κόσμος. Πάντα όλο και κάποιος προσπαθεί να με κάνει να γίνω μέλος του Γυναικείου Αγροτικού Συνεταιρισμού, ή των Καθαρών Πόλεων. Πιθανώς, αν είχαμε παιδιά, να το έκανα: και στον σύλλογο γονέων και στα αθλητικά σωματεία και παντού. Αλλά δεν κάναμε ποτέ, οπότε δεν χρειάζεται. Άσε που η Νορίν ανακατεύεται αρκετά και για τις δυο μας».

«Έχεις δίκιο» λέει ο Καλ. «Κάποιοι άνθρωποι είναι έτσι φτιαγμένοι και κάποιοι όχι».

«Στη Νορίν να το πεις. Είναι έτσι από τη μέρα που γεννήθηκε· την τρελαίνει που δεν είμαι κι εγώ ίδια. Αυτός είναι ένας λόγος που εκείνη κι όλοι οι υπόλοιποι προσπαθούν πάντα να μου τα φτιάξουν με κάποιον. Πιστεύουν ότι, αν βρω έναν καλό τύπο που να είναι στα μέσα και στα έξω της κοινότητας, θα τραβήξει κι εμένα». Η Λένα απευθύνει στον Καλ ένα ακόμα χαμόγελο, ειλικρινές και σκανταλιάρικο, χωρίς καμία συστολή. «Εσύ σε ποιο είδος ανήκεις;»

«Χαίρομαι να είμαι το είδος που δεν εμπλέκεται» λέει ο Καλ. «Μου ταιριάζει πολύ καλύτερα».

Τα φρύδια της Λένας υψώνονται κάπως, αλλά το μόνο που λέει είναι: «Μπορείς να το κάνεις· δεν πρόκειται να σε πρήξει κανείς. Ο κόσμος στα μέρη μας σέβεται τον άντρα που κοιτάζει μόνο τα δικά του. Οι γυναίκες που κάνουν το ίδιο, βγαίνουν απ' τα νερά τους».

«Εντάξει, δεν σου ζητάω να εμπλακείς» λέει ο Καλ. «Απλώς σου ζητάω να μου πεις τις σκέψεις σου».

«Τις οποίες δεν σκοπεύω να μοιραστώ. Είσαι ικανός να συγκροτήσεις τις δικές σου». Ρίχνει μια ματιά στο ρολόι στον τοίχο. «Πρέπει να πάω στη δουλειά. Για πες μου, το θέλεις αυτό το κουτάβι ή ήταν απλώς μια δικαιολογία για να με ψαρέψεις για τον Μπρένταν;»

«Και τα δύο».

Η Λένα αφήνει μαλακά το δικό της κουτάβι στο κουτί και απλώνει τα χέρια της για να πάρει το άλλο από τον Καλ, λέγοντας: «Οπότε, θα τον πάρεις τον μικρούλη».

Ο Καλ εναποθέτει απαλά στα χέρια της το κουτάβι, προσπαθώντας να μην το ξυπνήσει, αφού το χαϊδεύει μια τελευταία φορά στον άσπρο κεραυνό της μύτης του. Εκείνο, σχεδόν κοιμισμένο ακόμη, σηκώνει το πρόσωπό του και του γλείφει το δάχτυλο.

Λέει: «Δώσ' μου μια δυο εβδομάδες ακόμα. Για να είμαι σίγουρος».

Η Λένα τον κοιτάζει για μια στιγμή, αγέλαστη. Ύστερα λέει: «Πολύ καλά». Του γυρίζει την πλάτη και ακουμπάει το κουτάβι προσεκτικά ανάμεσα στα υπόλοιπα.

Ο Τρέι εμφανίζεται αργά το απόγευμα. Η βροχή έχει επιτέλους σταματήσει, και ο Καλ κάθεται στο σκαλί της πίσω αυλής, με μια μπίρα στο χέρι, και παρακολουθεί τα κοράκια. Η μέρα τους δείχνει να φτάνει σιγά σιγά στο τέλος της. Δύο παίζουν διελκυστίνδα με ένα κλαράκι· άλλα δύο καλλωπίζουν εναλλάξ το ένα το άλλο, ράθυμα, ανταλλάσσοντας παρατηρήσεις για τα ευρήματά τους. Ένα ακόμα πετάει κάτω σ' έναν φράχτη που στάζει και θάβει κάτι, ρίχνοντας κλεφτές ματιές πάνω από τα φτερά του.

Ο ήχος βημάτων στο βρεγμένο γρασίδι κάνει τον Καλ να στραφεί. Ο Τρέι έρχεται με μεγάλες δρασκελιές κάνοντας τον γύρο του σπιτιού και αφήνει ένα πακέτο με γλασαρισμένα καπκέικ στο σκαλί. «Πρέπει να σταματήσεις να το κάνεις αυτό» λέει ο Καλ. «Η Νορίν θα φωνάξει τους μπάτσους να σε κυνηγήσουν».

«Αυτά δεν είναι από τη Νορίν» λέει ο Τρέι. Δείχνει και πάλι τσιτωμένος και αδύνατος. Έτσι όπως τον παρατηρεί από το σκαλοπάτι ο Καλ, φαίνεται μια υποψία ψηλότερος, σαν να έχει ξεκινήσει η ραγδαία ανάπτυξη της εφηβείας. «Χτύπησα».

«Δεν σε άκουσα» λέει ο Καλ. «Σκεφτόμουν».

«Πέρασα και πιο νωρίς. Και χτες. Δεν ήσουν εδώ».

«Όχι».

«Τι έκανες; Βρήκες τίποτα;»

Ο Καλ τελειώνει ό,τι έχει απομείνει από την μπίρα του και σηκώνεται. «Κάθε πράγμα στην ώρα του» λέει, τινάζοντας το πίσω μέρος του παντελονιού του που έχει μουσκέψει από το σκαλί. «Πάω να πάρω το όπλο μου για να κάνουμε άλλη μία απόπειρα με τα κουνέλια».

Ο Τρέι τον ακολουθεί κατά πόδας. «Θέλω να μάθω».

«Και θα σου πω. Αν όμως θέλουμε να έχουμε μια ευκαιρία με τα κουνέλια, πρέπει να ετοιμαστούμε προτού βγουν για το δείπνο τους».

Αφού περνάει μια στιγμή, ο Τρέι το αποδέχεται γνέφοντας. Ο Καλ βγάζει το όπλο του από το ερμάριο, γεμίζει τις τσέπες του με άλλα πράγματα που μπορεί να χρειαστούν –σφαίρες, το κυνηγετικό του μαχαίρι, ένα μπουκάλι νερό, μια πλαστική τσάντα– και κατευθύνονται στη θέση τους στις παρυφές του δάσους. Ο ουρανός είναι ένα ακίνητο πέπλο από σκυθρωπά, γκρίζα σύννεφα, με ωχρές ανταύγειες στα δυτικά. Το χορτάρι είναι βαρύ από τη βροχή και το χώμα υποχωρεί κάτω από τα πόδια τους. «Θα γίνουμε μούσκεμα» λέει ο Καλ. «Και θα γεμίσουμε λάσπες».

Ο Τρέι ανασηκώνει τους ώμους.

«Εντάξει» λέει ο Καλ καθώς βολεύεται με το ένα γόνατο στο χορτάρι. «Θυμάσαι όλα όσα σου έδειξα τις προάλλες;» Ο Τρέι παίρνει το ύφος «είσαι χαζός» και απλώνει τα χέρια του για να πάρει το όπλο. «Εντάξει» λέει ο Καλ, δίνοντάς το. «Για να δούμε».

Ο Τρέι ελέγχει το όπλο, βάζει την ασφάλεια και το γεμίζει, αργά αλλά προσεκτικά και μεθοδικά, χωρίς να κάνει κανένα λάθος. Ύστερα σηκώνει το βλέμμα και κοιτάζει τον Καλ.

«Ωραία» λέει εκείνος.

Ο Τρέι συνεχίζει να τον κοιτάζει χωρίς να βλεφαρίζει. «Τα κουνέλια δεν είναι εκεί έξω».

«Εντάξει» λέει ο Καλ. Κάθεται στο υγρό χορτάρι, παίρνει το όπλο από τον Τρέι και το ακουμπάει στα γόνατά του. Δεν ήθελε να του πει ότι ο Μπρένταν είχε κάποιο σχέδιο μέχρι να μάθει ποιο ήταν αυτό, όμως κανείς δεν φαίνεται να έχει την πρόθεση να μοιραστεί αυτή την πληροφορία μαζί του και πρέπει κάπως να τη βρει. «Ορίστε λοιπόν η νέα σου ενημέρωση. Έχω μιλήσει μ' ένα σωρό κόσμο. Αυτό που προκύπτει είναι ότι τον Μπρένταν τον ενοχλούσε αρκετά που ήταν φτωχός, γι' αυτό σκαρφίστηκε ένα σχέδιο που φανταζόταν ότι θα διόρθωνε την κατάστασή του. Κολλάει και μ' αυτό που μου είπες ότι σου υποσχέθηκε ποδήλατο για τα γενέθλιά σου. Πότε είναι τα γενέθλια σου;»

«Στις 3 Μαΐου». Τα μάτια του παιδιού είναι καρφωμένα

στον Καλ λες και είναι κήρυκας που διαδίδει τον Θείο Λόγο. Αυτό δημιουργεί εκνευρισμό στον Καλ. Κάνει τη φωνή του κάπως πιο συνηθισμένη.

«Άρα, περίμενε πως τα χρήματα θα έρχονταν αρκετά σύντομα. Έχεις καμιά ιδέα ποιο μπορεί να ήταν το σχέδιό του;» «Μερικές φορές έκανε μαθήματα. Μπορεί να έκανε περισσότερα από αυτά. Πλησίαζαν οι εξετάσεις».

«Αμφιβάλλω. Μίλησε επίσης για διακοπές στην Ίμπιζα, και ότι θα έδειχνε στον κόσμο πως είχε μέλλον. Το να κάνεις ιδιαίτερα σε μερικά παιδιά δεν τα καλύπτει όλα αυτά. Πρέπει να είχε κατά νου κάτι μεγαλύτερο».

Ο Τρέι ανασηκώνει τους ώμους, μπερδεμένος.

«Καμιά ιδέα;»

Το παιδί κουνάει το κεφάλι του.

«Το άλλο που άκουσα» λέει ο Καλ, «είναι ότι ο αδερφός σου αντέδρασε νευρικά βλέποντας την αστυνομία καμιά βδομάδα πριν εξαφανιστεί».

«Ο Μπρεν δεν είναι ύποπτος» απαντάει αμέσως ο Τρέι κοφτά, αγριοκοιτάζοντάς τον. «Επειδή είναι Ρέντι, όλοι πιστεύουν...»

«Δεν λέω ότι είναι ύποπτος, μικρό» λέει ο Καλ. «Σου λέω μόνο τι έχω ακούσει από ανθρώπους που νοιάζονται για κείνον. Μπορείς να σκεφτείς κάποιο λόγο γιατί μπορεί να φοβόταν την αστυνομία;»

«Μπορεί να είχε χασίς πάνω του. Ή κάτι κλεμμένο».

«Φαινόταν πιο τρομαγμένος. Δεν μιλάμε για κάτι ασήμαντο. Όπως είπα, ο αδερφός σου σχεδίαζε κάτι μεγάλο. Και αν το σχέδιό του ήταν τίμιο και νόμιμο, τότε γιατί κανείς δεν μπορεί να μου πει τι ήταν;»

«Μπορεί να ήθελε να κάνει έκπληξη σε όλους» λέει ο Τρέι λίγο μετά. «Σε φάση, αφού όλοι νομίζετε πως είμαι χαμένο κορμί, άντε γαμηθείτε».

«Εσύ σκέφτηκες ποτέ ότι ήταν χαμένο κορμί;»

«Όχι!»

«Τότε γιατί να θέλει να καταπλήξει κι εσένα;»

Ο Τρέι ανασηκώνει τους ώμους. «Μπορεί έτσι να του βγήκε».

«Να σε ρωτήσω κάτι;» λέει ο Καλ. «Όταν ο Μπρένταν έκανε σχέδια για το πανεπιστήμιο, σ' το είπε;»

«Ναι».

«Όταν σκεφτόταν να κάνει ιδιαίτερα;»

«Ναι».

«Σου είπε και για το σχέδιό του να βγάλει εισιτήρια για κάποια συναυλία με την Καρολάιν ως χριστουγεννιάτικο δώρο;»

«Ναι. Για τον Χόζιερ. Αλλά χώρισαν πριν, και πούλησε τα εισιτήρια στον Γιουτζίν. Γιατί;»

Ο Καλ λέει: «Άρα, ο Μπρένταν σου έλεγε τα σχέδιά του, οπότε δεν υπήρχε συγκεκριμένος λόγος να το κάνει».

«Ναι».

«Πράγμα που σημαίνει πως, όποια κι αν ήταν αυτή η μεγάλη ιδέα, υπήρχε κάποιος λόγος που δεν έπρεπε να ξέρεις γι' αυτήν».

Ο Τρέι είναι σιωπηλός. Και ο Καλ παραμένει ήσυχος, αφήνοντάς τον να το επεξεργαστεί και να το χωρέσει στο μυαλό του. Στην άκρη του δάσους, τα κλαδιά κρέμονται βαριά από τα απομεινάρια της βροχής. Από πάνω τους, χελιδόνια διαγράφουν τόξα, μαύρα και μικροσκοπικά κόντρα στο γκρίζο σύννεφο, με διαπεραστικά τιτιβίσματα να φτάνουν προς το μέρος τους.

Λίγο μετά, ο Τρέι λέει ξαφνικά και απότομα. «Δεν θα τον κάρφωνα».

«Το ξέρω» λέει ο Καλ. «Κι εκείνος το ίδιο, είμαι σίγουρος».

«Τότε γιατί να μην...»

«Ήθελε να σε κρατήσει ασφαλή» λέει ο Καλ απαλά. «Ότι κι αν ήταν αυτό που σχεδίαζε, ήξερε πως μπορούσε να προκαλέσει μπελάδες. Μεγάλους μπελάδες».

Ο Τρέι σωπαίνει και πάλι. Μαδάει κλωστές από μια τρύπα στο γόνατο του τζιν του.

«Νομίζω ότι μπορούμε να κάνουμε μια εύλογη εικασία» λέει ο Καλ, «ότι όταν ο Μπρένταν έφυγε από το σπίτι σας εκείνη τη μέρα, κάνοντας σαν να είχε να πάει σε κάποιο σημαντικό μέρος, σχετιζόταν με τον έναν ή τον άλλον τρόπο με το σχέδιό του. Δεν το θεωρώ δεδομένο, αλλά θα προχωρήσω και θα δουλέψω μ' αυτήν την υπόθεση. Είτε το έσκασε αποδώ επειδή τρομοκρατήθηκε, είτε επρόκειτο να κάνει κάτι που θα προχωρούσε αυτό το σχέδιο παραπέρα».

Το παιδί συνεχίζει να πιλατεύει το τζιν του, το κεφάλι του όμως έχει γείρει προς τον Καλ. Ακούει προσεκτικά.

«Σου υποσχέθηκε το ποδήλατο το ίδιο απόγευμα, και μερικές μέρες νωρίτερα δανείστηκε λεφτά από τον Φέργκαλ και είπε ότι θα του τα επέστρεφε. Έτσι, δεν φαίνεται πιθανό να σκόπευε να φύγει οριστικά. Ίσως να σχεδίαζε να εξαφανιστεί από προσώπου γης για λίγες μέρες, μέχρι να ξεθυμάνει ό,τι ήταν αυτό που τον είχε τρομάξει, αλλά σ' αυτή την περίπτωση θα περίμενα να έχει πάρει τον φορτιστή του τηλεφώνου του, αποσμητικό, μερικές αλλαξιές. Βλέποντας ότι το μόνο που πήρε μαζί του ήταν τα μετρητά του, μου φαίνεται πιο πιθανό να πήγαινε να αγοράσει κάτι ή να δώσει σε κάποιον χρήματα».

Ο Τρέι λέει, σιγανά και σφιγμένα: «Και τον απήγαγαν».

«Μπορεί» λέει ο Καλ. «Δεν έχουμε φτάσει ακόμη αρκετά μακριά ώστε να καταλήξουμε σ' αυτό το συμπέρασμα. Κάτι μπορεί να πήγε στραβά, ίσως, και να χρειάστηκε να το σκάσει. Πού θα συναντούσε κάποιον; Έχει κάποιο ιδιαίτερο μέρος που του άρεσε να πηγαίνει;»

Τα φρύδια του Τρέι σμίγουν μεταξύ τους. «Παμπ εννοείς;»

«Όχι. Κάπου πιο απομονωμένα. Είπες ότι, όταν ένιωθε την ανάγκη να μείνει μόνος του, ανέβαινε στα βουνά. Ξέρεις αν πήγαινε κάπου συγκεκριμένα;»

«Ναι. Μια φορά είπε πως θα πήγαινε να περπατήσει, και τον ακολούθησα επειδή βαριόμουν. Μόνο που, όταν τον βρήκα, απλώς καθόταν εκεί. Μου τα 'ψαλε και μου είπε να τσακιστώ να φύγω γιατί ήθελε να μείνει μόνος του. Κάτι τέτοιο;»

«Καλό μου ακούγεται» λέει ο Καλ. «Πού είχε πάει;»

Ο Τρέι τινάζει το πιγούνι του προς τα βουνά. «Σ' ένα παλιό εξοχικό. Άδειο».

«Πόσον καιρό πριν συνέβη αυτό;»

«Πριν από μερικά χρόνια. Αλλά πήγε ξανά εκεί μετά. Γιατί τον ακολούθησα μερικές φορές ακόμα, όταν βαριόμουν και πάλι».

Για μια στιγμή ο Καλ βλέπει το παιδί να περπατάει στις γυμνές, ανεμοδαρμένες πλαγιές, ακολουθώντας το μοναδικό άτομο στη ζωή του που άξιζε να ακολουθήσει. «Κοίταξες εκεί από τότε που έφυγε;»

Ο Τρέι λέει: «Κοίταξα παντού».

«Κανένα ίχνος του;»

«Όχι. Μόνο παλιά σκουπίδια».

Τα μάτια του παιδιού γλιστρούν αλλού. Η ανάμνηση είναι δύσκολη. Είχε πάει εκεί με την ελπίδα να βρει τον Μπρένταν ή κάτι που θα του είχε αφήσει, κάποιο μήνυμα, και με τον φόβο ότι θα έβρισκε κάτι κακό.

Ο Καλ λέει: «Υπάρχει κάποιος λόγος που δεν μου μίλησες γι' αυτό το μέρος;».

Ο Τρέι τον κοιτάζει πάλι έκπληκτος. «Γιατί θα 'πρεπε; Δεν πήγε εκεί».

«Σωστά» λέει ο Καλ. «Θα ήθελα όμως να του ρίξω κι εγώ μια ματιά. Δεν μου λες, πώς θα φτάσω εκεί;»

«Περνάς το σπίτι μας, και περίπου ενάμισι χιλιόμετρο μετά αφήνεις τον δρόμο και ανεβαίνεις προς το βουνό. Μέσα από κάτι δέντρα».

«Μάλιστα... Θα στείλεις μια ομάδα διάσωσης αν δεν επιστρέψω σε μερικές μέρες;»

«Ξέρω τον δρόμο. Θα μπορούσα να σε πάω εγώ εκεί». Το παιδί έχει πάρει ήδη σχεδόν τη στάση εκκίνησης δρομέα, σαν να περιμένει μόνο μια λέξη του Καλ για να ξεχυθεί. «Θα προτιμούσα να μη μας δουν να τριγυρνάμε μαζί εμείς οι δύο» λέει ο Καλ. «Ειδικά εκεί γύρω». Το πρόσωπο του Τρέι φουντώνει. «Θα πάω εγώ τότε. Δεν θα με δει κανείς. Δάνεισέ μου το τηλέφωνό σου, θα τραβήξω φωτογραφίες και θα σ' τις φέρω». «Όχι» λέει ο Καλ, λίγο απότομα. «Εσύ θα μείνεις μακριά απ' αυτό το σπίτι. Μ' ακούς;» «Γιατί;» «Για παν ενδεχόμενο, να γιατί. Με άκουσες;» «Δεν πρόκειται να με απαγάγουν. Γιατί με πέρασες;» «Μπράβο σου. Όπως και να 'χει, μείνε μακριά από εκεί». «Θέλω να κάνω κάτι». «Γι' αυτό μ' έβαλες σε όλο αυτό. Για να κάνω εγώ πράγματα. Άσε με λοιπόν να τα κάνω».

Το παιδί ανοίγει το στόμα για να αντιμιλήσει. Ο Καλ λέει: «Άμα θέλεις να κάνεις κάτι χρήσιμο, πιάσε μας βραδινό». Βάζει το τουφέκι στα χέρια του Τρέι και γνέφει προς την άκρη του δάσους. Τα κουνέλια έχουν βγει να ψάξουν για τροφή.

Ύστερα από μια στιγμή αναποφασιστικότητας, ο Τρέι εγκαταλείπει τον αντίλογο. Χαλαρώνει αργά στη θέση του, τοποθετεί το τουφέκι στον ώμο και μισοκλείνει τα μάτια του στο σκόπευτρο. «Πάρε τον χρόνο σου» λέει ο Καλ. «Δεν βιαζόμαστε».

Περιμένουν και παρακολουθούν. Τα κουνέλια έχουν διάθεση για παιχνίδια· μερικά νεαρά κυνηγιούνται ανάμεσα στα χορτάρια, και πηδάνε ψηλά, μες στις μακριές ακτίνες χρυσού φωτός που τρυπώνουν κάτω από το σύννεφο. Ο Πι Τζέι τραγουδάει στα πρόβατά του καθώς τα φροντίζει: αποσπάσματα κάποιας παλιάς θλιμμένης μπαλάντας, τόσο κατακερματισμένα που δεν γίνονται κατανοητά, παρασύρονται στα λιβάδια.

«Αυτό το μεγάλο εκεί» λέει σιγανά ο Καλ. Ένα κουνέλι στρέφεται προς το μέρος τους, μασουλώντας μια τούφα από αγριόχορτα με λευκά λουλούδια. Ο Τρέι αλλάζει ανεπαίσθητα θέση στο τουφέκι, ευθυγραμμίζοντας τα σκόπευτρα. Ο Καλ ακούει τον μακρύ ψίθυρο της αναπνοής του και μετά τον βρυχηθμό του όπλου. Τα κουνέλια σκορπίζουν και τρέχουν να βρουν καταφύγιο. Αρχίζει ένα οξύ ουρλιαχτό. Ακούγεται σαν παιδί που το βασανίζουν.

Ο Τρέι στρέφεται προς τον Καλ, το στόμα του ανοίγει χωρίς να βγαίνει τίποτα.

«Το πέτυχες» λέει ο Καλ και σηκώνεται να πάρει το όπλο από τον Τρέι. «Πρέπει να το αποτελειώσουμε».

Διασχίζοντας το λιβάδι, βγάζει το κυνηγετικό του μαχαίρι από την τσέπη του. Ο Τρέι τρέχει σχεδόν για να τον προλάβει. Τα μάτια του γυαλίζουν από καθαρό, άγριο πανικό καθώς νιώθει να ξεχύνεται η ορμή αυτού που έθεσε σε κίνηση. Λέει: «Θα μπορούσαμε να προσπαθήσουμε να το κάνουμε καλά».

«Είναι σε πολύ κακή κατάσταση» απαντάει ήρεμα ο Καλ. «Πρέπει να το απαλλάξουμε από το μαρτύριό του. Θα το κάνω εγώ».

«Όχι» λέει ο Τρέι. Είναι κάτασπρος. «Εγώ το πυροβόλησα».

Ένα από τα μπροστινά πόδια του κουνελιού έχει κατά το ήμισυ εξαφανιστεί, και το αίμα πετάγεται γρήγορα σε λαμπερούς κόκκινους πίδακες. Είναι ξαπλωμένο στο πλάι, τραντάζεται, με την πλάτη τεντωμένη σαν τόξο· τα μάτια του είναι άσπρα και το στόμα ανοιχτό, τα χείλη τραβηγμένα προς τα πίσω, δείχνοντας δυνατά δόντια και ματωμένους αφρούς. Το ουρλιαχτό του γεμίζει τον αέρα.

«Σίγουρα;» ρωτάει ο Καλ.

«Ναι» λέει κοφτά ο Τρέι και απλώνει το χέρι του για το μαχαίρι.

«Πίσω στον σβέρκο» λέει ο Καλ. «Ακριβώς εδώ. Πρέπει να το κόψεις στη σπονδυλική στήλη».

Ο Τρέι τοποθετεί στο σωστό σημείο το μαχαίρι. Το στόμα του είναι σφιγμένο σαν να προσπαθεί να συγκρατηθεί να μην ξεράσει. Παίρνει μια ανάσα και την αφήνει να βγει αργά, όπως όταν ετοιμαζόταν να πυροβολήσει με το τουφέκι. Το τρέμουλο στο χέρι του ηρεμεί. Κατεβάζει με δύναμη το μαχαίρι ρίχνοντας μαζί όλο του το βάρος, και το ουρλιαχτό σταματάει. Το κεφάλι του κουνελιού κρέμεται χαλαρά.

«Εντάξει» λέει ο Καλ. Βγάζει από την τσέπη του την πλαστική σακούλα για να απομακρύνει το κουνέλι μπροστά από τα μάτια του παιδιού. «Αυτό ήταν. Τα πήγες πολύ καλά». Σηκώνει το κουνέλι από τ' αυτιά και το τοποθετεί στη σακούλα.

Ο Τρέι σκουπίζει το μαχαίρι στο χορτάρι και το επιστρέφει στον Καλ. Αναπνέει ακόμη βαριά, αλλά ο πανικός έχει σβήσει από τα μάτια του, και το πρόσωπό του έχει αρχίσει να ανακτά το χρώμα του. Δεν μπορούσε να αντέξει το μαρτύριο.

«Άπλωσε τα χέρια σου» λέει ο Καλ, βρίσκοντας ένα μπουκάλι νερό.

Ο Τρέι κοιτάζει τα χέρια του. Είναι διάστικτα με λεπτές σειρές από σταγόνες αίματος, από το σπρέι της αρτηρίας.

«Έλα δω» λέει ο Καλ. Χύνει νερό στα χέρια του Τρέι ενώ εκείνος τα τρίβει για να φύγει το αίμα και να κυλήσει στο χορτάρι. «Εντάξει προς το παρόν. Μπορείς να τα τρίψεις καλά καλά όταν τελειώσουμε με το βρόμικο κομμάτι».

Ο Τρέι στεγνώνει τα χέρια του στο τζιν του. Στρέφει το πρόσωπό του προς τον Καλ, λιγάκι σαστισμένος ακόμη, σαν να χρειάζεται να του πει κάποιος τι να κάνει μετά.

«Ορίστε» λέει ο Καλ, δίνοντάς του τη σακούλα. «Δικό σου κυνήγι είναι».

Ο Τρέι κοιτάζει τη σακούλα και το συνειδητοποιεί. «Αχά!»

κάνει, και ακούγεται κάτι ανάμεσα σε ανάσα και θριαμβευτικό γέλιο. «Τα κατάφερα!» «Ναι, μια χαρά» λέει ο Καλ χαμογελώντας. Νιώθει την παρόρμηση να χτυπήσει το παιδί στον ώμο. Τελικά όμως λέει, γυρίζοντας προς το σπίτι: «Έλα». Οι τοίχοι του φωτίζονται από ένα χλωμό χρυσαφί καθώς ο ήλιος ετοιμάζεται να δύσει, έτσι που ξεχωρίζει τετράγωνο και αστραποβόλο μπροστά στον γκρίζο ουρανό. «Ας το πάμε σπίτι».

Ετοιμάζουν το κουνέλι για μαγείρεμα στον πάγκο της κουζίνας του Καλ. Εκείνος δείχνει στον Τρέι πώς να του βγάλει τα πόδια, να κάνει ένα σκίσιμο στην πλάτη του και να μαγκώσει τα δάχτυλά του κάτω από τη γούνα του για να την τραβήξει, να στρίψει και να βγάλει το κεφάλι· ύστερα πώς να ανοίξει την κοιλιά, να ελευθερώσει τα όργανα και να τα βγάλει. Χαίρεται που βλέπει ότι έπειτα από τόσα χρόνια η ικανότητά του έχει επανέλθει τόσο ομαλά. Μπορεί το μυαλό του να θυμάται μετά βίας τι να κάνει, αλλά τα χέρια του δεν το έχουν ξεχάσει.

Ο Τρέι παρακολουθεί προσεκτικά και ακολουθεί τις οδηγίες του Καλ, με την ίδια μεθοδικότητα που έχει επιδείξει με το γραφείο και το όπλο, καθώς ο Καλ του δείχνει πώς να βγάλει την ουροδόχο κύστη και να ελέγξει το συκώτι για πιθανές ασθένειες. Μαζί απομακρύνουν την εσωτερική μεμβράνη και τους τένοντες, το ακρωτηριασμένο μπροστινό πόδι· μετά κόβουν τα τρία καλά πόδια, την κοιλιά και το φιλέτο. «Ορίστε το φαγώσιμο κρέας» λέει ο Καλ. «Την επόμενη φορά θα φτιάξω ζωμό από τη φύρα, σήμερα όμως θα βάλουμε λίγα από αυτά εκεί όπου το βρήκαμε». Αυτό έκανε μαζί με τον παππού του στον πρώτο του σκίουρο πριν από πολλά πολλά χρόνια: επέστρεφαν πίσω στη φύση τα μέρη που δεν χρειάζονταν. Αυτό είναι το σωστό να κάνει κανείς με το πρώτο του κυνήγι.

Βγάζουν τα εντόσθια στο πίσω μέρος του κήπου και τα αφήνουν πάνω στο κούτσουρο να τα φάνε τα κοράκια ή οι αλεπούδες, ή όποιος φτάσει πρώτος. Ο Καλ σφυρίζει στα κοράκια, αλλά αυτά έχουν βολευτεί στο δέντρο τους και τον αγνοούν, κάνοντας με βαριά καρδιά μόνο κάνα δυο αγενή σχόλια. «Εμείς πάντως την κάναμε την προσφορά μας» λέει. «Πεινάς; Ή σου έχει κοπεί η όρεξη με όλα αυτά;» «Πεθαίνω της πείνας» απαντάει ο Τρέι πάραυτα. «Ωραία» λέει ο Καλ, ρίχνοντας μια ματιά στον ουρανό. Η ωχρή λωρίδα έχει πάρει μια καθαρή πράσινη απόχρωση. «Έλεγα για στιφάδο, αλλά θέλει πολλή ώρα. Οπότε, θα τα τηγανίσουμε». Θέλει να επιστρέψει ο Τρέι σπίτι προτού πάει πολύ αργά. «Σου αρέσει το σκόρδο;» «Έτσι νομίζω».

Κοιτάζοντας το ανέκφραστο πρόσωπό του, ο Καλ συνειδητοποιεί ότι μπορεί και να μην ξέρει. «Ας το διαπιστώσουμε» λέει. «Μαγειρεύεις;»

Ο Τρέι ανασηκώνει τους ώμους. «Μερικές φορές. Ας πούμε».

«Εντάξει» λέει ο Καλ. «Σήμερα θα μαγειρέψεις».

Καθαρίζονται καλά καλά, και ο Καλ βάζει λίγο Γουέιλον Τζένινγκς* για να τους βοηθήσει να δουλέψουν. Ο Τρέι του χαμογελάει.

«Τι;»

«Μουσική για γέρους».

«Εντάξει, Ντιτζέι Κουλ. Εσύ τι ακούς;»

«Τίποτα που να έχεις ακουστά».

«Εξυπνάδες» λέει ο Καλ, βγάζοντας υλικά από το μικρό ντουλάπι της κουζίνας με τον ξεχαρβαλωμένο μεντεσέ. «Άσε με να μαντέψω. Όπερα».

---

* Αμερικάνος τραγουδιστής της κάντρι των δεκαετιών '70 και '80 κυρίως. (Σ.τ.Μ.)

Ο Τρέι ρουθουνίζει.

«One Direction*».

Το προσβεβλημένο ύφος του Τρέι τον κάνει να χαμογελάσει. «Πάλι καλά. Σταμάτα να παραπονιέσαι και άκου. Μπορεί και να μάθεις να εκτιμάς την καλή μουσική». Ο Τρέι τον στραβοκοιτάζει. Ο Καλ ανεβάζει λίγο ακόμα την ένταση.

Δείχνει στον Τρέι πώς να κουνήσει τα κομμάτια του κρέατος σε μια σακούλα με αλεύρι, αλάτι και πιπέρι, και ύστερα να τα τηγανίσει σε λάδι, με πιπεριές, κρεμμύδι και σκόρδο που έχει αγοράσει από την πόλη. «Αν είχα ντομάτες και μανιτάρια» λέει, «θα μπορούσαμε να ρίξουμε και απ' αυτά στο τηγάνι, αλλά οι ντομάτες της Νορίν δεν φαίνονταν και τόσο καλές αυτή την εβδομάδα. Κι αυτά όμως μας κάνουν. Θα το σερβίρουμε με ρύζι». Βάζει στον φούρνο μικροκυμάτων ένα φακελάκι ρύζι ενώ ο Τρέι, συνοφρυωμένος από τη συγκέντρωση, γυρίζει το κρέας στο τηγάνι. Η κουζίνα είναι ζεστή, υδρατμοί σκεπάζουν το παράθυρο, και έχει αρχίσει να αναδύεται μια ωραία μυρωδιά. Για μια στιγμή, ο Καλ σκέφτεται το σούρουπο που πυκνώνει έξω από το παράθυρο, και τον φόβο στα μάτια της Σίλα και της Καρολάιν, αλλά αποδιώχνει τις σκέψεις από το μυαλό του.

Ο Καλ περιμένει να μιλήσει και πάλι ο Τρέι για τον Μπρένταν, ή για το εξοχικό, αλλά εκείνος παραμένει σιωπηλός. Αυτό κάνει τον Καλ επιφυλακτικό για λίγο· το αντιλαμβάνεται ως σημάδι ότι το παιδί κάνει σχέδια που δεν μοιράζεται. Τότε όμως τυχαίνει να του ρίξει μια ματιά, ελέγχοντας πώς είναι το

---

* Αγγλοϊρλανδικό ποπ αντρικό γκρουπ. Γνώρισαν παγκόσμια επιτυχία χάρη στα μέσα κοινωνικής δικτύωσης, και οι πέντε τους δίσκοι *Up All Night* (2011), *Take Me Home* (2012), *Midnight Memories* (2013), *Four* (2014) και *Made in the A.M.* (2015) έσπασαν πολλά ρεκόρ και έφτασαν στην κορυφή των charts σε πολλές χώρες. (Σ.τ.Μ.)

κουνέλι. Το παιδί σπρώχνει το τηγάνι και κουνάει το κεφάλι με τον ρυθμό του «I Ain't Living Long Like This»· τα χείλη του είναι σφιγμένα καθώς μισοσφυρίζει ανάλαφρα και τα μάγουλά του έχουν ροδίσει από τη ζέστη της σόμπας. Δείχνει κάμποσα χρόνια μικρότερος απ' ό,τι είναι και εντελώς χαλαρός. Ο Καλ συνειδητοποιεί πως για μια φορά το μυαλό του έχει απομακρυνθεί από την ανησυχία του για τον Μπρένταν. Ανταμείβει τον εαυτό του για το κουνέλι επιτρέποντάς του να την αποδιώξει, έστω και για λίγο.

Ο Τρέι στραβοκοιτάζει κάπως το πιάτο του όταν κάθονται στο τραπέζι, αλλά έπειτα από μια μπουκιά οι αμφιβολίες του εξαφανίζονται. Φτυαρίζει το φαγητό σαν να έχει να φάει για βδομάδες. Το πρόσωπό του ακουμπάει σχεδόν στο πιάτο του.

«Απ' ό,τι φαίνεται τελικά, σου αρέσει το σκόρδο, ε;» τον ρωτάει ο Καλ χαμογελώντας.

Το παιδί γνέφει καταφατικά, πάνω από μία ακόμα μεγάλη πιρουνιά.

«Αυτό το δείπνο είναι αποκλειστικά δικό σου κατόρθωμα» λέει ο Καλ. «Από την αρχή ως το τέλος. Ούτε βοσκός, ούτε κρεοπώλης, ούτε εργοστάσιο, ούτε Νορίν: μόνο εσύ. Πώς αισθάνεσαι γι' αυτό;»

Στο πρόσωπο του Τρέι απλώνεται ένα μικρό, μυστικό χαμόγελο· ο Καλ έχει συνειδητοποιήσει πως σημαίνει ότι είναι ιδιαίτερα χαρούμενος. «Όχι κι άσχημα» λέει.

«Αν είχα την ευχέρεια» λέει ο Καλ, «θα το έκανα αυτό για κάθε κομμάτι κρέατος που έτρωγα. Είναι πιο δύσκολο και πιο μπελαλίδικο από το να αγοράσεις ένα χάμπουργκερ, αλλά μου φαίνεται πιο ταιριαστό. Το να τρως ένα πλάσμα δεν θα 'πρεπε να είναι κάτι ελαφρύ».

Ο Τρέι γνέφει καταφατικά. Τρώνε χωρίς να μιλήσουν για λίγο. Έξω από το παράθυρο, το λυκόφως παίρνει τη θέση του σιγά σιγά και το σύννεφο έχει αρχίσει να διαλύεται, αφήνοντας να φανούν κομμάτια ουρανού στο βαθύ μπλε της λεβάντας, πλαισιωμένα στην άκρη από τη δαντελωτή μαύρη σιλουέτα της γραμμής των δέντρων. Κάπου μακριά, μια αλεπού ουρλιάζει.

«Θα μπορούσες να ζήσεις πάνω στα βουνά» λέει ο Τρέι. Είναι σαφές ότι το έχει σκεφτεί ξανά. «Αν το συνηθίσεις, δεν θα ξανακατέβεις».

«Δεν μπορείς να πυροβολήσεις τζιν» επισημαίνει ο Καλ. «Ή αθλητικά παπούτσια. Αν δεν θέλεις να ράβεις τα ρούχα σου από τομάρια ζώων, θα πρέπει να κατεβαίνεις μερικές φορές».

«Μια φορά τον χρόνο. Για προμήθειες».

«Ναι, πιθανώς» λέει ο Καλ. «Θα ένιωθα μοναξιά όμως. Μου αρέσει να έχω κάποιον να μιλάω πού και πού».

Το παιδί ξύνει το πιάτο του και του ρίχνει μια ματιά που λέει ότι διαφέρουν πολύ σε αυτό. «Μπα» λέει.

Ο Καλ σηκώνεται να βάλει δεύτερη μερίδα στον Τρέι. Από τη στόφα τού λέει: «Θέλεις να φέρεις κανέναν από τους φίλους σου την επόμενη φορά που θα πάμε για κυνήγι;». Το τελευταίο πράγμα που θέλει είναι κι άλλα άσχετα παιδιά να τριγυρνάνε γύρω από το σπίτι του, αλλά νιώθει αρκετά ασφαλής για την απάντηση. Θέλει απλώς να επιβεβαιώσει μια υποψία που έχει. Πράγματι, ο Τρέι τον κοιτάζει σαν να του έχει προτείνει να καλέσει βούβαλο για δείπνο και κουνάει αρνητικά το κεφάλι.

«Εσύ αποφασίζεις» λέει ο Καλ. «Έχεις φίλους, όμως, σωστά;»

«Ε;»

«Φίλους. Κολλητούς. Compañeros. Ανθρώπους με τους οποίους κάνεις παρέα».

«Είχα. Θα γυρίσω σ' αυτούς κάποια στιγμή».

Ο Καλ βάζει το πιάτο μπροστά στον Τρέι και συνεχίζει με το δικό του δείπνο. «Τι συνέβη;»

«Δεν επιτρέπεται να κάνουν πια παρέα μαζί μου. Όχι ότι τους νοιάζει βέβαια. Εκείνοι θα έκαναν έτσι κι αλλιώς. Εγώ απλώς...» Τινάζει τον ένα ώμο, κόβοντας ένα κομμάτι κουνέλι.

«Όχι τώρα». Μια στάλα έντασης έχει εμφανιστεί και πάλι στο κορμί του.

Ο Καλ λέει: «Πώς και δεν τους επιτρέπεται να κάνουν παρέα μ' εσένα;».

«Κάναμε διάφορα μαζί» εξηγεί ο Τρέι μασουλώντας, «κλέψαμε κάτι μπουκάλια μηλίτη και μεθύσαμε. Τέτοια. Ήμασταν τέσσερις – ο μηλίτης δεν ήταν καν δική μου ιδέα. Αλλά οι γονείς τους θεώρησαν ότι το φταίξιμο ήταν όλο δικό μου γιατί είμαι το κακό παιδί».

«Εμένα δεν μου φαίνεσαι κακό παιδί» λέει ο Καλ, παρόλο που ο Τρέι δεν δείχνει ιδιαίτερα στεναχωρημένος για αυτό.

«Ποιος λέει ότι είσαι;»

Ο Τρέι σηκώνει τους ώμους. «Όλοι».

«Ποιοι δηλαδή;»

«Η Νορίν. Οι δάσκαλοι».

«Τι έκανες που να είναι τόσο κακό;»

Ο Τρέι στρίβει τη μια γωνιά του στόματός του, υπονοώντας πολλά παραδείγματα.

Ο Καλ λέει: «Διάλεξε ένα».

«Σήμερα η δασκάλα με ζάλισε. Επειδή δεν πρόσεχα. Της είπα ότι χέστηκα».

«Εντάξει, αυτό δεν είναι κακό» λέει ο Καλ. «Είναι αγένεια, και δεν θα 'πρεπε να το πεις. Δεν έχει όμως να κάνει με την ηθική».

Το παιδί τον κοιτάζει και πάλι με απορία. «Σιγά, αυτό δεν είναι καλοί τρόποι. Καλοί τρόποι είναι να μασάς με το στόμα κλειστό».

«Όχι. Αυτό είναι μόνο εθιμοτυπία».

«Ποια η διαφορά;»

«Εθιμοτυπία είναι όλα αυτά που πρέπει να κάνεις επειδή έτσι κάνουν κι όλοι οι υπόλοιποι. Όπως το να κρατάς το πιρούνι με το αριστερό χέρι, ή να λες "γείτσες" όταν κάποιος φτερνίζεται. Καλοί τρόποι είναι να συμπεριφέρεσαι στον κόσμο με σεβασμό». «Που δεν το κάνω πάντα» λέει ο Τρέι. «Ορίστε λοιπόν» λέει ο Καλ. «Ίσως πρέπει να δουλέψεις λίγο τους τρόπους σου. Θα μπορούσες βέβαια να κρατάς και το στόμα κλειστό όταν μασάς». Ο Τρέι το αγνοεί αυτό. «Τότε τι είναι θέμα ηθικής;» Ο Καλ δεν νιώθει άνετα με αυτή τη συζήτηση. Του θυμίζει πράγματα που του αφήνουν άσχημη γεύση στο στόμα. Τα τελευταία χρόνια διαπίστωσε ότι τα όρια μεταξύ ηθικής, τρόπων και εθιμοτυπίας που ήταν πάντα ευδιάκριτα για εκείνον ίσως δεν ήταν για όλους τους άλλους. Ακούει να μιλούν για την ανηθικότητα των νέων στις μέρες μας, όμως του φαίνεται ότι η Αλίσα, ο Μπεν και οι φίλοι τους ξοδεύουν πολύ από τον χρόνο τους εστιάζοντας στο σωστό και στο λάθος. Το θέμα είναι ότι πολλές από τις πιο παθιασμένες στάσεις τους περί ηθικής, απ' ό,τι μπορεί να αντιληφθεί ο Καλ, έχουν να κάνουν με τι λέξεις πρέπει ή δεν πρέπει να χρησιμοποιείς για τους άλλους, με βάση τι προβλήματα αντιμετωπίζουν, σε ποια φυλή ανήκουν ή με ποιον τους αρέσει να κοιμούνται. Παρόλο που ο Καλ συμφωνεί ότι οι άνθρωποι θα έπρεπε να αποκαλούνται όπως προτιμούν να αποκαλούνται, το θεωρεί ζήτημα βασικών καλών τρόπων και όχι ηθικής. Αυτό εξόργισε τόσο τον Μπεν, που έφυγε σαν σίφουνας από το σπίτι του Καλ και της Ντόνα κατά τη διάρκεια του επιδορπίου τη μέρα των Ευχαριστιών, με την Αλίσα να τρέχει ξοπίσω του κλαίγοντας, και του πήρε μια ώρα να ηρεμήσει αρκετά ώστε να επιστρέφει.

Από την οπτική του Καλ, η ηθική περιλαμβάνει κάτι περισσότερο από ορολογία. Ο Μπεν κόντεψε να τρελαθεί εξαιτίας της σπουδαιότητας της χρήσης των σωστών όρων για τους ανθρώπους σε καροτσάκι, και είναι εμφανώς περήφανος για

TANA FRENCH

τον εαυτό του γι' αυτό, αλλά δεν ανέφερε να έκανε ποτέ κάτι χρήσιμο για έναν άνθρωπο σε καροτσάκι, και ο Καλ θα πήγαινε στοίχημα τη σύνταξη ενός ολόκληρου χρόνου ότι αυτός ο σαχλαμάρας δεν θα είχε παραλείψει να το πει αν όντως είχε κάνει κάτι. Και επιπλέον, οι σωστοί όροι αλλάζουν κάθε λίγα χρόνια, επομένως κάποιος που σκέφτεται όπως ο Μπεν θα πρέπει πάντα να ακούει τους άλλους να του λένε τι είναι ηθικό τη δεδομένη στιγμή και τι δεν είναι. Ο Καλ δεν θεωρεί πως ένας άντρας, ή μια γυναίκα, πρέπει να σκέφτεται έτσι περί σωστού και λάθους.

Προσπάθησε να το αποδώσει στο γεγονός ότι κόντευε στη μέση ηλικία και γκρίνιαζε για τους σημερινούς νέους, αλλά και στο τμήμα τότε τα ίδια έκαναν. Παρακολούθησαν υποχρεωτικά ένα σεμινάριο ευαισθητοποίησης – με το οποίο ο Καλ δεν είχε καμία αντίρρηση, δεδομένου του τρόπου συμπεριφοράς διαφόρων, για παράδειγμα, απέναντι σε μάρτυρες από κακόφημες γειτονιές ή σε θύματα βιασμού, μόνο που το σεμινάριο αποδείχθηκε πως είχε να κάνει αποκλειστικά με το ποιες λέξεις επιτρεπόταν ή δεν επιτρεπόταν να χρησιμοποιούν. Τίποτα σχετικό με το να μην πυροβολούν μέχρι θανάτου κάποιον σε ένα μπλόκο επειδή έτυχε να είναι μαύρος ή ένα δευτερόλεπτο πιο αργός στο να ακολουθεί εντολές. Όλοι πάντα μιλούσαν για τον τρόπο ομιλίας, και ο πιο ηθικός ήταν αυτός που φώναζε στους άλλους επειδή έκαναν λάθος στα λόγια.

Φοβάται να απαντήσει στον Τρέι, μήπως τον στρέψει προς τη λάθος κατεύθυνση και τον βάλει σε μπελάδες, ωστόσο κανείς άλλος δεν πρόκειται να το κάνει. «Η ηθική» λέει τελικά, «είναι αυτό που δεν αλλάζει. Αυτό που κάνεις ανεξάρτητα από το τι κάνουν οι άλλοι. Όπως, ας πούμε, αν κάποιος αποδειχθεί μαλάκας απέναντί σου, μπορείς να μην του συμπεριφερθείς με καλό τρόπο· μπορείς να του πεις να πάει να γαμηθεί, ή και να του ρίξεις μια μπουνιά στη μούρη. Αν όμως τον δεις παγιδευμένο σε ένα φλεγόμενο αυτοκίνητο, θα πρέπει όπως και να 'χει να ανοίξεις την πόρτα και να τον βγάλεις έξω. Όσο μαλάκας κι αν είναι. Αυτό είναι η ηθική από μέρους σου».

Ο Τρέι μασάει και συλλογίζεται τα λόγια του Καλ. «Κι αν ήταν ψυχοπαθής δολοφόνος;»

«Τότε ίσως να μη τον βοηθούσες αν έπεφτε και έσπαγε το πόδι του. Και πάλι όμως, δεν θα τον άφηνες σ' ένα φλεγόμενο αυτοκίνητο».

Ο Τρέι το σκέφτεται λίγο ακόμα. «Μπορεί» λέει. «Εξαρτάται».

«Τέλος πάντων» λέει ο Καλ. «Εγώ έχω τον δικό μου κώδικα».

«Και δεν τον σπας ποτέ;»

«Αν δεν έχεις δικό σου κώδικα» λέει ο Καλ, «δεν έχεις κάτι να σε συγκρατεί. Απλώς παρασύρεσαι όπου σε πάει ο άνεμος».

«Και ποιος είναι ο δικός σου κώδικας;»

«Μικρό» λέει ο Καλ, νιώθοντας ξαφνικά εξαντλημένος, «δεν θέλεις να ακούσεις εμένα για τέτοια θέματα».

«Γιατί όχι;»

«Δεν θέλεις να ακούσεις κανέναν για τέτοια θέματα. Θα πρέπει να καταρτίσεις τον δικό σου κώδικα».

«Ναι, αλλά ο δικός σου ποιος είναι;»

«Προσπαθώ μόνο να κάνω το σωστό για τους άλλους» λέει ο Καλ. «Αυτό είναι όλο».

Ο Τρέι παραμένει σιωπηλός, όμως ο Καλ καταλαβαίνει πως στο μυαλό του παίρνουν σχήμα και μορφή περισσότερες ερωτήσεις. «Φάε το βραδινό σου» του λέει.

Ο Τρέι ανασηκώνει τους ώμους και κάνει ό,τι του λέει ο Καλ. Όταν τελειώνει και τη δεύτερη μερίδα, αφήνει στην άκρη το μαχαίρι και το πιρούνι, γέρνει πίσω στην καρέκλα με τα χέρια στην κοιλιά του και βγάζει έναν αναστεναγμό ικανοποίησης. «Έσκασα» λέει.

Ο Καλ δεν θέλει καθόλου να επαναφέρει στο μυαλό του

παιδιού τον Μπρένταν, αν όμως δεν τον εφοδιάσει με κάποιο
σχέδιο για το επόμενο βήμα, ο Τρέι θα θεωρήσει ότι μπορεί να
επινοήσει το δικό του. Αφού καθαρίζει το τραπέζι, παίρνει
στιλό, ανοίγει το σημειωματάριό του σε μια κενή σελίδα και
τα ακουμπάει μπροστά στον Τρέι. «Σχεδίασέ μου έναν χάρτη»
λέει. «Πώς να φτάσω στο εξοχικό όπου περνούσε την ώρα του
ο Μπρένταν».
    Το παιδί προσπαθεί ειλικρινά, αλλά μέσα σε ένα λεπτό ο
Καλ καταλαβαίνει πως είναι μάταιος κόπος. Όλα τα σημεία
αναφοράς είναι για τα μπάζα, για παράδειγμα «μεγάλος σχοί-
νος» και «τοίχος που γέρνει αριστερά». «Άσ’ το» λέει τελικά.
«Θα πρέπει να με πας εσύ».
    «Τώρα;» Το παιδί έχει πεταχτεί σχεδόν από το κάθισμά του.
    «Όχι, όχι τώρα. Θα πάμε αύριο. Μέχρι εκεί» –ο Καλ ακου-
μπάει το δάχτυλό του σε μια κούρμπα του ορεινού δρόμου του
χάρτη– «μπορώ να ακολουθήσω τις οδηγίες σου. Θα σε συνα-
ντήσω εκεί. Στις τρεις και μισή».
    «Πιο νωρίς. Το πρωί».
    «Όχι» λέει ο Καλ. «Έχεις σχολείο. Πράγμα που σημαίνει
ότι τώρα πρέπει να πας σπίτι και να κάνεις τα μαθήματά σου».
Σηκώνεται και παίρνει το σημειωματάριό του, αγνοώντας το
ύφος του Τρέι που δηλώνει ότι δεν κάνει τέτοια πράγματα.
«Πάρε μαζί σου ένα από αυτά τα κάπκέικ για επιδόρπιο».
    Ενώ πηγαίνει προς την πόρτα, ο Τρέι γυρίζει απροσδόκητα
και σκάει στον Καλ ένα πλατύ χαμόγελο πάνω από τον ώμο
του, με το μισό γλυκό χωμένο ήδη στο στόμα του. Ο Καλ του
το ανταποδίδει. Θέλει να πει στο παιδί να είναι προσεκτικό
εκεί έξω, όμως ξέρει ότι αυτό δεν θα ωφελούσε σε τίποτα.

14

Κατά τη διάρκεια της νύχτας, κάτι συμβαίνει. Κάτι χαλάει τον ύπνο του Καλ, μια αναποδιά στους καθιερωμένους ρυθμούς της νύχτας, μια ενόχληση. Καθώς ξυπνάει, ακούει μακριά πέρα στα χωράφια ένα άγριο ουρλιαχτό πόνου ή οργής ή και από τα δύο. Πηγαίνει στο παράθυρο, το ανοίγει ελάχιστα και κοιτάζει έξω. Τα σύννεφα έχουν καθαρίσει κάπως, αλλά το φεγγάρι είναι λεπτό κι έτσι δεν μπορεί να διακρίνει κάτι άλλο εκτός από τις διαφορετικές πυκνότητες και υφές του σκοταδιού. Η νύχτα είναι ψυχρή, χωρίς καθόλου άνεμο. Το ουρλιαχτό έχει σταματήσει, ωστόσο υπάρχει ακόμη κινητικότητα, μακριά και αποσπασματικά, που ταράζει τα όρια της ακοής του. Περιμένει. Ένα δυο λεπτά μετά, ο ήχος δυναμώνει και γίνεται πιο οξύς. Το μάτι του διακρίνει κάτι ανάμεσα στα χορτάρια του πίσω λιβαδιού. Κινείται με κατεύθυνση προς τον δρόμο, γοργά αλλά ατσούμπαλα, σαν να είναι πληγωμένο. Ίσως κάποιο μεγάλο ζώο, ή καμπουριασμένος άνθρωπος.

Όταν αυτό βγαίνει από το οπτικό του πεδίο, ο Καλ φοράει το τζιν του, γεμίζει το τουφέκι του και ανάβει τα φώτα καθώς πηγαίνει στην πίσω πόρτα. Ο Μαρτ έχει καραμπίνα, κατά πάσα πιθανότητα και ο Πι Τζέι, και το άλλο πράγμα θα μπορούσε να έχει ή να είναι οτιδήποτε. Ο Καλ δεν έχει σκοπό να το αιφνιδιάσει.

Σαρώνει τα λιβάδια με τον φακό του, αλλά το φως δεν είναι αρκετά δυνατό για να μειώσει έστω και λίγο το σκοτάδι. Η καμπουριασμένη μορφή δεν φαίνεται πουθενά.

«Είμαι οπλισμένος!» φωνάζει. Η φωνή του απλώνεται σε μεγάλη απόσταση. «Βγες, με τα χέρια ψηλά, να τα βλέπω». Για μια στιγμή επικρατεί απόλυτη σιωπή. Ύστερα, μια χαρούμενη φωνή απαντάει, κάπου από τη γη του Πι Τζέι: «Μην πυροβολείς! Παραδίνομαι!». Μια στενή δέσμη φωτός αναβοσβήνει και αναπηδάει στα λιβάδια καθώς πλησιάζει. Ο Καλ μένει ακίνητος, κρατώντας το τουφέκι στραμμένο προς τα κάτω, έως ότου μια φιγούρα εμφανίζεται στο αδύναμο φως που ξεχύνεται από τα παράθυρα του σπιτιού και σηκώνει ένα χέρι για χαιρετισμό. Είναι ο Μαρτ.

Ο Καλ πηγαίνει να τον συναντήσει στο πίσω λιβάδι, σαρώνοντας λίγο ακόμα με τον φακό του τριγύρω. «Για όνομα του Θεού, λεβέντη μου, πάρ' το αποδώ το μαραφέτι σου» λέει ο Μαρτ, δείχνοντας το τουφέκι του Καλ. Το πρόσωπό του είναι γεμάτο ενθουσιασμό και τα μάτια του γυαλίζουν σαν να είναι πιωμένος, παρόλο που ο Καλ καταλαβαίνει πως είναι απόλυτα νηφάλιος. Κρατάει τον φακό με το ένα χέρι και ένα ρόπαλο του χέρλινγκ στο άλλο. «Ξέρεις πώς ακούστηκες; Σαν να 'χεις βγει από το ριάλιτι με τους μπάτσους*. Θα έκανες μια χαρά για την Γκάρντα**. Θα μου πεις να πέσω και στο έδαφος;»

«Τι τρέχει;» λέει ο Καλ. Βάζει την ασφάλεια, αλλά κρατάει το δάχτυλό του σε ετοιμότητα. Ό,τι κι αν ήταν αυτό το πλάσμα, κάπου πήγε.

«Είχα δίκιο ότι αυτό το πράγμα θα την έπεφτε σε πρόβατο του Πι Τζέι. Αυτό ακόμη τρέχει. Κι εσύ αμφέβαλλες. Την επόμενη φορά όμως, θα ξέρεις καλύτερα, σωστά;»

---

* «Cops»: Αμερικάνικη τηλεοπτική σειρά που προβλήθηκε για 32 σεζόν. Το κοινό παρακολουθεί αστυνομικούς κατά τη διάρκεια της δουλειάς τους, σε περιπολίες, έρευνες, συλλήψεις κ.λπ. (Σ.τ.Μ.)

** Guarda Síochána: Η Αστυνομία της Δημοκρατίας της Ιρλανδίας, το όνομα της οποίας σημαίνει «Υπερασπιστής της Ειρήνης». (Σ.τ.Μ.)

«Τι ήταν;»

«Χμ» κάνει ο Μαρτ με περίλυπο ύφος, «αυτό είναι το μόνο πρόβλημα. Δεν είδα πολύ καλά. Θα μπορούσες να πεις πως ήμουν απασχολημένος με κάτι άλλο».

«Το πέτυχες;» ρωτάει ο Καλ, καθώς φέρνει στον νου του το μονόπαντο τρέξιμο του πλάσματος.

«Έφαγε μια δυο γερές, εντάξει» λέει ο Μαρτ χαιρέκακα, χτυπώντας το μπαστούνι του χέρλινγκ στο πόδι του. «Καθόμουν, που λες, εκεί στο δάσος σου, και νόμιζα πως θα ήμουν και πάλι άτυχος. Για να είμαι ειλικρινής, τον είχα μισοπάρει κιόλας. Τότε άκουσα μια αναμπουμπούλα στα πρόβατα του Πι Τζέι. Δεν έβλεπα την τύφλα μου μέσα σ' αυτά τα σκοτάδια βέβαια, αλλά γλίστρησα προς τα εκεί ήσυχα κι ωραία, και να σου ένα πρόβατο κάτω, και κάτι πάνω του. Τόσο απασχολημένο, που δεν μ' άκουσε καν να πλησιάζω. Του κατάφερα μια γερή μπαταριά, και άρχισε να ουρλιάζει σαν ξωθιά. Το άκουσες;»

«Αυτό με ξύπνησε» λέει ο Καλ.

«Είχα σκοπό να το βγάλω νοκ άουτ, αλλά μάλλον δεν το πέτυχα καλά. Παρ' όλα αυτά, το ξάφνιασα. Του έριξα άλλη μία πριν καταλάβει τι γίνεται». Σηκώνει το μπαστούνι, απολαμβάνοντας το βάρος του στο χέρι του. «Φοβόμουν ότι μπορεί να είχα χάσει την ικανότητά μου στο χέρλινγκ ύστερα από τόσα χρόνια, αλλά είναι σαν το ποδήλατο: δεν το ξεχνάς ποτέ. Αν μπορούσα να το δω αυτό το πλάσμα, θα του 'παιρνα το κεφάλι. Θα σ' το 'στελνα πετώντας στα μισά μέχρι την πόρτα σου».

«Εσένα σου έκανε τίποτα;»

«Ούτε που προσπάθησε» λέει ο Μαρτ με περιφρόνηση. «Να σακατεύει πρόβατα ξέρει μόνο· από τη στιγμή που βρέθηκε αντιμέτωπο με κάτι που θα 'φερνε αντίσταση, έβαλε την ουρά στα σκέλια κι έφυγε τρέχοντας. Το ακολούθησα, αλλά πρέπει να το παραδεχτώ, δεν είμαι ο Τι Τζέι Χούκερ*. Το μόνο που κατάφερα είναι να διαλύσω τη μέση μου».

«Έπρεπε να του πετάξεις το μπαστούνι» λέει ο Καλ. «Πρόλαβα μόνο να δω να έρχεται προς τα εδώ». Ο Μαρτ κοιτάζει τον Καλ με ύφος αθώας περιστεράς. «Μήπως κατάφερες να το δεις εσύ καλύτερα;»

«Δεν μπόρεσα να πλησιάσω αρκετά κοντά» λέει ο Καλ. Κάτι στο ύφος του Μαρτ τον προβληματίζει. «Ήταν αρκετά μεγάλο, αυτό είδα μόνο. Θα μπορούσε να είναι κάποιο σκυλί».

«Ξέρεις με τι μου έμοιαζε εμένα;» λέει ο Μαρτ, σημαδεύοντας με το μπαστούνι του τον Καλ. «Αν δεν ήξερα καλύτερα, θα το περνούσα για γάτα. Όχι καμιά γατούλα. Ένα από τα βουνίσια λιοντάρια».

Ο τρόπος που κινούνταν το πλάσμα δεν θύμιζε γάτα στον Καλ. «Αυτό που πρόσεξα κυρίως ήταν ότι έδειχνε να κουτσαίνει. Πρέπει να το πέτυχες αρκετά καλά».

«Θα το πετύχω καλύτερα αν επιστρέψει» λέει ο Μαρτ σκυθρωπά. «Αλλά δεν πρόκειται. Την πήρε τη δόση του».

«Πώς και κατέληξες σ' αυτό;» ρωτάει ο Καλ, κάνοντας νόημα προς το μπαστούνι. «Εγώ θα είχα φέρει το όπλο μου». Ο Μαρτ του χαμογελάει. «Ο Μπάρτι έχει δίκιο για σας τους γιάνκηδες. Θα παίρνατε τα όπλα σας ακόμα και στη λειτουργία. Για ποιο λόγο να ήθελα όπλο; Προσπαθώ να σώσω τα πρόβατα του Πι Τζέι, όχι να πυροβολήσω κάποιον δύστυχο μπάσταρδο επειδή δεν μπορώ να δω ούτε τη μύτη μου μες στα σκοτάδια. Αυτό το πράμα έκανε τη δουλειά μια χαρά». Κοιτάζει το μπαστούνι ικανοποιημένος. Υπάρχει μια

---

*   Αμερικάνικη σειρά που προβλήθηκε για πέντε σεζόν τη δεκαετία του '80 (1982-1986), με τις εβδομαδιαίες περιπέτειες του σκληροτράχηλου βετεράνου αστυνομικού T. J. Hooker και του αρχάριου συνεργάτη του Vince Romano. (Σ.τ.Μ.)

μεγάλη σκούρη κηλίδα κοντά στην άκρη που θα μπορούσε να είναι λάσπη, ή αίμα. Ο Μαρτ το φτύνει και το σκουπίζει στο παντελόνι του. «Μάλλον» λέει ο Καλ. «Το πρόβατο πώς είναι;» «Τέζα. Ο λαιμός του πάει». Ο Μαρτ δοκιμάζει να τεντώσει την πλάτη του. «Καλύτερα να πάω να πω στον Πι Τζέι τα νέα προτού με ζορίσει περισσότερο. Γύρνα στο κρεβάτι σου τώρα. Διασκέδαση τέλος γι᾽ απόψε». «Χαίρομαι που απέδωσε η όλη αναμονή» λέει ο Καλ. «Τα συλλυπητήριά μου στον Πι Τζέι για το πρόβατό του». Ο Μαρτ βάζει το καπέλο του και φεύγει, και ο Καλ επιστρέφει στο σπίτι του. Μέσα στην αυλόπορτα του κήπου, σβήνει τον φακό του και προχωράει στο πυκνό σκοτάδι κάτω από τη βελανιδιά των κορακιών.

Η νύχτα είναι τόσο ακίνητη, που τα κομμάτια των αστεριών και των νεφών δεν μετατοπίζονται στον ουρανό, και το κρύο τρυπώνει κάτω από το φούτερ που φοράει ο Καλ στο κρεβάτι. Ύστερα από λίγα λεπτά, ένα φως ανάβει στο σπίτι του Πι Τζέι. Αμέσως μετά, δυο φωτεινές δέσμες αστράφτουν, διασταυρώνονται στα χωράφια, σταματούν και επικεντρώνονται σε κάτι στο έδαφος. Ο Καλ ακούει, ή φαντάζεται ότι ακούει, πολύ αχνά, τον χαμηλό, θυμωμένο τόνο της συζήτησής τους, και το ανήσυχο στριμωξίδι των ταραγμένων προβάτων. Στη συνέχεια, οι δυο δέσμες επιστρέφουν στο σπίτι του Πι Τζέι, πιο αργά. Ο Μαρτ και ο Πι Τζέι σέρνουν το νεκρό πρόβατο, από ένα πόδι ο καθένας.

Ο Καλ στέκεται εκεί και παρακολουθεί τη γη του. Μερικές ξενύχτισσες νυχτοπεταλούδες στροβιλίζονται στο φως από τα παράθυρά του. Τίποτα άλλο δεν κινείται, μόνο τα συνηθισμένα μικρά πράγματα στους φράχτες και το περιστασιακό κάλεσμα από κάποιο γιδοβύζι ή μια κουκουβάγια, όπως και να ᾽χει όμως, περιμένει και παρακολουθεί, για κάθε ενδεχόμενο.

Ό,τι και να συνάντησε ο Μαρτ, μπορεί να κρύφτηκε όταν βγή-
κε από το σπίτι του και ίσως είναι υπομονετικό.

Η αναστάτωση που ξεκίνησε με το αθώο διερευνητικό βλέμ-
μα του Μαρτ έχει βγει στην επιφάνεια. Ο Μαρτ ήξερε ότι, από
όλα τα πρόβατα στο Αρντνακέλτι, αυτό το πλάσμα θα κυνη-
γούσε αυτά του Πι Τζέι.

Όσο περισσότερο το σκέφτεται ο Καλ, τόσο λιγότερο του
αρέσει αυτό το μπαστούνι του χέρλινγκ. Μόνο ένας ανόητος
θα διακινδύνευε να πλησιάσει τόσο κοντά κάτι που ξεσκίζει
τα μαλακά μέρη από τα πρόβατα όταν έχει ένα εξαιρετικό
κυνηγετικό όπλο που θα του επέτρεπε να κρατηθεί σε ασφαλή
απόσταση. Ο Μαρτ δεν είναι καθόλου ανόητος. Ο μόνος λόγος
που θα άφηνε το όπλο του στο σπίτι ήταν να περίμενε να συ-
ναντήσει κάτι που δεν θα το πυροβολούσε. Ο Μαρτ καθόταν
στο δάσος και περίμενε κάποιον άνθρωπο.

Ο Καλ πιάνει τον εαυτό του να αρχίζει να φοβάται. Ο φόβος
τον καταλαμβάνει σταδιακά. Έχει να κάνει με το παιδί και τον
τρόπο που οι άνθρωποι εδώ γύρω αντιμετωπίζουν αυτό και
την οικογένειά του σαν αποβράσματα, αλλά και με τον τρόπο
που ο αδερφός του, φεύγοντας, το έκανε να καταρρεύσει με
σφοδρότητα. Έχει να κάνει με την ουσιαστική, ακλόνητη χάρη
–εκείνη τη στιγμή του φάνηκε σαν καλό χαρακτηριστικό– που
σκότωσε και έσφαξε εκείνο το κουνέλι. Δεν μπορούσε να αντέ-
ξει ότι το έκανε να υποφέρει, όμως το πρόβατο δεν υπέφερε
– ίσως μόνο για κάνα δυο δευτερόλεπτα.

Ο Καλ σκέφτεται: Είναι καλό παιδί. Δεν θα έκανε ποτέ
κάτι τέτοιο. Ξέρει όμως ότι κανείς δεν έχει ξεκαθαρίσει ποτέ
στον Τρέι τι ακριβώς σημαίνει καλό και κακό, ή πόσο σημα-
ντικό είναι να διακρίνεις τη λεπτή γραμμή ανάμεσά τους και
να παραμένεις στη σωστή πλευρά.

Λίγο μετά, μια μοναχική φωτεινή δέσμη ανηφορίζει μέσα
από τα χωράφια από το σπίτι του Πι Τζέι προς του Μαρτ.

Αρκετά αργότερα, τα φώτα του Πι Τζέι σβήνουν, όπως και τα φώτα του Μαρτ. Η εξοχή είναι πλέον σκοτεινή.

Ο Καλ πηγαίνει προς το σπίτι. Καθώς ανεβαίνει, φωτίζει με τον φακό του το κούτσουρο. Είναι πεντακάθαρο, κάτι έχει πάρει τα υπολείμματα του κουνελιού και δεν έχει αφήσει πίσω το παραμικρό.

Όταν ο Καλ φτάνει στο σημείο συνάντησης, στις τρεις και είκοσι και ύστερα από μια μακρά δαιδαλώδη διαδρομή, ο Τρέι δεν είναι εκεί. Η βουνοπλαγιά είναι τόσο έρημη, που νιώθει σαν εισβολέας. Στη διαδρομή, τα πρόβατα που έβοσκαν γύριζαν τα κεφάλια τους και τον κοίταζαν, και πέρασε μισογκρεμισμένες ξερολιθιές γεμάτες λειχήνες, ωστόσο εδώ πάνω τα μόνα σημάδια ανθρώπινης παρουσίας είναι το χωματένιο μονοπάτι που ακολουθούσε, με τα ζιζάνια να ψηλώνουν μες στη μέση, και κάποια περιστασιακή σκούρη ουλή στα ρείκια, όπου κάποιος πρέπει να έκοψε κάποτε τύρφη.

Η ανησυχία της χτεσινής νύχτας γίνεται εντονότερη. Ο μόνος λόγος που θα έχανε το παιδί το ραντεβού τους ήταν να είχε πληγωθεί πολύ άσχημα για να έρθει.

Ο Καλ κάνει έναν γύρο, σαρώνοντας με το βλέμμα το βουνό. Ο άνεμος χτενίζει τα ρείκια και τους σχοίνους με ένα σιγανό, αδιάκοπο θρόισμα. Η μυρωδιά του έχει μια γλύκα σχεδόν πολύ κρύα για να γίνει αντιληπτή. Ο ουρανός είναι ένα λεπτόκοκκο γκρίζο, και από κάπου ψηλά ένα πουλί βγάζει ένα καθαρό, άγριο κρώξιμο.

Όταν επιστρέφει στο αρχικό σημείο, το παιδί έχει ξεφυτρώσει στον δρόμο από πάνω του, σαν να βρισκόταν εκεί όλη την ώρα.

«Άργησες» λέει ο Καλ.

«Έκανα τα μαθήματά μου» λέει ο Τρέι, με μια υποψία αυθάδικου χαμόγελου.

«Ναι, σίγουρα» λέει ο Καλ. Δεν βλέπει μώλωπες ή κοψίματα. «Έφτασες εντάξει σπίτι χτες βράδυ;»

Ο Τρέι του ρίχνει ένα ύποπτο βλέμμα, σαν να τον έχει ρωτήσει κάτι παράξενο. «Ναι».

«Άκουσα θορύβους αργότερα. Πληγωμένο ζώο, κάτι τέτοιο».

Το παιδί ανασηκώνει τους ώμους, υπονοώντας ότι αυτό είναι από τη μία πιθανό και από την άλλη όχι δικό του πρόβλημά, και γυρίζει για να ανέβει στον δρόμο. Ο Καλ τον παρακολουθεί να περπατάει. Ο ανοιχτός, χοροπηδηχτός βηματισμός του είναι ο ίδιος όπως πάντα· δεν δείχνει να χωλαίνει, ούτε να πονάει.

Ένα μέρος της έγνοιας του Καλ φεύγει, όμως κάτι παραμένει. Λίγο πολύ, είναι ευχαριστημένος που το παιδί δεν είναι αυτό που σκοτώνει τα πρόβατα, παρ' όλα αυτά δεν είναι πλέον το μείζον θέμα, ή τουλάχιστον όχι μόνο αυτό. Έχει συνειδητοποιήσει ότι δεν είναι ξεκάθαρο στο μυαλό του για τι είναι ικανός ο Τρέι.

Μετά τη στροφή, ο Τρέι ξεστρατίζει από το μονοπάτι, προς τα πάνω ανάμεσα στα ρείκια. «Τον νου σου» λέει πάνω από τον ώμο του. «Υπάρχουν κομμάτια βάλτου».

Ο Καλ προσέχει πού πατάει ο Τρέι και προσπαθεί να το αντιγράψει, νιώθοντας το έδαφος να υποχωρεί εδώ κι εκεί κάτω από τα πόδια του. Το παιδί αφενός το γνωρίζει καλύτερα και αφετέρου του ταιριάζει καλύτερα απ' ό,τι στον Καλ. «Σκατά» λέει, καθώς ο βάλτος ρουφάει την μπότα του.

«Πρέπει να πηγαίνεις πιο γρήγορα» λέει ο Τρέι πάνω από τον ώμο του. «Μην του δίνεις την ευκαιρία να σε κρατήσει».

«Αυτό είναι όσο πιο γρήγορα μπορώ. Δεν είμαστε όλοι φτιαγμένοι σαν κουνέλια».

«Σαν τάρανδοι, θα έλεγα».

«Θυμάσαι τι σου είπα για τους τρόπους;» ρωτάει ο Καλ. Ο Τρέι ρουθουνίζει και συνεχίζει να προχωράει.

Περνούν ανάμεσα από σχοίνους, γύρω από παλιά σημάδια κομμένης τύρφης, κάτω από έναν απότομο βράχο όπου χόρτα ξεφυτρώνουν στις ρωγμές ανάμεσα στους βράχους. Ο Καλ παρακολουθεί για τυχόν παρατηρητές, τίποτα όμως δεν κινείται στη βουνοπλαγιά εκτός από τα ρείκια που αναδεύονται από τον άνεμο. Δεν είναι μέρος για τυχαία συναπαντήματα. Ό,τι κι αν έκανε ο Μπρένταν εδώ πάνω, σίγουρα ήθελε να το κάνει ανενόχλητος.

Ο Τρέι τους οδηγεί σε μια ανηφόρα αρκετά απότομη –ο Καλ νιώθει να του κόβεται η ανάσα– και στη συνέχεια το μονοπάτι περνάει μέσα από μια συστάδα από έλατα. Τα δέντρα είναι ψηλά, με τακτικές αποστάσεις μεταξύ τους και ένα στρώμα από πολυκαιρισμένες βελόνες. Ο άνεμος εδώ δεν τους φτάνει, αλλά κουνάει τις κορυφές των δέντρων δημιουργώντας ένα αδιάκοπο, ανήσυχο μουρμουρητό. Στον Καλ δεν αρέσουν οι έντονες αντιθέσεις της περιοχής. Αφήνουν την ίδια αίσθηση με τον καιρό, μια εσκεμμένα απρόβλεπτη κατάσταση για να σε κρατάει ένα βήμα πίσω.

«Εκεί» λέει ο Τρέι, δείχνοντας, καθώς βγαίνουν από τα δέντρα.

Το κρησφύγετο του Μπρένταν βρίσκεται αποκάτω τους, προστατευμένο από τους χειρότερους ανέμους σε ένα στενό πέρασμα, με την πλάτη στη βουνοπλαγιά. Δεν είναι αυτό που περίμενε ο Καλ. Φανταζόταν ένα σύμπλεγμα από μισογκρεμισμένους μαντρότοιχους, ίσως και με κάποιο απομεινάρι σκεπής, εγκαταλειμμένο στην αργή, φυσική φθορά εδώ και πολλές γενιές. Αυτό είναι ένα χαμηλό άσπρο σπιτάκι, όχι πιο παλιό από το δικό του, και σχεδόν στην ίδια κατάσταση μ' εκείνο όταν το ανέλαβε. Τα κουφώματα της πόρτας και των παραθύρων διατηρούν ακόμη το μεγαλύτερο μέρος της κόκκινης μπογιάς τους.

Ο Καλ το βρίσκει σε χειρότερη κατάσταση απ' ό,τι το φανταζόταν. Ένα ερείπιο διακοσίων ετών ταιριάζει με τον τρόπο

TANA FRENCH

της φύσης: τα πράγματα στέκουν γερά για κάποιο διάστημα και μετά καταρρέουν. Η εγκατάλειψη ενός σχετικά καινούργιου και χρηστικού σπιτιού συνεπάγεται την εμφάνιση κάποιου αφύσικου γεγονότος, κοφτερού και αμετάκλητου σαν γκιλοτίνα. Το μέρος έχει μια όψη που δεν του αρέσει.

«Περίμενε» λέει, απλώνοντας το χέρι για να εμποδίσει τον Τρέι, που κατευθύνεται προς το σπίτι.

«Γιατί;»

«Μια στιγμή μόνο. Να σιγουρευτούμε ότι κανείς άλλος δεν είχε την ίδια ιδέα με τον αδερφό σου».

«Γι' αυτό ερχόταν εδώ ο Μπρεν. Γιατί ποτέ κανείς άλλος δεν...»

«Περίμενε λίγο» λέει ο Καλ. Γυρίζει πίσω, χαλαρά και άνετα, και στέκεται ανάμεσα στα έλατα. Ο Τρέι τον στραβοκοιτάζει, αλλά τον ακολουθεί.

Τίποτα δεν βγαίνει από την αγροικία, δεν υπάρχει ούτε κίνηση ούτε ήχος. Τα ζιζάνια που έχουν φυτρώσει ψηλά δίπλα από τους τοίχους έχουν ποδοπατηθεί στο μονοπάτι που οδηγεί στην εξώπορτα. Τα παράθυρα είναι ως επί το πλείστον σπασμένα, και λείπουν κάμποσες πλάκες από τη σκεπή, κάποιος όμως έχει προσπαθήσει να την επισκευάσει, όχι πολύ καιρό πριν. Ένας μουσαμάς είναι στερεωμένος πάνω από ένα κομμάτι της στέγης και στα παράθυρα έχουν τοποθετηθεί κόντρα πλακέ.

«Είπες ότι έχεις έρθει εδώ από τότε που έφυγε ο Μπρένταν» λέει ο Καλ. «Σωστά;»

«Ναι, μια δυο μέρες μετά».

Αυτό σημαίνει ότι είναι απίθανο να πέσουν πάνω στο πτώμα του. Ένα ζευγάρι μαυροσταχτάρες μπαινοβγαίνουν κάτω από τις μαρκίζες, χωρίς βιασύνη, κάνοντας τα ακροβατικά τους στον δροσερό αέρα. «Φαίνεται εντάξει» λέει τελικά ο Καλ. «Πάμε να ρίξουμε μια ματιά».

Κάτω στο στενό πέρασμα, ο ήχος συμπυκνώνεται με τρόπο που ξαφνιάζει μετά την ανοιχτωσιά αποπάνω. Τα βήματά τους αντηχούν κοφτά και δυνατά στο χαλικόστρωτο μονοπάτι. Οι μαυροσταχτάρες ξεσπούν σε θυμωμένα τιτιβίσματα και βουτάνε να κρυφτούν.

Η πόρτα έχει ένα μεγάλο τσακισμένο βούλιαγμα κοντά στο κάτω μέρος· κάποιος την έχει κλοτσήσει, συνδυάζοντας ακρίβεια και αφοσίωση. Όχι πολύ καιρό πριν· το σπασμένο ξύλο μόλις που έχει αρχίσει να αποχρωματίζεται. Ένα ατσαλένιο μάνταλο, με το λουκέτο ακόμη στερεωμένο πάνω, κρέμεται χαλαρά από τον καταβάτη του. Στην πόρτα, εκεί απ' όπου έχει φύγει, υπάρχουν τρύπες. Ο Καλ κατεβάζει το μανίκι του μπουφάν του προτού σπρώξει την πόρτα να ανοίξει.

«Έτσι ήταν την τελευταία φορά που ήσουν εδώ;»

«Πώς έτσι;»

«Την έχουν κλοτσήσει. Η κλειδαριά είναι σπασμένη».

«Ναι. Απλώς μπήκα». Ο Τρέι ακολουθεί τον Καλ κατά πόδας, σαν εκπαιδευμένο κυνηγόσκυλο που πάλλεται από ανυπομονησία.

Μέσα, τίποτα δεν κινείται. Από κάπου στο πίσω δωμάτιο μπαίνει ένα αδύναμο φως, εκτός όμως από αυτό, το κόντρα πλακέ κάνει το σπίτι πολύ σκοτεινό για να μπορεί να δει κανείς κάτι. Ο Καλ βγάζει από την τσέπη του τον φακό του και σαρώνει τον χώρο τριγύρω.

Το μπροστινό μισό του σπιτιού είναι ένα δωμάτιο μεσαίου μεγέθους χωρίς κάποιον μέσα. Το επόμενο πράγμα που παρατηρεί ο Καλ είναι η καθαριότητα. Την πρώτη φορά που μπήκε στο δικό του σπίτι, υπήρχαν στρώσεις από ιστούς αράχνης, σκόνη, μούχλα, πεθαμένα ζουζούνια, πεθαμένα ποντίκια, γλοιώδεις μορφές αγνώστου ταυτότητας. Εδώ υπάρχει μόνο μια λεπτή στρώση σκόνης στα γυμνά σανίδια του πατώματος. Η ταπετσαρία –λωρίδες από φανταχτερό ροζ με χρυσά λου-

λούδια– είναι λεκιασμένη από την υγρασία, αλλά τα ξεφλου
δισμένα κομμάτια έχουν αφαιρεθεί.

Σε μια γωνιά βρίσκεται ένα καμινέτο προπανίου, ολοκαί
νουργιο, και μερικές ανταλλακτικές φιάλες δίπλα του. Κάτω
από ένα παράθυρο φραγμένο με σανίδες στέκει ένα ψυγείο,
επίσης ολοκαίνουργιο. Κατά μήκος του τοίχου στο βάθος είναι
ένας άσπρος μπουφές από MDF σε άθλια κατάσταση, όχι και
νούργιος, σκούπα και φαράσι, σφουγγαρίστρα και κουβάς, και
μια σειρά από μεγάλα πλαστικά μπουκάλια νερό. Στα σανίδια
του δαπέδου διακρίνονται γρατζουνιές από πράγματα που
έχουν συρθεί μέσα και ίσως έξω.

Δεν κινείται τίποτα καθώς μπαίνουν μέσα. «Περίμενε εκεί»
λέει ο Καλ και περνάει γρήγορα στο πίσω μέρος. Εδώ, που
πρέπει να ήταν κάποτε η κουζίνα και το υπνοδωμάτιο, δεν έχει
μπει κανείς στον κόπο να καθαρίσει. Το πάτωμα είναι γεμάτο
με πεσμένους σοβάδες, διάφορα κομμάτια ξεχαρβαλωμένων
επίπλων και ιστούς αράχνης γεμάτους σκόνη σαν βαριές, δα
ντελένιες κουρτίνες. Τα πίσω παράθυρα δεν έχουν σανίδια,
ζιζάνια με κίτρινα λουλούδια αναδεύονται απέξω, αλλά η πλα
γιά είναι τόσο κοντά, που μπλοκάρει το περισσότερο φως.

«Βλέπεις;» λέει ο Τρέι, πίσω του. «Κανείς».

«Εντάξει, ξοδέψαμε δύο λεπτά» λέει ο Καλ. «Καλύτερα
από το να μπλέκαμε σε μπελάδες». Επιστρέφει στο μπροστι
νό δωμάτιο, κάθεται ανακούρκουδα δίπλα από το ψυγείο, με
το παιδί να κρέμεται πάνω από τον ώμο του, και το ανοίγει με
το μανίκι του. Είναι άδειο. Εξετάζει προσεκτικά το καμινέτο,
το οποίο είναι συναρμολογημένο και έτοιμο, αλλά δείχνει να
μην έχει λειτουργήσει ποτέ. Κουνάει μία μία τις εφεδρικές
φιάλες δίπλα· μία γεμάτη, δύο άδειες. Στη συνέχεια, μετακι
νείται στον μπουφέ, ανοίγει τις πόρτες προσεκτικά και στρέφει
προς τα μέσα τη δέσμη του φακού του. Στο ντουλάπι υπάρχουν
τρία ζευγάρια λαστιχένια γάντια, τρία μπουκάλια καθαριστι

κό γενικής χρήσης, μια στοίβα από βρόμικα σφουγγαράκια και πατσαβούρια, μερικά τάπερ, ένα μεγάλο πακέτο με φίλτρα του καφέ, ένα τυλιγμένο λάστιχο, δύο γυαλιά εργασίας, ένα κουτί με μάσκες και μια μπαταρία που έχει κυλήσει σε μια άκρη. Η καρδιά του Καλ βροντοχτυπάει. Για μια στιγμή δεν μπορεί να κουνηθεί. Ήθελε κάτι που θα έκαιγε όλα τα ασαφή ενδεχόμενα και θα του έφερνε κάτι χειροπιαστό μες στην ομίχλη. Τώρα που το έχει βρει, διαπιστώνει ότι δεν θα το ήθελε καθόλου. Είχε ζυγίσει λάθος τον Μπρένταν. Φανταζόταν ένα ατίθασο παιδί που έτρεξε πίσω από την πρώτη και πιο εύκολη ιδέα που του κατέβηκε στο κεφάλι, από αγανάκτηση και με την προοπτική να δείξει σε όλους ότι τον είχαν υποτιμήσει. Ο Μπρένταν όμως είχε δουλέψει πολύ μεθοδικά, πολύ συστηματικά, τοποθετώντας στη θέση τους όλα τα κομμάτια. Ένα ελαφρώς θερμοκέφαλο παιδί, απαυδισμένο, μπορεί να μπλέξει χοντρά. Ένα μεθοδικό παιδί, όμως, είναι λιγότερο πιθανό να μπλέξει χοντρά, αν όμως συμβεί, τότε πρόκειται πραγματικά για πολύ μεγαλύτερο μπλέξιμο.

Νιώθει τον Τρέι να σκύβει δίπλα του, να παρακολουθεί κάθε σύσπαση του προσώπου του και να πιάνει τη στιγμιαία παγωμάρα του. «Χμ» κάνει άνετα και σηκώνεται. «Για κράτησέ μου λιγάκι αυτό» λέει και του δίνει τον φακό.

«Γιατί;» ρωτάει ο Τρέι. Είναι κουλουριασμένος σφιχτά και προσπαθεί να ελέγξει την ενέργειά του.

Ο Καλ βρίσκει το τηλέφωνό του και ανοίγει την κάμερα. «Όταν κάνεις έρευνα, καταγράφεις. Ποτέ δεν ξέρεις σε τι θα σου χρειαστεί κάτι».

Ο Τρέι δεν κουνιέται. Τα μάτια του είναι ακίνητα πάνω στο πρόσωπο του Καλ.

«Άρχισε αποδώ» λέει ο Καλ, γνέφοντας προς την μπροστινή είσοδο. «Ύστερα στρέψ' τον γύρω στο δωμάτιο, αργά αργά».

Έπειτα από έναν στιγμιαίο δισταγμό, ο Τρέι κάνει ό,τι του

λέει χωρίς σχόλια. Κινεί τη δέσμη του φακού στρωτά ενώ ο Καλ βιντεοσκοπεί το δωμάτιο και στη συνέχεια την κρατάει σταθερή για να μπορέσει να τραβήξει φωτογραφίες το ψυγείο, τον μπουφέ, το καμινέτο, τις φιάλες προπανίου, τα μπουκάλια του νερού. Ο Καλ βιντεοσκοπεί έπειτα και τα πίσω δωμάτια, χωρίς τον φακό. Τα ασφράγιστα παράθυρα εκεί ήταν καλή επιλογή. Αν είναι να κάνεις αυτό που ετοιμαζόταν να κάνει εδώ ο Μπρένταν Ρέντι, χρειάζεσαι πολύ καλό εξαερισμό. Το μέρος δεν μυρίζει κάτι πέρα από υγρασία, βροχή και έλατο. Ο Μπρένταν δεν πρόλαβε να αρχίσει. Είχε σχεδόν τα πάντα έτοιμα, ίσως όλα, όταν κάτι πήγε στραβά.

Αφού τελειώνουν με τις φωτογραφίες, ο Καλ παίρνει ξανά τον φακό και περπατάει γύρω γύρω στο μπροστινό δωμάτιο κρατώντας τη δέσμη του στο πάτωμα. «Τι ψάχνεις;» ρωτάει ο Τρέι, τριγυρίζοντάς τον σαν δορυφόρος.

«Οτιδήποτε» λέει ο Καλ. «Αλλά δεν υπάρχει τίποτα εδώ». Ψάχνει για λεκέδες από αίμα. Δεν βλέπει κάτι, ωστόσο αυτό δεν σημαίνει ότι δεν υπάρχουν· το πάτωμα έχει καθαριστεί όχι πολύ καιρό πριν, παρ' όλα αυτά, όμως, δεν υπάρχει τρόπος να μάθει αν αυτό έγινε πριν εξαφανιστεί ο Μπρένταν ή μετά. Το Λουμινόλ θα μπορούσε να φανερώσει την ύπαρξη αίματος, όμως πού να το βρει; «Κοίταξε προσεκτικά τριγύρω. Βλέπεις κάτι διαφορετικό από την τελευταία φορά που ήρθες;»

Ο Τρέι σαρώνει με το βλέμμα του τον χώρο, χωρίς να βιάζεται. Τελικά, κουνάει αρνητικά το κεφάλι.

«Εντάξει» λέει ο Καλ, ενώ αφήνει στην άκρη το τηλέφωνό του. «Πάμε να κοιτάξουμε και έξω στα πέριξ».

Ο Τρέι γνέφει, δίνει ξανά στον Καλ τον φακό και κατευθύνεται προς την πόρτα. Ο Καλ δεν έχει ιδέα τι συμπέρασμα έχει βγάλει ο μικρός απ' όλα αυτά. Δεν μπορεί να καταλάβει αν είναι έτσι ο τρόπος του παιδιού ή αν ο Τρέι εσκεμμένα κρατάει τις σκέψεις του για τον εαυτό του.

Περπατούν στην κατάφυτη περιοχή που κάποτε ήταν η αυλή, αλλά δεν υπάρχει τίποτα ύποπτο, ούτε σημάδια σκαψίματος. Το μόνο που βρίσκουν είναι ένας σωρός από σκουπίδια από τότε που το σπίτι κατοικούνταν ακόμη: ένα βουναλάκι από σπασμένα σερβίτσια και γυάλινα μπουκάλια μισοθαμμένα κάτω από την πολυκαιρισμένη βρομιά και τα αγριόχορτα. Ο Τρέι βρίσκει μια βέργα και τα βάζει με τις τσουκνίδες.

«Κόφ' το» λέει ο Καλ.

«Γιατί;»

«Θα προτιμούσα να μη μάθουν οι πάντες ότι κάποιος ήταν εδώ πέρα».

Ο Τρέι του ρίχνει μια ματιά, αλλά δεν λέει τίποτα. Πετάει τη βέργα στον σωρό με τα σκουπίδια.

Εδώ πάνω η ησυχία είναι διαφορετική απ' ό,τι στα πεδινά. Εκεί κάτω ακούγονται μπλεγμένες οι φωνές από τα πουλιά που κάνουν σαματά και φλερτάρουν, από πρόβατα και βόδια που κουβεντιάζουν, ή από αγρότες που φωνάζουν· εδώ πάνω, όμως, η ατμόσφαιρα είναι βουβή. Μόνο ο άνεμος και ένα μικρό απρόσωπο κάλεσμα σαν βότσαλα που χτυπούν μεταξύ τους ξανά και ξανά.

Ανεβαίνουν στις πλευρές του στενού περάσματος, ψάχνοντας ανάμεσα στα ψηλά αγριόχορτα· πηγαίνουν συστηματικά πέρα δώθε για να βεβαιωθούν ότι δεν τους έχει ξεφύγει τίποτα. Βρίσκουν μια σκουριασμένη τσάπα με μισοσπασμένη λαβή, και ένα κουβάρι από συρματοπλέγματα, επίσης σκουριασμένα. Όταν φτάνουν στην κορυφή, περνούν μέσα από το ελατόδασος, κλοτσώντας σωρούς από πεσμένες βελόνες και κοιτάζοντας προσεκτικά ανάμεσα στα κλαδιά για κρυφώνες. Μια δυο παλιές φωλιές τούς κάνουν να κοιτάξουν καλύτερα.

Ο Καλ ήξερε από την αρχή ότι ο κόπος ήταν μάταιος. Η έκταση εδώ πέρα είναι πολύ μεγάλη για να την καλύψουν μόνο ένας άντρας και ένα παιδί. Αυτό που πραγματικά χρειάζεται είναι να μπουκάρει στο σπίτι μια ομάδα CSI, και μια μονάδα Κ-9 να χτενίσει τη βουνοπλαγιά. Νιώθει ο πιο ανόητος σε όλο τον κόσμο, να παίζει τον μπάτσο χωρίς σήμα και όπλο σε μια ξένη χώρα, με ένα δεκατριάχρονο παιδί και τον αστυνομικό Ντένις για εφεδρεία. Προσπαθεί να φανταστεί τι θα έλεγε η Ντόνα, η αλήθεια όμως είναι ότι εκείνη δεν θα έλεγε απολύτως τίποτα· θα τον κοίταζε με δυσπιστία και ύστερα θα σήκωνε τα χέρια ψηλά και θα έφευγε. Ακόμα και το εξωφρενικό απόθεμα λέξεων και θορύβων της Ντόνα δεν θα περιείχε τίποτα που να καλύπτει τη συγκεκριμένη κατάσταση.

«Ωραία» λέει στο τέλος. «Υποθέτω πως είδαμε ό,τι είχαμε να δούμε εδώ πέρα». Είναι ώρα να πηγαίνουν. Το φως έχει αρχίσει να μετατοπίζεται, οι σκιές των ελάτων απλώνονται στην πλαγιά του περάσματος προς το σπίτι.

Ο Τρέι τον κοιτάζει απότομα, ερωτηματικά. Ο Καλ αγνοεί το βλέμμα και κατευθύνεται πιο βαθιά στα δέντρα. Χαίρεται ιδιαίτερα που φεύγει από εκείνο το μέρος.

Ένα δυο λεπτά μετά, συνειδητοποιεί ότι περπατάει τόσο γρήγορα, που το παιδί τρέχει για να μπορέσει να τον ακολουθήσει. «Λοιπόν» λέει, κατεβάζοντας ρυθμό. «Τι συμπέρασμα βγάζεις απ' αυτά;»

Ο Τρέι ανασηκώνει τους ώμους. Πηδάει για να σπάσει ένα κλαδί από ένα έλατο.

Ο Καλ νιώθει την αδήριτη ανάγκη να μάθει τι συμβαίνει στο κεφάλι του παιδιού. «Εσύ ξέρεις τον Μπρένταν, όχι εγώ. Αυτό το σπίτι σού δίνει κάποια ιδέα τι μπορεί να ετοίμαζε;»

Ο Τρέι χτυπάει με το κλαδί έναν κορμό περπατώντας. Το σφύριγμα και το χτύπημα πνίγεται από τα δέντρα ολόγυρα. Ως απάντηση, τίποτα δεν φτερουγίζει, ούτε κινείται.

«Όταν πήγα αφότου έφυγε ο Μπρεν» λέει, «σκέφτηκα ότι

μπορεί να έμενε εκεί πέρα. Επειδή το είχε φτιάξει, τη στέγη και λοιπά, και ήταν και το ψυγείο και το γκαζάκι. Αυτά δεν υπήρχαν εκεί πριν. Σκέφτηκα ότι μας είχε βαρεθεί όλους και είχε μετακομίσει εκεί. Περίμενα όλο το βράδυ να γυρίσει. Θα τον ρωτούσα αν μπορούσα να έρθω κι εγώ». Μαστιγώνει με το κλαδί κι άλλον κορμό, πιο δυνατά αυτή τη φορά, ο ήχος όμως εξακολουθεί να χάνεται. «Τελικά, το πρωί το πήρα χαμπάρι. Τι χαζομάρα. Δεν υπήρχε ούτε στρώμα, ούτε υπνόσακος, ούτε τίποτα. Δεν έμενε εκεί».

Αυτός είναι ο μεγαλύτερος μονόλογος που έχει ακούσει ποτέ ο Καλ από το παιδί. Δεν εκπλήσσεται που ο Τρέι δεν ανέφερε νωρίτερα την αγροικία, ύστερα από εκείνη τη μεγάλη νύχτα και το τσουχτερό χαστούκι της απογοήτευσης. «Όχι, απ' ό,τι φαίνεται» λέει.

Έπειτα από μια σύντομη σιωπή, ο Τρέι λέει, ρίχνοντάς του μια πλάγια ματιά: «Όλα αυτά τα πράγματα στον μπουφέ».

Ο Καλ περιμένει.

«Τα καθαριστικά. Ο Μπρένταν μπορεί να είχε σκοπό να ασχοληθεί και με το υπόλοιπο σπίτι. Να το νοικιάσει μαύρα, σαν καταφύγιο. Σε πεζοπόρους ή περαστικούς τουρίστες. Και ο ιδιοκτήτης του σπιτιού να το ανακάλυψε και να τσαντίστηκε. Μπορεί να πήγαινε να τον συναντήσει για να το λύσουν. Να του δώσει τα μετρητά».

«Θα μπορούσε» λέει ο Καλ, σκύβοντας για να αποφύγει ένα κλαδί. Νιώθει να τον παρακολουθεί το παιδί.

«Κι αυτός τον πήρε».

«Ξέρεις ποιανού είναι το μέρος; Ποιος ήταν ο τελευταίος που έμενε εδώ;»

Ο Τρέι κουνάει αρνητικά το κεφάλι. «Κάποιοι όμως από αυτούς εδώ πάνω στα βουνά είναι άγριοι».

«Τέλος πάντων» λέει ο Καλ. «Νομίζω πως θα χρειαστεί να ρίξω μια ματιά στο κτηματολόγιο».

«Θα τον βρεις» λέει ο Τρέι. «Έτσι δεν είναι;»
Ο Καλ απαντάει: «Αυτό σκοπεύω». Ωστόσο, δεν θέλει πια
να βρει τον Μπρένταν Ρέντι.

Ο Τρέι κάνει να πει κάτι ακόμα, αλλά συγκρατεί τον εαυτό
του και επιστρέφει στο μαστίγωμα των κορμών των δέντρων
με το κλαδί του. Διασχίζουν τα έλατα και κατεβαίνουν σιωπη-
λά την πλαγιά του βουνού.

Όταν ξαναβγαίνουν στο μονοπάτι, στη στροφή όπου συνα-
ντήθηκαν, ο Καλ επιβραδύνει το βήμα και ρωτάει: «Πού μένει
ο Ντόνι Μαγκράθ;».

Ο Τρέι κλοτσάει μια πέτρα μπροστά του, η ερώτηση όμως
τον κάνει να σηκώσει το κεφάλι του. «Γιατί ρωτάς;»

«Θέλω να του μιλήσω. Πού μένει;»

«Στην αποδώ μεριά του χωριού. Σ' εκείνο το γκρι ετοιμόρ-
ροπο σπίτι. Με τη σκούρη μπλε πόρτα».

Ο Καλ το ξέρει. Οι άνθρωποι του χωριού περηφανεύονται
για τα σπίτια τους, διατηρώντας τα παράθυρά τους καθαρά,
τα μπρούντζινά τους γυαλισμένα και τις κορνίζες τους βαμμέ-
νες. Ρημαγμένο σπίτι σημαίνει άδειο σπίτι. Του Ντόνι αποτελεί
εξαίρεση.

«Μόνος του;»

«Εκείνος κι η μάνα του. Ο πατέρας του έχει πεθάνει. Οι
αδερφές του παντρεύτηκαν κι έφυγαν, και μου φαίνεται ότι ο
αδερφός του ξενιτεύτηκε». Η πέτρα ξεφεύγει από το μονοπά-
τι. Το παιδί σκουντάει με τη μύτη του παπουτσιού του έναν
σωρό από ρείκια. «Ο Ντόνι κι ο αδερφός του πείραζαν τον
Μπρεν όταν πήγαιναν σχολείο. Τελικά, τον έδειραν τόσο άσχη-
μα, που φώναξαν τη μάνα μου· και του Ντόνι επίσης. "Οι γιοι
μου δεν θα έκαναν ποτέ κάτι τέτοιο, είναι καλά παιδιά, είμα-
στε μια αξιοπρεπής οικογένεια"· αν και όλοι ήξεραν ότι ο
πατέρας τους ήταν μπεκρής και χαμένο κορμί. Νόμιζε ότι ήταν
σπουδαία μόνο και μόνο επειδή είναι από πόλη και ο αδερφός

της ιερέας. Το σχολείο δεν έδωσε δεκάρα όπως και να 'χε μόνο και μόνο επειδή ήμασταν εμείς». Ρίχνει μια ματιά στον Καλ. «Τώρα όμως, ο Μπρεν θα μπορούσε να σπάσει στο ξύλο αυτό τον παπάρα. Δεν τον πήρε ο Ντόνι».

«Δεν είπα κάτι τέτοιο» λέει ο Καλ. «Να του μιλήσω θέλω μόνο».

«Γιατί;»

«Έτσι. Επίσης, θέλω να μείνεις μακριά του. Πολύ μακριά του».

«Ο Ντόνι είναι βρομιάρης» λέει ο Τρέι, σχεδόν με αηδία. «Εντάξει. Πάντως, μείνε μακριά του».

Ο Τρέι κλοτσάει την πέτρα του, δυνατά, μέσα στα ρείκια. Προσπερνάει τον Καλ και σταματάει κλείνοντάς του το πέρασμα, με τα πόδια ανοιχτά και το πιγούνι ψηλά.

«Δεν είμαι κανένα μωρό».

«Το ξέρω».

«"Μείνε μακριά από τον ένα, μείνε μακριά από τον άλλο, μην κάνεις τίποτα, δεν χρειάζεται να ξέρεις..."»

«Ήθελες να το κάνω εγώ αυτό επειδή ξέρω πώς να το κάνω σωστά. Αν είναι να μπλέκεσαι στα πόδια μου ενώ...»

«Θέλω να μιλήσω εγώ στον Ντόνι. Δεν θα πει τίποτα σ' έναν άσχετο».

«Και νομίζεις ότι θα μιλήσει σ' ένα παιδί;»

«Ναι, αμέ. Γιατί όχι; Πιστεύει το ίδιο μ' εσένα. Ότι είμαι μωρό. Σ' εμένα μπορεί να πει οτιδήποτε· αφού έτσι κι αλλιώς δεν μπορώ να κάνω κάτι».

«Άκου να δεις πώς έχουν τα πράγματα: αν ανακαλύψω ότι βρέθηκες κοντά στον Ντόνι, τελείωσα. Χωρίς δεύτερες ευκαιρίες και τα ρέστα. Είναι ξεκάθαρο αυτό;» λέει ο Καλ.

Ο Τρέι τον κοιτάζει επίμονα. Για μια στιγμή, ο Καλ πιστεύει ότι το παιδί θα εκραγεί, όπως έκανε όταν ξέσπασε στο γραφείο. Είναι προετοιμασμένος να παραμερίσει.

Αντ' αυτού όμως, το παιδί κατεβάζει ρολά και λέει: «Ναι. Ξεκάθαρο».

«Το καλό που σου θέλω» λέει ο Καλ. «Θα πάω αύριο να του μιλήσω. Έλα μεθαύριο, και θα σου πω τα καθέκαστα». Θέλει να του πει να προσέξει να μην τον δουν, αλλά τον σταματάει το πώς θα ακουστεί κάτι τέτοιο.

Ο Τρέι δεν διαφωνεί πια, ούτε κάνει ερωτήσεις. Μόνο γνέφει και φεύγει με μεγάλες δρασκελιές ανάμεσα στα ρείκια, ώσπου χάνεται πίσω από το διάσελο.

Ο Καλ καταλαβαίνει ότι το παιδί ξέρει. Ξέρει ότι κάτι συνέβη μέσα σ' εκείνο το σπίτι· ότι κάτι οριστικοποιήθηκε, ήρθε στο προσκήνιο, και τα πονταρίσματα εκτινάχτηκαν. Ξέρει ότι εκεί ήταν η στιγμή που το πράγμα στράβωσε.

Ο Καλ θέλει να το φωνάξει πάλι πίσω, να το πάρει για κυνήγι, ή να του μαγειρέψει βραδινό, ή να του μάθει να φτιάχνει κάτι. Τίποτα όμως δεν μπορεί να διορθώσει τα πράγματα. Στρίβει και αρχίζει να κατεβαίνει προς το σπίτι, από την ίδια ελικοειδή διαδρομή που έκανε για να φτάσει ως εδώ. Κάτω, το φθινόπωρο έχει κιτρινίσει τα χωράφια. Η σκιά της βουνοπλαγιάς έχει πέσει στο μονοπάτι, και όταν ο Καλ κατηφορίζει, νιώθει την ψύχρα της. Αναρωτιέται αν σε μια δυο βδομάδες από τώρα το παιδί θα τον έχει μισήσει.

Τουλάχιστον τώρα γνωρίζει τι αγροτικός εξοπλισμός κλάπηκε τον Μάρτιο. Κάποιο βράδυ, ή περισσότερα, ο Μπρένταν βγήκε με έναν λαστιχένιο σωλήνα και μια φιάλη προπανίου και αφαίρεσε λίγη από την άνυδρη αμμωνία του Πι Τζέι, μόνο που έγινε τσακωτός. Ίσως ήταν απρόσεκτος και άφησε κανένα κομμάτι ταινίας στο ντεπόζιτο όπου είχε κολλήσει τον σωλήνα του, ή ίσως ο Πι Τζέι πρόσεξε ότι το μπρούντζινο εξάρτημα είχε πρασινίσει. Είτε έτσι είτε αλλιώς, ο Πι Τζέι ειδοποίησε την αστυνομία. Ο Καλ πολύ θα ήθελε να μάθει τι του είπε ο Μπρένταν και τον έπεισε να τους πάρει να μην έρθουν τελικά.

Θα μπορούσε να έχει το CSI και την Κ-9 αν πήγαινε στην αστυνομία – όχι στον χαρωπό αστυνόμο Ντένις, αλλά στα μεγάλα αγόρια, στους ντετέκτιβ από το Δουβλίνο. Θα τον έπαιρναν στα σοβαρά, ειδικά μόλις έβλεπαν τις φωτογραφίες. Ο Μπρένταν δεν έστηνε μια πρόχειρη επιχείρηση της πλάκας στην αγροικία. Πήγαινε για τα σοβαρά, την καθαρή τεχνική υψηλής απόδοσης, και είχε τις χημικές γνώσεις για να το πετύχει. Και μοιάζει λογικό να είχε και τις διασυνδέσεις για να πουλήσει τη μεθαμφεταμίνη μόλις την έφτιαχνε. Οι ντετέκτιβ δεν θα κωλυσιεργούσαν.

Ο Καλ θα πυροδοτούσε έτσι μια έκρηξη, το ωστικό κύμα της οποίας θα αντηχούσε στο Αρντνακέλτι με τρόπους απρόβλεπτους.

Ανεξάρτητα από το τι θα κάνει ή δεν θα κάνει, δεν μπορεί να φανταστεί πώς κάτι τέτοιο θα μπορούσε να εξελιχθεί καλά. Η αλλαγή στην ατμόσφαιρα, αυτή που ένιωσαν και ο ίδιος και ο Τρέι όταν γονάτισαν δίπλα στον μπουφέ –η ψυχρή, αδυσώπητη αλλαγή που του ήταν γνωστή από εκατοντάδες περιπτώσεις– σήμαινε ένα πράγμα: το τέλος όλων αυτών δεν θα ήταν αίσιο.

15

Η απώλεια ενός δικού τους δεν έχει τρομάξει τα κουνέλια. Το πρωί, καμιά δεκαριά χοροπηδούν στο πίσω μέρος του σπιτιού του Καλ λες και τους ανήκει, μασουλώντας για πρωινό το βρεγμένο από την πάχνη τριφύλλι. Τα παρακολουθεί από το παράθυρο της κρεβατοκάμαρας, νιώθοντας το κρύο να τρυπώνει από το τζάμι. Ό,τι κι αν κάνουν οι άνθρωποι, ό,τι κι αν σκοτώσουν, η φύση το απορροφά, επουλώνει την πληγή και συνεχίζει τα δικά της. Ο Καλ δεν είναι βέβαιος αν αυτό είναι παρήγορο ή καταθλιπτικό. Η βελανιδιά με τα κοράκια έχει πάρει κάθε χρυσαφιά απόχρωση, και τα φύλλα της στροβιλίζονται πέφτοντας για να προστεθούν σε μια πισίνα απλωμένη σαν αντανάκλαση από κάτω.

Είναι Τετάρτη, ωστόσο ο Καλ είναι σχεδόν σίγουρος πως ο Ντόνι Μαγκράθ δεν θα περνάει τη μέρα του σε κάποια επικερδή εργασία. Υποθέτει επίσης ότι δεν ξυπνάει νωρίς, οπότε ετοιμάζει το πρόγευμά του με την ησυχία του. Φτιάχνει ένα πλούσιο πρωινό, με μπέικον, λουκάνικα, αυγά και την επονομαζόμενη μαύρη πουτίγκα* – δεν έχει καταλάβει ακριβώς αν είναι κάτι που του αρέσει, αλλά θεωρεί ότι πρέπει να την τρώει καμιά φορά από σεβασμό στα τοπικά ήθη. Η επιχείρηση ίσως πάρει κάμποση ώρα, οπότε καλύτερα να είναι προετοιμασμένος για μεγάλη αναμονή και παράλειψη του μεσημεριανού γεύματος.

---

* Είδος λουκάνικου από αίμα και λίπος χοιρινό ή μοσχαρίσιο, και κάποιο δημητριακό, συνήθως βρόμη ή κριθάρι. (Σ.τ.Μ.)

Λίγο μετά τις έντεκα, ξεκινάει για το χωριό. Το σπίτι του Ντόνι βρίσκεται στην άκρη του κεντρικού δρόμου, καμιά εκατοστή μέτρα από το κατάστημα και την παμπ. Είναι ένα στενό, μουντό διώροφο κτίριο, γεμάτο παράθυρα, στο τέλος μιας παράταιρης σειράς και βλέπει κατευθείαν στο πεζοδρόμιο. Το γκρίζο βοτσαλωτό των τοίχων έχει μαδήσει σε κάποια σημεία, και μια φουρνιά από θαλερά ζιζάνια ξεφυτρώνουν από την καμινάδα. Απέναντι από τον Ντόνι βρίσκεται ένα ροζ σπίτι με καρφωμένα παράθυρα και έναν χαμηλό πέτρινο φράχτη τριγύρω. Ο Καλ ακουμπάει στο τοιχάκι, σηκώνει τον γιακά του φλις του ενάντια στις ριπές του υγρού ανέμου και περιμένει.

Περνάει κάμποση ώρα χωρίς να συμβεί κάτι. Στο μπροστινό παράθυρο του Ντόνι, οι δαντελένιες κουρτίνες που έχουν κρεμάσει δεν κουνιούνται. Στο περβάζι υπάρχουν μικρά πορσελάνινα διακοσμητικά.

Ένας αδύνατος ηλικιωμένος –ο Καλ τον έχει δει μερικές φορές στην παμπ– διασχίζει τον δρόμο, του ρίχνει ένα κοφτό βλέμμα και του γνέφει. Ο Καλ ανταποδίδει τον χαιρετισμό, και ο τύπος κατευθύνεται προς το κατάστημα. Δύο λεπτά αφότου φεύγει, η Νορίν ξεπροβάλλει με ένα ποτιστήρι και σηκώνεται στις μύτες των ποδιών της στοχεύοντας στο κρεμαστό καλάθι με τις πετούνιες. Όταν γέρνει το κεφάλι πάνω από τον ώμο της για να κοιτάξει τον Καλ, εκείνος τη χαιρετάει και της σκάει ένα πλατύ χαμόγελο.

Μέχρι το βράδυ, όλο το Αρντνακέλτι θα ξέρει ότι έψαχνε τον Ντόνι. Ο Καλ έχει βαρεθεί να είναι διακριτικός. Συνειδητοποιεί ότι είναι ώρα να ταράξει λίγο τα νερά στην περιοχή.

Περιμένει κι άλλο. Περνάνε κάμποσοι ηλικιωμένοι, δυο τρεις μητέρες με μωρά ή μικρά παιδιά, και μια χοντρή κεραμιδόγατα που ρίχνει στον Καλ ένα αυθάδικο βλέμμα προτού καθίσει στο πεζοδρόμιο και αρχίσει να πλένει τα αποτέτοια της για να του δείξει το ενδιαφέρον της για εκείνον. Κάτι κινείται πίσω από τις δαντελένιες κουρτίνες της μανούλας του Ντόνι κι οι πτυχώσεις τους κυματίζουν, ωστόσο κανείς δεν τις παραμερίζει, ούτε ανοίγει η πόρτα.

Ένα σαραβαλιασμένο κίτρινο Fiat 600 τραντάζεται στον δρόμο και σταματάει μπροστά από το μαγαζί της Νορίν. Βγαίνει μια γυναίκα που μάλλον είναι η Μπελίντα. Ένας θάμνος από κόκκινα βαμμένα μαλλιά πετάγονται προς κάθε κατεύθυνση, το ίδιο και μια μοβ κάπα που την τυλίγει γύρω της πριν μπει στο παντοπωλείο. Όταν ξαναβγαίνει, κόβει ταχύτητα καθώς περνάει με το αμάξι της δίπλα από τον Καλ, κουνάει τα δάχτυλά της και του χαρίζει ένα τεράστιο, αστραφτερό χαμόγελο. Εκείνος κάνει ένα κοφτό νεύμα και βγάζει το τηλέφωνό του σαν να χτυπάει, προτού εκείνη αποφασίσει να σταματήσει στην άκρη και να του συστηθεί. Φαίνεται πως η Νορίν άλλαξε γνώμη σχετικά με το προξενιό με τη Λένα.

Η κίνηση πίσω από τις δαντελένιες κουρτίνες γίνεται πιο συχνή και πιο ανήσυχη. Λίγο μετά τις δύο, ο Ντόνι σπάει. Ανοίγει με φόρα την εξώπορτα, διασχίζει τον δρόμο και κατευθύνεται προς το μέρος του Καλ.

Φοράει την ίδια γυαλιστερή άσπρη φόρμα που φορούσε στην παμπ. Προσπαθεί να περπατήσει κάπως απειλητικά, αλλά δυσκολεύεται από το γεγονός ότι κουτσαίνει λιγάκι. Επιπλέον, έχει ένα πρησμένο καρούμπαλο, με ένα σκίσιμο στη μέση, ακριβώς πάνω από το ένα φρύδι του.

Ο Καλ δεν έχει καμία αμφιβολία ότι ο Ντόνι Μαγκράθ είναι ικανός να κερδίσει μερικά χτυπήματα με πάμπολλους τρόπους, ωστόσο δεν το κάνει. Ο Μαρτ, ο μέγας ειδικός στο Αρντνακέλτι, και όλοι οι υπόλοιποι κατάλαβαν λάθος τα πράγματα. Ο Καλ εύχεται να μπορούσε να δει το πρόσωπο του Μαρτ όταν το μάθει, αν και η πιθανότητα να μην το ξέρει ήδη είναι μηδαμινή.

«Τι διάολο θέλεις, ρε φίλε;» απαιτεί να μάθει ο Ντόνι, στα-ματώντας στη μέση του δρόμου, ώστε να κρατήσει απόσταση ασφαλείας από τον Καλ.

«Εσύ τι έχεις;» ρωτάει ο Καλ.

Ο Ντόνι τον ζυγίζει και τελικά του λέει: «Δίνε του».

«Ντόνι, Ντόνι» λέει ο Καλ. «Αυτό είναι αγένεια. Δεν ενοχλώ κανέναν. Απλώς κάθομαι εδώ και απολαμβάνω τη θέα».

«Ενοχλείς τη μάνα μου. Φοβάται να βγει για ψώνια. Κάθε-σαι εδώ και μας παρακολουθείς σαν ανώμαλος, γαμώτο».

«Ντόνι, σου υπόσχομαι ότι δεν με ενδιαφέρει καθόλου η μαμά σου. Είμαι βέβαιος πως είναι μια θαυμάσια γυναίκα, όμως εγώ περιμένω εσένα. Κάτσε να κάνουμε μια κουβεντού-λα κι ύστερα θα φύγω».

Ο Ντόνι κοιτάζει τον Καλ. Έχει μια επίπεδη, χοντρή μούρη και μικρά ξεπλυμένα μάτια που δεν φανερώνουν κανένα συ-ναίσθημα. «Δεν έχω τίποτα να σου πω».

«Κοίτα, μπορώ να κάθομαι εδώ όλη μέρα» λέει ο Καλ ευγε-νικά. «Δεν έχω να πάω κάπου. Εσύ όμως; Έχεις ρεπό σήμερα;»

«Ναι».

«Ναι; Και τι δουλειά κάνεις;»

«Λίγο αποδώ, λίγο αποκεί».

«Δεν μου ακούγεται αρκετό για να μένει κάποιος απασχο-λημένος» λέει ο Καλ. «Έχεις σκεφτεί μήπως να ασχοληθείς με την κτηνοτροφία; Υπάρχουν πολλές ευκαιρίες να το κάνεις εδώ τριγύρω».

Ο Ντόνι ρουθουνίζει με απαξίωση.

«Τι, δεν σου αρέσουν τα πρόβατα;»

Ο Ντόνι ανασηκώνει τους ώμους.

«Μου φαίνεται ότι τους κρατάς κακία» λέει ο Καλ. «Μήπως σε απέρριψε κάποιο;»

Ο Ντόνι τον κοιτάζει, αλλά ο Καλ είναι πολύ πιο μεγαλό-σωμος από αυτόν. Φτύνει στον δρόμο.

«Πώς το έπαθες αυτό;» Ο Καλ κάνει νόημα προς το φρύδι του Ντόνι.

«Σε καβγά».

«Και πού να δω τον άλλο, σωστά;»

«Ναι. Σωστά».

«Λοιπόν, Ντόνι, πρέπει να σου πω ότι ο άλλος μου φάνηκε εντάξει. Ή, καλύτερα, μου φάνηκε μια χαρά. Πράγμα κάπως λυπηρό, αν σκεφτεί κανείς ότι είναι τα μισά κιλά από σένα και έχει τα διπλά σου χρόνια».

Ο Ντόνι καρφώνει το βλέμμα στον Καλ. Ύστερα χαμογελάει. Τα δόντια του είναι πολύ μικρά. «Κι εσένα θα σε κατάφερνα».

«Πάω στοίχημα ότι παλεύεις βρόμικα» λέει ο Καλ. «Σ' αυτή την περίπτωση, κι εγώ το ίδιο. Ευτυχώς και για τους δύο, σήμερα έχω διάθεση για κουβέντα και όχι για καβγά».

Καταλαβαίνει ότι ο νους του Ντόνι δουλεύει την ίδια στιγμή σε δύο ταχύτητες. Ένα μικρό, αργό επιφανειακό κομμάτι χωνεύει μέσες άκρες τη συζήτηση. Το μεγαλύτερο κομμάτι δουλεύει υπόγεια και πολύ πιο έμπειρα, για να δει τι μπορεί να βγάλει από την κατάσταση και τι μπορεί να αποτελεί απειλή – αν υπάρχει κάτι. Παρόλο που έχει βουβαθεί τώρα που είναι νηφάλιος, έχει ακόμη το κακό, απρόβλεπτο βουητό που έκανε τον Καλ να τον ξεχωρίσει από την αρχή. Φαίνεται ότι οι σκέψεις και οι πράξεις του δεν μπορούν να θεωρηθούν συνηθισμένες, και οι σκέψεις του αυτές δεν θα περνούσαν από το μυαλό των περισσότερων ανθρώπων. Ο Καλ είναι πρόθυμος να στοιχηματίσει ότι, ενώ η γενική σύλληψη περί προβάτου μπορεί να μην ήταν ιδέα του Ντόνι, οι λεπτομέρειες ήταν.

«Δώσε ένα τσιγάρο» λέει ο Ντόνι.

«Δεν καπνίζω» λέει ο Καλ. Χτυπάει ελαφρά το τοιχάκι δίπλα του. «Για ανέβα εδώ».

«Είμαι υπό κράτηση;» ρωτάει ο Ντόνι.

«Τι πράγμα;» λέει ο Καλ.

«Γιατί αν είμαι, δεν λέω τίποτα χωρίς δικηγόρο. Κι αν δεν είμαι, απλώς πάω μέσα, κι εσύ δεν μπορείς να με σταματήσεις. Όπως και να 'χει τέλος πάντων, τσακίσου και φύγε μπροστά από το σπίτι μου».

«Νομίζεις ότι είμαι μπάτσος;» απαντάει ο Καλ.

Ο Ντόνι γελάει ειρωνικά, απολαμβάνοντας το ύφος στο πρόσωπό του. «Έλα τώρα. Όλοι ξέρουν ότι είσαι στη Δίωξη. Σε έστειλαν από την Αμερική να βάλεις ένα χεράκι εδώ στους δικούς μας».

Ως τώρα, ο Καλ θα έπρεπε να έχει συνηθίσει πόσο απίστευτα εύκολα διαδίδονται φήμες στο χωριό, ωστόσο δεν παύει να εκπλήσσεται απ' αυτό το γεγονός. Κι αυτή δεν είναι μία από τις ιστορίες που θα ήθελε να εδραιωθεί.

«Παλικάρι μου» λέει χαμογελώντας. «Υπερεκτιμάς τον εαυτό σου. Η αστυνομία στην Αμερική δεν δίνει δεκάρα για σένα και τις ασήμαντες ναρκοδουλειές σου».

Ο Ντόνι τον κοιτάζει με δυσπιστία. «Τότε τι κάνεις εδώ;»

«Σαν να λέμε εδώ στο Αρντνακέλτι, ή εδώ έξω από το σπίτι σου;»

«Και τα δύο».

«Στο Αρντνακέλτι ήρθα επειδή είναι ωραίο το τοπίο» λέει ο Καλ. «Και έξω από το σπίτι σου, επειδή μένω στη γειτονιά και έχω περιέργεια σχετικά με ένα δυο πραγματάκια που συμβαίνουν εδώ γύρω».

Χαμογελάει στον Ντόνι και τον αφήνει να αποφασίσει. Με τα γένια, τα μαλλιά και λοιπά, μοιάζει πολύ περισσότερο με μηχανόβιο, ή με ψυχάκια που προετοιμάζεται για το τέλος του κόσμου, παρά με μπάτσο. Ο Ντόνι τον κοιτάζει και ζυγίζει ποια πιθανότητα του αρέσει λιγότερο.

«Αν ήμουν στη θέση σου» τον συμβουλεύει ο Καλ, «θα καθόμουν, θα απαντούσα σε μερικές εύκολες ερωτήσεις χωρίς να το κάνω θέμα, και μετά θα συνέχιζα τη μέρα μου».

«Δεν ξέρω τίποτα για ναρκωτικά» λέει ο Ντόνι.

Αυτό ακριβώς είναι το είδος της άσκοπης συζήτησης, με κάτι τέτοιους τιποτένιους κουτοπόνηρους, για το οποίο ο Καλ συγχαίρει τον εαυτό του που δεν χρειάζεται να το ανεχτεί ξανά. «Το παραδέχτηκες ήδη, βρε ηλίθιε» λέει. «Δεν πειράζει, όμως, γιατί κι εγώ δεν δίνω δεκάρα για τις ασήμαντες ναρκο-δουλειές σου. Είμαι απλώς ένα καλό παιδί του Νότου που το μεγάλωσαν έτσι ώστε να νοιάζεται για τους γείτονές του, και τελευταία τους έχουν συμβεί κάποια πράγματα τα οποία θα ήθελα να καταλάβω καλύτερα».

Ο Ντόνι θα έπρεπε να πάει μέσα τώρα αμέσως, αλλά δεν το κάνει. Μπορεί αυτό να οφείλεται απλώς στο γεγονός ότι είναι βλάκας ή ότι βαριέται, ή επειδή εξακολουθεί να ψάχνει κάποιον τρόπο να επωφεληθεί. Ή επίσης μπορεί να οφείλεται στην ανάγκη του να μάθει τι ακριβώς γνωρίζει ο Καλ.

«Χρειάζομαι ένα τσιγάρο» λέει. «Δώσε ένα δεκάρικο».

«Άφησα το πορτοφόλι μου σπίτι» λέει ο Καλ. Ακόμα κι αν ήταν διατεθειμένος να δώσει τώρα χρήματα στον Ντόνι, θα κατέληγε απλώς σε επινοημένες μαλακίες σε εβδομαδιαία βάση ώστε να του απομυζά διαρκώς κι άλλα. «Κάθισε».

Ο Ντόνι τον κόβει για λίγο ακόμα, με το στόμα του να σχη-ματίζει ένα μικρό, άγριο χαμόγελο. Μετά κάθεται στο τοιχάκι, κρατώντας αποστάσεις από τον Καλ. Μυρίζει φαγητίλα – λά-χανο και κάτι τηγανητό, μαγειρεμένα εδώ και μέρες.

Ο Καλ λέει: «Σκοτώνεις τα πρόβατα των γειτόνων μου».

«Απόδειξέ το» απαντάει ο Ντόνι και βγάζει ένα πακέτο τσιγάρα από την τσέπη της φόρμας του. Ανάβει ένα, χωρίς να μπει στον κόπο να φυσήξει τον καπνό μακριά από τον Καλ.

«Έχεις μερικές ασυνήθιστες τάσεις, παλικάρι μου» λέει ο Καλ, «αλλά, επειδή δεν είμαι τρελογιατρός, χέστηκα και γι' αυτό. Η μόνη μου ερώτηση είναι: Όταν κόβεις τα απόκρυφα από τα πρόβατα, το κάνεις για προσωπική απόλαυση ή έχεις κάποιο μεγαλύτερο σχέδιο;».

«Μην ανησυχείς γι' αυτό, φίλε. Δεν θα σκοτωθούν άλλα πρόβατα».

«Είναι καλό να το ξέρει κανείς αυτό» λέει ο Καλ. «Αλλά η ερώτησή μου παραμένει».

Ο Ντόνι σηκώνει τους ώμους και συνεχίζει να καπνίζει. Η Νορίν ποτίζει και πάλι τις πετούνιες της.

Της γυρίζει την πλάτη του, λες και υπήρχε περίπτωση να μην τον αναγνωρίσει.

«Έχω την ίδια ερώτηση» λέει ο Καλ, «όσον αφορά τον Μπρένταν Ρέντι».

Το κεφάλι του Ντόνι γυρίζει απότομα και η ματιά του καρφώνει τον Καλ. Ο Καλ του ανταποδίδει το βλέμμα με καλοσυνάτο ύφος. Ακόμα κι η αχυρένια φράντζα του, που ο Ντόνι, απ' ό,τι φαίνεται, εξοικονομεί χρόνο και ενέργεια πατικώνοντάς τη με λίγδα μηνών, ταράζεται από την έντασή του.

«Ποια ερώτηση;» ρωτάει.

«Λοιπόν» λέει ο Καλ. «Δεν με νοιάζει ιδιαίτερα τι του συνέβη. Αυτό που σίγουρα θα ήθελα να μάθω είναι αν ήταν κάτι προσωπικό ή κάτι που θα μπορούσες να χαρακτηρίσεις μεγαλύτερο σχέδιο».

«"Μεγαλύτερο σχέδιο"» λέει ο Ντόνι και ρουθουνίζει αποδοκιμαστικά.

«Πιστεύω ότι αυτή είναι η έκφραση που ψάχνω» λέει ο Καλ συλλογισμένος. «Αν όμως έχεις καμιά πιο κατάλληλη, είμαι όλος αυτιά».

«Τι σε νοιάζει εσένα τι συνέβη στον Μπρένταν;»

«Κάθε έξυπνος άνθρωπος θέλει να ξέρει με τι έχει να κάνει» λέει ο Καλ. «Είμαι βέβαιος ότι κι εσύ το ίδιο. Νιώθεις νευρικός όταν δεν ξέρεις με τι έχεις να κάνεις, έτσι δεν είναι, Ντόνι;»

«Είσαι στη δουλειά;» λέει ο Ντόνι.

«Η δουλειά μου δεν έχει σημασία, παλικάρι μου» λέει ο Καλ. «Το θέμα είναι ότι μου αρέσει να μένω μακριά από τη δουλειά των άλλων. Μου αρέσει πολύ. Αλλά για να το κάνω αυτό, πρέπει να ξέρω πού βρίσκεται η δουλειά των άλλων».

«Πήγαινε για ψάρεμα» λέει ο Ντόνι, ξεφυσώντας καπνό προς τον Καλ. «Πάρε τίποτα κότες. Αυτό θα σε κρατήσει μακριά από τη δουλειά των άλλων».

«Όλοι σ' αυτή την πόλη φαίνεται να πιστεύουν ότι χρειάζομαι ένα χόμπι» λέει ο Καλ.

«Χρειάζεσαι. Όπως επίσης χρειαζόταν και ο Μπρεν Ρέντι».

«Εντάξει, όντως μου αρέσει το ψάρεμα, δεν λέω, όμως αυτό που θέλω να καταλάβεις αυτή τη στιγμή, παλικάρι μου, είναι ότι θα εκτιμούσα ιδιαίτερα μια αποσαφήνιση της κατάστασης».

«Ναι; Πόσο;»

«Εξαρτάται από το είδος της αποσαφήνισης».

Ο Ντόνι κουνάει το κεφάλι, χαμογελώντας.

«Εντάξει, Ντόνι» λέει ο Καλ. «Ας κάνω λίγη από τη δική σου δουλειά. Ο Μπρένταν Ρέντι τη γάμησε». Δεν έχει καμία πρόθεση να αφήσει να φανεί ότι γνωρίζει για το εργαστήριο μεθαμφεταμίνης. Δεν θέλει να το κάψει αυτό το χαρτί. Ίσως του φανεί χρήσιμο κάποια στιγμή. «Οι φίλοι σου από το Δουβλίνο τον ξεφορτώθηκαν, με τον έναν ή τον άλλον τρόπο. Οι γείτονές μου το έμαθαν. Και σου ανατέθηκε να τους προειδοποιήσεις για να κρατήσουν το στόμα τους κλειστό».

Ο Ντόνι κοιτάζει τον Καλ. Ρουθουνίζει ειρωνικά.

«Πώς τα πάω;»

«Πολλά θέλεις τζάμπα, ρε φίλε».

«Το ζητάω ευγενικά» λέει ο Καλ. «Για την ώρα. Θα 'πρεπε να μετράει έστω και λίγο, ακόμα και στις μέρες μας».

Ο Ντόνι σηκώνεται και βγάζει τη φόρμα από τον πισινό του. «Σάλτα γαμήσου» λέει. Πετάει το τσιγάρο του στον δρόμο, επιστρέφει με μάγκικο βηματισμό στο σπίτι του και κοπανάει πίσω του την πόρτα.

Ο Καλ περιμένει μερικά δευτερόλεπτα, γνέφει αντίο προς τις δαντελένιες κουρτίνες και φεύγει. Δεν έχει νόημα να μείνει εκεί. Τα μόνα πράγματα που θα κινητοποιήσουν τον Ντόνι εκ νέου είναι το κέρδος και ο πόνος. Οτιδήποτε πιο εξεζητημένο δεν θα του έκανε μεγαλύτερη αίσθηση απ' ό,τι σε έναν αδηφάγο. Έτσι κι αλλιώς, δεν περίμενε να βγάλει και πολλά από τον Ντόνι. Κύριοι στόχοι του ήταν να ανακαλύψει αν συνδέεται κάπως με ό,τι συνέβη στον Μπρένταν, που συνδέεται, και να ταράξει τα νερά. Κάτι που, καλώς ή κακώς, σίγουρα έκανε.

Παρ' όλα αυτά, η συζήτηση τον έχει αφήσει ταραγμένο και ανήσυχο. Το να κάνει στην μπάντα τύπους όπως ο Ντόνι ήταν ένα από τα αγαπημένα κομμάτια της δουλειάς του. Τέτοιοι τύποι δεν λαχταρούν ένα τουφέκι, ένα άλογο και ένα κοπάδι γελάδια. Και να τους τα δώσεις όλα αυτά, μέσα σε μια βδομάδα θα καταφέρουν να πυροβοληθούν επειδή έκλεψαν στα χαρτιά, ή βούτηξαν άλογα, ή βίασαν τη γυναίκα κάποιου. Το μόνο χρήσιμο που μπορείς να κάνεις είναι να τους κλειδώσεις κάπου όπου δεν μπορούν να βλάψουν κανέναν παρά μόνο ο ένας τον άλλο. Επειδή αυτή η επιλογή δεν υπάρχει, ο Καλ έχει την αίσθηση που είχε και στην παμπ όταν ο Ντόνι άπλωνε το ζωνάρι του για καβγά με τον Μαρτ, την αίσθηση ότι τα πόδια του δεν πατούν γερά στο έδαφος. Θα έπρεπε να κάνει κάτι με τον Ντόνι, αλλά το πλαίσιο τον εμποδίζει να καταλάβει τι θα μπορούσε να είναι αυτό.

Τελικά, ο Καλ ακολουθεί τη συμβουλή του Ντόνι και πηγαίνει για ψάρεμα. Η ανησυχία του κάνει το σπίτι να φαντάζει στενό και βασανιστικό, με άπειρες μαλακίες που πρέπει να κάνει αλλά δεν μπορεί να στρωθεί. Σε πιο πρακτικό επίπεδο, δεν θέλει να βρίσκεται σπίτι σε περίπτωση που ο Τρέι δεν αντέξει να περιμένει και έρθει να γυρέψει νέα. Ο Καλ δεν ενδιαφέρεται πλέον ιδιαίτερα να μάθει πού έχει πάει ο Μπρένταν. Ενώ το κομμάτι του μπάτσου τσινάει με τη σκέψη να εγκαταλείψει μια υπόθεση που κρύβει ακόμη πολλά δωράκια, αυτό που προέχει, τουλάχιστον στο άμεσο μέλλον, είναι να πάψει ο Τρέι να ψάχνει.

Το ποτάμι σήμερα είναι νωθρό, κινείται σε στιβαρές, παχύρρευστες στην όψη δίνες. Φύλλα πέφτουν στην επιφάνειά του, παρασέρνονται για μια στιγμή και βυθίζονται χωρίς στροβιλισμό. Ο Καλ σκέφτεται να πει στο παιδί ότι ο Μπρένταν κατέληξε εκεί, με κάποιον τυχαίο τρόπο. Θα μπορούσε να επινοήσει μια πειστική ιστορία, με τον Μπρένταν να αναζητά τοποθεσίες για επιχειρήσεις, όπως ψάρεμα για τουρίστες σε μονοπάτια πολιτιστικής κληρονομιάς, ή αποδράσεις στη φύση για κουστουμάτους που θέλουν να έρθουν σε επαφή με τον άγριο άνθρωπο που κρύβουν μέσα τους. Και τα δύο είναι από αυτά που θα έπρεπε εξαρχής να ψάχνει το αναθεματισμένο το παιδί.

Ίσως και να τα κατάφερνε να τον πείσει. Τον εμπιστεύονται, όσο εμπιστεύεται εκείνος τους άλλους. Και παρόλο που το παιδί ίσως αντιδρούσε στο ενδεχόμενο ο Μπρένταν να είναι νεκρός, θα καλοδεχόταν την ιδέα ότι ο αδερφός του δεν τον παράτησε οικειοθελώς και έφυγε χωρίς να του πει κουβέντα. Ίσως επίσης αποδεχόταν την πιθανότητα να θυμάται τον Μπρένταν σαν εξαιρετικό ανερχόμενο επιχειρηματία. Σε βαθμό που να μην αναρωτηθεί γιατί θα έπαιρνε μαζί του όλες του τις οικονομίες για να πάει να βρει κατάλληλες τοποθεσίες για να χτίσει δεντρόσπιτα για αναλογιστές ή για ποιο λόγο οι αναλογιστές θα χρειάζονταν εργαστηριακές μάσκες.

Ο Καλ δεν μπορεί να αποφασίσει αν πρέπει να το κάνει. Μοιάζει με το είδος των πραγμάτων που θα έπρεπε να γνωρίζει αμέσως, ενστικτωδώς, αν ήταν σωστό ή λάθος, αλλά δεν έχει ιδέα. Αυτό τον αναστατώνει βαθιά. Υπονοεί ότι κάπου στην πορεία ξεσυνήθισε να κάνει το σωστό, σε σημείο να μην το αναγνωρίζει καν όταν το βλέπει.

Αυτή η αίσθηση είναι από τους βασικούς παράγοντες που έκαναν τον Καλ να φύγει από τη δουλειά. Τη συνδέει, ακόμα κι αν ξέρει ότι η πραγματικότητα δεν είναι τόσο απλή, με έναν ισχνό μαύρο νεαρό, τον Τζερεμάια Πέιτον, που, λίγους μήνες πριν συνταξιοδοτηθεί ο Καλ, έκλεψε ένα παντοπωλείο με την απειλή μαχαιριού, και ενώ αφέθηκε ελεύθερος με εγγύηση, δεν εμφανίστηκε στο δικαστήριο την ημέρα της δίκης. Ο Καλ και ο Ο'Λίρι τον εντόπισαν στο σπίτι της φίλης του τη στιγμή που πηδούσε από το παράθυρο προσπαθώντας να το σκάσει.

Ο Καλ ήταν πιο μεγάλος από τον Ο'Λίρι και πιο βαρύς. Βρισκόταν τρία βήματα πίσω του πριν από τη στροφή. Τον άκουσε να φωνάζει: «Ψηλά τα χέρια!». Είδε τον Τζερεμάια να γυρίζει προς το μέρος τους με το ένα χέρι ψηλά και το άλλο να πέφτει κι ύστερα άκουσε το όπλο του Ο'Λίρι να εκπυρσοκροτεί και τον Τζερεμάια να προσγειώνεται μπρούμυτα στο πεζοδρόμιο.

Ο Καλ έβγαζε ήδη το κινητό από την τσέπη του για να καλέσει ασθενοφόρο ενώ έτρεχαν προς το μέρος του, όταν όμως έφτασαν κοντά του, ο Τζερεμάια φώναζε, ξαπλωμένος στο πεζοδρόμιο, με φωνή γεμάτη τρόμο: «Μην πυροβολείτε».

Ο Καλ του έφερε τα χέρια πίσω από την πλάτη και του πέρασε χειροπέδες. Κάποιος είχε αρχίσει να ουρλιάζει. «Έχεις χτυπήσει;» τον ρώτησε.

Εκείνος κούνησε αρνητικά το κεφάλι. Ωστόσο, ο Καλ τον γύρισε ανάσκελα για να τσεκάρει: δεν είχε αίματα.

«Αστόχησα;» ρώτησε ο Ο'Λίρι κατάχλωμος και μούσκεμα στον ιδρώτα. Κρατούσε ακόμα το Γκλοκ στο χέρι.

«Ναι» είπε ο Καλ. Μετά ρώτησε τον Τζερεμάια: «Έχεις κάτι πάνω σου;».

Εκείνος μόνο τον κοίταξε. Ο Καλ χρειάστηκε μια στιγμή για να καταλάβει ότι δεν μπορούσε να μιλήσει επειδή πίστευε ότι θα πέθαινε.

«Έκανε να πιάσει κάτι από την τσέπη του» είπε ο Ο'Λίρι.

«Τον είδες κι εσύ ότι έκανε την κίνηση».

«Είδα το χέρι του να κατεβαίνει» είπε ο Καλ.

«Για τη γαμημένη την τσέπη του. Την τσέπη του παντελονιού. Ορκίζομαι στο Θεό...» Ο Ο'Λίρι γονάτισε, ασθμαίνοντας, και έψαξε την τσέπη του Τζερεμάια. Βρήκε έναν σουγιά.

«Νόμιζα ότι ήταν όπλο. Σκατά» είπε ο Ο'Λίρι και κάθισε στο κράσπεδο σαν να μην τον κρατούσαν τα πόδια του.

Ο Καλ ήθελε να καθίσει δίπλα του, αλλά η γυναίκα ούρλιαζε πιο δυνατά και είχε αρχίσει να μαζεύεται κόσμος. «Όλα θα πάνε καλά» είπε, χωρίς να το πιστεύει, άφησε τον Ο'Λίρι εκεί και πήγε να ακυρώσει την κλήση προς το ασθενοφόρο και να ασφαλίσει την περίμετρο.

Ο Καλ ένιωθε κάπως ευαίσθητος σε εκείνη τη φάση, με την Ντόνα να τον έχει μόλις εγκαταλείψει. Είχε περάσει το μεγαλύτερο μέρος του περασμένου έτους ψάχνοντας στα τυφλά να βρει την άκρη σε κάποιο μπλέξιμο, κι ύστερα σε άλλο και σε άλλο. Μόνο που έδειχνε να μην ξέρει πώς να σταματήσει. Ήταν απολύτως βέβαιος πως ο Ο'Λίρι είχε πιστέψει ότι ο Τζερεμάια πήγαινε να βγάλει από την τσέπη του όπλο, κάτι που για πολλούς άλλους θα ήταν αρκετό. Για τον Καλ όμως, το γεγονός αυτό φαινόταν να έχει τόσες παραμέτρους, που δεν μπορούσε να πει αν ήταν σημαντικό ή όχι. Το πραγματικά σημαντικό ήταν ότι αυτός και ο Ο'Λίρι υποτίθεται ότι βρίσκονταν εκεί έξω για να κρατούν τους ανθρώπους ασφαλείς. Πάντα θεωρούσαν πως ήταν καλοί μπάτσοι, που προσπαθούσαν να κάνουν το σωστό απέναντι σε όποιον συναντούσαν. Είχαν δουλέψει σκληρά για αυτό, ακόμα κι όταν πολλοί τους απεχθάνονταν και μόνο που τους έβλεπαν, ακόμα κι όταν μερικοί από τους άλλους γίνονταν

όλο και πιο κακοί μέρα με τη μέρα και κάποιοι ήταν ήδη από
την αρχή σκέτες ύαινες. Είχαν κάνει το γαμημένο σεμινάριο
ευαισθητοποίησης. Κι όμως, παρ' όλα αυτά, από καθαρή τύχη
δεν είχαν σκοτώσει ένα δεκαοκτάχρονο παιδί. Ο Καλ ήξερε ότι
ήταν απερίγραπτα λάθος το γεγονός ότι ο Τζερεμάια είχε
φτάσει σε απόσταση λίγων εκατοστών από τον θάνατο σε
εκείνο το πεζοδρόμιο και ότι τους είχε κοιτάξει περιμένοντας
να πεθάνει. Όσο όμως χρόνο κι αν ξόδεψε ανασκαλεύοντάς το,
δεν μπόρεσε να καταλήξει σε ένα σημείο όπου θα μπορούσε
να είχε κάνει τα πράγματα να πάνε καλά. Θα μπορούσε να
είχε μείνει έξω από το παράθυρο για να εμποδίσει τον Τζερε-
μάια να το σκάσει, κι αυτό όμως δεν του φαινόταν ότι θα είχε
διορθώσει και πολύ την κατάσταση.

Είπε στο Τμήμα Εσωτερικών Υποθέσεων ότι ο Τζερεμάια
έκανε να πιάσει κάτι από την τσέπη του. Ο Καλ είχε καλό
μητρώο και λιγότερα παράπονα εναντίον του απ' ό,τι οι πε-
ρισσότεροι μπάτσοι. Το Εσωτερικών Υποθέσεων τον πίστεψε.
Ίσως ήταν αλήθεια – ο Καλ θεωρεί ότι είναι, ότι είπε κατά
πάσα πιθανότητα ό,τι είδε. Αυτό όμως δεν αλλάζει το γεγονός
ότι η κατάθεσή του στο Εσωτερικών Υποθέσεων δεν έγινε επει-
δή πίστευε ο ίδιος ότι αυτό ήταν το σωστό. Έγινε επειδή ήξερε
ότι όλοι γύρω του πίστευαν ότι έτσι ήταν, ενώ εκείνος δεν είχε
πραγματικά ιδέα. Ο βόμβος του θυμού, του λάθους και των
περίπλοκων υποθέσεων που τον περιέβαλλαν ήταν τόσο δυνα-
τός, που δεν ήταν πλέον σε θέση να ακούσει τον σταθερό παλ-
μό του κώδικά του, γι' αυτό και βρέθηκε στην ανάγκη να
στραφεί σε κώδικες άλλων, πράγμα που από μόνο του είναι
κατάφορη και ασυγχώρητη παραβίαση του εαυτού του.

Όταν υπέβαλε τα χαρτιά του, και ο διοικητής τον ρώτησε
γιατί, δεν ανέφερε τον Τζερεμάια. Θα πίστευε ότι είχε παρα-
συρθεί από το πάντα ψυχοπονιάρικο μυαλό του, ότι είχε κλο-
νιστεί από ένα περιστατικό όπου κανείς δεν είχε πάθει τίποτα

χειρότερο από μερικές γρατζουνιές στα γόνατα. Ο Καλ δεν θα ήξερε πώς να εξηγήσει ότι δεν μπορούσε πια να διαχειριστεί τη δουλειά. Ήταν ότι είτε το ένα είτε το άλλο, είτε αυτός είτε η δουλειά, δεν θα μπορούσε να είναι άξιο εμπιστοσύνης.

Το ποτάμι, παρά την αστείρευτη διάθεσή του να του πηγαίνει κόντρα, αποφάσισε να είναι καλό σήμερα. Οι πέρκες είναι μικρές, αλλά μέσα σε μισή ώρα έχει αρκετές για να ετοιμάσει ένα καλό δείπνο. Ωστόσο, συνεχίζει να ψαρεύει, ακόμα κι όταν το κρύο έχει αρχίσει να προκαλεί πόνο στις αρθρώσεις του και τον κάνει να νιώθει γέρος. Μαζεύει τα σύνεργά του μόνο όταν το φως που περνάει μέσα από τα κλαδιά αρχίζει να θαμπώνει και να λιγοστεύει, θαμπώνοντας το νερό. Σήμερα δεν έχει όρεξη να επιστρέψει σπίτι στα σκοτεινά.

Καθώς ανεβαίνει το μονοπάτι του, βλέπει από μακριά τον Μαρτ γερμένο στην αυλόπορτά του, να ατενίζει προς τον δρόμο, τον αφρόντιστο, φουντωμένο φράχτη και τα διάσπαρτα χωράφια με δεμάτια σανού, τον χρυσαφένιο ουρανό στον ορίζοντα. Μια λεπτή τολύπα καπνού βγαίνει από το στόμα του και απλώνεται προς τον δρόμο σχηματίζοντας μαιάνδρους. Δίπλα του, ο Κότζακ μασουλάει τη γούνα του κυνηγώντας έναν ψύλλο.

Όταν πλησιάζει ο Καλ, ο Μαρτ στρέφει το κεφάλι και σβήνει το τσιγάρο κάτω από την μπότα του. «Να τος ο μέγας, γενναίος κυνηγός» λέει χαμογελώντας. «Ψάρεψες τίποτα;»

«Πέρκες» λέει ο Καλ, κρατώντας ψηλά την τσάντα του. «Θέλεις καμία;»

Ο Μαρτ τη σπρώχνει πέρα. «Δεν τρώω ψάρι. Με καταθλίβουν. Μέχρι να πεθάνει η μαμά, είχαμε ψάρι κάθε Παρασκευή. Έχω φάει τόσα ψάρια, που φτάνουν για μια ζωή».

«Θα 'πρεπε να νιώθω το ίδιο για το γκριτς» λέει ο Καλ. «Κι όμως. Θα μπορούσα να τρώω κάθε μέρα· και διπλή μερίδα τις Κυριακές, αν γινόταν».

«Τι στην ευχή είναι αυτό;» ρωτάει ο Μαρτ. «Το τρώνε όλοι οι καουμπόηδες στις ταινίες, αλλά ποτέ κανείς δεν είχε την ευγενή καλοσύνη να εξηγήσει τι είναι. Σιμιγδάλι; Τι πράμα;» «Είναι φτιαγμένα από καλαμποκάλευρο» λέει ο Καλ. «Τα βράζεις και τα σερβίρεις με ό,τι σου αρέσει περισσότερο. Εμένα το αγαπημένο μου είναι γαρίδες με γκριτς. Αν μπορούσα να βρω, θα σε καλούσα να τα δοκιμάσεις».

«Θα μπορούσε να σου φέρει η Νορίν. Αν της πεταρίσεις τα γαλάζια σου ματάκια».

«Ναι, ίσως» λέει ο Καλ. Σκέφτεται την Μπελίντα να του γνέφει από το παράθυρο του αυτοκινήτου της. Δεν νομίζει ότι τη δεδομένη στιγμή η Νορίν έχει διάθεση για ιδιαίτερες παραγγελίες γι' αυτόν.

«Μου γίνεσαι νοσταλγικός τώρα, μικρέ;» ρωτάει ο Μαρτ, ρίχνοντάς του ένα διαπεραστικό βλέμμα. «Έχω ποντάρει είκοσι ευρώ στην παμπ ότι θα μείνεις εδώ τουλάχιστον έναν χρόνο. Μη με απογοητεύσεις».

«Δεν σκοπεύω να πάω πουθενά» λέει ο Καλ. «Με ποιον έχεις βάλει στοίχημα;»

«Μη σε νοιάζει αυτό. Ένα τσούρμο γεροξεκούτηδες είναι εκεί πέρα. Δεν θα είχε νόημα αν ήταν σαν να κλέβω εκκλησία».

«Ίσως θα έπρεπε να ποντάρω κι εγώ λίγα στον εαυτό μου» λέει ο Καλ. «Τι απόδοση έχω;»

«Μη σε νοιάζει ούτε αυτό. Αν κερδίσεις για μένα, θα σου δώσω μερίδιο».

«Καλά φαίνεσαι» λέει ο Καλ. Είναι αλήθεια. Ο Μαρτ δεν διαθέτει τις πρώτες ύλες για να δείχνει φρέσκος στο πρόσωπο, όχι ιδιαίτερα, αλλά τόσο η οξυδέρκεια όσο και οι κινήσεις του έχουν χάσει την ξεχωριστή ποιότητα των τελευταίων ημερών. Φαίνεται ότι δεν σκοπεύει να εξηγήσει τους λόγους της παρουσίας του στην αυλόπορτα του Καλ. «Καλοκοιμήθηκες χτες βράδυ».

«Αχ, ναι, πράγματι. Σαν πουλάκι. Ό,τι κι αν ήταν αυτό το πράγμα, δεν θα τα ξαναβάλει με τα πρόβατα κανενός». Ο Μαρτ σπρώχνει την ψαροσακούλα του Καλ με το μπαστούνι του. «Καλά τα πήγες. Τι θα τα κάνεις όσα δεν φας;» «Κι εγώ αναρωτιόμουν» λέει ο Καλ. «Η κατάψυξη που έχει το ψυγειάκι δεν τα χωράει. Αν ήξερα πού να βρω τον Μάλαχι, θα μπορούσα να του δώσω μερικά, ως αντάλλαγμα για τις προάλλες».

Ο Μαρτ το σκέφτεται και γνέφει. «Δεν είναι κακή ιδέα. Ο Μάλαχι, όμως, μένει πάνω στα βουνά. Δεν θα το έβρισκες με τίποτα το σπίτι του. Δώσ' τα μου εμένα· θα φροντίσω να τα πάρει».

Ο Καλ προχωράει προς το σπίτι του για να πάρει μια σακούλα για τα ψάρια, και ο Μαρτ και ο Κότζακ τον ακολουθούν, αλλά δεν μπαίνουν μέσα. Ο Μαρτ στηρίζει τον ώμο του στην κάσα της πόρτας, ένα ατσούμπαλο, ασαφές περίγραμμα κόντρα στο φως του ηλιοβασιλέματος. Ο Κότζακ ξαπλώνει στα πόδια του.

«Η έπαυλη δείχνει μια χαρά» λέει ο Μαρτ, επιθεωρώντας το σαλόνι του Καλ.

«Πάει αργά» λέει ο Καλ. «Έχω πολλά να κάνω ακόμα πριν μπει ο χειμώνας».

«Είδα ότι έχεις βοηθό» λέει ο Μαρτ, σκύβοντας να βγάλει κάτι από τη γούνα του Κότζακ. «Αυτό πρέπει να επιταχύνει λίγο τα πράγματα».

«Τι εννοείς;»

«Σε βοηθάει ένα πιτσιρίκι».

Ο Καλ το περίμενε εδώ και εβδομάδες, αλλά η δεδομένη χρονική στιγμή έχει ενδιαφέρον. «Ναι» λέει, βρίσκοντας στο ντουλάπι του μια μεγάλη σακούλα που σφραγίζει αποπάνω. «Το παιδί πέρασε γυρεύοντας δουλειά, και σκέφτηκα ότι δεν θα μου κακόπεφτε μια χείρα βοηθείας».

«Μα δεν σε προειδοποίησα για τους Ρέντι;» ρωτάει ο Μαρτ αποδοκιμαστικά. «Ότι είναι ένα μάτσο αποβράσματα που μπορούν να σου κλέψουν τη μύτη από τη μούρη σου και να σ' την ξαναπουλήσουν την επόμενη μέρα;» «Ναι, το έκανες» λέει ο Καλ. «Το παιδί όμως δεν μου είπε το επίθετό του, και μου πήρε κάμποσο να κάνω τη σύνδεση. Και δεν μου λείπει τίποτα, απ' ό,τι μπορώ να καταλάβω».

«Έχε τον νου σου στα εργαλεία σου για καλό και για κακό. Θα μπορούσαν να τα σκοτώσουν για λίγα ευρώ».

Ο Καλ πηγαίνει στο ψυγειάκι να βρει την παγοθήκη. «Εμένα ο Τρέι μου φαίνεται πολύ καλό παιδί. Φτάνουν αυτά για να κρατήσουν τα ψάρια κρύα μέχρι να τα πας στον Μάλαχι;»

Ο Μαρτ λέει: «Ο;».

«Ο Τρέι».

«Ο Τρέι; Κορίτσι είναι, μικρέ. Δεν το πρόσεξες;»

Ο Καλ γυρίζει απότομα, με την παγοθήκη στο χέρι, και τον κοιτάζει άναυδος.

Ο Μαρτ βάζει τα γέλια.

«Με δουλεύεις;»

Ο Μαρτ κουνάει το κεφάλι. Δεν μπορεί να μιλήσει. Γελάει τόσο πολύ, που διπλώνεται στα δύο ενώ χτυπάει το μπαστούνι του στο πάτωμα.

«Το Τρέι είναι αγορίστικο όνομα, γαμώτο».

Η οργή του Καλ προκαλεί στον Μαρτ νέα θύελλα από χαχανητά. «Είναι υποκοριστικό του Τερέζα» καταφέρνει να εξηγήσει με δυσκολία. «Πρέπει να δεις τη μούρη σου».

«Πού διάολο να το ξέρω αυτό;»

«Θεέ μου» λέει ο Μαρτ, ισιώνοντας και σκουπίζοντας τα μάτια με την ανάστροφη της παλάμης του, γελώντας ακόμη. Προφανώς αυτό είναι το πιο αστείο πράγμα που του έχει συμβεί εδώ και βδομάδες. «Αυτό εξηγεί πολλά. Κι εγώ που αναρωτιόμουν τι διάολο έκανες αφήνοντας ένα κοριτσάκι να σε τριγυρίζει. Όλο αυτό τον καιρό ούτε που φανταζόσουν ότι ήταν κορίτσι. Σου ήρθε ο ουρανός σφοντύλι, ε;» «Το παιδί μοιάζει με αγόρι. Τα ρούχα. Το γαμημένο το κούρεμα».

«Θα έλεγα ότι μπορεί να είναι λεσβία» λέει ο Μαρτ, λαμβάνοντας υπόψη αυτή την πιθανότητα. «Τέλος πάντων, αν είναι, διάλεξε την κατάλληλη στιγμή για να γίνει. Μπορεί να παντρευτεί, και τα λοιπά, αυτές τις μέρες».

«Ναι» λέει ο Καλ. «Καλό γι' αυτήν».

«Αν θες να ξέρεις, ψήφισα γι' αυτό» τον πληροφορεί ο Μαρτ. «Ο ιερέας στην πόλη μάς εκβίαζε στη λειτουργία, ορκιζόταν ότι θα αφορίσει όποιον ψηφίσει ναι, αλλά δεν του έδωσα καμία σημασία. Ήθελα να δω τι θα γινόταν».

«Μάλιστα» λέει ο Καλ, μαλακώνοντας τη φωνή του. «Και τι έγινε;» Τώρα που το αρχικό σοκ έχει περάσει, δεν θέλει να αφήσει τον Μαρτ να καταλάβει πόσο τσαντισμένος είναι με την Τρέι. Η αλήθεια άλλωστε είναι ότι δεν ξέρει γιατί είναι τόσο τσαντισμένος, αφού η Τρέι δεν ισχυρίστηκε ποτέ ότι είναι αγόρι, παρ' όλα αυτά ο θυμός του είναι μεγάλος.

«Όχι και πολλά» παραδέχεται ο Μαρτ, κάπως μετανιωμένος. «Τέλος πάντων, όχι εδώ πέρα. Ίσως στο Δουβλίνο οι γκέι να παντρεύονται αναμεταξύ τους ο ένας μετά τον άλλο, αλλά στα μέρη μας δεν έχω ακούσει τίποτα».

«Κοίτα να δεις. Τελικά, μάλλον πήγες και τσάντισες τον ιερέα για το τίποτα» λέει ο Καλ. Δεν ακούει και τόσο τι του λέει ο Μαρτ.

«Χέσ' τον αυτόν. Ένας γεροτράγος είναι· παραέχει συνηθίσει να γίνεται το δικό του. Ποτέ δεν τον συμπάθησα, το αλά Τζάμπα* κεφάλι του. Όπως και να 'χει, είναι πιο υγιές να μένουν

* Jabba Desilijic Tiure ή Jabba the Hutt ή απλώς Jabba: Χαρακτήρας του

οι άντρες με άντρες. Δεν καίνε ο ένας τον εγκέφαλο του άλλου. Θα μπορούσαν να παντρεύονται κιόλας, να το ρίχνουν κι έξω». «Δεν βλάπτει» λέει ο Καλ. Χτυπάει την παγοθήκη πάνω στον πάγκο και ρίχνει παγάκια μέσα στη σακούλα. Ο Μαρτ τον παρακολουθεί. «Αν η Τρέι Ρέντι δεν σε κλέβει, τότε τι θέλει από σένα; Αυτοί οι Ρέντι πάντα κάτι ζητάνε». «Να μάθει από ξυλουργική» λέει ο Καλ. «Δεν μου ζήτησε να τον πληρώσω. Να την πληρώσω, συγγνώμη. Σκεφτόμουν μήπως της δώσω και μερικά ευρώ, αλλά δεν είμαι σίγουρος ότι θα το δεχτεί. Τι λες εσύ;»

«Ένας Ρέντι πάντα παίρνει τα λεφτά» λέει ο Μαρτ. «Έχε τον νου σου όμως. Δεν θες να σε περάσει για κορόιδο. Θα συνεχίσεις να την αφήνεις να έρχεται, τώρα που ξέρεις ότι είναι κορίτσι;»

Δεν υπάρχει ούτε μία πιθανότητα στο εκατομμύριο να αφήσει ένα κοριτσάκι να τριγυρίζει στην αυλή του, πόσο μάλλον να μπαίνει στο σπίτι του. «Δεν το έχω σκεφτεί ακόμη» απαντάει.

«Για ποιο λόγο να την ήθελες για το σπίτι; Και μη μου πεις ότι χρειάζεσαι βοήθεια γι' αυτό το αναθεματισμένο γραφείο».

«Είναι αρκετά επιδέξια. Και απολάμβανα την παρέα».

«Σίγουρα, τι είδους παρέα μπορεί να είναι αυτό το παιδί; Πιο ομιλητική μου φαίνεται αυτή η παλιά πολυθρόνα. Της βγάζεις ποτέ πάνω από δυο λέξεις;»

«Εντάξει, δεν μιλάει πολύ» λέει ο Καλ. «Κάποιες φορές μου λέει ότι πεινάει».

«Στείλ' τη σπίτι της» λέει ο Μαρτ με απόλυτο τόνο στη φωνή του, και ο Καλ γυρίζει να τον κοιτάξει. «Δώσ' της τα ευρώ που έλεγες και πες της ότι δεν τη χρειάζεσαι πια».

Ο Καλ ανοίγει την ψαροσακούλα και βγάζει μερικές πέρκες.

σύμπαντος των ταινιών Star Wars. Γκάνγκστερ και βαρόνος του εγκλήματος της φυλής των Χουτ (Hutt). (Σ.τ.Μ.)

«Ναι, μάλλον» λέει. «Πόσες θα μπορούσε να φάει ο Μάλαχι; Έχει οικογένεια;»

Ο Μαρτ χτυπάει την πόρτα με το μπαστούνι του, και ο ξερός γδούπος αντηχεί εκπληκτικά δυνατά στο μισοάδειο δωμάτιο. «Άκουσέ με, φίλε. Για σένα νοιάζομαι. Αν ο κόσμος ανακαλύψει ότι η Τερέζα Ρέντι γυροφέρνει εδώ, θα αρχίσουν να λένε διάφορα. Θα τους πω ότι είσαι καλός άνθρωπος, ότι νόμιζες πως ήταν αγόρι, αλλά θα ακούσουν μόνο αυτά. Δεν θέλω να δω να σε ξυλοφορτώνουν ή να σε σταυρώνουν γι' αυτό».

Ο Καλ λέει: «Μου είπες ότι δεν χρειάζεται να σκοτίζω το μυαλό μου για εγκληματικότητα και τέτοια εδώ πέρα».

«Και έτσι είναι. Εκτός αν πας γυρεύοντας».

«Φοβάσαι μη χάσεις τα είκοσι ευρώ σου;» ρωτάει ο Καλ, ο Μαρτ όμως δεν γελάει.

«Και για το κορίτσι; Θέλεις όλη η περιοχή να μιλάει για αυτήν, κάτι που θα κάνουν αν το μάθουν;»

Αυτό ο Καλ δεν το είχε σκεφτεί. «Είναι μόνο ένα παιδί που μαθαίνει κάτι χρήσιμο» λέει, διατηρώντας τη φωνή του αδιάφορη. «Αυτό είναι όλο. Αν κάποιοι χαζοί θα προτιμούσαν να βρίσκεται έξω στους δρόμους και να δημιουργεί προβλήματα...»

«Θα βρεθεί στους δρόμους αν δεν έρθεις στα συγκαλά σου. Θα την κυνηγήσουν αποδώ μέχρι την Κίνα. Πού νομίζεις ότι θα μπορέσει να πάει;»

«Επειδή έφτιαξε ένα γραφείο και τηγάνισε ένα κουνέλι; Τι διάολο...»

«Εσύ θα μου ανεβάσεις την πίεση, δεν υπάρχει περίπτωση. Να είσαι βέβαιος» λέει ο Μαρτ. «Ή θα με τρελάνεις. Πότε επιτέλους θα μάθετε εσείς οι γιάνκηδες να ακούτε μια στο τόσο, έτσι που οι άλλοι γύρω σας να μπορούν να έχουν την ησυχία τους, γαμώτο;»

«Ορίστε» λέει ο Καλ, παραδίδοντας τη σακούλα. «Τα χαιρετίσματά μου στον Μάλαχι».

Ο Μαρτ παίρνει την τσάντα, αλλά δεν κουνιέται. «Ο άλλος λόγος που ψήφισα υπέρ του γάμου» λέει, «είναι ότι ο αδερφός μου ήταν ομοφυλόφιλος. Όχι ο Σίμους, που έμενε εδώ μαζί μου· ο άλλος. Ο Έμον. Ήταν παράνομο όταν ήμασταν μικροί. Τελικά, έφυγε για την Αμερική εξαιτίας αυτού. Τον ρώτησα γιατί δεν γινόταν ιερέας. Εκείνοι μπορούσαν να κάνουν ό,τι τους αρέσει, και κανείς δεν θα τους έλεγε το παραμικρό. Θα έλεγα ότι οι μισοί από αυτούς καβαλούσαν ο ένας τον κώλο του άλλου. Ο Έμον, όμως, δεν το 'χε μέσα του. Τα μισούσε όλα αυτά τα καθάρματα. Γι' αυτό και έφυγε. Πριν από τριάντα χρόνια. Δεν ξανάκουσα γι' αυτόν».

«Δεν δοκιμάζεις το Facebook;» ρωτάει ο Καλ. Δεν είναι σίγουρος πού θα οδηγήσει όλο αυτό. «Το δοκίμασα. Υπάρχουν μερικοί Έμον Λάβιν εκεί πέρα. Ένας δεν έχει ούτε φωτογραφία ούτε τίποτα, οπότε του έστειλα μήνυμα, μήπως και... Τέλος πάντων, δεν μου απάντησε ποτέ». Ο Κότζακ μυρίζει την τσάντα. Ο Μαρτ διώχνει τη μύτη του με το χέρι. «Σκέφτηκα ότι, αφού θα μπορούσαν να γίνουν γάμοι ομοφυλόφιλων, θα επέστρεφε σπίτι αν ζούσε. Αλλά κάτι τέτοιο δεν έγινε».

«Υπάρχει ακόμη πιθανότητα» λέει ο Καλ. «Ποτέ δεν ξέρεις».

«Δεν υπάρχει περίπτωση» λέει ο Μαρτ. «Έκανα λάθος. Δεν ήταν οι νόμοι το πρόβλημα». Κοιτάζει έξω, πάνω από τα χωράφια, τον ρόδινο ουρανό. «Είναι ζόρικο μέρος εδώ. Το καλύτερο στον κόσμο, ούτε τα άγρια άλογα δεν θα μ' έσερναν μακριά αποδώ. Αλλά η ευγένεια εδώ είναι άγνωστη λέξη. Κι αν η Τερέζα Ρέντι δεν το ξέρει μέχρι τώρα, θα το μάθει αρκετά σύντομα».

16

Mε τούτα και μ' εκείνα, ο Καλ έχει παραμελήσει κάποια πράγματα: τα κοράκια, για παράδειγμα, και τους καθημερινούς του περιπάτους στην εξοχή, αλλά και το γραφείο. Όταν βλέπει το πρωινό –ανέγγιχτο στο έντονο φθινοπωρινό φως, αρκετά ψυχρό ώστε να παγώνει ο ουρανίσκος του με κάθε ανάσα–, σκέφτεται ότι αυτή είναι η καλύτερη στιγμή που θα μπορούσε για να επιστρέψει σε αυτά. Θα τον κρατήσουν έξω, εκεί ακριβώς όπου θέλει να βρίσκεται όταν έρθει η Τρέι. Επιπλέον, πρέπει να αποσπάσει το μυαλό του από το σκονισμένο, παλιό μονοπάτι του ντετέκτιβ και να το επαναφέρει στον όμορφο, γραφικό δρόμο που απολάμβανε τόσο πολύ μέχρι να εμφανιστεί το παιδί μπροστά του.

Αρχίζει με το περπάτημα για να ξεπιαστούν τα πόδια του. Μετά πηγαίνει στα κοράκια, που τον έχουν υπό επιτήρηση για αρκετό διάστημα πλέον και θα έπρεπε μέχρι τώρα να νιώθουν άνετα μαζί του. Η Αλίσα είχε κάποτε ένα βιβλίο σχετικά με παιδιά που έκαναν απίθανα πράγματα, μεταξύ αυτών και ένα κοριτσάκι που είχε πιάσει φιλίες με ένα κοράκι. Είχε φωτογραφίες με τα δώρα που της έφερνε: περιτυλίγματα από καραμέλες, κλειδιά αυτοκινήτων, σπασμένα σκουλαρίκια και ανθρωπάκια Lego. Η Αλίσα είχε περάσει μήνες ολόκληρους προσπαθώντας να αναπτύξει αντίστοιχη σχέση με τα περιστέρια της γειτονιάς, τα οποία όμως, κατά την άποψη του Καλ, ήταν τόσο χαζά, που ούτε καν αναγνώριζαν ότι επρόκειτο για ζωντανό πλάσμα και όχι για μια ταΐστρα με παράξενο σχήμα.

Πολύ θα ήθελε να της στείλει μια φωτογραφία από τα κοράκια που του φέρνουν δώρα.

Αραδιάζει μια χούφτα φράουλες στο κομμένο κούτσουρο κι ύστερα σχηματίζει ένα μονοπάτι από δαύτες που οδηγεί μέχρι το κατώφλι της πίσω πόρτας του σπιτιού του, όπου κάθεται και περιμένει. Τα κοράκια βουτάνε από το δέντρο τους, τσιμπολογιούνται πάνω στο κούτσουρο, φτάνουν στα μισά του μονοπατιού κι ύστερα τον κοιτάζουν απαξιωτικά και επιστρέφουν στις ασχολίες τους.

Ο Καλ προσπαθεί να ξαναβρεί την υπομονή του, που απ' ό,τι φαίνεται έχει χαθεί κάπου στη διαδρομή, και το σκαλοπάτι είναι κρύο. Σχεδόν αμέσως αποφασίζει πως τα κοράκια μπορούν να πάνε να γαμηθούν, και μπαίνει μέσα για να φέρει το γραφείο και τα εργαλεία του. Όταν επιστρέφει ξανά έξω, όλες οι φράουλες έχουν εξαφανιστεί και τα κοράκια έχουν επιστρέψει στο δέντρο τους και τον δουλεύουν ψιλό γαζί, σκασμένα στα γέλια.

Το γραφείο έχει ακόμη δύσκολες αποθέσεις λευκής μπογιάς στις σχισμές, και η Τρέι έσπασε άλλο ένα ράφι όταν καταπιάστηκε μαζί του. Το να απελευθερώσει το σπασμένο ράφι απ' όλα τα υπόλοιπα μοιάζει μεγάλος μπελάς, οπότε ο Καλ ασχολείται με το χρώμα, με μια οδοντόβουρτσα και ένα φλιτζάνι σαπουνόνερο, δουλειά που αρχίζει να τον εκνευρίζει από την πρώτη κιόλας στιγμή. Παρόλο που δεν ήπιε ούτε σταγόνα αλκοόλ χτες, νιώθει όπως μετά το μεθύσι, έντονα απρόθυμος για τα πάντα γύρω του. Θέλει να τελειώνει σήμερα με αυτό μια και καλή.

Δεν ασχολείται άλλο με την μπογιά, καταπιάνεται με το ράφι ώσπου να χαλαρώσει, και αρχίζει να σχεδιάζει το περίγραμμά του σε ένα καινούργιο κομμάτι ξύλο. Το τελειώνει όταν ακούει θρόισμα από βήματα στο γρασίδι.

Το παιδί είναι ίδιο όπως πάντα, με το άθλιο παρκά του και το ανένδοτο βλέμμα. Ο Καλ δεν μπορεί να εντοπίσει κοριτσίστικα χαρακτηριστικά. Λογικά, θα πρέπει να έχει κάτι σαν στήθος, αλλά δεν υπήρχε η αφορμή για να παρατηρήσει λεπτομερώς την περιοχή προηγουμένως και σε καμία περίπτωση δεν θα το κάνει τώρα. Σκέφτεται ότι ένας λόγος για την τσαντίλα του για την Τρέι είναι επειδή θα ήθελε ένα τουλάχιστον άτομο σε αυτό το καταραμένο μέρος να είναι ακριβώς όπως δείχνει. «Πήγα σχολείο» τον πληροφορεί.

«Συγχαρητήρια» λέει ο Καλ. «Νιώθω εντυπωσιασμένος».

Το παιδί δεν χαμογελάει.

«Μίλησες με τον Ντόνι;»

«Για έλα δω» λέει ο Καλ. «Να φτιάξουμε αυτό. Θες να κάνεις το πριόνισμα;»

Η Τρέι παραμένει ακίνητη για μια στιγμή, κοιτάζοντάς τον ακόμη. Έπειτα γνέφει καταφατικά και διασχίζει με βαριά βήματα το γρασίδι.

Ξέρει ότι ο Καλ έχει να της πεις κάτι που δεν θέλει να το ακούσει. Δεν υπήρχε ποτέ περίπτωση να ζητήσει το έλεος της παράτασης της άγνοιας, αλλά το δέχεται από τη στιγμή που εκείνος το αφήνει πάνω της. Η στωικότητά της, απόλυτη και ασυνείδητη σαν ζώου, κάνει τον Καλ να νιώθει τυφλωμένος.

Εκείνος δεν θέλει να το κάνει. Ωστόσο, όσο χάλια κι αν είναι το σχέδιό του, οτιδήποτε άλλο μπορεί να σκεφτεί είναι ακόμα χειρότερο. Θεωρεί τεράστια και αβάσταχτη αποτυχία του χαρακτήρα του το γεγονός ότι δεν μπορεί να επινοήσει μια καλή λύση για να την προσφέρει σε αυτό το ισχνό, ατρόμητο παιδί.

Της δίνει το πριόνι και της κάνει χώρο στο τραπέζι. «Έφαγες τίποτα μετά το σχολείο;»

«Όχι» λέει η Τρέι, ζαρώνοντας τα μάτια κατά μήκος της γραμμής του πριονιού.

Ο Καλ πηγαίνει μέσα και βγαίνει με ένα σάντουιτς με φιστικοβούτυρο, ένα μήλο και ένα ποτήρι γάλα. «Πες ευχαριστώ» λέει μηχανικά.

«Ναι. Ευχαριστώ». Το παιδί κάθεται οκλαδόν στο χορτάρι και ορμάει στο σάντουιτς σαν να έχει να φάει όλη μέρα. Ο Καλ επιστρέφει στους λεκέδες της μπογιάς. Δεν θέλει να πει αυτά που έχει να πει. Θα προτιμούσε να αφήσει το απόγευμα να κυλήσει, να ξεδιπλωθεί αργά από μόνο του στα φρεσκοοργωμένα χωράφια, στον ρυθμό της δουλειάς τους, στον δυτικό άνεμο και στον χαμηλό φθινοπωρινό ήλιο, ώσπου να φτάσει η στιγμή που θα πρέπει να καταστρέψει τα πάντα.

Παρά τη θεωρία, όμως, του Μαρτ, απ' ό,τι μπορεί να σκεφτεί ο Καλ, υπάρχουν ορισμένοι λόγοι που ένα κορίτσι μπορεί να μη θέλει να μοιάζει με κορίτσι. Αν κάποιος φερθεί άσχημα στην Τρέι, το σχέδιό του αναγκαστικά θα πρέπει να αλλάξει.

«Πρέπει να μιλήσουμε για κάτι εμείς οι δυο» λέει.

Η Τρέι μασουλάει και τον κοιτάζει με κενό βλέμμα. Ο Καλ δεν μπορεί να καταλάβει τι περνάει από το μυαλό της.

«Δεν μου είπες ποτέ ότι είσαι κορίτσι» λέει.

Εκείνη κατεβάζει το σάντουιτς και τον παρατηρεί – διάφορα πράγματα περνάνε με ιλιγγιώδη ταχύτητα μπροστά στα μάτια της. Από το ύφος του προσπαθεί να καταλάβει τι σημαίνει αυτό. Για πρώτη φορά εδώ και καιρό, μοιάζει έτοιμη να το βάλει στα πόδια.

«Δεν είπα ποτέ ότι ήμουν αγόρι» λέει τελικά.

«Ήξερες όμως ότι έτσι νόμιζα».

«Δεν το σκέφτηκα ποτέ».

Οι μύες της είναι σε εγρήγορση, είναι έτοιμη να τρέξει. Ο Καλ λέει: «Φοβάσαι ότι θα σου κάνω κακό;».

«Είσαι τσαντισμένος;»

«Δεν έχω θυμώσει» λέει ο Καλ. «Απλώς δεν τρελαίνομαι για εκπλήξεις. Σου έκανε κάποιος κάτι κακό επειδή είσαι κορίτσι;»

Τα φρύδια της σμίγουν. «Σαν τι;»

«Σαν οτιδήποτε. Κάτι που ίσως σε κάνει να νιώθεις καλύτερα παριστάνοντας το αγόρι».

Ο Καλ είναι σε ετοιμότητα για το παραμικρό τίναγμα έντασης ή υποχώρησης, αλλά το παιδί απλώς κουνάει το κεφάλι του. «Όχι. Ο μπαμπάς μου τα πήγαινε καλύτερα μ' εμάς τα κορίτσια».

Δεν έχει ιδέα πού το πάει ο Καλ. Εκείνος νιώθει ένα κύμα ανακούφισης, αλλά ακολουθεί κάτι πιο ακανθώδες και πιο δύσκολο να αναγνωριστεί. Το παιδί δεν χρειάζεται τη σωτηρία του· δεν υπάρχει λόγος να αλλάξει το σχέδιό του. «Λοιπόν» λέει. «Σταμάτα να με κοιτάς σαν να περιμένεις πότε θα σου πετάξω την οδοντόβουρτσα».

«Πώς το έμαθες; Σου το είπε κάποιος;»

«Τι τρέχει με τα μαλλιά;» λέει ο Καλ.

Η Τρέι περνάει το χέρι πάνω από το κεφάλι της και το ελέγχει σαν να περιμένει να βρει κάποιο φύλλο ή κάτι τέτοιο. «Ε;»

«Το κούρεμα με την ψιλή. Σε κάνει να μοιάζεις με αγόρι».

«Είχα ψείρες. Η μάνα μου το ξύρισε».

«Εξαιρετικά. Έχεις ακόμη;»

«Όχι. Πέρσι είχα».

«Τότε γιατί είναι ακόμη κοντά;»

«Είναι μικρότερος μπελάς».

Ο Καλ εξακολουθεί να προσπαθεί να τοποθετήσει το κορίτσι πάνω από το αγόρι που έχει συνηθίσει. «Πώς τα είχες πριν;»

Η Τρέι δείχνει με το χέρι κάπου πάνω από την κλείδα της. Ο Καλ δεν μπορεί να τη φανταστεί. «Όταν πήγαινα εγώ σχολείο, τα παιδιά θα κορόιδευαν ένα κορίτσι αν είχε έτσι τα μαλλιά της. Εσένα δεν σε πειράζει αυτό;»

Το παιδί συνδυάζει το ανασήκωμα των ώμων, τον μορφασμό με το στόμα και το στραβοκοίταγμα προς τον Καλ, ο οποίος υποθέτει ότι αυτό σημαίνει πως το συγκεκριμένο είναι αμελητέο πρόβλημα για τη μικρή.

«Κατά βάση, με αφήνουν στην ησυχία μου. Επειδή έδειρα τον Μπράιαν Κάρνι».

«Πώς έτσι;»

Η Τρέι ανασηκώνει ξανά τους ώμους. Αυτό σημαίνει ότι δεν αξίζει τον κόπο να πει. Αμέσως μετά, λέει, κοιτάζοντας συνοφρυωμένη τον Καλ: «Σε νοιάζει;».

«Ότι χτύπησες τον Μπράιαν Πωστονλένε; Εξαρτάται από τον λόγο. Ορισμένες φορές δεν έχεις άλλη επιλογή από το να βάλεις κάποιον στη θέση του».

«Ότι είμαι κορίτσι».

«Στην ηλικία σου, ένα παιδί είναι παιδί» λέει ο Καλ. «Δεν έχει μεγάλη διαφορά τι είδους». Θα ήθελε να είναι αλήθεια αυτό.

Η Τρέι γνέφει καταφατικά και επιστρέφει στο φαγητό της. Ο Καλ δεν μπορεί να καταλάβει αν το θέμα έχει κλείσει για εκείνη. Λίγο μετά, τον ρωτάει: «Έχεις παιδιά;».

«Ένα».

«Αγόρι ή κορίτσι;»

«Κορίτσι. Είναι μεγάλη πια».

«Πού είναι η μαμά της; Δεν ήσασταν παντρεμένοι;»

«Ήμασταν. Όχι πια».

Η Τρέι το επεξεργάζεται μασώντας. «Πώς έτσι; Είσαι γυναικάς σαν τον μπαμπά σου;»

«Όχι».

«Τη χτυπούσες;»

«Όχι. Ποτέ δεν σήκωσα χέρι πάνω της».

«Τότε πώς γίνεται;»

«Μικρή» λέει ο Καλ, «δεν έχω ιδέα».

Τα φρύδια της Τρέι σμίγονται με δυσπιστία, αλλά δεν λέει τίποτα.

Δαγκώνει ένα κομμάτι από το μήλο, το βάζει μέσα στο τελευταίο κομμάτι του σάντουιτς και δοκιμάζει τον συνδυασμό, με ανάμεικτα αποτελέσματα, σύμφωνα με την έκφραση του προσώπου της. Μερικές στιγμές, ο Καλ απορεί πόσο μικρή είναι.

«Η κόρη σου ξέρει ότι είσαι εδώ;»

«Αμέ. Μιλάμε κάθε βδομάδα».

«Γι' αυτήν είναι το γραφείο;»

«Όχι» λέει ο Καλ. «Έχει δικό της σπίτι, δικά της έπιπλα. Αυτό θα μείνει εδώ».

Η Τρέι γνέφει καταφατικά. Τελειώνει το μήλο, και με ένα απότομο τίναγμα του καρπού της πετάει τον πυρήνα πέρα στον κήπο προς τα κοράκια. Μετά σκουπίζει τα χέρια της στο τζιν της και επιστρέφει στο πριόνισμα.

Οι ήχοι της δουλειάς τους δημιουργούν μια ισορροπία που θα μπορούσε να διατηρηθεί για πάντα. Τα πετροχελίδονα βουτούν και διασταυρώνονται στον ψυχρό, γαλάζιο ουρανό, και τα νεαρά αρνάκια φωνάζουν το ένα το άλλο με κυματιστά πρίμα. Στη γη του Ντάμπο Γκάνον, ένα κόκκινο τρακτέρ οργώνει υπομονετικά πέρα δώθε, μικρό σαν σκαθάρι εξαιτίας της απόστασης, αφήνοντας πίσω πλατιές λωρίδες σκούρου αφρατεμένου χώματος.

Ο Καλ προσπαθεί να τα υπομείνει όλα αυτά. Η Τρέι πριονίζει το ράφι, μετράει και ελέγχει, ισιώνει και πλανάρει, ζαρώνει τα μάτια και ξαναμετράει. Ο Καλ τρίβει τις ρωγμές, τις σκουπίζει, ξύνει λίγο με μια ράσπα όποτε χρειάζεται. Η Τρέι, ικανοποιημένη επιτέλους, προχωράει στο τρίψιμο με γυαλόχαρτο.

Το φως αρχίζει να λιγοστεύει στα χωράφια, χρυσαφένιο σαν μέλι. Ο Καλ πρέπει να τελειώνει με αυτό.

«Μίλησα με τον Ντόνι» λέει, ακούγοντας τις λέξεις να σκάνε σαν ξύλο που σπάει.

Οι ώμοι της Τρέι σφίγγονται. Αφήνει κάτω το ράφι και το γυαλόχαρτο προσεκτικά και γυρίζει να τον κοιτάξει. «Ναι» λέει.

Ο Καλ διακρίνει το άσπρο γύρω από τα μάτια της, και τα ρουθούνια της να ανοιγοκλείνουν καθώς αναπνέει. Ξέρει ότι η καρδιά της καλπάζει σαν ατίθασο άλογο. «Δεν είναι άσχημα τα νέα, μικρή. Εντάξει;» Μια βαριά ανάσα βγαίνει από μέσα της. Με το πίσω μέρος του καρπού της σκουπίζει το στόμα της. «Εντάξει» λέει. Έχει την ίδια χλωμάδα όπως όταν κανόνισε το κουνέλι. «Μήπως καλύτερα να κάτσεις; Να είσαι πιο άνετα;» ρωτάει ο Καλ. «Είναι μεγάλη ιστορία».

«Όχι».

«Όπως θέλεις» λέει ο Καλ.

Διώχνει τη σκόνη από το γραφείο και ακουμπάει πάνω με τους πήχεις, προσέχοντας να κάνει αργές και χαλαρές κινήσεις σαν να βρίσκεται κοντά σε τρομαγμένο ζώο· όπως έκανε τις πρώτες δυο τρεις φορές που είχε εμφανιστεί το παιδί, λίγες μόλις εβδομάδες νωρίτερα. «Για αρχή, ήθελες να μάθεις γιατί σκόπευα να μιλήσω στον Ντόνι. Το σκεπτικό μου ήταν το εξής: Ο Μπρένταν σχεδίαζε να χρησιμοποιήσει την αγροικία για να βγάλει καλά χρήματα. Είχε στο μυαλό του κάτι ύποπτο, διαφορετικά θα σου είχε αναφέρει κάτι γι' αυτό. Που σημαίνει ότι θα 'πρεπε να μιλήσει με κόσμο που είχε ύποπτες διασυνδέσεις. Οι μόνοι τέτοιοι εδώ πέρα είναι τα αγόρια από το Δουβλίνο που πουλάνε ναρκωτικά, και είδα τον Ντόνι να κάνει παρέα μαζί τους στην παμπ».

Η Τρέι γνέφει καταφατικά σφιγμένη. Παρακολουθεί τον συλλογισμό του. Είναι ακόμη άσπρη, αλλά το βλέμμα του αγριμιού έχει χαθεί από τα μάτια της.

«Γι' αυτό λοιπόν πήγα να δω τον Ντόνι. Όπως είπες κι εσύ, ήξερα ότι δεν θα ήταν και πολύ πρόθυμος να μιλήσει σ' έναν ξένο – ειδικά από τη στιγμή που θα είχε ακούσει ότι ήμουν μπάτσος, αφού το είχες ακούσει κι εσύ. Αλλά στο τέλος καταλήξαμε σε συνεννόηση».

«Τον έδειρες;»

«Μπα. Δεν χρειάστηκε. Τον Ντόνι αρκεί να τον συναντήσεις μια φορά για να καταλάβεις ότι δεν είναι κανένα μεγάλο ψάρι, παρά ένας παρατρεχάμενος που γλείφει τους πραγματικούς κακούς ενώ παράλληλα τους τρέμει κιόλας. Έτσι, το μόνο που είχα να κάνω ήταν να αφήσω να φανεί πως ήξερα περισσότερα απ' ό,τι στην πραγματικότητα κι ύστερα να του πω ότι, αν δεν μου συμπλήρωνε τα κενά, οι φίλοι του από την πόλη θα μάθαιναν ότι είχε μιλήσει σε μπάτσο».

Η Τρέι είναι προφανές ότι το εγκρίνει αυτό. «Και; Μίλησε;»

«Κελάηδησε σαν πουλάκι» λέει ο Καλ «Ο Ντόνι δεν είναι ακριβώς αυτό που λέμε ξεφτέρι, οπότε μπορεί να έχει καταλάβει λάθος κάποιες λεπτομέρειες, ωστόσο πιστεύω πως έχει πιάσει τα βασικά. Τέλος πάντων, άκου τι λέει. Τα θυμάσαι όλα αυτά στην κρυψώνα του Μπρένταν;»

Η Τρέι γνέφει κοφτά.

«Ορισμένες φορές φτάνουν στην κατοχή των ανθρώπων πράγματα που δεν πρέπει και στη συνέχεια τα πουλάνε».

«Ο Μπρένταν δεν είναι κλέφτης».

«Μη βιάζεσαι, μικρή, άκου πρώτα. Δεν είπα ότι είναι. Λέω μόνο ότι μερικές φορές οι άνθρωποι αυτοί ίσως αργήσουν να βρουν αγοραστές. Όσο ψάχνουν λοιπόν, χρειάζονται ένα μέρος για να αποθηκεύσουν το εμπόρευμα. Κάποιο ασφαλές και απομονωμένο, ώστε να μην το ανακαλύψει κανείς κατά τύχη αλλά και να μην το βρουν οι μπάτσοι, εκτός φυσικά αν ξέρουν ακριβώς πού να ψάξουν. Αν αυτοί οι άνθρωποι βρουν τελικά το σωστό μέρος, που να το τρέχει κάποιος άξιος εμπιστοσύνης, ο οποίος θα κρατήσει ασφαλές το εμπόρευμά τους, πληρώνουν ένα καλό νοίκι».

«Κάτι σαν αποθήκη».

«Ναι. Ακριβώς έτσι. Και ένα μέρος όπως αυτό εδώ, που δεν απέχει και πολύ από τα σύνορα, είναι εξαιρετική περιοχή. Ο

Μπρένταν μυρίστηκε το κενό στην αγορά και συνειδητοποίησε ότι η κρυψώνα του ήταν το ιδανικό μέρος για να το καλύψει. Το μόνο που χρειαζόταν να κάνει ήταν να το επισκευάσει λιγάκι και νά 'ρθει σε επαφή με τον κόσμο που θα ήθελε να το χρησιμοποιήσει».

Η Τρέι ζυγίζει τα λεγόμενά του. Κατά πώς φαίνεται, ταιριάζει με την ιδέα που είχε περί ύποπτης συμπεριφοράς του Μπρένταν. Γνέφει καταφατικά.

«Έτσι λοιπόν, ο Μπρένταν άρχισε να επισκευάζει το σπίτι. Ίσως μάλιστα βρήκε δυο τρεις ντόπιους να το χρησιμοποιούν πότε πότε, όμως παραήταν μικροί για να του φανούν χρήσιμοι. Έπρεπε να πιάσει μεγαλύτερα ψάρια».

«Τους τύπους από το Δουβλίνο» λέει η Τρέι.

«Σ' αυτό το σημείο, ο Ντόνι δεν γνώριζε λεπτομέρειες» λέει ο Καλ. «Κανείς δεν θα έλεγε περισσότερα απ' ό,τι χρειαζόταν σ' έναν πανύβλακα όπως αυτός· μόνο τα βασικά, για να πιάσει το νόημα. Το περισσότερο που ήξερε να πει είναι ότι ο Μπρένταν περίμενε μέχρι να βρεθούν στην πόλη τα αγόρια από το Δουβλίνο και τους ζήτησε να τον φέρουν σε επαφή με άτομα που μπορεί να ενδιαφέρονταν για τις υπηρεσίες του. Από μέρους τους υπήρξε ενδιαφέρον, αλλά και μια μικρή διαφωνία μεταξύ τους σχετικά με το εγχείρημα του Μπρένταν. Κάποιοι πείστηκαν ότι θα ήταν ατού, ενώ άλλοι θεώρησαν ότι θα αποτελούσε μάλλον εμπόδιο. Απ' ό,τι μπόρεσα να μάθω, σκοπεύουν να τρέξουν κάτι δικό τους πάνω στα βουνά και δεν ήθελαν ο Μπρένταν και οι πελάτες του να τραβήξουν την προσοχή της αστυνομίας προς αυτή την κατεύθυνση».

«Τύπους σαν αυτούς...» λέει η Τρέι. Δεν ολοκληρώνει τη φράση της.

«Ναι» λέει ο Καλ. «Δεν θέλεις να τους τσαντίσεις. Ο Μπρένταν ίσως θα έπρεπε να λάβει υπόψη αυτή την πιθανότητα, αλλά, απ' ό,τι μου είπαν, είχε την τάση να παρασύρεται και να ξεχνάει πως οι άλλοι άνθρωποι μπορεί να αντιδράσουν. Είναι έτσι;»

Η Τρέι γνέφει κοφτά. Ο Καλ πέρασε τη νύχτα προσπαθώντας να τελειοποιήσει την ιστορία του και να την εξετάσει από διάφορες οπτικές, για να είναι σίγουρος ότι στέκει και ότι περιλαμβάνει όλα τα κομμάτια που γνωρίζει η Τρέι. Έχει κάποια μικρά κενά, τίποτα όμως που θα την έκανε να καταρρεύσει. Έχει αρκετή δόση αλήθειας ώστε να ταιριάξει με το όλο σκηνικό. Υπάρχει ακόμα και η πιθανότητα, με μερικές ελάχιστες αντικαταστάσεις, αυτή η ελαφρώς ύποπτη ιστορία να είναι κατά τύχη αληθινή.

«Λοιπόν» λέει ο Καλ, «ο Μπρένταν οργάνωσε μια συνάντηση μαζί τους, νομίζοντας ότι θα τους πλήρωνε και θα έπαιρνε ένα σωρό αριθμούς τηλεφώνου, και όλοι θα έφευγαν ευχαριστημένοι. Μέχρι να γίνει η συνάντηση όμως, όσοι πίστευαν ότι θα ήταν εμπόδιο είχαν πείσει τους υπόλοιπους. Του είπαν να φύγει από το χωριό και να εξαφανιστεί».

«Απλώς του είπαν να φύγει;» ρωτάει η Τρέι. Η ανάσα της βγαίνει γρήγορη και ρηχή. «Δεν τον πήραν; Για σιγουριά;»

«Μπα. Τι να τον έκαναν; Το μόνο που ήθελαν ήταν να φύγει από τα πόδια τους, και το έκανε μόνος του, με συνοπτικές διαδικασίες. Και έχει αρκετή σύνεση ώστε να μην τριγυρίζει μέχρι να του πουν να εμφανιστεί ξανά».

«Άρα, γι' αυτό έφυγε. Όχι επειδή ήθελε».

«Ακριβώς» λέει ο Καλ. «Δεν είχε επιλογή».

Ένας βαθύς αναστεναγμός βγαίνει από την Τρέι και το βλέμμα χάνεται. Η σκέψη ότι ο Μπρένταν έφυγε οικειοθελώς χωρίς να πει λέξη την κατέτρωγε για μήνες. Τώρα που αυτή πλέον έχει διαγραφεί από το μυαλό της, δεν μπορεί να το πιστέψει πόσο χώρο καταλάμβανε.

Ο Καλ την αφήνει να το χωνέψει. Λίγο μετά, τον ρωτάει: «Πού πήγε;».

«Ο Ντόνι δεν είναι σίγουρος. Νομίζει, στη Σκοτία, αν μπορούμε να δώσουμε βάση στα λεγόμενά του. Ισχυρίζεται ότι οι τύποι δεν πήραν τα μετρητά του Μπρένταν, επομένως θα πρέπει να είχε αρκετά για να πάει κάπου και να οργανωθεί. Κι αν έχει λίγο μυαλό, δεν θα επιστρέψει για κάμποσο ακόμα».

Η Τρέι λέει, τονίζοντας τις λέξεις: «Όμως είναι ζωντανός».

«Απ' ό,τι μπορεί να ξέρει κανείς. Εγγυήσεις δεν υπάρχουν – θα μπορούσε να έχει πέσει από το πλοίο, ή να τον χτύπησε αυτοκίνητο, όπως οποιονδήποτε άνθρωπο άλλωστε. Δεν υπάρχει όμως λόγος να πιστεύουμε ότι είναι κάτι άλλο».

«Τότε γιατί δεν τηλεφώνησε; Έστω και μια φορά, να μας πει ότι είναι καλά». Η ερώτηση βγαίνει αβίαστα από το στόμα της Τρέι. Αυτό είναι το άλλο μισό που την κατατρώει. Θα προτιμούσε ο Μπρένταν να είχε απαχθεί, γιατί αυτό θα μπορούσε να διορθωθεί.

«Μιλάμε για αρκετά τρομακτικούς τύπους, μικρή» λέει ήρεμα ο Καλ. «Φαντάζομαι ότι ο Μπρένταν σε ξέρει τόσο καλά, ώστε να υποθέσει πως, αν μυριζόσουν τι έτρεχε, θα επιχειρούσες να διορθώσεις τα πράγματα για να μπορέσει να γυρίσει σπίτι. Κι αυτό θα χειροτέρευε την κατάσταση. Και για κείνον και για σένα. Του άρεσε να σε προστατεύει, σωστά;»

«Ναι».

«Και αυτό ακριβώς έκανε. Αν θέλεις να κάνεις κι εσύ το ίδιο, καλύτερα να τον εμπιστευτείς και να σεβαστείς την επιθυμία του. Μαζέψου, κράτα το στόμα σου κλειστό και κοίτα τη δουλειά του, μέχρι να θεωρήσει ότι είναι ασφαλές να γυρίσει πίσω».

Η Τρέι κρατάει το βλέμμα της πάνω του για λίγο ακόμα. Ύστερα λέει: «Ευχαριστώ». Επιστρέφει στο τραπέζι και αρχίζει και πάλι να τρίβει, πολύ προσεκτικά και με μεγάλη επιμέλεια.

Ο Καλ στρέφεται ξανά στην οδοντόβουρτσα και στο σαπουνόνερο, κι ας είναι το γραφείο όσο καθαρό γίνεται. Η Τρέι δεν λέει τίποτα παραπάνω, το ίδιο κάνει κι εκείνος. Όταν πια το παιδί τού φέρνει το ράφι, τα βουνά από την πλευρά τους έχουν σκοτεινιάσει κι η μεγάλη σκιά τους απλώνεται σταδιακά πάνω στα χωράφια προς το μέρος τους. Η κάθε του ακμή είναι λεία σαν χαρτί. Ο Καλ δίνει στην Τρέι το σφυρί για να τοποθετήσει το ράφι στη θέση του. Είναι πολύ προσεκτική, με ένα χτυπηματάκι από τη μία πλευρά κι ύστερα από την άλλη. Στέκεται λίγο παραπέρα και κοιτάζει τον Καλ.

«Καλή δουλειά» της λέει. «Έκανες καταπληκτική δουλειά, μικρή. Καλύτερα να πας σπίτι τώρα».

Η Τρέι γνέφει καταφατικά, ξεσκονίζοντας τα χέρια της στο τζιν της.

«Οπότε, την πήρες την απάντησή σου. Τουλάχιστον, έφτασα όσο πιο κοντά μπορούσα σε αυτή. Χαίρομαι που μπόρεσα να σε βοηθήσω» λέει ο Καλ και απλώνει το χέρι του.

Το παιδί κοιτάζει πρώτα αυτό κι ύστερα το πρόσωπο του Καλ, σαστισμένο.

«Η υπόθεση έκλεισε, μικρή» λέει ο Καλ. «Ελπίζω ο αδερφός σου να γυρίσει σπίτι όταν καταλαγιάσει το όλο πράμα. Τα λέμε στης Νορίν κάποια στιγμή, αν δεν σου απαγορεύσει την είσοδο».

Η Τρέι λέει: «Θα ξανάρθω έτσι κι αλλιώς. Να τελειώσω αυτό». Τινάζει το πιγούνι της προς το γραφείο.

«Όχι» λέει ο Καλ. «Δεν είναι κάτι προσωπικό. Έχεις καλό χέρι και είσαι εξαιρετική παρέα, αλλά εδώ ήρθα για να απομακρυνθώ από την παρέα».

Το παιδί τον κοιτάζει με το πρόσωπο ανέκφραστο από το ξάφνιασμα. Ο Καλ συνειδητοποιεί, με θλίψη τόσο βαθιά και εξαντλητική, που τον κάνει να θέλει να πέσει στα γόνατα και να ακουμπήσει το μέτωπό του στο δροσερό χορτάρι, πόσο απεγνωσμένα θέλει να συνεχίσει να έρχεται το κορίτσι.

Έχει ήδη την εμπειρία τι συμβαίνει αν προσπαθήσει κανείς να κάνει την Τρέι Ρέντι να εγκαταλείψει κάτι στο οποίο έχει δοθεί ολόψυχα. Η μόνη του επιλογή είναι να την κάνει να μη θέλει πια να επιστρέψει. Αν δεν καταλαβαίνει τι θα πει ο κόσμος, δεν μπορεί να της το βάλει εκείνος στο μυαλό. Έτσι, της λέει: «Ήθελες να μάθω τι συνέβη στον αδερφό σου, μικρή. Το έκανα. Τι άλλο θέλεις από μένα;».

Η Τρέι συνεχίζει να τον κοιτάζει αποσβολωμένη. Φαίνεται σαν να θέλει να πει κάτι, δεν βγαίνει όμως τίποτα. Ο Καλ αφήνει ένα ειρωνικό χαμόγελο να σχηματιστεί στο πρόσωπό του. «Χμ» κάνει. «Με είχαν προειδοποιήσει για τους Ρέντι και τα λεφτά. Αυτό θέλεις; Να σε πληρώσω για τη δουλειά που έχεις κάνει; Γιατί θα μπορούσα να διαθέσω πενήντα, εξήντα ευρώ, αλλά, αν σκέφτεσαι να πάρεις αυτό που σου ανήκει όσο δεν κοιτάζω...»

Για μια στιγμή πιστεύει ότι η Τρέι θα ριχτεί και πάλι στο γραφείο, ή ίσως και σ' εκείνον. Δεν έχει κανένα πρόβλημα με τίποτα από τα δύο. Ας κάνει το γραφείο γυαλιά καρφιά, αν το έχει ανάγκη. Μέχρι που οπισθοχωρεί για να της αφήσει το πεδίο ελεύθερο. Εκείνη όμως φτύνει στα πόδια του, σβέλτα και μανιασμένα, σαν κροταλίας που ορμάει. Το σάλιο προσγειώνεται στην μπότα του με ένα πλατς. Ύστερα, γυρίζει απότομα από την άλλη και φεύγει με μεγάλες, αποφασιστικές δρασκελιές προς τον δρόμο.

Ο Καλ περιμένει για λίγο και πηγαίνει προς την αυλόπορτα. Η Τρέι είναι ήδη μακριά, κινείται γρήγορα ανάμεσα στις κηλίδες φωτός και σκιάς που σχηματίζονται στον δρόμο, με το κεφάλι κάτω και τα χέρια χωμένα βαθιά στις τσέπες της. Την παρακολουθεί να φτάνει στην κορυφή της ανηφόρας, ανάμεσα στις σκιές από τα κλαριά του φράχτη, αλλά και για αρκετή ώρα μετά. Τίποτα δεν βαδίζει πίσω της.

Κουβαλάει μέσα τα εργαλεία, το τραπέζι και στο τέλος το γραφείο. Το τοποθετεί στην εφεδρική κρεβατοκάμαρα, όπου δεν θα το πιάνει διαρκώς το μάτι του. Θα ήθελε να το τελειώσει μαζί με την Τρέι προτού αναγκαστεί να τη διώξει.

Ίσως θα έπρεπε να μαγειρέψει για βραδινό τις πέρκες που περίσσεψαν από χτες, αλλά παίρνει μια μπίρα και βγαίνει στο πίσω σκαλοπάτι. Στα ανατολικά ο ουρανός έχει σκουρύνει, παίρνοντας το χρώμα της λεβάντας· το κόκκινο τρακτέρ στέκει ακίνητο, εγκαταλειμμένο στη μέση μιας αυλακιάς. Το όργωμα έχει προσθέσει ένα ακόμα επίπεδο στη μυρωδιά της ατμόσφαιρας, κάτι πιο πλούσιο και πιο σκοτεινό, γεμάτο με κρυμμένα πράγματα.

Βλέπεις; λέει στην Ντόνα, νοερά. *Μπορώ να φύγω από μια υπόθεση, αν αυτό είναι το σωστό.* Ακόμα και στη φαντασία του, η Ντόνα αρνείται να υποχωρήσει, τον στραβοκοιτάζει και κάνει έναν απαξιωτικό ήχο προς τον ουρανό.

Ο Καλ είπε στην Τρέι την αλήθεια: στην πραγματικότητα, δεν ξέρει γιατί χώρισαν με την Ντόνα. Το μόνο που ξέρει είναι ότι λήστεψαν και ξυλοκόπησαν πολύ άσχημα την Αλίσα στο πρώτο της έτος στο πανεπιστήμιο, και δύο χρόνια αργότερα η Ντόνα έφυγε, και ότι προφανώς υπήρχε κάποια μυστηριώδης σύνδεση μεταξύ των δύο που ο Καλ είναι πολύ χαζός για να την καταλάβει.

Τότε, δεν υπήρχε καμία ένδειξη ότι το πρώτο γεγονός θα οδηγούσε στο δεύτερο. Αυτός και η Ντόνα πέταξαν στο Σιάτλ τόσο γρήγορα, που έφτασαν εκεί ενώ η Αλίσα δεν είχε συνέλθει πλήρως από το χειρουργείο ενός σπασμένου κόκαλου στον ώμο. Μόλις ο Καλ βεβαιώθηκε ότι ήταν καλά, άφησε την Ντόνα μαζί της και πήγε στο αρμόδιο αστυνομικό τμήμα. Ήξερε επακριβώς τι προτεραιότητα θα είχε μια τυχαία ληστεία, αλλά η ληστεία της κόρης ενός μπάτσου ήταν άλλο θέμα· πόσο μάλλον η κόρη ενός μπάτσου που είχε εμφανιστεί ολοζώντανος στον προθάλαμο του τμήματος. Τις επόμενες δύο εβδομάδες, ο Καλ δεν σταμάτησε να τους τσιγκλάει, ευγενικά αλλά αδυσώπητα, ώσπου ζήτησαν πλάνα από κάθε κάμερα ασφαλείας σε ακτίνα τετράγωνου. Αυτό τους οδήγησε σε μια δυο λήψεις του ληστή όλο κόκκο, τις οποίες επεξεργάστηκαν ο Καλ και οι άνθρωποι του τμήματος –κάποιες μέρες, ο Καλ περνούσε εκεί μέχρι και είκοσι ώρες– ώσπου να μπαγλαρώσουν τελικά ένα μπασμένο, κοκκινομάλλικο πρεζάκι ονόματι Λάιλ, που είχε ακόμη την πιστωτική κάρτα της Αλίσα στην τσέπη του μπουφάν του.

Όταν ο Καλ το είπε στην Αλίσα, εκείνη ήταν ακόμη πολύ ταραγμένη έστω και για να δείξει ανακουφισμένη. Απλώς τον κοίταξε και μετά γύρισε το κεφάλι της από την άλλη. Ο Καλ το καταλάβαινε: ήλπιζε ότι θα ήταν ευχαριστημένη, αλλά είχε δει τόσα θύματα, που καταλάβαινε ότι το τραύμα διαμόρφωνε συναισθήματα σε μορφές που ποτέ δεν θα περίμενε κανείς.

Το επόμενο διάστημα εκείνος και η Ντόνα το πέρασαν κυρίως ανησυχώντας για την Αλίσα. Δεν τους άφηνε να μείνουν μαζί της μετά τις πρώτες δύο εβδομάδες, ούτε επέστρεφε σπίτι, οπότε ήταν αναγκασμένοι να ανησυχούν εξ αποστάσεως. Η επίθεση είχε δημιουργήσει παντού ρωγμές στο μυαλό της, σαν ένας καθρέφτης που έπεσε και, ενώ τα κομμάτια είναι ακόμη στη θέση τους, το σύνολο έχει διαρραγεί και δεν λειτουργεί πλέον σωστά. Ο Καλ δεν κατάλαβε ποτέ αν έφταιγε η σωματική βλάβη ή αυτά που είχε απειλήσει ο Λάιλ να της κάνει – η Αλίσα είχε προσπαθήσει να τον νουθετήσει, να συνδεθεί μαζί του σαν άνθρωπος με άνθρωπο, και ο Λάιλ δεν το είχε πάρει καλά. Είτε έτσι είτε αλλιώς, μετά βίας θα σηκωνόταν από το κρεβάτι, ούτε λόγος λοιπόν να πηγαίνει στα μαθήματα, να κάνει παρέα με τις φίλες της ή ό,τι άλλο θα έπρεπε να κάνει.

Σταδιακά, το μυαλό της γιατρεύτηκε. Άρχισε να πηγαίνει ξανά στο πανεπιστήμιο. Ένα βράδυ, γέλασε στο τηλέφωνο. Λίγες εβδομάδες αργότερα, όταν ο Καλ τηλεφώνησε για να της

πει ότι ο Λάιλ είχε ομολογήσει την ενοχή του, βρισκόταν έξω,
σε ένα μπαρ, με τον Μπεν. Ο Καλ ήξερε πως οι ρωγμές δεν
είχαν κλείσει, πως ήταν ακόμη εύθραυστη, αλλά και πόσο ισχυ-
ρή ήταν η ροπή προς τη ζωή στα υγιή νεαρά πλάσματα. Ενα-
πόθεσε την πίστη του σε αυτό, όσο μπορούσε.

Όταν η Ντόνα άρχισε να τον αποπαίρνει, στην αρχή ο Καλ
θεώρησε πως αυτό οφειλόταν στο καθυστερημένο τραύμα, που
βγήκε την ευκαιρία να βγει στην επιφάνεια. Αρχικά τα σκάγια
ενός γενικευμένου θυμού σκόρπιζαν προς κάθε κατεύθυνση,
σταδιακά όμως, καθώς πείστηκε να εκφράσει τις σκέψεις της
με σαφήνεια, η Ντόνα επικεντρώθηκε στον χρόνο που πέρασαν
στο Σιάτλ: συγκεκριμένα, στο γεγονός ότι ο Καλ είχε αφιερώ-
σει τον περισσότερο χρόνο εκεί στον εντοπισμό του Λάιλ. Κα-
τά τα φαινόμενα, η Ντόνα ένιωσε ότι έπρεπε να είχε μείνει
κατά βάση στο διαμέρισμα της Αλίσα, μαζί με αυτήν και τους
συγκάτοικούς της και την Ντόνα και τον Μπεν και όποιον
άλλο φίλο της εμφανιζόταν για να προσφέρει ηθική υποστήρι-
ξη, κουτσομπολιά ή αηδίες με σπόρους τσία.

«Τι να έκανα εκεί;»

«Να της μιλούσες. Να την αγκάλιαζες. Να καθόσουν εκεί,
γαμώτο. Οτιδήποτε θα ήταν καλύτερο από το τίποτα».

«Μα έκανα κάτι. Βγήκα έξω, κι έτσι τον έπιασαν τον τύπο.
Χωρίς εμένα, θα...»

«Δεν είχε ανάγκη να κάνεις τον μπάτσο. Σε χρειαζόταν εκεί,
στο δωμάτιο, να είσαι ο πατέρας της».

«Τι να με κάνει εκεί;» ρώτησε ο Καλ, μπερδεμένος. «Είχε
εσένα».

«Τη ρώτησες;» τον έκοψε η Ντόνα, με τα χέρια και τα φρύ-
δια της να υψώνονται στον αέρα. «Τη ρώτησες ποτέ;»

Η απάντηση ήταν όχι. Για εκείνον ήταν προφανές ότι, σε
μια τέτοια περίοδο, ένα παιδί χρειαζόταν τη μητέρα του και
ότι η Ντόνα θα τα πήγαινε πολύ καλύτερα στο κομμάτι της

κουβέντας και της παρηγοριάς απ' ό,τι ο ίδιος. Είχε βγει στον δρόμο και είχε φέρει στην Αλίσα το καλύτερο που θα μπορούσε να προσφέρει, το ψειριάρικο σκαλπ του Λάιλ. Εκείνος δεν το θεωρούσε τίποτα όλο αυτό. Χωρίς τη δουλειά που έκανε, ο Λάιλ ίσως να βρισκόταν ακόμη στον δρόμο, και κάθε φορά που θα έβγαινε από την πόρτα της, η Αλίσα θα είχε τον νου της μην τον πετύχει σε καμιά γωνία. Τώρα, τουλάχιστον για τα επόμενα επτά με δέκα χρόνια, θα μπορούσε να κυκλοφορεί χωρίς να φοβάται.

Όπως και να 'χε, αυτό αρχικά δεν έμοιαζε με ζήτημα διάλυσης ενός γάμου. Ωστόσο, τους επόμενους μήνες τους οδήγησε, μέσα από διάφορες καταστάσεις όπου ο Καλ μετά βίας μπορούσε να φανεί συνεπής, σε πολύ πιο σκοτεινά και ολισθηρά μονοπάτια. Τσακώνονταν για ώρες μέχρι αργά τη νύχτα, ξεπερνώντας πολλές φορές το όριο όπου ο Καλ ήταν πλέον εντελώς μεθυσμένος και εξαντλημένος για να καταλάβει το γιατί. Στο τέλος, η Ντόνα θύμωσε σε σημείο που να μην μπορεί να μείνει άλλο μαζί του, και η φυγή της ήταν για τον Καλ κεραυνός εν αιθρία. Όσα χρόνια ήταν μαζί, είχε θυμώσει πολλές φορές με την Ντόνα, ποτέ όμως τόσο ώστε να του περάσει από το μυαλό να σηκωθεί και να φύγει.

Το μόνο πράγμα που κατάλαβε ξεκάθαρα από τους τσακωμούς ήταν ότι η Ντόνα πίστευε πως θα ήταν καλύτερος σύζυγος, και καλύτερος πατέρας, αν δεν ήταν μπάτσος. Ο Καλ, πάλι, πίστευε ότι αυτό ήταν μια τεράστια ανοησία, αλλά έπιασε τον εαυτό του να είναι διατεθειμένος να το αλλάξει. Είχε κλείσει εικοσιπενταετία, η Αλίσα είχε μπει στο πανεπιστήμιο κι η δουλειά δεν ήταν όπως κάποτε, ή ίσως όπως θεωρούσε ο Καλ ότι ήταν. Είχε πλέον τις αμφιβολίες του σχετικά, αλλά γινόταν ολοένα και πιο φανερό πως δεν του άρεσε. Δεν θα έφευγε ποτέ μόνο γι' αυτό τον λόγο, ωστόσο έπρεπε να παραδεχτεί ότι ένα κομμάτι του ένιωσε ανακούφιση όταν συνειδητοποίησε πως αυτό χρειαζόταν να κάνει ώστε να διορθώσει την κατάσταση και να κερδίσει ξανά την Ντόνα.

Δεν της το είπε μέχρι που υπέβαλε τα χαρτιά του, πήρε την έγκριση και εγγράφως την ημερομηνία που θα παρέδιδε το σήμα του. Ήθελε να της το παρουσιάσει ως κάτι χειροπιαστό, ότι δεν της έλεγε παραμύθια. Ίσως να άργησε πολύ, διότι, όταν της το είπε, η Ντόνα απάντησε ότι είχε κι εκείνη να του πει κάτι – κι αυτό ήταν ότι έβγαινε με κάποιον Έλιοτ από τη λέσχη φιλαναγνωσίας.

Ο Καλ δεν αποκάλυψε στους φίλους του αυτή τη λεπτομέρεια. Θα του έλεγαν ότι η Ντόνα πηδιόταν με τον Έλιοτ από καιρό και γι' αυτό τον είχε αφήσει, και ο Καλ ήξερε πως δεν ίσχυε αυτό. Θα του άρεσε να πιστεύει πως ίσχυε, για να ηρεμήσει το μυαλό του, αλλά γνώριζε πολύ καλά την Ντόνα. Είχε κι εκείνη τον δικό της κώδικα. Κατά πάσα πιθανότητα, η σκέψη να τα φτιάξει με τον Έλιοτ δεν θα περνούσε καν από το μυαλό της όσο εκείνη και ο Καλ ήταν μαζί, αλλιώς δεν υπήρχε περίπτωση να του ακουμπήσει ούτε το δαχτυλάκι ακόμα και αφού χώριζαν. Στους άλλους ανέφερε ότι του είπε πως ήταν πολύ αργά, όπως κι έγινε, και εκείνοι του έφεραν κι άλλη μπίρα, και όλοι μαζί συμφώνησαν πόσο ακατανόητες ήταν οι γυναίκες.

Βέβαια αυτό, αντί να τον παρηγορήσει, τον έκανε να αισθανθεί χειρότερα. Να νιώσει ανεπαρκής, καθώς κάτι ακόμα που κατάλαβε από τους καβγάδες με την Ντόνα ήταν ότι, χωρίς να έχει φυσικά καμία τέτοια πρόθεση, είχε απογοητεύσει και εκείνη και την Αλίσα. Το μόνο που ήθελε πάντοτε ο Καλ ήταν να είναι ένας σταθερός άντρας που φροντίζει την οικογένειά του και κάνει το σωστό για τους ανθρώπους γύρω του. Για πάνω από είκοσι χρόνια, έκανε τη δουλειά του πιστεύοντας ότι ήταν αυτός ο άνθρωπος. Μόνο που κάπου στην πορεία τα σκάτωσε. Έχασε την πίστη του στον κώδικά του, και το χειρότερο είναι πως δεν μπορεί να καταλάβει γιατί. Από εκείνη τη στιγμή και μετά τίποτα δεν έχει πλέον αξία, και το θέμα είναι ότι δεν ξέρει καν ποια ακριβώς ήταν αυτή η στιγμή.

Ο Καλ τελειώνει την μπίρα του και αρχίζει να ανεβαίνει το δρομάκι που χάνεται σιγά σιγά. Ο Μαρτ και ο Κότζακ βγαίνουν στην πόρτα· η μυρωδιά των κρεμμυδιών και της πάπρικας τους ακολουθεί. «Βρε καλώς τον λεβέντη» λέει χαρούμενα. «Τι χαμπάρια;»

«Είπα στην Τρέι Ρέντι να του δίνει» λέει ο Καλ. «Δεν θα ξαναφανεί αποδώ».

«Εύγε» λέει ο Μαρτ. «Το 'ξερα ότι θα κάνεις αυτό που πρέπει. Να δεις που στο τέλος θα χαίρεσαι γι' αυτό». Του κάνει νόημα προς την κουζίνα. «Κάτσε ένα λεπτό, θα φέρω ακόμα ένα πιάτο. Φτιάχνω παέγια με κοτόπουλο και μπέικον και είναι και γαμώ, αν μπορώ να το παινευτώ».

«Έχω φάει, ευχαριστώ» λέει ο Καλ. Ξύνει τον Κότζακ ανάμεσα στ' αυτιά και επιστρέφει σπίτι του μες στην ψυχρή ατμόσφαιρα του σούρουπου και τη μυρωδιά καπνού να έρχεται από κάπου.

17

Όταν ο Καλ μπαίνει στο μαγαζί της Νορίν την επόμενη μέρα, στην καλύτερη περίπτωση περιμένει ένα ψυχρό βλέμμα, αλλά εκείνη τον υποδέχεται με ένα μπαστούνι τσένταρ, έναν εκτενή μονόλογο πώς ήρθε ο Μπόμπι και της το ζήτησε κι εκείνη του είπε πως, όταν οι τρόποι του γίνουν τόσο καλοί όσο του Καλ Χούπερ, θα λάβει την ίδια εξυπηρέτηση και ο μπούφος έφυγε σχεδόν κλαίγοντας, και τέλος μια υπενθύμιση ότι σε μερικές εβδομάδες τα κουτάβια της Λένας θα είναι πια αρκετά μεγάλα και θα μπορούν να αφήσουν τη μαμά τους. Ο Καλ βρίσκεται στο Αρντνακέλτι αρκετό καιρό ώστε να είναι πλέον σε θέση να ερμηνεύει τις αποχρώσεις της κουβέντας. Η Νορίν όχι μόνο γνωρίζει πως είδε το φως το αληθινό, και το εγκρίνει ολόψυχα, αλλά θα κάνει το παν για να το μάθει και όλο το υπόλοιπο χωριό. Ο Καλ αναρωτιέται αν ο Μαρτ έφτασε στο σημείο να παραβιάσει τους όρους της βεντέτας του με τη Νορίν προκειμένου να επιτευχθεί αυτό.

Για επιβεβαίωση, πηγαίνει το ίδιο βράδυ μια βόλτα στην παμπ. Μόλις μπαίνει, τον υποδέχεται μια έκρηξη χειροκροτημάτων και ειρωνικών επευφημιών από τη γωνία του Μαρτ. «Έλα Χριστέ μου» λέει ο Σενόν, «η ανάσταση των νεκρών. Νομίζαμε ότι σε είχε ξεκάνει ο Μάλαχι».

«Θεωρήσαμε ότι μάλλον έχεις υπερβολικά ευαίσθητη κράση τελικά» λέει ο τύπος που κάθεται πλάτη στο παράθυρο, «αφού έκοψες μια και καλή το ποτό ύστερα από λίγες γουλίτσες ποτίν».

«Ποιοι "θεωρήσαμε", Μοναχικέ Καβαλάρη;» απαιτεί να μάθει ο Μαρτ. «Εγώ σας είπα ότι θα επέστρεφε. Απλώς δεν έκανε κέφι να δει τις άσχημες σκατόφατσές σας για μερικές μέρες, αυτό είναι όλο». Μετακινείται παραπέρα για να κάνει χώρο στον Καλ στον πάγκο και γνέφει στον Μπάρτι να του φέρει μια μπίρα.

«Ελα λοιπόν» λέει ο Μπόμπι στον Σενόν. «Ρώτα τον. Θα ξέρει».

«Γιατί να ξέρει;»

«Μάλλον είναι κάποια αμερικανιά. Όλοι οι νέοι σήμερα μιλούν αμερικάνικα».

«Πολύ καλά, για διαφώτισέ με, λοιπόν» λέει ο Σενόν στον Καλ. «Τι είναι το yeet*;»

«Το ποιο;» λέει ο Καλ.

«Το yeet. Κάθομαι στον καναπέ μετά το τσάι να χωνέψω, και ο μικρός μου μπαίνει τρέχοντας, προσγειώνεται στην κοιλιά μου σαν να έχει εκτοξευτεί από κανόνι, φωνάζει «Yeet!» μες στη μούρη μου, και το βάζει πάλι στα πόδια. Ρώτησα έναν από τους άλλους τι τρέχει, αλλά γέλασε και μου είπε ότι γερνάω. Μετά μου ζήτησε ένα εικοσάρικο για να πάει στην πόλη».

«Του το έδωσες;» ρωτάει ο Καλ.

«Όχι. Του είπα να τσακιστεί να βρει μια δουλειά. Τι στην οργή είναι το yeet;»

«Δεν έχεις δει ποτέ σου yeet;» λέει ο Καλ. Έχει βαρεθεί να τον παίρνουν οι άλλοι στο ψιλό. «Είναι κάτι κατοικίδια. Σαν χάμστερ, αλλά πιο μεγάλα και πιο άσχημα. Με χοντρές μούρες και μικρά γουρουνίσια μάτια».

---

* Λέξη που δεν έχει καταγραφεί ακόμη στα λεξικά. Χρησιμοποιείται στον προφορικό λόγο, στην αργκό, και έχει τη σημασία ρίχνω/ρίχνομαι, αλλά λειτουργεί και ως επιφώνημα ενθουσιασμού. (Σ.τ.Μ.)

«Δεν έχω χοντρή μούρη, γαμώτο. Μου λες δηλαδή ότι ο μικρός μου με αποκάλεσε χάμστερ;»

«Εντάξει, η λέξη έχει κι άλλη σημασία, ελπίζω όμως ότι ο μικρός σου δεν την ξέρει ακόμη. Πόσων χρονών είναι;»

«Δέκα».

«Έχει ίντερνετ;»

Ο Σενόν φουσκώνει και κοκκινίζει. «Αν αυτό το διαβολό-παιδο βλέπει τσόντες, μπορεί να χαιρετίσει από τώρα τα ντραμς και το Xbox του και όλα τα υπόλοιπα. Τι είναι δηλαδή το yeet; Είπε αρχίδι τον ίδιο του τον πατέρα;»

«Σε δουλεύει, βρε μπουμπουνοκέφαλε» του λέει ο τύπος στο παράθυρο. «Δεν έχει ιδέα τι είναι το yeet. Όπως κι εσύ».

Ο Σενόν κοιτάζει τον Καλ. «Δεν το έχω ακούσει ποτέ μου. Αλλά είσαι τόσο χαριτωμένος όταν θυμώνεις» λέει ο Καλ.

Όλοι τραντάζονται από τα γέλια, και ο Σενόν κουνάει το κεφάλι του και λέει στον Καλ πού μπορεί να βάλει τα χάμστερ του. Παραγγέλνουν έναν ακόμα γύρο μπίρες, και ο Μαρτ επι-μένει να μάθει στον Καλ τους κανόνες του Πενήντα Πέντε, με το σκεπτικό να φανεί και λίγο χρήσιμος αφού σκοπεύει να μείνει. Κανείς δεν λέει λέξη για την Τρέι, τον Μπρένταν, τον Ντόνι ή για νεκρά πρόβατα.

Στην πραγματικότητα, κανείς απ' όσους συναντάει ο Καλ δεν αναφέρει κάτι από αυτά, και προσπαθεί να το εκλάβει ως ένδειξη ότι το όλο θέμα έχει λήξει — αν το παιδί έκανε κάτι χαζό, σίγουρα όλο και κάπως θα το μάθαινε. Αν και δεν είναι απολύτως βέβαιος ότι πράγματι έχουν όλα τελειώσει.

Η ίδια η Τρέι είναι άφαντη. Ο Καλ είναι προετοιμασμένος για τα πάντα, από σκισμένα λάστιχα μέχρι τούβλα στο πα-ράθυρό του — έχει μετακινήσει το στρώμα του εκτός εμβέλειας και έχει τον νου του για βλήματα κατά την είσοδο και την έξοδο από το σπίτι. Ωστόσο, επικρατεί ησυχία. Όταν κάθεται τα βράδια στο σκαλοπάτι του, τίποτα δεν χαρχαλεύει στους φράχτες παρά μόνο πουλιά και μικρά ζώα. Όταν δουλεύει στο σπίτι ή μαγειρεύει το δείπνο του, ο αυχένας του δεν του κάνει σήματα. Αν δεν ήταν υποψιασμένος, θα μπορούσε εύκολα να πιάσει τον εαυτό του να νομίζει ότι το όλο ζήτημα ήταν προϊόν της φαντασίας του.

Έχει ριχτεί με τα μούτρα στο σπίτι· παίρνει το όνομα του τοπικού καπνοδοχοκαθαριστή από τη Νορίν, τελειώνει το βάψιμο των τοίχων του μπροστινού δωματίου και προχωράει στην αφαίρεση της ταπετσαρίας του δεύτερου, μικρότερου δωματίου. Το φιλαράκι του Μαρτ, ο Λόκι, έρχεται για να αλλάξει τα ηλεκτρικά και να του φέρει το πλυντήριο – σε τέτοια τιμή, που ο Καλ δεν ρωτάει και πολλά. Ο Λόκι δείχνει έφεση στην κουβέντα, οπότε ο Καλ εκμεταλλεύεται την ευκαιρία να πάει στην πόλη και να αγοράσει μερικά καινούργια ντουλάπια κουζίνας και ένα κανονικό ψυγείο. Με όλα αυτά στη θέση τους και τη φωτιά να καίει στο τζάκι, το μπροστινό δωμάτιο αλλάζει. Η ψυχρή, σχεδόν ανύπαρκτη ατμόσφαιρα έχει χαθεί και πλέον η λιτότητά του έχει μια πρόσθετη, χειροπιαστή ζεστασιά. Στέλνει στην Αλίσα μια φωτογραφία στο WhatsApp. *Ουάου, του απαντάει, φαίνεται υπέροχο!*

Κοντεύει, της γράφει ο Καλ. Πρέπει να έρθεις να το δεις. Η Αλίσα απαντάει με ένα *Ναι! Μόλις ηρεμήσει λίγο η δουλειά* και ένα κατακόκκινο προσωπάκι. Παρόλο που είναι περισσότερα απ' ό,τι περίμενε, νιώθει πληγωμένος και κακόκεφος, με μια πιεστική διάθεση να τηλεφωνήσει στην Ντόνα και να την τσαντίσει.

Αντί γι' αυτό όμως, πηγαίνει στο δασάκι του και ξοδεύει τις επόμενες δύο ώρες μαζεύοντας κλαδιά για να ανάψει φωτιά. Το κρύο έχει εγκατασταθεί για τα καλά, και η ψιλή κουρτίνα της βροχής κρέμεται στον αέρα. Όποτε βγαίνει από το σπίτι, έστω για να βγάλει τα σκουπίδια, ο Καλ δεν μπορεί να μην αισθανθεί σταγόνες να πέφτουν πάνω του, όταν όμως επιστρέφει μέσα, είναι μούσκεμα. Με κάποιον μυστήριο τρόπο, η βροχή καταφέρνει να τρυπώσει και μέσα στο σπίτι· όσο και να κρατάει αναμμένο το τζάκι και το καλοριφέρ λαδιού, ο υπνόσακος και το πάπλωμά του μοιάζουν διαρκώς αμυδρά νοτισμένα. Αγοράζει ένα ακόμα καλοριφέρ για το δωμάτιο – η βοήθεια δεν είναι απόλυτα ικανοποιητική.

Προσπαθεί να εκμεταλλευτεί το γεγονός ότι μπορεί και πάλι να παίζει μουσική όσο δυνατά θέλει, αλλά τίποτα δεν πάει σύμφωνα με το σχέδιο. Ξεκινάει καλά, μαγειρεύοντας το βραδινό και ακούγοντας δυνατά Στιβ Ερλ, χτυπώντας ο ίδιος με αόρατες μπαγκέτες τον αέρα, αφού έτσι κι αλλιώς δεν υπάρχει περίπτωση να κρυφοκοιτάξει κάποιος από τα παράθυρα και να τον δει να γελοιοποιείται. Παρ' όλα αυτά, στο τέλος της βραδιάς καταλήγει καθισμένος στο πίσω σκαλί με μια μπίρα, να κοιτάζει τη σκοτεινή θολούρα του ουρανού και να νιώθει την υγρασία της βροχής στο δέρμα και στα μαλλιά του, ενώ ο Τζιμ Ριβς* γεμίζει τον αέρα με ένα παλιό, δακρύβρεχτο τραγούδι για κάποιον που σέρνει τα βήματά του μες στον χιονιά και μόλις καταφέρνει να φτάσει σπίτι.

Αυτές τις μέρες, ένα από τα λίγα πράγματα που δίνει στον Καλ αληθινή ευχαρίστηση είναι η διαπίστωση ότι το έχει ακόμη με το τουφέκι. Ο καιρός ίσως είναι ευνοϊκότερος για ψάρεμα, αλλά δεν διαθέτει την απαιτούμενη υπομονή. Θα ήθελε να περνάει περισσότερες ώρες έξω με το Χένρι, με ή χωρίς ψιλόβροχο, υπάρχει όμως και ένα όριο πόσο κουνέλι μπορεί να φάει. Αποθηκεύει δυο τρία στην καινούργια του κατάψυξη, πηγαίνει δύο στον Ντάνιελ Μπουν, ο οποίος ως ανταμοιβή του

---

*   Αμερικάνος τραγουδιστής της κάντρι. Κυκλοφόρησε δίσκους τις δεκαετίες του '50 και του '60, ωστόσο τα τραγούδια του παρέμειναν δημοφιλή και μετά τον θάνατό του σε αεροπορικό δυστύχημα το 1964. (Σ.τ.Μ.)

κάνει έκπτωση στις σφαίρες και μια ξενάγηση στα αγαπημένα του όπλα, και άλλα δύο στη Νορίν, για να της δείξει ότι αναγνωρίζει και εκτιμάει την υποστήριξή της. Ξέρει ότι θα έπρεπε να πάει ένα και στον Μαρτ, αλλά δεν μπορεί να πιέσει τον εαυτό του να το κάνει.

Θα μπορούσε να πάει ένα και στη Λένα, μόνο που την αποφεύγει με τέτοια επιμονή, που νιώθει εντελώς ηλίθιος, παραμονεύοντας έξω από το μαγαζί για να βεβαιωθεί ότι δεν είναι μέσα προτού μαζέψει το κουράγιο του να μπει. Θα προτιμούσε να κάνει όλα του τα ψώνια στην πόλη για μερικές εβδομάδες, όμως δεν γίνεται να ριψοκινδυνεύσει να προσβάλει τη Νορίν σε μια τέτοια δύσκολη στιγμή. Αυτό σημαίνει επίσης ότι δεν γίνεται να βιάζεται· είναι υποχρεωμένος να ακούει όλα τα νέα για τα καρδιακά προβλήματα της Άντζελας Μαγκουάιρ, μαζί με την εξήγηση ότι η Νορίν κι η Άντζελα είναι μακρινές ξαδέλφες από την πλευρά μιας προγιαγιάς που ίσως δηλητηρίασε τον πρώτο της σύζυγο, ίσως και όχι, και να συζητάει τι θα σήμαινε για το Αρντνακέλτι το καινούργιο πάρκο με τις νεροτσουλήθρες που ανοίγει κοντά στην πόλη. Υπό κανονικές συνθήκες, δεν θα είχε κανένα πρόβλημα να περνάει εκεί τη μισή του μέρα, αν όμως τον έβλεπε η Λένα, θα τον ρωτούσε για το κουτάβι, και ο Καλ δεν πρόκειται να το πάρει.

Για πρώτη φορά από τότε που ήρθε, η Ιρλανδία του φαίνεται μικρή και στενάχωρη. Αυτό που του χρειάζεται είναι χιλιάδες χιλιόμετρα ανοιχτού αυτοκινητόδρομου όπου να μπορεί να τρέχει ξέφρενα όλη μέρα κι όλη νύχτα και να παρακολουθεί τον ήλιο και το φεγγάρι να κάνουν τον κύκλο τους αποπάνω του, έχοντας γύρω του μόνο την ώχρα της ερήμου και αγκαθωτούς θάμνους. Αν επιχειρούσε εδώ πέρα κάτι τέτοιο, δεν θα έκανε πάνω από πενήντα μέτρα προτού συναντήσει κάποια αδικαιολόγητη στροφή του δρόμου, κάποιο κοπάδι πρόβατα, μια λακκούβα στο μέγεθος της μπανιέρας του ή ένα τρακτέρ να έρχεται καταπάνω του. Αντ' αυτού, πηγαίνει για περπάτημα, αλλά τα χωράφια είναι τόσο μουσκεμένα, που τα πόδια του ακούγονται να πλατσουρίζουν σαν να βρίσκεται σε βάλτο, και τα όρια του δρόμου είναι τόσο φαγωμένα με τρύπες και αναχώματα λάσπης, που δεν μπορεί να βρει σταθερό ρυθμό. Συνήθως, όλα αυτά δεν θα τον ένοιαζαν, τώρα όμως φαντάζουν με προσωπικές επιθέσεις· σαν πετραδάκια στα παπούτσια του, μικρά αλλά προσεκτικά επιλεγμένα, με κοφτερές γωνίες. Ο Καλ αρνείται να αφήσει το αίσθημα ανησυχίας να τον αποσυντονίσει. Είναι αρκετά αναμενόμενο, ύστερα από την αναταραχή που του προκάλεσε η Τρέι. Αν δεν του δώσει ιδιαίτερη σημασία, μαζί και με τη σκληρή δουλειά, θα το αφήσει πίσω. Έτσι έκανε και άλλοτε, όταν για παράδειγμα ο γάμος του ή η δουλειά του τον πίεζαν, και έπιανε. Αργά ή γρήγορα, τα πράγματα άλλαζαν ρότα σε βαθμό που να νιώθει ξανά αρκετά άνετα ανάμεσά τους. Υποθέτει ότι μόλις φτάσει να έχει το σπίτι του έτοιμο για τον χειμώνα, η ανησυχία του θα έχει εξαφανιστεί.

Τελικά όμως δεν θα έχει την ευκαιρία να το διαπιστώσει. Δεν έχουν περάσει ούτε δύο εβδομάδες από τότε που έστειλε την Τρέι σπίτι της, και ο Καλ είναι καθισμένος στο πρόσφατα καλλωπισμένο μπροστινό δωμάτιο, με μια ωραιότατη φωτιά στο τζάκι του. Είναι μια ανταριασμένη, ανήσυχη νύχτα, με δυνατό άνεμο που τον κάνει να αναρωτηθεί αν η στέγη είναι πράγματι τόσο γερή όσο πιστεύει. Διαβάζει την τοπική εφημερίδα, και έχει την προσοχή του στραμμένη στη σκεπή μήπως ακούσει κεραμίδια να τσακίζονται, όταν κάποιος χτυπάει την πόρτα.

Ο χτύπος είναι κάπως παράξενος, τραχύς και αδέξιος, σαν από πόδι ζώου. Αν δεν συνέβαινε στο ενδιάμεσο δύο ριπών, ίσως ο Καλ να το είχε περάσει για κλαδί που έριξε ο άνεμος πάνω στην πόρτα. Είναι δέκα το βράδυ, ώρα πολύ περασμένη για τους αγρότες που πέφτουν νωρίς για ύπνο, εκτός κι αν κάτι δεν πηγαίνει καθόλου καλά.

Ο Καλ αφήνει στην άκρη την εφημερίδα του και για μια στιγμή στέκει στη μέση του δωματίου αναλογιζόμενος αν θα έπρεπε να φέρει το τουφέκι του. Ο χτύπος δεν ακούγεται ξανά. Πλησιάζει στην πόρτα και την ανοίγει μια χαραμάδα. Η Τρέι στέκεται στο κατώφλι του, τρέμοντας από την κορφή ως τα νύχια, σαν δαρμένο σκυλί. Το ένα της μάτι είναι βουλωμένο, μαβί και πρησμένο. Αίμα τρέχει στο πρόσωπό της μέχρι το πιγούνι της. Κρατάει στο στήθος της το ένα χέρι στριμμένο σαν γάντζο.

«Σκατά! Μικρή, τι διάολο;» αναφωνεί ο Καλ.

Τα γόνατά της διπλώνουν. Θέλει να τη σηκώσει και να τη μεταφέρει στο σπίτι, αλλά φοβάται να την αγγίξει μήπως την πονέσει περισσότερο. «Έλα μέσα» της λέει.

Εκείνη μπαίνει παραπατώντας και σταματάει, ταλαντεύεται και βαριανασαίνει. Δείχνει να μην ξέρει πού βρίσκεται.

Ο Καλ δεν βλέπει κανέναν να την ακολουθεί, όπως και να 'χει, όμως, κλειδώνει την πόρτα.

«Αποδώ. Έλα. Εδώ». Την οδηγεί στην πολυθρόνα με τα ακροδάχτυλά του στους ώμους της. Η Τρέι σωριάζεται με έναν οξύ συριγμό πόνου.

«Περίμενε εδώ» λέει ο Καλ. «Έρχομαι». Παίρνει τον υπνόσακο και το πάπλωμά του από το υπνοδωμάτιο και τα τυλίγει γύρω από το παιδί όσο πιο μαλακά μπορεί. Το καλό της χέρι σφίγγει με τέτοια δύναμη το πάπλωμα, που οι αρθρώσεις της ασπρίζουν.

«Ορίστε» λέει ο Καλ. «Όλα θα πάνε καλά». Βρίσκει μια καθαρή πετσέτα και κάθεται ανακούρκουδα δίπλα από την πολυθρόνα για να περιορίσει το αίμα που στάζει από το πιγούνι της. Η Τρέι τινάζεται, αλλά όταν εκείνος δοκιμάζει και πάλι, δεν έχει την απαιτούμενη συγκέντρωση για να τον εμποδίζει. Ταμπονάρει μέχρι να μπορέσει να βρει από πού τρέχει το αίμα. Το κάτω χείλος της έχει ένα σκίσιμο.

«Πώς το έπαθες αυτό;»

Το στόμα του παιδιού ανοίγει διάπλατα, λες και ετοιμάζεται να ουρλιάξει σαν πληγωμένο ζώο. Ωστόσο δεν βγαίνει φωνή, μόνο περισσότερο αίμα.

«Εντάξει, εντάξει» λέει ο Καλ. Βάζει και πάλι την πετσέτα στο στόμα της και πιέζει. «Δεν πειράζει. Δεν χρειάζεται να πεις τίποτα. Κάτσε μόνο εδώ λιγάκι».

Η Τρέι κοιτάζει πίσω του και τρέμει. Η ανάσα της βγαίνει κοφτή και ρηχή, σαν να πονάει. Ο Καλ δεν μπορεί να ξέρει αν έχει επίγνωση του τι συμβαίνει ή αν δέχτηκε κάποιο χτύπημα στο κεφάλι και είναι χαμένη στη ζάλη της. Δεν μπορεί να ξέρει επίσης πόσο άσχημα είναι το χέρι της, αν έχει χάσει τίποτα δόντια, ή αν τυχόν κάτω από το φούτερ της είναι κρυμμένο κάποιο άλλο τραύμα. Το αίμα από το στόμα της έχει πάει παντού.

«Μικρή» λέει απαλά. «Δεν χρειάζεται να πεις τίποτα. Το μόνο που θέλω να ξέρω είναι πού πονάς περισσότερο. Μπορείς να μου δείξεις;»

Για μια στιγμή νομίζει πως δεν τον έχει ακούσει. Ύστερα, σηκώνει το κουλουριασμένο χέρι της και κάνει μια κίνηση προς το στόμα και το πλευρό της.

«Εντάξει» λέει ο Καλ. Τουλάχιστον καταλαβαίνει τι της λέει. «Πολύ καλά. Θα σε πάω στον γιατρό».

Το καλό μάτι του παιδιού ανοίγει διάπλατα με τρόμο και προσπαθεί να σηκωθεί. «Όχι» λέει με ένα πνιγμένο από το πρησμένο χείλος της μουγκρητό. «Όχι γιατρό».

Ο Καλ βάζει μπροστά το χέρι του προσπαθώντας να την εμποδίσει να σηκωθεί από την πολυθρόνα. «Μικρή, χρειάζεσαι ακτινογραφίες. Και το χείλος σου ίσως χρειάζεται ράμματα...»

«Όχι. Φύγε. Άσε με». Σπρώχνει το χέρι του και προσπαθεί να σηκωθεί· ταλαντεύεται.

«Άκουσέ με. Αν το χέρι σου είναι σπασμένο...»

«Δεν με νοιάζει. Άντε γαμήσου, άσε...»

Είναι έτοιμη να παλέψει για να φτάσει στην πόρτα και να χαθεί πάλι παραπατώντας μες στη νύχτα.

«Εντάξει» λέει ο Καλ, υποχωρώντας και σηκώνοντας τα χέρια ψηλά. «Εντάξει. Εντάξει. Όχι γιατρός. Κάτσε μόνο».

Ο Καλ δεν έχει ιδέα τι θα κάνει αν δεν καθίσει, μια στιγμή μετά όμως, όταν χωνεύει τα λόγια του, η διάθεσή της για πάλη χάνεται και καταρρέει ξανά πίσω στην πολυθρόνα.

«Έτσι μπράβο» λέει ο Καλ. «Τώρα είναι καλύτερα». Ακουμπάει και πάλι την πετσέτα στο στόμα της. «Σου 'ρχεται να κάνεις εμετό;»

Η Τρέι γνέφει αρνητικά. Από τον πόνο, δυσκολεύεται να ανασάνει. «Όχι».

«Μην καταπίνεις το αίμα γιατί θα νιώσεις ανακατωσούρα. Φτύσ' το στην πετσέτα. Μήπως ζαλίζεσαι; Τα βλέπεις διπλά;»

«Όχι».

«Λιποθύμησες;»

«Όχι».

«Ωραία, καλό αυτό» λέει ο Καλ. «Δεν φαίνεται να έχεις πάθει διάσειση». Από το πουθενά, εμφανίζεται και πάλι αίμα, σχηματίζοντας στην πετσέτα έναν μεγάλο κόκκινο λεκέ. Ο Καλ τη γυρίζει από μια καθαρή μεριά και προσπαθεί να πιέσει λίγο πιο δυνατά. Σε μια μακρινή γωνιά του εγκεφάλου του υπάρχει η σκέψη πως, όταν κάποια στιγμή θέσει υπό έλεγχο την παρούσα κατάσταση, θα πάει να σκοτώσει κάποιον.

«Άκου» λέει, όταν ο κόκκινος λεκές δείχνει να μη μεγαλώνει άλλο. «Θα βγω μόνο για ένα λεπτό. Θα είμαι ακριβώς έξω από την πόρτα. Εσύ κάτσε εδώ που είσαι. Εντάξει;»

Η Τρέι σφίγγεται και πάλι. «Όχι γιατρό».

«Δεν θα τηλεφωνήσω σε γιατρό. Σ' τ' ορκίζομαι». Απαγκιστρώνει το καλό της χέρι προσεκτικά από το πάπλωμα, της κλείνει τα δάχτυλα γύρω από την πετσέτα και την ακουμπάει πάνω στο χείλος της. «Κράτα την αυτή εδώ. Πίεσε όσο πιο δυνατά αντέχεις. Επιστρέφω αμέσως».

Το παιδί τον εμπιστεύεται ακόμη, ή απλώς δεν έχει άλλη επιλογή. Ο Καλ δεν ξέρει ποιο ενδεχόμενο τον διαλύει περισσότερο. Η Τρέι κάθεται εκεί, κρατάει την πετσέτα και κοιτάζει στο κενό, ενώ εκείνος βγαίνει έξω και κλείνει μαλακά την πόρτα πίσω του.

Μένει για λίγο με την πλάτη στην πόρτα, σκουπίζει τα ματωμένα χέρια του στο παντελόνι και προσπαθεί να σαρώσει με το βλέμμα τον κήπο. Η νύχτα είναι απέραντη, αγρίως ανεμοδαρμένη και έναστρη. Φύλλα τρέχουν και πετούν και σκιές στροβιλίζονται στο χορτάρι. Οτιδήποτε θα μπορούσε να βρίσκεται εκεί έξω.

Η Λένα αργεί να σηκώσει το τηλέφωνο, και όταν τελικά ακούγεται το «Εμπρός» της, έχει μια σαφέστατη ψυχρότητα. Δεν της έχει ξεφύγει η υπαναχώρηση για το κουτάβι της και δεν το εκτιμάει και τόσο το γεγονός.

Ο Καλ λέει: «Χρειάζομαι τη βοήθειά σου. Κάποιος χτύπησε άσχημα την Τρέι Ρέντι. Θέλω νά 'ρθεις σπίτι να βοηθήσεις λιγάκι».

Ένα μεγάλο κομμάτι του ελπίζει η Λένα να μείνει πιστή στην αρχή της να μην μπλέκεται στις υποθέσεις των άλλων, που θα ήταν μακράν η καλύτερη αντίδραση. Αντ' αυτού λέει, ύστερα από μια παύση: «Για τι με θες;».

«Να δεις πόσο άσχημα είναι κι αν έχει κι άλλο τραύμα. Εγώ δεν μπορώ να το κάνω αυτό».

«Δεν είμαι γιατρός».

«Ξέρεις όμως από πληγωμένα ζώα. Άρα, πολύ περισσότερα από μένα. Μόνο να διαπιστώσεις αν έχει κάτι που χρειάζεται ιατρική περίθαλψη».

«Μπορεί και να μη φαίνεται. Θα μπορούσε να έχει κάποια εσωτερική αιμορραγία. Πρέπει να την πας σε γιατρό».

«Δεν θέλει. Μόνο να μάθω αν θα 'πρεπε να τη σύρω με το ζόρι ή αν θα επιβιώσει και χωρίς να το κάνω. Και αν πρέπει να τη σύρω, τότε θα σε χρειαστώ για να την κρατάς όσο οδηγώ».

Ακολουθεί μια ακόμα μεγαλύτερη σιωπή, κατά την οποία ο Καλ δεν μπορεί παρά να περιμένει. Ύστερα, η Λένα λέει: «Μάλιστα. Θα είμαι εκεί σε δέκα λεπτά». Κλείνει προτού προλάβει να της πει κάτι παραπάνω.

Η Τρέι τινάζεται απότομα στο άκουσμα της επιστροφής του Καλ. «Εγώ είμαι» λέει. «Είπα σε μια φίλη που ξέρει να φροντίζει πληγωμένα ζώα νά 'ρθει. Φαντάζομαι ότι ένα χτυπημένο παιδί δεν μπορεί να διαφέρει και πολύ».

«Σε ποια;»

«Στη Λένα. Την αδερφή της Νορίν. Δεν χρειάζεται να ανησυχείς γι' αυτήν. Απ' όλους εδώ τριγύρω, είναι η καλύτερη που ξέρω στο να κρατάει το στόμα της κλειστό».

«Και τι θα κάνει;»

«Θα σου ρίξει μόνο μια ματιά. Να σου καθαρίσει το πρόσωπο – σίγουρα πιο μαλακά από μένα. Ίσως σου βάλει και έναν απ' αυτούς τους φαντεζί επιδέσμους που μοιάζουν με ράμματα».

Είναι σαφές πως θέλει να διαφωνήσει, όμως δεν της έχει μείνει καθόλου ενέργεια για να το κάνει. Η ζεστασιά από τα σκεπάσματα και τη φωτιά έχουν κάνει το τρέμουλό της να υποχωρήσει, αφήνοντάς την αδύναμη και άνευρη. Δείχνει να δυσκολεύεται ακόμα και να κρατήσει την πετσέτα στο στόμα της.

Ο Καλ τραβάει μία από τις καρέκλες της κουζίνας για να καθίσει δίπλα της και να πιάσει την πετσέτα αν της πέσει. Το μάτι της έχει χειροτερέψει, έχει σκουρύνει σαν δαμάσκηνο και είναι τόσο πρησμένο, που το δέρμα την τραβάει και γυαλίζει.

«Για να δούμε πώς πάει το κόψιμο» λέει. Η Τρέι δεν

αντιδρά. Ο Καλ πλησιάζει το δάχτυλό του και μετακινεί το χέρι της από το στόμα της. Η αιμορραγία έχει ελαττωθεί, μόνο κάποιες σταγόνες αναβλύζουν αργά. Τα δόντια της είναι ακόμη όλα στη θέση τους. «Καλύτερα» λέει. «Πώς το νιώθεις;»

Η Τρέι κουνάει τον ώμο της. Δεν τον έχει κοιτάξει ούτε μία φορά καταπρόσωπο. Όταν το επιχειρεί, η ματιά της γλιστράει λες και το βλέμμα του την πονάει.

Αυτό το κόψιμο πρέπει να πλυθεί με αλατόνερο και κάποιος πρέπει να του ρίξει μια ματιά από κοντά για να δει αν χρειάζονται ράμματα. Ο Καλ έχει προσφέρει πρώτες βοήθειες σε μωρά, πρεζόνια και όλα τα ενδιάμεσα, αλλά δεν μπορεί να το κάνει εδώ. Δεν μπορεί να πάρει το ρίσκο να κάνει κάτι λάθος και να βλάψει το παιδί. Μόνο και μόνο που βρίσκεται τόσο κοντά της, τρέμει από νευρικότητα.

«Μικρή» λέει. «Άκουσέ με. Δεν μπορώ να είμαι σίγουρος ότι η κατάσταση πάει καλά εκτός κι αν ξέρω τι έχω να αντιμετωπίσω. Δεν θα πω κουβέντα σε κανέναν χωρίς την άδειά σου, όμως πρέπει να ξέρω ποιος σ' το έκανε αυτό».

Το κεφάλι της Τρέι ακουμπάει στο κεφαλάρι της πολυθρόνας. «Η μαμά μου» λέει.

Η οργή χτυπάει τον Καλ με τέτοια ένταση, που για λίγη ώρα δεν μπορεί να δει. Όταν ξεθολώνει κάπως, λέει: «Πώς έγινε αυτό;».

«Της είπαν να το κάνει. Της είπαν κάν' το εσύ αλλιώς θα το κάνουμε εμείς».

«Ποιος της το είπε;»

«Δεν ξέρω. Ήμουν έξω. Πήγα σπίτι και μου είπε να ξαναβγώ γιατί έπρεπε να μου μιλήσει».

«Αχά» κάνει ο Καλ. Βεβαιώνεται ότι έχει πάρει το ύφος και τη φωνή του μπάτσου, γαλήνια και με ενδιαφέρον. «Τι χρησιμοποίησε;»

«Ζώνη. Μπουνιές. Και δυο τρεις κλοτσιές».

«Αυτό δεν είναι καλό» λέει ο Καλ. Ανυπομονεί τόσο πολύ να έρθει η Λένα, που με το ζόρι στέκεται ακίνητος. «Έχεις καμιά ιδέα γιατί;»

Η Τρέι κάνει ένα παράξενο τίναγμα, το οποίο ο Καλ αναγνωρίζει ως ανασήκωμα των ώμων.

«Μήπως έκλεψες από κάποιον ο οποίος μπορεί να το θεώρησε προσβολή;»

«Όχι».

«Έκανες ερωτήσεις για τον Μπρένταν» λέει ο Καλ. «Έτσι δεν είναι;»

Η Τρέι γνέφει ναι. Δεν έχει τη δυνατότητα να πει ψέματα.

«Γαμώτο, ρε μικρή» αρχίζει να λέει ο Καλ, αλλά δαγκώνεται. «Εντάξει. Ποιον ρώτησες;»

«Πήγα στον Ντόνι».

«Πότε;»

Αργεί λιγάκι να απαντήσει. «Προχτές».

«Σου είπε τίποτα;»

«Μου είπε να πάω να γαμηθώ. Γέλασε μαζί μου». Τα λόγια της βγαίνουν με δυσκολία από το στόμα της και είναι μπερδεμένα, αλλά βγαίνει νόημα. Το μυαλό της είναι καλά· εξαρτάται βέβαια από τον ορισμό του καθενός για το καλά. «Είπε: "Πρόσεχε, αλλιώς θα καταλήξεις σαν τον Μπρεν"».

«Λοιπόν, ο Ντόνι μπορεί να λέει ότι του κατέβει» λέει ο Καλ. «Δεν είναι ανάγκη να τον παίρνεις τοις μετρητοίς».

Με την ομιλία, έχει ανοίξει ξανά το χείλος της· ένα λεπτό ρυάκι με αίμα κυλάει και πάλι στο πιγούνι της. «Τώρα σιωπή. Θα το φροντίσω εγώ αυτό. Εσύ το μόνο που έχεις να κάνεις είναι να μείνεις ακίνητη».

Ο άνεμος χτυπάει στα παράθυρα και σφυρίζει δαιμονισμένα μες στην καμινάδα, κάνει τη φωτιά να χορεύει και να στέλνει ευωδιαστές τολύπες καπνού στο δωμάτιο. Τα ξύλα τριζοβολούν και σκάνε. Ο Καλ ελέγχει κατά διαστήματα το χείλος της Τρέι. Όταν η αιμορραγία σταματάει και πάλι, σηκώνεται. Η κίνηση προκαλεί ένα πανικόβλητο τίναγμα στην Τρέι. «Τι κάνεις;» «Πάω να σου φέρω πάγο για το μάτι και το χείλος. Θα πάρει το πρήξιμο και θα μαλακώσει λιγάκι τον πόνο».

Στέκεται στον νεροχύτη και βάζει παγάκια σε μια καθαρή πετσέτα, όταν βλέπει τους προβολείς της Λένας να σαρώνουν τα παράθυρα. «Να κι η κυρία Λένα» λέει, ακουμπώντας κάτω την παγοθήκη με ένα κύμα ανακούφισης. «Θα πάω να την προειδοποιήσω να μη σε ζαλίσει με ερωτήσεις. Εσύ κάτσε εδώ και κράτα αυτό στο πρόσωπό σου».

Την ώρα που βγαίνει έξω ο Καλ, η Λένα κατεβαίνει από το αυτοκίνητό της. Κοπανάει την πόρτα και διασχίζει με μεγάλες δρασκελιές το δρομάκι με τα χέρια βαθιά στις τσέπες ενός αντρικού πράσινου αδιάβροχου. Μερικές τούφες που έχουν ξεφύγει από την αλογοουρά της ανεμίζουν στον αέρα και το φως των αστεριών τούς δίνει μια απόκοσμα αστραφτερή απόχρωση. Καθώς πλησιάζει τον Καλ, υψώνει τα φρύδια γυρεύοντας εξηγήσεις.

«Η μικρή εμφανίστηκε στην πόρτα μου σε κακή κατάσταση» λέει ο Καλ. «Αν τη ρωτήσεις για λεπτομέρειες, θα φρικάρει, οπότε άσ' το καλύτερα. Έχει ένα μαυρισμένο μάτι, ένα σκισμένο χείλος, κάτι δεν πάει καλά με το χέρι της, και είπε ότι νιώθει έντονο πόνο στο πλευρό της».

Τα φρύδια της Λένας υψώνονται ακόμα περισσότερο. «Η Νορίν μου είπε ότι ένα ραντεβού μαζί σου θα διέφερε απ' αυτά με τους ντόπιους. Όπως πάντα, έχει δίκιο» λέει καθώς τον προσπερνάει για να μπει στο σπίτι.

Η είσοδός της προκαλεί ένα ακόμα τίναγμα πανικού στην Τρέι. Της πέφτει η πετσέτα, τα παγάκια σκορπίζουν και μοιάζει πάλι έτοιμη να πεταχτεί από την πολυθρόνα. «Ησυχα» λέει ο Καλ. «Η κυρία Λένα αποδώ θα ρίξει μια ματιά, θυμάσαι; Ή εκείνη ή ο γιατρός, οπότε καλά θα κάνεις να την αφήσεις, εντάξει;»

Η Τρέι βυθίζεται και πάλι στην πολυθρόνα. Ο Καλ δεν είναι σίγουρος αν αυτό συνέβη επειδή την έχουν εγκαταλείψει οι δυνάμεις της ή επειδή δεν έχει πρόβλημα με τη Λένα. «Έτσι μπράβο. Καλύτερα τώρα». Πηγαίνει στην ντουλάπα και βρίσκει το κουτί με τις πρώτες βοήθειες.

«Λοιπόν, αρχικά πρέπει να σε καθαρίσουμε» λέει η Λένα καθώς βγάζει το μπουφάν της και το ρίχνει στη ράχη μιας καρέκλας, «για να μπορέσω να δω τι τρέχει. Καλ, έχεις ένα άλλο πανί;».

«Κάτω από τον νεροχύτη» λέει ο Καλ. «Θα είμαι ακριβώς απέξω» Βάζει το κουτί πρώτων βοηθειών στα χέρια της Λένας και κατευθύνεται προς την πίσω πόρτα.

Κάθεται στο σκαλοπάτι, ακουμπάει τους αγκώνες στα γόνατά του και για κάμποση ώρα αναπνέει έντονα ανάμεσα στα δάχτυλά του. Νιώθει κάπως ζαλισμένος, ίσως και άρρωστος, δεν μπορεί να είναι σίγουρος. Χρειάζεται να κάνει κάτι, αλλά δεν ξέρει τι. «Γαμώτο» λέει σιγανά, ανάμεσα στα δάχτυλά του. «Γαμώτο».

Ο άνεμος τον σπρώχνει, προσπαθώντας να τον προσπεράσει και να μπει στο σπίτι. Οι κορυφές των δέντρων αναδεύονται άγρια και ο κήπος δίνει την αίσθηση της εγκατάλειψης και της απομόνωσης, λες και κανένα πλάσμα δεν είναι τόσο απελπισμένο ή τόσο τρελό ώστε να βγει εκεί έξω. Δεν ακούγεται τίποτα από το εσωτερικό του σπιτιού, ή τουλάχιστον ο Καλ δεν είναι σε θέση να αντιληφθεί κάτι εξαιτίας του ανέμου.

Λίγο μετά, το μυαλό του συνέρχεται τόσο ώστε να μπορεί να καταστρώσει ένα σχέδιο. Καταλαβαίνει ότι δεν πρέπει να πλησιάσει τη Σίλα Ρέντι, αλλά τίποτα στον κόσμο δεν θα μπορούσε να τον κρατήσει μακριά από τον Ντόνι.

Παρ' όλα αυτά, δεν μπορεί να κάνει τίποτα ώσπου να μάθει τι χρειάζεται η Τρέι, και ψάχνει να βρει τρόπο για να καταφέρει να της το αποσπάσει. Σκέφτεται να χορηγήσει στο παιδί μια γερή δόση Benadryl και να τη σύρει στο αμάξι όταν γλαρώσει. Παραβλέποντας ακόμα και το προβληματικό κομμάτι της εμφάνισής του στο νοσοκομείο με μια ναρκωμένη και δαρμένη έφηβη, δεν νιώθει άνετα με κάποιες ενέργειες που μπορεί, μεταξύ άλλων πολύ λιγότερο προβλέψιμων συνεπειών, να την οδηγήσουν σε ανάδοχη οικογένεια. Ίσως και να είναι καλύτερα εκεί· ποιος ξέρει. Τότε που ήταν η δουλειά του, θα την παρέδιδε χωρίς δεύτερη σκέψη και θα άφηνε το σύστημα να αποφασίσει.

Η Λένα βγαίνει έξω στεγνώνοντας τα χέρια στο τζιν της, κλείνει την πόρτα πίσω της και κάθεται στο σκαλοπάτι δίπλα στον Καλ.

«Πώς την είδες, θα το σκάσει όσο βρίσκεσαι εδώ έξω;» ρωτάει ο Καλ.

«Αμφιβάλλω. Είναι ξεθεωμένη. Άσε που δεν βλέπω τον λόγο να το κάνει. Της είπα ότι δεν χρειάζεται γιατρό».

«Χρειάζεται;»

Η Λένα ανασηκώνει τους ώμους. «Δεν είναι επείγον, απ' ό,τι μπορώ να καταλάβω. Το στομάχι της δεν είναι ερεθισμένο ή πρησμένο και δεν έχει μώλωπες εκεί –λέει ότι είχε κουλουριαστεί σαν μπάλα–, επομένως δεν υπάρχει λόγος να θεωρήσω ότι έχει εσωτερική αιμορραγία. Ένα πλευρό της πρέπει να είναι σπασμένο, αλλά ούτε ο γιατρός θα μπορούσε να κάνει κάτι γι' αυτό. Το χέρι μοιάζει μελανιασμένο, όχι σπασμένο, όμως θα πρέπει να περιμένουμε να δούμε πώς θα εξελιχθεί τις επόμενες δυο μέρες. Έχει πολλά κοψίματα και μώλωπες στην πλάτη και στα πόδια, αλλά δεν είναι κάτι σοβαρό».

«Μάλιστα» λέει ο Καλ. Η εικόνα της κουλουριασμένης Τρέι τον καίει σαν καυτό ατσάλι. «Εντάξει. Θεωρείς ότι το χείλος της χρειάζεται ράμματα;»

«Θα μπορούσε, για να μη μείνει καμιά πολύ άσχημη ουλή. Της το είπα, και απάντησε όχι ράμματα, χέστηκε για τις ουλές. Την πήγα στο μπάνιο να το ξεπλύνει με αλατόνερο και της έβαλα ένα από τα χανζαπλάστ σου. Της έδωσα και ένα Nurofen για τον πόνο. Καλύτερα από το τίποτα».

«Ευχαριστώ» λέει ο Καλ. «Το εκτιμώ ιδιαιτέρως».

Η Λένα γνέφει. «Καλό θα ήταν να τη δουν, για κάθε ενδεχόμενο. Αλλά θα ζήσει και χωρίς αυτό».

«Τότε ας ζήσει και χωρίς αυτό. Μεγαλύτερη ζημιά θα κάνει στον εαυτό της παλεύοντας να το σκάσει».

«Αν χειροτερέψει μες στη νύχτα, θα πρέπει να πάει. Είτε της αρέσει είτε όχι».

«Ναι».

Η Λένα τραβάει τα μανίκια του φούτερ της πάνω από τις παλάμες της για να τις ζεστάνει και ρωτάει: «Θα την κρατήσεις εδώ τη νύχτα;».

Ακόμα κι αν η Σίλα προσέξει ότι η Τρέι έχει φύγει προτού ξημερώσει, είναι απίθανο να καλέσει τους μπάτσους. «Ναι» λέει ο Καλ. «Θα μπορούσα να σου ζητήσω να μείνεις μαζί της;» Του βγαίνει απότομα, αλλά δεν γίνεται να περιμένει. «Πρέπει να πάω κάπου. Αν χειροτερέψει, μου τηλεφωνείς και γυρίζω».

«Σε ζητούσε».

«Πες της ότι θα γυρίσω το πρωί. Και να μην ανησυχεί, δεν πάω να φέρω γιατρό».

«Εμένα ούτε που με ξέρει. Εσένα θέλει».

Ο Καλ λέει: «Δεν θα περάσω τη νύχτα μόνος μου με ένα μικρό κορίτσι».

Η Λένα γέρνει το κεφάλι πίσω στο πλαίσιο της πόρτας και τον κόβει από την κορφή ως τα νύχια. Δεν μοιάζει ιδιαίτερα εντυπωσιασμένη από αυτό που βλέπει.

«Πολύ καλά» λέει. «Θα μείνω αν μείνεις κι εσύ».

Ακούγεται σαν πρόκληση, και ο Καλ παγώνει. «Μα τι θα κάνω εγώ γι' αυτήν εδώ;» λέει.

«Ό,τι κι εγώ. Θα της δώσεις κι άλλο Nurofen ή μια καθαρή πετσέτα αν ανοίξει το χείλος της. Δεν είναι ότι χρειάζεται εγχείρηση στον εγκέφαλο. Τι θα κάνεις γι' αυτήν οπουδήποτε αλλού;»

«Σου είπα» λέει ο Καλ. Εύχεται να είχε τηλεφωνήσει σε κάποιον άλλον, οποιονδήποτε. Όχι ότι υπάρχει κανείς άλλος – εκτός αν έμπαινε στο Facebook και έστελνε μήνυμα στην Καρολάιν. «Πρέπει να πάω κάπου».

«Δεν μου ακούγεται πολύ έξυπνο μέρος αυτό το κάπου».

«Ίσως όχι. Αλλά και πάλι...»

«Αν φύγεις» τον πληροφορεί η Λένα, «θα φύγω κι εγώ. Αυτό είναι δικό σου μπλέξιμο, όχι δικό μου. Δεν θα κάθομαι εδώ όλο το βράδυ περιμένοντας να έρθουν να με βρουν τα προβλήματά σου».

Ο Καλ δεν τη βλέπει καθόλου αγχωμένη, αλλά ούτε και έτοιμη να υποχωρήσει. «Αυτά τα προβλήματα δεν θα έρθουν γυρεύοντας κανέναν» λέει. «Όχι απόψε τουλάχιστον».

«Φαντάσου πώς θα νιώσεις αν εγκαταλείψεις στη μοίρα τους μια δύστυχη χήρα και ένα πληγωμένο παιδί να τις κάνουν τόπι στο ξύλο οι τραμπούκοι».

«Έχω ένα όπλο και μπορώ να σου το αφήσω».

«Συγχαρητήρια. Το ίδιο και πολλοί άλλοι τύποι εδώ τριγύρω».

Πάνω απ' όλα, φαίνεται να διασκεδάζει που έχει φέρει σε δύσκολη θέση τον Καλ.

Καλύπτει το πρόσωπό του με τις παλάμες του. «Κοίτα» λέει. «Το ξέρω ότι ζητάω πολλά. Θα μπορούσες ίσως να την πάρεις στο δικό σου σπίτι αν...»

«Νομίζεις ότι θα έρθει;»

Ο Καλ τρίβει πιο δυνατά το πρόσωπό του. «Το μυαλό μου

δεν λειτουργεί και τόσο καθαρά αυτή τη στιγμή» λέει. «Μιλάς σοβαρά ότι θα φύγεις αν φύγω;»

«Ναι. Δεν με πειράζει να σου δώσω ένα χεράκι όταν το χρειάζεσαι πραγματικά, αλλά δεν θα μείνω εδώ να κάνω εγώ τη δουλειά που πρέπει ενώ εσύ θα τρέχεις πίσω απ' όποια ανόητη ιδέα κατεβάσει η κούτρα σου». Του χαμογελάει πλατιά. «Σ' το 'πα, είμαι μια ψυχρή σκύλα».

Ο Καλ την πιστεύει. «Εντάξει» λέει, σαν να έχει επιλογή. «Κέρδισες». Δεν υπάρχει περίπτωση να αφήσει την Τρέι μόνη της στο σπίτι για τίποτα στον κόσμο. «Έχω όμως μόνο ένα κρεβάτι, και θα το πάρει το παιδί. Εσύ μπορείς να βολευτείς στην πολυθρόνα».

«Κοίτα να δεις, τελικά υπάρχουν και στις μέρες μας ιππότες» λέει η Λένα και σηκώνεται. Ως αντάλλαγμα, του κρατάει ανοιχτή την πόρτα και του κάνει νόημα να περάσει μέσα με μια κίνηση του χεριού της.

Με το σοκ και τον πόνο να έχουν υποχωρήσει, η κούραση έχει χτυπήσει την Τρέι σαν κλοτσιά αλόγου. Το κεφάλι της έχει πέσει πίσω στην πολυθρόνα και το χέρι που κρατάει την πετσέτα με τον πάγο έχει γλιστρήσει στα πόδια της, ενώ το καλό της βλέφαρο έχει μισοκλείσει. «Έλα να σε πάμε στο κρεβάτι πριν σε πάρει ο ύπνος εδώ» της λέει ο Καλ.

Το κορίτσι πνίγει ένα χασμουρητό και τρίβει το καλό της μάτι. Το χέρι της έχει σημάδια εκεί όπου την πέτυχε η αγκράφα της ζώνης. «Θα μείνω εδώ;»

«Για απόψε, ναι. Εσύ θα πάρεις το κρεβάτι μου. Εγώ κι η κυρία Λένα θα βολευτούμε στο σαλόνι». Το χείλος της Τρέι, καθαρισμένο και πιασμένο με το χανζαπλάστ, έχει μια καθησυχαστική, επαγγελματικά φροντισμένη όψη. Η Λένα έχει κάνει καλή δουλειά. «Εμπρός λοιπόν. Δεν θα σε κουβαλήσω. Θα μου πέσει η μέση».

«Δεν θα σου έκανε κακό λίγη γυμναστική» του λέει η Τρέι.

Το ίχνος ενός στραβού περιπαικτικού χαμόγελου κάνει τον Καλ κομμάτια.

«Μικρή αχάριστη» λέει. «Για πρόσεξε πώς μιλάς, γιατί σε βλέπω να κοιμάσαι στην μπανιέρα. Άντε, κουνήσου τώρα».

Τα πονεμένα σημεία έχουν αρχίσει να γίνονται άκαμπτα. Αναγκάζεται να τη μισοτραβήξει από την πολυθρόνα, να τη στήσει στα πόδια της και να την οδηγήσει προς το υπνοδωμάτιο. Η μετακίνηση την κάνει να μορφάσει, ωστόσο δεν παραπονιέται. Η Λένα παίρνει το πάπλωμα και τον υπνόσακο και τους ακολουθεί.

«Εδώ είμαστε» λέει ο Καλ, ανάβοντας το φως. «Η αναπαυτική αγκαλιά του Μορφέα. Θα αφήσω την κυρία Λένα να σε τακτοποιήσει. Αν χρειαστείς κάτι τη νύχτα ή νιώσεις κάποια ενόχληση, φώναξέ μας».

Η Τρέι σωριάζεται στο στρώμα· ένας ατσούμπαλος σωρός από αγκώνες και πόδια. Η Λένα αφήνει δίπλα της τα σκεπάσματα και κάθεται να της λύσει τα κορδόνια. Για τον Καλ, η σκηνή μοιάζει ασυνάρτητη και παράλογη· το λεκιασμένο στρώμα πάνω στα γρατζουνισμένα σανίδια, το ψυχρό φως του γυμνού γλόμπου, το κουβάρι τα φτηνά σεντόνια, η γονατιστή γυναίκα στα πόδια του μελανιασμένου, ματωμένου παιδιού. Κανονικά θα έπρεπε να είναι σε θέση να της προσφέρει έστω μια κάποια άνεση· ένα πουπουλένιο κρεβάτι, ένα πτυχωτό αμπαζούρ σε παλ αποχρώσεις και μια φωτογραφία με γατάκια στον τοίχο.

Ανάβει τον θερμοπομπό του λαδιού. Του περνάει στιγμιαία από το μυαλό, βλακωδώς, να βάλει δίπλα στο μαξιλάρι της Τρέι το λούτρινο προβατάκι. «Καληνύχτα και όνειρα γλυκά». Εκείνη τον κοιτάζει πάνω από τον ώμο της Λένας, με σπινθηροβόλο βλέμμα από το καλό της μάτι, καθώς ο Καλ κλείνει την πόρτα.

Οι ματωμένες πετσέτες είναι σκόρπιες γύρω από την πολυθρόνα. Ο Καλ τις μαζεύει και τις πετάει μέσα στο καινούργιο του πλυντήριο. Δεν το βάζει να πλύνει για να μην ενοχληθεί το παιδί από το βουητό. Ανάβει τον βραστήρα και ετοιμάζει δυο κούπες. Στην πραγματικότητα, αυτό που έχει ανάγκη όσο τίποτα άλλο είναι μια γερή δόση ουίσκι, ίσως όμως χρειαστεί να οδηγήσει απόψε, και άλλωστε ξέρει καλά πλέον πως το τσάι είναι κατάλληλο για κάθε περίσταση οποιαδήποτε στιγμή της ημέρας ή της νύχτας. Ξεραμένο αίμα λεκιάζει τους κόμπους των δαχτύλων του. Πλένει τα χέρια του στον νεροχύτη.

Η Λένα βγαίνει από το υπνοδωμάτιο και κλείνει αθόρυβα την πόρτα πίσω της.

«Πώς είναι;» ρωτάει ο Καλ.

«Την πήρε ο ύπνος πριν καν ρίξω το πάπλωμα πάνω της».

«Καλό αυτό» λέει ο Καλ. «Θέλεις ένα τσάι;»

«Ευχαρίστως».

Η Λένα βολεύεται στην πολυθρόνα, δοκιμάζοντάς τη, και ξεφορτώνεται τα παπούτσια της. Το νερό στον βραστήρα είναι έτοιμο, ο Καλ το σερβίρει και της φέρνει την κούπα. «Δεν έχω γάλα. Σε πειράζει;»

«Αγροίκε». Παίρνει την κούπα και φυσάει το περιεχόμενο. Δείχνει άνετη στην πολυθρόνα, λες και είναι δική της. Πρόκειται για ένα φουσκωτό, ατσούμπαλο κατασκεύασμα με ύφασμα πράσινο που μοβίζει και ίσως κάποτε, πολύ παλιά, να ήταν της μόδας, ή η αρχική απόχρωση να ήταν διαφορετική. Είναι εντυπωσιακά βολική, όμως ο Καλ δεν είχε φανταστεί ποτέ ότι θα καλούσε κάποιον να κοιμηθεί εκεί. Νιώθει και πάλι πανάλαφρος, ότι τα πόδια του δεν πατούν κάτω και ότι δεν έχει από πού να κρατηθεί.

Προσθέτει μερικά ξύλα στη φωτιά που έχει πέσει και τη συνδαυλίζει: «Είπε τίποτα που θα έπρεπε να ξέρω;» ρωτάει.

«Δεν είπε το παραμικρό για οτιδήποτε, εκτός από αυτά που σου είπα ήδη. Όχι ότι ρώτησα, βέβαια».

«Ευχαριστώ».

«Δεν θα είχε νόημα. Εσένα εμπιστεύεται». Η Λένα πίνει μια γουλιά από το τσάι της. «Έρχεται εδώ συχνά;»

«Ναι» λέει ο Καλ, φέρνοντας την κούπα του στο τραπέζι. Δεν φαντάζεται πως η Λένα σκοπεύει να του κάνει κήρυγμα ότι δεν είναι κόσμιο να αφήνει την Τρέι Ρέντι να τριγυρίζει εδώ, και πράγματι εκείνη απλώς συγκατανεύει. «Θα μπεις σε μπελάδες που με βοηθάς;» τη ρωτάει.

Ανασηκώνει τους ώμους της. «Αμφιβάλλω. Εσύ όμως μπορεί, ανάλογα με το τι θα κάνεις στη συνέχεια. Θα την πας σπίτι της το πρωί;»

«Έχεις καμιά ιδέα πού αλλού μπορεί να πάει;»

Αντιλαμβάνεται πως η Λένα πιάνει το υπονοούμενο. Το σκέφτεται για λίγο και κουνάει αρνητικά το κεφάλι της.

«Υπάρχει καμιά θεία; Θείος; Παππούδες;»

«Οι περισσότεροι συγγενείς της έχουν μεταναστεύσει, έχουν πεθάνει ή είναι άχρηστοι – εξαρτάται από ποια πλευρά το βλέπεις. Η Σίλα έχει κάποια ξαδέρφια στην άλλη μεριά του χωριού, αλλά δεν θα ήθελαν να μπλεχτούν σε όλο αυτό».

«Μπορώ να καταλάβω το γιατί» λέει ο Καλ.

«Η Σίλα κάνει ό,τι καλύτερο μπορεί» λέει η Λένα. «Σ' εσένα και σ' εμένα μπορεί να μη φαίνεται αρκετό, αλλά δεν έχουμε περάσει είκοσι πέντε χρόνια στη λάθος μεριά του Τζόνι Ρέντι και του Αρντνακέλτι. Η Σίλα έχει χάσει κάθε ενδιαφέρον για πολυτέλειες. Το μόνο που θέλει είναι να κρατήσει έξω από τη φυλακή τα παιδιά που της έχουν απομείνει».

Ο Καλ δεν έχει ιδέα τι πρέπει να απαντήσει σε αυτό. Δεν είναι σίγουρος αν είναι θυμωμένος με τη Λένα, ή αν ο θυμός του για τη Σίλα και για όποιον την έβαλε να δείρει τη μικρή είναι τόσο μεγάλος, που τον κάνει να φέρεται επιθετικά.

Η Λένα λέει: «Έχει συνηθίσει να κάνει ό,τι είναι αναγκαίο να γίνει. Σωστό ή λάθος. Δεν έχει και άλλη επιλογή».

«Μπορεί» λέει ο Καλ. Δεν το βρίσκει πολύ καθησυχαστικό

αυτό. Αν η Σίλα είχε την εντύπωση ότι η καλύτερη ή η μοναδική της επιλογή απόψε ήταν να σπάσει στο ξύλο την Τρέι, ίσως έχει την ίδια εντύπωση και κάποια άλλη στιγμή. «Θα δω μήπως καταφέρω να κάνω πρώτα κάτι προτού στείλω εκεί το παιδί».

Η Λένα τον κοιτάζει πάνω από το τσάι της. «Σαν τι;» «Αυτά που θα 'πρεπε να κάνω απόψε».

«Αντρικές δουλειές» λέει η Λένα με ψεύτικο θαυμασμό. «Υπερβολικά σοβαρές για τα ευαίσθητα αυτιά μιας δεσποσύνης».

«Σκέτες δουλειές».

Τα ξύλα στο τζάκι σκάνε και πετάγεται ένα σύννεφο από σπίθες. Η Λένα σπρώχνει με το δάχτυλο του ποδιού της τη σήτα πιο καλά στη θέση της.

«Δεν μπορώ να σε εμποδίσω να κάνεις κάτι χαζό» λέει. «Ελπίζω μόνο πως, αν περιμένεις μέχρι το πρωί, ίσως το σκεφτείς καλύτερα».

Ο Καλ αργεί κάπως να συνειδητοποιήσει γιατί το σχόλιο αυτό τον ξαφνιάζει τόσο πολύ. Υπέθετε ότι η Λένα τον ανάγκασε να μείνει όχι μόνο επειδή δεν ήθελε να φορτωθεί τη δική του δουλειά, πράγμα απόλυτα κατανοητό, αλλά και επειδή θα τον ήθελε εκεί το παιδί. Αντ' αυτού όμως, ακούγεται λες και σκοπός της είναι να αποτρέψει τον ίδιο να σπάσει τα μούτρα του, ή κάτι παρεμφερές. Το βρίσκει απροσδόκητα συγκινητικό. Ο Μαρτ έχει καταβάλει φιλότιμες προσπάθειες για να επιτύχει το ίδιο, αλλά η αίσθηση είναι αλλιώτικη όταν αυτό προέρχεται από μια γυναίκα. Ούτως ή άλλως, έχει περάσει αρκετό χρονικό διάστημα από την τελευταία φορά που μια γυναίκα είχε ενδιαφερθεί για εκείνον.

«Το εκτιμώ αυτό» λέει. «Θα το έχω κατά νου».

Η Λένα κάνει ένα πφφφ, προκαλώντας του μια κάποια στεναχώρια, αν και καταλαβαίνει απόλυτα την αντίδρασή της.

«Πάω για ύπνο» λέει και γέρνει να ακουμπήσει την κούπα της στο τραπέζι. «Το φως θα το σβήσουμε;»

Ο Καλ το σβήνει, και το δωμάτιο φωτίζεται μόνο από τις φλόγες στο τζάκι. Πηγαίνει στο μικρό υπνοδωμάτιο και φέρνει το βαρύ, χειμωνιάτικο πάπλωμα. Δεν έχει αγοράσει κάλυμμα, τουλάχιστον όμως είναι καθαρό. «Με συγχωρείς γι' αυτό» λέει. «Θα ήθελα να είμαι καλύτερος οικοδεσπότης, αλλά είναι το μόνο που έχω».

«Έχω κοιμηθεί και σε χειρότερα» λέει η Λένα, λύνοντας την αλογοουρά της και περνώντας το λαστιχάκι στον καρπό της. «Μόνο η οδοντόβουρτσά μου μου λείπει κάπως· κατά τ' άλλα, όλα καλά». Κουλουριάζεται στο πλάι και παραχώνει το πάπλωμα γύρω της.

«Λυπάμαι» λέει ο Καλ, ξεκρεμώντας τα δύο παλτά του από την κρεμάστρα. «Δεν μπορώ να βοηθήσω σ' αυτό».

«Να πεταχτώ στον Μαρτ Λάβιν να τον ρωτήσω αν του περισσεύει καμία;»

Η ερώτηση πιάνει τον Καλ απροετοίμαστο, και στρέφεται απότομα τρομοκρατημένος. Όταν τη βλέπει να χαμογελάει, ξεσπάει σε ένα δυνατό γέλιο και αναγκάζεται να κλείσει το στόμα του με την παλάμη του, ρίχνοντας μια ματιά προς την πόρτα του υπνοδωματίου.

«Θα έφτιαχνες τη μέρα σε ολόκληρο το χωριό» της λέει.

«Σίγουρα. Και θα άξιζε τον κόπο, μόνο που η Νορίν θα πνιγόταν από τη χαρά της που θα τα είχε καταφέρει».

«Το ίδιο και ο Μαρτ».

«Αλήθεια τώρα; Είναι κι αυτός στο κόλπο;»

«Ω ναι. Έχει ήδη αποφασίσει ότι ο Μάλαχι Ντουάιερ θα αναλάβει την τροφοδοσία στο μπάτσελορ».

«Εντάξει, χέσ' την τότε την οδοντόβουρτσα» λέει η Λένα. «Δεν μπορούμε να αφήσουμε αυτούς τους δύο να νομίζουν ότι έχουν κάθε φορά δίκιο. Δεν θα τους έκανε καλό».

Ο Καλ βολεύεται μπροστά στο τζάκι και τυλίγει γύρω του τα δύο παλτά. Το δωμάτιο έχει γεμίσει ζεστές χρυσαφένιες ανταύγειες και σκιές που χορεύουν, δίνοντας στην όλη κατάσταση μια διάσταση σαγηνευτικής, εφήμερης οικειότητας· σαν να είναι οι τελευταίοι άνθρωποι που έχουν μείνει ξύπνιοι σε κάποιο πάρτι σε σπίτι, συζητώντας με πάθος κάτι που αύριο το πρωί δεν θα έχει καμία σημασία.

«Δεν ξέρω αν έχουμε μεγάλα περιθώρια επιλογών» λέει.

«Όλο και κάποιος θα δει το αυτοκίνητό σου, εκτός κι αν φύγεις πριν ξημερώσει».

Η Λένα το σκέφτεται. «Ίσως να μην είναι κακή ιδέα αυτό» λέει. «Θα δώσουμε στον κόσμο κάτι να έχει να λέει, κρατώντας το μυαλό τους μακριά από το άλλο». Κάνει νόημα προς την πόρτα της κρεβατοκάμαρας.

«Δεν θα βρεις όμως τον μπελά σου;»

«Γιατί; Επειδή είμαι καμιά εύκολη, ας πούμε;» Χαμογελάει και πάλι. «Μπα. Οι ηλικιωμένοι θα λένε, αλλά δεν με νοιάζει. Δεν είμαστε στη δεκαετία του ογδόντα να με στείλουν σε κανένα άσυλο της Μαγδαληνής*. Θα το ξεπεράσουν».

«Και μ' εμένα τι θα γίνει; Θα εμφανιστεί η Νορίν με την καραμπίνα αν δεν σε παντρευτώ έπειτα από αυτό;»

---

* Τα άσυλα της Μαγδαληνής, γνωστά και ως πλυσταριά της Μαγδαληνής, ήταν ρωμαιοκαθολικά ιδρύματα που λειτουργούσαν από τον 18ο αιώνα έως τα τέλη του 20ού, φαινομενικά για να στεγάζουν «έκπτωτες γυναίκες». Οι τρόφιμοι ήταν «προβληματικά» κορίτσια, άτομα με παραβατική ή ανήθικη συμπεριφορά, γυναίκες που είχαν σχέσεις εκτός γάμου, αλλά πολύ συχνά και θύματα βιασμών ή κακοποίησης, για να απομακρυνθεί η «ντροπή» από την οικογένεια. Όλες τους απαιτούνταν να εργάζονται χωρίς αμοιβή εκτός από πενιχρές προμήθειες τροφίμων, ενώ τα πλυσταριά των ιδρυμάτων εξυπηρετούσαν φορείς όπως ο ιρλανδικός στρατός και ξενοδοχεία. (Σ.τ.Μ.)

«Όχι, καμία σχέση. Μ' εμένα θα τα βάλει, που σε άφησα να ξεφύγεις μέσα από τα χέρια μου. Εσύ θα είσαι μια χαρά. Μη σου πω ότι τα παιδιά στην παμπ μπορεί να σε κεράσουν και κανένα ποτήρι για τα συχαρίκια».

«Διπλά κερδισμένος δηλαδή» λέει ο Καλ. Ξαπλώνει ανάσκελα, με τις παλάμες πίσω από το κεφάλι, και εύχεται να είχε σκεφτεί να φέρει μερικά επιπλέον ρούχα από το υπνοδωμάτιό του. Δεν σκοπεύει να κοιμηθεί αν καταφέρει να το αποφύγει, για παν ενδεχόμενο, αν όμως βγάλει όλη τη νύχτα στο πάτωμα, αύριο θα περπατάει σαν τον Μαρτ.

«Πες μου κάτι» λέει η Λένα. Η λάμψη της φωτιάς αντανακλάται στο βλέμμα της. «Γιατί δεν παίρνεις το κουτάβι;»

«Επειδή θα ήθελα να εγγυηθώ ότι θα το φροντίζω και ότι δεν θα του συμβεί κανένα κακό. Και απ' ό,τι φαίνεται, δεν μπορώ να κάνω κάτι τέτοιο».

Η Λένα συνοφρυώνεται. «Μάλιστα... Κι εγώ που νόμιζα ότι απλώς δεν θέλεις κάτι να σε δεσμεύει».

«Όχι» απαντάει ο Καλ. Έχει τα μάτια του στραμμένα στη φωτιά. «Απ' ό,τι φαίνεται, πάντα ψάχνω κάτι να με συγκρατεί. Μόνο που τελικά ποτέ δεν πετυχαίνει».

Η Λένα γνέφει καταφατικά. Ο άνεμος έχει υποχωρήσει· πού και πού κάποια ριπή αναταράζει τη φωτιά, που έχει πέσει και πάλι· ο πυρήνας της έχει σκουρύνει, παίρνοντας μια έντονα πορτοκαλιά απόχρωση.

Από το υπνοδωμάτιο ακούγεται το θρόισμα από τα σκεπάσματα και μια βραχνή, άναρθρη κραυγή. Μόλις ο Καλ συνειδητοποιεί ότι είναι απίθανο να βρίσκεται εκεί κάποιος εισβολέας με δολοφονικές διαθέσεις, τρέχει στην πόρτα.

Σταματάει και κοιτάζει τη Λένα. «Σηκώθηκες ήδη» του λέει. «Εγώ θα πάω την επόμενη φορά». Ύστερα του γυρίζει την πλάτη, βολεύεται πιο άνετα στην πολυθρόνα και τραβάει το πάπλωμα μέχρι το πιγούνι της.

Ο Καλ στέκεται στην πόρτα του δωματίου. Μία ακόμα πνιχτή κραυγή ακούγεται από μέσα. Η Λένα δεν κουνιέται. Αφού περνάει μια στιγμή, ο Καλ ανοίγει την πόρτα και κοιτάζει μέσα. Η Τρέι στηρίζεται στον αγκώνα της, κουνάει πέρα δώθε το κεφάλι και κλαψουρίζει με τα δόντια σφιγμένα. «Ει. Όλα καλά» της λέει ο Καλ.

Το παιδί τινάζεται, γυρίζει και κοιτάζει διερευνητικά. Της παίρνει μερικά δευτερόλεπτα να τον δει. «Εφιάλτη είδες, δεν είναι τίποτα. Πάει τώρα, πέρασε».

Ύστερα από μια μεγάλη, τρεμουλιαστή εκπνοή, η Τρέι γέρνει πίσω, μορφάζοντας, καθώς νιώθει πόνους στα πλευρά της. «Ναι. Όνειρο ήταν» λέει κι εκείνη.

«Ακριβώς» λέει ο Καλ. «Πονάς πουθενά; Θέλεις κι άλλο παυσίπονο;»

«Όχι».

«Εντάξει. Όνειρα γλυκά».

Όταν κάνει να φύγει όμως, η Τρέι αλλάζει θέση στο κρεβάτι, βγάζοντας έναν μικρό πνιχτό ήχο. Ο Καλ γυρίζει και βλέπει το καλό της μάτι να τον παρακολουθεί, λάμποντας στο φως που μπαίνει από την πόρτα.

«Τι είναι;»

Το παιδί δεν απαντάει.

«Θέλεις να κάτσω για λίγο;»

Εκείνη γνέφει καταφατικά.

«Εντάξει» λέει ο Καλ.

Κάθεται κάτω στο πάτωμα με την πλάτη του να ακουμπάει στον τοίχο.

Η Τρέι γυρίζει ώστε να μπορέσει να συνεχίσει να τον κοιτάζει. «Τι θα κάνεις;» τον ρωτάει μετά.

«Σσσς» κάνει ο Καλ. «Θα το δούμε το πρωί αυτό».

Τη βλέπει που ψάχνει για την επόμενη ερώτηση. Για να την καθησυχάσει, αρχίζει να τραγουδάει, τόσο σιγανά, περισσότερο σαν μουρμουρητό, με την ελπίδα να μην τον ακούσει η Λένα μέσα από τον άνεμο που φυσάει. Το τραγούδι που του έχει έρθει στον νου είναι το «Big Rock Candy Mountain», που συνήθιζε να το τραγουδάει στην Αλίσα όταν ήταν μικρή και δεν μπορούσε να κοιμηθεί. Σιγά σιγά, η Τρέι χαλαρώνει. Η ανάσα της γίνεται πιο αργή και πιο βαθιά κι η γυαλάδα από το μάτι της σβήνει στις σκιές.

Ο Καλ συνεχίζει να τραγουδάει. Για την Αλίσα διασκεύαζε κάπως τα λόγια, άλλαζε τα δέντρα από τσιγάρα σε δέντρα από ζαχαρωτά και τη λίμνη από ουίσκι σε λίμνη από σόδα. Δεν φαίνεται να έχει νόημα να κάνει το ίδιο για την Τρέι, ωστόσο τα αλλάζει.

18

Ο άνεμος κοπάζει κι η αυγή προβάλλει στο παράθυρο ψυχρή και ακίνητη, ένα καθαρό χρυσοπράσινο. Ο Καλ λαγοκοιμόταν, για να φροντίζει τη φωτιά να μη σβήσει και να βλέπει την Τρέι με τον φακό του τηλεφώνου του. Δεν σάλεψε όλη νύχτα, ακόμα κι όταν πλησίασε τόσο κοντά ώστε να βεβαιωθεί ότι το κορίτσι ανέπνεε κανονικά.

Στο πρώτο φως της ημέρας διακρίνει τη Λένα, κουλουριασμένη στην πολυθρόνα, με το πρόσωπο χωμένο στον αγκώνα και ένα φωτοστέφανο στα μαλλιά της. Έξω τα πουλάκια έχουν αρχίσει την πρωινή τους ψιλοκουβέντα, με τα κοράκια να τους γκρινιάζουν να σταματήσουν. Ο Καλ είναι πιασμένος παντού: και εκεί όπου τα κόκαλά του πιέζονταν στο πάτωμα αλλά και στα ενδιάμεσα σημεία.

Σηκώνεται όσο πιο αθόρυβα μπορεί και κατευθύνεται στον νεροχύτη για να γεμίσει τον βραστήρα. Νιώθει ζαλισμένος από την κούραση, αλλά όχι θολωμένος· η ψύχρα κι η αυγή δίνουν σε όλα μια σαγηνευτική, αέρινη διαύγεια. Στον κήπο του, τα κουνέλια κυνηγιούνται κάνοντας κύκλους ανάμεσα στα νοτισμένα από την πάχνη χορτάρια.

Η Λένα αναδεύεται στην πολυθρόνα και ανακάθεται, τεντώνεται και τρίβει το πρόσωπό της. Δείχνει μπερδεμένη. «Καλημέρα» λέει ο Καλ.

«Ωχ Θεέ μου» λέει η Λένα, σκεπάζοντας τα μάτια της. «Αν σκοπεύεις να έχεις τακτικά καλεσμένους, χρειάζεσαι κουρτίνες».

«Πολλά χρειάζομαι» λέει ο Καλ, μιλώντας χαμηλόφωνα.

«Πώς αισθάνεσαι;»

«Πολύ γριά για τέτοιου είδους ξενύχτια. Εσύ;»

«Σαν να μ' έχει πατήσει τρένο. Θυμάσαι που κάποτε αράζαμε στο πάτωμα για πλάκα;»

«Πώς δεν θυμάμαι, τότε όμως ήμουν εντελώς χαζοβιόλα. Προτιμώ να είμαι γριά και να έχω τα μυαλά στο κεφάλι μου».

Τεντώνει ξανά το κορμί της για πολλή ώρα και δείχνει να το απολαμβάνει. «Η Τρέι κοιμάται ακόμη;»

«Ναι. Υποθέτω πως όσο περισσότερο κοιμηθεί, τόσο το καλύτερο. Να σου φτιάξω κάτι για πρωινό;» Πιάνει τον εαυτό του να ελπίζει η απάντηση να είναι ναι. Η Λένα μπορεί να μην είναι το πιο συγκαταβατικό άτομο στον κόσμο, ωστόσο μεταβάλλει την ισορροπία του σπιτιού με τρόπο που του αρέσει. «Έχω ψωμί με αυγά και μπέικον, ή ψωμί χωρίς αυγά και μπέικον».

Η Λένα χαμογελάει. «Μπα, όχι. Καλύτερα να φεύγω. Πρέπει να ετοιμαστώ για τη δουλειά, και έχω να ταΐσω τα σκυλιά, αφού τα βγάλω πρώτα έξω. Η Νέλλη θα έχει τρελαθεί. Αν δεν γυρίζω για ύπνο, τα χάνει. Κατά πάσα πιθανότητα, θα έχει ήδη φάει τα μισά έπιπλα». Σηκώνεται από την πολυθρόνα και αρχίζει να διπλώνει το πάπλωμα. «Να περάσω αποδώ πηγαίνοντας στη δουλειά για να πάω την Τρέι σπίτι;»

«Δεν είμαι σίγουρος» λέει ο Καλ. Σκέφτεται τι είδους τρομοκρατία χρειάζεται ώστε να κάνει κάτι τέτοιο μια μητέρα στο παιδί της. Για μια στιγμή, προτού προλάβει να αποδιώξει από τον νου του τη σκέψη, αναρωτιέται τι θα μπορούσε να είχε συμβεί για να κάνει εκείνος ή η Ντόνα κάτι παρόμοιο στην Αλίσα. «Θα προτιμούσα να ξεκαθαρίσω κάπως τα πράγματα».

Η Λένα ρίχνει το διπλωμένο πάπλωμα στην πλάτη της πολυθρόνας. «Κι εγώ που νόμιζα ότι το πρωί θα είχες βάλει μυαλό» λέει.

«Δεν θα κάνω καμιά χαζομάρα».

Το βλέμμα της Λένας λέει ότι αυτό είναι θέμα οπτικής, αλλά δεν το σχολιάζει. Τραβάει από τον καρπό της το λαστιχάκι και πιάνει τα μαλλιά της αλογοουρά. «Οπότε, δεν θα την πάω σπίτι».

«Ίσως αργότερα. Να δω πώς θα πάει η μέρα και να σου τηλεφωνήσω;» «Ελεύθερα. Καλή διασκέδαση».

«Αν χρειαζόταν να μείνεις εδώ άλλο ένα βράδυ» λέει ο Καλ, «θα μπορούσες; Θα πεταχτώ αν είναι στην πόλη να αγοράσω ένα φουσκωτό στρώμα, για να μην τη βγάλεις πάλι στην πολυθρόνα».

Η Λένα ξεσπάει σε γέλια, ξαφνιάζοντάς τον. «Είσαι το κάτι άλλο, το ξέρεις;» λέει, κουνώντας το κεφάλι. «Και η χρονική στιγμή είναι λάθος. Ξαναπές το μου όταν θα μου έχουν περάσει κάπως οι πόνοι και το μούδιασμα, και βλέπουμε». Βάζει τα παπούτσια και το μπουφάν της και κατευθύνεται προς την πόρτα.

Ο Καλ περιμένει ώσπου να ακούσει το αυτοκίνητό της να απομακρύνεται. Ύστερα κάνει έναν γύρο στον κήπο του. Δεν μπορεί να βρει σημάδια εισβολέων, αλλά έτσι κι αλλιώς θα ήταν αδύνατον. Οι αποδείξεις από τον χτεσινό μανιασμένο άνεμο βρίσκονται παντού: φύλλα αφειδώς σκορπισμένα στο χορτάρι συσσωρευμένα στους τοίχους και στους θάμνους στους φράχτες, ενώ τα δέντρα έχουν μια τραχιά, αγέρωχη γύμνια.

Επιστρέφει και πάλι μέσα και αρχίζει να ετοιμάζει πρωινό. Η μυρωδιά του τηγανητού μπέικον βγάζει την Τρέι από το υπνοδωμάτιο, ξυπόλυτη και ζαρωμένη. Το πρήξιμο στο χείλος της έχει υποχωρήσει κάπως, αλλά το μάτι της δείχνει ακόμα πιο εντυπωσιακό με το φως της ημέρας, και έχει μια άσχημη μελανιά στο ζυγωματικό – ο Καλ δεν την είχε προσέξει προηγουμένως. Το φούτερ και το τζιν της είναι γεμάτα λεκέδες από ξεραμένο αίμα. Ο Καλ την κοιτάζει και δεν έχει ιδέα τι μπορεί να κάνει γι' αυτή. Η σκέψη να τη διώξει από το σπίτι τον κάνει να θέλει να αμπαρώσει πόρτες και παράθυρα και να περάσει την ώρα του σημαδεύοντας με το όπλο του έξω, σε περίπτωση που έρθει κάποιος να την αναζητήσει.

«Πώς είσαι;» ρωτάει.

«Σκατά. Πονάω παντού».

«Εντάξει, αυτό το περίμενα» λέει ο Καλ. Το γεγονός ότι περπατάει και μιλάει τον γεμίζει με τέτοια ανακούφιση, που δυσκολεύεται να ανασάνει. «Εννοώ εκτός απ' αυτό. Κοιμήθηκες καλά;»

«Ναι».

«Πεινάς;»

Δείχνει να θέλει να πει όχι, όμως η μυρωδιά την ξεπερνάει. «Ναι. Σαν λύκος».

«Το πρωινό θα είναι έτοιμο σε ένα λεπτό. Κάτσε».

Η Τρέι κάθεται, χασμουριέται και τινάζεται καθώς με το χασμουρητό την τραβάει το χείλος της. Παρακολουθεί τον Καλ που γυρίζει το μπέικον και αλείφει με βούτυρο το ψωμί. Έτσι όπως κάθεται, με τους ώμους ψηλά και υπερβολικά πολύ βάρος στα πόδια της, του θυμίζει τον τρόπο που στεκόταν συνήθως όταν πρωτοάρχισε να έρχεται σπίτι του: έτοιμη να το σκάσει.

«Θέλεις ένα ακόμα παυσίπονο;» ρωτάει.

«Όχι».

«Όχι; Πονάς πουθενά πιο πολύ απ' ό,τι χτες βράδυ;»

«Όχι. Εντάξει είμαι».

Με το χάλι που έχει το πρόσωπό της, ο Καλ δυσκολεύεται ακόμα περισσότερο να ξεδιαλύνει τι συμβαίνει μες στο κεφάλι της. «Ορίστε» λέει, φέρνοντας τα πιάτα στο τραπέζι. «Κόψε μικρά κομμάτια, και πρόσεχε να μην ακουμπάνε στο χείλος σου. Θα τσούζει με το αλάτι».

Η Τρέι αγνοεί τις οδηγίες και πέφτει με τα μούτρα στο φαγητό, κοιτάζοντας όμως με ανήσυχο βλέμμα τον Καλ. Το χέρι της είναι καλύτερα. Κρατάει αδέξια το πιρούνι, προσπαθώντας να μη λυγίζει τα δάχτυλά της, αλλά το χρησιμοποιεί.

«Η κυρία Λένα έφυγε πριν από λίγο» λέει ο Καλ. «Έχει δουλειά. Μπορεί να επιστρέψει αργότερα, εξαρτάται».

Η Τρέι λέει απότομα: «Συγγνώμη που ήρθα εδώ. Δεν μπορούσα να σκεφτώ καθαρά».

«Όχι» λέει ο Καλ. «Μη ζητάς συγγνώμη. Καλά έκανες».

«Μα μου είπες να μην ξανάρθω εδώ».

Όλες οι σχέσεις του Καλ, που μέχρι χτες το βράδυ φάνταζαν απολύτως ξεκάθαρες και αρμονικές, δείχνουν παράξενες όταν εκείνος χάνει τον έλεγχο. Δεν έχει σημασία ο Μπρένταν Ρέντι· το πραγματικό μυστήριο, για το οποίο πολύ θα ήθελε ο Καλ να βρει μια απάντηση, είναι πώς ενώ, απ᾽ ό,τι ξέρει, τα κάνει όλα σωστά, καταφέρνει με κάποιο μαγικό τρόπο να τα σκατώνει. «Αυτό ήταν κάτι έκτακτο. Έχει διαφορά. Πήρες τη σωστή απόφαση».

«Θα φύγω μετά το φαΐ».

«Δεν υπάρχει βιασύνη. Πριν πας οπουδήποτε, πρέπει να αποφασίσουμε τι θέλεις να κάνω».

Η Τρέι τον κοιτάζει ανέκφραστη.

«Για χτες βράδυ. Θέλεις να ειδοποιήσω την αστυνομία; Ή την Πρόνοια – την εταιρεία προστασίας ανηλίκων, ή όπως το λέτε εδώ πέρα;»

«Όχι!»

«Η Πρόνοια δεν είναι μπαμπούλας, μικρή. Θα σου βρουν κάποιο ασφαλές μέρος να μείνεις για λίγο. Ίσως να προσφέρουν και στη μαμά σου κάποια βοήθεια».

«Δεν χρειάζεται βοήθεια».

Το παιδί τον αγριοκοιτάζει, κρατώντας το μαχαίρι σαν να

είναι έτοιμη να τον καρφώσει με αυτό. «Μικρή» της λέει απαλά. «Αυτό που σου έκανε δεν ήταν εντάξει».

«Δεν το έχει ξανακάνει. Κι αυτή τη φορά το έκανε μόνο επειδή την ανάγκασαν».

«Και τι θα γίνει αν την αναγκάσουν και πάλι;»

«Δεν θα την αναγκάσουν».

«Γιατί όχι; Έμαθες το μάθημά σου, και θα συμπεριφέρεσαι σωστά;»

«Δεν είναι δική σου δουλειά» λέει η Τρέι με προκλητικό ύφος.

«Μικρή, απλώς σε ρωτάω. Πρέπει να μπορέσω να σκεφτώ τι να κάνω».

«Δεν χρειάζεται να κάνεις τίποτα. Αν φωνάξεις την Πρόνοια, θα τους πω ότι το έκανες εσύ». Το εννοεί και αυτό. «Εντάξει» λέει ο Καλ. Μια τέτοια αντίσταση από μέρους της τον ανακουφίζει σε μεγάλο βαθμό. Το πρωί σηκώθηκε με τον φόβο μην τη βρει τσακισμένη εσωτερικά, ένα άχρηστο περίβλημα ενός κοριτσιού που θα μπορούσε να κοιτάξει μέσα του, που θα έπρεπε να το κατευθύνει αποδώ κι αποκεί και θα καθόταν άβουλη, περιμένοντας από εκείνον να της τείνει χείρα βοηθείας. «Όχι Πρόνοια λοιπόν».

Η Τρέι τον κοιτάζει κατάματα για λίγο ακόμα. Δείχνει να τον πιστεύει, καθώς επιστρέφει στο φαγητό της. «Ξέρω ότι είναι μαλακίες αυτά που μου είπες. Ότι ο Μπρεν πήγε στη Σκοτία. Γι' αυτό θα σου αδειάσω τη γωνιά και θα σ' αφήσω στην ησυχία σου».

Ο Καλ τα παρατάει. Ό,τι κι αν προσπαθούσε να κάνει, δεν λειτούργησε. «Ναι» λέει. «Ο Ντόνι δεν μου είπε τίποτα. Αλλά και η κουβέντα να με αφήσεις στην ησυχία μου ήταν μαλακίες επίσης. Η αλήθεια είναι πως δεν έχω κανένα πρόβλημα να έρχεσαι εδώ. Μου αρέσει η παρέα σου».

Ακούγοντάς το αυτό, η Τρέι σηκώνει το βλέμμα. «Δεν θέλω τα λεφτά σου».

«Το ξέρω αυτό, μικρή. Ποτέ δεν μου πέρασε από το μυαλό κάτι τέτοιο».

Παραμένει ακίνητη καθώς τα σκέφτεται όλα αυτά. Η χαλάρωση στην έκφρασή της χτυπάει τον Καλ κατάστηθα. «Τότε πώς σου 'ρθε να μου πεις όλες αυτές τις ηλιθιότητες;» απαιτεί να μάθει.

«Για όνομα του Θεού, μικρή. Νομίζεις ότι κανένας δεν πρόσεξε τι σχεδιάζαμε οι δυο μας; Με προειδοποίησαν να κάνω πίσω. Αυτό ακριβώς» –δείχνει με το πιρούνι του το πρόσωπο της Τρέι– «ήταν που προσπαθούσα να αποφύγω».

Η Τρέι σηκώνει ανυπόμονα τους ώμους. «Δεν είναι κάτι φοβερό. Μια χαρά θα είμαι».

«Αυτή τη φορά. Επειδή έβαλαν τη μάνα σου να το κάνει, και έφτασε μέχρι εκεί όπου θεώρησε πως θα έμεναν ικανοποιημένοι. Την επόμενη, όμως, θα αναλάβουν οι ίδιοι να σε τακτοποιήσουν. Ή τη μάνα σου. Ή τα μικρά σου αδερφάκια. Ή εμένα. Δεν αστειεύονται αυτοί. Είναι σοβαροί τύποι, κάνουν σοβαρή δουλειά. Δεν σε σκότωσαν επειδή δεν ήθελαν να τραβήξει την προσοχή ένα νεκρό πιτσιρίκι, αλλά θα το κάνουν αν χρειαστεί».

Το παιδί ανοιγοκλείνει γοργά τα μάτια. Έπειτα συνεχίζει να παραχώνει φαγητό στο στόμα με το κεφάλι κατεβασμένο.

«Για όνομα του Θεού, μικρή» λέει ο Καλ, που εντελώς ξαφνικά βρίσκεται στα πρόθυρα της έκρηξης. «Τι διάολο χρειάζεται για να πάψεις να σκαλίζεις;»

Η Τρέι λέει: «Να μάθω. Κάτι σίγουρο. Όχι μερικές μαλακίες που επινόησε κάποιος για να με ξεφορτωθεί».

«Αλήθεια; Αυτό είναι το μόνο που θέλεις; Να μάθεις στα σίγουρα;»

«Ναι».

TANA FRENCH

«Οκέι, μόνο που δεν πάει έτσι. Γιατί αν μάθεις στα σίγουρα ότι ο Μπρένταν την κοπάνησε, θα θέλεις να μάθεις το γιατί κι ύστερα θα θέλεις να τον εντοπίσεις. Αν μάθεις στα σίγουρα ότι κάποιος τον κυνήγησε, θα θέλεις να τον εκδικηθείς. Πάντα θα υπάρχει ένα ακόμα πράγμα που μένει να γίνει. Πρέπει να ξέρεις πότε να σταματάς».

«Ξέρω. Όταν...»

«Όχι. Μικρή, τώρα είναι η ώρα να σταματήσεις. Δες πώς είσαι. Αν αναγκαστούν να σε κυνηγήσουν και πάλι, τι νομίζεις ότι θα κάνουν; Τώρα είναι η ώρα να σταματήσεις».

Η Τρέι στρέφεται προς το μέρος του σαν να πνίγεται. Λέει: «Θέλω να σταματήσω τώρα. Έχω κουραστεί, γαμώτο. Στην αρχή, όταν πρωτοήρθα εδώ, ήταν όπως είπες: Θα συνέχιζα για πάντα. Τώρα θέλω μόνο να πάψει όλο αυτό. Να μην τον σκεφτώ ποτέ ξανά. Να επιστρέψω στα δικά μου πράγματα, σ' αυτά που έκανα πριν. Αλλά ό,τι κι αν συνέβη στον Μπρένταν, του αξίζει να το μάθει κάποιος. Έστω κι ένας, να ξέρει».

Μέχρι εκείνη τη στιγμή, ο Καλ δεν ήταν σίγουρος πόσο πιθανό θεωρούσε η Τρέι να είναι νεκρός ο Μπρένταν. Κάθονται εκεί και το ακούν να κατακάθεται στις χαραμάδες του δωματίου.

«Τότε θα σταματήσω» λέει η Τρέι. «Όταν μάθω».

«Λοιπόν» λέει ο Καλ, «ορίστε. Ρωτούσες πώς φτιάχνεις τον δικό σου κώδικα. Αυτή είναι η αρχή». Κοιτάζει το δαρμένο πρόσωπό της, το γεμάτο κατανόηση, και νιώθει τον λαιμό του να φράζει εξαιτίας όλων αυτών που έχει αναγκαστεί να αντιπαλέψει ήδη η μικρή, όλα τα ποτάμια που θα αναγκαστεί να πασχίσει να περάσει και δεν τα έχει δει καν μακριά στον ορίζοντα. «Τελείωνε με το πρωινό σου» λέει. «Πριν παγώσει».

Η Τρέι δεν κάνει την παραμικρή κίνηση. «Λοιπόν, θα με βοηθήσεις ή όχι;»

«Ειλικρινά» λέει ο Καλ, «δεν ξέρω ακόμη. Πρώτα πρέπει

να βρω τους ανθρώπους που πέρασαν χτες να δουν τη μαμά σου και να κάνω μια κουβεντούλα μαζί τους. Μόλις το κάνω αυτό, θα ξέρω τι συνέβη στον αδερφό σου, ή τουλάχιστον αν θα μπορούμε να συνεχίσουμε το ψάξιμο χωρίς να σκοτωθούμε».

«Κι αν δεν μπορούμε;»

«Δεν έχω ιδέα. Δεν έχουμε φτάσει ακόμη εκεί».

Η Τρέι δεν δείχνει ικανοποιημένη, αλλά επιστρέφει στο μάζεμα του κρόκου του αυγού με το φρυγανισμένο ψωμί της.

«Πες μου κάτι» λέει ο Καλ. «Πιστεύεις ότι ο Ντόνι έβαλε τη μαμά σου να το κάνει αυτό;»

Η Τρέι ρουθουνίζει περιφρονητικά. «Μπα. Θα του έλεγε να πάει να γαμηθεί».

«Ναι, ούτε κι εμένα μου φαίνεται πιθανό. Όποιος όμως κι αν ήταν, ήρθε δυο μέρες αφότου μίλησες με τον Ντόνι. Δεν μπορεί να είναι σύμπτωση».

«Είπες πως, αν μιλούσα στον Ντόνι, δεν θα συνέχιζες».

«Ναι, εντάξει» λέει ο Καλ. «Τα πράγματα αλλάζουν. Πώς ήρθες σε επαφή μαζί του;»

«Η μάνα του πηγαίνει στη λειτουργία των εννιάμισι στην πόλη κάθε μέρα» του εξηγεί η Τρέι, με το στόμα γεμάτο. «Την παίρνει μαζί του ο Άγιος Μάικ. Περίμενα στον φράχτη δίπλα από το δρομάκι του Μάικ μέχρι να δω το αμάξι του να φεύγει και μετά πέρασα από τα χωράφια του Φράνσι Γκάνον κι έφτασα στην πίσω πόρτα του Ντόνι».

«Είδες κανέναν όταν πήγαινες ή όταν έφευγες;»

«Όχι. Βέβαια, μπορεί και να με είδε κανείς από κάποιο παράθυρο. Δεν μπορούσα να κάνω κάτι γι' αυτό. Απλώς πέρασα τρέχοντας».

«Άκου» λέει ο Καλ καθώς σηκώνεται να πάει τα άδεια πιάτα στον νεροχύτη. «Πρέπει να βγω για λίγο. Δεν θα λείψω πολύ. Θα είσαι εντάξει μόνη σου εδώ;»

«Ναι. Εννοείται».

Η μικρή δεν δείχνει να χαίρεται και τόσο με την ιδέα. «Κανείς δεν ξέρει ότι είσαι εδώ» λέει ο Καλ, «οπότε δεν χρειάζεται να ανησυχείς. Για κάθε ενδεχόμενο όμως, θα κλειδώσω τις πόρτες. Αν έρθει κανείς όσο λείπω, μην απαντήσεις και μην κοιτάξεις από το παράθυρο. Κάτσε ακίνητη μέχρι να φύγει. Κατάλαβες;»

«Θα πας να μιλήσεις πάλι στον Ντόνι;»

«Ναι. Θέλεις κανένα βιβλίο ή κάτι τέτοιο για να μη βαρεθείς;» Η Τρέι κουνάει αρνητικά το κεφάλι.

«Κάνε κάνα μπάνιο αν θέλεις. Να διώξεις από πάνω σου τη χτεσινή νύχτα».

Το παιδί γνέφει καταφατικά. Ο Καλ καταλαβαίνει ότι δεν υπάρχει περίπτωση να το κάνει. Δεν φαίνεται να μπορεί να τα βγάλει πέρα με κάτι τόσο περίπλοκο. Και μόνο που σηκώθηκε για πρωινό, αυτό την έχει εξουθενώσει. Εντελώς ξαφνικά, στο πρόσωπό της διακρίνεται μια εξάντληση εντελώς αφύσικη για ένα παιδί· το καλό της βλέφαρο έχει πέσει, και βαθιές αυλακώσεις κατεβαίνουν από τη μύτη στο στόμα της. Για πρώτη φορά, φέρνει κάπως στη μαμά της.

«Ξεκουράσου» λέει ο Καλ. «Στην κουζίνα θα βρεις διάφορα, φάε ό,τι σου κάνει κέφι. Θα γυρίσω σύντομα».

Ο Καλ ακολουθεί τη διαδρομή της Τρέι προς τον Ντόνι, κατεβαίνοντας από τους παράδρομους και διασχίζοντας τα χωράφια του Φράνσι Γκάνον. Κλαδιά σπασμένα από τον άνεμο κείτονται γεμάτα σκλήθρες στους δρόμους. Το χρυσό φθινοπωρινό φως που τα λούζει πέφτοντας από χαμηλά τους δίνει μια αλλόκοτη όψη σκόπιμης, δυσοίωνης συγκομιδής. Ο Καλ σπρώχνει τα μεγαλύτερα στα ρείθρα καθώς περνάει. Κανονικά θα έπρεπε να είναι κομμάτια, ωστόσο δεν νιώθει κουρασμένος. Με το περπάτημα και τη δροσιά της ατμόσφαιρας, οι μύες του παύουν να τον τραβάνε, και μια ελαφρώς μεθυστική διαύγεια έχει εγκατασταθεί για τα καλά μέσα του. Το μόνο πράγμα που σκέφτεται είναι ο Ντόνι.

Οι αγρότες πρέπει να έχουν τελειώσει με τους πρωινούς τους γύρους και έχουν πάει να κολατσίσουν. Ο Καλ δεν συναντάει κανέναν εκτός από ένα κοπάδι πρόβατα του Φράνσι, που παγώνουν καθώς μασουλάνε για να τον κοιτάξουν με ανεξιχνίαστο βλέμμα, και συνεχίζουν να τον παρακολουθούν για ανησυχητικά μεγάλο χρονικό διάστημα. Όπως και να 'χει, περνάει πιο γρήγορα απ' ό,τι θα περίμενε κανείς από κάποιον της ηλικίας και του όγκου του πάνω από τον πίσω φράχτη του Ντόνι, μην τυχόν και οι γείτονες κοιτάζουν από το παράθυρο ή ο Φράνσι αποφασίσει να ερευνήσει για ποιο λόγο έμειναν στήλη άλατος τα πρόβατά του.

Η αυλή του Ντόνι είναι μια ερειπωμένη έκταση με χορτάρι που έχει να κοπεί καιρό, με σκόρπια πλαστικά έπιπλα κήπου που μοιάζουν σαν δώρα από κάποιο σουπερμάρκετ. Η κουζίνα δείχνει άδεια μέσα από το τζάμι. Ο Καλ παραβιάζει την πίσω πόρτα με την κάρτα πόντων του αγαπημένου του ντελικατέσεν στο Σικάγο, τη σπρώχνει αθόρυβα και μπαίνει μέσα.

Καμιά κίνηση. Η κουζίνα είναι παλιά, φθαρμένη και απίστευτα καθαρή, με μια γυαλάδα που χτυπάει στο μάτι, από τον μουσαμά του τραπεζιού και το πλαστικό πάτωμα. Η βρύση του νεροχύτη στάζει αργά.

Ο Καλ κινείται ήσυχα στην κουζίνα και στον διάδρομο. Το σπίτι είναι μισοσκότεινο· μυρίζει έντονα λουλουδένιο καθαριστικό και υγρασία. Υπάρχουν υπερβολικά πολλά έπιπλα από πεύκο, τα περισσότερα περασμένα με ένα σκούρο λούστρο που με τον καιρό έχει γίνει πορτοκαλί, και υπερβολικά πολλή ταπετσαρία με υπερβολικά πολλά σχέδια. Στο ράφι του τζακιού στο σαλόνι, ένα θαμπό κόκκινο φως τρεμοπαίζει στο στήθος ενός κάπως αλλόκοτου Χριστού, ο οποίος το δείχνει με το δάχτυλο και χαμογελάει με αποδοκιμασία προς τον Καλ.

Πλησιάζει στη σκάλα και κοντοστέκεται. Παρόλο που ρίχνει το βάρος του σιγά σιγά, τα σκαλιά τρίζουν. Σταματάει και αφουγκράζεται για κάποια κίνηση. Ο μόνος ήχος προέρχεται από ένα από τα υπνοδωμάτια· ένα αχνό, επίμονο ροχαλητό.

Το δωμάτιο του Ντόνι δεν έχει τίποτα κοινό με το υπόλοιπο σπίτι, εκτός από τα έπιπλα από πεύκο. Τις περισσότερες επιφάνειες καταλαμβάνουν βρόμικα ρούχα και θήκες βιντεοπαιχνιδιών. Στον έναν τοίχο δεσπόζει μια τηλεόραση σε μέγεθος παραθύρου· στον άλλο υπάρχει ένα τελευταίας τεχνολογίας ηχοσύστημα, με τα ηχεία να προεξέχουν εκατέρωθεν σαν πρησμένοι από αναβολικά δικέφαλοι. Ο αέρας είναι σχεδόν αποπνικτικός από τις μπερδεμένες μυρωδιές ιδρώτα, τσιγαρίλας, κλανιών μπίρας και πολυκαιρισμένων σεντονιών. Η πηγή όλης αυτής της συσσωρευμένης ευωδίας είναι ο Ντόνι, χυμένος μπρούμυτα στο κρεβάτι, με ένα φανελάκι και ένα σλιπ με Μίνιονς.

Ο Καλ διασχίζει το δωμάτιο με τρεις δρασκελιές, βάζει το γόνατό του στη μέση του Ντόνι, αρπάζει τον χοντρό σβέρκο του και χώνει τη μούρη του στο μαξιλάρι. Τον κρατάει εκεί ώσπου αρχίζει να τσινάει με μια έξτρα δόση απελπισίας κι ύστερα του τραβάει προς τα πάνω το κεφάλι για να τον αφήσει να πάρει μια κοφτή ανάσα. Και ξανά, και ξανά.

Την τρίτη φορά, ο Ντόνι πασχίζει να αναπνεύσει. Ο Καλ ρίχνει περισσότερο βάρος στη σπονδυλική του στήλη, αφήνει τον σβέρκο του και του γυρίζει το χέρι ψηλά πίσω από την πλάτη του. Μοιάζει περισσότερο με στολή καταδύσεων γεμάτη πουτίγκα παρά με άνθρωπο.

«Σκατό. Τώρα τη γάμησες» του ψιθυρίζει στο αυτί.

Ο Ντόνι, αγκομαχώντας και σφαδάζοντας, καταφέρνει τελικά να στρέψει το κεφάλι του και να ρίξει μια ματιά στον Καλ.

Το πρώτο πράγμα που διαγράφεται στο πρόσωπό του είναι η ανακούφιση. Δεν ήταν αυτός ο στόχος του Καλ. Ο φόβος είναι ένα από τα λίγα πράγματα που θα κινητοποιήσουν τη ρόδα χάμστερ του Ντόνι. Αν τον φοβάται λιγότερο από κάποιον άλλο, αυτό είναι πρόβλημα. Ευτυχώς, ο Καλ βρίσκεται στην κατάλληλη διάθεση για να το διορθώσει.

«Μπρένταν Ρέντι» λέει. «Λέγε».

«Δεν ξέρω για τι...»

Ο Καλ ανοίγει το συρτάρι του κομοδίνου, χώνει μέσα τα δάχτυλα του Ντόνι και το σπρώχνει να κλείσει. Όταν ο Ντόνι ουρλιάζει, ο Καλ του βυθίζει ξανά τη μούρη στο μαξιλάρι.

Περιμένει πρώτα να σιγουρευτεί ότι ο Ντόνι έχει σταματήσει να ουρλιάζει κι ύστερα χαλαρώνει τη λαβή του για να μπορέσει να γυρίσει ο άχρηστος το κεφάλι του. «Ξέρεις τι θέλω για τα Χριστούγεννα;» του λέει. Ο Ντόνι αγκομαχάει και κλαψουρίζει. «Τα κλαψομούνια σαν εσένα να πάψουν να είναι *τόσο προβλέψιμα. Έχω βαρεθεί μέχρι τα μπούνια τα Δεν έχω ιδέα για τι πράγμα μιλάς, ούτε που τον έχω ακουστά τον τύπο. Ξέρεις πολύ καλά για τι πράγμα μιλάω. Το ξέρω ότι ξέρεις. Το ξέρεις ότι ξέρω ότι ξέρεις.* Κι όμως, Ντόνι, κι όμως μου αρχίζεις όλες αυτές τις μαλακίες. Μερικές φορές νιώθω πως, αν ακούσω αυτές τις μαλακίες *άλλη μία φορά,* δεν θα καταφέρω να συγκρατηθώ».

Τον αφήνει, σηκώνεται από το κρεβάτι και γέρνει μια καρέκλα για να πέσουν στο πάτωμα ένα σωρό βρομερές αθλητικές φόρμες. «Με συγχωρείς που σε επιβαρύνω με τα προσωπικά μου» λέει ανάλαφρα, τραβώντας την καρέκλα δίπλα στο κρεβάτι. «Αλλά μια στο τόσο φαίνεται ότι μαζεύονται πολύ περισσότερα απ' όσα θα περίμενε κανείς να ανεχτώ».

Ο Ντόνι σέρνεται σε καθιστή θέση, κρατώντας τα δάχτυλά του και φυσώντας μέσα από τα δόντια του. Ένα εξόγκωμα χλωμής τριχωτής κοιλιάς ξεπροβάλλει ανάμεσα από το φανελάκι και το σλιπ του. Το κόψιμο στο φρύδι από τη συνάντησή του με το μπαστούνι του χέρλινγκ του Μαρτ δεν έχει επουλωθεί εντελώς. Ο Ντόνι περνάει δύο δύσκολες εβδομάδες ξυλοφορτώματος.

«Μια χαρά φαίνεσαι, παλικάρι μου» λέει ο Καλ.

«Γαμώτο, το χέρι μου» λέει ο Ντόνι, εξοργισμένος.

«Ξεπέρασέ το. Τώρα έχεις να πεις μερικά πραγματάκια».

«Το έσπασες, γαμώτο μου».

«Άουτς» κάνει ο Καλ, γέρνοντας να κοιτάξει προσεκτικά τα δάχτυλα του Ντόνι, που είναι μαβιά και πρησμένα, γεμάτα βαθιές κόκκινες αυλακιές. Το μεσαίο έχει λυγίσει εντυπωσιακά παράξενα. «Πάω στοίχημα πως, αν κάποιος το τσαλαπατήσει, θα πονάει τρελά».

«Τι διάολο θέλεις, δικέ μου;»

«Χριστέ μου, μήπως, παλικάρι μου, έκανες συνεχώς κοπάνα από το μάθημα της γλώσσας στο σχολείο; Τον Μπρένταν Ρέντι».

Ο Ντόνι επεξεργάζεται την ιδέα να επιστρέψει στο «δεν ξέρω τίποτα», όμως ζυγίζει τον Καλ και το σκέφτεται καλύτερα. Δεν μοιάζει ακριβώς φοβισμένος, ίσως λιγάκι πιο ζωντανός από το συνηθισμένο, κάτι που για το είδος του είναι το ίδιο πράγμα. «Μα ποιος είσαι τέλος πάντων, δικέ μου; Είσαι στη δουλειά; Μπάτσος; Τι είσαι;»

«Όπως είπαμε και την άλλη φορά: κάποιος που χρειάζεται ένα χόμπι. Δεν πρόκειται να μεταφέρω σε κανέναν αυτή την κουβέντα, αν αυτό σε ανησυχεί. Εκτός κι αν με εξοργίσεις».

Ο Ντόνι περνάει τη γλώσσα του έναν γύρο στο εσωτερικό των χειλιών του, εκεί όπου το μαξιλάρι τα ζούληξε πάνω στα δόντια του, και κοιτάζει τον Καλ με άδεια, ξεπλυμένα μάτια. «Θέλεις να σε πείσω περισσότερο;» ρωτάει ο Καλ. «Έχουμε τουλάχιστον μια ώρα. Μπορώ να γίνω στ' αλήθεια πολύ πειστικός σε μία ώρα».

«Γιατί θέλεις να μάθεις για τον Μπρένταν;»

«Θα ξεκινήσω εγώ για σένα» λέει ο Καλ. «Ο Μπρένταν παρουσιάζεται σαν μάγειρας μεθαμφεταμίνης στα φιλαράκια σου από το Δουβλίνο. Πάρ' το από εκεί».

«Ο μαλάκας νόμιζε ότι έχει βγει από το Breaking Bad» λέει ο Ντόνι. «Το μόνο που έχετε είναι αυτή η δήθεν μαλακία, μπορώ να σας φτιάξω καθαρό πράγμα... Γαμημένο απόβρασμα».

Ο Καλ παρακολουθεί τα μάτια του σε περίπτωση που έχει κρυμμένο κάποιο όπλο, αλλά η προσοχή του είναι εστιασμένη στα δάχτυλά του. Τα εξετάζει από διάφορες γωνίες, προσπαθεί να τα λυγίσει και μορφάζει.

«Δεν ήσουν μεγάλος θαυμαστής του, ε;»

«Τους τα 'λεγα από την αρχή. Ένας άχρηστος μαλάκας, που το παίζει έξυπνος. Θα σας κρεμάσει».

«Έπρεπε να σε ακούσουν» συμφωνεί ο Καλ. «Αυτό θα έκανε τη ζωή μας πολύ πιο εύκολη».

Ο Ντόνι κάνει να πάρει κάτι από το λερό κομοδίνο. Ο Καλ τον σπρώχνει πίσω στο κρεβάτι. «Όχι» λέει.

«Χρειάζομαι ένα τσιγάρο, ρε φίλε».

«Μπορείς να περιμένεις. Δεν θα εισπνεύσω αυτή τη μαλακία· το δωμάτιο ήδη ζέχνει. Χρησιμεύεις σε κάτι στα παιδιά από το Δουβλίνο ή σε κρατάνε μόνο για διακόσμηση;»

Ο Ντόνι ανακάθεται, προσέχοντας να μη χρησιμοποιήσει το πονεμένο χέρι του. «Με χρειάζονται. Δεν μπορείς να τρέξεις το πράμα χωρίς ντόπιους».

«Και είμαι σίγουρος ότι σε εκτιμούν όπως σου αξίζει. Ανακατεύτηκες καθόλου με τον Μπρένταν;»

«Αναγκάστηκα να βοηθήσω τον μαλάκα να καθαρίσει το παλιόσπιτο που έστηνε. Να του βρω όσα χρειαζόταν». Ο Ντόνι δείχνει τα υπερβολικά μικρά δόντια του σαν να θέλει να δαγκώσει. «Μ' έστειλε με μια λίστα για ψώνια, λες και ήμουν κανένας γαμημένος υπηρέτης».

«Τι ζήτησε;»

«Ψευδοεφεδρίνη. Μπαταρίες. Φιάλες προπανίου. Γεννήτρια. Μάλιστα. Τρεις σακούλες γεμάτες».

«Άνυδρη αμμωνία;»

«Όχι. Ο μαλάκας είπε ότι θα έβρισκε μόνος του, αλλά τα έκανε σκατά». Ο Ντόνι χασκογελάει ειρωνικά. «Εκείνος ήταν που τα έκανε σκατά».

«Πώς δηλαδή;»

Ο Ντόνι ανασηκώνει τους ώμους. «Πού θες να ξέρω; Πήρε πάρα πολύ, φαντάζομαι. Τέλος πάντων, ο Πι Τζέι Φάλον το κατάλαβε και φώναξε τους μπάτσους. Ο μαλάκας μάλλον τον έπεισε να τους ξαποστείλει, αλλά...»

«Πώς θα το έκανε αυτό;»

«Ο Πι Τζέι είναι αγαθιάρης. Τον τουμπάρεις με το παραμικρό». Ο Ντόνι συνεχίζει μ' έναν δυσάρεστο, κλαψιάρικο τόνο: «"Αν με χώσουν μέσα, η δύστυχη η μανούλα μου θα μείνει ολομόναχη..." Μόνο που πρέπει να του ξέφυγε του μαλάκα πού είχε κρύψει την άνυδρη αμμωνία».

«Και πού την είχε κρύψει; Στο εργαστήριό του;»

«"Εργαστήριο"» λέει ο Ντόνι χασκογελώντας. «Μια παλιοκαλύβα πάνω στα βουνά. Ο μαλάκας ορκιζόταν ότι κανείς άλλος δεν ήξερε γι' αυτήν. Ο Πι Τζέι και μερικά φιλαράκια του πήγαν εκεί και τα σήκωσαν όλα. Όχι μόνο την άνυδρη. Τη γεννήτρια, τις μπαταρίες, οτιδήποτε είχε κάποια αξία. Πεντέξι κατοστάρικα, άνετα».

Ο Καλ δεν χρειάζεται να ρωτήσει ποιος συμπεριλαμβανόταν στα φιλαράκια του Πι Τζέι. Ο Μαρτ, αυτός ο γαμημένος ξερόλας: τα γνώριζε πράγματι όλα αυτά, ή τέλος πάντων τα περισσότερα. Όσο ο Καλ φλυαρούσε για αγριόγατες, ή τριγυρνούσε κάνοντας αθώες ερωτήσεις για τα ηλεκτρικά, ο Μαρτ ήξερε ακριβώς ποιον έψαχνε και γιατί.

«Τα παιδιά από το Δουβλίνο το 'μαθαν;» ρωτάει.

Ο Ντόνι χαμογελάει πλατιά. «Α, ναι».

«Πώς;»

«Δεν ξέρω, φίλε. Ίσως είχαν βάλει κάποιον φρουρό στο μέρος, για να διαπιστώσουν μόνοι τους αν ήταν τόσο ασφαλές όσο είχε πει ο μαλάκας». Το χαμόγελο του Ντόνι γίνεται ακόμα πιο πλατύ. Φαίνεται να νιώθει εκπληκτικά άνετα με τη συζήτηση, τώρα που έχει συνηθίσει στην ιδέα. Στο παρελθόν, ο Καλ έχει συναντήσει ανθρώπους σαν τον Ντόνι, που μετά βίας καταγράφουν πόνο ή φόβο, πόσο μάλλον οτιδήποτε άλλο, λες και τα συναισθήματά τους δεν αναπτύχθηκαν ποτέ σωστά. Κανείς απ' αυτούς δεν έκανε καλύτερη τη ζωή κάποιου με οποιονδήποτε τρόπο. «Ο μαλάκας είχε χεστεί πάνω του. Μάλλον ήλπιζε να περάσει στο ντούκου πως είχε γίνει τσακωτός. Προσπάθησε να μαζέψει παραδάκι για να αντικαταστήσει τον εξοπλισμό πριν το μάθουν».

«Και τι έκαναν;»

«Μ' έβαλαν και κανόνισα μια συνάντηση. Εκείνοι κι αυτός».

«Πού;»

«Σ' εκείνο το παλιόσπιτο».

«Για να κάνουν τι;»

«Να του δώσουν μερικές ξανάστροφες, πιθανότατα. Επειδή ήταν ένα ηλίθιο μουνί και τράβηξε πάνω του την προσοχή. Μόνο που ο μαλάκας δεν εμφανίστηκε. Την κοπάνησε».

Τα μάτια του Ντόνι στριφογυρίζουν και πάλι στο πακέτο με τα τσιγάρα στο κομοδίνο. Ο Καλ κροταλίζει τα δάχτυλά του μπροστά στη μούρη του. «Ντόνι, συγκεντρώσου. Αυτό θα του έκαναν μόνο; Μερικές ξανάστροφες;»

«Ναι, αφού θα τους πλήρωνε. Ήθελαν να την κάνει τη δουλειά».

«Εκείνος το ήξερε αυτό;»

Ο Ντόνι σηκώνει τους ώμους. «Ήταν εντελώς ηλίθιος. Τα 'χε βρει μπαστούνια, καταλαβαίνεις τι εννοώ; Αν θέλεις να δουλέψεις με τέτοιους τύπους, πρέπει να είσαι ξύπνιος. Όχι στη χημεία και σε τέτοιες μαλακίες. Να σου κόβει στα της πιάτσας».

«Εσύ ήσουν στη συνάντηση;»

«Όχι. Είχα άλλες δουλειές να κάνω».

Κάτι που σημαίνει ότι δεν ήταν καλεσμένος, και επίσης ότι δεν έχει ιδέα αν οι τύποι από το Δουβλίνο του είπαν την αλήθεια ότι δεν εμφανίστηκε ο Μπρένταν. Ο Μπρένταν ήταν αισιόδοξος, ίσως να είχε βγει χαρούμενος από την πόρτα του σπιτιού του θεωρώντας ότι θα κατάφερνε να πάρουν ξανά όλα τον δρόμο τους, και όταν διαπίστωσε ότι τα πράγματα δεν ήταν ακριβώς έτσι, ήταν πλέον πολύ αργά. Ο Καλ λέει: «Τα αγόρια από το Δουβλίνο σε ρώτησαν πού θα μπορούσε να έχει πάει;».

«Πού να 'ξερα; Δεν ήμουν η μπέιμπι σίτερ του, γαμώτο».

«Τον κυνήγησαν; Τον έπιασαν;»

Ο Ντόνι κουνάει το κεφάλι του. «Δεν είμαι βλάκας, φίλε. Δεν ρώτησα».

«Έλα τώρα, Ντόνι. Πόσο τσαντισμένοι ήταν;»

«Εσύ πόσο νομίζεις, γαμώτο;»

«Σωστά. Φαντάζεσαι ότι θα άφηναν απλώς τον Μπρένταν να χαθεί στο ηλιοβασίλεμα;»

«Δεν θέλω να μάθω. Το μόνο που ξέρω είναι ότι μου 'παν να φροντίσω να τρομάξω λιγάκι τους παλιόφιλους. Να βεβαιωθώ ότι θα κρατήσουν κλειστό το στόμα και ότι στο εξής θα μείνουν μακριά από την επιχείρησή μας».

«Τα πρόβατα» λέει ο Καλ.

Ο Ντόνι χαμογελάει και πάλι – ένα ακούσιο χαμόγελο σαν σπασμός.

«Τι τρομερή ικανοποίηση, έτσι;» λέει ο Καλ. «Επιτέλους, να και κάτι που αξιοποίησε στο έπακρο το θεόσταλτο ταλέντο σου».

«Απλώς φρόντισα να γίνει η δουλειά, δικέ μου».

Ο Καλ κοιτάζει τον Ντόνι, που κάθεται στην άκρη του κρεβατιού του με τα χοντρά, γυμνά του γόνατα ανοιχτά, σκαλίζοντας το σπασμένο του δάχτυλο, ρίχνοντας κρυφά πού και πού μια ερωτηματική ματιά στον Καλ. Κάτι κρύβει.

Δεν γούσταρε καθόλου τον Μπρένταν, κάτι που είναι κατανοητό. Ο ίδιος έκανε τη χαμαλοδουλειά για αυτή τη συμμορία ένας Θεός ξέρει πόσον καιρό, και ξαφνικά εμφανίστηκε ο Μπρένταν, ένα καβαλημένο παιδί που μιλούσε πολύ, και ο Ντόνι ξέμεινε να του κάνει τον μικρό για τα θελήματα. Ο Ντόνι ήθελε να ξεκουμπιστεί ο εξυπνάκιας, και ο Καλ έχει την ξεκάθαρη εντύπωση ότι έλαβε τα μέτρα του για να συμβεί κάτι τέτοιο. Ίσως είπε στον Μπρένταν ότι αυτή η συνάντηση θα περιλάμβανε πολύ περισσότερα από μερικές ξανάστροφες, να τον κατατρόμαξε και να τον παρότρυνε να το σκάσει. Ή μπορεί απλώς να συνόδευσε τον Μπρένταν στον δρόμο και να διάλεξε μια ερημική χαράδρα.

Ο Καλ συλλογίζεται αν πρέπει να κάνει τον Ντόνι, που τώρα βγάζει χνούδια από τον αφαλό του, να ξεράσει όλη την ιστορία. Αποφασίζει να μην το κάνει, δεδομένου ότι αυτή τη στιγμή δεν δίνει δεκάρα τι συνέβη στον Μπρένταν Ρέντι. Αυτό που τον ενδιαφέρει τώρα είναι να καταλάβει ποιος έβαλε τη Σίλα να δείρει την Τρέι και γιατί. Τα υπόλοιπα μπορούν να περιμένουν.

«Και όταν τακτοποίησες τη δουλειά» λέει, «η κανονικότητα επανήλθε».

«Ναι. Μέχρι να έρθεις εσύ να χώσεις τη μύτη σου. Θέλω ένα τσιγάρο, γαμώτο».

«Μια και μιλάμε για ανθρώπους που χώνουν τη μύτη τους» λέει ο Καλ. «Η Τρέι Ρέντι».

Το χείλος του Ντόνι ανασηκώνεται. «Τι τρέχει μ' αυτήν;»

«Ήρθε τις προάλλες να σε δει. Να ρωτήσει για τον Μπρένταν. Κι ύστερα κάποιος την έκανε τόπι στο ξύλο».

TANA FRENCH

Ο Ντόνι γελάει ειρωνικά. «Δεν έγινε και κάτι. Αυτή η σκύλα ήταν από την αρχή άσχημη».

Ο Καλ του ρίχνει μια γροθιά στο στομάχι τόσο γρήγορα, που ο Ντόνι πιάνεται εντελώς απροετοίμαστος. Διπλώνεται στα δύο και πέφτει με το πλάι στο κρεβάτι, αγκομαχώντας και βήχοντας σαν να θέλει να ξεράσει. Ο Καλ περιμένει. Δεν θέλει να αναγκαστεί να τον χτυπήσει πάλι. Κάθε φορά που αγγίζει αυτό τον τύπο, δεν είναι σίγουρος ότι θα καταφέρει να σταματήσει. «Πάμε πάλι» λέει, όταν τελικά ο Ντόνι αποφασίζει να συρθεί ξανά σε καθιστή θέση, σκουπίζοντας ένα ρυάκι σάλιου από το πιγούνι του. «Σωστά αυτή τη φορά. Η Τρέι Ρέντι».

«Δεν την ακούμπησα».

«Το ξέρω ότι δεν το έκανες εσύ, ηλίθιε. Είπες σε κάποιον ότι ήταν εδώ. Στα φιλαράκια σου από το Δουβλίνο;»

«Μπα, όχι, ρε φίλε. Δεν είπα κουβέντα σε κανέναν».

Ο Καλ σηκώνει ξανά τη γροθιά του. Ο Ντόνι πηγαίνει τον κώλο του προς τα πίσω στο κρεβάτι, κραυγάζοντας, καθώς ξεχνιέται και βάζει βάρος στο χέρι του. «Όχι, όχι, στάσου. Δεν είπα τίποτα, γαμώτο. Αλήθεια, ρε φίλε. Γιατί να το έκανα; Χέστηκα γι' αυτήν. Της είπα να πάει γαμηθεί, και μετά το ξέχασα. Τέλος. Μα το Θεό».

Ο Καλ αναγνωρίζει τη συγκεκριμένη αίσθηση προσβολής που αναδύεται από έναν παθολογικό ψεύτη ο οποίος, για μια φορά, κατηγορείται για κάτι που ειλικρινά δεν έκανε. «Εντάξει» λέει. «Την είδε κανείς εδώ;»

«Δεν ξέρω, φίλε. Δεν κοίταζα».

«Τα αγόρια από το Δουβλίνο έχουν κάποιον άλλο εδώ στη δούλεψή τους;»

«Στο Αρντνακέλτι όχι. Δυο τρεις στην πόλη, έναν στο Λισνακάρα κι έναν στο Νοκφαράνι».

Μόνο που ο Ντόνι μπορεί να μην το ξέρει, ειδικά αν τα

αγόρια από το Δουβλίνο υποπτεύονται ότι θα προκαλούσε προβλήματα στον Μπρένταν. Αν έχουν βάλει κάποιον να τον παρακολουθεί, σίγουρα δεν θα το ήξερε. Ο Καλ θα ήθελε να είχε κάνει υπομονή μέχρι το βράδυ και να είχε βρει έναν τρόπο να πιάσει τον Ντόνι έξω αντί να ορμήσει απροετοίμαστος, τώρα όμως είναι πολύ αργά.

Υπάρχουν δύο τηλέφωνα στο κομοδίνο του Ντόνι, ανάμεσα στα τασάκια, το σακουλάκι με το χόρτο, τις λεκιασμένες κούπες με τα κατακάθια και τα περιτυλίγματα των σνακ· ένα μεγάλο γυαλιστερό iPhone και ένα άθλιο μικρό κινητό. Ο Καλ σηκώνει αυτό το καβουρντιστήρι και μπαίνει στη λίστα επαφών, η οποία έχει πεντέξι ονόματα. Δείχνει την οθόνη στον Ντόνι.

«Ποιος είναι το αφεντικό;»

Ο Ντόνι τον λοξοκοιτάζει. Ο Καλ λέει: «Ή μπορώ να τηλεφωνήσω σε όλους και να τους πω πού βρήκα τον αριθμό τους».

«Ο Όστιν είναι το αφεντικό. Τουλάχιστον απ' αυτούς που έρχονται εδώ».

Ο Καλ αντιγράφει τον αριθμό του Όστιν, όπως και των υπολοίπων, στο τηλέφωνό του, ρίχνοντας ματιές στον Ντόνι μήπως αποφασίσει να κάνει καμιά εξυπνάδα. «Λοιπόν, είναι να έρθει στο χωριό κάπου τώρα ο Όστιν;»

«Δεν υπάρχει πρόγραμμα, ρε φίλε. Με παίρνουν τηλέφωνο όταν με χρειάζονται».

«Και πώς είναι αυτός ο Όστιν;»

«Δεν θες να τα βάλεις μαζί του» λέει ο Ντόνι. «Σ' το λέω να το ξέρεις».

«Δεν θέλω να τα βάλω με κανέναν, παλικάρι μου» λέει ο Καλ, ρίχνοντας το τηλέφωνο πίσω στο κομοδίνο, όπου και προσγειώνεται μέσα στο τασάκι, σηκώνοντας ένα συννεφάκι γκρίζας σκόνης. «Μερικές φορές όμως, έτσι τα φέρνει η ζωή». Σηκώνεται και τινάζει τα υπολείμματα που έχουν κολλήσει στο παντελόνι του από την καρέκλα. Νιώθει ότι του χρειάζεται ένα μπάνιο για απολύμανση. «Τώρα μπορείς να επιστρέψεις στον ύπνο σου».

«Θα σε σκοτώσω» τον πληροφορεί ο Ντόνι.

Το επίμονο βλέμμα του λέει ότι θα το κάνει, αν δεν τα σκατώσει φυσικά. «Όχι, δεν θα με σκοτώσεις, ηλίθιε» λέει ο Καλ. «Γιατί σ' αυτή την περίπτωση θα έχεις καμιά δεκαριά ντετέκτιβ να σκαλίζουν ολόκληρη την περιοχή και να ανακρίνουν τους πάντες για την παραμικρή ατασθαλία που συμβαίνει τριγύρω. Τι νομίζεις ότι θα σου κάνουν τα φιλαράκια σου από το Δουβλίνο αν τους προκαλέσεις τέτοιο πονοκέφαλο;»

Ο Ντόνι μπορεί να είναι χαζός όσο δεν παίρνει, ωστόσο είναι ειδικός στο να αντιλαμβάνεται τους μπελάδες. Ρίχνει στον Καλ ένα βλέμμα ανόθευτου, μανιασμένου μίσους· το είδος που προέρχεται μόνο από κάποιον που δεν είναι σε θέση να αποτελέσει απειλή.

«Τα λέμε» λέει ο Καλ. Καθώς κατευθύνεται προς την πόρτα, κλοτσάει στο διάβα του ένα πιάτο με ξεραμένη κέτσαπ. «Χριστέ μου, καθάρισε εδώ μέσα. Είναι δυνατόν να αναγκάζεις τη μάνα σου να ζει έτσι; Άλλαξε σεντόνια, γαμώτο».

Φεύγοντας, ο Καλ κάνει μια χαλαρή βόλτα στον παράδρομο πίσω από τα χωράφια του Φράνσι Γκάνον, δείχνοντας μεγάλο ενδιαφέρον για τις παρακείμενες πρασινάδες και κοιτάζοντας να δει αν κάποιος παρακολουθεί το σπίτι του Ντόνι. Αν έρθει κάποιος να τον ρωτήσει, έχει έτοιμη μια ιστορία για το χαμένο του ρολόι, αλλά το μόνο άτομο που βλέπει είναι ο Φράνσι Γκάνον, που τον χαιρετάει χαρούμενα και φωνάζει κάτι ακατάληπτο, προχωρώντας με έναν κουβά που φαίνεται βαρύς. Ο Καλ ανταποδίδει τον χαιρετισμό και συνεχίζει να ψάχνει, χωρίς όμως να επιδείξει τέτοιο ζήλο που να κάνει τον Φράνσι να έρθει να βοηθήσει.

Όταν φτάνει στο συμπέρασμα ότι το μέρος είναι καθαρό, τουλάχιστον αυτή τη στιγμή, παίρνει τον δρόμο για το σπίτι του, με τον εκνευρισμό του να αυξάνεται σταδιακά, περισσότερο με τον εαυτό του παρά με οποιονδήποτε άλλο. Εξάλλου, ήταν βέβαιος από την αρχή πως κάτι ακόμα κρυβόταν πίσω από την εικόνα του φιλοπερίεργου χωριάτη που πλάσαρε ο Μαρτ. Απλώς δεν ένωσε ποτέ τα κομμάτια, κάτι που για κάποιον στη δουλειά του αποτελεί ασυγχώρητη χαζομάρα. Ο Καλ υποθέτει ότι θα έπρεπε να είναι ευγνώμων για την ασπίδα προστασίας του Μαρτ, έστω κι αν υποκινούνταν κυρίως από την επιθυμία του να τον αποτρέψει να δημιουργήσει περισσότερα προβλήματα στην περιοχή, αλλά δεν του αρέσει να τον κάνουν να νιώθει ανόητος.

Η μέρα έχει εξελιχθεί εξαιρετικά όμορφη. Ο φθινοπωρινός ήλιος δίνει στους πράσινους αγρούς μια απίστευτη, θεσπέσια λάμψη και μεταμορφώνει τους παράδρομους σε ολόφωτα μονοπάτια, όπου πίσω από κάθε βατομουριά ή σχοίνο υπάρχει περίπτωση να περιμένει κάποιος καλικάντζαρος με έναν γρίφο ή μια όμορφη δεσποσύνη με ένα καλάθι. Ο Καλ δεν έχει καμιά διάθεση να εκτιμήσει τίποτα από αυτά. Νιώθει ότι η συγκεκριμένη ομορφιά παίζει πρωτεύοντα ρόλο στη δημιουργία της ψευδαίσθησης που τον αποβλάκωσε και τον μετέτρεψε στον χωριάτη που κοίταζε με το στόμα ανοιχτό τα χρυσά του νομίσματα μέχρι που μεταμορφώθηκαν μπροστά στα μάτια του σε μαρουλόφυλλα. Αν όλα αυτά είχαν συμβεί σε κάποιο καταθλιπτικό συγκρότημα σπιτιών των προαστίων, με γκαζόν κουρεμένο στην εντέλεια, δεν θα είχε χάσει τα μυαλά του.

Πρέπει να μιλήσει με τον Όστιν. Ακούγεται διασκεδαστικός τύπος. Αν είναι το αφεντικό παρ' όλα αυτά, έστω και σε τοπικό επίπεδο, οι πιθανότητες να είναι το υποείδος του ψυχοπαθούς ραδιούργου είναι ελαφρώς περισσότερες από το να είναι κάποιος πορωμένος. Στη συγκεκριμένη περίπτωση, σε αντίθεση με άλλες, ο Καλ αυτό το θεωρεί θετικό. Αν μπορέσει να τον πείσει ότι η Τρέι δεν αποτελεί απειλή, τότε λογικά θα αφήσει στην άκρη την καμπάνια φίμωσης ως περιττό κίνδυνο, και δεν θα το τραβήξει στα άκρα μόνο για χαβαλέ. Επιπλέον, υπάρχει και μια ελάχιστη πιθανότητα να τον πείσει να δώσει στην Τρέι κάποια απάντηση, με αντάλλαγμα να την αφήσει στην ησυχία της. Ωστόσο, για να ζυγίσει τον Όστιν, ο Καλ πρέπει να το κάνει πρόσωπο με πρόσωπο. Θα πρέπει να του τηλεφωνήσει και να κανονίσει μια συνάντηση, να αυτοσχεδιάσει ως προς τη στρατηγική του ανάλογα με το τι θα αντικρίσει, και να ελπίζει ότι η συνάντησή τους θα πάει καλύτερα από αυτή με τον Μπρένταν.

Το σπίτι και ο κήπος φαίνονται ίδια όπως τα άφησε, και τα κοράκια κάνουν χαρωπά τα δικά τους, κουβεντιάζουν και χτενίζουν το γρασίδι αναζητώντας ζωύφια ανενόχλητα. Ο Καλ ξεκλειδώνει την εξώπορτα όσο πιο αθόρυβα μπορεί, πιστεύοντας ότι το παιδί πιθανότατα κοιμάται ξανά, και κρυφοκοιτάζει στην κρεβατοκάμαρα. Το κρεβάτι είναι άδειο.

Ο Καλ στρέφεται απότομα τριγύρω, με το κεφάλι γεμάτο σενάρια απαγωγής. Όταν βλέπει την πόρτα του μπάνιου κλειστή, η εικόνα αλλάζει και φαντάζεται το παιδί σωριασμένο στο πάτωμα να αιμορραγεί. Δεν μπορεί να πιστέψει ότι την άφησε να τον πείσει χτες βράδυ να μην την πάει στο νοσοκομείο.

«Μικρή» λέει έξω από το μπάνιο, όσο πιο ήρεμα μπορεί. «Είσαι καλά;».

Έπειτα από ένα αγωνιώδες δευτερόλεπτο, η Τρέι ανοίγει την πόρτα. «Αιώνες έκανες, γαμώτο» λέει.

Τα νεύρα της είναι τεντωμένα. Όπως και του Καλ. «Μίλησα με τον Ντόνι. Δεν ήθελες να το κάνω;»

«Τι είπε;»

Η λάμψη του φόβου στα μάτια της διαλύει τον εκνευρισμό του Καλ. «Εντάξει. Ο Ντόνι λέει ότι ο αδερφός σου έμπλεξε με τους ναρκεμπόρους από το Δουβλίνο. Δεν έσπρωχνε –σ' αυτό είχες δίκιο–, αλλά θα τους έφτιαχνε μεθαμφεταμίνη. Μόνο που τα σκάτωσε, έχασε κάμποσες από τις προμήθειές τους. Σχεδίαζε να τους συναντήσει και να το διορθώσει, και αυτή ήταν η τελευταία φορά που άκουσε ο Ντόνι γι' αυτόν».

Δεν είναι σίγουρος αν κάποια ή όλα είναι περισσότερα απ' όσα μπορεί να αντέξει η Τρέι, αλλά δεν μπορεί να αποκρύπτει άλλο πληροφορίες για να την προστατεύει· δεν λειτούργησε και τόσο καλά την τελευταία φορά. Το παιδί έχει το δικαίωμα για απαντήσεις, έχει πληρώσει ήδη γι' αυτό με το αίμα της.

Το χωνεύει με τέτοια ένταση, που κοκαλώνει. «Στ' αλήθεια αυτό είπε ο Ντόνι; Αυτή τη φορά δεν μου λες μαλακίες;»

«Καθόλου. Και είμαι σχεδόν βέβαιος ότι ούτε εκείνος μου έλεγε μαλακίες. Δεν είμαι σίγουρος ότι μου είπε τα πάντα, αλλά πιστεύω ότι αυτά που μου είπε ήταν αλήθεια».

«Τον χτύπησες;»

«Ναι. Όχι πολύ άσχημα».

«Θα 'πρεπε να τον σπάσεις στο ξύλο τον μαλάκα» λέει η Τρέι. «Να χορέψεις πάνω στο κουφιοκέφαλό του».

«Το ξέρω» λέει απαλά ο Καλ. «Πολύ θα το 'θελα, αλλά κυνηγάω απαντήσεις, όχι προβλήματα».

«Πρέπει να μιλήσεις μαζί τους, με τους τύπους από το Δουβλίνο. Το 'κανες;»

«Μικρή» λέει ο Καλ, «μη βιάζεσαι. Θα το κάνω. Αλλά πρέπει να σκεφτώ ποιος είναι ο καλύτερος τρόπος να γίνει, ώστε κανείς από μας να μην καταλήξει με μια σφαίρα στο κεφάλι».

Η Τρέι το επεξεργάζεται, δαγκώνει το δέρμα του αντίχειρά της, κάνοντας έναν μορφασμό όταν βρίσκει στο χείλος της. Τελικά λέει: «Είδες τον Μαρτ Λάβιν;».

«Όχι. Γιατί;»

«Ήρθε και σ' έψαχνε».

«Ωχ» λέει ο Καλ, επικρίνοντας νοερά τον εαυτό του. Φυσικά και ο Μαρτ είχε σταμπάρει το αμάξι της Λένας και είχε σπεύσει να έρθει με το που βρήκε την ευκαιρία, ψοφώντας για κουτσομπολιό. «Σε είδε;»

«Όχι. Τον είδα εγώ να έρχεται, και κρύφτηκα στο μπάνιο. Όταν κατάλαβε ότι δεν θα άνοιγε η πόρτα, έκανε τον γύρο του σπιτιού. Τον άκουσα. Κοίταζε από τα παράθυρα. Είδα τη σκιά του».

Το παιδί αρχίζει να τρέμει ξανά από την αδρεναλίνη που δημιουργεί η ανάμνηση. «Λοιπόν» λέει γαλήνια ο Καλ, «είναι καλό που το μπάνιο μου έχει αυτό το σεντόνι πάνω από το παράθυρο». Βγάζει το παλτό του και το κρεμάει με ήρεμες, αργές κινήσεις στον γάντζο πίσω από την πόρτα. «Και ξέρεις γιατί το έβαλα εκεί αρχικά; Εξαιτίας σου. Πριν καν γνωριστούμε. Ήξερα ότι κάποιος με παρακολουθούσε, οπότε το κάρφωσα για να έχω την απαραίτητη μοναξιά εκεί όπου χρειάζεται. Να που τώρα σου φάνηκε χρήσιμο. Είναι αστείο πώς εξελίσσονται τα πράγματα, ε;»

Η Τρέι ανασηκώνει τον ένα ώμο, το τρέμουλό της όμως έχει ελαττωθεί. «Τέλος πάντων, ξέρω τι ήθελε ο Μαρτ» λέει ο Καλ, «και δεν έχει σχέση μ' εσένα. Είδε το αυτοκίνητο της κυρίας Λένας εδώ και θέλει να μάθει αν τα 'χουμε».

Το βλέμμα στο πρόσωπο της Τρέι τον κάνει να χαμογελάσει. «Τα 'χετε;»

«Όχι. Συμβαίνουν ήδη αρκετά και χωρίς αυτό. Θέλεις τίποτα; Κάτι να τσιμπήσεις;»

«Θέλω να δω αυτό» λέει, δείχνοντας το πρόσωπό της. «Έχεις καθρέφτη;»

«Αυτή τη στιγμή, φαίνεται πολύ χειρότερο απ' ό,τι είναι. Το πρήξιμο θα φύγει σε μια δυο μέρες».

«Το ξέρω. Θέλω να το δω».

Ο Καλ βρίσκει σε ένα ντουλάπι τον καθρέφτη όπου κόβει

τα γένια του και της τον δίνει. Η Τρέι τον παίρνει στο τραπέζι και περνάει αρκετή ώρα γυρίζοντας το κεφάλι της αποδώ κι αποκεί.

«Υπάρχει ακόμη η δυνατότητα να δούμε αν κάποιος γιατρός μπορεί να σου φτιάξει το χείλος» λέει ο Καλ. «Για να μην αφήσει σημάδι. Θα του πούμε ότι έπεσες από το ποδήλατο». «Όχι. Δεν με νοιάζει καθόλου για τα σημάδια». «Το ξέρω. Τώρα. Στο μέλλον όμως μπορεί».

Το κορίτσι τον κοιτάζει με το κλασικό της βλέμμα ότι τον θεωρεί βλάκα, και ο Καλ νιώθει χαρούμενος. «Προτιμώ να δείχνω "μην τα βάλεις μαζί μου" παρά όμορφη».

«Αυτό το κάλυψες, νομίζω» λέει ο Καλ. «Πρέπει να κάνεις μια βόλτα στο χωριό. Πριν εξαφανιστούν οι μελανιές».

Το κεφάλι της Τρέι στρέφεται απότομα από τον καθρέφτη. «Δεν πάω εκεί πέρα».

«Κι όμως. Όποιος είπε στη μάνα σου να κάνει ό,τι έκανε, πρέπει να το μάθει ότι το έκανε, και μάλιστα με τον σωστό τρόπο. Γι' αυτό άλλωστε σε σημάδεψε στο πρόσωπο. Για να φαίνεται. Πρέπει να σε δει κάποιος που θα το διαδώσει».

«Ποιος δηλαδή;»

«Μακάρι να 'ξερα» λέει ο Καλ. «Πήγαινε στο μαγαζί της Νορίν. Να αγοράσεις ψωμί ή κάτι άλλο. Άφησέ τη να δει καλά καλά τη μούρη σου, περπάτα σαν να πονάς παντού. Εκείνη θα κάνει τα νέα να πετάξουν».

«Δεν έχω λεφτά».

«Θα σου δώσω εγώ. Και μου φέρνεις εδώ το ψωμί».

«Πονάω όντως παντού. Δεν μπορώ να περπατήσω τόσο μακριά».

Οι ώμοι της την προδίδουν. Τα πάντα μέσα της αντιτίθενται στη σκέψη να μοστράρει τα άπλυτα της οικογένειάς της στη Νορίν. «Μικρή» λέει ο Καλ, «θέλεις να επιστρέψουν για να σιγουρευτούν;».

Αμέσως μετά, η Τρέι σπρώχνει πέρα τον καθρέφτη. «Σωστά» λέει. «Εντάξει. Γίνεται μόνο να πάω αύριο;» Η κούραση στη φωνή της κάνει τον Καλ να τη λυπηθεί. Ακριβώς επειδή το παιδί έχει τσαγανό, ξεγελάστηκε νομίζοντας ότι ήταν πιο καλά απ' ό,τι θα μπορούσε να είναι αυτή τη στιγμή. «Ναι» λέει. «Βέβαια. Και αύριο μέρα είναι. Σήμερα ξεκουράσου».

Η Τρέι ρωτάει: «Μπορώ να μείνω εδώ;» «Φυσικά» λέει ο Καλ. Κλωθογύριζε στο μυαλό του τρόπους για να προτείνει ο ίδιος. Ο Ντόνι θα πρέπει να είναι βλάκας επικών διαστάσεων αν πάει κλαψουρίζοντας στον Όστιν και του ξεράσει την κουβεντούλα που είχαν, ωστόσο έχει μάθει εδώ και πολύ καιρό να μην υποτιμάει ποτέ το εντυπωσιακό φυσικό θαύμα της βλακείας των ανθρώπων. Και στην απίθανη περίπτωση που ο Όστιν έχει βάλει κάποιον να παρακολουθεί τον Ντόνι, και είδε τον Καλ, πλέον θα ξέρει τα πάντα. Σκέφτεται τους διάφορους Όστιν που έχει γνωρίσει και όλα αυτά που θα έκαναν στην Τρέι αν ένιωθαν ότι ήταν υποχρεωμένοι να επανέλθουν. Μέχρι λοιπόν να αποκτήσει τον έλεγχο της κατάστασης, το παιδί θα μείνει εδώ όπου είναι.

Η Τρέι χασμουριέται, απότομα και μακρόσυρτα, χωρίς να μπει στον κόπο να καλύψει το στόμα της.

«Είμαι κομμάτια» λέει αμήχανα.

«Επειδή πονάς» της εξηγεί ο Καλ. «Το σώμα σου χρησιμοποιεί πάρα πολλή ενέργεια για να γιατρευτεί. Δώσ' μου μόνο δυο λεπτά, και θα σε πάω ξανά στο κρεβάτι».

Φέρνει το σφυρί του και πινέζες, μια καρέκλα και ένα ριχτάρι, και πηγαίνει στο παράθυρο του υπνοδωματίου. Η Τρέι τον ακολουθεί και καταρρέει στο κρεβάτι σαν κάποιος να έκοψε τα νήματα που την κρατούσαν όρθια.

«Με έδειραν κι εμένα μια φορά όταν ήμουν περίπου στην

ηλικία σου» λέει ο Καλ. Ανεβαίνει στην καρέκλα και αρχίζει να στερεώνει το πανί στο παράθυρο.

«Η μαμά σου;»

«Όχι» λέει ο Καλ. «Η μαμά μου είχε την πιο αγαθή καρδιά στην πόλη. Δεν μπορούσε να πειράξει ούτε κουνούπι».

«Ο μπαμπάς σου;»

«Όχι. Ούτε κι αυτός ήταν ιδιαίτερα σκληρός. Όταν εμφανιζόταν, μου έφερνε αυτοκινητάκια και γλυκά, λουλούδια για τη μαμά μου, μου έδειχνε παιχνίδια με χαρτιά, έμενε δυο τρεις εβδομάδες, και μετά έφευγε και πάλι. Δυο παιδιά από το σχολείο μ' έδειραν. Ούτε που θυμάμαι τον λόγο. Με πέτυχαν, όμως, για τα καλά. Δύο σπασμένα πλευρά και μια μούρη σαν τσακισμένη κολοκύθα».

«Χειρότερη από τη δική μου;»

«Πάνω κάτω. Περισσότερες μελανιές, λιγότερο αίμα. Αυτό όμως που θυμάμαι κυρίως είναι η κούραση μετά. Για μια βδομάδα σχεδόν, το μόνο που μπορούσα να κάνω ήταν να είμαι ξαπλωμένος σ' έναν καναπέ και να βλέπω τηλεόραση, και να τρώω ότι μου έφερνε η γιαγιά μου. Ο πόνος σε εξαντλεί».

Η Τρέι το σκέφτεται για λίγο. «Τους εκδικήθηκες αυτούς που σ' έδειραν;» ρωτάει.

«Ναι» λέει ο Καλ. «Μου πήρε βέβαια κάποιο χρόνο επειδή έπρεπε να περιμένω να μεγαλώσω, στο τέλος όμως τα κατάφερα». Κατεβαίνει από την καρέκλα και τραβάει απότομα το ριχτάρι, δοκιμάζοντάς το. Μένει στη θέση του. «Ορίστε» λέει. «Τώρα δεν χρειάζεται να ανησυχείς ότι πρέπει να κρυφτείς στο μπάνιο αν έρθει κάποιος. Μπορείς να ξεκουραστείς όσο χρειάζεται».

Το παιδί χασμουριέται ξανά, τρίβει το καλό του μάτι και αρχίζει να τυλίγεται με τα σκεπάσματα. «Όνειρα γλυκά» λέει ο Καλ και κλείνει την πόρτα πίσω του.

Η μικρή κοιμάται για τέσσερις ώρες. Ο Καλ κατεβάζει κομμάτια ταπετσαρίας από το δεύτερο υπνοδωμάτιο με αργό, σταθερό ρυθμό, για να μην κάνει απότομους θορύβους. Σωματίδια σκόνης στροβιλίζονται και λαμποκοπούν στο φως του ήλιου που μπαίνει από τα παράθυρα. Έξω στα θερισμένα χωράφια, τα πρόβατα βελάζουν και ένα σμήνος από αργοπορημένες χήνες φλυαρούν κάπου μακριά. Κανείς δεν έρχεται να αναζητήσει κανέναν.

19

Η πείνα κάνει εντέλει την Τρέι να σηκωθεί. Ο Καλ φτιάχνει για τους δυο τους σάντουιτς με φιστικοβούτυρο και στη συνέχεια κλειδώνει και πάλι την Τρέι για να μπορέσει να πάει στην πόλη. Ακόμα κι αν ο Ντόνι τηλεφωνούσε αμέσως στον Όστιν, σίγουρα δεν θα είναι τόσο ψηλά στη λίστα των προτεραιοτήτων του ώστε να αναλάβει αμέσως δράση, παρ' όλα αυτά ο Καλ θέλει να επιστρέψει στο σπίτι πριν νυχτώσει. Καθώς βγαίνει με την όπισθεν από το δρομάκι του, το σπίτι, χαμηλό και στιβαρό ανάμεσα στην αφρόντιστη γη του και την καφετιά μουτζούρα των βουνών στον ορίζοντα, φαντάζει πολύ μακριά από οτιδήποτε άλλο.

Στη διαδρομή, παίρνει τηλέφωνο τη Λένα. «Γεια. Πώς είναι τα σκυλιά;»

«Υπέροχα. Η Νέλλη κατέστρεψε ένα από τα παπούτσια μου για να με τιμωρήσει. Ευτυχώς, ήταν παλιό». Στο βάθος ακούγονται αντρικές φωνές. Η Λένα βρίσκεται στη δουλειά. «Πώς είναι η Τρέι;»

«Εντάξει. Παραμένει κάπως κλονισμένη, αλλά είναι καλύτερα. Εσύ; Πέρασε το πιάσιμο και οι πόνοι ή όχι ακόμη;»

«Εννοείς αν έχουν περάσει αρκετά από το μυαλό μου ώστε να το επαναλάβω» λέει η Λένα.

«Και αυτό. Η μικρή θέλει να μείνει άλλο ένα βράδυ σπίτι μου. Θα μπορούσες να με βοηθήσεις πάλι; Αν πάρω το στρώμα που έλεγα;»

Αφού περνάει μια στιγμή, η Λένα βγάζει έναν ήχο σαν γέλιο

ή ένδειξη αγανάκτησης ή και τα δύο. «Θα έπρεπε να 'χες πά-
ρει το κουτάβι» λέει. «Μικρότερος μπελάς θα ήταν».

«Ένα ακόμα βράδυ μόνο». Ο Καλ είναι σχεδόν βέβαιος ότι
δεν λέει ψέματα. Δεν γίνεται άλλωστε να το αφήσει να τραβή-
ξει για καιρό. «Φέρε και τη Νέλλη αν θέλεις. Για να μην κιν-
δυνεύσουν τα υπόλοιπα παπούτσια σου». Δεν αναφέρει το ότι
τα ευαίσθητα αυτιά ενός μπιγκλ ίσως φανούν χρήσιμα, αν και
δεν αμφιβάλλει ότι η Λένα το καταλαβαίνει έτσι κι αλλιώς.

Οι αντρικές φωνές ακούγονται πιο μακρινές. Η Λένα έχει
πάει παράμερα. «Άλλο ένα βράδυ. Αν πάρεις αυτό το φου-
σκωτό στρώμα».

«Εκεί πάω τώρα» λέει ο Καλ. «Σ' ευχαριστώ. Αν χρειαστείς
ποτέ χάρη, ξέρεις πού να με βρεις».

«Την επόμενη φορά που κάποιο από τα κουτάβια θα τα
κάνει παντού στο πάτωμα, θα σου τηλεφωνήσω».

«Έγινε. Να προτείνω να φάμε όλοι μαζί βραδινό;»

«Όχι, θα το κανονίσω μόνη μου και θα έρθω μετά. Ας πού-
με, γύρω στις οκτώ. Θα καταφέρετε να προστατευτείτε μόνοι
σας μέχρι τότε;»

«Θα βάλουμε τα δυνατά μας» λέει ο Καλ. «Χωρίς να θέλω
να παρατραβήξω το σκοινί, θα μπορούσες να μου κάνεις άλλη
μια χάρη; Να τηλεφωνήσεις στη Σίλα Ρέντι και να της πεις ότι
η Τρέι είναι εντάξει;»

Σιωπή.

«Πρέπει να το μάθει» λέει ο Καλ. Δεν νιώθει ιδιαίτερη
συμπάθεια για τη Σίλα, αλλά δεν θα ήταν σωστό να την αφήσει
να αναρωτιέται αν η Τρέι πεθαίνει αβοήθητη στον δρόμο. «Να
της πεις ότι το παιδί είναι ασφαλές, αυτό μόνο».

«Ναι, μάλιστα. Και όταν με ρωτήσει πού είναι, θα της πω
ότι δεν έχω ιδέα; Ή μήπως: "Χα χα, δεν σου λέω", και θα της
το κλείσω στα μούτρα;»

«Πες της μόνο... ότι δεν θέλει να της μιλήσει αυτή τη στιγμή, αλλά ότι αύριο θα γυρίσει σπίτι. Κάτι τέτοιο». Έπειτα από μία ακόμα παύση, που σηματοδοτεί ένα σήκωμα των φρυδιών, της λέει: «Θα έπαιρνα εγώ, ίσως όμως η Σίλα να αναστατωθεί αν ανακαλύψει πως το παιδί μένει σπίτι μου. Δεν θέλω να μου φέρει την αστυνομία. Ή νά 'ρθει και να μου χτυπήσει την πόρτα».

«Δεν υπάρχει όμως θέμα να τη φέρει σ' εμένα, ε;»

«Εσένα δεν θα σου στείλει τους μπάτσους. Κι αν εμφανιστεί σπίτι σου, μπορείς να της δείξεις ότι δεν έχεις εσύ το παιδί. Επίσης, αν έρθει μετά τις οκτώ, δεν θα σε βρει εκεί».

Ύστερα από μια στιγμή, η Λένα λέει: «Θα ήμουν πολύ πιο χαρούμενη αν μπορούσα να καταλάβω πώς βρέθηκα μπλεγμένη σε όλο αυτό».

«Ναι» λέει ο Καλ. «Κι εγώ το ίδιο. Η μικρή έχει το χάρισμα».

«Πρέπει να κλείσω» λέει η Λένα. «Τα λέμε αργότερα». Και το κλείνει. Ο Καλ σκέφτεται την γκάμα των ακουστικών εφέ που θα μεταχειριζόταν η Ντόνα για να του μεταδώσει την κορυφή έστω του παγόβουνου των συναισθημάτων της γι' αυτή την κατάσταση. Του περνάει από το μυαλό να της τηλεφωνήσει και να της πει όλη την ιστορία, μόνο και μόνο για να έχει την ευχαρίστηση να τα ακούσει ακόμα μια φορά, αλλά αμφιβάλλει αν η Ντόνα θα το εκτιμήσει από τη σκοπιά που το βλέπει εκείνος.

Η πόλη έχει τη ζωντάνια μιας καθημερινής μέρας· κάποιες γηραιές κυρίες σέρνουν καρότσια για ψώνια, πιο νέες χειρίζονται ταυτοχρόνως με επιδεξιότητα καροτσάκια, ψώνια και τηλέφωνα, και ηλικιωμένοι άντρες έχουν πιάσει την κουβέντα στις γωνιές, με τα μπαστούνια τους να ανεμίζουν εύγλωττα. Ο Καλ δυσκολεύεται κάπως να βρει φουσκωτό στρώμα, εντέλει όμως ο τύπος στο κατάστημα με είδη γενικής χρήσης εξαφανίζεται στην αποθήκη για αρκετή ώρα και επιστρέφει με δύο, γεμάτα σκόνη και ιστούς αράχνης που κολλάνε παντού. Ο Καλ τα αγοράζει αμφότερα. Ακόμα κι αν η προοπτική να περάσει το βράδυ στην πολυθρόνα του του φαινόταν θελκτική, ένα μόνο στρώμα ίσως έδινε στη Λένα την εντύπωση ότι προσβλέπει σε κάτι.

Σε ένα κατάστημα κατάφορτο με εντυπωσιακή ποικιλία ρούχων με βάση τον πολυεστέρα που προφανέστατα δικαιολογεί την ύπαρξη του πουλόβερ της Σίλα, βρίσκει ένα συρμάτινο καλάθι με κλινοσκεπάσματα από πολυεστέρα, ένα επιπλέον πάπλωμα και μερικά μαξιλάρια· επίσης, ένα ζευγάρι πιτζάμες, ένα μπλε φούτερ με κουκούλα και ένα τζιν όλα στο μέγεθος της Τρέι. Φορτώνει το καρότσι του στο σουπερμάρκετ με μπριζόλες, πατάτες, λαχανικά, γάλα, αυγά, ό,τι πιο θρεπτικό μπορεί να βρει. Όσο είναι εκεί, παίρνει κι ένα πακέτο από τα μπισκότα του Μαρτ. Χρειάζεται μια δικαιολογία για να τον επισκεφθεί και να τον αφήσει να τον ξεφαχνίσει για τη Λένα, προτού ο Μαρτ αποπειραθεί από την ανυπομονησία του να περάσει ξανά από το σπίτι του Καλ.

Αυτή την περίοδο η νύχτα πέφτει νωρίτερα. Όταν φεύγει από την πόλη, το φως έχει λιγοστέψει, και τα χωράφια είναι γεμάτα μακριές σκιές. Κατευθύνεται στο σπίτι πιο γρήγορα απ' ό,τι θα έπρεπε σε τέτοιους δρόμους.

Ακόμη κλωθογυρίζει στον νου του τη σκέψη πώς να προσεγγίσει τον Όστιν. Αν ήταν ακόμη στην υπηρεσία, θα είχε διαθέσιμες διάφορες μεθόδους. Κοιτάζει τη φέτα του φεγγαριού στον ουρανό που έχει πάρει το χρώμα της λεβάντας, και τα λιβάδια που σκουραίνουν στο λυκόφως καθώς τα προσπερνάει με το αυτοκίνητό του, και νιώθει για μια ακόμα φορά πόσο αβάσταχτα άδεια είναι τα χέρια του.

Ο Όστιν δεν πρόκειται να πει κουβέντα σε πρώην μπάτσο, δεν θα καλοδεχτεί έναν ανταγωνιστή της επιχείρησής του και δεν θα καταδεχτεί να απαντήσει ούτε τι ώρα είναι σ' έναν άσχετο. Ο Καλ υποθέτει πως το πιο δυνατό του χαρτί είναι να παραστήσει κάποιον που ήταν κάποτε στα πράγματα αλλά αποσύρθηκε προτού τον εγκαταλείψει η τύχη του, και μετακόμισε μακριά ώστε να μην μπει στον πειρασμό να επιστρέψει ή να τον εντοπίσουν· κάποιον αρκετά σκληρό ώστε να κρατήσει την Τρέι υπό έλεγχο και να αξίζει τον σεβασμό, αλλά όχι αρκετά ενεργό ώστε να αποτελεί απειλή.

Συνειδητοποιεί ότι σκέφτεται και πάλι σαν ντετέκτιβ, όχι όμως το είδος που ήταν κάποτε. Αυτός είναι τρόπος σκέψης των μυστικών. Ο Καλ δεν υπήρξε ποτέ λάτρης της δουλειάς τους – ούτε και αυτοί που την έκαναν άλλωστε. Κινούνταν σε μια ατμόσφαιρα ρευστής μεταβλητότητας όπως ένα δωμάτιο με παραμορφωτικούς καθρέφτες, και το αντιμετώπιζαν με τέτοια ανάλαφρη άνεση, που τον έκαναν να νιώθει απόλυτα νευρικός. Αρχίζει να έχει την αίσθηση ότι θα ταίριαζαν πολύ καλύτερα σ' αυτά τα μέρη απ' ό,τι ο ίδιος.

Την ώρα που παρκάρει στο δρομάκι του, το σπίτι του είναι δυο φωτισμένα παράθυρα και ένα περίγραμμα της στέγης μπροστά στον λουλακί ουρανό με τα πρώτα αστέρια. Ο Καλ κατεβαίνει από το αμάξι του και κάνει τον γύρο για να πάρει τα στρώματα από το πορτμπαγκάζ. Ακούει βιαστικά βήματα στο ψηλό χορτάρι, το μόνο όμως που προλαβαίνει να κάνει είναι να στραφεί και να διακρίνει μες στο ημίφως τις σκούρες μορφές που τον πλησιάζουν, να αγγίξει το σημείο στο οποίο θα έπρεπε να βρίσκεται το Γκλοκ του, πριν κάτι τραχύ και σκονισμένο προσγειωθεί στο κεφάλι του· ένα τράβηγμα προς τα πίσω τον κάνει να χάσει την ισορροπία του και να πέσει κάτω ανάσκελα.

Η πτώση τον αφήνει ξέπνοο. Πασχίζει μάταια να πάρει ανάσα σαν ψάρι έξω από το νερό με ανοιχτό το στόμα. Στη συνέχεια, κάτι σκληρό πέφτει με ορμή στην κλείδα του. Ακούει τον υπόκωφο γδούπο όταν βρίσκει στο κόκαλο, και το νιώθει να θρυμματίζεται. Πασχίζει και πάλι να πάρει ανάσα, ο οξύς πόνος διαπερνάει την κλείδα του, και αυτή τη φορά καταφέρνει να εισπνεύσει ελάχιστο αέρα, μαζί με χώμα και σκόνη.

Γυρίζει στο πλάι βογκώντας· ένα μάλλινο ύφασμα φράζει το στόμα του, και σπαρταράει στα τυφλά. Αρπάζει έναν αστράγαλο, τον τραβάει όσο πιο δυνατά μπορεί, και ακούει τον γδούπο καθώς κάποιος πέφτει στο έδαφος. Με μια κλοτσιά στην πλάτη, αναγκάζεται να τον αφήσει. Το σκληρό πράγμα προσκρούει πάνω στην επιγονατίδα του, και ο πόνος τού κόβει πάλι την ανάσα. Μες στη σύγχυσή του συνειδητοποιεί ότι είναι παραπάνω από ένας και ότι την έχει γαμήσει.

Μια αντρική φωνή λέει, μες στη μούρη του: «Κοίτα τη δουλειά σου. Μ' ακούς;».

Ο Καλ χτυπάει με τις γροθιές του, πετυχαίνει κάτι και ακούει τον άντρα να μουγκρίζει. Πριν προλάβει να σταθεί στα γόνατά του, το σκληρό αντικείμενο τον βρίσκει στη μύτη. Η έκρηξη του πόνου απλώνεται εκτυφλωτική παντού στο κεφάλι του. Ανασαίνει αίμα, νιώθει αναγούλα, ρεύεται και πνίγεται. Ύστερα όμως ο αέρας βρίσκει δίοδο. Ο Καλ πιστεύει ότι τον έχουν χτυπήσει και πάλι –πάει, αυτό ήταν, σκέφτεται– κι ύστερα όλα σταματούν.

Στη σιωπή, μια σκληρή, καθαρή φωνή ακούγεται από κάπου πιο μακριά: «Ακίνητοι!».

Ο Καλ αργεί για μια στιγμή να κατανοήσει τον ήχο που έχει φτάσει στ' αυτιά του, μέσα από την επίμονη βουερή ομίχλη από αίμα και αστέρια, κι άλλο λίγο μέχρι να αναγνωρίσει ότι η φωνή είναι της Τρέι. Αμέσως μετά συνειδητοποιεί ότι το παιδί έχει μόλις πυροβολήσει με το Χένρι.

Η Τρέι φωνάζει: «Πού είναι ο Μπρένταν;».

Τίποτα δεν κινείται. Ο Καλ τραβολογάει το ύφασμα που καλύπτει το κεφάλι του, τα δάχτυλά του, όμως, είναι άχρηστα από το τρέμουλο. Μια αντρική φωνή ακούγεται, πολύ κοντά, να φωνάζει: «Κατέβασε το όπλο, κωλόπαιδο!».

Το Χένρι μουγκρίζει και πάλι. Μια άναρθρη κραυγή πόνου ακούγεται πίσω από το κεφάλι του Καλ και ακολουθεί ένα συνονθύλευμα από ακατανόητες ομιλίες.

«Τι διάολο...»

«Θεέ μου...»

«Είπα ακίνητοι!»

«Με πυροβόλησε, με πυροβόλησε, γαμώτο...»

«Πού είναι ο αδερφός μου; Πείτε μου, αλλιώς θα σας σκοτώσω όλους!»

Ο Καλ καταφέρνει τελικά να πιάσει το ύφασμα και το τραβάει από το κεφάλι του. Ο κόσμος σείεται και πάλλεται· ένα μόνο πράγμα μπορεί να διακρίνει καθαρά: μια χρυσή, απαστράπτουσα δέσμη φωτός να απλώνεται στο χορτάρι, και στην άκρη της να διαγράφεται, στο λαμπερό ορθογώνιο της πόρτας, η φιγούρα της Τρέι που σημαδεύει με το τουφέκι. Το κορίτσι έχει βγει από το σπίτι σαν φλογοβόλο, ξεχειλίζοντας από συσσωρευμένη οργή, έτοιμο να κάνει στάχτη τα πάντα.

«Μικρή!» φωνάζει ο Καλ, και ακούει τη φωνή του να αντηχεί πάνω από τα σκοτεινά χωράφια. «Σταμάτα! Εγώ είμαι!» Σηκώνεται με δυσκολία, τρέμοντας και παραπαίοντας, με το ένα πόδι να σέρνεται, ρουθουνίζοντας και φτύνοντας αίμα.

«Μη μου ρίξεις!»

«Φύγε από τη μέση, γαμώτο!» αντιγυρίζει φωνάζοντας η Τρέι. Η προφορά της έχει γίνει πιο τραχιά και άγρια, κατευθείαν από τα βουνά καβάλα στον αέρα που ξυρίζει, αλλά η φωνή της είναι καθαρή και αποφασιστική.

Πίσω από τον Καλ, κάποιος λέει βαριανασαίνοντας μέσα από τα δόντια του: «Το χέρι μου, γαμώτο», και κάποιος άλλος τον κόβει απότομα με σιγανή φωνή: «Σκάσε». Ακολουθεί απόλυτη ησυχία, όσο μπορεί να ακούσει μέσα από το σφυροκόπημα και τη βουή στο κεφάλι του. Οι άντρες παρακολουθούν κάθε κίνηση της Τρέι και δεν κάνουν πλέον το λάθος να την αψηφήσουν.

Ο Καλ ανοίγει διάπλατα τα χέρια του και κινείται σπασμωδικά μπροστά τους. «Μικρή» φωνάζει. «Όχι». Ξέρει ότι υπάρχουν λέξεις που έχει χρησιμοποιήσει στο παρελθόν για να πείσει πολλούς να κατεβάσουν το όπλο, υποσχέσεις, κατευναστικά πράγματα. Όλα έχουν σβήσει.

«Κάνε στην άκρη, αλλιώς θα σου ρίξω κι εσένα!»

Όλα γύρω από τον Καλ ταλαντεύονται και κυματίζουν, αλλά η φιγούρα της στο άνοιγμα της πόρτας είναι σταθερή σαν βράχος· το βαρύ τουφέκι στον ώμο της δεν τρέμει καν. Αν αυτοί οι άνθρωποι της αρνηθούν κάτι, ή της πουν ψέματα, ή ακόμα κι αν της πουν την αλήθεια, θα τους τινάξει όλους στον αέρα.

«Μικρή» φωνάζει. Η φωνή του βγαίνει σπασμένη από το χώμα και το αίμα. «Μικρή. Πες τους να φύγουν».

«Πού είναι ο Μπρένταν;»

«Μικρή, σε παρακαλώ». Η φωνή του ραγίζει. «Σε παρακαλώ. Πες τους μόνο να φύγουν. Σε ικετεύω».

Ακολουθούν τρεις ανάσες ξεκάθαρης, παγωμένης νυχτερινής σιωπής. Ύστερα, το Χένρι εκπυρσοκροτεί ξανά. Τα κοράκια πετάγονται από το δέντρο τους σαν τεράστιο μαύρο πυροτέχνημα από φτερά και πανικό. Το κεφάλι του Καλ πέφτει πίσω και ο ίδιος αλυχτάει σαν ζώο στον νυχτερινό ουρανό.

Καθώς πασχίζει να πάρει ανάσα, μην μπορώντας να ξεδιαλύνει αν πρέπει να ορμήσει να της πάρει το όπλο ή να στραφεί πίσω του να δει τι ζημιά έχει προκαλέσει, ακούει τη φωνή της Τρέι να φωνάζει: «Τώρα ξεκουμπιστείτε!».

«Φεύγουμε!» απαντάει δυνατά μια αντρική φωνή πίσω του.

Ο κλονισμένος εγκέφαλος του Καλ χρειάζεται μια στιγμή ακόμα για να καταλάβει τι έχει συμβεί. Η Τρέι σημάδεψε ψηλά, στις κορυφές των δέντρων.

«Ξεκουμπιστείτε αποδώ πέρα!»

«Αιμορραγώ, για όνομα του Θεού, κοίτα...»

«Έλα, έλα, έλα...»

Λαχανιάσματα, μπερδεμένες φωνές που δεν μπορεί να τις ξεχωρίσει ο Καλ, πόδια βιαστικά στο χορτάρι. Όταν γυρίζει για να ρίξει μια ματιά στους άντρες, το γόνατό του δεν μπορεί να τον κρατήσει και καταρρέει, σταδιακά και άχαρα, σε καθιστή θέση. Οι άντρες έχουν εξαφανιστεί ήδη στο σκοτάδι, τρεις σβέλτες μαύρες φιγούρες με τα κεφάλια χαμηλωμένα στους ώμους.

Ο Καλ μένει εκεί όπου βρίσκεται και πιέζει το μανίκι του παλτού του στη μύτη του. Η Τρέι στέκεται στην πόρτα, με το τουφέκι στον ώμο. Τα κοράκια διαγράφουν κύκλους αποπάνω τους, εκτοξεύοντας κατάρες, σιγά σιγά όμως ηρεμούν και κάθονται ξανά στο δέντρο τους για να βρίσουν με την άνεσή τους.

Όταν οι πνιχτές φωνές έχουν πια ξεθυμάνει στο μονοπάτι, η Τρέι κατεβάζει το όπλο και διασχίζει με μεγάλες δρασκελιές τη φωτεινή λωρίδα προς τον Καλ. Εκείνος βγάζει το μανίκι από τη μύτη του όσο χρειάζεται για να πει: «Την ασφάλεια. Βάλε την ασφάλεια».

«Την έχω βάλει» λέει η Τρέι. Προσπαθεί να τον διακρίνει στο σκοτάδι.

«Πόσο άσχημα είσαι;»

«Θα ζήσω» λέει ο Καλ. Προσπαθεί να βρει τρόπο να σηκωθεί. «Πρέπει να πάμε μέσα πριν γυρίσουν».

«Δεν θα γυρίσουν» λέει η Τρέι αυτάρεσκα. «Τον έναν τον πέτυχα για τα καλά».

«Εντάξει» λέει ο Καλ. Δεν μπορεί να ξεστομίσει πως, αν πράγματι γυρίσουν, θα έρθουν με τα όπλα τους. Τελικά, καταφέρνει να σηκωθεί και να σταθεί, ταλαντευόμενος ελαφρά, προσπαθώντας να διαπιστώσει αν το γόνατό του θα μπορέσει να τον κουβαλήσει.

«Έλα» λέει η Τρέι. Τυλίγει το ελεύθερο χέρι της γύρω από την πλάτη του, παίρνοντας το βάρος του στον αδύνατο ώμο της. «Πάμε».

«Όχι» λέει ο Καλ. Θυμάται ότι έχει κι εκείνη τραύματα, αλλά όχι λεπτομερώς εκείνη τη στιγμή – στο μυαλό του, πάντως, είναι τρομακτικά. Η Τρέι τον αγνοεί και αρχίζει να κατευθύνεται προς το σπίτι, ενώ ο Καλ πιάνει τον εαυτό του να κινείται μαζί της. Περπατούν αργά στο χορτάρι μπαινοβγαίνοντας στο φως, στηρίζοντας ο ένας τον άλλον σαν τους μεθυσμένους. Λαχανιάζουν και οι δύο. Ο Καλ μπορεί να νιώσει κάθε σπιθαμή του σκοταδιού να απλώνεται γύρω τους και κάθε σπιθαμή του κορμιού τους να αποτελεί τον τέλειο στόχο. Προσπαθεί να περπατήσει κουτσαίνοντας όσο πιο γρήγορα μπορεί. Μέχρι να κλείσει την πόρτα πίσω τους και να τη διπλομανταλώσει, κάθε μυς του σώματός του τραντάζεται. Η ξαφνική φωταψία τον χτυπάει κατευθείαν στα μάτια. «Φέρε μου μια πετσέτα» λέει, πέφτοντας σε μια καρέκλα του τραπεζιού. «Και τον καθρέφτη».

Η Τρέι αφήνει το Χένρι στον πάγκο και του φέρνει ό,τι έχει ζητήσει, κι ύστερα ένα μπολ με νερό και το κουτί πρώτων βοηθειών, και στέκεται δίπλα του όσο εκείνος πιέζει την πετσέτα στη μύτη του. «Πόσο άσχημα είσαι;» τον ξαναρωτάει.

Ο Καλ αντιλαμβάνεται την αγωνία στη φωνή της. Παίρνει μια βαθιά ανάσα και προσπαθεί να ισορροπήσει. «Περίπου όπως ήσουν εσύ χτες» λέει μέσα από την πετσέτα. «Αρκετά δαρμένος, αλλά μου έχουν συμβεί και χειρότερα».

Το παιδί κοντοστέκεται εκεί λίγο ακόμα, παρατηρώντας τον και ακουμπώντας με το δάχτυλο το χείλος της. Έπειτα γυρίζει απότομα προς το ψυγείο και αρχίζει να ψαχουλεύει.

Όσο ο Καλ περιμένει να σταματήσει η αιμορραγία, σηκώνει το μπατζάκι του και εξετάζει το γόνατό του. Είναι μελανιασμένο και φουσκωμένο, με μια πιο σκούρη μοβ γραμμή κατά μήκος του, αλλά έπειτα από κάμποσες δοκιμές είναι σχεδόν βέβαιος πως δεν έχει σπάσει. Η κλείδα του είναι το λιγότερο ραγισμένη· κάθε φορά που κουνάει τον ώμο του, ο πόνος τον διαπερνάει σαν ηλεκτρικό ρεύμα. Παρ' όλα αυτά, όταν την ψηλαφίζει πολύ προσεκτικά, η γραμμή είναι ίσια.

Πιθανότατα δεν έχει βγει, κάτι πολύ καλό. Ο Καλ θα προτιμούσε να μη χρειαστεί να εξηγήσει το τι και το πώς σε κάποιον γιατρό.

Η Τρέι αφήνει μπροστά του πάνω στο τραπέζι δυο πλαστικές σακούλες με πάγο. «Τι άλλο;» ρωτάει.

«Θα χρειαστώ έναν πρόχειρο φάκελο στήριξης» λέει ο Καλ. «Το πανί στο παράθυρο του μπάνιου είναι αρκετά μακρύ και μπορούμε να κόψουμε μια λωρίδα από το κάτω μέρος. Το ψαλίδι είναι στο συρτάρι».

Η Τρέι πηγαίνει στο μπάνιο και επιστρέφει με ένα βρόμικο κομμάτι ύφασμα που το έχει δέσει σαν φάκελο στήριξης. Αφού καταφέρνουν να βγάλουν το παλτό του Καλ και το ύφασμα έχει κρεμαστεί στη θέση του, η μικρή ανεβαίνει και κάθεται στον πάγκο της κουζίνας, απ᾽ όπου μπορεί και ρίχνει καμιά ματιά έξω από το παράθυρο της κουζίνας.

Η μύτη του Καλ έχει σταματήσει να αιμορραγεί. Την ψηλαφίζει προσπαθώντας να μην αφήσει το παιδί να τον δει να τινάζεται στο κάθε άγγιγμα. Είναι πρησμένη και διπλάσια σε μέγεθος, ωστόσο η γραμμή της δεν μοιάζει να έχει αλλάξει. Το τρέμουλο έχει υποχωρήσει αρκετά ώστε να μπορεί να καθαρίσει κάπως το πρόσωπό του με την άκρη μιας πετσέτας που την έχει βουτήξει σε ένα μπολ με νερό. Στον καθρέφτη δείχνει όπως ακριβώς το περίμενε· η μύτη του έχει σχήμα ντομάτας, και τα μάτια του έχουν αρχίσει να μαυρίζουν, ωστόσο δεν φτάνει ούτε στο ελάχιστο το εντυπωσιακό θέαμα του προσώπου του παιδιού.

Η Τρέι τον παρακολουθεί. «Δες πώς είμαστε» λέει ο Καλ. Η φωνή του βγαίνει το ίδιο πνιχτή και αλλοιωμένη όπως και μέσα από την πετσέτα. «Δυο ξυλοφορτωμένοι κοπρίτες».

Η Τρέι γνέφει καταφατικά. Ο Καλ δεν μπορεί να διακρίνει πόσο την έχει κλονίσει όλο αυτό. Το ύφος της μαρτυρά ακόμη την απόλυτη, έντονη συγκέντρωση που άκουσε στη φωνή της στην αυλή με το όπλο. Φαντάζει παράταιρο για ένα παιδί. Ο Καλ νιώθει πως θα έπρεπε να κάνει κάτι γι' αυτό, αλλά αυτή τη στιγμή δεν έχει ιδέα τι.

Γέρνει πίσω στην καρέκλα, βολεύει το ένα σακούλι με πάγο στο γόνατό του και το άλλο στη μύτη του και επικεντρώνεται στο να ηρεμήσει το σώμα του και το μυαλό του ώστε να λειτουργήσουν σωστά. Κάνει αναδρομή σε προηγούμενους ξυλοδαρμούς, προκειμένου να τον κατατάξει και αυτόν στη σωστή βάση. Μερικά παιδιά στο σχολείο, κάμποσες φορές. Ένας ηλίθιος που τον κυνήγησε με ένα κομμάτι σωλήνα έξω από κάποιο πάρτι στις ξέφρενες μέρες τους με την Ντόνα επειδή νόμιζε ότι είχε στραβοκοιτάξει την κοπέλα του. Έχει ακόμη το βαθούλωμα στον μηρό εκεί όπου τον πέτυχε η άκρη του σωλήνα. Ο τύπος είχε σκοπό να τον σκοτώσει, όπως κι εκείνος που, εντελώς φτιαγμένος, πετάχτηκε από ένα σοκάκι κάποτε που έκανε περιπολία, και δεν θα παραιτούνταν αν ο Καλ δεν του έσπαγε το χέρι. Παρ' όλα αυτά, με κάποιον μαγικό τρόπο, να τος τώρα πάλι, καθισμένος χιλιάδες μίλια μακριά σε μια ακρούλα της Ιρλανδίας, με ματωμένη μύτη. Παραδόξως, του φαίνεται παρήγορο.

«Μια φορά βρήκαμε έναν δαρμένο κοπρίτη» λέει η Τρέι από τον πάγκο. «Εγώ, ο Μπρένταν κι ο μπαμπάς μου πηγαίναμε στο χωριό και τον βρήκαμε στον δρόμο. Καταγδαρμένο και ματωμένο, με σπασμένο πόδι. Ο μπαμπάς μου είπε ότι πέθαινε. Θα τον έπνιγε για να μην υποφέρει, αλλά ο Μπρένταν ήθελε να το κάνει καλά το σκυλί, και τελικά ο μπαμπάς είπε ότι μπορούσε να δοκιμάσει. Το κρατήσαμε για έξι χρόνια. Πάντα κούτσαινε, κατά τα άλλα, όμως, ήταν μια χαρά. Κοιμόταν στο κρεβάτι του Μπρένταν. Τελικά, πέθανε από γεράματα».

Ο Καλ δεν την έχει ακούσει άλλη φορά να μιλάει τόσο πολύ, και μάλιστα χωρίς να υπάρχει προφανής λόγος. Στην αρχή τού περνάει από το μυαλό ότι η ένταση της βγαίνει σαν φλυαρία, ύστερα όμως βλέπει πώς τον κοιτάζει και συνειδητοποιεί τι κάνει. Χρησιμοποιεί όσα έχει μάθει από τον ίδιο· λέει ό,τι της κατεβαίνει στο κεφάλι για να τον ηρεμήσει.

«Πόσων χρονών ήσουν;» τη ρωτάει.

«Πέντε. Ο Μπρεν μου είπε να του βρω όνομα. Τον είπα Πειρατή, γιατί το ένα του μάτι ήταν μαύρο σαν να ήταν καλυμμένο. Τώρα θα σκεφτόμουν κάτι καλύτερο, τότε όμως ήμουν μικρή».

«Μάθατε ποτέ από πού είχε έρθει;»

«Όχι. Σίγουρα όχι από κάπου εδώ τριγύρω, αλλιώς θα τον ξέραμε. Κάποιος τον παράτησε από κάποιο αυτοκίνητο, στον αυτοκινητόδρομο μάλλον, κι αυτός σύρθηκε μέχρι εδώ. Δεν ήταν κανένα σκυλί ράτσας, αλλά ένας ασπρόμαυρος κοπρίτης».

«Το καλύτερο είδος» λέει ο Καλ. «Ο αδερφός σου έκανε πολύ καλά». Δοκιμάζει το γόνατό του, το οποίο λειτουργεί τώρα που έχει περάσει το αρχικό σοκ. «Να σου πω κάτι: αυτή τη στιγμή αισθάνομαι πολύ καλύτερα απ' ό,τι θα περίμενα».

Αυτό που λέει έχει αρκετή δόση αλήθειας. Νιώθει διάφορα σημεία του κορμιού του να πάλλονται από τους πόνους, και ανακατεύεται κάπως από το αίμα που έχει καταπιεί, συνολικά ωστόσο θα μπορούσε να έχει πάει πολύ χειρότερα. Και σίγουρα έτσι θα γινόταν αν δεν είχε παρέμβει η Τρέι με το Χένρι.

«Σ' ευχαριστώ, μικρή» λέει. «Μ' έσωσες».

Η Τρέι γνέφει καταφατικά. Πιάνει το ψωμί και βάζει να ψήσει δυο φέτες. «Λες να σε σκότωναν;»

«Ποιος ξέρει» λέει ο Καλ. «Χαίρομαι πάντως που δεν χρειάστηκε να το μάθω». Δεν θέλει να υποβαθμίσει τη συνεισφορά του παιδιού, αμφιβάλλει όμως ότι θα κατέληγε νεκρός, εκτός κι αν κάποιος τα θαλάσσωνε. Αναγνωρίζει τη διαφορά· αυτό το ξύλο δεν είχε σκοπό να τον σκοτώσει. Όπως άλλωστε είπε και στον Ντόνι, τα παιδιά από το Δουβλίνο δεν θέλουν να τραβήξει την προσοχή ένας νεκρός γιάνκης. Αυτό που ήθελαν ήταν να περάσουν το μήνυμα. Τώρα βέβαια που η Τρέι πυροβόλησε έναν από αυτούς, ίσως αλλάξουν τα πράγματα. Εξαρτάται από το πόσο θερμοκέφαλος είναι ο Όστιν, πόσο έχει τον έλεγχο των δικών του και πόσο πειστικός μπορεί να γίνει ο Καλ. Δεν είναι σε κατάσταση να κάνει απόψε αυτό το τηλεφώνημα, ωστόσο πρέπει να γίνει οπωσδήποτε αύριο το πρωί, από την ώρα που αναμένεται να έχει ξυπνήσει ο Όστιν και μετά.

Η Τρέι κοιτάζει εναλλάξ το παράθυρο, το ψωμί που ψήνεται και τον Καλ. «Το γέμισες πολύ γρήγορα το όπλο» λέει ο Καλ.

«Το είχα έτοιμο. Από την ώρα που έφυγες».

«Πώς το έβγαλες από τη θήκη του;»

«Είδα τον συνδυασμό την άλλη φορά που την άνοιξες».

Ο Καλ νιώθει πως κανονικά θα έπρεπε να της κάνει κήρυγμα σχετικά με τη χρήση όπλων χωρίς έγκριση και άδεια, δεδομένων όμως των συνθηκών, θα ήταν αχαριστία. «Μάλιστα» λέει. «Πώς ήσουν σίγουρη ότι δεν θα πετύχαινες εμένα;»

Το παιδί τον κοιτάζει λες και η ερώτηση είναι τόσο χαζή, που δεν αξίζει να λάβει απάντηση. «Ήσουν πεσμένος κάτω. Σημάδευα πιο ψηλά».

«Μάλιστα» λέει πάλι ο Καλ. Η σκέψη ότι θα πετύχαινε έναν από τους άντρες στο κεφάλι τού προκαλεί ένα νέο κύμα ναυτίας. «Καλά τότε».

Οι φέτες του ψωμιού πετάγονται. Το κορίτσι σκύβει και παίρνει από το ψυγείο το τσένταρ και από το συρτάρι ένα μαχαίρι. «Θέλεις;»

«Όχι τώρα. Ευχαριστώ».

Η Τρέι βάζει το τυρί ανάμεσα στο ψωμί χωρίς να κάνει τον κόπο να πάρει ένα πιάτο και κόβει μια μπουκιά με το χέρι για να παρακάμψει το σκίσιμο στο χείλος. «Γιατί δεν με άφησες να τους κάνω να μιλήσουν;»

Ο Καλ βγάζει τη σακούλα με τον πάγο από τη μύτη του. «Μικρή. Τους σημάδευες με όπλο. Τους είχες ήδη πυροβολήσει. Τι νομίζεις ότι θα έλεγαν; "Ναι, εμείς φταίμε που εξαφανίστηκε ο αδερφός σου, μας συγχωρείς γι' αυτό;" Μάλλον όχι. Θα ορκίζονταν ότι δεν έχουν ιδέα τι του συνέβη, είτε ήταν αλήθεια είτε όχι. Και μετά θα έπρεπε να διαλέξεις αν θα τους σκοτώσεις όλους ή αν θα τους αφήσεις να πάνε σπίτια τους. Ούτως ή άλλως, απάντηση δεν θα είχες πάρει. Σκέφτηκα λοιπόν ότι θα ήταν πολύ εξυπνότερο να τους στείλουμε κατευθείαν σπίτια τους».

Το παιδί το σκέφτεται, τρώγοντας με προσοχή μεγάλα κομμάτια από το σάντουιτς και κουνώντας το ένα πόδι πέρα δώθε. Η έντονη συγκέντρωσή της έχει αρχίσει να χαλαρώνει. Το μάτι της έχει αποκτήσει καινούργιες απαίσιες αποχρώσεις, όμως η ζωντάνια και η ενεργητικότητα φαίνεται να έχουν επιστρέψει τόσο στο μυαλό όσο και στο σώμα της. Το αποψινό συμβάν τής έκανε καλό.

«Ήθελα να τους πυροβολήσω» λέει.

«Το ξέρω. Όμως δεν το έκανες. Κι αυτό ήταν καλό».

Η Τρέι δεν δείχνει να έχει πειστεί απολύτως. «Πάντως, τον έναν τον πέτυχα».

«Ναι. Νομίζω πως τον πέτυχες στο χέρι. Όταν έφυγαν, περπατούσε καλά. Μια χαρά θα είναι».

«Δεν θα πάει στους μπάτσους, ε;»

«Όχι» λέει ο Καλ. «Ίσως τους ειδοποιήσει το νοσοκομείο, αν αναγκαστεί να πάει εκεί. Όμως θα πει ότι είχε κάποιο ατύχημα καθαρίζοντας το όπλο του, κάτι τέτοιο. Δεν θα τον πιστέψουν, αλλά δεν μπορούν να κάνουν κάτι γι' αυτό».

Η Τρέι γνέφει καταφατικά και ρωτάει: «Σου ακούστηκαν εσένα σαν τύποι από το Δουβλίνο;».

«Δεν ξέρω. Δεν έδωσα και μεγάλη προσοχή σε αυτό».

«Εμένα για ντόπιοι μου ακούστηκαν».

«Μπορεί» λέει ο Καλ. Ο Όστιν δεν θα είχε τον χρόνο, ή περισσότερο τη διάθεση, να στείλει δικούς του από το Δουβλίνο. Περισσότερο θα ήταν δουλειά για τον τοπικό στρατό. «Αναγνώρισες κανέναν;»

Η Τρέι κουνάει αρνητικά το κεφάλι.

«Είδες με τι με χτύπησαν;»

«Με μπαστούνι του χέρλινγκ έμοιαζε. Αλλά δεν έβλεπα και καλά». Ρίχνει μια ματιά πάνω από το σάντουιτς. «Πρέπει να έχουμε φτάσει κοντά, έτσι; Αλλιώς, δεν θα έμπαιναν στον κόπο να μας κυνηγήσουν».

«Μπορεί» λέει ο Καλ. «Μπορεί και όχι. Ίσως να βαρέθηκαν το πρήξιμο. Ή να τσαντίστηκαν μαζί μου που έδειρα τον Ντόνι».

«Ναι, αλλά μπορεί».

«Ναι» λέει ο Καλ, εν μέρει επειδή είναι απαραίτητο για να έχει κάποια αξία όλο αυτό. «Μπορεί πράγματι να είμαστε κοντά».

Λίγο μετά, η Τρέι λέει: «Έχεις θυμώσει;».

«Δεν έχω ώρα για τέτοια τώρα. Πρέπει να βάλω τα πράγματα σε μια σειρά».

Η Τρέι τα σκέφτεται όλα αυτά και κόβει άλλο ένα κομμάτι από το σάντουιτς. Ο Καλ νιώθει ότι θέλει να πει κάτι, αλλά δεν μπορεί να τη βοηθήσει με αυτό. Ψάχνει στο κουτί πρώτων βοηθειών για να βρει την ιβοπρουφαίνη και καταπίνει μια καλή δόση χωρίς νερό.

Η Τρέι λέει: «Εγώ φταίω γι' αυτό που σου έκαναν».

«Μικρή» λέει ο Καλ «Δεν το ρίχνω πάνω σου».

«Το ξέρω. Αλλά εγώ φταίω».

«Δεν με έδειρες εσύ».

«Εγώ όμως σ' έμπλεξα».

Ο Καλ την κοιτάζει και νιώθει να πνίγεται τόσο από την τεράστια σημασία που έχει το να πει το σωστό όσο και από την τεράστια αδυναμία του να το κάνει, τη στιγμή που μετά βίας μπορεί να βάλει τις σκέψεις του σε μια σειρά. Μετά εύχεται να ήταν εκεί η Λένα, προτού συνειδητοποιήσει ότι δεν θα βοηθούσε καθόλου. Εύχεται να ήταν εκεί η Ντόνα. «Πάντα πρέπει να κάνεις ό,τι καλύτερο μπορείς» λέει. «Μερικές φορές, τα πράγματα δεν εξελίσσονται όπως θα ήθελες αλλά, όπως και να 'χει, πρέπει να συνεχίσεις να το κάνεις».

Η Τρέι θέλει να ρωτήσει κάτι, αλλά στρέφει απότομα το κεφάλι. «Έι» λέει κοφτά, τη στιγμή που προβολείς σαρώνουν το παράθυρο της κουζίνας.

Ο Καλ κρατιέται από το τραπέζι και σηκώνεται όρθιος. Το γόνατό του τον πονάει ακόμη, αλλά πλέον πατάει πιο γερά στα πόδια του. «Πήγαινε στο δωμάτιο» λέει. «Αν γίνει κάτι, πήδα από το παράθυρο και τρέξε σαν να μην υπάρχει αύριο».

«Δεν θα...»

«Ναι. Θα το κάνεις. Πήγαινε».

Αργεί λίγο, αλλά τελικά φεύγει με βαριά βήματα για να δείξει την αντίδρασή της. Ο Καλ σηκώνει το Χένρι και πηγαίνει στην πόρτα.

Όταν σβήνουν τα φώτα του αυτοκινήτου και ακούει τον κινητήρα να νεκρώνει, ανοίγει διάπλατα την πόρτα και στέκεται εκεί, αφήνοντας τον εαυτό του να διαγράφεται ξεκάθαρα. Θέλει το τουφέκι να είναι ορατό απ' όποιον έχει έρθει. Ακόμα κι αν το ήθελε, δεν θα μπορούσε να σημαδέψει, ωστόσο ελπίζει ότι η θέα του και μόνο θα είναι αρκετή.

Είναι η Λένα, που βγαίνει από το αυτοκίνητο, με τη Νέλλη να χοροπηδάει μπροστά της, και σηκώνει το χέρι στον Καλ στη δέσμη φωτός που πέφτει από την πόρτα στο χορτάρι. Με όλη αυτή την αναστάτωση, ξέχασε τι είχαν προγραμματίσει. Την αναγνωρίζει εγκαίρως ώστε να μη γελοιοποιηθεί φωνάζοντας ένας Θεός ξέρει τι. Ευτυχώς, θυμάται σχεδόν αμέσως να σηκώσει το χέρι ανταποδίδοντας τον χαιρετισμό.

Καθώς πλησιάζει, τα φρύδια της Λένας σηκώνονται. «Τι στην ευχή» λέει.

Ο Καλ έχει ξεχάσει πώς δείχνει. «Μ' έδειραν» αποκρίνεται. Επίσης, διαπιστώνει ότι κρατάει τουφέκι. Επιστρέφει μέσα και το ακουμπάει στον πάγκο.

«Ναι, το κατάλαβα αυτό» λέει η Λένα καθώς τον ακολουθεί μέσα. «Και πυροβόλησες κανέναν μ' αυτό το πράμα;»

«Δεν υπήρξαν απώλειες, απ' ό,τι γνωρίζω τουλάχιστον» λέει ο Καλ.

Η Λένα πιάνει το πιγούνι του και γυρίζει το πρόσωπό του από τη μια κι από την άλλη. Το χέρι της είναι ζεστό, με τραχύ δέρμα, και στιβαρό, σαν να εξετάζει πληγωμένο ζώο. «Θα πας στον γιατρό;»

«Όχι» λέει ο Καλ. «Δεν έγινε και καμιά σοβαρή ζημιά. Θα γιάνει».

«Κάπου το έχω ξανακούσει αυτό» λέει η Λένα καθώς κοιτάζει άλλη μια φορά το πρόσωπό του. «Κύλησε ο τέντζερης και βρήκε το καπάκι, το ξέρεις, έτσι;»

Η Τρέι έχει βγει από το υπνοδωμάτιο και κάθεται κάτω, έχοντας πιάσει φιλίες με τη Νέλλη που στριφογυρίζει και τη γλείφει. «Πώς πάνε τα τραύματα του πολέμου;» τη ρωτάει η Λένα.

«Μια χαρά» λέει η Τρέι. «Πώς τη λένε;»

«Νέλλη. Αν της δώσεις μια μπουκιά φαγητό, θα την κάνεις φίλη για μια ζωή».

Η Τρέι πηγαίνει στο ψυγείο και αρχίζει να ψαχουλεύει.

«Καλύτερα να γυρίσεις σπίτι» λέει ο Καλ. «Μπορεί να επιστρέψουν».

Η Λένα αρχίζει να αδειάζει τσέπες και τσεπάκια του μεγάλου της αδιάβροχου. «Ποτέ δεν μπορεί να ξέρεις τι θα σου συμβεί. Αν ξανάρθουν, μπορεί τα πάω καλύτερα από εσάς τους δυο». Το μπουφάν της περιέχει μια εντυπωσιακή ποσότητα πραγμάτων: ένα μικρό γάλα, μια βούρτσα μαλλιών, ένα βιβλίο, δύο κονσέρβες με σκυλοτροφή, ένα φωτάκι ανάγνωσης και μια οδοντόβουρτσα που την ανεμίζει μπροστά στον Καλ. «Κοίτα. Ήρθα οργανωμένη αυτή τη φορά».

Ο Καλ αισθάνεται ότι η Λένα δεν έχει αντιληφθεί επακριβώς τη σοβαρότητα της κατάστασης, αν όμως το πρόσωπο της Τρέι δεν έχει καταφέρει να περάσει το μήνυμα, δεν μπορεί να σκεφτεί κάτι άλλο πιο αποτελεσματικό. «Αγόρασα δύο φουσκωτά στρώματα» λέει. «Είναι στο αμάξι. Θα το εκτιμούσα αν έριχνες μια ματιά έξω μέχρι να πάω να τα φέρω».

Το φρύδι της Λένας σηκώνεται. «Μου ζητάς να σε καλύψω, σωστά; Μ' αυτό το πράμα;» λέει, κάνοντας νόημα προς το τουφέκι.

«Ξέρεις να το χρησιμοποιείς;»

«Σοβαρά τώρα, άνθρωπέ μου» λέει η Λένα διασκεδάζοντας. «Δεν θα γείρω δίπλα στο παράθυρο παριστάνοντας τον ελεύθερο σκοπευτή όσο εσύ θα διασχίζεις είκοσι μέτρα μέχρι το αμάξι σου. Άσε που δεν θα πας πουθενά έτσι κι αλλιώς. Μ' αυτό το χέρι δεν μπορείς να κουβαλήσεις τίποτα. Θα πάω εγώ. Πού είναι τα κλειδιά σου;»

Ο Καλ δεν συμφωνεί καθόλου, ωστόσο δεν γίνεται να παραβλέψει το γεγονός ότι η Λένα έχει δίκιο. Ψάχνει με το καλό του χέρι να ψαρέψει τα κλειδιά από την τσέπη του παντελονιού του. «Ξανακλείδωσέ το όταν τελειώσεις» της λέει, αν και δεν είναι σίγουρος αν αυτό θα κάνει κάποια διαφορά.

«Και ούτε να διανοηθείς να με καλύψεις» επισημαίνει η Λένα, παίρνοντας τα κλειδιά. «Αυτό το πράμα χρειάζεται δύο καλά χέρια για να δουλέψει».

«Θα το κάνω εγώ» λέει η Τρέι αποκεί όπου κάθεται στο πάτωμα και ταΐζει φέτες ζαμπόν τη Νέλλη.

«Όχι» λέει ο Καλ. Είχε αρχίσει να αισθάνεται ότι έλεγχε

κάπως την κατάσταση, ώσπου εμφανίστηκε η Λένα, και τώρα το όλο πράγμα φαίνεται να έχει ξεφύγει από τα χέρια του και να έχει σκαλώσει κάπου ανάμεσα στο επικίνδυνο και στο γελοίο. «Αυτό που θα κάνεις είναι να σταματήσεις να αποσπάς την προσοχή του σκύλου, για να πάει μαζί με την κυρία Λένα. Άσε το ζαμπόν κάτω».

«Τι τρομερή ιδέα» λέει επιδοκιμαστικά η Λένα. «Τι καλύτερο από ένα κυνηγόσκυλο για να τα βάλει με μια συμμορία αγανακτισμένων εγκληματιών. Δεν έχει φάει το βραδινό της. Τώρα που το σκέφτομαι, θα μπορούσε να φάει τουλάχιστον τρεις απ' αυτούς, ανάλογα με το πόσο κρέας έχουν. Ήταν μεγαλόσωμοι;»

«Αν είναι να πας για τα στρώματα» λέει ο Καλ, «τώρα θα ήταν μια καλή στιγμή. Μιας και θα πας, θα δεις και κάτι άλλα ψώνια. Μπορείς να τα φέρεις κι αυτά;».

«Οποιοσδήποτε στη θέση σου θα ήταν ελαφρώς σπαστικός αν περνούσε τα ίδια μ' εσένα σήμερα» του λέει η Λένα συγκαταβατικά και πηγαίνει προς το αυτοκίνητο. Ο Καλ την ακολουθεί ως την πόρτα για να έχει τον νου του, άσχετα με το τι πιστεύει εκείνη γι' αυτό και αν θα μπορούσε πράγματι να βοηθήσει αν χρειαζόταν. Ύστερα από μια μικρή διακοπή για να αξιολογήσει την κατάσταση, η Τρέι συνεχίζει να ταΐζει τη Νέλλη.

Όταν πια έχουν ξεφορτώσει τα ψώνια, έχουν ταΐσει το σκυλί, έχουν φουσκώσει τα στρώματα, τα έχουν βάλει εκατέρωθεν του τζακιού και τα έχουν στρώσει –κυρίως η Λένα και η Τρέι–, η μικρή χασμουριέται, ενώ ο Καλ προσπαθεί να το καταπνίξει. Κάθε καλή πρόθεση που είχε για μπριζόλες με φασολάκια έχει χαθεί. Η Τρέι θα πρέπει να αρκεστεί στο ψωμοτύρι που έφαγε για να κρατηθεί τη νύχτα.

«Ώρα για ύπνο» της λέει ο Καλ και της πετάει τα ρούχα που ψώνισε στην πόλη. «Ορίστε. Πιτζάμες, και διάφορα άλλα για αύριο».

Η Τρέι τα πιάνει σαν να έχουν ψείρες, και αρχίζει να μιλάει με αποφασιστικότητα για κάτι που ο Καλ καταλαβαίνει ότι θα έχει σχέση με φιλανθρωπία. «Μην αρχίζεις τις βλακείες» της λέει. «Τα ρούχα σου είναι μες στα αίματα. Μέχρι αύριο θα τραβήξουν ό,τι μύγα υπάρχει. Πέτα τα έξω από το δωμάτιο μόλις αλλάξεις, και θα τα βάλω για πλύσιμο».

Η Τρέι τον στραβοκοιτάζει, κατευθύνεται στο υπνοδωμάτιο και κοπανάει την πόρτα πίσω της. «Απέκτησες μια έφηβη» λέει η Λένα διασκεδάζοντας.

«Πέρασε δυο δύσκολες μέρες» λέει ο Καλ. «Δεν είναι και στα καλύτερά της».

«Ούτε κι εσύ. Φαίνεσαι έτοιμος για ύπνο».

«Θα μπορούσα» λέει ο Καλ. «Αν δεν είναι πολύ νωρίς για σένα».

«Θα διαβάσω λιγάκι». Βρίσκει το βιβλίο και το φωτάκι ανάγνωσης ανάμεσα στα διάφορα πράγματα στο τραπέζι, βγάζει τα παπούτσια της και βολεύεται σε ένα από τα δύο στρώματα. Πράττοντας πολύ λογικά, έχει έρθει φορώντας μια γκρίζα φόρμα που δείχνει άνετη, κι αυτό σημαίνει ότι δεν χρειάζεται να αλλάξει. Η Νέλλη επιχειρεί να εξοικειωθεί με το νέο περιβάλλον, μυρίζοντας τις γωνίες και κάτω από τον καναπέ. Η Λένα χτυπάει τα δάχτυλά της, και το σκυλί έρχεται χοροπηδώντας και κουλουριάζεται στα πόδια της. Ανασηκώνεται στα μαξιλάρια και βυθίζεται στο διάβασμα. Ο Καλ δεν έχει κι εκείνος διάθεση για ψιλοκουβέντα πριν από τον ύπνο, ωστόσο νιώθει εκνευρισμό που το καθιστά ξεκάθαρο εκείνη πρώτη.

Η Τρέι ανοίγει την πόρτα του υπνοδωματίου, φορώντας τις πιτζάμες, και σπρώχνει το βρόμικο φούτερ και το παντελόνι της στο πάτωμα. Ο Καλ συνειδητοποιεί πως οι πιτζάμες είναι αγορίστικες, με κάτι σαν αγωνιστικό αυτοκίνητο στο μπροστινό μέρος. Ακόμη δυσκολεύεται να την έχει στον νου του σαν πραγματικό κορίτσι.

«Θέλεις να κάτσω μαζί σου για λίγο;» τη ρωτάει. Για μια στιγμή δείχνει πως ίσως να ήθελε, ύστερα όμως ανασηκώνει τους ώμους της. «Μπα. Μια χαρά είμαι. Καληνύχτα». Καθώς κατευθύνεται και πάλι προς το υπνοδωμάτιο, του χαμογελάει λοξά και του λέει: «Φώναξέ με αν χρειαστεί να σε σώσω».

«Εξυπνάδες» λέει ο Καλ καθώς κλείνει η πόρτα. «Εξαφανίσου».

«Απόψε μάλλον αυτή είναι που πρέπει να σου πει παραμύθι για να κοιμηθείς» λέει η Λένα, σηκώνοντας το βλέμμα από το βιβλίο της.

«Δεν είναι αστείο αυτό» λέει ο Καλ. Η άνετη φόρμα της Λένας δείχνει να μεγαλώνει την ενόχλησή του. Δεν έχει καμία πρόθεση να της ζητήσει να τον βοηθήσει να αλλάξει, πράγμα που σημαίνει ότι θα κοιμηθεί με τα αιματοβαμμένα ρούχα.

«Εμένα μου φαίνεται ότι εσύ είσαι αυτός που δεν το παίρνει αρκετά στα σοβαρά» παρατηρεί η Λένα. «Τέλειωσες με τα χαζά πράγματα ή όχι ακόμη;»

«Πολύ θα το ήθελα» λέει ο Καλ. Προσπαθεί να βρει τον λιγότερο επώδυνο τρόπο να σκύψει για να πιάσει τα ρούχα της Τρέι. Στο τέλος τα παρατάει στο πάτωμα και κατευθύνεται στο στρώμα του. «Μόνο που δεν βλέπω πώς μπορώ να τα αποφύγω». Η Λένα σηκώνει το φρύδι και επιστρέφει στην ανάγνωση του βιβλίου της.

Ο Καλ νιώθει σχεδόν να ζαλίζεται από την κούραση. Γυρίζει την πλάτη στη Λένα και κρατάει τα μάτια του ανοιχτά σκουντώντας το πονεμένο του γόνατο μέχρι να σβήσει η Λένα το φωτάκι, αφήνοντας το σπίτι στο σκοτάδι, και να ακούσει την αναπνοή της να επιβραδύνεται. Ύστερα, όσο πιο αθόρυβα μπορεί, σηκώνεται με κόπο από το κρεβάτι και πλησιάζει την πολυθρόνα στο παράθυρο. Η Νέλλη ανοίγει το ένα μάτι, αλλά της ψιθυρίζει: «Καλό σκυλί», εκείνη χτυπάει μία φορά την ουρά της στο πάτωμα και ξανακοιμάται. Ξαπλώνει το Χένρι στο περβάζι και κάθεται μπροστά του, κοιτάζοντας έξω τη νύχτα. Ένα φεγγάρι τριών τετάρτων, το φεγγάρι του φονιά των ζώων, δεσπόζει πάνω από το σύδεντρο. Τα χωράφια δείχνουν θολά και απόκοσμα στο φως, σαν ομίχλη όπου κινδυνεύεις να χαθείς· ένα διαρκές πηγαινέλα διασταυρούμενων σκιών από τα μαύρα συμπλέγματα θάμνων και μαντρότοιχων. Μόνο μικρά πράγματα κινούνται, γυαλίζουν ανάμεσα στα χορτάρια και στα αστέρια, αφοσιωμένα στις ασχολίες τους.

Ο Καλ σκέφτεται τα αγόρια που έχασαν τη ζωή τους εκεί έξω σ' εκείνη τη γη: τα τρία μεθυσμένα αγόρια που το αυτοκίνητό τους εκτοξεύτηκε πάνω από τον δρόμο και στριφογύρισε ανάμεσα στα αστέρια πέρα από το Γκόρτιν· το αγόρι πέρα από το ποτάμι με τη θηλιά στα χέρια· ίσως, ή πιθανώς, τον Μπρένταν Ρέντι. Αναρωτιέται, χωρίς απαραίτητα να πιστεύει στα πνεύματα, αν τα φαντάσματά τους περιπλανώνται. Ακόμα κι έτσι να είναι, ακόμα κι αν τώρα έπαιρνε το παλτό του και περπατούσε στους παρακαμπτήριους δρόμους και στις βουνοπλαγιές, δεν θα τους συναντούσε. Η ζωή και ο θάνατός τους συνέβησαν σε μια γη όπου ο ίδιος ούτε γεννήθηκε ούτε έσπειρε ούτε θέρισε, κι εκείνοι απορροφήθηκαν ξανά εκεί. Θα μπορούσε να περάσει μέσα από τα φαντάσματα αυτά και να μην αντιληφθεί καν το επιτακτικό ρίγος τους. Αναρωτιέται αν η Τρέι τους συναντάει ποτέ στις μεγάλες βόλτες της προς το σπίτι, κάτω από τον ουρανό που σκουραίνει.

«Πήγαινε για ύπνο» λέει η Λένα ήρεμα από τη γωνιά της. «Θα φυλάξω εγώ σκοπιά».

«Καλά είμαι εδώ» λέει ο Καλ. «Δεν μπορώ να βολευτώ σ' αυτό το πράγμα. Ευχαριστώ πάντως».

«Μετά το σημερινό, χρειάζεσαι ύπνο». Ακούει ένα θρόισμα και τη Νέλλη να γρυλίζει, και βλέπει τη φιγούρα της Λένας να σηκώνεται από το στρώμα και να πλησιάζει ακροπατώντας προς το μέρος του. «Λοιπόν» λέει, βάζοντας το χέρι στον καλό του ώμο. «Πήγαινε».

Ο Καλ μένει στη θέση του. Κοιτάζουν έξω από το παράθυρο, δίπλα δίπλα. «Είναι όμορφα» λέει.

«Είναι μικρό» λέει η Λένα. «Υπερβολικά μικρό».

Ο Καλ αναρωτιέται αν τα πράγματα θα ήταν διαφορετικά για όλα αυτά τα νεκρά αγόρια αν πέρα από το κατώφλι τους απλωνόταν ένας απέραντος αυτοκινητόδρομος που ονειρευόταν πριν από λίγες μέρες: κάτι άλλο να ψιθυρίζει στο αυτί τους τη νύχτα, αντί για το ποτό και τη θηλιά. Μάλλον όχι, για τα περισσότερα. Γνωρίζει πολλά αγόρια που είχαν πρόχειρο τον αυτοκινητόδρομο και, παρ' όλα αυτά, διάλεξαν τη βελόνα ή τη σφαίρα. Αναρωτιέται όμως για τον Μπρένταν Ρέντι.

«Αυτό ήρθα να βρω» λέει. «Ένα μικρό μέρος. Μια μικρή πόλη σε μια μικρή χώρα. Μου φαινόταν πως θα ήταν ευκολότερο να το καταλάβω. Ίσως και να έκανα λάθος».

Η Λένα ξεφυσάει σιγανά και πικρόχολα. Το χέρι της βρίσκεται ακόμη στον ώμο του. Ο Καλ αναρωτιέται τι θα συνέβαινε αν ακουμπούσε το δικό του αποπάνω, αν σηκωνόταν από την πολυθρόνα και την έπαιρνε αγκαλιά. Όχι ότι θα μπορούσε να το κάνει ακόμα κι αν ήταν σίγουρος ότι το ήθελε, δεδομένων των τραυμάτων του, ωστόσο αναρωτιέται αν θα ξάπλωνε μαζί του, και, στην περίπτωση που το έκανε, αν θα ξυπνούσε το πρωί ξέροντας, όπως και να 'χει, ότι ήταν εδώ για τα καλά.

«Πήγαινε για ύπνο» λέει η Λένα και τον σπρώχνει μαλακά στον ώμο για να σηκωθεί από την πολυθρόνα.

Αυτή τη φορά ο Καλ υπακούει. «Ξύπνα με αν συμβεί κάτι» λέει. «Ακόμα κι αν σου φανεί ασήμαντο».

«Ναι, εντάξει. Και για να ξέρεις, φυσικά και μπορώ να χρησιμοποιήσω τουφέκι. Άρα, είσαι σε ασφαλή χέρια».

«Καλό αυτό» λέει ο Καλ. Σέρνει τον πονεμένο εαυτό του

στο στρώμα και τον παίρνει ο ύπνος προτού προλάβει να τραβήξει πάνω του το πάπλωμα.

Μερικές φορές κατά τη διάρκεια της νύχτας μισοξυπνάει, από μια έκρηξη πόνου καθώς γυρίζει ή από μια ξαφνική έκκριση αδρεναλίνης. Κάθε φορά, βλέπει τη Λένα να κάθεται ακίνητη στην πολυθρόνα, με τα χέρια ακουμπισμένα στο Χένρι στην αγκαλιά της, και με το προφίλ στητό να κοιτάζει έξω τον ουρανό.

20

Ο Καλ κοιμάται μέχρι αργά, και θα κοιμόταν περισσότερο αν δεν τον ξυπνούσε η Λένα. Η πρώτη κίνηση τον κάνει να βογκήξει από τον πόνο, σταδιακά όμως οι μύες του χαλαρώνουν αρκετά ώστε να μπορέσει να καθίσει, μορφάζοντας με αρκετούς διαφορετικούς τρόπους.

«Χριστέ μου» λέει, αρχίζοντας σιγά σιγά να ανακτά τον έλεγχο της κατάστασης.

«Πρωινό» λέει η Λένα. «Σκέφτηκα ότι δεν θα το μύριζες με τέτοια μύτη».

«Ροχάλιζες» τον ενημερώνει η Τρέι από το τραπέζι.

«Έγινε τίποτα;» ρωτάει ο Καλ. Όπως αναμενόταν, πονάει σχεδόν σε όλα τα σημεία όπου φέρει τραύματα, τουλάχιστον όμως η φωνή του ακούγεται λιγάκι πιο καθαρή. «Ήρθε κανείς;»

«Ούτε κουνούπι» λέει η Λένα. «Δεν είδα τίποτα, δεν άκουσα τίποτα, η Νέλλη δεν σήκωσε ούτε αυτή, δεν χρειάστηκε να πυροβολήσω ούτε έναν κακούργο. Έλα τώρα να φας το πρωινό σου. Κι εσύ ροχαλίζεις, αν θες να ξέρεις» λέει απευθυνόμενη στην Τρέι, η οποία την κοιτάζει με δυσπιστία.

Κατά τα φαινόμενα, το τραπέζι είναι φορτωμένο με κάθε πιατικό που διαθέτει ο Καλ, όλα γεμάτα με κάτι φαγώσιμο· μπέικον, αυγά, έναν πύργο από φρυγανισμένες φέτες ψωμί. Η Τρέι έχει πέσει ήδη με τα μούτρα. Έχει περάσει τόσος καιρός από την τελευταία φορά που ετοίμασε κάποιος στον Καλ πρωινό, και το βρίσκει πολύ πιο συγκινητικό απ' ό,τι θα περίμενε η Λένα. «Τα ετοίμασα μόνο και μόνο επειδή δεν ήξερα αν θα έκανες καλή δουλειά» λέει, γελώντας με την έκφραση στο πρόσωπό του. «Απ' ό,τι ξέρω, δεν έχεις ιδέα από μαγείρεμα». «Ξέρει να μαγειρεύει κουνέλι» της λέει η Τρέι, με το στόμα γεμάτο. «Και ψάρι. Είναι τέλεια». «Δεν τρώω κουνέλι για πρωινό» την πληροφορεί η Λένα. Όσο ο Καλ κοιμόταν, φαίνεται πως τα βρήκαν μια χαρά οι δυο τους. «Ούτε και ψάρι. Άσε που δεν ξέρω ποια είναι τα κριτήριά σου. Προτιμώ λοιπόν να εμπιστεύομαι τη δική μου μαγειρική».

«Θα σ' το αποδείξω κάποια στιγμή» λέει ο Καλ. «Αν θέλεις. Για το "ευχαριστώ". Όταν ηρεμήσουν κάπως τα πράγματα».

«Να το κάνεις» λέει η Λένα, η οποία εμφανώς δεν νοιάζεται πόσο πιθανό είναι να ηρεμήσουν τα πράγματα στη ζωή της, ή σε κάθε περίπτωση στη ζωή του Καλ. «Στο μεταξύ, φάε πριν κρυώσουν».

Το πρωινό είναι καλό. Ο Καλ πιάνει τον εαυτό του να λαχταράει λιπαρά και αλμυρά, και η Λένα ήταν εξαιρετικά γενναιόδωρη. Έχει τηγανίσει ό,τι μπέικον βρήκε, και τα ψωμιά στάζουν βούτυρο. Έξω η δυνατή αλλά σταθερή βροχή πέφτει σαν μακριά στροβιλιστά σεντόνια. Στα χωράφια, οι αγελάδες έχουν μαζευτεί σε μπουλούκια κάτω από τον βαρύ γκρίζο ουρανό με τα κεφάλια χαμηλωμένα στα χορτάρια. Η μέρα έχει μια παράξενη, ακλόνητη ηρεμία εν καιρώ πολέμου, λες και το σπίτι τελεί υπό πολιορκία τόσο στενή, που δεν έχει νόημα να το σκέφτεται κανείς προτού δει τι μέλλει γενέσθαι.

«Μίλησες με τη μαμά της;» ρωτάει ο Καλ, όταν η Τρέι πηγαίνει στο μπάνιο.

«Ναι» λέει η Λένα, ρίχνοντάς του ένα παγωμένο βλέμμα. «Ένιωσε τέτοια ανακούφιση, που δεν ρώτησε και τόσα. Παρ' όλα αυτά όμως, η Τρέι πρέπει να επιστρέψει σύντομα. Η Σίλα έχει ήδη αρκετά στο κεφάλι της και χωρίς να ανησυχεί για την κόρη της».

«Δεν γίνεται να φύγει αποδώ μέχρι η κατάσταση να τεθεί υπό έλεγχο» λέει ο Καλ. «Έχει τσαντίσει κάποια καθάρματα».

«Και πότε σκοπεύεις να θέσεις υπό έλεγχο την κατάσταση;» ρωτάει ευγενικά η Λένα. «Είμαι περίεργη να μάθω».

«Το παλεύω. Σήμερα κάποια στιγμή, ελπίζω». Με μια καλή κουβέντα από τηλεφώνου, ο Όστιν θα συγκρατούσε τους δικούς του μέχρι να μπορέσουν να κανονίσουν μια συνάντηση ώστε να διευθετηθούν οι διαφορές τους και να είναι όλοι ευχαριστημένοι. Ο Καλ προσπαθεί να υπολογίσει πόσα χρήματα έχει στην τράπεζα, για παν ενδεχόμενο.

«Αυτό θα ήταν υπέροχο» λέει η Λένα. «Πες μου αν χρειαστεί να μεταφερθείς στο νοσοκομείο».

«Θα μπορούσες να μείνεις εδώ για λίγο;» ρωτάει ο Καλ, αγνοώντας το σχόλιο. «Πρέπει να βγω, και δεν θέλω να αφήσω το παιδί μόνο του».

Η Λένα τον κοιτάζει απαθής για κάμποση ώρα. «Πρέπει να πάω να δω τι κάνουν τα άλλα σκυλιά» λέει. «Μετά, μπορώ να επιστρέψω για λίγο. Πρέπει να είμαι στη δουλειά στη μία».

«Μου φτάνει ο χρόνος» λέει ο Καλ. «Ευχαριστώ. Το εκτιμώ ειλικρινά». Έχει την αίσθηση ότι αυτό είναι το μότο της γνωριμίας τους.

Η Λένα αφήνει τη Νέλλη να κάνει παρέα στην Τρέι, η οποία έχει λατρέψει το σκυλί σε τέτοιο βαθμό, που κυλιέται στο πάτωμα μαζί του, αδιαφορώντας για οτιδήποτε άλλο. Φαίνεται να έχει συνέλθει πλήρως, ψυχικά αν όχι και σωματικά –ωστόσο ο Καλ δεν πρόκειται να το πιστέψει– και δείχνει να μην την προβληματίζει κάτι στην παρούσα κατάσταση. Σε ό,τι την αφορά, δεν θα είχε κανένα πρόβλημα αν συνέχιζαν να ζουν έτσι οι τρεις τους για το υπόλοιπο της ζωής τους.

Ο Καλ καταφέρνει να φορέσει καθαρά ρούχα, επενδύοντας προσοχή, χρόνο και βρισίδι. Όταν βγαίνει από το υπνοδωμάτιό του, η Τρέι χρησιμοποιεί τα απομεινάρια από το μπέικον προσπαθώντας να μάθει τη Νέλλη να κάνει βαρελάκια. Ο Καλ δεν θα πόνταρε στο αποτέλεσμα: η Νέλλη δεν του φαίνεται και το εξυπνότερο σκυλί του κόσμου, ωστόσο η Τρέι δεν το βάζει εύκολα κάτω, και η Νέλλη χαίρεται να της κάνει το χατίρι όσο η προσοχή και το μπέικον είναι εκεί.

«Η μύτη σου δείχνει καλύτερα» λέει η Τρέι.

«Τη νιώθω και καλύτερα» λέει ο Καλ. «Κάπως».

Η Τρέι διαγράφει έναν κύκλο στον αέρα με το μπέικον, κάνοντας τη Νέλλη να χοροπηδήσει και να το αρπάξει. Τον ρωτάει: «Θα σταματήσεις την έρευνα για τον Μπρεν;».

Ο Καλ δεν θέλει να την ενημερώσει ύστερα από το χτεσινοβραδινό, δεν έχει τη δυνατότητα να τα παρατήσει. Ο Όστιν κι οι δικοί του δεν θα αφήσουν να περάσει έτσι το γεγονός ότι η Τρέι τους πυροβόλησε. «Όχι» λέει. «Δεν μου αρέσει καθόλου να με εκφοβίζουν».

Περιμένει από το παιδί να τον κατακλύσει μ' ένα σωρό ερωτήσεις σχετικά με τα ερευνητικά του σχέδια, απ' ό,τι όμως φαίνεται, αυτό είναι το μόνο που χρειάζεται να ξέρει. Κουνάει καταφατικά το κεφάλι και συνεχίζει να ανεμίζει το μπέικον στη Νέλλη.

«Πιστεύω ότι θα ήταν προτιμότερο να προσπαθούσες να εκπαιδεύσεις ένα από τα κουνέλια στην κατάψυξη» λέει ο Καλ. Η έμπρακτη εμπιστοσύνη του παιδιού τον συγκινεί τόσο πολύ, που νιώθει έναν κόμπο στον λαιμό. Σήμερα το πρωί αισθάνεται σαν να είναι φτιαγμένος από ζαχαρωτό. «Άσε ήσυχο το καημένο το χαζό σκυλί και έλα να πλύνεις τα πιάτα. Δεν μπορώ να τα κουμαντάρω μ' αυτό το χέρι».

Η ώρα κοντεύει έντεκα όταν επιστρέφει η Λένα. Αυτή είναι η στιγμή της ημέρας που ο Μαρτ κάνει συνήθως διάλειμμα για ένα φλιτζάνι τσάι. Ο Καλ βρίσκει τα μπισκότα που αγόρασε

χτες και πηγαίνει προς την πόρτα προτού ο γείτονας του έχει
τη φαεινή ιδέα να έρθει επίσκεψη. Θα πρέπει να άκουσε τους
πυροβολισμούς, ίσως όμως να μην μπορούσε να ξεχωρίσει από
πού προήλθαν. Ο Καλ θέλει να καταστήσει σαφές ότι δεν είχαν
να κάνουν με αυτόν.

«Κάνε ένα ντους» λέει στην Τρέι, πηγαίνοντας προς την
πόρτα. «Σου έχω αφήσει πετσέτα στο μπάνιο. Την κόκκινη».

Η Τρέι γυρίζει και τον κοιτάζει. «Πού πας;» τον ρωτάει
κοφτά.

«Έχω διάφορα να κάνω» λέει ο Καλ. Η Λένα, που έχει κα-
θίσει μαζί με την Τρέι στο πάτωμα για να παρακολουθήσει τη
σταδιακή πρόοδό της, δεν αντιδρά. «Θα επιστρέψω σε κανένα
μισάωρο. Το καλό που σου θέλω, να έχεις πλυθεί μέχρι τότε».

«Αλλιώς τι θα γίνει;» ρωτάει η Τρέι με ενδιαφέρον.

«Θα δεις» λέει ο Καλ. Η Τρέι δεν ενθουσιάζεται από την
απάντηση και τον στραβοκοιτάζει· κατόπιν επιστρέφει στην
ενασχόλησή της με το σκυλί.

Ο Καλ νιώθει να έχει ηρεμήσει αρκετά από τον πόνο στο
γόνατό του ώστε να μπορέσει να περπατήσει μια τέτοια από-
σταση, αν και φαντάζεται πως θα αναγκαστεί να βαδίζει κου-
τσαίνοντας για αρκετό διάστημα. Μόλις φτάνει αρκετά μακριά
ώστε να μην είναι ορατός από τα παράθυρα του σπιτιού του,
προσπαθεί να προφυλαχθεί όσο το δυνατόν περισσότερο από
το νερό της βροχής σε έναν φράχτη από θάμνους, αλλάζει τις
ρυθμίσεις του κινητού του και τηλεφωνεί με απόκρυψη στον
Όστιν, υποθέτοντας πως είναι ξύπνιος τέτοια ώρα. Το τηλέφω-
νο χτυπάει μέχρι να ακουστεί η υπεροπτική γυναικεία φωνή
του τηλεφωνητή, απογοητεύοντας τον Καλ. Το κλείνει χωρίς
να αφήσει μήνυμα.

Το σπίτι του Μαρτ, στημένο κάπου ανάμεσα στα χωράφια,
μοιάζει γκρίζο και ερημωμένο μέσα από το βρόχινο πέπλο,
αλλά ο Μαρτ ανοίγει την πόρτα, με τον Κότζακ στο πλάι του.

«Γεια» λέει ο Καλ, σηκώνοντας ψηλά τα μπισκότα. «Πήγα στην πόλη χτες».

«Χριστέ και Κύριε» λέει ο Μαρτ καθώς τον κοιτάζει από πάνω ως κάτω. «Πού πήγες κι έμπλεξες, λεβεντόπαιδο; Με κακοποιούς τα 'βαλες;»

«Έπεσα από τη στέγη» λέει ο Καλ με κακομοίρικο ύφος. Ο Κότζακ τον οσμίζεται προσεκτικά, με την ουρά κάτω. Μπορεί να φοράει καθαρά ρούχα, μα η αποφορά αίματος και αδρεναλίνης δεν έχει χαθεί εντελώς. «Ανέβηκα να τσεκάρω τα κεραμίδια μετά τον αέρα, αλλά δεν είμαι πια τόσο ευκίνητος. Έχασα την ισορροπία μου και έσκασα κάτω με τα μούτρα».

«Άσ' τα ψόφια. Πάνω στη Λένα Ντιουν έπεσες» του λέει ο Μαρτ, κακαρίζοντας. «Άξιζε;»

«Έλα τώρα, δικέ μου» λέει ο Καλ, τρίβοντας τον σβέρκο του και χαμογελώντας ντροπαλά. «Η Λένα κι εγώ είμαστε φίλοι. Δεν τρέχει τίποτα».

«Ό,τι κι αν είναι αυτό το τίποτα, τρέχει εδώ και δύο βράδια συνεχόμενα. Νομίζεις, νεαρέ μου, ότι έχω χάσει την όρασή μου; Ή το μυαλό μου;»

«Μιλούσαμε. Αυτό είναι όλο. Πέρασε η ώρα. Έχω ένα από αυτά τα, πώς τα λένε... για τους καλεσμένους, τα φουσκωτά στρώματα...»

Ο Μαρτ χαχανίζει τόσο δυνατά, που κρατιέται από το πλαίσιο της πόρτας για να μην πέσει. «Μιλούσατε, ε; Στα νιάτα μου, μιλούσα κι εγώ με γυναίκες. Και θα σου πω κάτι: Ποτέ δεν τις ανάγκασα να κοιμηθούν σε φουσκωτό στρώμα μοναχές τους». Κατευθύνεται στην κουζίνα, και με το κουτί των μπισκότων γνέφει στον Καλ να τον ακολουθήσει. «Έλα να πιούμε ένα τσάι και να μου πεις τις ανατριχιαστικές λεπτομέρειες».

«Έφτιαξε αυγά με μπέικον για πρωινό. Αυτές είναι οι ανατριχιαστικές λεπτομέρειες».

«Δεν μου φαίνεται ότι μιλήσατε και πολύ» λέει ο Μαρτ,

ανάβοντας τον βραστήρα και ψάχνοντας τριγύρω για κούπες και την τσαγιέρα Ντάλεκ. Ο Κότζακ ξαπλώνει στο χαλάκι μπροστά στο τζάκι, ρίχνοντας επιφυλακτικές ματιές στον Καλ. «Τα αδέρφια της σ' το έκαναν αυτό;» «Ωχ, όχι» λέει ο Καλ. «Έχει αδέρφια;» «Φυσικά, εννοείται πως έχει. Τρεις γορίλες, που θα σου φάνε τα συκώτια με το που θα σε δουν». «Σκατά» λέει ο Καλ. «Ίσως τελικά χρειαστεί να την κάνω αποδώ. Πολύ λυπάμαι για το εικοσάρικό σου, Μαρτ». Ο Μαρτ γελάει ειρωνικά. «Μη σκας γι' αυτούς. Φροντίζουν να μην μπαίνουν ανάμεσα στη Λένα και σ' αυτό που θέλει». Ρίχνει μια γενναία ποσότητα με φακελάκια τσαγιού στην Ντάλεκ. «Πες μου μόνο αυτό, και δεν θα ρωτήσω τίποτ' άλλο: Είναι άγρια;»

«Θα πρέπει να ρωτήσεις την ίδια» λέει ο Καλ σεμνά.

«Για πες μου» λέει ο Μαρτ, με τα φρύδια του να υψώνονται σαν να του ήρθε ξαφνικά επιφοίτηση. «Μήπως η Λένα σου έριξε μερικές ξυλιές; Έτσι όπως την κόβω, πρέπει να έχει καλό δεξί. Είναι καμιά φετιχίστρια;»

«Όχι! Έλεος, Μαρτ. Έπεσα από τη στέγη, αυτό είναι όλο».

«Για κάτσε να ρίξω μια ματιά» λέει ο Μαρτ. Γέρνει και παρατηρεί τη μύτη του Καλ από διάφορες γωνίες. «Θα 'λεγα πως είναι σπασμένη».

«Ναι, κι εγώ το ίδιο. Τουλάχιστον, είναι ίσια, ή όσο ίσια ήταν πάντα. Θα γιάνει».

«Για το καλό σου. Δεν θέλεις να χαλάσει η μόστρα σου, ιδιαίτερα τώρα. Και το χέρι τι λέει; Κι αυτό σπασμένο;»

«Μπα. Μάλλον ράγισα την κλείδα. Και τράνταξα αρκετά άσχημα το γόνατό μου».

«Υπάρχουν και χειρότερα» λέει ο Μαρτ φιλοσοφώντας. «Έχω έναν γνωστό στο Μπάλιμοτ που έπεσε από τη στέγη, όπως ακριβώς κι εσύ, και έσπασε τον σβέρκο του. Τώρα είναι σε καροτσάκι, κι η κυρά του πρέπει να του σκουπίζει τον κώλο. Εσύ στάθηκες τυχερός. Πήγες στον γιατρό;»

«Όχι. Δεν θα έκανε και τίποτα εκτός από το να μου πει να μη ζορίζομαι για λίγο, κι αυτό μπορώ να το κάνω και μόνος μου τσάμπα».

«Ή να το κάνει η Λένα για σένα» λέει ο Μαρτ· το πονηρό χαμόγελο επιστρέφει στο πρόσωπό του. «Δεν θα είναι και τόσο χαρούμενη μαζί σου αν ξεμείνεις από καύσιμα. Καλύτερα να ξεκουραστείς και να προσέχεις τον εαυτό σου για να μπορείς να ανέβεις ξανά στη σέλα».

«Λυπήσου με, Μαρτ» λέει ο Καλ, συγκρατώντας ένα χαμόγελο και σπρώχνοντας με μεγάλο ενδιαφέρον το πόδι της καρέκλας με το δάχτυλό του. «Έλα τώρα». Κάτω από την καρέκλα είναι μια πετσέτα κατάξερη από τα αίματα.

Όταν σηκώνει το βλέμμα, κοιτάζει τον Μαρτ στα μάτια. Τον βλέπει να ετοιμάζεται να πει κάτι περί ρινικής αιμορραγίας κι ύστερα κάτι για κάποιον ανώνυμο ξένο που ήρθε παραπαίοντας με κάποια μυστήρια πληγή. Στο τέλος, όμως, δεν λέει τίποτα.

«Λοιπόν» λέει ο Καλ έπειτα από μια μακριά παύση. «Νιώθω εντελώς ηλίθιος».

«Α, όχι» τον καθησυχάζει ο Μαρτ μεγαλόθυμα. Σκύβει να πιάσει την πετσέτα στηριζόμενος στην πλάτη της καρέκλας και μουγκρίζοντας. Στη συνέχεια διασχίζει την κουζίνα αργά για να τη βάλει στο πλυντήριο. «Δεν είναι ανάγκη. Πού να ξέρεις τα μυστικά της περιοχής, ξένος ήσουν». Κλείνει την πόρτα του πλυντηρίου και κοιτάζει τον Καλ. «Παρ' όλα αυτά, τώρα ξέρεις».

Ο Καλ λέει: «Θα μου πεις τι έγινε;».

«Άσ' το καλύτερα» λέει ο Μαρτ, ευγενικά αλλά αποφασιστικά, με τον ίδιο τόνο στη φωνή που χρησιμοποιούσε συνήθως ο Καλ όταν μιλούσε στους υπόπτους που δεν είχαν πλέον άλλη επιλογή, είχαν φτάσει στο τέλος της διαδρομής. «Πήγαινε σπίτι σου και πες στο παιδί να πάψει να ασχολείται. Αυτό είναι το μόνο που πρέπει να κάνεις».

Ο Καλ λέει: «Θέλει να μάθει πού είναι ο αδερφός της».

«Τότε πες της ότι είναι νεκρός και θαμμένος. Ή πες της ότι την κοπάνησε, αν προτιμάς. Ό,τι νομίζεις πως θα την κάνει να τα παρατήσει».

«Το δοκίμασα. Θέλει να βεβαιωθεί. Αυτή είναι η επιθυμία της. Δεν πρόκειται να τα παρατήσει».

Ο Μαρτ ξεφυσάει. Ρίχνει απορρυπαντικό στη θήκη του πλυντηρίου και το βάζει μπροστά.

«Αν δεν της δώσετε αυτό που θέλει» λέει ο Καλ, «θα συνεχίσει μέχρι να αναγκαστείτε να τη σκοτώσετε. Είναι δεκατριών χρονών».

«Για όνομα του Θεού» λέει αποδοκιμαστικά ο Μαρτ, ρίχνοντάς του μια ματιά πάνω από τον ώμο του, «το μυαλό σου πάει στο πολύ κακό. Κανείς δεν έχει σκοπό να σκοτώσει κανέναν».

«Και με τον Μπρένταν τι έγινε;»

«Κανείς δεν είχε σκοπό να σκοτώσει ούτε εκείνον. Θα κάτσεις κάτω, επιτέλους, λεβέντη μου; Μου προκαλείς νευρικότητα».

Ο Καλ κάθεται στο τραπέζι της κουζίνας. Το σπίτι είναι παγωμένο και μυρίζει υγρασία. Το πλυντήριο βγάζει αργούς και ρυθμικούς ήχους. Η βροχή σταλάζει σταθερά στο τζάμι.

Το νερό για το τσάι έχει βράσει. Ο Μαρτ το ρίχνει μέσα στην Ντάλεχ και ανακατεύει με ένα κουτάλι τα φακελάκια του τσαγιού. Φέρνει τις κούπες και την τσαγιέρα, ύστερα το γάλα και τη ζάχαρη και στη συνέχεια χαμηλώνει σιγά σιγά σε μια καρέκλα και σερβίρει το τσάι.

«Έτσι κι αλλιώς, ο Μπρένταν Ρέντι όδευε προς τα εκεί με γοργό βηματισμό» λέει. «Αν δεν ήμασταν εμείς, θα ήταν κάποιος άλλος».

«Ο Πι Τζέι πρόσεξε ότι κάποιος του είχε βουτήξει την άνυδρη αμμωνία» λέει ο Καλ. «Σωστά;» Το περπάτημα μέχρι το σπίτι του Μαρτ έχει επιβαρύνει το γόνατό του, και νιώθει να του ρίχνει γερές σουβλιές. Έχει θυμώσει με αυτό που του συμβαίνει. Απ' όλες τις μέρες, σήμερα έπρεπε να του τύχει αυτό, που δεν είναι σε θέση να το διαχειριστεί όπως πρέπει; Ο Μαρτ κουνάει αρνητικά το κεφάλι. Ρίχνει το βάρος στον ένα γοφό και βγάζει τον καπνό του από την τσέπη του παντελονιού. «Όχι. Ο Πι Τζέι είναι μια αγαθή ψυχή. Δεν είναι αργόστροφος ή κάτι τέτοιο, απλώς το μυαλό του δεν πάει στο κακό. Δεν θα σκεφτόταν με τίποτα ότι κάποιος τον έκλεψε. Νομίζω πως γι' αυτό τον διάλεξε ο Μπρένταν». Απλώνει ένα τσιγαρόχαρτο στο τραπέζι και αρχίζει να το πασπαλίζει με καπνό. «Όχι. Κάποιος το σφύριξε στον Πι Τζέι».

Ο Καλ λέει: «Ο Ντόνι». Απ' ό,τι φαίνεται, όλοι εδώ γύρω τον δούλευαν ψιλό γαζί, ακόμα και ο Ντόνι. Θα έπρεπε να το είχε καταλάβει αμέσως, στην πνιγηρή ατμόσφαιρα από τη μυρωδιά σώματος και καπνού στο δωμάτιό του. Καταλαβαίνει επίσης πώς έμαθαν τα παιδιά από το Δουβλίνο ότι ο Μπρένταν είχε παγιδευτεί. Ο Ντόνι ξέρει από μπελάδες. Τόσο καλά, που μπορεί να σπείρει τριγύρω μερικούς όταν θέλει.

«Αυτοπροσώπως. Ο Ντόνι και ο Μπρένταν ποτέ δεν τα πήγαιναν καλά, από πιτσιρίκια. Θα 'λεγα ότι του τη φύλαγε πότε θα κάνει το στραβοπάτημα. Μόνο που ο πανύβλακας πήγε και το είπε στον Πι Τζέι αντί νά 'ρθει σ' εμένα – αν είχε κουκούτσι μυαλό, αυτό θα έπρεπε να κάνει. Και τι έγινε; Ο Πι Τζέι κάλεσε την αστυνομία».

«Και πού είναι το κακό;» ρωτάει ο Καλ, δίνοντας λαβή στον Μαρτ για να επιχειρηματολογήσει. «Κι εγώ αυτό θα έκανα».

«Δεν έχω τίποτα με την αστυνομία όταν δεν ανακατεύεται παντού» λέει ο Μαρτ, «ωστόσο δεν καταλαβαίνω τι θα μπορούσαν να προσφέρουν σε όλο αυτό. Είχαμε ήδη αρκετά στο πιάτο μας, χωρίς εκείνους να σουλατσάρουν μες στα πόδια μας, να κάνουν ερωτήσεις και να συλλαμβάνουν κόσμο». Στρίβει ένα μισερό τσιγάρο, μισοκλείνοντας τα μάτια για να το βγάλει ίσιο. «Για καλή μας τύχη, ήρθαν με το πάσο τους. Μεσολάβησε αρκετό διάστημα ώστε να μου προλάβει τα νέα ο Πι Τζέι και να καταφέρω να τον λογικέψω. Στείλαμε τους αστυνόμους στο καλό, και τηλεφώνησα σε άλλα δυο φιλαράκια –απ' αυτά που δεν δίνουν λογαριασμό σε κανέναν– να πάμε να πάρουμε πίσω την άνυδρη αμμωνία του Πι Τζέι». Σηκώνει το φρύδι καθώς γλείφει την άκρη του στριφτού του. «Το ξέρεις το μέρος, φαντάζομαι».

«Ναι» λέει ο Καλ. Αναρωτιέται ποιος τους είχε παρακολουθήσει με την Τρέι στο ορεινό μονοπάτι.

«Βρήκαν επίσης ένα σωρό Sudafed και μπαταρίες. Καμιά έκπληξη. Τα πήραν κι αυτά, για προληπτικούς λόγους. Αν φέτος τον χειμώνα την αρπάξεις, ή το ξυπνητήρι σου ξεμείνει από μπαταρίες, πες μου και θα σε φτιάξω αμέσως».

Ο Καλ έχει μάθει από πολύ παλιά πότε χρειάζεται να σιωπά. Ζεσταίνει τις παλάμες στην κούπα του, πίνει το τσάι του και ακούει.

«Έχε υπόψη σου» λέει ο Μαρτ, δείχνοντας τον με το στριφτό του, «ότι δεν πίστεψα τα λεγόμενα του Ντόνι. Μπορεί να βούτηξε ο ίδιος την άνυδρη, μετά η συμφωνία του να πήγε στράφι, και να σκέφτηκε να εκμεταλλευτεί την ευκαιρία ρίχνοντας τον Μπρένταν στα σκατά. Ξέρω όμως ένα παλικάρι που το σπίτι του βλέπει στον δρόμο που βγάζει σ' εκείνη την αγροικία και του είπα να έχει τον νου του. Λίγο μετά την αστυνομία που είχε πάει για να ψάξει, πέρασε ο Μπρένταν Ρέντι και έδειχνε πολύ βιαστικός. Τότε βεβαιωθήκαμε.»

Ανάβει ένα τσιγάρο, τραβάει μια τζούρα αργά, απολαυστικά, και στρίβει το κεφάλι φυσώντας τον καπνό μακριά από τον

Καλ. «Τις επόμενες μέρες μετά το σκηνικό, ο Μπρένταν λού-φαξε. Αν θες τη γνώμη μου, σκεφτόταν τι επιλογές είχε. Εμείς όμως τον παρακολουθούσαμε. Δεν μπορούσε να μείνει για πάντα μες στο σπίτι. Σίγουρα, τα φιλαράκια του από το Δου-βλίνο θα ήθελαν να του πουν δυο κουβεντούλες. Εγώ και τα παιδιά δεν είχαμε θέμα μ' αυτό, αλλά θέλαμε να του πούμε εμείς πρώτα δυο λογάκια, ώστε να ξέρει ο νεαρός Μπρένταν πού βρίσκεται. Χάρη θέλαμε να του κάνουμε· να μην αναλάβει τίποτα ανόητες δεσμεύσεις απέναντι στα παλικάρια από το Δουβλίνο. Την επόμενη φορά που πήγε στην αγροικία, ήμασταν εκεί για να τον συναντήσουμε».

Ο Καλ σκέφτεται αυτό που του είπε η Τρέι, ότι ο Μπρένταν έφυγε χαρούμενος, ανάλαφρος σαν το πουλάκι, για να συνα-ντήσει τον Όστιν προκειμένου να του δώσει τα χρήματα ώστε να αντικαταστήσει όσα είχαν βουτήξει τα φιλαράκια του Μαρτ, να κάνει αλλαγές στα σχέδιά του και να ξαναμπεί στη ρότα της δουλειάς. «Και δεν το περίμενε» λέει.

«Με κανέναν τρόπο» απαντάει ο Μαρτ, παρεκκλίνοντας στιγμιαία από την ιστορία για να αναλογιστεί το σημείο αυτό. «Έπρεπε να ήσουν από μια μεριά για να δεις το ύφος του· λες και μπήκε σ' ένα δωμάτιο γεμάτο ιπποπόταμους. Θα πίστευε κανείς πως ένα τόσο έξυπνο παλικάρι θα το είχε προβλέψει, έτσι δεν είναι; Από την άλλη, θα πίστευε επίσης ότι θα βρισκό-ταν ένα βήμα πιο μπροστά από έναν πανύβλακα όπως ο Ντό-νι. Αν η εξυπνάδα του σε σχέση τη χημεία ήταν λιγότερη και η αντίληψή του για τους ανθρώπους πιο οξεία, τώρα θα ήταν ζωντανός».

Ο Καλ πιάνει τον εαυτό του να μη νιώθει και να μη σκέφτε-ται τίποτα. Έχει μεταβεί σε ένα μέρος εξαιρετικά γνώριμο από τα χρόνια της δουλειάς: σε έναν κύκλο όπου μέχρι και ο αέρας παραμένει ακίνητος, όπου δεν υπάρχει τίποτα πέρα από την ιστορία που ακούει και το άτομο που τη λέει, και ο ίδιος εξαϋλωμένος, μόνο παρατηρεί, ακούει, βρίσκεται σε ετοιμότητα. Μέχρι και οι πόνοι του μοιάζουν μακρινοί. «Σκοπεύαμε να του εξηγήσουμε την κατάσταση, αυτό ήταν όλο». Κάνει νόημα προς το δαρμένο πρόσωπο του Καλ. «Φυσικά, εσύ ξέρεις εκ πείρας πώς. Μια μικρή διευκρίνιση θέλαμε. Μόνο που το παλικάρι δεν ήθελε να διευκρινίσει τίποτα. Δεν μου αρέσει να μιλάω άσχημα για τους πεθαμένους, ωστόσο ήταν ένα θρασίμι, το ξέρεις; Μας είπε ότι δεν ξέραμε πού είχαμε μπλέξει, ότι αν είχαμε μυαλό θα έπρεπε να πάμε πίσω στις φάρμες μας και να μη χώνουμε τη μύτη μας σε πράγματα που δεν καταλαβαίνουμε. Το ξέρω ότι το παλικάρι δεν πήρε σωστή ανατροφή, αν όμως εγώ μιλούσα έτσι σε κάποιον που κάλλιστα θα μπορούσε να είναι παππούς μου, η μάνα μου θα με έσπαγε στο ξύλο με την ξύλινη κουτάλα». Πιάνει ένα παλιό βάζο μαρμελάδας που έχει μετατραπεί σε τασάκι, ξεβιδώνει το καπάκι και τινάζει τη στάχτη από το τσιγάρο του. «Πήγαμε να του μάθουμε τρόπους, αλλά δεν επέδειξε πειθαρχία, προσπάθησε να αντισταθεί, και το πράμα ξέφυγε. Άναψαν τα αίματα. Μοίρασε μερικές τριγύρω, κάποιος έχασε την ψυχραιμία του και του έριξε μια μπουνιά στο σαγόνι, κι εκείνος έπεσε προς τα πίσω και χτύπησε το κεφάλι του σε μία από τις φιάλες προπανίου που είχε εκεί πέρα».

Ο Μαρτ τραβάει μια γερή ρουφηξιά από το τσιγάρο του και γέρνει προς τα πίσω για να φυσήξει τον καπνό ψηλά. «Στην αρχή νόμιζα ότι είχε λιποθυμήσει» λέει. «Όταν όμως έριξα μια ματιά από πιο κοντά, κατάλαβα ότι δεν ήταν καλά. Δεν ξέρω τι έφταιγε, το χτύπημα ή η πτώση, όπως όμως κι αν έγινε, το κεφάλι του έγερνε αφύσικα και τα μάτια του είχαν γουρλώσει. Έβγαζε έναν ήχο σαν ροχαλητό, τα πόδια του τινάχτηκαν μερικές φορές, κι ύστερα τελείωσε. Τόσο γρήγορα».

Από το παράθυρο πίσω από το κεφάλι του Μαρτ, το πράσινο στα χωράφια είναι τόσο απαλό και βαθύ, που σε προσκαλεί να βουλιάξεις μέσα του. Ο άνεμος παρασέρνει τις σταγόνες της βροχής πάνω στο τζάμι. Το πλυντήριο αγκομαχάει.

«Κάποτε, όταν ήμουν δεκαπέντε, είχα δει άλλον έναν να πεθαίνει στο φτερό» λέει ο Μαρτ «Το μηχάνημα που δεμάτιαζε το σανό δεν δούλευε σωστά, και πήγε να δει τι πρόβλημα είχε, μόνο που δεν το έσβησε. Το χέρι του πιάστηκε, και το μηχάνημα τον τράβηξε μέσα. Όταν κατάφερα να το κλείσω, το χέρι του και το κεφάλι του έλειπαν. Τον έσκισε όπως θα 'σκιζες ένα κομμάτι βρεγμένο χαρτί κουζίνας».

Παρακολουθεί τον καπνό του να ανεβαίνει και να απλώνεται στην κουζίνα. «Ο παππούς μου είχε πεθάνει έναν μήνα πριν απ' αυτό από εγκεφαλικό. Τέσσερις μέρες χαροπάλευε. Η ζωή μοιάζει κάτι σπουδαίο όταν παίρνει τέσσερις μέρες για να στραγγίξει εντελώς από έναν άνθρωπο. Όταν χάνεται σε λίγα δευτερόλεπτα, άξαφνα μοιάζει φρικτά μικρή. Δεν μας αρέσει να το παραδεχόμαστε, όμως τα ζώα το ξέρουν. Δεν χολοσκάνε για τον θάνατό τους. Απλώς, είναι κάτι μικρό· ξεμπερδεύεις σε χρόνο μηδέν. Αρκεί μια δαγκωνιά από μια αλεπού. Ή ένα μηχάνημα για δεμάτιασμα ή μια φιάλη προπανίου».

Ο Καλ ρωτάει: «Τι το κάνατε το πτώμα;».

Τα φρύδια του Μαρτ τινάζονται προς τα πάνω. «Γενικά, δεν είχαμε την ευκαιρία να κάνουμε και πολλά. Τουλάχιστον όχι τότε. Ήταν μια πολύ έντονη μέρα για την περιοχή. Πριν καλά καλά συνειδητοποιήσουμε τι έγινε, μας τηλεφώνησε ο φίλος από το παρατηρητήριο και μας είπε ότι τα παλικάρια από το Δουβλίνο έρχονταν προς τα εκεί. Τυλίξαμε τον δικό σου σ' ένα παλιό κάλυμμα κρεβατιού που βρέθηκε στο πίσω δωμάτιο και τον κουβαλήσαμε στην πλαγιά πίσω από την αγροικία, όσο πιο βαθιά μας επέτρεπε ο χρόνος που είχαμε. Όταν ακούσαμε το αμάξι τους –ένα μαύρο Hummer είχαν, δεν μπορώ να καταλάβω πώς κατάφεραν να στρίψουν στους δρόμους μας μ' αυτό το θηρίο–, τον ακουμπήσαμε κάτω ανάμεσα στους θάμνους και κουρνιάσαμε κι εμείς εκεί δίπλα». Ρίχνει μια ματιά στον Καλ, μέσα από τα σύννεφα του καπνού. «Σκέφτηκα να τον αφήσουμε στο σπίτι για να τον βρουν. Σαν μήνυμα. Τελευταία στιγμή, όμως, άλλαξα γνώμη. Δεν είχε νόημα να τους πούμε περισσότερα απ' όσα χρειαζόταν να ξέρουν. Έτσι κι αλλιώς, θα το πιάνανε μόλις μαθευόταν ότι την είχε κοπανήσει».

«Τι έκαναν;» ρωτάει ο Καλ.

Ο Μαρτ χαμογελάει πλατιά. «Δεν έδειχναν καθόλου μα καθόλου χαρούμενοι. Πήγαν κι έριξαν μια ματιά στην αγροικία, μετά βγήκαν έξω, κοίταξαν γύρω στην αυλή και μετά ξαναμπήκαν μέσα, και πάλι από την αρχή. Τέσσερις ήταν, και κανείς τους δεν μπορούσε να μείνει ακίνητος για ένα αναθεματισμένο δευτερόλεπτο· χοροπηδούσαν λες και είχαν ψύλλους. Και αυτή η γλώσσα τους, Θεέ μου. Ήμασταν αρκετά κοντά και τους ακούγαμε, άσε που ήταν μια υπέροχη ανοιξιάτικη μέρα και δεν κουνιόταν φύλλο. Δεν είμαι σεμνότυφος, αλλά παραλίγο να μου πέσουν τ' αυτιά».

Το χαμόγελό του πλαταίνει. «Και ξέρεις τι άλλο έκαναν; Τηλεφώνησαν στον Μπρένταν. Πεντέξι φορές. Το 'ξερα ότι θα το κάνουν και το είχα πάρει από την τσέπη του, αλλά δεν μπορούσα να το ξεκλειδώσω για να χαμηλώσω τον ήχο. Δοκιμάσαμε να χρησιμοποιήσουμε δακτυλικό αποτύπωμα, αλλά είχε βάλει κωδικό. Οπότε, ξέρεις τι το κάναμε τελικά το τηλέφωνο; Έβαλα τον Μπόμπι να κάτσει πάνω του με τον μεγάλο, χοντρό του κώλο. Τόσος που είναι, θα έπνιγε τα πάντα. Έπρεπε να δεις τη φάτσα του όταν άρχισε να δονείται ενώ προσπαθούσε να μην πεταχτεί όρθιος. Είχε γίνει κατακόκκινος σαν το παντζάρι. Οι υπόλοιποι κοντεύαμε να σκάσουμε προσπαθώντας να μη βάλουμε τα γέλια».

Σβήνει το τσιγάρο του στο καπάκι του βάζου της μαρμελάδας. «Τελικά τα παράτησαν και πήραν δρόμο από το βουνό. Και ξέρεις τι έκανε ο ένας απ᾽ αυτούς πηγαίνοντας στο ωραίο, αστραφτερό Hummer τους; Γκρίνιαζε και κλαψούριζε που είχαν γεμίσει λάσπες τα καλά του τα παπούτσια. Σαν πριγκιπέσα που πάει σε επίσημο χορό».

Ο Καλ είναι βέβαιος ότι κάθε λέξη είναι αλήθεια. Δεν υπάρχει λόγος να μην είναι –άλλωστε, δεν μπορεί να κάνει κάτι για όλα αυτά–, εκτός ίσως από τη συνήθεια του Μαρτ να κρατάει τους άλλους στο σκοτάδι, ως θέμα αρχής. Όμως ο Καλ έχει την αίσθηση ότι το έχουν ξεπεράσει πλέον αυτό το στάδιο.

«Πού βρίσκεται τώρα ο Μπρένταν;» ρωτάει.

«Πάνω στα βουνά. Θαμμένος, όχι παρατημένος βέβαια. Η μικρή δεν χρειάζεται να ανησυχεί για κοράκια, αρουραίους και λοιπά. Είπαμε και προσευχές και απ᾽ όλα».

Ο Μαρτ πιάνει το κουτί με τα μπισκότα και το ανοίγει προσεκτικά, για να μη σπάσει κανένα στις άκρες. «Και κάπως έτσι τελειώνει η ιστορία» λέει.

«Εκτός από τον Ντόνι και τις βλακείες του με τα πρόβατα» λέει ο Καλ.

Ο Μαρτ ξεφυσάει περιφρονητικά. «Δεν το υπολογίζω αυτό. Γενικά, δεν τον υπολογίζω αυτό τον ηλίθιο, είναι θέμα αρχής». Προσφέρει το πακέτο στον Καλ. «Έλα, πάρε ένα. Σου αξίζει. Είσαι ατσίδας. Τώρα νιώθεις ότι την πάτησες σαν βλάκας, αλλά θα τα ᾽χες καταλάβει όλα. Απλώς ξεκίνησες στραβά. Δεν υπάρχει λόγος να ντρέπεσαι γι᾽ αυτό».

Ο Καλ λέει: «Ο Ντόνι θα σκέφτηκε ότι ήταν μπλεγμένος ο Πι Τζέι, αφού η άνυδρη αμμωνία ήταν δική του. Πώς ανακάλυψε όμως πως εσύ, ο Μπόμπι κι ο Φράνσι ήσασταν επίσης στο κόλπο;».

Ο Μαρτ διαλέγει ένα μπισκότο, καθυστερώντας κάπως την απάντηση. «Θα ᾽λεγα ότι ο Ντόνι είχε γενικά κι αυτός τον νου του. Πρέπει να μας πήρε το μάτι του κάπου στον δρόμο, και

πήγε και τα ξέρασε όλα στα παιδιά από το Δουβλίνο· αν ο
τύπος είχε μυαλό στο κεφάλι του, θα έκανε τον ιδανικό διπλό
πράκτορα. Αυτοί οι λιμοκοντόροι θα του 'παν να περάσει το
μήνυμα να μην ανακατευόμαστε στις δουλειές τους». Χαμο-
γελάει στον Καλ. «Το μήνυμα το λάβαμε. Κι ας μην το πήραμε
όπως θα περίμεναν».

Ο Καλ ρωτάει: «Ο Μπόμπι πιστεύει ακόμη ότι ήταν εξω-
γήινοι;».

«Ω, ο Μπόμπι» λέει ο Μαρτ με θεατρινίστικο τρόπο, βουτώ-
ντας το μπισκότο στο τσάι του. «Ήταν τόσο ενθουσιασμένος που
τα πρόβατά του δέχτηκαν επίσκεψη από τους εξωγήινους. Δεν
θα του το χάλαγα με τίποτα. Ούτε μπορούσα, άλλωστε. Δεν θα
με πίστευε ακόμα κι αν είχα τραβήξει βίντεο τον Ντόνι εν δρά-
σει. Όχι ότι έχει σημασία τι πιστεύει ο Μπόμπι. Ο Ντόνι ήξερε
ότι θα το έπαιρνα το μήνυμα έπειτα από δυο τρία πρόβατα.
Νόμιζε όμως ότι δεν θα ανακάλυπτα ότι το έστελνε ο ίδιος.
Νόμιζε ότι θα θεωρούσα δεδομένο ότι ήταν οι τρομεροί παλι-
καράδες από το Δουβλίνο, ή κάποιος απεσταλμένος από την
πόλη, και θα πάγωνα τόσο από τον φόβο, που δεν θα τολμούσα
να σηκώσω ούτε το δαχτυλάκι μου. Τώρα ξέρει καλύτερα».

«Κατά τη γνώμη μου» λέει ο Καλ, «αν θέλατε να ξεβρομί-
σετε λιγάκι τον τόπο, θα έπρεπε να ξεφορτωθείτε τον Ντόνι,
όχι τον Μπρένταν».

«Ντόνι υπάρχουν παντού» λέει ο Μαρτ. «Τα μαλακισμένα
σού τη σπάνε, αλλά μακροπρόθεσμα δεν κάνουν καμία διαφο-
ρά. Είναι τόσο συνηθισμένα. Ξεφορτώνεσαι ένα από δαύτα, κι
αμέσως ξεφυτρώνει άλλο στη θέση του. Ο Μπρένταν Ρέντι ήταν
εντελώς άλλη ιστορία. Δεν υπάρχουν πολλοί τέτοιοι. Κι αυτό
που ξεκίνησε, σίγουρα θα έκανε τη διαφορά στα μέρη μας».

«Μα έχετε ήδη ναρκωτικά εδώ πέρα» λέει ο Καλ. «Και
πολλά μάλιστα. Δεν είναι ότι θα τα έφερνε ο Μπρένταν στον
κήπο της Εδέμ».

«Χάσαμε αρκετούς από τους νέους μας» λέει ο Μαρτ. Κανονικά θα έπρεπε να ακούγεται σαν υπεράσπιση των πράξεών του, ωστόσο ο Καλ δεν έχει τέτοια αίσθηση. Το βλέμμα του Μαρτ στην άλλη πλευρά του τραπεζιού είναι σταθερό κι η φωνή του ήρεμη και ακλόνητη, συνοδευόμενη από το ψιχάλισμα της βροχής που ακούγεται παντού γύρω τους. «Ο τρόπος που αλλάζει ο κόσμος σήμερα δεν τους κάνει καθόλου καλό. Όταν ήμουν εγώ νέος, ξέραμε τι θέλαμε και πώς να το αποκτήσουμε, όπως επίσης ξέραμε ότι, στην τελική, θα είχαμε κάτι να επιδείξουμε: μια σοδειά, ένα κοπάδι, ένα σπίτι, ή μια οικογένεια. Είναι πράγματα που είναι δυνατά. Τώρα υπάρχουν ένα σωρό άλλα που μαθαίνεις ότι πρέπει να τα επιθυμείς, και εννοείται πως είναι αδύνατον να τα αποκτήσεις όλα. Όταν λοιπόν πάψεις να προσπαθείς, τι έχεις να επιδείξεις; Έναν κατάλογο από τηλεφωνικές κλήσεις προώθησης πακέτων ηλεκτροδότησης, μια συλλογή από εταιρικές συναντήσεις για αέρα κοπανιστό, κανένα πήδημα με κάποια που γνώρισες στο ίντερνετ, ή κάμποσα likes στο YouTube. Τίποτα χειροπιαστό. Οι γυναίκες πάντα τα καταφέρνουν καλύτερα· είναι πιο προσαρμοστικές. Όμως οι νεαροί δεν ξέρουν πού τους παν τα τέσσερα. Υπάρχουν μερικοί, όχι πολλοί, όπως ο Φέργκαλ Ο'Κόνορ –τον έχεις γνωρίσει–, που παρ' όλα αυτά πατάνε γερά στη γη. Οι υπόλοιποι απλώς κρεμιούνται, γίνονται ντίρλα και καταλήγουν στα χαντάκια, πάνε από υπερβολική δόση ηρωίνης ή την κάνουν γι' αλλού. Δεν θέλω να δω αυτό το μέρος να ερημώνει, να καταλήγουν όλα τα αγροκτήματα όπως ήταν το δικό σου πριν εμφανιστείς· ερειπωμένα και άδεια μέχρι να γυαλίσουν σε κάποιον γιάνκη και να γίνουν το χόμπι του».

Ο Κότζακ, μυρίζοντας τα μπισκότα, σέρνεται στο πάτωμα δίπλα από τον Μαρτ και σηκώνεται στην καρέκλα του περιμένοντας. Ο Μαρτ κρατάει μπροστά του τα ψίχουλα κι εκείνος τα αρπάζει. «Δεν υπήρχε περίπτωση να κάθομαι και να παρακολουθώ να χάνουμε κι άλλους νέους εξαιτίας του Μπρένταν Ρέντι και των φαεινών ιδεών του».

«Ναι, αλλά χάσατε τον Μπρένταν» παρατηρεί ο Καλ.

«Σου ξαναλέω ότι αυτό δεν έγινε επίτηδες» λέει ο Μαρτ, ενοχλημένος. «Εκτός αυτού, αν τον αφήναμε να κάνει τα δικά του, θα χάναμε περισσότερους από έναν. Δεν μπορείς να φτιάξεις ομελέτα χωρίς να σπάσεις αυγά, έτσι δεν λένε;»

Ο Καλ ρωτάει: «Αυτό σκεφτόσουν όταν πήγες να μιλήσεις τις προάλλες στη Σίλα Ρέντι;». Προσπαθεί να ακουστεί ψύχραιμος, αλλά νιώθει τον θυμό να βράζει μέσα του.

Ο Μαρτ το αγνοεί και απαντάει: «Ήταν απαραίτητο να γίνει. Αυτό σκεφτόμουν. Δεν υπήρχε κάτι άλλο να σκεφτώ».

Δίνει μια σφαλιάρα στα πισινά στον Κότζακ για να επιστρέψει στο χαλάκι του τζακιού. «Και αυτό σκεφτόσουν κι εσύ όταν πήγες να δώσεις στον Ντόνι μερικά χαστούκια. Όχι: "Πού είναι το κακό;", αλλά ότι καμιά φορά υπάρχει κάτι που είναι απαραίτητο να γίνει και κανείς δεν μπορεί να το αλλάξει αυτό, επομένως δεν έχει νόημα να το ψειρίζεις· μπορείς να το κάνεις και να ξεμπερδεύεις. Και το κακό είναι ότι είχες δίκιο».

«Δεν είμαι σίγουρος ότι θα το έθετα ακριβώς έτσι» λέει ο Καλ.

Ο Μαρτ γελάει. «Αυτό πάντως σκεφτόταν χτες βράδυ η Τερέζα Ρέντι όταν έριξε με το τουφέκι. Δεν είδα να έχεις τότε καμιά αντίρρηση».

«Όποιος κι αν ήταν αυτός που πέτυχε» λέει ο Καλ, «πώς είναι;».

«Θα γίνει περδίκι. Αιμορραγούσε κάμποσο σαν λαβωμένο γουρούνι, αλλά δεν έπαθε καμιά σοβαρή ζημιά». Ο Μαρτ παίρνει ένα ακόμα μπισκότο και χαμογελάει πλατιά στον Καλ. «Μην κοιτάς τη δράση που είχαμε στα πέριξ τελευταία. Δεν θέλω να σου μπει η ιδέα ότι η περιοχή μας έχει πάντα τόσο ενδιαφέρον. Θα απογοητευτείς οικτρά όταν του χρόνου το πιο συναρπαστικό που θα συμβεί θα είναι να τετραπλασιάσει κάποιος την παραγωγή κοπριάς από τα ζωντανά του».

Ο Καλ λέει: «Ήσουν κι εσύ χτες βράδυ; Στο σπίτι μου;».

Ο Μαρτ γελάει, και το πρόσωπό του γεμίζει ρυτίδες. «Αχ, όχι. Εγώ; Τι λες; Με τα αρθριτικά μου, δεν είμαι πια για τέτοια». Ή απλώς δεν ήθελε να ρισκάρει να τον αναγνωρίσει ο Καλ.

«Εσύ είσαι περισσότερο ο ιθύνων νους» του λέει ο Καλ.

«Σ' ευχαριστώ για τα καλά σου λόγια, λεβέντη μου» λέει ο Μαρτ. «Πάντα αυτό ήθελα. Πιες τώρα το τσάι σου, πήγαινε σπίτι σου και πες στο παιδί όσα θέλεις από την ιστορία κι ότι όλα πια τέλειωσαν».

«Δεν έχει σημασία η ιστορία» λέει ο Καλ. «Το μόνο που πρέπει να μάθει είναι ότι ο αδερφός της είναι νεκρός και ότι ήταν ένας καβγάς με άσχημη κατάληξη. Δεν είναι ανάγκη να ξέρει ποιος το έκανε. Ωστόσο, θα θελήσει αποδείξεις».

«Δεν μπορεί να έχει ό,τι θέλει. Στην ηλικία της, θα 'πρεπε να το ξέρει πια αυτό».

«Δεν μιλάω για αποδείξεις που θα μπορούσαν να βάλουν κάποιον σε μπελάδες. Όμως πολύς κόσμος την έχει παραμυθιάσει για τα καλά. Δεν θα σταματήσει εκτός κι αν πάρει κάτι χειροπιαστό».

«Τι έχεις κατά νου;»

«Ο Μπρένταν είχε ένα ρολόι. Του παππού του».

Ο Μαρτ βουτάει το μπισκότο στο τσάι του και παρατηρεί τον Καλ. «Είναι πεθαμένος εδώ κι έξι μήνες».

«Δεν σου ζητάω να πας να μου το φέρεις. Εσύ θα μου πεις πού να ψάξω, και θα πάω να το πάρω μόνος μου».

«Στη δουλειά έχεις δει και χειρότερα, ε;»

Ο Καλ λέει: «Δεν έχω καμιά σχέση με καμία δουλειά».

«Όχι πια, μάλλον. Όμως οι παλιές συνήθειες δύσκολα κόβονται».

«Δεν υπάρχει μάλλον σε αυτό. Και εδώ ήρθα για να ξεφύγω από τις παλιές συνήθειες».

«Δεν τα έχεις καταφέρει και πολύ καλά, λεβέντη μου» επισημαίνει ο Μαρτ. «Χωρίς παρεξήγηση».

«Ο Μπρένταν Ρέντι δεν είναι δικό μου πρόβλημα» λέει ο Καλ. Ακόμα κι αν ξέρει ότι αυτό δεν είναι αλήθεια, από πολλές απόψεις, τα λόγια δεν βγαίνουν εύκολα από το στόμα του. Τον τρομάζει που δεν μπορεί να ξεχωρίσει αν αυτό που κάνει είναι σωστό ή λάθος. «Δεν πρόκειται να κάνω κάτι για τον Μπρένταν. Μακάρι να μην είχα ακούσει ποτέ γι' αυτόν. Το μόνο που θέλω είναι να προσφέρω στη μικρή λίγη ηρεμία για να μπορέσει να το αφήσει πίσω και να προχωρήσει».

Ο Μαρτ το συλλογίζεται, απολαμβάνοντας το μπισκότο του, κι ύστερα λέει: «Και πιστεύεις ότι θα το κάνει;».

«Ναι. Δεν γυρεύει εκδίκηση ή δικαιοσύνη. Το μόνο που θέλει είναι να το ξεχάσει».

«Ίσως τώρα. Σε μερικά χρόνια όμως;»

«Η μικρή έχει τον δικό της κώδικα ηθικής» λέει ο Καλ. «Αν δώσει τον λόγο της ότι θα το αφήσει πίσω, πιστεύω ότι θα τον κρατήσει».

Ο Μαρτ γλείφει τα τελευταία μουσκεμένα ψίχουλα από το δάχτυλό του και κοιτάζει τον Καλ. Τα μάτια του πρέπει να ήταν κάποτε γαλάζια, τώρα πια, όμως, το χρώμα έχει ξεθωριάσει και έχουν ένα νερουλό περίγραμμα, δίνοντάς του ένα ονειρικό, σχεδόν νοσταλγικό ύφος. Λέει: «Ξέρεις τι θα γίνει τώρα αν μαθευτεί κάτι απ' όλα αυτά».

«Ναι» λέει ο Καλ. «Ξέρω».

«Και είσαι διατεθειμένος να πάρεις το ρίσκο;»

«Ναι».

«Τότε, μα το Θεό, θα πρέπει να σε πάρουμε να παίζεις μαζί μας χαρτιά, είσαι καλός τζογαδόρος. Πιστεύεις περισσότερο στη μικρή απ' ό,τι εγώ ή οποιοσδήποτε άλλος εδώ τριγύρω. Αλλά και πάλι, ίσως εσύ να την ξέρεις καλύτερα».

Σπρώχνει την καρέκλα του προς τα πίσω και παίρνει τις

κούπες. «Άκου να σου πω λοιπόν τι θα κάνουμε. Τώρα δεν είσαι σε κατάσταση για σκαρφαλώματα στα βουνά. Θα μου λιποθυμούσες στα μισά, και δεν μπορώ να σε κουβαλάω πίσω. Θα μ' έκανες πίτα. Πήγαινε σπίτι να μιλήσεις με τη μικρή. Να διερευνήσεις το έδαφος. Σκέψου το καλά. Κι ύστερα, αν είσαι ακόμη διατεθειμένος να πάρεις το ρίσκο, ξεκουράσου μερικές μέρες για να πάρεις τα πάνω σου και ξαναέλα. Θα πάμε για σκάψιμο».

Χαμογελάει στον Καλ πάνω από τον ώμο του καθώς βάζει στον νεροχύτη τις κούπες. «Άντε, πήγαινε τώρα» λέει σαν να μιλάει στον Κότζακ. «Και κοίτα να ξεκουραστείς. Αν δεν συνέλθεις σύντομα, η Λένα δεν θα σε περιμένει και θα βρει άλλον».

Όσο έλειπε ο Καλ –έχει την αίσθηση ότι ήταν για αρκετή ώρα–, η Τρέι εγκατέλειψε την προσπάθεια εκπαίδευσης της Νέλλης. Μαζί με τη Λένα έχουν ξετρυπώσει τα σύνεργα του βαψίματος και ασχολούνται με το σοβατεπί στο μπροστινό δωμάτιο. Το iPod παίζει Ντίξι Τσικς, η Λένα σιγοτραγουδάει, η Τρέι είναι ξαπλωμένη μπρούμυτα στο πάτωμα για να τελειοποιήσει μια γωνία και η Νέλλη έχει κάνει κατάληψη στην πολυθρόνα. Ο Καλ θέλει να κάνει μεταβολή και να φύγει, παίρνοντας μαζί του ό,τι έχει μάθει.

Η Τρέι του ρίχνει μια ματιά πάνω από τον ώμο της. «Δες εδώ» λέει. Ανακάθεται και τεντώνει τα χέρια της. Η Λένα πρέπει κάπως να την έπεισε να κάνει μπάνιο· είναι εμφανώς πιο καθαρή απ' ό,τι όταν έφυγε ο Καλ και φοράει και τα καινούργια ρούχα που της αγόρασε στην πόλη.

«Πολύ στιλάτη» λέει ο Καλ. Τα ρούχα τής πέφτουν μεγάλα. Την κάνουν να δείχνει επώδυνα μικρή. «Μέχρι βέβαια να γεμίσεις μπογιές».

«Καθόταν σε αναμμένα κάρβουνα» λέει η Λένα. «Ήθελε να κάνει κάτι. Φαντάστηκα ότι δεν θα σε πείραζε».

«Νομίζω πως μπορώ να το αντέξω» λέει ο Καλ. «Ο λόγος που δεν έχω ξεμπερδέψει ακόμη με αυτά είναι επειδή δεν είχα καμιά πρεμούρα να βρεθώ έτσι στο πάτωμα».

«Ξέρεις τι πρέπει να κάνουμε» λέει η Τρέι.

«Τι πράμα;» ρωτάει ο Καλ.

«Εκείνος ο τοίχος». Δείχνει τον τοίχο με το τζάκι. «Τα απογεύματα γίνεται χρυσός, από τον ήλιο που μπαίνει απ' αυτό το παράθυρο. Φαίνεται ωραίος. Τέτοιο χρώμα πρέπει να τον βάψουμε».

Ο Καλ ξαφνιάζεται από κάτι που φουντώνει μες στο στήθος του· γέλιο ή λυγμός, δεν μπορεί να ξεχωρίσει. Ο Μαρτ πάλι είχε δίκιο: να που μια γυναίκα δίνει ιδέες για το σπίτι του. «Καλό μου ακούγεται» λέει. «Θα φέρω μερικά δείγματα, για να διαλέξουμε αυτό που ταιριάζει καλύτερα».

Η Τρέι γνέφει καταφατικά. Κάτι στη φωνή του Καλ την κάνει να σκαλώσει και τον κοιτάζει με εξεταστικό βλέμμα. Στη συνέχεια σηκώνει τη βούρτσα της και επιστρέφει στο σοβατεπί.

Η Λένα ρίχνει μια ματιά και στους δύο. «Λοιπόν» λέει. «Εγώ την κάνω».

«Θα μπορούσες να μείνεις λίγο παραπάνω;» ρωτάει ο Καλ.

Εκείνη κουνάει αρνητικά το κεφάλι. «Έχω να κάνω διάφορα».

Ο Καλ την περιμένει ώσπου να φορέσει το μεγάλο της μπουφάν, να βάλει διάφορα στις τσέπες και να κροταλίσει τα δάχτυλα της στη Νέλλη. Ο Καλ τις ξεπροβοδίζει. «Σ' ευχαριστώ» λέει στη Λένα στο σκαλοπάτι. «Θα μπορούσες να πας τη μικρή σπίτι αργότερα;»

Η Λένα γνέφει ναι. «Έθεσες υπό έλεγχο τα πράγματα» λέει, χωρίς στην πραγματικότητα να ρωτάει.

«Ναι» λέει ο Καλ. «Ή έστω όσο γινόταν».

«Μάλιστα» λέει η Λένα. «Καλή τύχη». Ακουμπάει το χέρι

του Καλ για μια στιγμή, κάτι ανάμεσα σε άγγιγμα και χειραψία. Ύστερα κατευθύνεται προς το αυτοκίνητό της μες στη βροχή, με τη Νέλλη να χοροπηδάει δίπλα της. Ο Καλ σκέφτεται πως, ενώ η Λένα δεν ξέρει τίποτα με σιγουριά και δεν θέλει κιόλας, είχε μια αρκετά τίμια ιδέα από την αρχή.

Κλείνει την πόρτα πίσω του, κλείνει τις Ντίξι Τσικς και πλησιάζει την Τρέι. Το γόνατό του τον πονάει ακόμη αρκετά και δυσκολεύεται να βρει μια βολική στάση για να της κάνει παρέα στο πάτωμα. Τελικά, κάθεται με το πόδι απλωμένο σε παράξενη γωνία. Η Τρέι συνεχίζει το βάψιμο, ωστόσο ο Καλ νιώθει πως είναι τσιτωμένη σαν σύρμα, σε αναμονή.

«Όσο ήμουν έξω, μίλησα με διάφορους».

«Ναι» λέει η Τρέι. Δεν σηκώνει το βλέμμα.

«Λυπάμαι πολύ που σ' το λέω αυτό, μικρή. Σου έχω κάποια άσχημα νέα».

Έπειτα από μια παύση λέει, σαν ο λαιμός της να έχει κλείσει: «Ναι».

«Ο αδερφός σου πέθανε, μικρή. Τη μέρα που τον είδες για τελευταία φορά. Συναντήθηκε με κάποιους, και έμπλεξαν σε καβγά. Δέχτηκε μια μπουνιά, έπεσε πίσω και χτύπησε στο κεφάλι. Δεν έγινε σκόπιμα. Απλώς εκείνη τη μέρα τα πράγματα πήγαν στραβά».

Η Τρέι συνεχίζει να βάφει. Το κεφάλι της είναι σκυμμένο, και ο Καλ δεν μπορεί να δει το πρόσωπό της, μπορεί όμως να ακούσει τον δύσκολο συριγμό της ανάσας της.

«Ποιος ήταν;» λέει.

«Δεν ξέρω ποιος έριξε την μπουνιά» λέει ο Καλ. «Είπες ότι το μόνο που ήθελες ήταν να βεβαιωθείς τι συνέβη για να το αφήσεις πίσω. Έχει αλλάξει αυτό;»

Η Τρέι λέει: «Πέθανε γρήγορα;».

«Ναι. Λιποθύμησε με το χτύπημα και πέθανε ένα λεπτό μετά. Δεν υπέφερε. Ούτε που κατάλαβε τι συνέβη».

«Ορκίζεσαι;»

«Ναι. Ορκίζομαι».

Η βούρτσα της Τρέι κινείται μπρος πίσω ξανά και ξανά στο ίδιο κομμάτι σοβατεπί. Δεν περνάει πολλή ώρα, και λέει: «Θα μπορούσε να μην είναι αλήθεια».

«Θα σου φέρω αποδείξεις» λέει ο Καλ. «Σε μερικές μέρες. Το ξέρω ότι τις χρειάζεσαι. Αλλά είναι αλήθεια, μικρή. Λυπάμαι».

Η Τρέι συνεχίζει το βάψιμο για λίγο ακόμα. Έπειτα αφήνει κάτω τη βούρτσα, ακουμπάει με την πλάτη στον τοίχο και αρχίζει να κλαίει. Στην αρχή κλαίει σαν μεγάλος άνθρωπος, κάθεται με το κεφάλι γερμένο πίσω, το σαγόνι και τα μάτια σφιγμένα, τα δάκρυα να κυλούν στο πλάι αθόρυβα. Στη συνέχεια κάτι σπάει μέσα της και σπαράζει σαν παιδάκι, με το χέρι της πάνω στα γόνατά της και το πρόσωπο θαμμένο στον αγκώνα της, κλαίγοντας γοερά.

Το παραμικρό κύτταρο στο σώμα του Καλ τον παρακινεί να αρπάξει το τουφέκι του, να ξαναπάει στο σπίτι του Μαρτ και να οδηγήσει τον μπάσταρδο μέχρι την πόλη και το αστυνομικό τμήμα. Ξέρει ότι αυτό δεν θα χρησίμευε σε τίποτα απολύτως, παρ' όλα αυτά, όμως, θέλει να το κάνει. Είναι τόσο σφοδρή η επιθυμία του, που αναγκάζεται να εμποδίσει συνειδητά τους μυς του να μην τον κάνουν να πεταχτεί όρθιος και να βγει σαν τρελός από την πόρτα.

Τελικά σηκώνεται και φέρνει το χαρτί κουζίνας. Το αφήνει δίπλα στην Τρέι και κάθεται κοντά της, ακουμπώντας στον τοίχο καθώς εκείνη κλαίει. Έτσι όπως σκεπάζει το πρόσωπό της με διπλωμένο το χέρι, θυμίζει σπασμένη φτερούγα στον Καλ. Λίγο μετά, ακουμπάει το χέρι του στον σβέρκο της.

Κάποια στιγμή, η Τρέι ξεμένει από δάκρυα, προς το παρόν. «Συγγνώμη» λέει, σκουπίζοντας το πρόσωπό της στο μανίκι της. Είναι κόκκινο με κηλίδες, με το καλό της μάτι πρησμένο και τόσο μικρό όσο το μαυρισμένο και τη μύτη της σχεδόν τόσο μεγάλη όσο του Καλ.

«Δεν χρειάζεται να ζητάς συγγνώμη» λέει ο Καλ. Της δίνει το χαρτί κουζίνας.

Η Τρέι φυσάει δυνατά τη μύτη της και λέει: «Μου φαίνεται ότι θα 'πρεπε να υπάρχει κάποιος τρόπος να το διορθώσω όλο αυτό».

Η φωνή της τρέμει, και για μια στιγμή ο Καλ πιστεύει πως θα ξεσπάσει πάλι σε κλάματα. «Το ξέρω» λέει. «Ούτε κι εγώ έχω συμφιλιωθεί πλήρως με την ιδέα».

Κάθονται εκεί, ακούγοντας τη βροχή. Πού και πού, η Τρέι παίρνει μια βαθιά, τρεμουλιαστή ανάσα.

«Είναι ακόμη ανάγκη να πάω στη Νορίν σήμερα;» ρωτάει ύστερα από λίγο. «Δεν θέλω να με δει έτσι κάποιος απ' αυτούς τους καριόληδες».

«Όχι» λέει ο Καλ. «Κανονίστηκε. Αυτοί οι τύποι δεν πρόκειται να ξαναενοχλήσουν πια κανέναν από εμάς».

Αυτό τραβάει την προσοχή της Τρέι. «Τους έδειρες;»

«Σου φαίνεται ότι αυτή τη στιγμή θα μπορούσα να δείρω κάποιον;»

Το παιδί καταφέρνει να σχηματίσει ένα δακρυσμένο χαμόγελο στο πρόσωπό του.

«Όχι» λέει ο Καλ. «Απλώς τους μίλησα. Αλλά είναι εντάξει».

Η Τρέι ξετυλίγει πάλι το μπαλάκι από το χαρτί κουζίνας για να βρει κάποιο καθαρό σημείο και φυσάει και πάλι τη μύτη της. Ο Καλ τη βλέπει να αφομοιώνει, κομμάτι κομμάτι, τον τρόπο που έχουν αλλάξει τα πράγματα.

«Αυτό σημαίνει ότι τώρα μπορείς να πας σπίτι» λέει. «Η αλήθεια είναι πως μου αρέσει να σ' έχω εδώ τριγύρω, ωστόσο νομίζω πως ήρθε η ώρα να πας σπίτι».

Η Τρέι γνέφει καταφατικά. «Θα πάω. Αργότερα. Σε λίγο».

«Πολύ καλά» λέει ο Καλ. «Δεν μπορώ να σε πάω εγώ, θα

έρθει όμως η κυρία Λένα μόλις τελειώσει τη δουλειά της. Θέλεις να μπούμε εγώ ή εκείνη μαζί σου στο σπίτι σου; Να σε βοηθήσουμε να εξηγήσεις στη μαμά σου;»

Η Τρέι κουνάει αρνητικά το κεφάλι. «Δεν θα της το πω ακόμη. Να μου φέρεις πρώτα τις αποδείξεις». Σηκώνει το βλέμμα της από το ζαρωμένο χαρτί. «Σε λίγες μέρες, είπες».

«Πάνω κάτω» λέει ο Καλ. «Υπάρχει όμως μια προϋπόθεση. Θα μου δώσεις τον λόγο σου ότι δεν θα προσπαθήσεις να κάνεις το παραμικρό. Ούτε τώρα, ούτε ποτέ. Θα το αφήσεις πίσω και θα επιστρέψεις στην κανονική σου ζωή, όπως είπες και μόνη σου. Θα επικεντρωθείς στο σχολείο σου και στην παρέα με τους φίλους σου. Ίσως και στο να μην τσαντίσεις τους καθηγητές σου για μερικές μέρες. Μπορείς να το κάνεις αυτό;»

Η Τρέι παίρνει μια βαθιά, τρεμουλιαστή ανάσα. «Ναι» λέει. «Μπορώ». Είναι ακόμη καμπουριασμένη στον τοίχο· τα χέρια της, που κρατάνε το χαρτί κουζίνας, κρέμονται ακίνητα σαν να μην έχει ενέργεια να τα κουνήσει. Δείχνει σαν η μακρά, σκληρή ένταση να στραγγίζει από μέσα της, στάλα στάλα, αφήνοντας το κορμί της άνευρο, ανήμπορο να αντιδράσει.

«Όχι μόνο τώρα. Για όλη την υπόλοιπη ζωή σου».

«Το ξέρω».

«Ορκίσου. Στον λόγο της τιμής σου».

Η Τρέι τον κοιτάζει και λέει: «Ορκίζομαι».

«Παίρνω πολύ μεγάλο ρίσκο, να ξέρεις».

«Κι εγώ πήρα ρίσκο χτες βράδυ» επισημαίνει η Τρέι. «Όταν άφησα αυτούς τους τύπους να φύγουν».

«Υποθέτω πως έτσι είναι» λέει ο Καλ. Νιώθει πάλι το αίσθημα αβεβαιότητας να τον πιέζει. Ανυπομονεί να έρθει το αύριο, ή η επόμενη εβδομάδα, ή όποτε θα έχει ανακτήσει αρκετά τις δυνάμεις του ώστε να αντιδράσει όπως ο κανονικός εαυτός του. «Εντάξει. Δώσ' μου μία εβδομάδα. Ας πούμε δύο, για να είμαστε σίγουροι. Και μετά ξαναέλα».

Η Τρέι παίρνει άλλη μια βαθιά ανάσα και λέει: «Τι κάνουμε τώρα;». Η ιδέα ενός κόσμου χωρίς αποστολή την έχει αφήσει σαν χαμένη. «Ξέρεις τι θέλω να κάνω σήμερα;» λέει ο Καλ. «Να πάω για ψάρεμα. Είναι το μόνο που θέλω. Τι λες, θα καταφέρουμε να φτάσουμε ως εκεί οι δυο δαρμένοι;» Η Τρέι φτιάχνει σάντουιτς. Ο Καλ της δανείζει ένα επιπλέον πουλόβερ και το χειμωνιάτικο φουσκωτό παλτό του – μέσα του, δείχνει γελοία. Εκείνη τον βοηθάει να φορέσει το μπουφάν του. Μετά περπατούν, αργά, μέχρι την όχθη του ποταμού. Περνούν το απόγευμα καθισμένοι εκεί, χωρίς να ανταλλάξουν κουβέντα που να μη σχετίζεται με το ψάρεμα. Όταν έχουν αρκετές πέρκες για να φάνε ο Καλ, η οικογένεια της Τρέι και η Λένα, τα μαζεύουν και επιστρέφουν σπίτι.

Μοιράζουν τα ψάρια, και ο Καλ βρίσκει μια πλαστική σακούλα για να βάλει τα παλιά ρούχα της Τρέι και τις πιτζάμες της. Γυρίζοντας από τη δουλειά της, η Λένα περνάει για να πάρει την Τρέι. Μένει στο αυτοκίνητο, όταν όμως ο Καλ την πλησιάζει, κατεβάζει το τζάμι και του λέει: «Τηλεφώνησέ μου όταν πάψεις πια να κάνεις χαζομάρες».

Ο Καλ γνέφει καταφατικά. Η Τρέι μπαίνει στο αυτοκίνητο, η Λένα ανεβάζει το παράθυρό της, και ο Καλ τις παρακολουθεί να απομακρύνονται, με το σκοτάδι να μαζεύεται πάνω από τους φράχτες και τη βροχή να στραφταλίζει στις ακτίνες των προβολέων.

21

Ηβροχή συνεχίζει να πέφτει σταθερά, μέρα νύχτα, για πάνω από μια βδομάδα. Κατά κύριο λόγο, ο Καλ μένει μέσα, δίνοντας χρόνο στο σώμα του να γιατρευτεί. Η κλείδα του δείχνει μόνο μελανιασμένη ή ραγισμένη, ή κάτι τέτοιο, πάντως όχι απολύτως σπασμένη· μέχρι το τέλος της εβδομάδας μπορεί πλέον να χρησιμοποιεί το χέρι για μικροπράγματα χωρίς να πονάει υπερβολικά, όσο δεν προσπαθεί να το σηκώσει πάνω από το ύψος του ώμου. Το γόνατό του, από την άλλη, έχει μεγαλύτερο πρόβλημα απ' ό,τι πίστευε. Το πρήξιμο αργεί να υποχωρήσει. Ο Καλ το δένει με επιδέσμους και βάζει τακτικά πάγο, κάτι που βοηθάει κάπως.

Η αναγκαστική αδράνεια και η ομιχλώδης βροχή προσδίδουν στην εβδομάδα μια ονειρική αίσθηση αναμονής. Στην αρχή ο Καλ τη βρίσκει παράξενα κατευναστική. Για πρώτη φορά από τότε που θυμάται τον εαυτό του, η μόνη επιλογή που έχει, είτε το θέλει είτε όχι, είναι να κάθεται δίπλα στο παράθυρο και να κοιτάζει έξω. Συνηθίζει στη θαμπή και ασαφή από τη βροχή θέα των βουνών, λες και προχωράει διαρκώς προς το μέρος τους κι αυτά μετακινούνται ακόμα πιο μακριά. Τρακτέρ αργοκινούνται πέρα δώθε στα χωράφια, αγελάδες και πρόβατα βόσκουν όπως πάντα· δεν μπορεί να καταλάβει αν δεν ενοχλούνται από τη βροχή ή απλώς την υπομένουν. Ο άνεμος έχει πάρει τα τελευταία φύλλα. Το δέντρο των κοράκων είναι γυμνό, εκθέτοντας τις μεγάλες, ακανόνιστες μπάλες από κλαράκια, τις φωλιές τους, στις εσοχές των κλαδιών. Στο διπλανό δέντρο υπάρχει μια μοναχική φωλιά που σηματοδοτεί την παραβίαση των μυστήριων νόμων από κάποιο πουλί και τη συνακόλουθη τιμωρία που του επιβλήθηκε στην πορεία.

Η αίσθηση του κλονισμού επιμένει για μερικές μέρες, φουντώνει και πλημμυρίζει τον Καλ με τυχαίες αφορμές – ένας νεκρός τρυποφράχτης στην πίσω αυλή του, ή ένα σκούξιμο μες στη νύχτα ανάμεσα στα κλωνάρια του φράχτη. Με μερικές νύχτες καλής ξεκούρασης, καταφέρνει να την αποδιώξει. Κυρίως από το σώμα του, όχι από το μυαλό του. Ο ξυλοδαρμός δεν συντάραξε ιδιαίτερα το μυαλό του. Οι άντρες μπλέκονται σε καβγάδες κάποιες φορές· είναι στη φύση τους. Αυτό όμως που έκαναν στην Τρέι είναι κάτι διαφορετικό και πιο δύσκολο να ξεπεραστεί.

Ξέρει ότι είναι καθήκον του να πει στον αστυνόμο Ντένις όσα έχει μάθει. Υπάρχουν όμως πολλοί λόγοι που δεν θα το κάνει, όλοι τόσο στενά συνδεδεμένοι μεταξύ τους, που ο Καλ δεν έχει ιδέα ποιος είναι ο κύριος και ποιοι απλώς δευτερεύοντες. Όσο περισσότερο μένει μέσα κλεισμένος και αδρανής, τόσο περισσότερο βασανίζεται από το ερώτημα. Εύχεται να μπορούσε να περάσει τις μέρες του περπατώντας, αλλά το γόνατό του χρειάζεται ξεκούραση, ώστε να γιατρευτεί και να είναι έτοιμος για τη διαδρομή στη βουνοπλαγιά. Θα ήθελε να τον επισκεφθούν η Λένα ή η Τρέι, ωστόσο ξέρει ότι αυτό δεν θα ήταν καλή ιδέα· τώρα όλα πρέπει να κατακαθίσουν. Σκέφτεται ότι θα ήταν καλό να είχε αγοράσει μια τηλεόραση.

Μόλις νιώθει κάπως καλύτερα το γόνατό του, πηγαίνει κουτσαίνοντας μες στη βροχή στο μαγαζί της Νορίν και της διηγείται την ιστορία για την πτώση από τη στέγη, κάνοντας τη Νορίν να βγάλει διάφορες διαπεραστικές κραυγές τρόμου. Όσο του αραδιάζει μια λίστα με γιατροσόφια και ανθρώπους που πέθαναν πέφτοντας από διάφορα μέρη, στο μαγαζί μπαίνει ο Φέργκαλ Ο'Κόνορ για να ψωνίσει ένα σακί πατάτες και ένα τεράστιο μπουκάλι με συμπυκνωμένο χυμό από κάποιο φρούτο. Όταν ο Καλ του γνέφει, εκείνος σκύβει το κεφάλι αμήχανα και ανταποδίδει ντροπαλά με κάτι σαν χαμόγελο, πληρώνει τα πράγματα και φεύγει βιαστικά, προτού ο Καλ τον βομβαρδίσει και πάλι με ερωτήσεις.

Τις τελευταίες ημέρες, ο Φέργκαλ στριφογύριζε στο μυαλό του Καλ. Απ' όσους μίλησε, ο γλυκός, πιστός, χαζούλης Φέργκαλ είναι αυτός που θα μπορούσε να τον είχε βάλει στον σωστό δρόμο. Ο Μπρένταν μπορεί να στερούνταν λογικής από πολλές απόψεις, όμως είχε τη σύνεση να μιλήσει στον Φέργκαλ και όχι στον Γιουτζίν όταν ένιωσε την παρόρμηση να αποκαλύψει τα σχέδιά του. Ο Φέργκαλ ήξερε τι έστηνε ο Μπρένταν, ίσως όχι με λεπτομέρειες, αλλά το ζουμί της υπόθεσης. Ήξερε ότι ο Μπρένταν είχε πιαστεί στα πράσα και ότι έφυγε φοβισμένος, και επίσης ότι ο Μπρένταν θα έπρεπε να φοβάται τους ντόπιους όσο και τα αγόρια από το Δουβλίνο. Το μόνο που δεν έχει σκεφτεί ο Φέργκαλ είναι ότι τα πράγματα θα μπορούσαν να στραβώσουν. Στο μυαλό του, η φύση είναι αυτή που γίνεται απρόβλεπτη· οι άνθρωποι είναι αξιόπιστοι. Και ο Μπρένταν, που πάντα ήταν ανήσυχο πνεύμα, τρόμαξε στη σκέψη του ξυλοδαρμού και την κοπάνησε, και θα επιστρέψει όταν τα πράγματα καταλαγιάσουν.

Ο Καλ δεν θα του χαλάσει την ιστορία. Όταν είναι η κατάλληλη στιγμή γι' αυτόν, θα καταλήξει μόνος του στο συμπέρασμα, ή ίσως όχι· μπορεί άλλωστε και να μη θέλει. Ο Φέργκαλ πρέπει να βάλει τους δικούς του όρους στον τόπο του.

Δεν πρόκειται να το πει ούτε στην Καρολάιν. Σίγουρα θα θέλει να μάθει, αλλά ο Καλ, ακόμα κι αν μπορούσε να το κάνει χωρίς να ρισκάρει, δεν γίνεται να αναλάβει την ευθύνη για εκείνη. Θα πρέπει να βάλει κι η Καρολάιν τους δικούς της όρους. Ο Καλ θα ήθελε τουλάχιστον να της πει ότι ήταν ατύχημα, για να μην είναι οι όροι αυτοί πιο σκληροί απ' ό,τι χρειάζεται. Αν έρθει να τον ρωτήσει κάποια μέρα, ίσως να βρει έναν τρόπο.

Αν είναι ακόμη εδώ τριγύρω. Το άλλο πράγμα που σκέφτηκε, κολλημένος στο σπίτι του να βλέπει τις σιλουέτες των βουνών που κάπου ανάμεσα στις ονειρικές καμπύλες τους κρύβουν ένα νεκρό αγόρι, είναι να βάλει πωλητήριο στο μέρος και να ανέβει στο αεροπλάνο για το Σικάγο ή το Σιάτλ. Λίγες μέρες ακόμα, και η Τρέι θα έχει αυτό που χρειάζεται· δεν θα μένουν άλλες υποχρεώσεις να τον δεσμεύουν στην περιοχή. Θα μπορούσε να πακετάρει και να φύγει σε λιγότερο από μία ώρα.

Πληρώνει τα ψώνια του, κι η Νορίν τον ξεπροβοδίζει, υποσχόμενη να του στείλει με τη Λένα καταπλάσματα από λάχανο και τον αριθμό ενός καλού μάστορα για τη στέγη. Ο Καλ δεν ξέρει αν η Νορίν έχει πιστέψει έστω μία λέξη απ' όσα είπε, καταλαβαίνει όμως ότι, όσον αφορά την ίδια, δεν είναι αυτό το θέμα.

Επιτέλους, η βροχή έχει σταματήσει. Ο Καλ, που την προηγούμενη μέρα θα ορκιζόταν πως ήταν έτοιμος να φάει τα ξύλα αν δεν έβγαινε έξω και δεν τελείωνε τη δουλειά, αποφασίζει ότι θα ήταν λογικό να αφήσει το νερό της βροχής να στραγγίξει από την πλαγιά πριν αρχίσει να σκάβει τριγύρω. Μένει σπίτι εκείνη τη μέρα, και την επόμενη, για να είναι σίγουρος.

Ο Μπρένταν δεν τον πτοεί. Δεν ανυπομονεί για την προοπτική, πάντως σε όποια κατάσταση κι αν είναι το πτώμα, έχει δει και χειρότερα. Ξέρει τι πρέπει να γίνει και είναι έτοιμος να το κάνει. Ωστόσο, δεν έχει τόσο ξεκάθαρο τι θα ακολουθήσει.

Από στιγμή σε στιγμή όμως, η Τρέι θα έρθει να αναζητήσει τις αποδείξεις. Ο Καλ δεν την έχει δει καθόλου από τότε που την πήγε η Λένα σπίτι της. Τον ενοχλεί η σκέψη ότι η μικρή είναι εκεί πάνω χωρίς να υπάρχει κανείς εκτός από τη Σίλα να παρακολουθεί πώς τα πάει, αλλά της είπε να του δώσει δύο εβδομάδες, και υποθέτει ότι μάλλον είναι καλό που εκείνη το τηρεί. Χρειάζεται αυτό το διάστημα για να χωνέψει όσα έχουν συμβεί και να προετοιμαστεί γι' αυτό που θα ακολουθήσει. Αλλά υποθέτει και ότι κάπου τώρα, με την προθεσμία των δύο εβδομάδων να πλησιάζει στο τέλος της και τα τραύματα στο πρόσωπό της, καλώς εχόντων των πραγμάτων, να είναι σε τέτοια κατάσταση ώστε να μη διστάζει να εμφανιστεί, η Τρέι θα αρχίσει να ανησυχεί.

Είναι Πέμπτη βράδυ αργά, και ο Καλ κάθεται έξω στο σκαλοπάτι και τηλεφωνεί στην Αλίσα. Νιώθει χαζός που το κάνει, αλλά σκοπεύει να περάσει την επόμενη μέρα ανεβαίνοντας σε μια έρημη βουνοπλαγιά με έναν άνθρωπο που συνέβαλε στον θάνατο κάποιου και κατάφερε να τη γλιτώσει, και ο οποίος ίσως εύλογα θεωρεί τον Καλ αχρείαστο ρίσκο. Θα ήταν αφελές εκ μέρους του να αγνοήσει το ενδεχόμενο, και ο Καλ νιώθει ότι υπήρξε ήδη υπερβολικά αφελής.

Η Αλίσα απαντάει γρήγορα. «Γεια. Όλα καλά;»

«Μια χαρά» λέει ο Καλ. «Απλώς ένιωσα την ανάγκη να δηλώσω την παρουσία μου. Πώς τα πας;»

«Καλά. Ο Μπεν πέρασε δεύτερη συνέντευξη για μια πραγματικά σπουδαία δουλειά, οπότε... προσευχόμαστε για το καλύτερο». Η φωνή της έρχεται από πιο μακριά, και ο Καλ ακούει νερό να τρέχει και κροταλίσματα. Τον έχει βάλει σε ανοιχτή ακρόαση όσο γεμίζει το πλυντήριο των πιάτων. «Τι κάνεις;»

«Τίποτα το ιδιαίτερο. Όλη τη βδομάδα έβρεχε, και τώρα που άνοιξε κάπως ο καιρός, λέω να πάω μια βόλτα στα βουνά αύριο. Με τον γείτονά μου τον Μαρτ».

Η Αλίσα λέει κάτι που δεν ακούγεται καθαρά, βάζοντας το χέρι της στο ακουστικό, πιθανότατα στον Μπεν. «Ουάου» κάνει, στον Καλ αυτή τη φορά. «Ακούγεται υπέροχο».

«Ναι, είναι. Θα σου στείλω φωτογραφίες».

«Ναι, αμέ. Κι εδώ βρέχει. Κάποια στη δουλειά είπε ότι μπορεί να χιονίσει, αλλά νομίζω πως το έβγαλε από το μυαλό της».

Ο Καλ σέρνει το χέρι του στο πρόσωπό του πιέζοντάς το τόσο δυνατά, που τον ενοχλούν οι μελανιές του. Θυμάται πώς έβαζε ολόκληρη την πατούσα της στο στόμα του όταν η Αλίσα ήταν μωρό κι εκείνη γελούσε μέχρι που την έπιανε λόξιγκας. Πάνω από τον κήπο του, ο ουρανός είναι γεμάτος αστέρια. «Ξέρεις...» λέει ξαφνικά. «Έχω έρθει αντιμέτωπος με κάτι που ίσως μπορείς να με βοηθήσεις. Έχεις ένα λεπτό;» Οι θόρυβοι σταματούν. «Βέβαια» λέει η Αλίσα. «Τι συμβαίνει;»

«Είναι ένα παιδί από τη γειτονιά που έρχεται σπίτι μου και της μαθαίνω ξυλουργική. Μόλις έμαθε ότι ο μεγάλος της αδερφός πέθανε και δεν έχει ένα καλό σύστημα υποστήριξης, όπως θα έλεγες. Ο πατέρας της έχει φύγει, κι η μαμά της δεν έχει να προσφέρει και πολλά. Θέλω να τη βοηθήσω να τα βγάλει πέρα χωρίς να εκτροχιαστεί, αλλά δεν ξέρω ποιος είναι ο καλύτερος τρόπος. Σκέφτηκα ότι ίσως εσύ έχεις μερικές καλές ιδέες».

«Μάλιστα» λέει η Αλίσα. Ο τόνος της φωνής της ακούγεται σαν η κόρη του να σηκώνει τα μανίκια και να στρώνεται στη δουλειά. «Πόσων χρονών είναι;»

«Δεκατριών».

«Πώς πέθανε ο αδερφός της;»

«Εμπλεξε σε καβγά και χτύπησε στο κεφάλι. Ήταν δεκαεννιά. Ήταν αρκετά δεμένοι».

«Εντάξει» λέει η Αλίσα. «Το βασικό είναι να την κάνεις να καταλάβει πως ό,τι νιώθει είναι φυσιολογικό, αλλά να την απομακρύνεις από οποιαδήποτε καταστροφική ή αυτοκαταστροφική πράξη. Για παράδειγμα, είναι φυσιολογικό να νιώθει θυμωμένη με τον εαυτό της, τον αδερφό της, τον άνθρωπο που τσακώθηκε εκείνος, τους γονείς της που δεν την τον προστάτευσαν, με οποιονδήποτε· βεβαιώσου ότι ξέρει πως δεν πρέπει να αισθάνεται ένοχη γι' αυτό. Αν όμως, ας πούμε, επιτίθεται σε άλλα παιδιά, πρέπει να μάθει ότι δεν είναι κάτι που επιτρέπεται να το κάνει. Βοήθησέ τη να βρει κάπου αλλού να διοχετεύσει τον θυμό της. Βοήθησέ τη να ασχοληθεί με μαθήματα πολεμικών τεχνών ή θεάτρου. Ή με το τρέξιμο. Θα μπορούσες να πας μαζί της για τρέξιμο, γιατί όχι».

Το σκανταλιάρικο χαμόγελο στη φωνή της κάνει τον Καλ να χαμογελάσει κι εκείνος, στην άλλη άκρη του κόσμου. «Ει» λέει, δήθεν θιγμένος. «Θα μπορούσα να τρέξω. Αν ήθελα».

«Τότε μην το σκεφτείς. Στη χειρότερη, θα την κάνεις να γελάσει, κάτι επίσης ωφέλιμο γι' αυτή. Θα ψάχνει τρόπους για να νιώσει ότι ο κόσμος μπορεί ακόμη να είναι φυσιολογικός. Το γέλιο κάνει καλό».

Η σιγουριά και η άνεσή της ισοπεδώνουν τον Καλ. Το κοριτσάκι του είναι πια μια ενήλικη που ξέρει πώς λειτουργούν όλα αυτά αλλά και πώς να τα κάνει να λειτουργήσουν, και έχει προσόντα που δεν διαθέτει εκείνος. Ο ίδιος αγχωνόταν για την κόρη του σαν τη μαμά χήνα, ακούγοντας κάθε στιγμή πως ήταν έτοιμη να καταρρεύσει, και όλον αυτό τον καιρό απλώς ήταν κουρασμένη από τη σκληρή δουλειά που χρειαζόταν για να γίνει τελικά αυτό που είναι. Την ακούει να μιλάει για παλινδρομική συμπεριφορά και μοντελοποίηση υγιούς συναισθηματικής έκφρασης, και τη φαντάζεται να κάθεται άνετα δίπλα στο αμερικάνικο αντίστοιχο της Τρέι, μεταμορφώνοντας όλες αυτές τις έννοιες σε χειροπιαστή δράση με επιδεξιότητα και ηρεμία. Μάλλον δεν τα έχει κάνει τόσο σκατά στη ζωή του αφού η Αλίσα βγήκε έτσι.

«Όλα αυτά ακούγονται εξαιρετικά» λέει ο Καλ, όταν εκείνη ολοκληρώνει όσα έχει να πει.

«Έχω κάνει εξάσκηση. Πάρα πολλά παιδιά στη δουλειά έχουν χάσει κάποιον, με τον έναν ή τον άλλον τρόπο».

«Είναι τυχερά που σε έχουν».

Η Αλίσα γελάει· ένα ωραίο, πηγαίο γέλιο. «Ναι, κι εκείνα

το ίδιο πιστεύουν. Αν και όχι πάντα. Θα σου φανεί κάτι από αυτά χρήσιμο;»

«Α, ναι. Θα τα λάβω όλα υπόψη. Εκτός ίσως από το τρέξιμο».

«Μπορώ να σ' τα στείλω και με μέιλ αν θέλεις. Κι αν προκύψει κάτι συγκεκριμένο, αν ας πούμε αρχίσει να υιοθετεί τίποτα επικίνδυνες συμπεριφορές ή οτιδήποτε, ενημέρωσέ με, και θα σου δώσω ό,τι άλλες συμβουλές έχω».

«Αυτό θα ήταν τέλειο. Σ' ευχαριστώ, μικρή. Ειλικρινά».

«Τίποτα. Μια χαρά θα τα πας. Παραπάνω κι από καλά. Μόνο, μπαμπά...»

«Ναι;»

«Το κορίτσι, η γειτόνισσά σου, αυτό που πραγματικά χρειάζεται τώρα είναι σταθερότητα στη ζωή της. Δηλαδή, το τελευταίο πράγμα που χρειάζεται είναι να εξαφανιστεί και κάποιος άλλος δικός της, Γι' αυτό, αν σκόπευες να γυρίσεις πίσω σύντομα... ίσως θα 'πρεπε να τη στρέψεις σε κάποιον άλλο που να μπορεί να του μιλήσει, αντί για σένα. Κάποιον άλλο γείτονα που να εμπιστεύεσαι ή...»

«Ναι» λέει ο Καλ. «Ξέρω». Είναι έτοιμος να τη ρωτήσει αν η ίδια θέλει να γυρίσει αυτός πίσω, αλλά συγκρατείται την τελευταία στιγμή· δεν θα ήταν σωστό να της το φορτώσει.

«Ναι, το φαντάστηκα. Απλώς τσεκάρω». Η φωνή του Μπεν ακούγεται στο βάθος να λέει κάτι. «Μπαμπά, πρέπει να κλείσω, θα συναντήσουμε κάποιους για βραδινό...»

«Εντάξει» λέει ο Καλ. «Πες γεια στον Μπεν εκ μέρους μου. Και στη μαμά σου τις καλύτερες ευχές μου. Δεν θέλω να την ενοχλήσω, αλλά θα ήθελα να ξέρει ότι της εύχομαι ό,τι καλύτερο».

«Θα πω. Τα λέμε σύντομα».

«Εμ» κάνει ο Καλ, πριν προλάβει να το κλείσει. «Όταν πήγα στην πόλη, πήρα ένα λούτρινο προβατάκι. Μου θύμισε αυτά τα παιχνίδια που είχες όταν ήσουν μικρή, το ρακούν και τα άλλα. Να σ' το στείλω; Ή δεν θέλεις πια ζωάκια, τώρα που μεγάλωσες;»

«Πολύ θα ήθελα ένα προβατάκι» λέει η Αλίσα. Ο Καλ μπορεί να ακούσει το χαμόγελό της. «Θα τα πάει καλά με το ρακούν. Καληνύχτα».

«Καληνύχτα, γλυκούλα μου. Καλά να περάσετε. Και μην αργήσεις να πέσεις για ύπνο».

«Μπαμπά» λέει γελώντας κι ύστερα το κλείνει. Ο Καλ κάθεται στο σκαλοπάτι κάμποσο ακόμα· πίνει την μπίρα του και χαζεύει τα αστέρια, περιμένοντας το ξημέρωμα.

Ο καιρός κρατάει· φτάνει το πρωί, με τον σκληρό χειμωνιάτικο ήλιο να γλιστράει χαμηλά στα χωράφια και στο παράθυρο του Καλ. Το σπίτι έχει δεχτεί και πάλι ψυχρή εισβολή, και οι θερμάστρες καταφέρνουν μετά βίας να την περιορίσουν. Ο Καλ τρώει πρωινό, δένει ξανά το γόνατό του και φοράει τα περισσότερα από τα ρούχα που διαθέτει. Όταν έρχεται η ώρα για το διάλειμμα για τσάι του Μαρτ, κατευθύνεται προς το σπίτι του.

Η γη έχει αφήσει πίσω τον θελκτικό φθινοπωρινό της εαυτό και έχει ντυθεί μια νέα, απόμακρη ομορφιά. Τα πράσινα και τα χρυσαφιά είναι ξεθωριασμένα σαν ακουαρέλες. Ο ουρανός έχει ένα αχνό μπλε και τα βουνά είναι τόσο καθαρά, που ο Καλ νιώθει ότι μπορεί να διακρίνει κάθε μακρινή συστάδα από καφετιά ρείκια. Οι πλευρές του δρόμου είναι ακόμη μαλακές από τη βροχή, με λακκούβες στα σημάδια των τροχών. Η ανάσα του Καλ αχνίζει και απλώνεται. Περπατάει αργά, κάνοντας οικονομία δυνάμεων για το γόνατό του. Ξέρει ότι τον περιμένει δύσκολη μέρα, σε δύσκολα μέρη.

Ο Κότζακ σκαλίζει σε μια γωνιά του κήπου του Μαρτ, αναζητώντας κάτι υπερβολικά ενδιαφέρον για να παραμείνει θαμμένο εκεί. Ο Μαρτ βγαίνει στην πόρτα. «Καιρό έχουμε να σε δούμε, νεαρέ» λέει χαμογελώντας στον Καλ. «Είχα αρχίσει να αναρωτιέμαι αν πρέπει να στείλουμε ομάδα διάσωσης να δει αν είσαι ακόμη μαζί μας. Γενικά όμως, δείχνεις σε καλή κατάσταση». «Εντάξει είμαι» λέει ο Καλ. «Αρκετά καλά ώστε να πάω για σκάψιμο, τώρα που σταμάτησε η βροχή».

Ο Μαρτ κοιτάζει προσεκτικά το πρόσωπο του Καλ από διάφορες πλευρές, αγνοώντας τα τελευταία λόγια του. «Θα έλεγα ότι η μύτη σου έχει βρει την παλιά της αίγλη» λέει. «Η Λένα πρέπει να είναι ευχαριστημένη. Ή μήπως σε σούταρε; Δεν έχω δει καθόλου το αυτοκίνητό της από τα μέρη μας».

«Φαντάζομαι πως είναι απασχολημένη» λέει ο Καλ. «Είσαι ελεύθερος να με πας τη βόλτα που λέγαμε;»

Το περιπαικτικό ύφος εγκαταλείπει το πρόσωπο του Μαρτ, που ρωτάει: «Μίλησες στο παιδί;».

«Ναι. Δεν πρόκειται να κάνει τίποτα».

«Είσαι σίγουρος;»

«Ναι» λέει ο Καλ. «Είμαι σίγουρος».

«Εσύ αποφασίζεις, λεβέντη μου» λέει ο Μαρτ. «Ελπίζω να μην κάνεις λάθος». Σφυρίζει στον Κότζακ, που έρχεται χοροπηδώντας χαρωπά για να ανταλλάξει φιλοφρονήσεις με τον Καλ, ο Μαρτ όμως τον σπρώχνει μέσα στο σπίτι. «Δεν τον θέλουμε μαζί μας σε αυτό. Περίμενε εδώ μισό λεπτό. Έρχομαι».

Κλείνει την πόρτα πίσω του. Ο Καλ παρακολουθεί ένα σμήνος από ψαρόνια να σηκώνεται σαν τζίνι στον ουρανό ώσπου ο Μαρτ επιστρέφει, φορώντας το αδιάβροχό του και ένα χοντρό, κίτρινο φωσφοριζέ σκουφί. Για μια στιγμή, ο Καλ θέλει να κάνει κάποιο αστείο σχετικά, να τον πει Ντιτζέι Μπισκοτοφάγο ή κάτι τέτοιο, πριν θυμηθεί ότι δεν έχουν πλέον τέτοιου είδους σχέση. Νιώθει μοναξιά, και αυτό τον μελαγχολεί κάπως. Τον συμπαθούσε τον Μαρτ.

Ο Μαρτ κρατάει το μπαστούνι του και ένα φτυάρι. «Αυτό

είναι για σένα» λέει, δίνοντάς το στον Καλ. «Θα μπορέσεις να το χρησιμοποιήσεις; Είναι καλά η κλείδα σου;»

«Κάτι θα σκεφτώ» λέει ο Καλ. Ισορροπεί το φτυάρι στον καλό του ώμο.

«Και το γόνατο; Η διαδρομή είναι μεγάλη, κι η μισή είναι εκτός δρόμου. Αν το γόνατό σου σε εγκαταλείψει στα μισά της βουνοπλαγιάς, δεν θα μπορώ να κάνω τίποτα για να σε βοηθήσω».

«Να πάρεις τον Πι Τζέι και τον Φράνσι. Αυτοί θα μπορούν να με κουβαλήσουν κάτω».

«Δεν τους έχω ενημερώσει για την εκδρομούλα μας» λέει ο Μαρτ. «Δεν θα την ενέκριναν. Σίγουρα δεν σε ξέρουν τόσο καλά όσο εγώ. Οπότε, μην τους κρατάς κακία».

«Μια χαρά είναι το γόνατό μου» λέει ο Καλ. «Πάμε».

Η διαδρομή είναι μεγάλη. Αρχικά παίρνουν τον ίδιο ορεινό δρόμο που είχε πάρει ο Καλ για το σπίτι των Ρέντι, μετά όμως από κανένα χιλιόμετρο, ο Μαρτ δείχνει με το μπαστούνι του ένα μονοπάτι τόσο στενό, που δεν μπορούν να περπατήσουν ο ένας δίπλα στον άλλο, με την είσοδό του κρυμμένη από φουντωτά δέντρα και ψηλό χορτάρι. «Δεν υπήρχε περίπτωση να το δεις, ε;» λέει χαμογελώντας στον Καλ. «Αυτό το βουνό είναι γεμάτο μυστικά».

«Εσύ όμως τα ξέρεις» λέει ο Καλ. «Πήγαινε μπροστά». Δεν θέλει να είναι με την πλάτη γυρισμένη στον Μαρτ.

Το μονοπάτι προχωράει ανηφορικά ανάμεσα σε βράχια, αγκαθωτές συστάδες από κίτρινα σπαρτά και εκτάσεις με ψηλά ρείκια – οι μοβ καμπανούλες τους έχουν ξεθωριάσει κι έχουν γίνει καφετιές. «Απ' αυτά εδώ» λέει ο Μαρτ, δείχνοντας με το μπαστούνι του καθώς περνάει μια συστάδα, «παίρνεις το καλύτερο μέλι του κόσμου. Όταν ήμουν μικρός, ένας τύπος που έμενε εδώ πάνω, ονόματι Πίτερ Ρούα, είχε μέλισσες. Η γιαγιά μου μας έστελνε να πάρουμε από το μέλι του. Ορκιζόταν ότι ήταν ό,τι καλύτερο για τα νεφρά. Μια κουταλιά πρωί βράδυ, και γινόσουν περδίκι στο άψε σβήσε».

Ο Καλ δεν απαντάει. Έχει τον νου του μήπως τους ακολουθεί κανείς –εκτός από όλα τ' άλλα, φοβάται μήπως τον παρακολουθεί ξανά η Τρέι–, ωστόσο δεν κουνιέται τίποτα, πουθενά τριγύρω. Το υγρό χώμα του μονοπατιού υποχωρεί κάτω από τα πόδια τους. Ο Μαρτ σφυρίζει μόνος του, έναν σιγανό, μοναχικό σκοπό με παράξενο μέτρο. Μερικές στιγμές μουρμουρίζει κι έναν δυο στίχους, στα ιρλανδικά. Στη γλώσσα αυτή, η φωνή του αλλάζει εντελώς τόνο· γίνεται ένα βραχνό, ανέμελο σιγοτραγούδισμα.

«Το τραγούδι αυτό μιλάει για έναν άντρα που πάει στο παζάρι και πουλάει την αγελάδα του» τον πληροφορεί πάνω από τον ώμο του, «για πέντε ασημένιες λίρες και μια κίτρινη χρυσαφένια γκινέα. Και λέει: "Αν πιω όλο το ασήμι και σπαταλήσω τον χρυσό, γιατί να νοιαστεί κανείς γι' αυτό;"»

Τραγουδάει και πάλι. Το μονοπάτι συνεχίζει να ανηφορίζει. Στα επίπεδα βοσκοτόπια αποκάτω, τα χωράφια απλώνονται κουρεμένα και χλωμά στο δριμύ φως του ήλιου· χωρίζονται από μαντρότοιχους που απλώνονται για λόγους που δεν θυμάται πια κανείς.

«Λέει: "Αν πάω στο δάσος μαζεύοντας μούρα ή καρπούς, κόβοντας μήλα από κλαδιά ή βόσκοντας τις αγελάδες, και ξαπλώσω κάτω από ένα δέντρο για να ησυχάσω, γιατί να νοιαστεί κανείς γι' αυτό;"»

Ο Καλ βγάζει το τηλέφωνό του, ανοίγει την κάμερα και το σηκώνει ψηλά, τραβώντας φωτογραφίες τη θέα. «Κλείσ' το» λέει ο Μαρτ, κόβοντας το τραγούδι στη μέση.

«Είπα στην κόρη μου ότι θα πάω να περπατήσω στα βουνά» λέει ο Καλ. «Ζήτησε φωτογραφίες. Της αρέσει η όψη του τοπίου εδώ γύρω».

Ο Μαρτ λέει: «Πες της ότι ξέχασες να πάρεις το τηλέφωνό σου».

Στέκεται στο μονοπάτι, ακουμπώντας πάνω στο μπαστούνι του, και κοιτάζει τον Καλ, περιμένοντας. Μια στιγμή μετά, ο Καλ κλείνει το τηλέφωνό του και το βάζει στην τσέπη του. Ο Μαρτ γνέφει καταφατικά και αρχίζει και πάλι να περπατάει. Λίγο μετά, ξαναπιάνει το τραγούδι.

Ο Καλ δεν έχει δει παρόμοιο θέαμα στα βοσκοτόπια· οι φτέρες στις πλευρές του μονοπατιού χαϊδεύουν τις μπότες του. Το μπαστούνι του Μαρτ πατάει σιγανά και ρυθμικά στο μονοπάτι, σιγοντάροντας το τραγούδι του. Αφηγείται στον Καλ: «Ο άντρας λέει: "Ο κόσμος λέει πως είμαι χαμένο κορμί, χωρίς καλούδια και καλά ρούχα, χωρίς κοπάδι και πλούτη. Αν είμαι αρκετά ευτυχισμένος ζώντας σε μια παράγκα, γιατί να νοιαστεί κανείς, αφού δεν του κοστίζει τίποτα;"».

Βγαίνει από το μονοπάτι και σκαρφαλώνει μέσα από ένα κενό σ' έναν μισογκρεμισμένο μαντρότοιχο, γεμάτο λειχήνες. Ο Καλ τον ακολουθεί. Διασχίζουν ένα κομμάτι γης που μοιάζει να έχει καθαριστεί, πολύ καιρό πριν, προτού εγκαταλειφθεί και ξαναφυτρώσει ψηλό λεπτό χορτάρι. Σε μιαν άκρη βρίσκονται τα ερείπια ενός πέτρινου αγροτόσπιτου, πολύ παλιότερου από του Μπρένταν. Ο Μαρτ δεν γυρίζει το κεφάλι να το κοιτάξει. Μια ριπή ανέμου κάνει τα κουκούλια των σπόρων στο χορτάρι να αναριγήσουν.

Καθώς ανεβαίνουν πιο ψηλά, το κρύο γίνεται εντονότερο και διαπερνά τα στρώματα των ρούχων, μπήγοντας τα δόντια του στο δέρμα του Καλ. Ξέρει ότι διαγράφουν κύκλους, κάνουν ζιγκ ζαγκ και πισωγυρίσματα, όμως δεν μπορεί να βάλει κάποιο σημάδι τριγύρω –λίγο πολύ, υπάρχουν παρόμοιοι θάμνοι και ολόιδια δέντρα –, κι έτσι δεν είναι σίγουρος για την ακριβή πορεία. Ρίχνει τακτικά ματιές στον ήλιο και στη θέα, προσπαθώντας να μη χάσει τον προσανατολισμό του, όμως είναι βέβαιος πως θα μπορούσε να περάσει έναν ολόκληρο χρόνο ψάχνοντας, χωρίς να καταφέρει να ξαναβρεί τον δρόμο προς τα εδώ. Δεν του ξεφεύγει το σαρκαστικό βλέμμα του Μαρτ όταν τον κοιτάζει.

Χωρίς το τηλέφωνό του, δεν μπορεί να είναι σίγουρος πόση ώρα περπατούν ήδη· ίσως πάνω από μία ώρα, μπορεί και μιάμιση. Ο ήλιος είναι ψηλά. Σκέφτεται τους τέσσερις άντρες να κατεβαίνουν αργά με δυσκολία αυτά τα μονοπάτια, με το πτώμα, τυλιγμένο στο ριχτάρι, να ταλαντεύεται ανάμεσά τους. Ο Μαρτ τους οδηγεί μέσα από ένα πυκνό σύδεντρο από έλατα, κάτω σ' ένα πλάτωμα και ξανά σ' ένα ολόστενο μονοπάτι. Νερό στραφταλίζει ανάμεσα στην τύρφη και στα ρείκια. «Μείνε στο μονοπάτι τώρα» συμβουλεύει τον Καλ. «Κάθε χρονιά, όλο και κάποιο πρόβατο πατάει σε κάποιον από αυτούς τους τυρφώνες και δεν καταφέρνει να ξαναβγεί. Και πριν από είκοσι πέντε με τριάντα χρόνια, ήταν ένας τύπος που κατέβαινε από το Γκόλγουεϊ· ήταν τελείως σαλεμένος, για δέσιμο. Κάθε Μεγάλη Παρασκευή ανεβοκατέβαινε ξυπόλυτος στο βουνό, ξεκουκίζοντας το ροζάριό του σε όλη τη διαδρομή. Έλεγε ότι η Παναγία του είχε πει πως, αν συνέχιζε, κάποτε θα εμφανιζόταν μπροστά του. Ίσως να το 'κανε και να διάλεξε ένα κακό σημείο, δεν μπορώ να ξέρω, πάντως μια χρονιά δεν ξαναγύρισε. Οι άντρες έψαξαν και τον βρήκαν νεκρό σε έναν τυρφώνα. Μόλις δυόμισι μέτρα από το μονοπάτι, με το χέρι τεντωμένο ακόμη προς το ξερό έδαφος».

Ο Καλ νιώθει το φτυάρι βαρύ στον ώμο του· το γόνατό του πάλλεται σε κάθε του βήμα. Αναρωτιέται αν ο Μαρτ σκοπεύει να τον βάλει να κάνει κύκλους μέχρι να καταρρεύσει και μετά να τον αφήσει να βρει μόνος του τον δρόμο της επιστροφής. Ο ήλιος έχει αρχίσει να κατεβαίνει.

«Εδώ είμαστε» λέει ο Μαρτ, σταματώντας. Δείχνει με το μπαστούνι του σε ένα σημείο στον βάλτο, πεντέξι μέτρα παραμέσα από το μονοπάτι.

«Είσαι σίγουρος;»

«Φυσικά και είμαι. Θα σ' έφερνα μέχρι εδώ πάνω αν δεν ήμουν;»

Γύρω τους εκτείνεται ένα πλατύ, επίπεδο οροπέδιο. Ψηλό χορτάρι και ρείκια που γέρνουν, ξεθωριασμένα από το φθινόπωρο. Μικρές σκιές από τα σύννεφα τους περιτριγυρίζουν.

Ο Καλ λέει: «Μοιάζει με καμιά δεκαριά άλλα μέρη που έχουμε περάσει ήδη».

«Σ' εσένα ίσως. Αν όντως θέλεις τον Μπρένταν Ρέντι, εδώ θα τον βρεις».

«Και το ρολόι του».

«Εμείς δεν πήραμε τίποτα αποπάνω του. Αν είχε εκείνη τη μέρα το ρολόι του, τότε είναι εκεί και τώρα».

Στέκονται δίπλα δίπλα, κοιτάζοντας τον βάλτο. Υδάτινες εκτάσεις γυαλίζουν εδώ κι εκεί σαν μπλε καθρέφτες. «Μου είπες να μην ξεστρατίσω από το μονοπάτι» λέει ο Καλ. «Αν μπω εκεί πέρα, ποιος μου λέει ότι δεν θα καταλήξω σαν τον τύπο με το ροζάριο;»

«Αυτός ο κομπογιαννίτης ήταν παιδί της πόλης» λέει ο Μαρτ. «Ή δεν μπορούσε να ξεχωρίσει πού είναι ξερός και πού υγρός ο βάλτος, ή σκέφτηκε ότι η Παρθένος Μαρία θα τον γλίτωνε από τα νύχια του. Εγώ έκοβα τύρφη σ' αυτό το βουνό πριν καν γεννηθείς ή έστω υπάρξεις ως σκέψη, και θα σου λέω αποδώ πού είναι σταθερό το έδαφος για να πατήσεις. Πώς δηλαδή αφήσαμε το παλικάρι εκεί χωρίς να βουλιάξουμε εμείς οι ίδιοι;»

Ο Καλ καταλαβαίνει πώς πρέπει να το εκλάβει αυτό σε περίπτωση που υποτιμήσει τον Μαρτ. Ένας κουφιοκέφαλος γιάνκης βγήκε να το παίξει φυσιοδίφης σε μια φύση που δεν κατανοεί, και έκανε το λάθος βήμα. Ίσως η Αλίσα να θυμάται ότι θα πήγαινε πεζοπορία με τον γείτονά του· στον αντίποδα όμως, αρκετοί θα έχουν περάσει τη μέρα τους σήμερα κάνοντας παρέα με τον Μαρτ.

«Αν θες να γυρίσεις σπίτι» λέει ο Μαρτ, «θα πω ότι κάνα-
με μια καλή γυμναστική».

«Η άθληση δεν ήταν ποτέ αυτοσκοπός για μένα» λέει ο
Καλ. «Είμαι πολύ τεμπέλης για κάτι τέτοιο. Από τη στιγμή
που έφτασα μέχρι εδώ πάνω, θα προτιμούσα να υπάρχει κάποιο
νόημα σε όλο αυτό». Μετακινεί το φτυάρι σε λιγότερο οδυνη-
ρή θέση για τον ώμο του και βγαίνει από το μονοπάτι. Ακούει
τον Μαρτ να τον ακολουθεί, αλλά δεν γυρίζει το κεφάλι.

Ο βάλτος υποχωρεί και επανέρχεται κάτω από τα πόδια
του καθώς το βάρος του συνταράσσει βαθιά τα στρώματα
αποκάτω, ωστόσο τον αντέχει. «Πάτα αριστερά» λέει ο Μαρτ.
«Τώρα ευθεία». Πιο πέρα μπροστά τους, ένα μικρό πουλί
σημαίνει συναγερμό και εξαφανίζεται στον ουρανό, με το υψί-
συχνο τιτίβισμά του να ακούγεται αχνά από ψηλά μες στην
κρύα ατμόσφαιρα.

«Εκεί» λέει ο Μαρτ.

Μπροστά στα πόδια του Καλ, ανάμεσα στο απαλό χορτάρι,
διακρίνεται στον τυρφώνα ένα ορθογώνιο σε μέγεθος ανθρώ-
που, ατσούμπαλο και με τραχιές άκρες.

«Δεν είναι όσο βαθιά θα 'πρεπε» λέει ο Μαρτ. «Η κυβέρ-
νηση όμως έχει απαγορεύσει το κόψιμο τύρφης σ' αυτά τα
μέρη. Από τη στιγμή που θα τελειώσεις μαζί του, θα αναπαυ-
θεί εν ειρήνη».

Ο Καλ χώνει την άκρη του φτυαριού στην τύρφη, στην τρα-
χιά γραμμή όπου έχει ήδη διαταραχθεί, και το βυθίζει παρα-
μέσα με το καλό του πόδι. Η λάμα μπαίνει αβίαστα. Αισθάνε-
ται το έδαφος αποκάτω παχύ και αργιλώδες. «Κόψε πρώτα
γύρω γύρω» λέει ο Μαρτ. «Μετά σηκώνεις το χορτάρι».

Ο Καλ μπήγει το φτυάρι ξανά και ξανά μέχρι να σχηματίσει
ένα ορθογώνιο, ύστερα το σηκώνει και το ρίχνει στη μια πλευ-
ρά. Βγαίνει εύκολα, με άψογες γωνίες. Στην τρύπα που έχει
μείνει, η τύρφη είναι σκούρα και λεία. Αναδύεται μια έντονη,

πλούσια μυρωδιά, φέρνοντάς του στον νου το άρωμα του καπνού από τα τζάκια όταν πηγαίνει περπατώντας στην παμπ τα κρύα βράδια. «Λες και είσαι γεννημένος γι᾽ αυτό» λέει ο Μαρτ. Βγάζει το πακέτο με τον καπνό του και αρχίζει να στρίβει τσιγάρο. Περνάει πολλή ώρα. Ο Καλ δεν μπορεί να βάλει καθόλου δύναμη με το τραυματισμένο χέρι, παρά μόνο να κρατάει σταθερό το φτυάρι καθώς το κατεβάζει. Μέσα σε λίγα λεπτά, αρχίζει να πονάει και το καλό του χέρι. Ο Μαρτ βυθίζει τη βάση του μπαστουνιού του στον βάλτο και ακουμπάει τον ελεύθερο πήχη του στη μαγκούρα ενώ καπνίζει.

Ο σωρός της κομμένης τύρφης μεγαλώνει, και η τρύπα πλαταίνει και βαθαίνει. Ο ιδρώτας παγώνει στο πρόσωπο και στον λαιμό του Καλ. Στηρίζεται στο φτυάρι για να πάρει ανάσα, και για μια στιγμή παρασύρεται από τη δίνη της αλλόκοτης κατάστασης όπου έχει βρεθεί, σε μια βουνοπλαγιά μισή υψήλιο μακριά από την πατρίδα του, να σκάβει για ένα νεκρό αγόρι.

Στην αρχή περνάει την κοκκινωπή συστάδα, που ξεφυτρώνει στο σημείο όπου προηγουμένως ήταν η λεπίδα του φτυαριού του, για βρύα ή ρίζες. Του παίρνει μια στιγμή για να συνειδητοποιήσει ότι η τύρφη έχει σκουρύνει, ότι η μυρωδιά που αναδύεται από την τρύπα έχει συμπυκνωθεί σε κάτι ταγγό, και ότι αυτό που βλέπει είναι μαλλιά.

Αφήνει κάτω το φτυάρι. Στην τσέπη του παλτού του έχει ένα ζευγάρι γάντια από λάτεξ που αγόρασε για τις εργασίες στο σπίτι. Τα φοράει, γονατίζει στην άκρη της τρύπας και σκύβει για να δουλέψει με τα χέρια.

Το πρόσωπο του Μπρένταν ξεπροβάλλει λίγο λίγο μέσα από τον βάλτο. Όποια παράξενη αλχημεία κι αν έχει συμβεί, δεν μοιάζει με κανένα πτώμα απ᾽ όσα έχει δει μέχρι τώρα ο Καλ. Είναι όλα εκεί, σάρκα και δέρμα ανέπαφα, οι βλεφαρίδες είναι κλειστές σαν να κοιμάται. Έπειτα από σχεδόν επτά μήνες, αναγνωρίζεται ακόμη το χαμογελαστό αγόρι της φωτογραφίας στο Facebook. Η μόνη διαφορά είναι πως το δέρμα του έχει σκληρύνει και έχει πάρει μια κοκκινωπή προς καφετιά από-χρωση, και το βάρος του βάλτου πάνω του έχει αρχίσει να τον παραμορφώνει σαν εύπλαστο κερί, σπρώχνοντας τα πλάγια του προσώπου του, συνθλίβοντας τα χαρακτηριστικά του. Αυ-τό του έχει προκαλέσει ένα προσηλωμένο, μυστικοπαθές συ-νοφρύωμα, σαν να έχει συγκεντρωθεί σε κάτι που μόνο εκείνος μπορεί να δει. Στο μυαλό του Καλ έρχεται η Τρέι όταν συνο-φρυώνεται ασυναίσθητα πάνω από το γυαλόχαρτό της. Το περίγραμμα του σαγονιού του είναι ανομοιόμορφο. Ο Καλ το ακουμπάει με τα δάχτυλά του και το εξετάζει. Η σάρ-κα είναι παχύρρευστη και συμπυκνωμένη, και το κόκαλο έχει μια απαίσια ελαστική υφή, ο Καλ όμως βρίσκει το τσάκισμα εκεί όπου τον πέτυχε η γροθιά. Κατεβάζει απαλά το κάτω χείλος του Μπρένταν. Δυο δόντια από εκείνη την πλευρά είναι σπασμένα.

Ο Καλ καθαρίζει λίγο γύρω από το κεφάλι του Μπρένταν για να μπορέσει να δει το πίσω μέρος. Δουλεύει αργά και με προσοχή· δεν ξέρει πόσο καλά κρατάει το σώμα, τι μέλη μπορεί να αποσπαστούν αν είναι απότομος. Ακόμα και μέσα από τα γάντια, μπορεί να νιώσει την υφή των μαλλιών στα δάχτυλά του, ένα τραχύ κουβάρι σαν απλωμένο δίκτυο από λεπτές ρίζες. Στη βάση του κρανίου υπάρχει ένα μεγάλο βαθούλωμα, νιώθει κομ-μάτια να μετακινούνται. Όταν ο Καλ παραμερίζει τα μαλλιά, διακρίνει το βαθύ, οδοντωτό περίγραμμα της τρύπας.

«Βλέπεις;» λέει ο Μαρτ πίσω του. «Όπως ακριβώς σου τα είπα».

Ο Καλ δεν του απαντάει. Αρχίζει να φτυαρίζει την τύρφη που σκεπάζει τον θώρακα του Μπρένταν.

«Τι θα 'κανες αν δεν έβρισκες το πτώμα;»

Σταδιακά αποκαλύπτεται το μπουφάν του Μπρένταν, μαύρο φουσκωτό με ένα πορτοκαλί μπάλωμα έντονο ακόμη στο ένα μανίκι, ξεκούμπωτο· από μέσα διακρίνεται ένα φούτερ, μάλλον γκρίζο, προτού ο βάλτος το βάψει στο κόκκινο της σκουριάς. Ο Μπρένταν είναι ξαπλωμένος, μισός ανάσκελα και μισός στο πλάι, με το κεφάλι στριμμένο σε αφύσικη γωνία. Ο ήλιος πέφτει πάνω του αδυσώπητα φωτεινός.

Το χέρι του είναι πεσμένο πάνω από το στήθος του. Ο Καλ κινείται κατά μήκος του, βαθύτερα στο έδαφος. Η τύρφη κοντά στο σώμα έχει διαφορετική αίσθηση, πιο υγρή. Αυτή η ώριμη, χωματένια μυρωδιά γεμίζει τα ρουθούνια του.

«Δεν είναι μόνος» λέει ο Μαρτ. «Όταν ήταν νέος, ο μπαμπάς μου είχε βρει έναν άντρα σ' αυτό τον βάλτο, πριν από καμιά εκατοστή χρόνια περίπου. Έλεγε ότι ο τύπος πρέπει να βρισκόταν εκεί από πριν διώξει ο Άγιος Πατρίκιος τα φίδια*. Πλακέ σαν τηγανίτα, έτσι λέει ήταν, και με κλαδιά τυλιγμένα γύρω από τον λαιμό του. Ο πατέρας μου τον ξανασκέπασε και δεν είπε κουβέντα ποτέ στην αστυνομία ή σε κανέναν άλλον. Τον άφησε να αναπαυθεί εν ειρήνη».

Ο Καλ βγάζει το χέρι του Μπρένταν από τον βάλτο. Φοβάται μήπως αποσπαστεί από το σώμα καθώς το σηκώνει, αλλά αυτό αντέχει. Έχει την ίδια κόκκινη-καφετιά απόχρωση με το πρόσωπό του, διπλώνει και ταλαντεύεται σαν να μην έχει καθόλου κόκαλα. Ο βάλτος μεταμορφώνει τον Μπρένταν σε κάτι νέο.

Ο καρπός του λυγίζει σαν κλαράκι από το ίδιο του το βάρος. Είναι αυτός που χρειάζεται ο Καλ: όταν σηκώνει το βαρύ από το νερό μανίκι, το ρολόι βρίσκεται εκεί. Το λουράκι είναι από

---

* Σύμφωνα με τον θρύλο, ο Άγιος Πατρίκιος έδιωξε τα φίδια από το νησί τον 5ο αιώνα μ.Χ. Ο προστάτης άγιος της Ιρλανδίας τα πέταξε όλα στη θάλασσα καθώς άρχισαν να του επιτίθενται όταν αποσύρθηκε για μια σαρανταήμερη νηστεία στην κορυφή κάποιου λόφου. (Σ.τ.Μ.)

δέρμα και έχει γίνει ένα με αυτό του χεριού του Μπρένταν. Ο Καλ το ξεκουμπώνει και αρχίζει να το σηκώνει όσο πιο απαλά μπορεί, αλλά η σάρκα τραβιέται και ξεκολλάει· μια απαίσια, γλοιώδης, υπόλευκη μάζα. Το μυαλό του Καλ φεύγει από το σώμα του. Τα γαντοφορεμένα χέρια του είναι σαν να ανήκουν σε κάποιον άλλον όταν ασχολούνται με το ρολόι, το παίρνουν προσεκτικά και σκουπίζουν, όσο καλύτερα μπορούν, τη μουλιασμένη τύρφη και άλλα χειρότερα στο χορτάρι. Παρατηρεί πολύ καθαρά ότι το χορτάρι εδώ πάνω έχει πιο τραχιά υφή από το γρασίδι στα λιβάδια παρακάτω, και ότι τα μπατζάκια του παντελονιού του είναι μουσκεμένα από το γονάτισμα.

Το ρολόι είναι παλιό, βαρύ· αποπνέει αρχοντιά: κρεμ καντράν, χρυσός σκελετός, λεπτοί χρυσοί αριθμοί και λεπτοί χρυσοί δείκτες. Ο βάλτος έχει σκληρύνει το δέρμα, αλλά δεν έχει αλλοιώσει τον χρυσό, που διατηρεί ακόμη τη χλωμή, γαλήνια στιλπνότητά του. Στο πίσω μέρος κάτι είναι χαραγμένο: Μπ.Π.Μπ. με φθαρμένα καλλιγραφικά γράμματα, και αποκάτω μια πρόσφατη, με στητή γραμματοσειρά: Μπ.Τζ.Ρ.

Ο Καλ καθαρίζει τα γάντια του στο χορτάρι και βγάζει από την τσέπη του ένα σακουλάκι με κλιπ. Θα προτιμούσε να μην πάρει μαζί του ούτε ίχνος του βάλτου, όσο όμως κι αν προσπαθεί να το καθαρίσει, όλο και κάτι λερώνει το εσωτερικό από το σακουλάκι. Το παραχώνει στην τσέπη του.

Κοιτάζει τον Μπρένταν, και δεν μπορεί να φανταστεί πώς να βάλει ξανά πάνω του όλα τα κομμάτια τύρφης. Αντιβαίνει σε κάθε του ένστικτο, μέχρι μέσα στους μυς και στα κόκαλά του. Τα χέρια του θέλουν να συνεχίσουν να δουλεύουν, να καθαρίσουν την τύρφη και να αφήσουν το αγόρι γυμνό στο ψυχρό φως του ήλιου. Το στόμα του είναι γεμάτο με τις λέξεις που πρέπει να πει στο τηλέφωνο για να θέσει σε λειτουργία τον γνώριμο ισχυρό μηχανισμό, τα κλικ των φωτογραφικών μηχανών, τις σακούλες τεκμηρίων που ανοίγουν, τις ερωτήσεις που πέφτουν βροχή ώσπου να ειπωθεί κάθε αλήθεια δυνατά και όλοι να τοποθετηθούν εκεί όπου ανήκουν. Είναι σίγουρος ότι θα μπορούσε να ρίξει το τηλέφωνό του χωρίς να το προσέξει ο Μαρτ. Ο εντοπισμός του GPS θα τους οδηγούσε αρκετά κοντά.

Ο Καλ νιώθει και πάλι την έλλειψη βαρύτητας. Ο βάλτος χάνει τη σταθερότητά του κάτω από τα γόνατά του. Όταν σηκώνει το βλέμμα, ο Μαρτ τον παρακολουθεί· τα μάτια του είναι ακίνητα, το κεφάλι ελαφρώς γερμένο στη μια πλευρά· περιμένει.

Ο Καλ τον κοιτάζει κι εκείνος και πιάνει τον εαυτό του να μη νοιάζεται και τόσο για τον Μαρτ. Μπορεί να τον αναγκάσει να τον κατεβάσει από αυτό το βουνό, αν χρειαστεί. Μπορεί να προστατεύσει τον εαυτό του και την Τρέι μέχρι να την παραδώσει στη φροντίδα της Πρόνοιας· εκείνη θα πάλευε σαν αγριόγατα και θα τον μισούσε για πάντα, όμως θα ήταν ασφαλής. Και ο ίδιος θα μπορούσε να βρεθεί σε χρόνο μηδέν τόσο μακριά της, ή μακριά από οποιονδήποτε άλλο, για να πετάξει τούβλα στο παράθυρό του.

Στο μυαλό του όμως έρχεται η Αλίσα, η φωνή της δίπλα στο αυτί του, σοβαρή όπως όταν ήταν μικρή και του εξηγούσε τα προβλήματα που είχαν τα λούτρινα ζωάκια της. Το κορίτσι, η γειτόνισσά σου, αυτό που πραγματικά χρειάζεται τώρα είναι σταθερότητα στη ζωή της. Δηλαδή, το τελευταίο πράγμα που χρειάζεται είναι να εξαφανιστεί και κάποιος άλλος δικός της.

Ο Καλ δεν έχει πραγματικά ιδέα ποιο είναι το σωστό, ή αν υπάρχει σωστό, ωστόσο αυτό που ξέρει είναι τι έπεται. Σκύβει και παραχώνει και πάλι τον Μπρένταν στη γη. Θα προτιμούσε να τον ξαπλώσει κανονικά, όμως ακόμα κι αν ήταν βέβαιος ότι θα τα καταφέρει χωρίς να προκαλέσει μεγαλύτερη ζημιά, καταλαβαίνει γιατί δεν το έκαναν εξαρχής ο Μαρτ και οι άλλοι.

Αν πάει κανείς να κόψει παράνομα τύρφη και πέσει πάνω στο αγόρι, πρέπει να φαίνεται ότι κάποια ατυχία τον οδήγησε εκεί. Σύντομα, ο βάλτος θα λιώσει τα κόκαλά του, κι έτσι δεν θα αποκαλυφθούν σε κανέναν πια τα τραύματά του. Αντ' αυτού, τοποθετεί και πάλι προσεκτικά το χέρι του Μπρένταν πάνω από το στήθος του και ισιώνει τον γιακά του μπουφάν του. Σηκώνει και πάλι την τύρφη που είχε απομακρύνει και την παραχώνει γύρω από το περίγραμμα του σώματος και του κεφαλιού του νεαρού, καλύπτει το πρόσωπό του όσο πιο μαλακά μπορεί, ώσπου το καταπίνει ξανά λίγο λίγο ο βάλτος. Έπειτα πιάνει και πάλι το φτυάρι και απλώνει τα κομμάτια του χορταριού πάνω από το παιδί. Του παίρνει κάμποσο· το καλό του χέρι έχει αρχίσει να τρέμει από την καταπόνηση. Κρατάει τα χορταριασμένα τμήματα για το τέλος. Τα σπρώχνει στη θέση τους και τα πιέζει ώστε οι άκρες τους να ταιριάζουν. Η βλάστηση που θα μεγαλώσει θα καλύψει τα σημάδια.

«Πες μια προσευχή για χάρη του» λέει ο Μαρτ. «Αφού του χάλασες την ησυχία».

Ο Καλ σηκώνεται· θέλει λίγο χρόνο για να ισιώσει. Δεν μπορεί να θυμηθεί καμία προσευχή. Προσπαθεί να σκεφτεί τι θα ήθελε να πει ή να κάνει η Τρέι για τον αδερφό της, αλλά δεν έχει την παραμικρή ιδέα. Το μόνο που του έρχεται στον νου, με όση ανάσα του έχει απομείνει, είναι να τραγουδήσει το «Είμαι ένας φτωχός, περιπλανώμενος ξένος»*, το ίδιο τραγούδι που είχε πει στην κηδεία του παππού του.

---

* Το «I am a poor wayfaring stranger» είναι ένα αμερικάνικο γκόσπελ τραγούδι των αρχών του 19ου αιώνα για μια παραπονεμένη ψυχή στο ταξίδι της ζωής. Όπως συμβαίνει με τα περισσότερα λαϊκά και γκόσπελ τραγούδια, υπάρχουν πολλές παραλλαγές στους στίχους και πολλές εκτελέσεις, ακόμα και από ιδιαίτερα δημοφιλείς τραγουδιστές. (Σ.τ.Μ.)

I am a poor wayfaring stranger
Traveling through this world alone
But there's no sickness, toil or danger
In that bright world to which I go.
I'm going there to see my loved ones
I'm going there, no more to roam
I'm only going over Jordan
I'm only going over home.

Η φωνή του χάνεται γρήγορα στον πλατύ, ψυχρό ουρανό. Όταν τελειώνει, ο Μαρτ στερεώνει καλύτερα το σκουφί του πάνω από τα αυτιά του και ξεκολλάει το μπαστούνι του από τον βάλτο. «Άντε, πάμε. Δεν θέλω να μας πάρει η νύχτα εδώ πάνω».

Κατεβαίνουν από διαφορετικό δρόμο από το βουνό· από μονοπάτια που τους οδηγούν από τη μια συστάδα ελάτων στην άλλη, σε κατηφόρες τόσο απότομες, που κάποιες στιγμές ο Καλ αναγκάζεται να τρέξει, τραντάζοντας άγρια το γόνατό του. Προσπερνούν ερείπια παλιών πέτρινων ορίων από αγροτεμάχια και ίχνη από οπλές προβάτων στα λασπωμένα κομμάτια, αλλά δεν συναντούν ψυχή. Η μέρα έχει αποπροσανατολίσει τόσο τον Καλ, που αναρωτιέται αν ο Μαρτ έχει με κάποιον τρόπο προειδοποιήσει τους πάντες και τα πάντα στην περιοχή να μείνουν σήμερα κρυμμένοι, ή αν οι δυο τους περιπλανώνται σε κάποια άχρονη ζώνη και θα φτάσουν σε έναν κόσμο που έχει προχωρήσει έναν αιώνα χωρίς αυτούς. Καταλαβαίνει τώ-

---

* Σε ελεύθερη απόδοση, οι στίχοι λένε: Είμαι ένας φτωχός, περιπλανώ-μενος ξένος / Μόνος διαβαίνω τον κόσμο αυτόν / Μα εκείνος στον οποίο πηγαίνω / Αρρώστια, μόχθο, κίνδυνο δεν έχει. / Πάω τους αγα-πημένους μου να δω / Πάω εκεί για να μην περιπλανιέμαι πια / Στον άλλο κόσμο πάω, / Στο σπίτι μου γυρνώ. (Σ.τ.Μ.)

ρα πώς ο Μπόμπι κατέληξε να έχει μανία με τους εξωγήινους, περνώντας πολύ χρόνο σε αυτό το βουνό.

«Λοιπόν, λεβέντη» λέει ο Μαρτ, σπάζοντας τη μακρά σιωπή. Αυτή τη φορά δεν τραγουδάει. «Το πήρες αυτό που έψαχνες».

«Ναι» λέει ο Καλ. Αναρωτιέται αν ο Μαρτ περιμένει να τον ευχαριστήσει.

«Το παιδί μπορεί να το δείξει στη μάνα του αν θέλει, και να της πει πού βρέθηκε. Σε κανέναν άλλον».

Ο Καλ λέει: «Επειδή η Σίλα θα κάνει το παν για να βεβαιωθεί πως η μικρή θα κρατήσει το στόμα της κλειστό».

«Η Σίλα είναι έξυπνη γυναίκα» λέει ο Μαρτ. Ο ήλιος που περνάει ανάμεσα από τα κλαδιά των ελάτων δημιουργεί στο πρόσωπό του φωτοσκιάσεις. Κρύβει τις ρυτίδες και τον κάνει να δείχνει νεότερος και πιο γερός, άνετος. «Είναι κρίμα, γαμώτο, που κατέληξε με τον βλάκα τον Τζόνι Ρέντι. Υπήρχαν αρκετοί άλλοι που θα πέταγαν τη σκούφια τους να βρεθούν στη θέση του, αλλά ούτε που γύριζε να τους κοιτάξει. Τώρα θα είχε ένα καλό σπιτικό και ένα αγρόκτημα, και τα παιδιά της στο πανεπιστήμιο. Δες την, όμως, πού κατέληξε».

«Της είπες τι έγινε;» ρωτάει ο Καλ.

«Ήξερε ήδη ότι ο νεαρός δεν θα γύριζε. Δεν χρειαζόταν να ξέρει κάτι παραπάνω. Τι λες, θα της έκανε καλό να το έχει στο κεφάλι της αυτό που είδες εκεί πάνω;»

«Όταν συνέλθει η κλείδα μου, θα πάω μια βόλτα από το σπίτι της» λέει ο Καλ. «Να βάλω ένα χεράκι στο φτιάξιμο της στέγης».

«Χμ» κάνει ο Μαρτ, μορφάζοντας ελαφρά. «Αν μου επιτρέπεις, δεν είναι και τόσο καλή ιδέα, φίλε».

«Νομίζεις;»

«Δεν θέλεις να κάνεις μια γυναίκα όπως η Λένα να ζηλέψει. Χωρίς καν να το καταλάβεις, θα βρεθείς στη μέση μιας βεντέτας, και μπορώ να πω ότι έχεις προκαλέσει ήδη αρκετούς μπελάδες για κάμποσο καιρό. Άδικο έχω; Άσε που...» –χαμογελάει πονηρά– «ποιος σου είπε πως η Σίλα θα σε θέλει; Η φήμη σου ως επισκευαστή στεγών δεν είναι κι η καλύτερη». Ο Καλ δεν μιλάει. Το χέρι του έχει μουδιάσει από το φτυάρι που κουβαλάει.

«Ξέρεις κάτι όμως;» λέει ο Μαρτ, έχοντας μια ξαφνική αναλαμπή. «Μου έδωσες μια καλή ιδέα. Δεν θα κακόπεφτε λίγη φροντίδα στη Σίλα Ρέντι. Ίσως λίγα χρήματα πότε πότε, ή κανένα κομμάτι τύρφη, ή κάποιος να της επισκευάσει τη στέγη. Θα μιλήσω με τα παιδιά και θα δω πώς μπορούμε να το κανονίσουμε». Χαμογελάει στον Καλ. «Κοίτα να δεις, λοιπόν. Να που εντέλει έφερες και κάτι καλό εδώ πέρα. Δεν ξέρω γιατί δεν το είχα σκεφτεί μέχρι τώρα».

Ο Καλ λέει: «Ίσως γιατί θα καταλάβαινε γιατί το κάνετε. Τώρα που ξέρει ότι είστε μπλεγμένοι σ' αυτό, δεν θα προκαλέσει κανένα κακό, ίσα ίσα θα τη βοηθήσει να μη μιλήσει. Με τον έναν ή τον άλλον τρόπο».

«Άκου να σου πω κάτι, λεβέντη» λέει ο Μαρτ επικριτικά. «Έχεις το κακό συνήθειο να σκέφτεσαι το χειρότερο για τους άλλους. Και ξέρεις γιατί; Εξαιτίας της δουλειάς σου. Πιτσικάρει το μυαλό σου. Η συμπεριφορά αυτή, όμως, δεν σου χρησιμεύει πλέον σε τίποτα. Χαλάρωσε λιγάκι και κοίτα τη φωτεινή πλευρά της ζωής. Απόλαυσε τα καλά της σύνταξης. Κατέβασε μια απ' αυτές τις εφαρμογές που σε βοηθάνε να σκέφτεσαι θετικά».

«Μια και λέμε ότι σκέφτομαι το χειρότερο» λέει ο Καλ, «η μικρή θα έρχεται σπίτι μου. Ελπίζω ο κόσμος να μη μας πρήξει –ούτε εκείνη ούτε κι εμένα– γι' αυτό».

«Θα τους μιλήσω» λέει ο Μαρτ μεγαλόθυμα, συγκρατώντας κάτι κλαδιά για να περάσει ο Καλ καθώς βγαίνουν από τα έλατα στο μονοπάτι. «Σίγουρα θα κάνεις καλό στη μικρή. Οι γυναίκες που δεν έχουν έναν αξιοπρεπή άντρα τριγύρω καθώς μεγαλώνουν, καταλήγουν να παντρεύονται χαμένα κορμιά. Και το τελευταίο που μας χρειάζεται στην περιοχή είναι το αποτέλεσμα της διασταύρωσης μιας Ρέντι με έναν Μαγκράθ».

«Ας τολμούσε, και θα τον έχωνα στον βάλτο» λέει ο Καλ, πριν προλάβει να το σκεφτεί καν.

Ο Μαρτ ξεσπάει σε γέλια. Ένας δυνατός, ελεύθερος, χαρούμενος ήχος που απλώνεται, συγκλονιστικά, στη βουνοπλαγιά. «Σε πιστεύω» λέει. «Θα είχες ανέβει ξανά εκεί πάνω με το φτυάρι στο άψε σβήσε. Ο κόσμος που ζούμε είναι εντελώς τρελός, έτσι; Ποτέ δεν ξέρεις πού θα σε βγάλει».

«Χωρίς πλάκα» λέει ο Καλ. «Τέλος πάντων. Νόμιζα πως πίστευες ότι η μικρή είναι γκέι».

«Εντάξει, θα το δεις εσύ αυτό» λέει ο Μαρτ, μειδιώντας. «Χαίρομαι που μπορούμε να μιλάμε και πάλι. Και η μικρή μπορεί να παντρευτεί κάποιο χαμένο κορμί είτε είναι γκέι είτε δεν είναι, σωστά; Γι' αυτό ψηφίσαμε. Οι γκέι μπορούν πλέον να κάνουν τρέλες όπως κι εμείς οι υπόλοιποι χωρίς να τους εμποδίζει κανείς».

Ο Καλ λέει: «Αυτή η μικρή δεν κάνει τρέλες».

«Όλοι κάνουμε όταν είμαστε νέοι. Οι Ινδοί ξέρουν καλύτερα. Οι γονείς είναι αυτοί που θα 'πρεπε να κανονίζουν τους γάμους. Θα έκαναν πολύ καλύτερη δουλειά από ένα μάτσο παιδαρέλια που δεν σκέφτονται με το μυαλό τους αλλά...»

«Κι εσύ θα είχες παντρευτεί κάποια κοκαλιάρα που θα ήθελε κανίς και πολυέλαιους» παρατηρεί ο Καλ.

«Όχι βέβαια» λέει ο Μαρτ με έναν αέρα θριάμβου. «Η μαμά μου κι ο μπαμπάς μου δεν θα συμφωνούσαν ποτέ με κάτι τέτοιο. Δεν υπήρχε περίπτωση να συμφωνήσουν γενικότερα ποια θα ήταν η κατάλληλη γυναίκα για μένα. Θα ήμουν όπως ακριβώς είμαι τώρα, ελεύθερος κι ωραίος, και χωρίς να έχω να αντιμετωπίσω τις συνέπειες της ηλιθιότητας της Σίλα Ρέντι».

«Όλο και κάτι άλλο θα έβρισκες να ανακατευτείς» λέει ο Καλ. «Αλλιώς θα βαριόσουν».

«Ναι, ίσως» παραδέχεται ο Μαρτ. «Κι εσύ;» Μισοκλείνει τα μάτια, ζυγίζοντας τον Καλ. «Πιστεύω ότι η μαμά σου θα σου είχε βρει μια χαρωπή, νέα γυναίκα με καλή, σταθερή δουλειά. Μια νοσοκόμα ίσως, ή μια δασκάλα· όχι καμιά χαζή. Δεν μιλάμε για καμία Ελ Μακφέρσον* –δεν θα ήθελε να βάλεις μπελάδες στο κεφάλι σου–, αλλά θα ήταν σίγουρα ομορφούλα. Ένα κορίτσι που θα σ' έκανε να γελάς, όχι όμως κανένα σαχλοκούδουνο, ούτε καμιά άγρια γκόμενα. Τον πατέρα σου ούτε που θα τον ένοιαζε, έτσι κι αλλιώς. Έχω δίκιο ή έχω δίκιο;»

Ο Καλ δεν μπορεί να μη γελάσει. «Λίγο πολύ, ναι» λέει.

«Κι ίσως να ήταν καλύτερα έτσι. Πάντως, δεν θα βρισκόσουν να σκαρφαλώνεις στα βουνά με σακατεμένο γόνατο».

«Ποιος ξέρει» λέει ο Καλ. «Όπως είπες, ο κόσμος μας είναι εντελώς τρελός». Συνειδητοποιεί ότι ο Μαρτ στηρίζεται περισσότερο στο μπαστούνι του. Τα βήματά του δεν είναι τόσο σταθερά όσο όταν ανέβαιναν, ούτε καν όπως όταν άρχισαν την κατάβασή τους, κι οι γραμμές στο πρόσωπό του έχουν γίνει εντονότερες από τον πόνο. Οι αρθρώσεις του έχουν πληρώσει για τα καλά τη διαδρομή.

Σταδιακά, το μονοπάτι παύει να γέρνει. Η τύρφη και οι σχοίνοι δίνουν τη θέση τους στα αγριόχορτα που φυτρώνουν στις άκρες. Πουλιά έχουν αρχίσει να τιτιβίζουν και έντομα να τερετίζουν.

«Ορίστε» λέει ο Μαρτ, σταματώντας εκεί όπου το μονοπάτι βγάζει ανάμεσα από φράχτες σε έναν ασφαλτοστρωμένο δρόμο. «Ξέρεις πού είμαστε;»

«Δεν έχω ιδέα» λέει ο Καλ.

Ο Μαρτ γελάει. «Προχώρα προς τα κει κανένα χιλιόμετρο»

---

* Μοντέλο της δεκαετίας του '80. (Σ.τ.Μ.)

λέει, δείχνοντας με το μπαστούνι του, «και θα φτάσεις στον χωματόδρομο που περνάει πίσω από τη γη του Φράνσι Γκάνον. Μην ανησυχήσεις αν δεις τον Φράνσι· αυτή τη φορά δεν θα θελήσει να σου πουλήσει παραμύθια. Στείλ' του μόνο ένα φιλί, και θα είναι χαρούμενος».

«Δεν πας σπίτι;»

«Ω Θεέ μου, όχι. Πάω στην παμπ για καμιά μπίρα· μπορεί και δύο ή τρεις. Μου αξίζει».

Ο Καλ κουνάει καταφατικά το κεφάλι. Κι εκείνος δεν θα έλεγε όχι σε ένα ποτό, όμως κανείς από τους δύο δεν θα ήθελε την παρέα του άλλου αυτή τη στιγμή. «Έκανες το σωστό που με πήγες εκεί πάνω» λέει.

«Θα μάθουμε, σίγουρα» λέει ο Μαρτ. «Δώσε στη Λένα ένα τσίμπημα κι από μένα». Σηκώνει τη μαγκούρα του σε ένδειξη χαιρετισμού και φεύγει κουτσαίνοντας, με το χαμηλό, χειμωνιάτικο φως να μακραίνει τη σκιά του στον δρόμο πίσω του.

Το σπίτι είναι κρύο. Παρά τις στρώσεις από ρούχα και την άσκηση, ο Καλ έχει παγώσει μέχρι το μεδούλι. Το βουνό έχει τρυπώσει βαθιά μέσα του. Κάθεται στο ντους μέχρι να τελειώσει το ζεστό νερό, εξακολουθεί όμως να αισθάνεται το κρύο να απλώνεται από τα κόκαλά του προς τα έξω, και του φαίνεται ότι η πλούσια μυρωδιά της τύρφης που είναι ποτισμένη με θάνατο δεν λέει να φύγει.

Εκείνο το βράδυ μένει μέσα, με τα φώτα σβηστά. Δεν θέλει να έρθει να του χτυπήσει η Τρέι. Το μυαλό του δεν έχει επιστρέψει ακόμη στο σώμα του· δεν θέλει να τον δει η μικρή μέχρι η σημερινή μέρα να ξεθωριάσει λιγάκι στο μυαλό του. Βάζει στο πλυντήριο ό,τι φορούσε και κάθεται στην πολυθρόνα του, κοιτάζοντας έξω από το παράθυρο τα χωράφια να σκουραίνουν στο παγωμένο, γαλάζιο λυκόφως και τα βουνά να χάνουν τις λεπτομέρειες τους ώσπου να γίνουν ένα σκοτεινό κουβάρι μαζί με τα υπόλοιπα. Σκέφτεται τον Μπρένταν και την Τρέι κάπου μέσα σε αυτό το αμετάβλητο περίγραμμα, τον Μπρένταν με τον βάλτο να τον παίρνει σιγά σιγά μέσα του, την Τρέι με τον γλυκό αέρα να γιατρεύει τις πληγές της. Σκέφτεται επίσης ότι εκεί όπου το αίμα του μούλιασε το χώμα στην αυλή του θα μεγαλώσουν διάφορα, αλλά και τα χέρια του σήμερα μέσα στη γη, όσα θέρισε κι όσα έσπειρε.

Η Τρέι εμφανίζεται την επόμενη μέρα. Τη στιγμή που του χτυπάει την πόρτα, ο Καλ σιδερώνει πάνω στο τραπέζι του. Από το νευρικό χτύπημα, μπορεί να καταλάβει ότι της έχει στοιχίσει πολύ να μείνει μακριά για τόσο μεγάλο χρονικό διάστημα. Κοπανάει το ξύλο λες και αυτό που προέχει είναι να απολαύσει τον θόρυβο.

«Έλα μέσα» της φωνάζει, βγάζοντας το σίδερο από την πρίζα.

Η Τρέι κλείνει προσεκτικά την πόρτα πίσω της κρατώντας στα χέρια ένα κέικ φρούτων. Φαίνεται πολύ καλύτερα. Υπάρχει ακόμη ένα μεγάλο κακάδι στο χείλος της, αλλά από το μαυρισμένο μάτι έχει απομείνει μια αμυδρή κιτρινωπή σκιά, και η κίνησή της δεν προδίδει κάποια κάκωση στα πλευρά. Μοιάζει μάλιστα σαν να είχε ψηλώσει άλλους δυο πόντους.

«Ευχαριστώ» λέει ο Καλ. «Πώς είσαι;»

«Τέλεια. Η μύτη σου δείχνει καλύτερα».

«Σχεδόν». Ο Καλ ακουμπάει το κέικ στον πάγκο και βγάζει το ρολόι από ένα συρτάρι. «Έχω αυτό που χρειάζεσαι».

Δίνει το ρολόι στην Τρέι. Είναι πλέον καθαρό. Το έβαλε για λίγο σε βραστό νερό και μετά το άφησε να στεγνώσει στη θερμάστρα όλη νύχτα. Ξέρει ότι μάλλον το αποτελείωσε –αν ο βάλτος δεν το είχε καταφέρει ήδη–, αλλά ήταν αναγκαίο να γίνει.

Η Τρέι γυρίζει το ρολόι και κοιτάζει αυτό που είναι χαραγμένο στο πίσω μέρος. Στα χέρια της υπάρχουν μικρά σημάδια, ροζ και γυαλιστερά, στο σημείο όπου έχουν εξαφανιστεί τα κακάδια. «Αυτό είναι το ρολόι του αδερφού σου» λέει ο Καλ. «Σωστά;»

Η Τρέι γνέφει καταφατικά. Αναπνέει λες και καταβάλλει προσπάθεια. Το αδύνατο στήθος της ανεβοκατεβαίνει.

Ο Καλ περιμένει μήπως θέλει να πει ή να ρωτήσει κάτι, εκείνη όμως απλώς στέκει και κοιτάζει το ρολόι. «Το καθάρισα» λέει. «Δεν λειτουργεί, αλλά θα βρω κάπου ένα καλό κατάστημα και θα δω αν μπορούν να σ' το επισκευάσουν. Αν θέλεις να το φοράς βέβαια, θα πρέπει να λες σε όλους ότι ο Μπρένταν δεν το είχε πάρει μαζί του».

Η Τρέι γνέφει καταφατικά. Ο Καλ δεν είναι σίγουρος πόσα από αυτά έχει ακούσει.

«Στη μαμά σου μπορείς να πεις την αλήθεια» λέει. Ό,τι κι αν έκανε η Σίλα, τουλάχιστον το δικαιούται αυτό. «Σε κανέναν άλλο».

Εκείνη γνέφει και πάλι. Τρίβει το πίσω μέρος του ρολογιού με τον αντίχειρά της, λες και αν το τρίψει αρκετά δυνατά, αυτά που είναι χαραγμένα θα μπορούν να της πουν τι συνέβη.

«Είδα το σώμα του, μικρή» λέει απαλά ο Καλ. «Τα τραύματά του συμφωνούν με όσα μου κατέθεσαν».

Ακούει τον συριγμό της καθώς παλεύει να πάρει μια ανάσα. «Μιλάς σαν μπάτσος» λέει εκείνη.

«Το ξέρω».

«Αποκεί το πήρες αυτό; Από το σώμα του;»

«Ναι» λέει ο Καλ, μην έχοντας ιδέα τι θα έπρεπε να κάνει αν τον ρωτήσει για το σώμα.

Αλλά δεν το κάνει, μόνο ρωτάει: «Πού είναι;».

«Θαμμένος στα βουνά» λέει ο Καλ. «Δεν θα μπορούσα να

ξαναβρώ το μέρος ακόμα κι αν έψαχνα έναν χρόνο. Όμως είναι
καλό σημείο. Γαλήνιο. Δεν έχω δει ποτέ μου νεκροταφείο πιο
γαλήνιο από αυτό».

Η Τρέι στέκει εκεί με τα μάτια χαμηλωμένα στο ρολόι που
κρατάει στα χέρια της. Ύστερα γυρίζει, ανοίγει την πόρτα και
βγαίνει έξω.

Ο Καλ την παρακολουθεί από τα παράθυρα να κάνει τον
γύρο του σπιτιού και να συνεχίζει στον κήπο. Σκαρφαλώνει
πάνω από την αυλόπορτα, βγαίνει στο χωράφι από πίσω και
συνεχίζει να περπατάει. Την παρακολουθεί μέχρι που η μικρή
κάθεται στην άκρη του δάσους του, με την πλάτη ακουμπισμέ-
νη σε ένα δέντρο. Το παρκά της γίνεται ένα με τα χαμόκλαδα.
Την ξεχωρίζει μόνο από το κόκκινο φούτερ της.

Βρίσκει το τηλέφωνό του και στέλνει μήνυμα στη Λένα.
*Υπάρχει περίπτωση να έχεις ακόμη κάποιο κουτάβι που ψά-
χνει σπίτι; Ένα σκυλί θα έκανε καλό στη μικρή. Θα το φρό-
ντιζε με στοργή.*

Ακολουθεί μια ολιγόλεπτη σιγή προτού λάβει την απάντηση
της Λένας. *Τα δύο τα έδωσα. Η Τρέι μπορεί να διαλέξει ένα
από τα υπόλοιπα.*

Ο Καλ της γράφει: *Θα μπορούσαμε να έρθουμε κάποια
στιγμή να τα δούμε; Αν το μπασμένο είναι ακόμη διαθέσιμο,
θα πρέπει να το γνωρίσω καλύτερα πριν το πάρω σπίτι.*

Αυτή τη φορά το τηλέφωνό του βουίζει αμέσως. *Δεν είναι
πια μπασμένο. Τρώει το καταπέτασμα. Ελπίζω να είσαι πλού-
σιος. Ελάτε αύριο το απόγευμα. Θα είμαι σπίτι μετά τις 3.*

Ο Καλ δίνει στην Τρέι μισή ώρα έξω στο δάσος. Έπειτα
αρχίζει να βγάζει ένα ένα στον πίσω κήπο τα σύνεργα για το
γραφείο: τον μουσαμά, το γραφείο, την εργαλειοθήκη του, ξυ-
λόστοκο, κομμάτια ξύλου, βούρτσες, και τρία κουτάκια βερνίκι
για ξύλο που αγόρασε στην πόλη. Βγάζει επίσης και το κέικ.
Όταν ήταν μικρός, το βάρος των έντονων συναισθημάτων τον

άφηνε πάντα πεινασμένο. Είναι άλλη μια όμορφη χειμωνιάτικη μέρα, με λεπτές πινελιές από σύννεφα σε έναν αχνό, γαλάζιο ουρανό. Ο απογευματινός ήλιος λούζει ανάλαφρα τα λιβάδια. Αναποδογυρίζει το γραφείο και κοιτάζει καλά καλά τη σπασμένη πλευρά. Τελικά, δεν είναι και σε τόσο κακή κατάσταση. Πίστευε ότι θα έπρεπε να το αποσυναρμολογήσει ολόκληρο και να αντικαταστήσει το πλαϊνό φύλλο, αλλά, παρόλο που μερικά κομμάτια του τσακισμένου ξύλου δεν επισκευάζονται, τα περισσότερα θα μπορούσαν να τοποθετηθούν ξανά στη θέση τους και να κολληθούν. Λογικά, τα κενά θα είναι αρκετά μικρά και θα καλυφθούν από τον στόκο. Γονατίζει στον μουσαμά και αρχίζει να ξεδιαλέγει προσεκτικά όσα κομμάτια δεν μπορούν να σωθούν. Καθαρίζει με ένα πινέλο τη σκόνη από τα άλλα και μετά αρχίζει να τα αλείφει ένα ένα με κόλλα και να τα τοποθετεί με λεπτές κινήσεις εκεί όπου ανήκουν. Συνεχίζει να έχει την πλάτη του γυρισμένη στο δάσος.

Στερεώνει ένα κομμάτι, όταν ακούει βήματα στο χορτάρι. «Για δες το» λέει, χωρίς να σηκώσει το βλέμμα. «Εμένα μου φαίνεται ότι γίνεται δουλειά».

«Νόμιζα ότι επρόκειτο να το διαλύσουμε και να βάλουμε καινούργιο πλαϊνό» λέει η Τρέι. Η φωνή της βγαίνει τραχιά.

«Απ' ό,τι φαίνεται, δεν θα χρειαστεί» λέει ο Καλ. «Μπορούμε να βρούμε κάτι άλλο να διαλύσουμε, αν θέλεις. Δεν θα μου κακόπεφτε μία ακόμα καρέκλα».

Η Τρέι κάθεται στις φτέρνες της για να ρίξει μια πιο προσεκτική ματιά στο γραφείο. Έχει κρύψει το ρολόι σε κάποια τσέπη. Ή ίσως το πέταξε κάπου στο δάσος ή το έθαψε, αν και ο Καλ δεν το θεωρεί πιθανό. «Καλό φαίνεται» λέει.

«Ορίστε» λέει ο Καλ, δείχνοντας τα κουτάκια με το βερνίκι. «Δοκίμασέ τα σε κάποιο σπασμένο ξύλο και δες ποιο ταιριάζει καλύτερα. Ίσως χρειαστεί να αναμείξεις κάποια χρώματα για να πετύχεις το σωστό αποτέλεσμα».

«Χρειάζομαι ένα πιάτο ή κάτι τέτοιο» λέει η Τρέι. «Για να τα αναμείξω».

«Πάρε το παλιό τσίγκινο».

Η Τρέι πηγαίνει με μεγάλες δρασκελιές προς το σπίτι και επιστρέφει με το πιάτο και μια κούπα με νερό. Βολεύεται οκλαδόν στον μουσαμά, απλώνει τον εξοπλισμό της γύρω της και στρώνεται στη δουλειά.

Τα κοράκια είναι ήσυχα στο δέντρο τους, ανταλλάσσουν πότε πότε καμιά κουβέντα ή φτερουγίζουν σε κάποια παραδιπλανή φωλιά για επίσκεψη. Ένας αδύνατο μικρό κρέμεται ανάποδα από ένα κλαδί για να δει πώς μοιάζει έτσι ο κόσμος. Η Τρέι αναμειγνύει τα χρώματα στο πιάτο, ζωγραφίζει ένα τακτικό τετράγωνο από κάθε μείγμα σε ένα σπασμένο κομμάτι πέντε επί δέκα και σημειώνει με ένα μολύβι, σε κάποιον δικό της κώδικα. Ο Καλ καταφέρνει να βάλει τις ξύλινες σκλήθρες στη θέση τους και τις μαγκώνει εκεί. Λίγο μετά ανοίγει το κέικ, κόβει από ένα κομμάτι για τον καθένα και κάθονται στο χορτάρι να το φάνε, ακούγοντας τα κοράκια να ανταλλάσσουν απόψεις και βλέποντας τις σκιές από τα σύννεφα να περιπλανώνται στις πλαγιές των βουνών.

ΕΥΧΑΡΙΣΤΙΕΣ

Θα ήθελα να ευχαριστήσω θερμά τον Darley Anderson, τον πιο υπέροχο ατζέντη που μπορώ να φανταστώ, και όλους στο πρακτορείο, ειδικά τη Rosanna, την Georgia, τη Mary, την Kristina και τη Rebeka· τις καταπληκτικές μου επιμελήτριες Andrea Schulz και Katy Loftus, οι οποίες εν μέσω πανδημίας κατάφεραν με κάποιον τρόπο να βρουν τον χρόνο, τη συγκέντρωση και την υπομονή ώστε να κάνουν αυτό το βιβλίο πολύ καλύτερο· τον υπέροχο Ben Petrone, τη Nidhi Pugalia και όλους τους υπόλοιπους στον Viking US· την εξαιρετικά επιδέξια και εξαιρετικά σταθερή Olivia Mead, την Anna Ridley, την Georgia Taylor, την Ellie Hudson και όλους τους άλλους στον Viking UK· τη Susanne Halbleib και όλους στον Fischer Verlage· τον Steve Fisher της APA· την Jessica Ryan, που ήταν το λεξικό μου της Βόρειας Καρολίνας (τα τυχόν λάθη είναι δικά μου)· την Bairbre Ní Chaoimh, για τη συμπλήρωση των κενών στα σκουριασμένα ιρλανδικά μου (το ίδιο)· τον Fearghas Ó Cochláin, γιατί φρόντισε να σκοτώνω ανθρώπους με ακρίβεια· την Ciara Considine, την Clare Ferraro και τη Sue Fletcher, που έθεσαν σε κίνηση όλα αυτά· τους Kristina Johansen, Alex French, Susan Collins, Noni Stapleton, Paul και Anna Nugent, Oonagh Montague και Karen Gillece, για τον γνωστό, ανεκτίμητο συνδυασμό γέλιου, συζητήσεων, υποστήριξης, δημιουργικότητας και λοιπών στοιχειωδών συστατικών· τον David Ryan, που είναι κλινικά αποδεδειγμένο ότι θεραπεύει την ποδάγρα, βελτιώνει την ευρυζωνική ταχύτητα, απαλύνει τις παρενέργειες του μεθυσιού και εξαλείφει τις αφίδες· τη μητέρα μου, Elena Lombardi· τον πατέρα μου, David French, και, όπως πάντα, τον καλύτερο άνθρωπο που γνωρίζω και αυτόν που θα διάλεγα για να μείνω κλειδωμένη μέσα μαζί του στο λοκντάουν, τον σύζυγό μου, Anthony Breatnach.

ΛΕΣΧΗ ΝΟΙR
ΜΕΤΑΙΧΜΙΩ

Η ΛΕΣΧΗ ΝΟΙR ΤΩΝ ΕΚΔΟΣΕΩΝ ΜΕΤΑΙΧΜΙΟ
ΓΙΑ ΤΟΥΣ ΦΑΝΑΤΙΚΟΥΣ ΤΗΣ ΑΣΤΥΝΟΜΙΚΗΣ ΛΟΓΟΤΕΧΝΙΑΣ

**Γραφτείτε στη Λέσχη Noir των εκδόσεων ΜΕΤΑΙΧΜΙΟ
και επωφεληθείτε από μια σειρά ειδικών προνομίων:**

▸ Ενημερωθείτε πρώτοι για τα νέα των αγαπημένων σας συγγραφέων.

▸ Διαβάστε πρώτοι τα νέα βιβλία τους πριν από την επίσημη κυκλοφορία τους.

▸ Αποκτήστε συλλεκτικά αντίτυπα με την υπογραφή των συγγραφέων.

▸ Απολαύστε ειδικές συλλεκτικές εκδόσεις που προορίζονται αποκλειστικά για τα μέλη της Λέσχης.

▸ Αποκτήστε προτεραιότητα σε μεγάλα events με ξένους συγγραφείς.

▸ Γνωρίστε από κοντά τους συγγραφείς σε αποκλειστικές συναντήσεις.

▸ Λάβετε μέρος σε διαδικτυακές συζητήσεις και φόρουμ που αφορούν την αστυνομική λογοτεχνία και τους εκπροσώπους της.

▸ Κερδίστε με τις εκπτώσεις και τις προσφορές μας που θα απευθύνονται ειδικά σε εσάς και αφορούν βιβλία αστυνομικής λογοτεχνίας, αλλά και ταξίδια, κινηματογραφικά και θεατρικά εισιτήρια κ.ά.

**Για να γίνετε μέλη της Λέσχης Noir,
μπείτε στο metaixmio.gr/λίγα-λόγια-για-την-λέσχη-noir
και συμπληρώστε τα στοιχεία σας στην ειδική φόρμα.**

Θα μας βρείτε:

▸▸ στο facebook: Ekdoseis Metaxmio
facebook.com/ekdoseis.metaixmio

▸▸ twitter: Metaichmio_Books
twitter.com/Metaichmio

▸▸ youtube: METAICHMIO Publications
youtube.com/METAICHMIO

▸▸ στο instagram:
instagram.com/metaixmiobooks

metaixmio.gr